Donna Tartt

Née à Greenwood, dans le Mississippi, Donna Tartt a fait ses études au Bennington College, dans le Vermont. Elle est l'auteur du *Maître des illusions* et du *Petit Copain*, qui ont été traduits dans plus de trente pays. Son dernier roman, *Le Chardonneret*, a paru en France en 2014, aux Éditions Plon.

LE PETIT COPAIN

DONNA TARTT

LE PETIT COPAIN

Traduit de l'anglais (États-Unis)
par Anne Rabinovitch

PLON

Titre original :

THE LITTLE FRIEND

Pocket, une marque d'Univers Poche,
est un éditeur qui s'engage pour la
préservation de son environnement et
qui utilise du papier fabriqué à partir
de bois provenant de forêts gérées de
manière responsable.

This translation is published by arrangement
with Alfred A. Knopf, Inc.

© 2002, by Donna Tartt
© Plon, 2003, pour la traduction française

ISBN : 978-2-266-24990-4

Pour Neal

« La moindre connaissance touchant les choses les plus hautes est plus désirable qu'une science très certaine des choses moindres. »

Saint Thomas d'Aquin,
La Somme théologique I, 1, 5 AD 1,
éd. du Cerf, 1984

« Mesdames et messieurs, me voici prisonnier de menottes qu'un mécanicien britannique a mis cinq ans à fabriquer. J'ignore si je vais m'en libérer, mais je peux vous assurer que je vais m'y employer de toutes mes forces. »

Harry Houdini,
Hippodrome de Londres,
jour de la Saint-Patrick, 1904

PROLOGUE

Charlotte Cleve se reprocherait la mort de son fils jusqu'à la fin de ses jours, car elle avait décidé de fixer le repas de la fête des Mères à six heures du soir et non à midi, après l'office, selon l'habitude de la famille. Les aînés des Cleve avaient exprimé leur mécontentement devant ce changement de programme ; même si cela s'expliquait surtout par une méfiance de principe à l'égard de toute innovation, Charlotte sentait qu'elle aurait dû se montrer plus attentive à ce vent de récriminations, signe annonciateur du drame à venir ; un signe ténu, quoique chargé de menace, qui demeurait obscur, même après coup, mais était sans doute aussi explicite que peuvent l'être les signes que nous espérons de la vie.

Entre eux, les Cleve aimaient à évoquer les événements, même mineurs, de leur histoire familiale – relatant mot pour mot, dans un récit stylisé ponctué d'interruptions rhétoriques, des scènes entières d'agonie, ou des propositions de mariage vieilles d'un siècle – et pourtant le drame de cette terrible journée n'était jamais abordé. Pas même dans le secret d'un tête-à-tête, lors d'un long trajet en voiture, ou d'une rencontre nocturne à la cuisine pendant une insomnie ; c'était inhabituel, car pour les Cleve, ces discussions domestiques étaient le moyen d'appréhender le monde. Même les

13

catastrophes les plus cruelles et les plus inopinées – la mort par le feu de l'une des cousines encore bébé de Charlotte, l'accident de chasse où son oncle avait été tué alors qu'elle était encore à l'école primaire – étaient constamment revécues par la famille, la douce voix de sa grand-mère et celle, sévère, de sa mère se mêlant harmonieusement au baryton de son grand-père et au babillage de ses tantes – certains ornements, improvisés par des solistes audacieux, aussitôt repris et développés par le chœur – pour enfin s'unir, grâce à l'effort de tous, en un chant singulier ; une litanie apprise par cœur, et entonnée encore et encore par toute la compagnie, pour finalement remplacer la vérité, en un lent processus d'érosion de la mémoire : le pompier en colère, incapable, malgré toute sa bonne volonté, de ramener le minuscule corps à la vie, changé en un personnage pleureur ; la chienne prostrée, perturbée pendant plusieurs semaines par la mort de l'oncle, dans le rôle de Queenie, l'animal de la légende familiale, brisée par le chagrin, errant comme une âme en peine dans la maison, à la recherche de son maître bien-aimé, hurlant à la mort toute la nuit, inconsolable, dans sa niche ; et aboyant joyeusement chaque fois qu'approchait dans la cour le cher fantôme, dont elle était la seule à percevoir la présence. « Les chiens voient des choses que nous ne voyons pas », entonnait toujours la tante Tat au moment crucial du récit. Elle avait un penchant mystique, et le fantôme était sa propre invention.

Mais Robin : leur cher petit Robs. Plus de dix ans après, sa mort demeurait une torture ; il était vain d'enjoliver les détails ; aucun des artifices du récit des Cleve ne pouvait effacer ni altérer cette horreur. Et, puisque cette amnésie volontaire avait empêché la mort de Robin d'être traduite dans le doux langage familial qui aplanissait les énigmes les plus douloureuses pour leur donner

14

une forme intelligible et agréable, le souvenir des événements de cette journée était chaotique, morcelé, brisures miroitantes d'un cauchemar que ravivaient le parfum d'une glycine, le crissement d'une corde à linge, la lueur orageuse d'un ciel de printemps.

Parfois, ces flashes saisissants ressemblaient à des fragments de mauvais rêve, comme si cette tragédie n'avait jamais eu lieu. Pourtant, sous beaucoup d'aspects, c'était le seul fait réel de toute la vie de Charlotte.

L'unique récit qu'elle pouvait plaquer sur ce fatras d'images était imposé par le rituel inchangé depuis son enfance : le cadre de la réunion de famille. En l'occurrence, ce n'était pas d'un grand secours. Cette année-là, on avait fait fi des bienséances, ignoré les règles de la maison. Rétrospectivement, tout avait concordé pour annoncer le désastre. Le dîner n'avait pas eu lieu dans la maison de son grand-père, comme d'ordinaire, mais chez elle. Des orchidées cymbidium remplaçaient les boutons de rose traditionnels sur les corsages. Des croquettes de poulet – que tout le monde aimait, Ida Rhew les réussissait admirablement, les Cleve en servaient aux dîners d'anniversaire et la veille de Noël –, un menu inhabituel pour un jour de fête des Mères ; ils ne se souvenaient pas d'avoir mangé autre chose que des pois gourmands, du flan au maïs, et du jambon.

Une soirée de printemps orageuse, lumineuse ; les nuages bas, mouchetés, la lumière dorée, la pelouse pailletée de pissenlits et de fleurs d'oignon. L'air était vif, piquant, comme avant la pluie. Rires et conversations résonnaient dans la maison, la voix bougonne de Libby, la vieille tante de Charlotte, s'élevant un instant, plaintive : « Quoi, je n'ai jamais fait une chose pareille, Adélaïde, jamais de la vie ! » Tous les Cleve aimaient la taquiner. C'était une vieille fille qui avait peur de tout, des chiens, des orages, des cakes au rhum, des abeilles, des Noirs, de la police. Un vent soutenu faisait cliqueter la corde à linge et aplatissait les hautes herbes du terrain vague de l'autre côté de la rue. La moustiquaire claqua. Robin se précipita dehors et descendit les marches quatre à quatre, hurlant de rire à un calembour de sa grand-mère. (« Pourquoi y avait-il un timbre sur la lettre ? Parce que le postier était *timbré*. »)

Du moins, quelqu'un aurait dû rester à l'extérieur pour surveiller le bébé. Harriet n'avait pas un an, c'était un petit enfant taciturne et grassouillet avec une masse de cheveux noirs, qui ne pleurait jamais. Elle se trouvait dans l'allée de devant, attachée dans son transat qui se balançait d'avant en arrière si on le remontait. Sur le perron, sa sœur Allison, quatre ans, jouait paisiblement avec Weenie, le chat de Robin. Au contraire de son frère – qui, au même âge, ne cessait de babiller et de rire d'une petite voix rocailleuse, se roulant sur le sol, enchanté par ses propres plaisanteries – Allison était timide et capricieuse, pleurait quand quelqu'un essayait de lui enseigner l'alphabet, et la grand-mère des enfants (qui n'avait aucune patience pour ce genre de comportement) ne lui prêtait guère attention.

Plus tôt dans l'après-midi, tante Tat était restée dehors pour jouer avec le bébé. Charlotte elle-même, courant de la cuisine à la salle à manger, avait une fois ou deux jeté un coup d'œil – mais sans plus, car Ida Rhew, la domestique (qui avait décidé de prendre de l'avance et de s'occuper du linge) sortait et rentrait, accrochant des vêtements sur la corde. Sa présence avait faussement tranquillisé la mère, car le lundi, jour habituel de lessive, Ida était constamment à portée de voix – dans la cour comme sur le porche de derrière où se trouvait la machine à laver – de telle sorte qu'on pouvait même laisser les petits derniers à l'extérieur sans la moindre crainte. Mais ce dimanche-là, Ida, fatalement, avait la tête ailleurs, avec la charge des invités, ses fourneaux à surveiller, et le bébé par-dessus le marché ; et elle était de mauvaise humeur parce que d'ordinaire, le dimanche, elle rentrait chez elle à une heure de l'après-midi : son mari, Charley T., attendait son propre dîner et, en outre, elle manquait l'office. Elle avait tenu à apporter la radio dans la cuisine pour pouvoir au moins écouter le concert de gospel de Clarksdale. Le volume de l'émission religieuse poussé au maximum, elle allait et venait dans la cuisine, vêtue de son uniforme noir et de son tablier blanc, et versait, l'air maussade, du thé glacé dans de grands verres, tandis que les chemises propres claquaient et se tordaient sur la corde à linge, levant les bras au ciel de désespoir, à l'approche de la pluie.

A un moment donné, la grand-mère de Robin aussi était sortie sur le porche ; on pouvait en être sûr, car elle avait pris une photographie. Il n'y avait pas beaucoup d'hommes dans la famille Cleve, et les activités incontournables et masculines comme la taille les arbres, les réparations de la maison, le transport des anciens jusqu'à l'épicerie et l'église, lui revenaient donc en grande partie. Elle s'exécutait gaiement, avec une assurance pétulante qui émerveillait ses sœurs timorées. Aucune d'entre elles ne savait conduire ; et la pauvre tante Libby avait si peur des appareils ménagers et des machines en général qu'elle pleurait à l'idée d'allumer un chauffage à gaz ou de changer une ampoule électrique. Elles étaient intriguées par l'objectif, mais s'en méfiaient aussi, et elles admiraient l'audace enjouée avec laquelle leur sœur maniait cette chose virile qu'il fallait charger comme un fusil avant de viser. « Regardez Edith », disaient-elles, la voyant enrouler la pellicule ou régler le diaphragme avec des gestes rapides, professionnels. « Elle sait tout faire. »

L'expérience familiale prouvait qu'Edith, malgré la gamme époustouflante de ses compétences, n'avait pas grand succès auprès des enfants. Elle était orgueilleuse et impatiente, et son attitude n'incitait pas à la sympathie ; Charlotte, sa fille unique, courait toujours vers ses tantes (Libby en particulier) quand elle avait besoin d'être consolée, cajolée, rassurée. Pour l'instant le bébé, Harriet, ne montrait de préférence pour personne, mais Allison était terrifiée par les efforts énergiques de sa grand-mère pour la tirer de son mutisme, et pleurait lorsqu'on la déposait chez elle. Pourtant la mère de Charlotte avait chéri Robin, ô combien, et il l'avait aussitôt aimée en retour. Cette dame digne, d'âge mûr, jouait à la balle avec lui dans la cour de devant, attrapait des serpents et des araignées dans son jardin pour qu'il s'amuse avec ; elle lui enseignait des chansons drôles que lui avaient apprises les soldats lorsqu'elle était infirmière, lors de la Seconde Guerre mondiale :

> *J'ai connu une fille*
> *Qui s'appelait Peg*
> *Et elle était bègue*

Et il l'accompagnait de sa petite voix rauque, si douce. *EdieEdieEdieEdieEdie* ! Même son père et ses sœurs l'appelaient Edith, mais il l'avait baptisée Edie alors qu'il avait à peine l'âge de parler, courant comme un fou sur la pelouse, criant de joie. Une fois, il avait quatre ans environ, et lui avait dit, sérieux comme un pape, *pauvre vieille*. « Pauvre vieille », avait-il prononcé gravement, lui tapotant le front de sa petite main parsemée de taches de rousseur. Charlotte n'aurait jamais imaginé se montrer aussi familière avec sa mère acrimonieuse, efficace, et encore moins lorsqu'elle était clouée au lit par une migraine, mais l'incident avait prodigieusement égayé Edie, et à présent c'était devenu l'une de ses histoires préférées. A la naissance de Robin, elle était déjà grisonnante, mais quand elle était jeune, ses cheveux avaient eu la teinte cuivrée de ceux de son petit-fils : *Pour mon rouge-gorge* ou *Mon Robin rouge à moi*, écrivait-elle sur les étiquettes de ses cadeaux d'anniversaire et de Noël. *De la part de ta pauvre vieille, avec tendresse.*

EdieEdieEdieEdieEdie ! Il avait neuf ans, mais ce cri d'accueil rituel, ce chant d'amour, était devenu un sujet de plaisanterie dans la famille ; et il l'avait entonné depuis le fond de la cour, comme toujours, quand elle s'était avancée sur le porche, ce dernier après-midi où elle l'avait vu.

« Viens embrasser ta vieille Edie », lui avait-elle crié. D'habitude, il aimait se faire photographier, mais parfois il se montrait capricieux – l'image floue d'une tête rousse, un méli-mélo de genoux et de coudes pointus qui s'enfuyaient – et lorsqu'il avait vu l'appareil au cou d'Edie, il avait détalé en gloussant.

« Reviens ici, polisson ! » avait-elle appelé ; puis, sur une impulsion, elle avait regardé dans le viseur et appuyé sur le déclic. C'était la dernière photographie qu'ils avaient de lui. Un cliché flou. Une étendue verte et plate légèrement coupée en diagonale, avec en premier plan, au bord du porche, une balustrade blanche et la masse brillante d'un buisson de gardénias. Un ciel ténébreux chargé d'humidité avant l'orage, où se fondaient l'indigo et le gris ardoise, les nuages tourbillonnants striés de rayons de soleil. Dans le coin de l'image, l'ombre de Robin, le dos tourné vers l'objectif, s'élançant sur la pelouse brumeuse, vers la mort qui le guettait – presque visible – dans l'espace obscur au-dessous du tupelo.

Des jours après, alors qu'elle était couchée dans la pièce aux volets fermés, une idée avait traversé l'esprit de Charlotte, embrumé par les médicaments. Chaque fois que Robin se rendait quelque part – en classe, chez un ami, ou chez Edie pour passer l'après-midi avec elle – il avait toujours pris soin de la saluer longuement, avec tendresse, selon un cérémonial particulier. Mille souvenirs lui revenaient, de petits mots écrits par lui, de baisers envoyés par la fenêtre, de sa main s'agitant vers elle depuis le siège arrière de voitures qui démarraient : *au revoir ! au revoir !* Quand il était bébé, il avait appris à dire *au revoir* bien avant *bonjour*, c'était sa manière d'accueillir et de quitter les gens. Ce jour-là, il n'y avait pas eu d'*au revoir*, et Charlotte jugeait cela singulièrement cruel. Trop distraite, elle n'avait gardé aucun souvenir précis des derniers mots qu'elle avait échangés avec Robin, ni même de la dernière fois qu'elle l'avait vu, alors qu'elle avait besoin d'un élément concret, d'un souvenir ultime qui la prendrait par la main et l'accompagnerait – dans l'obscurité où elle titubait à présent – à travers le désert de l'existence qui se déployait soudain devant elle, entre le moment présent et la fin de sa vie. A demi folle de douleur et de manque de sommeil, elle avait sans fin bredouillé des paroles incohérentes à l'oreille de tante Libby (c'était elle qui l'avait aidée à surmonter cette épreuve, avec ses linges frais et ses gelées, la veillant nuit après nuit, sans quitter son chevet, elle qui l'avait sauvée) ; ni son mari, ni personne d'autre n'avait été capable de lui procurer le moindre réconfort ; certes, sa propre mère (qui, aux yeux des étrangers, paraissait « prendre bien les choses ») n'avait changé ni ses habitudes ni son apparence, et vaquait courageusement aux occupations de la journée, mais Edie ne serait plus jamais la même. Le chagrin l'avait transformée en pierre. C'était terrible à voir. « Sors de ce lit, Charlotte », aboyait-elle, ouvrant les volets tout grands ; « tiens, prends un café, brosse-toi les cheveux, tu ne peux pas rester allongée éternellement » ; même l'innocente Libby frémissait parfois devant l'éclat froid du regard d'Edie quand elle se détournait de la fenêtre pour considérer sa fille couchée, immobile, dans la chambre obscure : féroce, aussi impitoyable qu'Arcturus.

« La vie continue. » C'était l'une des formules favorites d'Edie. Un mensonge. Il y avait les jours où Charlotte se réveillait en proie au délire, sous l'effet des narcotiques, pour faire lever son fils mort avant l'école, où elle bondissait de son lit cinq ou six fois par nuit en criant son nom. Parfois, pendant quelques secondes, elle croyait que Robin était au premier étage et que tout cela n'était qu'un mauvais rêve. Mais quand ses yeux s'habituaient à l'obscurité, et qu'elle distinguait le spectacle désolant des détritus sur la table de chevet (mouchoirs, flacons de médicaments, pétales de fleurs desséchés) elle recommençait à sangloter – elle avait tant pleuré que sa cage thoracique était endolorie – parce que son fils n'était ni au premier étage ni ailleurs, et ne reviendrait jamais.

Il avait coincé des cartes dans les rayons de sa bicyclette. Elle ne l'avait pas remarqué de son vivant, mais ce cliquetis lui avait permis de suivre ses allées et venues. Un enfant du voisinage avait un vélo qui faisait exactement le même bruit, et chaque fois qu'elle l'entendait au loin, son cœur bondissait, incrédule, saisi par ce moment d'une cruauté magnifique.

L'avait-il appelée ? Songer à ses derniers instants lui rongeait l'âme, et pourtant elle ne pouvait penser à rien d'autre. Combien de temps ? Avait-il souffert ? Toute la journée elle fixait le plafond de la chambre, jusqu'à ce que les ombres l'envahissent, et ensuite elle restait éveillée dans l'obscurité, les yeux rivés sur la lueur du cadran luminescent du réveil.

« Ça ne sert à rien de pleurer toute la journée au fond de ton lit, s'écriait Edie d'un ton brusque. Tu te sentirais beaucoup mieux si tu enfilais une robe et si tu allais chez le coiffeur. »

Dans ses rêves, il était distant, insaisissable, dissimulant quelque chose. Elle espérait un mot de lui, mais il ne croisait jamais son regard, ne disait jamais rien. Les jours les plus difficiles, Libby lui avait maintes fois murmuré ces paroles, qu'elle n'avait pas comprises : *Nous n'étions pas destinés à le garder, chérie. Il ne nous a jamais appartenu. Nous avons eu de la chance de l'avoir auprès de nous ces quelques années.*

Par cette chaude matinée, dans la pièce aux volets clos, cette pensée revint à Charlotte à travers le brouillard de narcotiques. Elle songea que Libby avait dit la vérité. Et que, d'une étrange manière, depuis sa plus tendre enfance, Robin avait passé toute sa vie à essayer de lui dire au revoir.

Edie avait été la dernière à le voir. Après cela, personne n'en était plus très sûr. Tandis que sa famille bavardait dans le séjour – des silences plus longs, chacun regardant autour de lui aimablement, dans l'attente d'être appelé à table – Charlotte, à quatre pattes, fouillait dans le buffet de la salle à manger à la recherche de ses belles serviettes en lin (elle avait trouvé le couvert mis avec celles de tous les jours, en coton ; Ida – comme d'habitude – prétendit ne jamais avoir su qu'il en existait d'autres, affirmant que les serviettes de pique-nique à carreaux étaient les seules visibles). Charlotte venait juste de dénicher la bonne pile, et s'apprêtait à appeler Ida (*vous voyez ? exactement là où je disais*) quand elle sentit soudain que quelque chose n'allait pas.

Le bébé. Ce fut sa première pensée. Elle se leva d'un bond, laissant les serviettes tomber sur le tapis, et courut jusqu'au porche.

Mais Harriet n'avait rien. Toujours attachée dans son transat, elle fixa sa mère de ses grands yeux graves. Allison était assise sur le dallage, et suçait son pouce. Elle se balançait d'avant en arrière, émettant un bruit qui ressemblait au bourdonnement d'une guêpe – apparemment indemne, même si Charlotte remarqua qu'elle avait pleuré.

Qu'y a-t-il ? demanda-t-elle. Tu t'es fait mal ?

Mais Allison, sans retirer son pouce de sa bouche, fit non de la tête.

Du coin de l'œil, la mère vit bouger quelque chose au fond de la cour – Robin ? Mais quand elle regarda dans cette direction, il n'y avait personne.

Tu es sûre ? dit-elle à Allison. Le chat t'a griffée ?

Allison secoua la tête. Charlotte s'agenouilla et vérifia rapidement : ni bosses, ni bleus. Le chat avait disparu.

Encore inquiète, elle embrassa sa fille sur le front et l'emmena à l'intérieur (« Va donc voir ce que fait Ida dans la cuisine, ma chérie »), puis elle ressortit pour chercher le bébé. Elle avait déjà ressenti ces éclairs de panique auparavant, comme en rêve, le plus souvent au milieu de la nuit, et toujours lorsqu'un enfant avait moins de six mois ; elle se réveillait en sursaut d'un sommeil profond et courait au berceau. Mais Allison n'était pas blessée et le bébé n'avait rien... Elle alla dans le séjour et déposa Harriet auprès de sa tante Adélaïde, ramassa les serviettes sur le tapis de la salle à manger et – encore à demi somnambule, sans savoir pourquoi – elle se dirigea lentement vers la cuisine pour y prendre le bocal d'abricots du bébé.

Son mari, Dix, avait dit qu'on ne devait pas l'attendre pour dîner. Il était parti chasser le canard. C'était normal. Quand Dix ne travaillait pas à la banque, il était à la chasse ou chez sa mère. Elle poussa les battants de la porte de la cuisine et tira un tabouret pour attraper le bocal dans le placard. Ida Rhew se penchait pour sortir des petits pains du four. *God*, chantait une voix noire fêlée qui s'élevait du transistor. *God don't never change...* [Dieu ne change jamais.]

Cette émission de gospel. Cela hantait encore Charlotte, bien qu'elle n'en eût jamais parlé à personne. Si Ida n'avait pas mis la radio aussi fort, ils auraient pu entendre ce qui se passait dans la cour, et su qu'il y avait un problème. Pourtant (songeait-elle, tournant et se retournant la nuit dans son lit, essayant inlassablement de remonter jusqu'à la Cause Initiale des événements), elle avait elle-même obligé la pieuse Ida à travailler le dimanche. *Rappelez-vous le sabbat et sanctifiez-le.* Dans l'Ancien Testament, Jéhovah châtiait les gens pour bien moins que cela.

Ils sont presque cuits, ces petits pains, dit Ida Rhew, se courbant de nouveau sur la cuisinière.

Ida, je m'en occupe. Je pense qu'il va pleuvoir. Rentrez plutôt le linge, et dites à Robin que c'est l'heure de dîner.

Lorsque Ida – en ronchonnant, les gestes raides – revint pesamment avec une brassée de chemises, elle dit : Il veut pas venir.

Allez lui demander de rentrer immédiatement.

J'sais pas où il est. J' l'ai appelé dix fois.

Peut-être qu'il est de l'autre côté de la rue.

Ida laissa tomber les chemises dans le panier du repassage. La moustiquaire claqua. *Robin*, l'entendit crier Charlotte. Arrive tout de suite, sinon j'te donne une fessée.

Et de nouveau : *Robin !*

Mais il ne venait pas.

Oh, pour l'amour de Dieu, s'écria Charlotte, s'essuyant les mains avec un torchon, avant de sortir dans la cour.

Une fois dehors, elle se rendit compte avec un léger malaise, dû à l'irritation plus qu'à tout autre chose, qu'elle ne savait absolument pas où le chercher. Sa bicyclette était appuyée contre le porche. Il savait qu'il ne devait pas s'éloigner juste avant le dîner, surtout lorsqu'ils avaient des invités.

Robin ! appela-t-elle. Se cachait-il ? Aucun enfant de son âge n'habitait le quartier, et si, de temps à autre, des gamins déguenillés – noirs et blancs – remontaient depuis le fleuve pour rejoindre les larges trottoirs ombragés de George Street, elle n'en voyait aucun maintenant. Ida lui interdisait de jouer avec eux, mais il ne lui obéissait pas toujours. Les plus petits étaient pitoyables avec leurs genoux couronnés et leurs pieds sales ; Ida Rhew les chassait de la cour sans ménagement, pourtant Charlotte se laissait quelquefois attendrir et leur distribuait des pièces de monnaie ou des verres de limonade. Mais quand ils atteignaient l'âge de treize ou quatorze ans, elle préférait se réfugier à l'intérieur et donner carte blanche à Ida pour les déloger comme il lui plaisait. Ils tiraient sur les chiens avec des carabines à billes, volaient des objets sur les porches, disaient des gros mots et restaient dans la rue jusqu'à n'importe quelle heure.

J'ai vu passer ces p'tits vauriens dans la rue y a un moment, dit Ida.

Quand elle prononçait le mot vaurien, elle parlait des Blancs. Elle détestait les pauvres enfants blancs et les rendait responsables de tous les incidents de la cour avec une férocité unilatérale, même lorsque Charlotte savait qu'ils n'y étaient pour rien.

Robin était avec eux ? demanda-t-elle.

Non, m'dame.

Où sont-ils à présent ?

Je les ai chassés.

Dans quelle direction ?

Là-bas, vers le dépôt.

La vieille Mrs Fountain, la voisine, avec son cardigan blanc et ses lunettes à monture papillon, était sortie dans sa cour pour voir ce qui se passait, avec, sur ses talons, Mickey, son caniche décati, qui lui ressemblait tellement que cela en était comique : le nez pointu, les boucles grises et rêches, le menton levé d'un air soupçonneux.

Ah, ah, s'écria-t-elle gaiement. Vous donnez une grande fête, hein ?

Juste la famille, répondit Charlotte, scrutant l'horizon qui s'obscurcissait derrière Natchez Street, là où les voies ferrées se perdaient dans le lointain. Elle aurait dû inviter Mrs Fountain à dîner. Elle était veuve, et son enfant unique avait été tué pendant la guerre de Corée, mais c'était une méchante femme qui se plaignait sans arrêt, une vraie mouche du coche : Mr Fountain, qui possédait une entreprise de nettoyage à sec, était mort assez jeune, et les gens disaient en plaisantant qu'elle l'avait poussé dans la tombe à force de paroles.

Qu'y a-t-il ? demanda Mrs Fountain.

Vous n'auriez pas vu Robin, par hasard ?

Non. J'ai passé l'après-midi en haut, à nettoyer le grenier. Je sais, j'ai l'air d'une souillon. Vous voyez tout le fatras que j'ai traîné dehors ? Le boueux ne vient pas

26

avant mardi, et ça m'ennuie de tout laisser dans la rue, mais je ne vois pas comment faire autrement. Où s'est enfui Robin ? Vous ne le retrouvez pas ?

Je suis sûre qu'il n'est pas allé très loin, dit Charlotte, s'avançant sur le trottoir pour inspecter la rue. Mais c'est l'heure de dîner.

Ça va bientôt éclater, dit Ida Rhew, fixant le ciel.

Vous ne croyez pas qu'il a pu tomber dans l'étang ? demanda Mrs Fountain d'un ton anxieux. J'ai toujours eu peur qu'un de ces bébés y tombe.

Il ne fait même pas trente centimètres de profondeur, répondit Charlotte, mais elle fit aussitôt demi-tour, et partit en direction de la cour de derrière.

Edie était sortie sur le porche. Que se passe-t-il ? demanda-t-elle.

Il est pas derrière, cria Ida Rhew. J'ai déjà regardé.

En passant devant la fenêtre ouverte de la cuisine, sur le côté de la maison, Charlotte entendit l'émission de gospel qui continuait :

Softly and tenderly Jesus is calling
Calling for you and me
See, by the portals he's waiting and watching...

[D'une voix douce et tendre, Jésus nous appelle
Toi et moi
Tu vois, près du portail, il attend et nous guette...]

La cour de derrière était déserte. La porte de la remise à outils était entrebâillée : vide. Une couche d'écume gluante, verdâtre, flottait sur l'étang à poissons rouges, intacte. Quand Charlotte leva les yeux, un éclair en zig-zag jaillit dans les nuages noirs.

Mrs Fountain le vit la première. Son hurlement cloua

Charlotte sur place. Elle fit volte-face et courut vite, vite, pas assez vite – un tonnerre sans pluie grondant dans le lointain, le paysage étrangement éclairé sous le ciel d'orage, le sol montant vers elle tandis que ses talons s'enfonçaient dans la terre boueuse, que le chœur chantait encore quelque part et qu'un vent violent se levait soudain, rafraîchi par la pluie qui arrivait, secouant les branches des chênes au-dessus de sa tête avec un bruit d'ailes géantes, et la pelouse verte et tourmentée, hirsute, se soulevant autour d'elle comme une mer alors qu'elle trébuchait, aveuglée, terrifiée, vers l'atrocité qui l'attendait, elle le savait – contenue tout entière dans le cri de Mrs Fountain.

Où se trouvait Ida quand elle était arrivée là ? Où était Edie ? Elle revoyait seulement Mrs Fountain, un Kleenex en boule pressé sur la bouche, roulant follement des yeux derrière ses lunettes nacrées ; Mrs Fountain, et le caniche qui aboyait, et jailli de nulle part, emplissant l'air tout entier – le vibrato intense, inhumain, des hurlements d'Edie.

Il était pendu par le cou à un morceau de corde accroché à la branche basse du tupelo, situé près de la haie de troènes trop haute qui séparait la maison de Charlotte de celle de Mrs Fountain ; et il était mort. La pointe inerte de ses tennis oscillait à quinze centimètres au-dessus de l'herbe. Le chat, Weenie, allongé à plat ventre sur une branche, les griffes solidement plantées dans le bois, tapotait d'une patte preste et légère les cheveux flamboyants de Robin, qui ondulaient et scintillaient dans la brise, seule partie de son corps à avoir conservé une couleur normale.

Come home, chantait mélodieusement le chœur de la radio :

Come home
Ye who are weary come home

[Rentrez au bercail
Vous qui êtes si las, rentrez au bercail]

Un flot de fumée noire s'échappait par la fenêtre de la cuisine. Les croquettes de poulet avaient pris feu sur la cuisinière. Cela avait été un des plats préférés de la famille, mais après ce jour-là personne n'y goûta plus jamais.

CHAPITRE I

LE CHAT MORT

Douze ans après la mort de Robin, personne n'en savait plus long que le jour du drame sur les circonstances qui l'avaient conduit à se retrouver pendu à un arbre dans sa propre cour.

En ville, les gens discutaient encore de cette mort. D'ordinaire, ils s'y référaient comme à l'« accident », et pourtant les faits suggéraient une version bien différente (en effet, les discussions allaient bon train lors des déjeuners de bridge, chez le coiffeur, dans les cabanes de vente d'appâts et les salles d'attente des médecins, et dans la salle à manger principale du Country Club). Il était certainement difficile d'imaginer qu'un garçon de neuf ans avait trouvé le moyen de se pendre par simple malchance. Tout le monde connaissait les détails, qui étaient la source de nombre d'hypothèses et de discussions. Robin avait été pendu avec une sorte de câble à fibres – peu courant – que les électriciens utilisaient quelquefois, et personne n'avait la moindre idée de l'endroit d'où il avait pu venir, ni de la manière dont Robin se l'était procuré. Un câble épais, récalcitrant, et l'enquêteur de Memphis avait déclaré au shérif de la ville (aujourd'hui à la retraite) qu'à son avis, un petit garçon comme Robin n'avait pas pu faire ces nœuds tout seul. Le câble avait été attaché à l'arbre à la va-vite, un travail d'amateur, mais personne ne savait si c'était une preuve de l'inexpérience du meurtrier ou de sa précipitation. Les marques sur le corps semblaient indiquer que l'enfant était mort par strangulation, et non par pendaison (selon le pédiatre de Robin, qui avait parlé au médecin légiste de l'Etat, qui à son tour avait examiné le rapport du coroner du comté). Certaines personnes croyaient qu'il s'était étranglé avec la corde ; d'autres soutenaient qu'on l'avait étranglé à terre, et accroché à l'arbre après coup.

Pour la ville, et la famille du petit garçon, Robin était à coup sûr tombé dans un guet-apens. Organisé par qui, et comment, personne n'en savait rien. A deux reprises, depuis les années vingt, des femmes d'une famille éminente avaient été assassinées par des maris jaloux, mais il s'agissait de scandales oubliés, les parties intéressées ayant depuis longtemps quitté ce monde. De temps à autre, un Noir trouvait la mort à Alexandria, mais (s'empressaient de souligner les Blancs) ces meurtres étaient généralement commis par d'autres Noirs, pour des raisons qui n'appartenaient qu'à eux. Un enfant mort était une autre affaire – cela terrifiait tout le monde, riches et pauvres, Noirs et Blancs – et personne ne parvenait à imaginer qui avait pu commettre un acte pareil, et pourquoi.

Dans le quartier, on parla d'un Mystérieux Vagabond, et des années après la mort de Robin, les gens prétendaient encore le voir rôder. Aux dires de tous, c'était un vrai géant, mais à part ce détail, les descriptions divergeaient. Parfois il était noir, parfois blanc ; parfois il portait des marques distinctives spectaculaires, un doigt en moins, un pied-bot, une cicatrice livide sur la joue. On racontait que c'était un tueur à gages dévoyé qui avait étranglé le fils d'un sénateur du Texas et l'avait donné en pâture aux cochons ; un ancien clown de rodéo, qui attirait des petits enfants vers leur mort grâce à des numéros

34

de lasso fantaisistes ; un simple d'esprit psychopathe, recherché dans onze Etats, échappé de l'hôpital psychiatrique de Whitfield. Bien que les parents d'Alexandria missent en garde leurs enfants, et bien qu'on aperçût régulièrement sa silhouette massive qui claudiquait dans les environs de George Street, les soirs d'Halloween, le Vagabond demeurait un personnage insaisissable. A cent vingt kilomètres à la ronde, tous les rôdeurs, colporteurs et voyeurs avaient été ramassés et interrogés après la mort du petit Cleve, mais l'enquête n'avait rien donné. Personne n'aimait se dire qu'un meurtrier se promenait en liberté, aussi la peur persistait. On redoutait particulièrement qu'il rôdât encore dans le quartier : observant les enfants qui jouaient de sa berline discrètement garée.

Les gens de la ville discutaient de ces questions-là. La famille de Robin, jamais.

C'était de lui que parlaient ses proches. Ils racontaient des anecdotes de sa petite enfance, de l'école maternelle et de ses matches de base-ball, toutes les choses charmantes, drôles et insignifiantes qu'il avait dites ou faites, et dont ils se souvenaient. Ses vieilles tantes se rappelaient des montagnes de petits détails : les jouets qu'il avait eus, les vêtements qu'il avait portés, les professeurs qu'il avait aimés, ou haïs, les jeux auxquels il avait joué, les rêves qu'il avait racontés, ce qu'il avait détesté, souhaité, et adoré. Certains faits étaient exacts ; d'autres non : le plus souvent, personne n'avait les moyens de le vérifier, mais quand les Cleve décidaient de se mettre d'accord sur une question subjective, elle se transformait en vérité – automatiquement et de manière irrévocable –, et aucun d'entre eux n'avait conscience de l'alchimie collective qui avait conduit à ce résultat.

Les circonstances mystérieuses et contradictoires de la mort de Robin n'étaient pas soumises à cette alchimie.

Certes, l'instinct révisionniste des Cleve était puissant, mais aucune intrigue ne recollait ces fragments, aucune logique ne s'en dégageait, aucune leçon rétrospective, aucune morale de l'histoire. Robin lui-même, ou le souvenir qu'ils en avaient gardé, était tout ce qu'ils possédaient ; et leur exquise description de son caractère – enjolivée avec soin pendant de nombreuses années – était leur plus grand chef-d'œuvre. Parce qu'il avait été un petit sauvageon si charmant, et qu'ils l'avaient précisément aimé pour ses caprices et ses bizarreries, dans leurs reconstitutions, la vitalité impulsive de Robin apparaissait parfois avec une netteté poignante, et on croyait presque le voir foncer dans la rue, penché sur sa bicyclette, les cheveux au vent, appuyant si fort sur les pédales que le vélo oscillait légèrement – un enfant agité, capricieux, vivant. Mais cette clarté était trompeuse, conférant une dangereuse vraisemblance à une histoire qui tenait largement de la légende, car en d'autres endroits la trame du récit était presque transparente, lumineuse mais étrangement impersonnelle, comme le sont parfois les vies des saints.

« Ah, Robin aurait aimé cela ! » s'écriaient les tantes avec affection. « Qu'il aurait ri ! » En réalité, il avait été un enfant étourdi, inconstant – parfois sombre, parfois au bord de l'hystérie – et dans la vie, ce caractère imprévisible avait été une grande partie de son charme. Mais ses petites sœurs, qui ne l'avaient pour ainsi dire jamais connu, grandirent avec la certitude de connaître la couleur préférée de leur frère mort (le rouge) ; son livre favori (*Le Vent dans les saules*), et le personnage qu'il affectionnait le plus (Crapaud) ; son parfum de glace préféré (le chocolat), son équipe de base-ball favorite (les Cardinals) et mille autres choses qu'elles n'étaient pas même sûres de savoir sur elles-mêmes – étant des fillettes bien vivantes, qui aimaient la glace au chocolat une semaine, et le sorbet à la pêche la semaine d'après. En conséquence, leur relation avec leur frère disparu était des plus intimes, son caractère flamboyant, immuable, puissant, éclipsant invariablement le leur, fait de doutes et d'imprécisions, et celui des gens qu'elles connaissaient ; elles grandirent donc persuadées que c'était dû à une rare et angélique incandescence de la nature de Robin, et pas du tout au fait qu'il était mort.

Les sœurs de Robin étaient très différentes de lui, et ne se ressemblaient pas entre elles.

Allison avait aujourd'hui seize ans. Elle avait été une petite fille effacée qui attrapait facilement bleus et coups de soleil, pleurait pour un rien, et était devenue, contre toute attente, la plus jolie des deux : de longues jambes, une chevelure fauve, des yeux noisette, transparents. Toute sa grâce résidait dans son inconsistance. Elle avait la voix douce, des manières langoureuses, des traits flous et rêveurs ; aux yeux de sa grand-mère Edie – qui appréciait par-dessus tout l'éclat et les couleurs vives – c'était une déception. Le teint d'Allison, délicat et naturel comme l'herbe qui s'épanouit en juin, respirait seulement la fraîcheur de la jeunesse, qui (personne ne le savait mieux qu'Edie) était la première à disparaître. Elle rêvassait ; elle soupirait beaucoup, sa démarche était gauche – elle traînait les pieds, les orteils en dedans – ainsi que son langage. Pourtant elle était jolie à sa façon, avec sa timidité et sa peau laiteuse, et les garçons de sa classe avaient commencé à lui téléphoner. Edie l'avait observée (les yeux baissés, le visage empourpré), le combiné coincé entre l'épaule et l'oreille, qui bégayait d'humiliation en remuant la pointe de son espadrille.

Il était vraiment dommage, marmonnait Edie tout haut, qu'une fille aussi *charmante* (dans sa bouche, le mot était chargé de sens, signifiant à la fois *faible* et *anémique*) se tînt aussi mal. Allison devait empêcher ses cheveux de lui tomber dans la figure. Allison devait rejeter ses épaules en arrière, se redresser avec assurance au lieu de se laisser aller. Allison devait sourire, parler plus fort, se découvrir des centres d'intérêt, poser aux gens des questions sur eux si elle ne trouvait rien d'autre de captivant à dire. Ce genre de conseils, certes bien intentionnés, étaient souvent formulés en public, et si impatiemment que la jeune fille chancelante quittait la pièce en larmes.

« Eh bien, je m'en moque, disait Edie très fort, dans le silence qui suivait ces scènes. Il faut bien que quelqu'un lui apprenne comment se comporter. Si je n'étais pas tout le temps sur son dos, cette gosse ne serait pas en seconde, je peux vous l'assurer. »

C'était vrai. Certes, Allison n'avait jamais redoublé une classe, mais à plusieurs reprises, surtout à l'école primaire, elle avait échappé de justesse à cette sanction. *Manque d'attention*, indiquaient les carnets scolaires de la fillette. *Brouillon. Lente. Ne s'applique pas.* « Bon, je suppose que nous devons faire un petit effort », disait vaguement Charlotte quand Allison rentrait à la maison avec de nouveaux C et D.

Mais si ni Allison ni sa mère ne semblaient se soucier de ces mauvaises notes, Edie s'en préoccupait à un point alarmant. Elle se rendait à l'école pour exiger des entrevues avec les professeurs ; elle torturait l'enfant avec des listes de lectures, des fiches et des problèmes de division avec retenue ; Allison était maintenant au lycée, mais Edie annotait encore au crayon rouge ses comptes rendus de lectures et ses devoirs de science.

Il ne servait à rien de lui rappeler que Robin lui-même

n'avait pas été un très bon élève. « Foutaises, répliquait-elle aigrement. Il n'aurait pas tardé à se mettre au travail. » Elle n'approfondissait jamais plus loin cette question, car – les Cleve n'étaient pas sans le savoir – si Allison avait été aussi vive que son frère, sa grand-mère lui aurait pardonné les pires notes au monde.

Tandis que la mort de Robin et les années suivantes avaient rendu Edie plus amère, Charlotte avait sombré dans une indifférence qui ternissait tous les aspects de la vie ; et si elle tentait de prendre le parti d'Allison, c'était sans entrain, et d'une manière inefficace. En cela elle en était arrivée à ressembler à son mari, Dixon, qui, bien qu'il subvînt correctement aux besoins financiers de sa famille, n'avait jamais témoigné d'intérêt à ses filles, ni prodigué d'encouragements. Sa négligence n'avait rien de personnel ; il avait toujours quelque chose à dire, et il exprimait sa piètre opinion des filles en général sans la moindre honte, et avec une bonne humeur naturelle et conviviale. (Aucune de *ses* filles, aimait-il à répéter, n'hériterait un centime.)

Dix n'avait jamais passé beaucoup de temps à la maison, et maintenant il n'était presque jamais là. Il venait d'une famille de parvenus, pour reprendre l'expression d'Edie (son père avait tenu un magasin de plomberie), et quand il avait épousé Charlotte – séduit par son nom, ses origines – il avait cru qu'elle était riche. Leur union n'avait jamais été heureuse (il travaillait tard le soir à la banque, consacrait ses nuits aux parties de poker, chassait, pêchait, jouait au football et au golf, toute excuse étant bonne pour ne pas rentrer le week-end) mais après la mort de Robin son entrain s'amenuisa à l'extrême. Il voulait en finir avec le deuil ; il ne supportait pas les pièces silencieuses, l'atmosphère d'abandon, de lassitude, de tristesse, et il montait le son de la télévision au maximum, arpentant la maison dans un perpétuel état de frustration, il frappait dans ses mains, relevait les stores et disait des phrases comme : « Debout là-dedans ! », « Reprends du poil de la bête ! » et « On forme une équipe ! » Il était stupéfait du mauvais accueil fait à ses efforts. Finalement, comme ses remarques n'avaient pas réussi à chasser la tragédie de sa demeure, il s'en désintéressa tout à fait, et – après des semaines tumultueuses, et de plus en plus nombreuses, passées dans son cabanon de chasse – il accepta sur une impulsion un poste très bien payé dans une banque d'une autre ville. Il prétendit que c'était un grand sacrifice désintéressé. Mais tous ceux qui connaissaient Dix savaient qu'il n'était pas parti dans le Tennessee pour le bien de sa famille. Il voulait une vie trépidante, avec des Cadillac, des parties de cartes et des matches de football, des boîtes de nuit à La Nouvelle-Orléans, des vacances en Floride ; il voulait des cocktails et des rires, une femme toujours bien coiffée avec une maison impeccable, prête à apporter immédiatement le plateau des hors-d'œuvres.

Mais la famille de Dix n'était ni enjouée, ni tapageuse. Sa femme et ses filles étaient solitaires, excentriques, mélancoliques. Pis : à cause de ce qui s'était passé, elles étaient marquées aux yeux des gens – Dix lui-même n'échappait pas à ce verdict. Leurs amis les évitaient. Les couples ne les invitaient plus à dîner ; leurs relations cessaient de téléphoner. On n'y pouvait rien. Les gens n'aimaient pas songer à la mort, ni aux choses désagréables. Et pour toutes ces raisons, Dix avait éprouvé la nécessité d'échanger sa famille contre un bureau lambrissé et une vie sociale tumultueuse à Nashville, sans se sentir le moins du monde coupable.

Si Allison irritait Edie, les tantes l'adoraient, considérant que beaucoup des qualités que leur sœur jugeait si frustrantes respiraient la tranquillité et même la poésie. Selon elles, Allison était non seulement la plus jolie, mais aussi la plus charmante – patiente, ne se plaignant jamais, douce avec les animaux, les personnes âgées et les enfants –, des vertus qui, de l'avis des tantes, étaient infiniment plus précieuses qu'un carnet scolaire rempli de bonnes notes ou qu'une conversation brillante.

Elles la défendaient loyalement. *Après tout ce que cette petite a vécu*, avait dit une fois Tat à Edie, avec véhémence. Cela avait suffi à la faire taire, au moins temporairement. Car personne ne pouvait oublier qu'Allison et la petite Harriet avaient été les seules à se trouver dans la cour ce terrible jour ; la fillette n'avait que quatre ans alors, mais elle avait certainement vu quelque chose, une scène sans doute si horrible qu'elle s'en était trouvée fragilisée.

Immédiatement après, la famille et la police l'avaient minutieusement questionnée. Avait-elle vu quelqu'un dans la cour, un adulte, un homme, peut-être ? Mais Allison – qui s'était mise inexplicablement à faire pipi au lit, et se réveillait en hurlant la nuit, en proie à des terreurs atroces – refusa de répondre par oui ou par non. Elle suçait son pouce, serrant contre elle son chien en peluche, et ne voulut même pas dire son nom ni son âge. Personne – pas même Libby, la plus douce et la plus patiente de ses vieilles tantes – ne parvint à lui arracher un mot.

Allison ne se souvenait pas de son frère, et elle ne se rappelait aucun détail de sa mort. Quand elle était petite, elle restait parfois les yeux ouverts alors que toute la maisonnée était endormie, fixant la jungle d'ombres sur le plafond de sa chambre, fouillant le plus loin possible dans sa mémoire, mais c'était inutile, elle ne trouvait rien.

L'environnement rassurant de sa vie d'avant était le même – le porche, l'étang, le chat, les plates-bandes, tout était lisse, incandescent, inaltérable – mais si elle projetait son esprit au-delà, elle atteignait invariablement un point étrange où la cour était vide, où la maison résonnait, abandonnée, pleine des signes d'un départ récent (les vêtements accrochés sur la corde à linge, la vaisselle du déjeuner encore sur la table) ; sa famille tout entière avait disparu, elle ne savait pas où, et le chat roux de Robin – encore un chaton, et non le matou alangui aux larges bajoues qu'il était devenu par la suite – se comportait bizarrement, les yeux hagards, l'air sauvage, filant sur la pelouse pour grimper sur un arbre, apeuré comme si elle avait été une étrangère. Elle n'était pas tout à fait elle-même dans ces souvenirs, pas quand ils remontaient aussi loin. Certes, elle reconnaissait parfaitement les lieux où ils se situaient – George Street, n° 363, la maison où elle avait vécu toute sa vie – mais ne parvenait pas à s'identifier : elle n'était ni un petit enfant, ni même un bébé, mais seulement un regard, une paire d'yeux qui se promenaient dans un décor familier, dénués de personnalité, d'âge, et de passé, désincarnés, comme si elle se rappelait certains événements survenus avant sa naissance.

Allison ne songeait pas consciemment à tout cela, sinon sous une forme vague, inachevée. Petite, elle n'avait pas eu l'idée de s'interroger sur la signification de ces impressions évanescentes, et maintenant qu'elle était plus âgée, elle s'en préoccupait moins encore. Elle pensait rarement au passé, et en cela, différait énormément de sa famille, chez qui c'était une véritable obsession.

Chez elle, personne ne le comprenait. Ils n'y seraient même pas parvenus si elle avait tenté de le leur expliquer. Pour des esprits comme les leurs, en permanence assiégés par le souvenir, pour qui le présent et l'avenir étaient des schémas récurrents, et rien d'autre, une telle vision du monde dépassait l'imagination. La mémoire – fragile, miraculeuse, rayonnante – représentait pour eux l'étincelle de la vie, et presque chacune de leurs phrases commençait pas une référence au temps ancien : « Te rappelles-tu cette batiste à brindilles vertes ? insistaient sa mère et ses tantes. Ce rosier buisson ? Ces petits pains briochés au citron ? Tu te souviens de ce jour de Pâques glacial, Harriet était un tout petit bébé, et tu as cherché les œufs dans le jardin et fait un grand lapin de neige dans la cour d'Adélaïde ? »

« Oui, oui, mentait Allison. Ça me revient. » C'était vrai, d'une certaine manière. Elle avait entendu ces histoires si souvent qu'elle les connaissait par cœur, pouvait les répéter si elle le désirait, et parfois compléter le récit par un détail ou deux : ainsi (par exemple) Harriet et elle s'étaient servies de fleurs roses gelées tombées du pommier sauvage pour le nez et les oreilles du lapin. Les anecdotes étaient aussi familières que celles de l'enfance de sa mère, ou que les histoires racontées dans les livres. Mais aucune ne semblait se rattacher à son être profond.

En vérité – et elle ne l'avait jamais avoué à personne – une foule de choses lui échappaient. Elle n'avait aucun souvenir distinct du jardin d'enfants, ni de l'école maternelle, ni d'un incident quelconque ayant pu se produire avant l'âge de huit ans. Elle en avait honte, et elle s'efforçait (le plus souvent avec succès) de le dissimuler. Sa petite sœur Harriet prétendait se rappeler certains événements datant de la première année de son existence.

Elle avait moins de six mois quand Robin était mort, mais affirmait se souvenir de lui ; Allison et le reste de la famille considéraient qu'elle disait sans doute la vérité. De temps à autre, elle stupéfiait l'assistance, rappelant une péripétie, obscure mais d'une précision saisissante –

un détail vestimentaire, ou une particularité du temps, des menus de repas anniversaires où elle n'avait pas deux ans.

Mais Allison ne se souvenait absolument pas de Robin. C'était inexcusable. Elle avait près de cinq ans lorsqu'il était mort. Elle avait totalement oublié la période qui avait suivi le drame. Elle connaissait l'intermède jusqu'au moindre détail – les larmes, le chien en peluche, ses silences ; le détective de Memphis – un homme de haute stature, avec une face de chameau et des cheveux prématurément blancs, qui s'appelait Snowy Oliver – lui avait montré des photographies de sa propre fille, Celia, et donné des Bounties dont il avait une pleine boîte dans sa voiture ; il lui avait aussi montré d'autres photos, d'hommes de couleur, de Blancs aux cheveux coupés ras, aux paupières lourdes, elle était assise sur la causeuse en velours uni bleu de Tattycorum – tante Tat les avait recueillies, elle et le bébé, leur mère était encore alitée – les larmes ruisselaient sur ses joues, elle grattait le chocolat des Bounties et refusait de dire un mot. Elle savait tout cela, non parce qu'elle s'en souvenait, mais parce que la tante Tat le lui avait raconté de nombreuses fois, assise dans son fauteuil tout près du chauffage à gaz, quand Allison venait la voir après la classe, les après-midi d'hiver, ses vieux yeux couleur d'ambre fixés sur un point à l'autre bout de la pièce, sa voix tendre, volubile, nostalgique, comme si elle rapportait l'histoire de quelqu'un qui n'était pas là.

Edie, avec son œil de lynx, n'était ni aussi affectueuse, ni aussi tolérante. Les récits qu'elle choisissait de faire à Allison avaient souvent un curieux ton allégorique.

« La sœur de ma mère, commençait-elle alors qu'elle ramenait la petite fille chez elle après ses leçons de piano, ne quittant jamais la route des yeux, son nez élégant, puissant tel le bec d'un faucon, levé en l'air, la sœur de ma mère connaissait un petit garçon nommé Randall Sco-field, dont la famille avait été tuée dans une tornade. Il est rentré chez lui après l'école, et devine ce qu'il a vu ? Sa maison avait explosé, et les nègres qui travaillaient sur les lieux du sinistre avaient sorti des ruines les cadavres de son père, de sa mère et de ses trois petits frères, encore des bébés, et ils étaient allongés là, ensanglantés, sans même un drap pour les recouvrir, étendus côte à côte, l'un contre l'autre, comme les lames d'un xylophone. L'un des enfants avait perdu un bras, et la mère avait un butoir de porte en métal fiché dans la tempe. Eh bien, sais-tu ce qui est arrivé à ce petit garçon ? Il a *perdu la voix*. Il n'a pas prononcé un seul mot pendant les sept années suivantes. Mon père racontait qu'il avait toujours sur lui une pile d'emballages de chemise en carton et un crayon gras, et qu'il devait écrire chaque mot qu'il voulait dire aux gens. Le patron de la teinturerie de la ville lui fournissait ces cartons gratuitement. »

Edie aimait conter cette histoire. Il y avait des variantes, des enfants qui avaient temporairement perdu la vue, ou s'étaient coupé la langue d'un coup de dent, ou avaient perdu la tête, quand ils s'étaient trouvés devant tel ou tel spectacle d'horreur. Chaque récit se teintait d'une légère note accusatrice qu'Allison n'arrivait jamais à identifier.

Elle passait seule la plus grande partie de son temps. Elle écoutait des disques. Elle faisait des collages de photos découpées dans des magazines, et des bougies artisanales avec des crayons fondus. Elle dessinait des ballerines, des chevaux et des souriceaux dans les marges de son cahier de géométrie. A l'heure du déjeuner elle s'asseyait à table avec un groupe de filles assez populaires, bien qu'elle les vît rarement en dehors du lycée. En apparence, elle était comme elles : elle portait de beaux vêtements, avait un teint cristallin, habitait une grande maison dans une jolie rue ; et si elle manquait d'éclat et de vivacité, sa personne n'avait rien de désagréable.

« Tu pourrais être populaire si tu voulais, disait Edie, qui connaissait toutes les ficelles de la dynamique sociale, même au niveau de la classe de seconde. La fille la plus populaire de ta classe, si tu voulais seulement essayer. »

Allison n'en avait aucune envie. Elle ne voulait pas que les autres soient méchants avec elle, ou se moquent d'elle, mais tant qu'aucun d'eux ne l'ennuyait, elle était contente. Et – à part Edie – on la laissait tranquille. Elle dormait beaucoup. Elle se rendait à l'école à pied, seule. Elle s'arrêtait pour jouer avec des chiens qu'elle rencontrait en chemin. La nuit, elle rêvait d'un ciel jaune, et d'une sorte de drap blanc qui se gonflait, se découpant sur le ciel, et ces images l'angoissaient énormément, mais elle les oubliait dès qu'elle ouvrait les yeux.

Le week-end et après l'école, Allison passait beaucoup de temps avec ses grands-tantes. Elle enfilait leurs aiguilles et leur faisait la lecture quand leurs yeux faiblissaient, montait sur les escabeaux pour attraper des objets placés en hauteur, sur des étagères poussiéreuses, les écoutait parler de camarades de classe disparues et de récitals de piano donnés soixante ans auparavant. Parfois, après ses cours, elle faisait des sucreries – du caramel, de la barbe à papa, des meringues aux noix – pour leurs ventes de charité. Aussi méticuleuse qu'un chimiste, elle se servait d'un marbre à pâtisserie glacé et d'un thermomètre, suivant chaque étape de la recette, et rectifiait le niveau des ingrédients dans le verre doseur à l'aide d'un couteau à beurre. Les tantes – folles de joie comme des petites filles, avec leurs joues fardées, leurs cheveux bouclés – trottinaient dans tous les sens, enchantées par l'activité de la cuisine, s'appelant par leurs surnoms d'enfance.

Quelle bonne petite pâtissière, s'écriaient-elles en chœur. Comme tu es jolie. Tu es un ange de venir nous rendre visite. Quelle gentille fille. Si jolie. Si charmante.

Harriet, le bébé, n'était ni jolie ni charmante. Elle était intelligente.

Depuis qu'elle avait su parler, Harriet avait été une présence perturbatrice dans la maison des Cleve. Intrépide dans la cour de récréation, impolie avec les invités, elle répondait à Edie, empruntait des livres sur Gengis Khan à la bibliothèque, et donnait la migraine à sa mère. Elle avait douze ans et était en cinquième. C'était une excellente élève, mais ses professeurs n'avaient jamais su comment la prendre. Quelquefois ils téléphonaient à sa mère, ou à Edie – qui, savait toute personne connaissant un peu les Cleve, était le bon interlocuteur ; à la fois maréchal et autocrate, elle détenait le plus de pouvoir dans la famille, et était la plus susceptible d'intervenir. Mais Edie elle-même ne savait pas vraiment comment procéder avec sa petite-fille. Harriet n'était pas exactement désobéissante, ni indisciplinée, mais elle était hautaine, et réussissait d'une manière ou d'une autre à exaspérer presque tous les adultes qui lui parlaient.

Elle n'avait rien de la fragilité rêveuse de sa sœur. Elle était solidement bâtie, comme un petit blaireau, avec des joues rondes, un nez pointu, des cheveux noirs coupés au carré, une petite bouche mince et décidée. Elle parlait avec vivacité, d'une voix ténue, haut placée, qui, pour un enfant du Mississippi, était curieusement saccadée, si bien que les étrangers demandaient souvent où diable elle avait pris cet accent de la côte Est. Elle avait un regard pâle, pénétrant, qui rappelait celui d'Edie. Elle ressemblait beaucoup à sa grand-mère, ce qui ne passait pas inaperçu, mais la beauté farouche, ardente de l'aïeule perdait de son intensité chez la fillette, lui donnant un air un peu inquiétant. Chester, l'homme à tout faire, les comparait en secret à un faucon et à son fauconneau.

Pour lui, et pour Ida Rhew, Harriet était une source d'amusement et d'exaspération. Dès le jour où elle avait appris à parler, elle s'était attachée à leurs pas pendant qu'ils vaquaient à leurs occupations, les interrogeant constamment. Combien gagnait Ida ? Chester savait-il le « Notre Père » ? Pouvait-il le lui dire ? Elle les distrayait aussi en semant la zizanie parmi les Cleve qui étaient généralement paisibles. Plus d'une fois, elle avait provoqué des désaccords qui avaient failli mal tourner, disant à Adélaïde qu'Edie et Tat, au lieu de garder les taies d'oreillers qu'elle brodait pour elles, les emballaient pour les offrir à d'autres gens ; elle informait Libby que ses cornichons à l'aneth – loin d'être le plat préféré qu'elle croyait – étaient immangeables, et que les voisins et la famille les réclamaient uniquement pour leur curieuse efficacité d'herbicide. « Tu vois cette plaque de terre dans la cour ? disait Harriet. Devant le porche de derrière. Il y a six ans, Tatty a jeté à cet endroit quelques-uns de tes cornichons, et depuis rien n'y a repoussé. » La fillette proposait de mettre les cornichons en bocal et de les vendre comme désherbant. Libby deviendrait milliardaire.

Tante Libby mit trois ou quatre jours avant de s'en remettre. Avec Adélaïde et les taies d'oreillers, l'effet avait été encore plus désastreux. Contrairement à sa sœur, elle aimait se montrer rancunière ; pendant deux semaines, elle refusa d'adresser la parole à Edie et à Tat, et ignora froidement les gâteaux et les tartes déposés sur son porche en signe de conciliation, les abandonnant aux chiens du voisinage. Libby, éprouvée par la querelle (dont elle n'était nullement responsable ; elle était la seule sœur assez loyale pour conserver et utiliser les taies, si hideuses fussent-elles), s'agita dans tous les sens pour essayer de calmer le jeu. Elle y avait presque réussi quand Harriet mit à nouveau de l'huile sur le feu en racontant à Adélaïde qu'Edie ne déballait jamais les cadeaux que cette dernière lui offrait, mais se contentait de retirer la vieille étiquette pour la remplacer par une nouvelle, avant de les expédier ailleurs : surtout à des organisations caritatives, dont certaines venaient en aide aux Noirs. L'incident fut si calamiteux que des années plus tard, la moindre référence à cet épisode donnait encore lieu à des piques et à de subtiles accusations, et que désormais, Adélaïde mettait un point d'honneur à offrir à ses sœurs, pour Noël et les anniversaires, des présents d'une générosité ostentatoire – un flacon de Shalimar, par exemple, ou une chemise de nuit achetée chez Goldsmith's à Memphis –, oubliant le plus souvent d'en retirer le prix. « Moi, je préfère les cadeaux faits maison », l'entendait-on expliquer à voix haute : aux dames de son club de bridge, à Chester, dans la cour, pardessus les têtes de ses sœurs humiliées, alors qu'elles étaient en train de déballer la folie dont elles n'avaient nul besoin. « Ces cadeaux-là ont un sens. *Ils prouvent qu'on a pensé à vous*. Mais pour certaines personnes, la seule chose qui compte, c'est l'argent que vous avez dépensé. Elles croient qu'un cadeau ne vaut rien s'il ne sort pas du magasin. »

« J'aime beaucoup ce que tu fais, Adélaïde », disait toujours Harriet. C'était vrai. Elle n'avait pas l'usage de ses tabliers, taies d'oreillers, serviettes de table, et pourtant elle entassait le linge de maison criard de sa tante, dont elle avait des tiroirs pleins dans sa chambre. C'étaient les motifs, plutôt que la chose en elle-même, qu'elle appréciait : des fillettes hollandaises, des cafetières dansantes, des Mexicains altiers coiffés de sombreros. Elle les convoitait au point de les voler dans les placards des autres, et avait été extrêmement irritée qu'Edie s'en débarrassât au profit des bonnes œuvres (« Ne sois pas ridicule, Harriet. Que *diable* veux-tu en faire ? ») alors qu'elle les voulait pour elle.

« Je sais que, toi, tu les apprécies, chérie, murmurait Adélaïde, la voix tremblante d'apitoiement sur son propre sort, se penchant pour faire à la fillette un baiser théâtral tandis que Tat et Edie échangeaient un regard dans son dos. Un jour, quand je serai morte, tu seras peut-être contente d'en hériter. »

« Cette petite, dit Chester à Ida, elle aime faire des histoires. »

Edie, qui elle aussi aimait bien faire des histoires, trouvait en sa plus jeune petite-fille une sérieuse concurrente. Et malgré cela, ou peut-être grâce à cela, elles avaient du plaisir à être ensemble, et Harriet passait beaucoup de temps dans la maison de sa grand-mère. Edie se plaignait souvent de son caractère têtu et de son manque de manières, et grommelait qu'elle était toujours dans ses jambes, mais bien que Harriet l'exaspérât, elle jugeait sa compagnie plus satisfaisante que celle d'Allison, qui n'avait pas grand-chose à dire. Elle aimait l'avoir auprès d'elle, mais ne l'eût jamais avoué, et regrettait son absence les après-midi où elle ne venait pas.

Les tantes avaient de l'affection pour Harriet, mais elle n'était pas aussi tendre que sa sœur, et son arrogance les perturbait. Elle était trop carrée. Elle ne comprenait pas du tout la réticence, ni la diplomatie, et en cela, elle ressemblait plus à Edie que celle-ci n'en avait conscience.

Les tantes s'efforçaient en vain de lui apprendre la politesse. « Mais ne *comprends*-tu pas, chérie, disait Tat, que même si tu n'aimes pas le cake, il vaut mieux le manger plutôt que de blesser ton hôtesse.

— Mais je n'aime pas le cake.

— Je sais bien, Harriet. C'est pourquoi je prends cet exemple.

— Je n'ai jamais rien mangé d'aussi infect. Je ne connais personne qui aime ça. Et si je lui dis que j'aime ça elle va continuer à m'en proposer.

— Oui, mon petit, mais ce n'est pas la question. Si quelqu'un a pris la peine de cuisiner quelque chose pour toi, c'est bien élevé de le manger, même si tu n'en veux pas.

— La Bible nous enseigne à ne pas mentir.

— C'est différent. C'est un pieux mensonge. La Bible parle d'une autre sorte de mensonge.

— Le Bible ne parle pas de mensonges pieux ou impies. Juste des mensonges.

— Crois-moi, Harriet. C'est vrai, Jésus nous recommande de ne pas mentir, mais ça ne veut pas dire que nous devons nous montrer grossiers envers notre hôtesse.

— Jésus ne dit rien là-dessus. Il dit que c'est un péché de mentir. Que le démon est un menteur, et le prince des mensonges.

— Mais Jésus dit Aime ton voisin, n'est-ce pas ? intervint Libby, inspirée, relayant Tat qui restait sans voix. Cela ne concerne-t-il pas ton hôtesse ? Elle est aussi ta voisine.

— C'est juste, s'écria Tat enchantée. Personne n'essaie de te faire croire que ton hôtesse habite nécessairement *la maison d'à côté*, se hâta-t-elle d'ajouter. Aime ton voisin comme toi-même signifie que tu dois manger ce qu'on t'offre, et le faire de bonne grâce.

— Je ne vois pas pourquoi aimer mon voisin m'oblige à lui dire que j'aime le cake. Surtout quand c'est faux. »

Personne, pas même Edie, ne savait comment réagir à cette désagréable pédanterie. Cela pouvait durer des heures. Il ne servait à rien de discuter jusqu'à l'exaspération. Plus horripilant encore, les arguments de Harriet, si prétentieux qu'ils fussent, se fondaient en général sur une référence plus ou moins solide aux Ecritures. Cela n'impressionnait pas Edie. Certes, elle travaillait dans des organisations charitables et missionnaires, et chantait dans le chœur de l'église, mais en réalité, elle ne croyait pas plus à la véracité de chaque mot de la Bible qu'elle n'était convaincue, au fond d'elle-même, par certains de ses propos favoris : par exemple, tout est pour le mieux dans le meilleur des mondes, ou encore, les Noirs sont exactement comme les Blancs. Mais les tantes – Libby, en particulier – étaient troublées si elles réfléchissaient trop à ce que disait Harriet. Ses sophismes s'inspiraient indéniablement de la Bible, et pourtant allaient à l'encontre du bon sens et de tout ce qui était juste. « Peut-être », déclara Libby, mal à l'aise, quand Harriet fut repartie chez elle d'un pas ferme pour le dîner, « peut-être que le Seigneur de voit pas de différence entre un mensonge pieux et un mensonge impie. Peut-être qu'à Ses yeux ils sont tous impies.

— Enfin, Libby.

— Peut-être faut-il un petit enfant pour nous le rappeler.

— Je préférerais descendre tout de suite en enfer, glapit Edie – qui n'avait pas assisté à la conversation précédente – plutôt que de faire savoir à tous les gens de cette ville ce que je pense d'eux en réalité.

— Edith ! s'écrièrent aussitôt les deux sœurs.

— Edith, tu ne penses pas ce que tu dis !

— Mais si. Et je me fiche de savoir ce qu'on pense de moi en ville.

— Je me demande bien ce que tu as pu faire, Edith, protesta la vertueuse Adélaïde, pour t'imaginer qu'on te juge aussi mal. »

Odean, la bonne de Libby – qui feignait d'être dure d'oreille –, écoutait la discussion, impassible, depuis la cuisine où elle réchauffait du poulet à la crème et des biscuits pour le dîner de la vieille dame. Il ne se passait pas grand-chose de passionnant dans la maison de Libby, et la conversation était d'habitude un peu plus animée les jours où venait Harriet.

Contrairement à Allison – que les autres enfants acceptaient vaguement, sans vraiment savoir pourquoi – Harriet était une petite fille tyrannique, que l'on n'aimait guère. Les amis qu'elle avait n'étaient pas indifférents et éphémères, comme ceux d'Allison. C'étaient surtout des garçons, plus jeunes qu'elle le plus souvent, et fanatiquement dévoués, qui traversaient la moitié de la ville à vélo pour venir la voir après la classe. Elle les faisait jouer aux croisades, et à Jeanne d'Arc ; elle les déguisait en paysans avec des draps et les obligeait à jouer des scènes du Nouveau Testament, dans lesquelles elle interprétait le rôle de Jésus. La Cène était sa préférée. Assis d'un côté de la table de pique-nique dans la cour de la maison des Cleve, comme dans le tableau de Léonard de Vinci, sous la pergola recouverte d'une treille muscate, dans la cour arrière de Harriet, ils attendaient tous impatiemment le moment où – après avoir servi un ultime repas de crackers Ritz et de Fanta au raisin – elle les fixait l'un après l'autre d'un regard glacial, l'espace de quelques secondes. « Et pourtant l'un d'entre vous, déclarait-elle avec un calme qui les faisait frissonner, l'un d'entre vous me trahira ce soir. »

« Non ! Non ! » hurlaient-ils avec délice – y compris Hely, le garçon qui jouait Judas, mais c'était le chouchou de Harriet, et il avait aussi le droit d'interpréter le rôle de tous les disciples les plus enviés : saint Jean, saint Luc, saint Simon Pierre. « Jamais, Seigneur ! »

Après, il y avait la procession jusqu'à Gethsémani, qui

était situé dans l'ombre épaisse du tupelo de la cour. Là, Harriet, qui incarnait Jésus, était capturée de force par les Romains – une scène violente, et beaucoup plus tumultueuse que la version donnée par les Evangiles – et c'était assez excitant ; mais les garçons aimaient surtout Gethsémani parce que le drame se déroulait sous l'arbre où son frère avait été assassiné. Le meurtre avait eu lieu avant la naissance de la plupart d'entre eux, mais ils connaissaient tous l'histoire, et l'avaient reconstituée à partir de fragments de conversations de parents ou de grotesques semi-vérités chuchotées par leurs frères et sœurs plus âgés dans l'obscurité de leurs chambres, et l'arbre avait projeté son ombre aux riches nuances sur leur imagination depuis le premier jour où, alors qu'ils étaient tout bébés, leur nourrice s'était penchée, au coin de George Street, pour étreindre leurs menottes et le leur montrer en chuchotant des mises en garde.

Les gens se demandaient pourquoi l'arbre était encore debout. Tout le monde pensait qu'on aurait dû le couper – pas seulement à cause de Robin, mais parce qu'il avait commencé à mourir par le haut : des ossements gris fracturés se dressaient, mélancoliques, au-dessus du feuillage saumâtre, comme s'ils avaient été touchés par la foudre. A l'automne, il prenait une teinte flamboyante splendide qui durait un jour ou deux, puis se dénudait brutalement. Quand les bourgeons s'ouvraient au printemps, les feuilles étaient brillantes et parcheminées, si foncées qu'elles paraissaient noires. Elles projetaient une ombre si dense que l'herbe poussait difficilement ; d'ailleurs, le tupelo était trop grand, trop proche de la maison, et si un vent assez fort se levait, avait dit le tailleur d'arbres à Charlotte, elle le découvrirait un beau matin couché en travers de la fenêtre de sa chambre (« sans parler de ce petit garçon », avait-il déclaré à son associé quand il s'était hissé dans son camion, claquant la portière, « comment cette pauvre femme peut-elle se réveiller chaque matin en voyant cette chose dans sa cour »). Mrs Fountain avait même proposé de payer pour faire abattre l'arbre, évoquant avec tact le danger que courait sa propre maison. C'était extraordinaire, car elle était si pingre qu'elle lavait le papier aluminium pour l'enrouler à nouveau et le réutiliser, mais Charlotte s'était contentée de secouer la tête. « Non, merci, Mrs Fountain, avait-elle répondu d'un ton si vague que sa voisine crut qu'elle l'avait mal comprise.

— Je vous le répète, hurla-t-elle d'une voix perçante. Je suis prête à régler les frais ! Cela me fait plaisir ! C'est aussi une menace pour mon toit, et si une tornade éclate et...

— Non, merci. »

Elle ne se tourna pas vers Mrs Fountain – et ne jeta pas même un coup d'œil au tupelo, au sommet duquel la cabane de son fils mort pourrissait tristement sur une fourche abîmée. Elle regardait de l'autre côté de la rue, au-delà du terrain vague où poussaient les lychnis et des touffes de chiendent, vers l'endroit où les voies ferrées se faufilaient lugubrement le long des toits rouillés de Négreville, dans le lointain.

« Je vous l'assure, insista Mrs Fountain, changeant de ton. Je vous l'assure, Charlotte. Vous croyez que je ne comprends pas, mais je sais ce que c'est que de perdre un fils. Pourtant c'est la volonté de Dieu, et vous devez l'accepter. » Encouragée par le silence de Charlotte, elle continua : « D'ailleurs, ce n'était pas votre seul enfant. Au moins, il vous reste les autres. Moi, je n'avais *que* mon pauvre Lynsie. Il ne se passe pas une journée sans que je repense à ce matin où j'ai appris que son avion avait été abattu. Nous étions en train de nous préparer pour Noël.

Je me trouvais en haut d'une échelle, en chemise de nuit et robe de chambre, et j'essayais d'attacher un brin de gui au lustre, quand j'ai entendu frapper à la porte de devant. Porter, béni soit-il – c'était après sa première crise cardiaque, mais avant la deuxième... »

Sa voix se brisa, et elle jeta un regard à Charlotte. Mais celle-ci n'était plus là. Elle avait tourné les talons pour repartir vers sa maison.

Cela s'était passé des années auparavant, et l'arbre demeurait, surmonté de la vieille cabane de Robin qui pourrissait toujours. Mrs Fountain se montrait beaucoup moins aimable désormais, quand elle rencontrait Charlotte. « Elle ne s'occupe absolument pas de ses filles, disait-elle aux clientes de Mrs Neely pendant qu'elle se faisait coiffer. Et cette maison est bourrée d'ordures. Par les fenêtres, on voit des piles de journaux qui atteignent presque le plafond.

— Je me demande, répondit Mrs Neely, avec sa face de renard, croisant le regard de Mrs Fountain dans la glace comme elle tendait la main vers la bombe de laque, si elle ne boit pas un petit coup de temps en temps ?

— Ça ne me surprendrait pas du tout », s'écria sa cliente.

Parce qu'elle hurlait souvent contre les enfants depuis son porche, ils s'enfuyaient et inventaient des histoires sur son compte : elle kidnappait (et mangeait) les petits garçons ; son massif de rosiers primé était fertilisé par la poudre de leurs ossements. La proximité de la maison des horreurs de Mrs Fountain rendait d'autant plus grisante la reconstitution de l'arrestation de Jésus à Gethsémani dans la cour de Harriet. Mais si les garçons réussissaient parfois à se faire peur en parlant de la voisine, ils n'avaient pas besoin de prendre cette peine pour l'arbre. Quelque chose, dans son apparence, les mettait mal à l'aise ; à quelques pas à peine de la pelouse ensoleillée – et pourtant à des années-lumière – la densité écrasante de son ombre était troublante même si on ne savait rien de son histoire. Il n'était pas nécessaire de leur rappeler ce qui s'était passé, car l'arbre en était le souvenir vivant. Il possédait sa propre autorité, son obscurité immanente.

A cause de la mort de Robin, Allison avait été cruellement tourmentée par ses camarades au cours de ses premières années d'école (« *Maman, maman, je peux aller jouer dehors avec mon frère ? – Sûrement pas, tu l'as déjà déterré trois fois cette semaine !* »). Elle avait enduré les sarcasmes dans un silence humble – personne ne sut combien de temps, ni à quel point – jusqu'au jour où un gentil professeur découvrit enfin ce qui se passait et y mit un terme.

Mais Harriet – peut-être à cause de sa nature plus féroce, ou seulement parce que ses camarades de classe étaient trop jeunes pour se rappeler le meurtre – avait échappé à ces persécutions. La tragédie de sa famille projetait sur elle un éclat inquiétant que les garçons jugeaient irrésistible. Elle parlait souvent de son frère mort, avec une curieuse obstination qui impliquait non seulement qu'elle avait connu Robin, mais qu'il était encore en vie. Régulièrement, les enfants se surprenaient à fixer la nuque de la fillette ou son profil. Ils avaient parfois l'impression qu'elle *était* Robin : un garçon comme eux, revenu de la tombe, qui savait des choses qu'ils ignoraient. Dans les yeux de Harriet, ils discernaient le reflet perçant du regard de son frère, à travers le mystère de leurs origines communes. En réalité, bien qu'aucun d'eux n'en eût conscience, la fillette ressemblait très peu à son frère, même en photo ; vif, rayonnant, glissant comme une anguille, il n'aurait pu être plus éloigné de son humeur songeuse et de son manque d'humour dédaigneux, car c'était essentiellement la force du caractère de Harriet qui les fascinait et les tenait en haleine, et non l'énergie de Robin.

Aucune ironie, aucun parallèle terrible n'apparaissait aux garçons entre la tragédie qu'ils reproduisaient dans l'ombre du tupelo et le drame qui avait eu lieu au même endroit, douze ans auparavant. Hely avait les mains pleines, puisque dans le rôle de Judas Iscariote il livrait Harriet aux Romains, mais coupait aussi l'oreille d'un centurion pour la défendre (dans le rôle de Simon Pierre). Enchanté et nerveux, il comptait les trente cacahuètes bouillies pour lesquelles il trahirait son Sauveur, et tandis que les autres garçons le bousculaient et lui lançaient des coups de coude, il s'humectait les lèvres avec une gorgée supplémentaire de Fanta au raisin. Pour trahir Harriet, il avait le droit de déposer un baiser sur sa joue. Une fois – poussé par les autres adeptes – il l'avait embrassée en plein sur la bouche. La sévérité et le mépris avec lesquels elle s'était essuyé les lèvres – d'un large revers de la main – l'avait plus impressionné que l'acte lui-même.

Les silhouettes drapées de Harriet et de ses disciples produisaient un effet bizarre dans le quartier. Parfois Ida Rhew, levant les yeux de l'évier pour regarder par la fenêtre, était saisie par l'étrangeté de la petite procession qui s'avançait lugubrement sur la pelouse. Elle ne voyait pas Hely tripoter ses cacahuètes en marchant, ni ses tennis vertes sous la robe, elle n'entendait pas les autres protester tout bas parce qu'ils n'avaient pas le droit de prendre leurs pistolets à amorces pour défendre Jésus. La file de petites silhouettes drapées de blanc se suivant sur l'herbe lui inspirait la même curiosité et le même sentiment prémonitoire que si elle avait été une lavandière de Palestine, les bras plongés jusqu'aux coudes dans un baquet d'eau de puits sale, s'interrompant dans la tiédeur du crépuscule de la Pâque pour s'essuyer le front du dos du poignet et fixer un instant, intriguée, les treize formes encapuchonnées qui passaient sur la route poussiéreuse, en direction du jardin muré des Oliviers, au sommet de la colline – l'importance de leur mission transparaissant dans leur démarche lente et grave, mais sa nature restait impossible à imaginer : des funérailles, peut-être ? Une nuit de veille auprès d'un malade, un procès, une célébration religieuse ? Un événement troublant, en tout cas, suffisamment pour retenir son attention une minute ou deux ; pourtant, en reprenant son travail, elle n'avait aucun moyen de savoir que la petite procession se préparait à vivre un drame qui devait bouleverser le cours de l'Histoire.

« Pourquoi vous allez toujours jouer sous ce vilain arbre ? demandait-elle à Harriet quand elle rentrait dans la maison.

— Parce que, répondait celle-ci, c'est l'endroit le plus sombre de la cour. »

Depuis qu'elle était petite, elle se passionnait pour l'archéologie : les tertres indiens, les cités en ruine, les pierres enfouies. Cela avait commencé par un intérêt pour les dinosaures qui avait évolué. Harriet, remarqua-t-on dès qu'elle eut l'âge de s'exprimer, ne s'intéressait pas aux dinosaures en eux-mêmes – ces brontosaures aux longs cils des dessins animés du samedi, qui se laissaient chevaucher, ou courbaient docilement l'échine pour servir de toboggan aux enfants –, pas même aux tyrannosaures hurlants ou aux ptérodactyles cauchemardesques. Ce qui l'intéressait, c'était qu'ils n'existaient plus.

« Mais comment pouvons-nous savoir, avait-elle demandé à Edie – qui en avait assez d'entendre le mot *dinosaure* –, à quoi ils ressemblaient vraiment ?

— Parce que des gens ont trouvé leurs ossements.

— Mais si je trouvais tes os, Edie, je ne saurais pas à quoi toi, tu ressembles. »

Edie – qui était en train de peler des pêches – s'abstint de répondre.

« Regarde, Edie. Regarde. Ici, c'est écrit qu'ils ont juste trouvé un tibia. » Elle grimpa sur un tabouret et, d'une main, présenta le livre avec espoir. « Et là, il y a l'image du dinosaure tout entier.

— Tu connais cette chanson, Harriet ? » interrompit Libby, se penchant par-dessus le comptoir de la cuisine où elle dénoyautait des pêches. De sa voix chevrotante, elle commença : « *La rotule est liée au tibia... Le tibia est lié au...* »

— *Mais comment savent-ils à quoi il ressemblait ?* Comment savaient-ils qu'il était vert ? Ils l'ont peint en vert dans le livre. Regarde. *Regarde*, Edie.

— Je vois, répondit la grand-mère d'un ton maussade, sans se tourner vers elle.

— Tu ne regardes pas.

— J'ai déjà vu tout ce qui m'intéresse. »

Quand Harriet fut un peu plus grande, à l'âge de neuf ou dix ans, son obsession se porta sur l'archéologie. Dans ce domaine, elle trouva en sa tante Tat une interlocutrice bien disposée, quoique brouillonne. Celle-ci avait enseigné le latin pendant trente ans dans le lycée du quartier ; une fois à la retraite, elle avait acquis une passion pour les diverses Enigmes des Anciens, dont la plupart, croyait-elle, se rattachaient à l'Atlantide. Les Atlantes, expliquait-elle, avaient construit les pyramides et les monolithes de l'île de Pâques ; la sagesse atlante justifiait la présence des crânes trépanés découverts dans les Andes et des batteries électriques modernes trouvées dans les tombes des pharaons. Ses rayonnages regorgeaient d'œuvres populaires pseudo-érudites de la fin du xixe siècle, qu'elle avait héritées de son père cultivé, mais crédule, un distingué magistrat qui avait passé les dernières années de son existence à chercher à s'échapper d'une chambre verrouillée, vêtu de son pyjama. Sa bibliothèque, qu'il avait léguée à son avant-dernière fille, Theodora – surnommée, par lui-même, Tattycorum, Tat pour abréger –, comprenait des ouvrages tels que *The Antediluvian Controversy, Other Worlds Than Ours,* et *Mu : Fact or Fiction ?*

Les sœurs de Tat n'encourageaient pas ce type de recherches ; Adélaïde et Libby les jugeaient antichrétiennes, et pour Edie, c'était une pure idiotie. « Mais s'il existe une ville comme Atlanta, demandait Libby, plissant son front innocent, pourquoi n'en parle-t-on pas dans la Bible ?

— Parce qu'elle n'était pas encore construite, s'écria Edie, assez cruellement. Atlanta est la capitale de la Géorgie. Sherman l'a brûlée pendant la guerre de Sécession.

— Oh, Edith, ne sois pas odieuse...

— Les Atlantes, déclara Tat, étaient les ancêtres des Anciens Egyptiens.

— Eh bien voilà. Les Anciens Egyptiens n'étaient pas chrétiens, dit Adélaïde. Ils vénéraient des chats et des chiens et ce genre de choses.

— Ils ne *pouvaient* pas être chrétiens, Adélaïde. Le Christ n'était pas encore né.

— Peut-être, mais au moins, Moïse et tous les autres respectaient les Dix Commandements. Ils ne perdaient pas leur temps à vénérer des chiens et des chats.

— Les Atlantes, énonça Tat d'un ton hautain, couvrant les rires de ses sœurs, les *Atlantes* savaient beaucoup de choses que les scientifiques modernes aimeraient bien découvrir aujourd'hui. Papa connaissait l'histoire de l'Atlantide, c'était un bon chrétien, et il était plus cultivé que nous toutes ici réunies.

— Papa, marmonna Edie, *papa* me tirait du lit en pleine nuit en me disant que le Kaiser Wilhelm arrivait et qu'il fallait cacher l'argenterie au fond du puits.

— Edith !

— Edith, ce n'est pas juste. Il était malade à ce moment-là. Après avoir été aussi bon pour nous toutes !

— Je ne dis pas que papa n'était pas un homme bon, Tatty. Je dis juste que c'était moi qui devais m'occuper de lui.

— Papa m'a toujours reconnue, s'empressa d'ajouter Adélaïde – qui, étant la plus jeune, et, croyait-elle, la préférée de son père, ne manquait jamais une occasion de le rappeler à ses sœurs. Il s'est souvenu de moi jusqu'à la fin. Le jour où il est mort, il m'a pris la main et il a dit : "Adie, ma chérie, qu'est-ce qu'ils m'ont fait ?" Je ne sais vraiment pas pourquoi j'étais la seule qu'il reconnaissait. C'était très bizarre. »

Harriet aimait beaucoup regarder les livres de Tat, qui comprenaient non seulement les volumes sur l'Atlantide, mais des ouvrages plus sérieux tels que l'*Histoire* de Gibbon et Ridpath, et une quantité de romans de poche à l'eau de rose, situés dans l'Antiquité, avec en couverture des portraits de gladiateurs.

« Bien sûr, ce ne sont pas des textes de référence, expliquait Tat. Ce ne sont que des romans légers sur fond historique. Mais ils sont très divertissants, et éducatifs, aussi. Je les donnais aux enfants du lycée pour essayer de les intéresser à l'époque des Romains. On ne pourrait sans doute pas en faire autant avec le genre de livre qu'on écrit de nos jours, mais ce sont de petits romans convenables, rien à voir avec les torchons qu'on publie aujourd'hui. » Elle faisait glisser un index osseux – aux articulations gonflées par l'arthrite – sur la rangée de reliures identiques. « *H. Montgomery Storm*. Je crois qu'il écrivait aussi des romans sur la période de la régence anglaise, sous un nom de femme, mais je ne me rappelle plus quoi. »

Harriet ne s'intéressait pas du tout aux romans de gladiateurs. Il s'agissait uniquement d'histoires d'amour en costume romain, et elle détestait tout ce qui avait un rapport avec l'amour ou les sentiments. Son livre préféré, dans la bibliothèque de Tat, était un gros volume intitulé *Pompéi et Herculanum : les cités oubliées*, illustré de planches en couleurs.

Tat était assez contente de le regarder avec sa petite-nièce. Elles s'installaient sur le canapé de velours uni et tournaient les pages ensemble – délicates peintures murales de villas en ruine, fours de boulangers parfaitement conservés, avec le pain et le reste, sous cinq mètres de cendres, moulages gris en plâtre de Romains morts sans tête, encore crispés par la terreur, figés sur les pavés où ils étaient tombés deux mille ans plus tôt, sous une pluie de scories.

« Je ne vois pas pourquoi les malheureux n'ont pas eu la présence d'esprit de s'enfuir plus vite, dit Tat. Je suppose qu'ils ignoraient alors ce que c'est qu'un volcan. Je suppose aussi que ça ressemblait un peu à l'ouragan Camille sur le golfe du Mexique. Il y avait un tas d'imbéciles qui n'ont pas voulu partir quand on a évacué la ville et qui ont continué de boire à l'hôtel Buena Vista comme si c'était une grande fête. Eh bien, je peux t'assurer, Harriet, qu'ils ont mis trois semaines à ramasser ces cadavres sur les cimes des arbres une fois que le niveau de l'eau a baissé. Il ne restait pas une seule brique du Buena Vista. Tu ne t'en souviendrais pas, chérie. Ils avaient des scalaires peintes sur leurs verres à eau. » Elle tourna la page.

« Regarde. Tu vois ce moulage du petit chien qui est mort ? Il a encore un biscuit dans la gueule. J'ai lu quelque part une jolie histoire que quelqu'un a écrite sur ce chien. Dans ce récit, il appartenait à un petit mendiant pompéien qu'il aimait, et il est mort en essayant de lui trouver de la nourriture pour qu'il ait de quoi manger pendant l'évacuation de Pompéi. N'est-ce pas triste ? Bien sûr, personne n'en est sûr, mais c'est sans doute assez proche de la vérité, tu ne crois pas ?

— Peut-être que le chien voulait manger ce biscuit.

— J'en doute. La nourriture était sûrement le dernier des soucis de ce pauvre animal, au milieu de tous ces gens qui couraient dans tous les sens en hurlant, sous cette cendre qui recouvrait tout. »

Tat partageait l'intérêt de Harriet pour la cité ensevelie, d'un point de vue strictement humain, cependant elle ne comprenait pas pourquoi la fascination de la fillette se portait sur les aspects les plus vils et les moins dramatiques des ruines : ustensiles cassés, tessons de poterie sans éclat, morceaux de métal corrodé, tout à fait quelconque. Elle ne se rendait certainement pas compte que l'obsession de Harriet pour les fragments d'objets avait un rapport avec son histoire familiale.

Les Cleve, comme la plupart des vieilles familles du Mississippi, avaient autrefois été plus riches. Comme pour la Pompéi disparue, seules des traces de ces richesses demeuraient, et ils aimaient à se raconter des histoires sur leur fortune perdue. Certaines étaient vraies. Les Yankees avaient effectivement volé une partie des bijoux et de l'argenterie des Cleve, à défaut des vastes trésors qui faisaient soupirer les sœurs ; le juge Cleve était sorti ruiné du krach de 29 ; et dans sa sénilité, il avait fait quelques investissements catastrophiques, engloutissant de façon remarquable la masse de ses économies dans un projet insensé de Voiture du Futur, une automobile volante. Le juge, découvrirent ses filles consternées après sa mort, avait été l'un des principaux actionnaires de la défunte société.

La grande maison, qui avait appartenu à la famille Cleve depuis sa construction, en 1809, dut alors être vendue précipitamment pour rembourser les dettes du juge. Les sœurs en avaient encore du chagrin. Elles avaient grandi sous ce toit, ainsi que leur père, leur grand-mère, et leurs arrière-grands-parents. Pis encore : l'acquéreur s'empressa de la revendre à une autre personne qui la transforma en maison de retraite, puis en logements sociaux, le jour où elle perdit sa licence. Trois ans après la mort de Robin, elle brûla entièrement. « Elle a survécu à la guerre de Sécession, déclara Edie avec amertume, mais les nègres ont tout de même fini par l'avoir. »

En réalité, le juge Cleve, et non les « nègres », avait détruit la maison ; pendant près de soixante-dix ans, il n'avait entrepris aucune réparation, et sa mère non plus, durant les quarante années précédentes. Quand il mourut, les planchers étaient vermoulus, les fondations rongées par les termites, la structure tout entière était sur le point de s'effondrer, mais les sœurs parlaient encore avec nostalgie de leur tapisserie peinte à la main – bleu coquille d'œuf, avec des roses cent-feuilles – qui avait été envoyée de France ; les manteaux de cheminée en marbre ornés de séraphins sculptés, et le lustre en cristal de Bohême fait main, les escaliers jumeaux conçus spécialement pour accueillir des parties de campagne mixtes : une pour les garçons, une pour les filles, et une paroi séparant en deux l'étage supérieur de la maison, afin d'empêcher les garçons espiègles de se glisser dans les appartements des filles au milieu de la nuit. Elles avaient généralement oublié qu'au moment de la mort du juge, l'escalier des garçons, situé au nord, n'avait abrité aucune fête depuis cinquante ans, et était branlant au point d'être impraticable ; que la salle à manger avait brûlé presque entièrement par la faute du juge sénile, lors d'un accident causé par une lampe à paraffine ; que les planchers s'affaissaient, que le toit fuyait, qu'en 1947, les marches du porche de derrière avaient volé en éclats sous le poids d'un employé de la compagnie de gaz venu relever le compteur ; et que de grands lambeaux moisis de la célèbre tapisserie peinte à la main se décollaient du plâtre.

La maison, détail amusant, avait été baptisée Tribulation. Le grand-père du juge Cleve l'avait ainsi nommée car il affirmait que sa construction l'avait presque tué. Il n'en restait rien, excepté les deux cheminées et l'allée moussue – dont les briques formaient un motif astucieux à chevrons – qui conduisait du soubassement au perron de devant, où cinq carreaux de Delft fêlés, sur la contremarche, épelaient les lettres CLEVE en bleu passé.

Pour Harriet, ces cinq carreaux de faïence étaient les vestiges d'une civilisation perdue plus fascinants que n'importe quel chien mort avec un biscuit dans la gueule. A ses yeux, leur bleu aqueux, subtil était le bleu de la richesse, de la mémoire, de l'Europe, du ciel ; et la Tribulation qu'elle reconstituait ainsi avait la phosphorescence et la splendeur du rêve.

Dans son esprit, son frère évoluait tel un prince dans les salles de son palais perdu. La maison avait été vendue quand elle avait à peine six semaines, mais Robin avait fait des glissades sur ses rampes en acajou (une fois, lui avait raconté Adélaïde, il avait failli atterrir dans le dressoir vitré en bas de l'escalier) et joué aux dominos sur le tapis persan tandis que les séraphins de marbre aux ailes déployées, aux paupières lourdes veillaient sournoisement sur lui. Il s'était endormi au pied de l'ours que son grand-oncle avait abattu et empaillé, et il avait vu la flèche, garnie de plumes de jais décolorées, qu'un Indien Natchez avait décochée à son arrière-arrière-grand-père pendant une attaque surprise en 1812, et qui depuis était restée fichée dans le mur du salon.

Les carreaux de faïence mis à part, il restait peu d'objets concrets de la maison ancestrale. La plupart des tapis et des meubles, et tous les accessoires – les séraphins en marbre, le lustre – avaient été entassés dans des caisses portant l'inscription Divers et vendus à un marchand d'antiquités de Greenwood qui les avait payés seulement la moitié de leur prix. La célèbre flèche s'était réduite en poussière dans les mains d'Edie lorsqu'elle avait tenté de l'arracher du mur le jour du déménagement, après s'être efforcée en vain de la détacher du plâtre à l'aide d'un couteau de vitrier. Et l'ours empaillé, dévoré par les mites, avait été jeté sur le tas d'ordures où l'avaient récupéré – enchantés – des enfants noirs, le ramenant chez eux en le tirant dans la boue par les pattes.

Comment reconstruire alors le colosse disparu ? quels fossiles restait-il, à quels indices devait-elle se raccrocher ? Les fondations existaient toujours, un peu en dehors de la ville, elle ne savait pas exactement où, et d'une certaine manière, c'était sans importance ; une seule fois, par un lointain après-midi d'hiver, on l'avait emmenée là-bas pour les lui montrer. A travers ses yeux d'enfant, ce soubassement donnait l'impression d'avoir soutenu une structure beaucoup plus grosse qu'une maison, presque une ville ; elle revoyait Edie (qui ressemblait à un garçon manqué avec son pantalon en toile) sautant d'une pièce à l'autre, tout excitée, exhalant des nuages de vapeur blanche, montrant le salon, la salle à manger, la bibliothèque – pourtant tout cela était flou en comparaison du souvenir terrifiant de Libby en trois-quarts rouge qui avait éclaté en sanglots, avant de tendre sa main gantée vers Edie et de se laisser guider dans les bois, sur le sol gelé qui crissait sous les pas, jusqu'à la voiture, tandis que Harriet peinait à les suivre.

Des objets éparpillés de moindre valeur avaient été récupérés dans la maison – du linge, des plats ornés de monogrammes, un buffet massif en bois de rose, des vases, des pendules en porcelaine, des chaises de salle à manger –, dispersés dans sa propre maison et dans celles de ses tantes : fragments disséminés, un tibia ici, une vertèbre là, à partir desquels Harriet entreprenait de rebâtir la magnificence incendiée qu'elle n'avait jamais vue. Et ces biens sauvés rayonnaient, empreints d'une sérénité ancienne qui leur appartenait : l'argenterie était plus lourde, les broderies plus luxueuses, le cristal plus délicat et le bleu de la porcelaine, plus fin, plus rare. Mais plus éloquents encore étaient les récits qu'on lui faisait – des pages richement ornées que Harriet enjolivait, inspirée par le mythe de l'alcazar enchanté – ce château féerique qui n'avait jamais existé – qu'elle s'était résolument forgé. Elle possédait, à un point singulier et déconcertant, cette étroitesse de vision qui permettait à tous les Cleve d'oublier ce dont ils refusaient de se souvenir, et d'exagérer ou, à défaut, d'altérer ce qu'ils ne pouvaient oublier ; en reconstituant le squelette de la monstruosité disparue qu'avait représenté la fortune de sa famille, elle ne se rendait pas compte que certains des os avaient été trafiqués ; que d'autres appartenaient à des animaux totalement différents ; qu'un grand nombre des os les plus massifs et les plus spectaculaires n'étaient pas du tout des os, mais des imitations en plâtre de Paris. (Le célèbre lustre de Bohême, par exemple, ne venait pas de Bohême ; il n'était même pas en cristal ; la mère du juge l'avait commandé par correspondance.) Elle avait encore moins conscience qu'au cours de son labeur, elle piétinait constamment certains fragments poussiéreux, sans prétention, qui, si elle avait pris la peine de les examiner, lui auraient fourni la clé véritable – fort décevante – de la structure tout entière. La Tribulation puissante, opulente, monumentale qu'elle avait si péniblement reconstituée en imagination n'était pas la réplique d'une maison qui avait existé autrefois, mais une chimère, un conte de fées.

Harriet passait des journées entières à étudier le vieil album de photographies dans la maison d'Edie (qui, à des lieues de Tribulation, se réduisait à un bungalow de trois pièces construit dans les années quarante). Il y avait la mince et timide Libby, les cheveux tirés en arrière, le teint blafard, un air de vieille fille même à dix-huit ans : le dessin de la bouche et des yeux rappelait un peu la mère de Harriet (et Allison). Ensuite, Edie – âgée de neuf ans, le front orageux, son petit visage empreint de mépris, reflet miniature de celui de son père, le juge, qui fronçait les sourcils derrière elle. Une Tat étrange à la face de lune, étalée dans un fauteuil en osier, l'ombre floue d'un chaton sur les genoux, méconnaissable. Adélaïde bébé, qui survivrait à trois maris, souriant à l'objectif. C'était la plus jolie des quatre, et quelque chose en elle rappelait aussi Allison, mais une certaine irritabilité transparaissait déjà aux commissures des lèvres. Sur le perron de la maison condamnée qui se dressait derrière elles, on voyait les carreaux de faïence avec les lettres CLEVE, à peine lisibles, et seulement si on regardait attentivement, mais c'était le seul détail qui était resté inchangé.

Les photographies que Harriet préférait étaient celles où se trouvait son frère. Edie en avait pris la plus grande partie ; parce qu'il était si douloureux de les regarder, on les avait enlevées de l'album et gardées à part, sur une étagère du placard d'Edie, à l'intérieur d'une boîte de chocolat en forme de cœur. Quand Harriet était tombée dessus, vers l'âge de huit ans, ce trésor lui était apparu comme une trouvaille archéologique équivalente à la découverte du tombeau de Toutankhamon.

Edie ignorait totalement que sa petite-fille avait déniché les photos, et que c'était l'une des principales raisons pour lesquelles elle passait tant de temps chez elle. Harriet, équipée d'une torche, les examinait, assise au fond de la penderie d'Edie, dans l'odeur de renfermé, derrière les froufrous des robes du dimanche de sa grand-mère ; parfois elle glissait la boîte à l'intérieur de la valise où elle rangeait sa Barbie, et l'emportait dans la remise à outils, où Edie lui permettait de jouer sans la déranger – heureuse de ne plus l'avoir dans ses jambes. Plusieurs fois, elle avait rapporté le paquet chez elle. Un soir, alors que leur mère était partie se coucher, elle avait montré les photographies à Allison. « Regarde, avait-elle dit. C'est notre frère. »

La jeune fille, une expression proche de la peur s'imprimant sur ses traits, fixa la boîte ouverte que Harriet avait posée sur ses genoux.

« Allez. Jette un coup d'œil. Tu es sur plusieurs d'entre elles.

— Je ne veux pas », s'écria sa sœur, refermant violemment le couvercle avant de pousser le coffret vers Harriet.

Les instantanés étaient en couleurs : des polaroïds passés aux coins rosis, collants et déchirés à l'endroit où on les avait arrachés de l'album. Ils portaient des traces de doigts, comme si quelqu'un les avait souvent manipulés. Des numéros noirs de catalogue étaient parfois apposés au dos, parce que les clichés avaient servi à l'enquête de police, et ces photographies-là étaient recouvertes d'empreintes.

Harriet ne se lassait jamais de les contempler. Les lavis

étaient trop bleus, surnaturels ; et les couleurs étaient devenues encore plus étranges et plus instables avec le temps. Le monde onirique qu'elles lui laissaient entrevoir était magique, souverain, inatteignable. Il y avait Robin, en train de faire la sieste avec Weenie, son chat roux tigré ; il se promenait bruyamment sur le majestueux porche à colonnes de Tribulation, égrenant son rire cristallin, criant en direction de l'objectif ; il soufflait des bulles avec une soucoupe de savon et une bobine. Là, l'air sérieux, il se dressait dans un pyjama à rayures ; dans son uniforme de louveteau – content de lui, les genoux rejetés en arrière ; ici, il était beaucoup plus petit, habillé pour un spectacle de jardin d'enfants – *Le Bonhomme en pain d'épices* – dans lequel il avait joué le rôle d'un corbeau avide. Le costume qu'il avait porté était célèbre. Libby avait passé des semaines à le confectionner : un collant noir, complété par des bas orange, avec, cousues du poignet à l'aisselle et de l'aisselle au haut de la cuisse, des ailes de velours noir garni de plumes. Sur son nez était attaché un cône de carton orangé, en guise de bec. C'était un costume si beau que Robin l'avait revêtu deux Halloween de suite, comme ses sœurs, et après tant d'années, Charlotte recevait encore des coups de téléphone de mères du voisinage la suppliant de le prêter à leurs enfants.

Le soir du spectacle, Edie avait utilisé une pellicule entière : différents clichés de Robin courant dans la maison, euphorique, battant des bras, les ailes gonflées derrière lui, une plume égarée ou deux se déposant sur le vaste tapis élimé. Une aile noire enroulée autour du cou de la timide Libby, la couturière rougissante. Avec ses petits amis Alex (un boulanger en blouse et bonnet blancs) et le vilain Pemberton, le bonhomme en pain d'épices en personne, son petit visage assombri par la rage, à cause du manque de dignité de son costume. Robin de nouveau, impatient, se tortillant, maintenu par sa mère agenouillée qui essayait de passer un coup de peigne rapide dans ses cheveux. La jeune femme joueuse de la photo était indéniablement la mère de Harriet, mais une mère qu'elle n'avait jamais connue : légère, charmante, pétillante de vie.

Les photographies enchantaient Harriet. Elle souhaitait plus que tout s'échapper du monde qu'elle connaissait pour se glisser dans leur clarté fraîche et bleutée, où son frère était vivant, où la belle maison était encore debout, où tout le monde était toujours heureux. Robin et Edie à quatre pattes dans le grand salon lugubre, en train de jouer à un jeu de société – elle ne pouvait dire lequel, un jeu avec des jetons brillants et une roue colorée qui tournait. Sur une autre photo, Robin, dos à l'appareil, lançait un gros ballon rouge à Edie qui roulait des yeux de façon comique en plongeant pour l'attraper. Ici, il soufflait les bougies de son gâteau d'anniversaire – neuf en tout, le dernier qu'il connaîtrait –, Edie et Allison se penchaient par-dessus son épaule pour l'aider, visages souriants illuminés dans l'obscurité. Un délire de Noëls : rameaux de pin et guirlandes, cadeaux débordant sous l'arbre, le buffet scintillant, avec le saladier de punch en verre taillé, les plats de cristal remplis de sucreries et d'oranges, les gâteaux saupoudrés de sucre servis sur des plateaux d'argent, les séraphins de la cheminée ornés de guirlandes de houx, tout le monde riait et le lustre flamboyant se reflétait dans les grands miroirs. Dans le fond, sur la table de fête, Harriet distinguait à peine la célèbre faïence de Noël : entourée d'un chou de bolduc écarlate, et de clochettes de traîneau serties de feuille d'or. La vaisselle avait été brisée lors du déménagement – les ouvriers l'avaient mal emballée – et il n'en restait rien, excepté deux soucoupes et une saucière, mais le service tout entier demeurait sur la photographie, céleste, glorieux.

Harriet était née avant Noël, au milieu d'une tempête de neige, la plus violente que le Mississippi eût jamais connue. Il y avait une photo de cette chute de neige dans la boîte en forme de cœur : la rangée de chênes de Tribulation, constellés de givre, et Bounce, le terrier d'Adélaïde, depuis longtemps disparu, galopant tout excité dans l'allée enneigée, vers sa maîtresse qui le photographiait, immortalisé au milieu d'un jappement – un nuage poudreux sous ses pattes floues, minuscules – dans l'instant merveilleux où il anticipe les retrouvailles avec sa bien-aimée. Dans le lointain, la porte d'entrée de Tribulation était grande ouverte, et Robin, la timide Allison cramponnée à sa taille, faisait des signes joyeux en direction du viseur. Il saluait Adélaïde – qui avait pris la photo – et Edie, qui aidait sa mère à descendre de voiture ; et sa petite sœur Harriet, qu'il n'avait encore jamais vue, et qui arrivait tout droit de l'hôpital, par cette éclatante veille de Noël.

Harriet n'avait vu la neige que deux fois, mais devait se souvenir toute sa vie qu'elle était née dessous. Chaque veille de Noël (une fête plus triste et plus réduite aujourd'hui, autour d'un chauffage à gaz dans la petite maison étouffante au plafond bas de Libby, à boire des œufs battus à la crème), Libby, Tat et Adélaïde racontaient la même histoire, disant qu'elles s'étaient entassées dans la voiture d'Edie pour se rendre à l'hôpital de Vicksburg, et ramener Harriet dans la neige.

« Tu as été le plus beau cadeau de Noël que nous ayons jamais eu, répétaient-elles. Robin était si excité. La veille du jour où nous sommes allées te chercher, il n'arrivait pas à dormir, il a tenu ta grand-mère éveillée jusqu'à quatre heures du matin. Et la première fois qu'il t'a vue, quand nous t'avons ramenée dans la maison, il est resté silencieux un moment, puis il a déclaré : "Maman, tu as sûrement choisi le plus joli bébé qu'ils avaient."

— Harriet était un nourrisson si gentil », ajoutait mélancoliquement Charlotte – blottie contre le radiateur, étreignant ses genoux. Comme les jours anniversaires de la naissance et de la mort de Robin, Noël était particulièrement pénible pour elle, et tout le monde le savait.

« J'étais sage ?

— Oh oui, ma chérie. » C'était vrai. Harriet n'avait jamais pleuré, ni causé le moindre ennui à personne avant d'apprendre à parler.

Sa photographie préférée de la boîte en forme de cœur, qu'elle examinait encore et encore à la lueur de sa torche, la montrait à côté du sapin de Noël, dans le salon de Tribulation, en compagnie de Robin et d'Allison. C'était la seule, à sa connaissance, où ils étaient réunis tous les trois ; et la seule d'elle prise dans l'ancienne maison familiale. On n'y percevait aucun signe des nombreux malheurs à venir. Le vieux juge serait mort dans un mois. Tribulation serait perdue à jamais, et Robin serait assassiné au printemps, mais bien sûr, personne ne le savait alors ; c'était Noël, il y avait un nouveau bébé dans la maison, tout le monde était heureux, et croyait que ce bonheur durerait toujours.

Sur la photographie, Allison (l'expression grave, en chemise de nuit blanche) se tenait pieds nus à côté de Robin, qui avait la petite Harriet dans les bras – ses traits empreints d'un mélange d'excitation et d'affolement, comme si le bébé était un jouet sophistiqué qu'il craignait de ne pas manipuler correctement. Le sapin de Noël étincelait derrière eux ; Weenie, le chat de Robin, et Bounce, le chien curieux, pointaient gentiment leur nez dans un coin de la photo, comme les animaux venus assister au miracle de l'étable. Au-dessus de la scène, souriaient les séraphins en marbre. L'éclairage était fragmenté, sentimental, embrasé par le désastre. Même Bounce, le terrier, serait mort avant le Noël suivant.

Après la mort de Robin, l'église baptiste commença une collecte pour faire un don à sa mémoire – un cognassier japonais, ou peut-être des coussins neufs pour les bancs de l'église – mais l'argent récolté dépassa largement les espérances. L'un des six vitraux – dont chacun représentait une scène de la vie de Jésus – avait été cassé par une branche d'arbre pendant une tempête d'hiver, et remplacé depuis par du contreplaqué. Le pasteur, qui désespérait de jamais pouvoir le remplacer, proposa d'utiliser la somme pour en acheter un nouveau.

Une partie considérable des fonds était venue des écoliers de la ville. Ils avaient fait du porte-à-porte, organisé des tombolas et des ventes de gâteaux. Pemberton Hull, l'ami de Robin (qui avait joué le rôle du bonhomme en pain d'épices face au corbeau de Robin, dans le spectacle du jardin d'enfants), avait donné près de deux cents dollars à la mémoire de son cher ami, une somme généreuse que ce garçon de neuf ans affirmait avoir obtenue en cassant sa tirelire, mais qu'il avait en réalité volée dans le sac à main de sa grand-mère. (Il avait aussi tenté d'offrir, en guise de contribution, la bague de fiançailles de sa mère, dix petites cuillères en argent, et une pince à cravate franc-maçonnique dont personne n'avait réussi à déterminer l'origine ; elle était sertie de diamants et avait visiblement de la valeur.) Mais même sans ce splendide legs, la somme réunie par les camarades de Robin était très élevée ; et on suggéra qu'au lieu de remplacer par la même scène le tableau brisé des *Noces de Cana*, il fallait faire quelque chose pour honorer non seulement Robin, mais aussi les enfants qui avaient travaillé si dur pour lui.

Le nouveau vitrail – dévoilé un an et demi plus tard, arrachant des cris d'admiration à la communauté baptiste – représentait un agréable Jésus aux yeux bleus assis sur un rocher sous un olivier, en grande conversation avec un garçon roux coiffé d'une casquette de base-ball, qui ressemblait comme deux gouttes d'eau à Robin.

LAISSEZ VENIR À MOI LES PETITS ENFANTS

disait la légende et, plus bas, était gravée sur une plaque l'inscription suivante :

A la mémoire du regretté Robin Cleve Dufresnes
De la part des enfants d'Alexandria, Mississippi,
« Car le royaume du paradis leur appartiendra »

Toute sa vie, Harriet avait vu son frère rayonner dans la même constellation que l'archange Gabriel, saint Jean Baptiste, Joseph, Marie et, bien sûr, le Christ en personne. Le soleil de midi illuminait sa forme exaltée ; et les contours épurés de son visage (le nez court, le sourire d'elfe) rayonnaient, empreints de la même clarté angélique. Une clarté que l'enfance rendait plus lumineuse encore, plus vulnérable que chez Jean Baptiste et les autres ; pourtant apparaissait aussi sur son petit visage l'indifférence sereine de l'éternité, ce secret partagé par tous.

Qu'était-il arrivé exactement sur la colline du Golgotha, ou dans la tombe ? Comment la chair s'était-elle élevée de l'humilité et du chagrin, dans le kaléidoscope de la résurrection ? Harriet l'ignorait. Mais Robin le savait, et le secret embrasait son visage transfiguré.

Le passage du Christ – fort à propos – était décrit comme un Mystère, et pourtant les gens, bizarrement, ne cherchaient pas à approfondir le sujet. Que voulait dire au juste la Bible quand elle expliquait que Jésus était ressuscité des morts ? Etait-il revenu seulement en esprit, sous la forme insatisfaisante d'un fantôme ? Apparemment non, selon la Bible. Pris de doute, Thomas avait enfoncé son doigt dans l'un des trous laissés par les clous dans Sa paume ; on L'avait repéré, en assez bonne forme, sur la route d'Emmaüs ; Il avait même pris une petite collation chez l'un des disciples. Mais s'Il était vraiment ressuscité des morts sous Son apparence terrestre, où était-Il à présent ? Et s'Il aimait tout le monde autant qu'Il le prétendait, pourquoi les gens mouraient-ils ?

Vers l'âge de sept ou huit ans, Harriet s'était rendue à la bibliothèque de la ville, et avait demandé des livres sur la magie. Mais en rentrant chez elle, elle avait été furieuse de découvrir qu'ils ne contenaient que des tours de presti-digitateur : des balles qui disparaissaient sous des tasses, des pièces de monnaie qui tombaient des oreilles des gens. En face du vitrail où apparaissaient Jésus et son frère on voyait la scène où Lazare est ressuscité des morts. Harriet avait lu d'innombrables fois l'histoire de Lazare dans la Bible, mais le texte refusait de poser les questions les plus élémentaires. Qu'avait-il donc à dire à Jésus et à ses sœurs à propos de sa semaine dans le tombeau ? Sentait-il encore mauvais ? Avait-il pu rentrer chez lui et continuer d'habiter avec ses sœurs, ou inspirait-il de la frayeur aux gens qui l'entouraient, et avait-il été obligé de partir ailleurs, et de vivre tout seul comme le monstre de Frankenstein ? Elle ne pouvait s'empêcher de penser que si elle, Harriet, s'était trouvée là-bas, elle aurait eu beaucoup plus à dire sur le sujet que saint Luc.

Peut-être n'était-ce qu'une légende. Peut-être Jésus lui-même n'était-il pas ressuscité des morts, bien que tout le monde affirmât le contraire ; mais s'Il avait vraiment fait rouler le rocher pour se relever vivant de sa tombe, pourquoi son frère, qu'elle voyait tous les dimanches resplendir à Ses côtés, ne l'avait-il pas imité ?

C'était la plus grande obsession de Harriet, et celle qui engendrait toutes les autres. Car ce qu'elle voulait – plus encore que Tribulation, plus que tout – c'était ramener son frère auprès d'elle. Et ensuite, découvrir qui l'avait tué.

Un vendredi matin de mai, douze ans après le meurtre de Robin, Harriet était assise à la table de la cuisine d'Edie, et lisait le journal de la dernière expédition du capitaine Scott en Antarctique. Le livre était calé entre son coude et une assiette où elle mangeait un œuf brouillé et du pain grillé. Les matins d'école, elle et Allison prenaient souvent leur petit déjeuner chez Edie. Ida Rhew, qui faisait toute la cuisine, n'arrivait pas avant huit heures, et leur mère, qui de toute façon ne mangeait jamais grand-chose, se contentait d'une cigarette et parfois d'une bouteille de Pepsi.

Pourtant ce n'était pas un jour de classe, mais un matin de semaine du début des vacances d'été. Debout près de la cuisinière, un tablier à pois sur sa robe, Edie était en train de cuire son œuf. Elle n'approuvait pas qu'on lise à table, mais il était plus facile de laisser faire Harriet que de la reprendre toutes les cinq minutes.

C'était prêt. Elle éteignit le gaz et alla chercher une assiette dans le placard. Pour cela, elle fut obligée d'enjamber la forme prostrée de son autre petite-fille qui, allongée à plat ventre sur le lino de la cuisine, était secouée par des sanglots monotones.

Ignorant ses plaintes, Edie franchit à nouveau, avec précaution, le corps d'Allison, et déposa l'œuf sur son assiette. Puis elle contourna la table – évitant soigneusement la jeune fille –, s'assit en face d'Harriet plongée dans sa lecture, et se mit à manger en silence. Elle était beaucoup trop vieille pour ce genre de situation. Elle était debout depuis cinq heures du matin, et en avait par-dessus la tête des enfants.

Le problème était le chat des filles, qui se trouvait couché sur une serviette dans un carton, à côté de la tête d'Allison. Une semaine plus tôt, il avait commencé à refuser sa nourriture. Ensuite il s'était mis à gémir chaque fois qu'on le prenait dans les bras. Elles l'avaient alors apporté chez leur grand-mère pour qu'elle l'examine.

Edie savait s'occuper des animaux, et elle se disait souvent qu'elle aurait fait un excellent vétérinaire ou même un médecin si les filles avaient pu étudier à son époque. Elle avait guéri toutes sortes de chatons et de chiots, pris soin d'oisillons tombés du nid, nettoyé les plaies et réduit les fractures de toutes sortes de créatures blessées. Les enfants le savaient – pas seulement ses petites-filles, mais tout le voisinage – et lui apportaient, outre leurs animaux malades, toutes les bestioles sauvages ou égarées qu'ils trouvaient sur leur chemin.

Mais si Edie aimait les bêtes, elle était dénuée de sensiblerie. Elle ne faisait pas non plus de miracles, ne manquait-elle pas de rappeler. Après un examen rapide du chat – qui paraissait effectivement amorphe, mais ne présentait aucun autre symptôme – elle s'était redressée et avait essuyé la poussière de ses mains sur sa jupe, tandis que les deux sœurs la regardaient avec espoir.

« Quel âge a donc ce chat ? avait-elle demandé.

— Seize ans et demi », avait répondu Harriet.

Edie se pencha pour caresser le malheureux animal, qui

s'appuyait contre le pied de la table avec une lueur farouche et pitoyable dans le regard. Elle avait elle aussi de l'affection pour le chat, qui avait appartenu à Robin. Il l'avait trouvé couché sur le trottoir brûlant en plein été – à moitié mort, les yeux à peine entrouverts – et le lui avait apporté, le tenant délicatement dans le creux de ses mains. Edie avait eu un mal fou à le sauver. Une grappe d'asticots avait laissé un trou dans son flanc, et elle se souvenait encore de la douceur et de la patience du pauvre animal allongé dans la bassine d'eau tiède peu profonde où elle avait lavé la plaie, et, après, de la couleur rose du bain.

« Il va guérir, n'est-ce pas, Edie ? » avait demandé Allison, déjà au bord des larmes. Le chat était son meilleur ami. Après la mort de Robin, il l'avait prise en affection ; il la suivait partout, lui offrait de petits cadeaux qu'il avait volés ou tués (des oiseaux morts ; des débris d'ordures goûteux ; une fois – mystérieusement – un paquet intact de biscuits d'avoine) ; et depuis le jour où elle avait commencé à aller à l'école, il grattait à la porte de derrière tous les après-midi à deux heures quarante-cinq précises, demandant à sortir pour aller à sa rencontre au coin de la rue.

Allison, à son tour, manifestait au chat plus de tendresse qu'à n'importe quel autre être vivant, y compris les membres de sa propre famille. Elle lui parlait constamment, lui donnait des bouts de poulet et de jambon de sa propre assiette, et la nuit, le laissait dormir le ventre enroulé sur son cou.

« Il a sans doute mangé quelque chose qui l'a rendu malade, avait dit Harriet.

— On verra », avait répondu Edie.

Mais les jours suivants confirmèrent ses soupçons. Le chat n'avait rien. Simplement, il était vieux. Elle lui offrit du thon, lui fit boire du lait au compte-gouttes, mais il se contenta de fermer les yeux et de recracher une vilaine écume entre ses dents. Le matin précédent, pendant que les filles étaient à l'école, elle l'avait trouvé dans la cuisine, en proie à des convulsions, l'avait enveloppé dans une serviette et emporté chez le vétérinaire.

Quand les enfants s'étaient arrêtées chez elle l'après-midi, elle leur avait déclaré : « Je suis désolée, mais je ne peux rien faire. J'ai montré le chat au Dr Clark ce matin. Il dit que nous allons devoir le piquer. »

Harriet – de manière surprenante, car elle était tout à fait capable de sortir de ses gonds quand elle en avait envie – avait appris la nouvelle avec une relative sérénité. « Pauvre vieux Weenie, avait-elle murmuré, s'agenouillant près de la boîte du chat. Pauvre chaton. » Elle avait posé la main sur son flanc, qui se soulevait et s'abaissait rapidement. Elle aimait l'animal presque autant que sa sœur, bien qu'il ne lui prêtât guère attention.

Mais Allison avait pâli. « Qu'est-ce que tu entends par là ?

— Rien d'autre que ce que j'ai dit.

— Tu ne peux pas le faire piquer. Je ne te le permettrai pas.

— On ne peut plus rien pour lui, répondit sèchement Edie. Le vétérinaire est bien placé pour en juger.

— Je ne te laisserai pas le tuer.

— Que veux-tu alors ? Prolonger les souffrances de cette pauvre bête ? »

Allison, la lèvre tremblante, était tombée à genoux à côté du carton du chat, et avait éclaté en sanglots hystériques.

Cela s'était passé la veille, à trois heures de l'après-midi. Depuis, la jeune fille n'avait pas bougé de sa place auprès de l'animal. Elle n'avait pas dîné ; elle avait refusé oreiller et couverture ; elle était simplement restée allongée toute la nuit sur le sol glacé, à gémir et à pleurer. Edie avait passé une demi-heure avec elle dans la cuisine, et tenté de lui faire un petit sermon rapide, expliquant que tout mourait en ce monde, et qu'Allison devait apprendre à l'accepter. Mais sa petite-fille avait pleuré de plus belle ; finalement Edie avait renoncé et était partie s'enfermer dans sa chambre pour se plonger dans un roman d'Agatha Christie.

Enfin – vers minuit, selon le réveil de sa table de chevet – les pleurs avaient cessé. Et maintenant elle recommençait. Edie but une gorgée de thé. Harriet était entièrement absorbée par le capitaine Scott. En face d'elle, le petit déjeuner d'Allison demeurait intact.

« Allison », dit Edie.

La jeune fille, les épaules secouées de sanglots, ne réagissait pas.

« Allison. Viens prendre ton petit déjeuner. » C'était la troisième fois qu'elle le disait.

« Je n'ai pas faim, murmura une voix étouffée.

— Ecoute bien, reprit Edie d'un ton brusque. J'en ai par-dessus la tête. Tu es trop grande pour te comporter ainsi. Je veux que tu arrêtes *immédiatement* de te vautrer sur le sol, que tu te lèves et que tu viennes à table. Allez, debout. Ça refroidit. »

Cette réprimande fut accueillie par un hurlement de désespoir.

« Oh, pour l'amour de Dieu, s'écria Edie, se tournant vers son assiette. A ta guise. Je me demande ce que diraient tes professeurs s'ils te voyaient te rouler par terre comme un grand bébé.

— Ecoutez ça », dit brusquement Harriet. Elle se mit à lire tout haut d'une voix pédante :

« Titus Oates est très près de la fin, semble-t-il. Ce qu'il va faire – ce que nous allons faire – Dieu seul le sait. Nous avons discuté de cette question après le petit déjeuner ; c'est un garçon courageux et sensé, il comprend la situation, mais... »

« Harriet, pour l'instant aucune de nous ne s'intéresse vraiment au capitaine Scott », déclara Edie. Elle se sentait elle-même presque au bout du rouleau.

« Je dis tout simplement que Scott et ses hommes étaient courageux. Ils gardaient le moral. Même quand ils ont été pris par la tempête, et qu'ils ont su qu'ils allaient tous mourir. Elle poursuivit, élevant la voix : "Nous approchons de la fin, mais nous n'avons pas perdu et nous ne perdrons pas notre bonne humeur..."

— Eh bien, la mort fait sans aucun doute partie de la vie, soupira Edie, résignée.

— Les hommes de Scott aimaient leurs chiens et leurs poneys, mais les choses ont si mal tourné qu'ils ont dû tous les abattre, jusqu'au dernier. Ecoute ça, Allison. Ils ont été obligés de les *manger*. » Elle revint quelques pages en arrière, et pencha la tête vers son livre. « "Pauvres bêtes ! Elles se sont merveilleusement comportées considérant les terribles circonstances dans lesquelles elles travaillaient, et pourtant il est pénible de devoir les tuer comme..."

— Dis-lui d'arrêter ! gémit Allison sur le carrelage, les mains plaquées sur les oreilles.

— Tais-toi, Harriet, ordonna Edie.

— Mais...

— Il n'y a pas de mais. Allison, reprit-elle vivement, lève-toi. Pleurer ne va pas aider ce chat.

— Je suis la seule ici à aimer Weenie. Personne d'autre ne s'en souci-i-i-e-e-e.

— Allison. *Allison*. Un jour, dit Edie, attrapant le couteau à beurre, ton frère m'a apporté un crapaud qu'il avait trouvé, et dont une patte avait été sectionnée par la tondeuse à gazon. »

A ce discours, les hurlements qui s'élevèrent du sol de la cuisine furent tels qu'Edie crut que sa tête allait exploser, mais elle continua de beurrer son toast – qui était complètement froid à présent –, et poursuivit : « Robin voulait que je le soigne. Mais je ne pouvais pas. La seule chose à faire pour cette pauvre bête, c'était de la tuer. Robin ne comprenait pas que lorsqu'une créature souffre à ce point, quelquefois, le meilleur service à lui rendre est de mettre fin à son calvaire. Il a pleuré et pleuré. Je n'arrivais pas à lui faire comprendre que pour le crapaud, il valait mieux être mort que de subir un tel supplice. Bien sûr, il était beaucoup plus jeune que toi aujourd'hui. »

Ce petit soliloque n'eut pas l'effet escompté, mais quand Edie leva les yeux, elle se rendit compte, avec une certaine irritation, que Harriet la fixait, les lèvres entrouvertes.

« Comment tu l'as tué, Edie ?

— Aussi miséricordieusement que j'ai pu », répondit-elle d'un ton cassant. Elle lui avait tranché la tête d'un coup de binette – mieux encore, elle avait eu la maladresse de le faire en présence de Robin, ce qu'elle regrettait à présent – mais n'avait nulle intention de se lancer dans cette explication.

« Tu l'as écrasé du pied ?

— Personne ne m'écoute, éclata brusquement Allison. Mrs Fountain a empoisonné Weenie. J'en suis sûre. Elle a dit qu'elle voulait le tuer. Il avait l'habitude de traverser sa cour et de laisser des empreintes de pattes sur le pare-brise de sa voiture. »

Edie soupira. Elles avaient déjà discuté de ce problème. « Je n'aime pas plus Grace Fountain que toi, dit-elle, c'est une vieille toupie malveillante, et elle fourre son nez partout, mais tu n'arriveras pas à me convaincre qu'elle a empoisonné ce chat.

— Je sais qu'elle l'a fait. Je la déteste.

— Ça ne sert à rien de réagir comme ça.

— Elle a raison, Allison, intervint abruptement Harriet. Je ne pense pas que Mrs Fountain ait empoisonné Weenie.

— Qu'est-ce que tu veux dire ? dit Edie, se tournant vers la fillette, ses soupçons éveillés par ce ralliement inattendu à son avis.

— Que si elle l'avait fait, je le saurais certainement.

— Et comment saurais-tu une chose pareille ?

— Ne t'inquiète pas, Allison. Je ne pense pas qu'elle l'ait empoisonné. Mais si c'est le cas, conclut Harriet, retournant à son livre, elle va le regretter. »

Edie, qui n'avait nullement l'intention d'entériner cette menace, s'apprêtait à poursuivre la discussion quand Allison éclata de nouveau en sanglots, redoublant de violence.

« Peu m'importe qui l'a fait, hoqueta-t-elle, pressant de toutes ses forces ses paumes sur ses orbites. Pourquoi Weenie doit-il mourir ? Pourquoi tous ces pauvres gens sont-ils morts de froid ? *Pourquoi tout est-il toujours si horrible ?*

— Parce que le monde est ainsi, répondit Edie.

— Alors le monde me rend malade.

— Allison, arrête.

— Non. Je n'arrêterai jamais de le penser.

— Eh bien, c'est une attitude très prétentieuse, observa Edie. Haïr le monde. Le monde s'en moque.

— Je le haïrai le reste de ma vie. Je ne cesserai jamais de le haïr.

— Scott et ses hommes étaient très courageux, Allison, intervint Harriet. Même au moment de mourir. Ecoute : "Nous sommes dans un état désespéré, les pieds gelés, etc. Plus de combustible, et une longue route avant de trouver de la nourriture, mais cela vous réchaufferait le cœur d'être sous notre tente, d'entendre nos chants et notre conversation joyeuse..." »

Edie se leva. « Ça suffit, dit-elle. J'emporte le chat chez le Dr Clark. Vous restez ici, les filles. » Imperturbable, elle commença à rassembler les assiettes, ignorant les cris qui redoublaient sur le sol, près de ses pieds.

« Non, Edie », protesta Harriet, repoussant sa chaise bruyamment. Elle se leva d'un bond et courut vers la boîte. « Pauvre Weenie, dit-elle, caressant le chat qui frissonnait. Pauvre chaton. Ne le prends pas tout de suite, Edie. »

Les yeux du vieux chat étaient mi-clos, tant il souffrait. Il donna un faible coup de queue contre la paroi du carton.

Allison, s'étouffant à demi dans ses sanglots, l'entoura de ses bras et approcha sa joue de la face de l'animal. « Non, Weenie, hoquetait-elle. Non, non, non. »

Edie vint lui enlever le chat, avec une douceur surprenante. Quand elle le souleva avec précaution, il émit un cri délicat, presque humain. Son museau grisâtre, retroussé sur ses dents jaunes en une sorte de rictus, lui donnait l'air d'un vieillard patient, usé par la souffrance.

Edie le gratta tendrement derrière les oreilles. « Donne-moi cette serviette, Harriet », dit-elle.

Allison essayait d'articuler une phrase, mais elle pleurait si fort qu'elle n'y parvint pas.

« Non, Edie », supplia Harriet. Elle avait fondu en larmes elle aussi. « S'il te plaît. Je n'ai pas eu le temps de lui dire au revoir. »

Edie se pencha et prit elle-même la serviette, puis se redressa à nouveau. « Eh bien, fais-le tout de suite, s'écria-t-elle avec impatience. Le chat s'en va maintenant, et il n'est pas près de revenir. »

Une heure plus tard, les yeux encore rouges, Harriet était sur le porche d'Edie, en train de découper la photographie d'un babouin dans le volume II de l'*Encyclopédie de Compton*. Quand la vieille Oldsmobile de sa grand-mère avait quitté l'allée, elle s'était elle aussi allongée sur le carrelage de la cuisine près du carton vide, et elle avait pleuré aussi bruyamment que sa sœur. Une fois calmée, elle s'était levée pour aller dans la chambre de sa grand-mère et, prenant une épingle sur la pelote en forme de tomate posée sur la commode, s'était amusée quelques minutes à graver au pied du lit, en lettres minuscules, JE DÉTESTE EDIE. Mais cette occupation se révéla étrangement frustrante, et tandis qu'elle était pelotonnée sur la moquette, en train de renifler, une idée plus réjouissante lui vint à l'esprit. Après avoir découpé la tête du babouin dans l'encyclopédie, elle la collerait par-dessus le visage d'Edie, sur un portrait de l'album de famille. Elle avait essayé d'intéresser Allison à son projet, mais sa sœur, la joue posée contre le carton vide du chat, avait refusé d'y jeter même un coup d'œil.

Le portail de la cour grinça, et Hely Hull entra en courant sans le refermer derrière lui. Il avait onze ans, un an de moins que Harriet, et portait ses cheveux blond-roux jusqu'aux épaules, pour imiter son frère aîné, Pemberton. « Harriet, appela-t-il, escaladant bruyamment les marches du porche, hou hou, Harriet », mais il s'arrêta net quand il entendit les sanglots monotones venant de la cuisine. Quand elle leva les yeux, il vit qu'elle aussi avait pleuré.

« Oh non, s'écria-t-il, consterné. Ils t'obligent à partir en colonie, c'est ça ? »

La colonie du lac de Selby était la plus grande terreur de Hely – et de Harriet. C'était un camp d'enfants chrétiens où ils avaient été tous les deux obligés d'aller, l'été précédent. Garçons et filles (installés séparément, sur les rives opposées du lac) étaient forcés de consacrer quatre heures par jour à l'étude de la Bible, et, le reste du temps, de tresser des cordons et de jouer dans les sketches sirupeux et humiliants que les moniteurs avaient écrits. Chez les garçons, ils avaient tenu à prononcer de travers le nom de Hely – non pas « *Hily* », comme il se doit, mais « *Helly* », pour rimer avec « *Nelly* ». Pis encore : ils lui avaient coupé les cheveux de force, en public, une distraction pour les autres campeurs. Certes, Harriet avait fini par apprécier les cours de Bible – surtout parce qu'ils lui procuraient, face à un auditoire contraint de l'écouter, et facile à choquer, une tribune où elle pouvait exprimer ses idées peu orthodoxes sur les Ecritures – mais dans l'ensemble elle avait été aussi malheureuse que Hely : debout à cinq heures du matin, extinction des feux à huit heures du soir, pas de temps pour elle, et pas d'autres livres que la Bible, et beaucoup de « bonne discipline à l'ancienne » (châtiments corporels, ridiculisation en public) pour renforcer ces règles. A la fin des six semaines, elle, Hely et les autres campeurs baptistes, vêtus de leurs T-shirts verts de la colonie du lac de Selby, avaient pris place en silence dans le bus de la paroisse, regardant par les fenêtres, apathiques, absolument anéantis.

« Dis à ta mère que tu te tueras », dit Hely, hors d'haleine. La veille, avait été expédié un groupe important de leurs camarades de classe – le pas lourd, le dos voûté tandis qu'ils rejoignaient, résignés, le bus vert de l'école comme s'il devait les conduire droit en enfer et non à leur camp d'été. « Je leur ai dit que je me suiciderais s'ils me forçaient à retourner là-bas. J'ai dit que je me coucherais sur la route, sous les roues d'une voiture.

— Ce n'est pas le problème. » Harriet expliqua l'histoire du chat en termes laconiques.

« Alors tu ne pars pas en colonie ?

— Pas si je peux l'éviter », répondit Harriet. Depuis des semaines, elle surveillait le courrier pour repérer les formulaires d'inscription ; quand ils arrivaient, elle les déchirait et les cachait dans la poubelle. Mais le danger planait toujours. Edie, qui représentait la vraie menace (sa mère, l'esprit ailleurs, n'avait même pas remarqué la disparition des imprimés), avait déjà acheté un sac à dos et une paire de tennis neuve à Harriet, et demandait à voir la liste des fournitures.

Hely ramassa la photo du babouin et l'examina.

« C'est pour quoi faire ?

— Oh. Ça. » Elle le lui expliqua.

« Peut-être qu'un autre animal serait plus adapté », suggéra son ami. Il détestait Edie. Elle le taquinait toujours à propos de ses cheveux, feignant de croire qu'il était une fille. « Un hippopotame. Ou un cochon.

— Pour moi, celui-ci est parfait. »

Il se pencha par-dessus son épaule, grignotant les cacahuètes bouillies qu'il puisait dans sa poche, et la regarda coller sur le visage d'Edie la face hargneuse du babouin, joliment encadrée par sa belle coiffure. Montrant les crocs, l'animal fixait l'objectif d'un œil agressif tandis que le grand-père de Harriet – de profil – se tournait vers son épouse simiesque avec un sourire enchanté. Au-dessous de la photographie étaient écrits ces mots, de la main d'Edie :

Edith et Hayward
Ocean Springs, Mississippi
11 juin 1935

Ils l'examinèrent ensemble.

« Tu as raison, commenta Hely. C'est parfait.

— Oui. J'ai pensé à une hyène, mais ça, c'est mieux. »

Ils venaient juste de remettre l'encyclopédie sur le rayonnage et de replacer l'album (estampé de dorures victoriennes), quand ils entendirent le crissement des pneus de la voiture d'Edie qui tournait dans l'allée de gravier.

La moustiquaire claqua. « Les filles ! » appela-t-elle, toujours pragmatique.

Pas de réponse.

« Les filles, j'ai décidé d'être bonne joueuse et de vous rapporter le chat pour que vous puissiez lui organiser des funérailles, mais si l'une de vous ne me répond pas immédiatement, je fais demi-tour et je le ramène chez le Dr Clark. »

Il y eut une course précipitée jusqu'à l'entrée. Les trois enfants apparurent sur le seuil, les yeux fixés sur elle.

Edie haussa un sourcil. « Tiens tiens, qui est cette petite demoiselle ? » dit-elle à Hely, faussement surprise. Elle l'aimait beaucoup – il lui rappelait Robin, ces horribles cheveux longs mis à part – et ne se rendait nullement compte que par ce qu'elle considérait comme des taquineries enjouées, elle s'était attiré une haine farouche de sa part. « C'est bien toi, Hely ? Je crains de ne pas t'avoir reconnu sous tes boucles dorées. »

Hely eut un petit sourire narquois. « Nous étions en train de regarder des photos de vous. »

Harriet lui décocha un coup de pied.

« Eh bien, ça n'était sûrement pas très passionnant, répondit Edie. Les enfants, dit-elle à ses petites-filles, j'ai pensé que vous voudriez enterrer le chat dans votre propre cour, aussi je me suis arrêtée au retour pour demander à Chester de creuser une tombe.

— Où est Weenie ? » demanda Allison. Elle avait la voix rauque, et une lueur folle dans les yeux. « Où est-il ? Où l'as-tu laissé ?

— Avec Chester. Il est enveloppé dans sa serviette. Je vous suggère de ne pas l'ouvrir, les filles. »

« Allez, dit Hely, donnant un coup d'épaule à Harriet. On jette un coup d'œil. »

Ils étaient tous les deux debout dans la remise à outils sombre, où le cadavre de Weenie emmailloté dans une serviette de bain bleue était posé sur l'établi de Chester. Allison – qui continuait de pleurer toutes les larmes de son corps – était dans la maison, en train de chercher dans les tiroirs un vieux chandail où le chat aimait dormir, et qu'elle voulait enterrer avec lui.

Harriet jeta un coup d'œil par la fenêtre de la remise, qui était couverte de poussière. A l'angle de la magnifique pelouse d'été, on voyait la silhouette de Chester, plantant énergiquement sa bêche dans la terre.

« Bon, dit-elle. Mais fais vite. Avant qu'elle revienne. »

Plus tard seulement Harriet se rendit compte que c'était la première fois qu'elle avait vu ou touché un être mort. Elle ne s'était pas attendue à un tel choc. Le flanc du chat était froid et rigide, réfractaire, et un vilain frisson parcourut ses doigts.

Hely se pencha pour mieux regarder. « Berk ! » s'exclama-t-il gaiement.

Harriet caressa la fourrure orangée. Elle avait gardé sa couleur, et restait plus douce que jamais, malgré l'effrayante immobilité du corps. Les pattes étaient tendues, toutes raides, comme si le chat résistait au moment d'être précipité dans une bassine d'eau, et ses yeux – qui, malgré l'âge et la souffrance, avaient gardé un éclat vert vibrant, transparent – étaient obscurcis par une pellicule gélatineuse.

Hely se pencha pour le toucher. « Hé ! glapit-il, retirant vivement sa main. *Berk.* »

Harriet ne tressaillit pas. Avec précaution, elle effleura la tache rose sur le flanc du chat où les poils n'avaient jamais repoussé correctement, l'endroit que les asticots avaient dévoré quand il était tout petit. De son vivant, Weenie n'avait jamais laissé personne le caresser là ; il soufflait et lançait un coup de griffe à tous ceux qui essayaient, même Allison. Mais à présent il ne bougeait plus, les babines retroussées sur ses crocs pointus, les mâchoires serrées. La peau était plissée, rêche comme du daim repoussé, et froide, si froide.

C'était donc le secret que le capitaine Scott, Lazare et Robin connaissaient tous, et que même le chat avait découvert à sa dernière heure : c'était cela, le passage vers le vitrail. Quand la tente de Scott avait été retrouvée huit mois plus tard, Bowers et Wilson étaient étendus, la tête enfermée dans leur sac de couchage, et Scott était allongé dans un duvet ouvert, le bras posé sur Wilson. Cela se passait dans l'Antarctique, et non par cette matinée de mai fraîche et verdoyante, mais la forme sous sa main était aussi dure que la glace. Elle glissa un doigt replié sur la patte avant de Weenie, chaussée de blanc. *C'est dommage,* avait écrit Scott de sa main qui se raidissait, tandis que la blancheur des immensités neigeuses se refermait doucement sur lui, et que les légères lettres au crayon pâlissaient encore sur le papier, *mais je pense que je ne peux plus écrire.*

« Je parie que tu n'oses pas lui toucher l'œil, dit Hely, se rapprochant un peu plus. Chiche. »

Harriet l'entendit à peine. C'était ce qu'avaient vu sa mère et Edie : l'obscurité du dehors, la terreur d'où on ne revenait jamais. Les mots qui disparaissaient du papier pour plonger dans le néant.

Dans la pénombre fraîche de la remise, Hely vint plus près d'elle. « Tu as peur ? » chuchota-t-il. Il effleura son épaule de la main.

« Fiche-moi la paix », dit Harriet, se dégageant.

Elle entendit la moustiquaire se refermer, sa mère appeler Allison ; elle se hâta de tirer la serviette sur le chat.

Le vertige de cet instant ne la quitterait jamais entièrement ; il l'accompagnerait toute sa vie durant, et resterait inextricablement mêlé à la remise à outils obscure – les dents de scie brillantes, les odeurs d'essence et de poussière – et à trois Anglais morts sous un cairn de neige avec des glaçons scintillants dans les cheveux. L'amnésie, les banquises, les distances violentes, le corps transformé en pierre. L'horreur de tous les corps.

« Viens, dit Hely, avec un hochement de tête. Sortons d'ici.

— J'arrive », répondit Harriet. Son cœur battait la chamade, et elle se sentait oppressée – non par la frayeur, mais par un sentiment qui ressemblait fort à de la rage.

Bien que Mrs Fountain n'eût pas empoisonné le chat, elle était enchantée par sa mort. De sa fenêtre au-dessus de l'évier – le poste d'observation où elle se tenait des heures chaque jour, surveillant les allées et venues de ses voisins – elle avait épié Chester qui creusait le trou, et maintenant, louchant à travers le rideau de la cuisine, elle voyait les trois enfants réunis autour. L'un d'eux – Harriet, la plus jeune – tenait un paquet dans les bras. La grande pleurait.

Mrs Fountain abaissa sur son nez ses lunettes de lecture à monture nacrée, glissa sur ses épaules, par-dessus sa robe de chambre, un cardigan avec des boutons en strass

– il faisait bon mais elle était frileuse, elle avait besoin de se couvrir quand elle allait dehors –, et se hâta de sortir par la porte de derrière pour rejoindre la clôture.

C'était une journée fraîche, limpide, légère. Des nuages bas couraient dans le ciel. L'herbe – qui avait besoin d'être tondue, Charlotte laissait tout à l'abandon, une vraie tragédie – était parsemée de violettes, d'oseille sauvage, de pissenlits montés en graine, et se couchait sous le vent, parcourue de remous et de courants changeants, comme par une brise marine. Des vrilles de glycine ondulaient sur la moustiquaire, aussi délicates que des algues. Elles recouvraient l'arrière de la maison d'un rideau si dense qu'on distinguait à peine le porche ; c'était assez joli quand les fleurs étaient épanouies, mais le reste du temps, c'était un fouillis hirsute, et d'ailleurs, le poids des branches pouvait provoquer l'effondrement du porche – la glycine était un parasite et affaiblissait la structure d'une maison si on la laissait ramper partout – mais certaines personnes ne comprenaient les choses qu'une fois devant le fait accompli.

Elle s'était attendue à être accueillie par les enfants, et s'attarda quelques instants derrière la palissade, mais ils ne lui prêtèrent pas attention, et poursuivirent leur tâche.

« Que faites-vous donc, mes petits ? » demanda-t-elle gentiment.

Ils levèrent les yeux, avec un air de biches effarouchées.

« Vous enterrez quelque chose ?

— Non », cria Harriet, la plus jeune, d'un ton qui ne plut guère à Mrs Fountain. Une mademoiselle je-sais-tout.

« Ça m'en a tout l'air.

— Pas du tout.

— Je suis sûre que c'est ce vieux chat roux que vous êtes en train d'enterrer. »

Pas de réponse.

Mrs Fountain loucha par-dessus ses lunettes de lecture. Oui, la grande pleurait. Elle était trop vieille pour de pareilles bêtises. La petite était en train de déposer la forme emmaillotée dans le trou.

« C'est exactement ce que vous êtes en train de faire, pavoisa-t-elle. Vous ne pouvez pas me faire prendre des vessies pour des lanternes. Ce chat était une calamité. Il se promenait ici tous les jours, et laissait ses vilaines empreintes sur le pare-brise de ma voiture.

— Ne l'écoute pas, murmura Harriet à sa sœur, entre ses dents. Vieille conne. »

Hely n'avait encore jamais entendu Harriet jurer. Un frisson de plaisir méchant lui parcourut la nuque. « Conne », répéta-t-il, plus distinctement, le vilain mot résonnant délicieusement sur sa langue.

« Comment ? hurla Mrs Fountain. Hé, vous autres ! Qui a dit ça ?

— Ta gueule, chuchota Harriet à Hely.

— Lequel d'entre vous a parlé ? Qui est avec vous, les filles ? »

Harriet était tombée à genoux et, de ses mains nues, ramenait le tas de terre dans le trou, par-dessus la serviette bleue. « Allez, Hely, siffla Harriet. Vite. Aide-moi.

— Qui je vois là-bas ? croassa Mrs Fountain. Vous feriez mieux de me répondre. Je rentre de ce pas téléphoner à votre mère.

— Merde », s'écria Hely, enhardi, rougissant de son audace. Il tomba à genoux à côté de Harriet, et l'aida rapidement à combler le trou. Allison, le poing pressé sur sa bouche, se penchait au-dessus d'eux, le visage ruisselant de larmes.

« *Vous feriez mieux de me répondre.*

— Attendez, cria brusquement Allison. Attendez. »

Elle se détourna de la tombe et s'élança dans l'herbe, en direction de la maison.

Harriet et Hely s'interrompirent, les paumes plongées dans la terre.

« Qu'est-ce qu'elle fabrique ? chuchota Hely, s'essuyant le front de son poignet boueux.

— Je ne sais pas, répondit la fillette, décontenancée.

— C'est le petit Hull ? cria Mrs Fountain. Viens ici. Je vais appeler ta mère. Arrive immédiatement.

— Eh bien, vas-y, vieille conne, marmonna Hely. Elle n'est pas à la maison. »

La moustiquaire claqua, et Allison revint, trébuchante, un bras sur le visage, aveuglée par ses pleurs. « Voilà », dit-elle, se laissant tomber à genoux à côté d'eux, et jetant quelque chose dans la tombe ouverte.

Hely et Harriet tendirent le cou pour regarder. C'était une photographie d'Allison, un portrait pris à l'école l'automne précédent, leur souriant au milieu des mottes compactes. Elle portait un chandail rose avec un col de dentelle, et des barrettes roses dans les cheveux.

En sanglotant, la jeune fille prit une double poignée de terre et la jeta dans la tombe, par-dessus son visage souriant. Les fines particules heurtèrent le papier glacé. Le rose du pull-over resta visible encore un instant, ses yeux timides levant un regard plein d'espoir à travers la couche de poussière ; une dernière poignée noire s'abattit, et ils disparurent.

« Allez, cria-t-elle impatiemment, comme les deux enfants plus jeunes regardaient le trou puis se tournaient vers elle, affolés. Allez, Harriet. Aide-moi.

— Ça suffit, hurla Mrs Fountain. Je rentre. J'appelle immédiatement votre mère. Vous m'entendez. Je rentre maintenant. Vous allez *vous en mordre les doigts*, mes enfants. »

CHAPITRE II

LE MERLE

Quelques jours plus tard, vers dix heures du soir, alors que sa mère et sa sœur dormaient au premier, Harriet tourna doucement la clé de la vitrine. Les armes étaient anciennes et en mauvais état, le père de Harriet les avait héritées d'un oncle qui les collectionnait. De ce mystérieux oncle Clyde, la fillette ne savait rien d'autre que sa profession (ingénieur), son tempérament (« acrimonieux », disait Adélaïde, en faisant la grimace ; elle était allée au lycée avec lui) et sa fin (dans un accident d'avion près de la côte de Floride). Parce qu'il avait « disparu en mer » (c'était l'expression que tout le monde utilisait) Harriet n'avait jamais l'impression qu'il était vraiment mort. Chaque fois que son nom était mentionné, elle imaginait vaguement un va-nu-pieds comme Ben Gunn dans L'Île au trésor, menant une existence solitaire sur un îlot désolé, sauvage, vêtu d'un pantalon en loques et d'un bracelet-montre rongé par l'eau de mer.

Une paume sur la vitre, pour l'empêcher de vibrer, Harriet manipula avec précaution la vieille porte poisseuse de la vitrine. Avec un frémissement, elle s'ouvrit. Sur l'étagère du haut se trouvait une boîte de pistolets anciens – de minuscules pistolets de duel, sertis d'argent et de nacre, des petits Derringer saugrenus longs d'une dizaine de centimètres à peine. Au-dessous, classées par ordre chronologique et inclinées vers la gauche, se dressaient les armes plus grosses : des fusils à silex du Kentucky ; un lugubre fusil de Plains, cinq kilos ; une arme qu'on charge par le canon, entièrement rouillée, qui avait servi, disait-on, lors de la guerre de Sécession. Parmi les armes les plus récentes, la plus impressionnante était un Winchester de la Première Guerre mondiale.

Le père de Harriet, propriétaire de cette collection, était un personnage lointain et déplaisant. Les gens jasaient, car il habitait Nashville alors qu'il était toujours marié à la mère de Harriet. La fillette ignorait totalement les raisons de cet arrangement (sachant vaguement que le travail de son père y était pour quelque chose), mais elle n'y voyait rien d'extraordinaire, car autant qu'elle s'en souvînt, il avait toujours vécu loin de la famille. Tous les mois, un chèque arrivait pour les dépenses de la maison ; il rentrait pour Noël et Thanksgiving, et s'arrêtait plusieurs jours en automne, en route pour son cabanon de chasse dans le Delta. Aux yeux de la fillette, l'organisation semblait parfaitement raisonnable, et convenait à merveille aux personnalités des individus concernés : sa mère, qui avait très peu d'énergie (restant au lit la plus grande partie de la journée), et son père, qui en avait trop, et de la mauvaise sorte. Il mangeait vite, parlait vite, et – à moins d'avoir un verre d'alcool à la main – était incapable de tenir en place. En public, il était toujours en train de plaisanter, et les gens le prenaient pour un farceur, mais ses humeurs imprévisibles n'étaient pas toujours aussi drôles en privé, et son habitude impulsive de dire la première chose qui lui passait par la tête blessait souvent les sentiments de ses proches.

Pis : le père de Harriet avait toujours raison, même quand il avait tort. Tout était une épreuve de force. Il avait beau être inflexible dans ses opinions, il adorait discuter ;

et même de bonne humeur (calé dans son fauteuil avec un cocktail, regardant la télévision d'un œil) il aimait asticoter Harriet, la taquiner, juste pour lui montrer qui commandait. « Les filles brillantes ne sont pas populaires », disait-il. Ou : « Ça ne sert à rien de te donner de l'instruction puisque tu vas te marier quand tu seras grande. » Et parce que ce genre de discours – qu'il considérait comme une sympathique vérité – mettait sa fille en rage et qu'elle refusait de l'accepter, ça faisait des histoires. Quelquefois il la fouettait avec sa ceinture – pour avoir osé lui répondre – tandis qu'Allison observait la scène, l'air égaré, et que leur mère se réfugiait dans la chambre. En d'autres occasions, en guise de punition, il chargeait Harriet de tâches monstrueuses, irréalisables (tondre la pelouse avec la tondeuse, nettoyer le grenier toute seule) qu'elle refusait d'exécuter, plantée au milieu de la pièce. « Allez ! disait Ida Rhew, glissant la tête derrière la porte, l'air préoccupé, après que son père fut redescendu à grand fracas. Tu ferais mieux de t'y mettre, sinon il va encore te battre quand il reviendra ! »

Mais Harriet – le regard noir, au milieu des piles de papiers et de vieux magazines – refusait de bouger. Il pouvait la fouetter tant qu'il voulait ; elle s'en moquait. C'était le principe de la chose. Et souvent, Ida était si inquiète pour la fillette qu'elle abandonnait son propre travail, et montait ranger elle-même la pièce.

Parce que son père était si querelleur, si provocateur, et si mécontent de tout, il semblait normal à Harriet qu'il n'habitât pas à la maison. Jamais elle n'avait été frappée par l'étrangeté de cet arrangement, ni pris conscience que les gens le trouvaient bizarre, avant un après-midi où son bus scolaire était tombé en panne sur une route de campagne, l'année de son CM1. Elle était assise à côté de Christy Dooley, une fillette plus jeune très bavarde, qui avait de grandes incisives et portait tous les jours le même poncho blanc en crochet pour aller à l'école. C'était la fille d'un policier, mais son allure de petite souris blanche et son comportement agité n'en laissaient rien paraître. Entre des gorgées d'un reste de soupe de légumes de sa bouteille thermos, elle bavardait à tort et à travers, répétant différents secrets (sur les professeurs, sur les parents d'autres élèves) qu'elle avait entendus chez elle. Harriet regardait par la fenêtre d'un air morne, attendant que quelqu'un vienne réparer le bus, jusqu'au moment où elle se rendit compte, avec un sursaut, que Christy était en train de parler de ses propres père et mère.

Elle se tourna vers elle, les yeux écarquillés. Oh, *tout le monde* était au courant, chuchotait la fillette, se serrant contre elle (elle voulait toujours se rapprocher au-delà de la limite supportable). Harriet ne s'étonnait-elle pas que son papa habitât dans une autre ville ?

« Il travaille là-bas », répondit-elle. Jamais auparavant, cette explication ne lui avait semblé inappropriée, mais Christy poussa un petit soupir satisfait d'adulte, et lui raconta le fond de l'histoire. En deux mots, elle se résumait ainsi : le père de Harriet avait voulu déménager après la mort de Robin – dans une nouvelle ville, un endroit où il pourrait « recommencer de zéro ». Les yeux de Christy s'agrandirent, frémissant sous la confidence. « Mais *elle* a refusé de partir. » Elle donnait l'impression de parler, non de la mère de Harriet, mais d'un personnage dans une histoire de fantômes. « *Elle* a dit qu'*elle resterait pour toujours*. »

Harriet – qui, pour commencer, était irritée de se trouver assise à côté de Christy – s'écarta d'elle sur le siège et regarda par la fenêtre.

« Tu es fâchée ? demanda sournoisement la fillette.

— Non.

— Qu'est-ce que tu as alors ?

— Tu sens la soupe. »

Les années suivantes, elle avait entendu d'autres remarques de la part d'enfants et aussi d'adultes, à propos du climat « angoissant » de sa maison, mais elle les trouvait ridicules. Les dispositions prises par sa famille étaient pratiques – ingénieuses, même. Le poste de son père à Nashville payait les factures, mais personne n'appréciait ses visites pour les vacances ; il n'aimait ni Edie ni les tantes ; et tout le monde était perturbé par sa façon exaspérante et impitoyable de harceler la mère de Harriet. L'année dernière, il l'avait tarabustée pour qu'elle l'accompagne à une soirée de Noël jusqu'au moment où (se frictionnant les épaules à travers le fin tissu des manches de sa chemise de nuit) elle avait cligné des yeux et répondu D'accord. Mais au moment de se préparer, elle était restée assise en peignoir devant sa coiffeuse, fixant son reflet sans appliquer son rouge à lèvres ni retirer les pinces de ses cheveux. Quand Allison était montée sur la pointe des pieds pour voir ce qu'elle faisait, elle avait prétexté une migraine. Ensuite elle s'était enfermée dans la salle de bains et avait laissé couler les robinets jusqu'à ce que le père de Harriet (le visage tout rouge, tremblant de rage) vînt marteler la porte de ses poings. Quelle veille de Noël lamentable, Harriet et Allison, figées dans le salon, près de l'arbre, tandis que les chants de Noël (tantôt sonores, tantôt pleins d'allégresse) s'élevaient crescendo de la stéréo, pas tout à fait assez fort pour couvrir les hurlements au premier. Cela avait été un soulagement quand, au début de l'après-midi de Noël, le père de Harriet était reparti pesamment vers sa voiture, avec sa valise et son sac de cadeaux, pour démarrer en direction du Tennessee, et que la maison s'était replongée avec un soupir dans la somnolence de l'oubli.

La demeure de Harriet était un lieu endormi – pour tout le monde, sauf elle, qui était de nature vive, tonique. Quand elle était la seule à veiller dans la maison obscure et silencieuse, ce qui était souvent le cas, la sensation d'ennui qui l'enveloppait était si dense, si pesante et insaisissable que parfois, elle était incapable de faire autre chose que de fixer bouche bée une fenêtre ou un mur, comme si elle avait été droguée. Sa mère restait presque tout le temps confinée dans sa chambre ; et une fois qu'Allison était allée se coucher – tôt en général, aux alentours de neuf heures – Harriet restait toute seule : elle buvait du lait à même le carton, errait en chaussettes dans la maison, parmi les piles de journaux qui s'entassaient dans presque toutes les pièces. Depuis la mort de Robin, sa mère était devenue curieusement incapable de jeter quoi que ce fût, et le bric-à-brac qui encombrait le grenier et la cave avait maintenant commencé à envahir le reste de la maison.

Quelquefois, Harriet aimait être livrée à elle-même. Elle allumait les lampes, la télévision ou le tourne-disque, téléphonait à « Le Pasteur vous écoute » ou faisait des appels bidon aux voisins. Elle mangeait ce qu'elle voulait dans le réfrigérateur ; elle se hissait jusqu'aux étagères les plus hautes, et fouillait dans des placards qu'elle n'était pas censée ouvrir ; elle sautait sur le canapé, si fort que les ressorts finissaient par grincer, tirait les coussins par terre et construisait des forts et des radeaux de sauvetage sur le sol. Parfois elle sortait les vieux vêtements d'étudiante de sa mère (des chandails pastel avec des trous de mite, des gants vénitiens de toutes les couleurs, une robe de bal turquoise qui – sur Harriet – était trop longue de trente centimètres et traînait sur le plancher). C'était risqué ; Charlotte tenait beaucoup à ces habits, bien qu'elle ne les portât jamais ; mais la fillette prenait soin de tout remettre exactement là où elle l'avait trouvé, et si sa mère avait remarqué le moindre désordre, elle n'en avait jamais rien dit.

Aucune des armes n'était chargée. Pour toute munition, il y avait dans la vitrine un étui de cartouches de calibre 12. Harriet, qui avait une idée des plus floues de la différence entre une carabine et un fusil de chasse, fit tomber les cartouches de l'étui et les disposa en étoile sur la moquette. L'un des grands fusils avait une baïonnette fixée à son canon, ce qui était intéressant, mais son préféré était le Winchester avec son viseur. Elle éteignit le plafonnier, appuya le canon sur le rebord de la fenêtre du séjour et plissa les yeux pour regarder dans le viseur – les voitures garées, la chaussée étincelant sous les réverbères, et les tourniquets qui chuintaient sur les luxuriantes pelouses désertes. Le fort était assiégé ; elle défendait son poste et leurs vies à tous en dépendaient.

Le carillon éolien résonna sur le porche de Mrs Fountain. A l'extrémité de la pelouse envahie par les herbes, au bout du canon graisseux de son fusil, elle voyait l'arbre où son frère était mort. Une brise murmurait dans les feuilles brillantes, faisant tinter les ombres fluides sur le sol.

Quelquefois, quand Harriet arpentait la maison lugubre tard la nuit, elle sentait tout près d'elle son frère mort, son silence chaleureux, chargé de secrets. Elle entendait son pas dans le craquement des lattes du plancher, le devinait dans l'ondulation d'un rideau, ou l'arc d'une porte qui s'ouvrait toute seule. Parfois, il se montrait malicieux – cachant son livre ou sa confiserie, pour les reposer sur son siège quand elle ne regardait pas. Harriet aimait sa compagnie. Elle s'imaginait que là où il habitait, il faisait toujours nuit, et que lorsqu'elle n'était pas là, il se retrouvait seul : il s'agitait solitaire, balançant ses jambes, dans une salle d'attente où tictaquaient des pendules.

Voilà, se disait-elle, *je monte la garde*. Elle sentait très nettement le rayonnement de sa présence quand elle se tenait à la fenêtre avec le fusil. Douze années s'étaient écoulées depuis la mort de son frère, et beaucoup de choses s'étaient altérées ou avaient disparu, mais la vue de la fenêtre du séjour n'avait pas changé. Même l'arbre était toujours là.

Ses bras étaient ankylosés. Elle posa avec précaution la carabine au pied de son fauteuil et alla chercher une glace à l'eau dans la cuisine. De retour dans le séjour, elle la mangea lentement dans le noir, près de la fenêtre. Puis elle posa le bâtonnet sur une pile de journaux et reprit son poste. Les glaces étaient au raisin, son parfum préféré. Il y en avait encore dans le congélateur, et personne pour l'empêcher de dévorer la boîte entière, mais il n'était pas facile de lécher une glace en maintenant le fusil.

Elle déplaça le canon contre le ciel obscur, suivant un oiseau de nuit entre les nuages éclairés par la lune. Une portière de voiture claqua. Rapidement, elle pivota vers le son et braqua son arme sur Mrs Fountain – qui rentrait tard de la chorale et, d'un pas vacillant, remontait son allée à la lueur des réverbères – inconsciente du danger, ignorant totalement qu'une boucle d'oreille rutilante brillait au centre du viseur de Harriet. La lumière du porche s'éteignit, la cuisine s'éclaira. La silhouette voûtée de Mrs Fountain, avec sa face de chèvre, passa devant la fenêtre, telle une marionnette dans un spectacle d'ombres chinoises.

« Boum », chuchota Harriet. Un coup sec, une pression du doigt, il n'en faudrait pas plus pour expédier Mrs Fountain dans le royaume du démon – à sa vraie place. Elle s'y intégrerait à merveille – des cornes pointant sous sa permanente et, dressée sous sa jupe, une queue fourchue. Avec son chariot de provisions bringuebalant au fin fond de l'enfer.

Une voiture approchait. Elle s'écarta de Mrs Fountain pour la suivre à travers son viseur, énorme, cahotante – des adolescents, vitres baissées, qui roulaient trop vite – puis les feux arrière tournèrent brusquement à l'angle de la rue et disparurent.

En revenant vers Mrs Fountain, elle aperçut dans la lunette l'image brouillée d'une fenêtre éclairée et, enchantée, se retrouva en plein milieu de la salle à manger des Godfrey, de l'autre côté de la rue. Un couple joyeux, le teint rose, qui avait largement dépassé la quarantaine – sans enfants, sociable, très dynamique dans l'église baptiste – et les voir tout éveillés, en train de s'activer, avait quelque chose de réconfortant. Mrs Godfrey prenait de la glace jaune dans un carton et la disposait sur un plat. Mr Godfrey était assis à table et tournait le dos à Harriet. Ils étaient seuls tous les deux ; la nappe en dentelle, la lumière douce d'une lampe à l'abat-jour rose, dans un angle ; un décor précis et intime, jusqu'au motif de feuilles de vigne sur les coupes de glace et aux pinces dans les cheveux de la maîtresse de maison.

Le Winchester était une paire de jumelles, une caméra, une manière de voir les choses. Harriet posa la joue contre la crosse, qui était lisse et très fraîche.

Robin, elle en était sûre, veillait sur elle ces nuits-là, comme elle veillait sur lui. Elle le sentait respirer derrière elle : paisible, amical, heureux de sa compagnie. Mais les craquements et les ombres de la maison obscure l'effrayaient encore quelquefois.

Agitée, les bras endoloris par le poids du fusil, Harriet remua sur le fauteuil. Parfois, des soirs comme celui-ci, elle fumait les cigarettes de sa mère. Les nuits les plus difficiles elle était même incapable de lire, et le contenu de ses livres – y compris *L'Île au trésor* ou *Enlevé,* des ouvrages qu'elle aimait et dont elle ne se lassait jamais –

se transformait en une sorte de chinois barbare : illisible, pervers, une démangeaison inaccessible. Une fois, par pure frustration, elle avait brisé un chaton en porcelaine qui appartenait à sa mère : saisie de panique (car Charlotte tenait à cet objet qu'elle possédait depuis l'enfance), elle avait enveloppé les fragments dans une serviette en papier et les avait fourrés dans une boîte de céréales vide, qu'elle avait cachée tout au fond de la poubelle. Cela s'était passé deux ans auparavant. A sa connaissance, sa mère ne savait toujours pas que le chaton avait disparu de la vitrine. Mais chaque fois que la fillette y repensait, particulièrement quand elle était tentée de recommencer ce genre de bêtise (par exemple, casser une tasse ou donner des coups de ciseaux dans la nappe), elle éprouvait un sentiment de malaise, une sorte de vertige. Elle pouvait mettre le feu à la maison si elle en avait envie, et personne ne serait là pour l'en empêcher.

Un nuage rouille obscurcissait la moitié de la lune. Elle dirigea à nouveau le fusil sur la fenêtre des Godfrey. A présent, Mrs Godfrey mangeait elle aussi de la glace. Elle parlait à son mari, entre des cuillerées alanguies, une expression froide, irritée sur le visage. Mr Godfrey avait les deux coudes posés sur la nappe en dentelle. Harriet ne voyait que l'arrière de son crâne chauve – en plein dans la ligne de mire – et elle ne savait pas s'il répondait à sa femme, ni même s'il l'écoutait.

Soudain, il se leva, s'étira et sortit de la pièce. Restée seule à table, Mrs Godfrey dit quelque chose. Avalant sa dernière cuillerée de glace, elle tourna légèrement la tête, comme pour écouter la réponse de son mari, dans la chambre voisine, puis elle se leva et se dirigea vers la porte, lissant sa jupe du dos de la main. L'image fut engloutie par l'obscurité. Leur fenêtre éclairée avait été la seule de la rue. Mrs Fountain avait éteint depuis longtemps.

Harriet jeta un coup d'œil à la pendule, sur le manteau de la cheminée. Il était onze heures passées, et elle devait se lever à neuf heures le lendemain matin, pour le catéchisme.

Il n'y avait aucune raison d'avoir peur – les réverbères brillaient dans la rue paisible – mais la maison était très tranquille, et Harriet se sentait un peu tendue. Bien qu'il fût venu chez elle en plein jour, elle avait surtout peur du tueur la nuit. Quand il revenait dans ses cauchemars, il faisait toujours nuit : une brise glacée soufflait à travers la maison, les rideaux voltigeaient, toutes les portes et les fenêtres étaient entrebâillées tandis qu'elle courait çà et là, pour repousser les battants et manipuler les verrous, sa mère assise sur le canapé, indifférente, une couche de cold cream sur le visage, ne levait pas le petit doigt pour l'aider, et le temps lui manquait toujours, la vitre volait en éclats et la main gantée s'introduisait à l'intérieur pour tourner le loquet. Quelquefois, Harriet voyait la porte s'ouvrir mais elle se réveillait avant de distinguer le visage.

A quatre pattes, elle ramassa les cartouches. Elle les replaça soigneusement dans leur étui ; elle essuya les empreintes sur la carabine, la rangea, puis verrouilla la vitrine et remit la clé dans le coffret en cuir du bureau de son père, à sa place habituelle : avec les coupe-ongles, les boutons de manchettes dépareillés, une paire de dés dans une bourse en daim vert, et une pile de pochettes d'allumettes défraîchies venant des boîtes de nuit de Memphis, Miami et La Nouvelle-Orléans.

Au premier, elle se déshabilla sans bruit, et sans allumer la lampe. A côté d'elle, Allison était couchée à plat ventre, telle une noyée qui flotte sur l'eau. Les rayons de la lune jouaient sur le dessus-de-lit, dessinant des motifs tachetés qui changeaient lorsque le vent agitait les arbres.

Elle disparaissait sous un enchevêtrement d'animaux en peluche, entassés comme sur un radeau de sauvetage – un éléphant en patchwork, un chien pie à qui il manquait un œil, un agneau noir laineux, un kangourou en velours pourpre, et une famille entière d'oursons – leurs formes innocentes pressées autour de sa tête, formant un tableau charmant et grotesque dans l'ombre, comme si elles étaient les créatures des rêves d'Allison.

« Bien, mes enfants », dit Mr Dial. De son œil gris baleine, il considérait, l'air glacial, la classe de catéchisme de Harriet et de Hely qui était plus qu'à moitié vide – en raison de son enthousiasme pour la colonie du lac de Selby, et du plaidoyer des parents en sa faveur, peu apprécié des enfants. « Je veux que vous pensiez un instant à Moïse. Pourquoi était-il si déterminé à conduire le peuple d'Israël en Terre promise ? »

Silence. Le regard de maquignon de Mr Dial se promena sur le petit groupe de visages indifférents. L'église baptiste – ne sachant que faire du nouveau bus scolaire – avait entrepris un programme communautaire, allant chercher des enfants blancs défavorisés dans les campagnes, pour les conduire dans ses salles fraîches et prospères le jour du catéchisme. La figure sale, l'air furtif, habillés d'une manière peu adaptée à ce lieu, leurs yeux baissés erraient sur le plancher. Seul le gigantesque Curtis Ratliff, qui était retardé, et plus âgé que les autres de plusieurs années, fixait Mr Dial, les yeux ronds, la bouche ouverte pour marquer son approbation.

« Ou prenons un autre exemple, s'écria le professeur. Et Jean Baptiste ? Pourquoi était-il si déterminé à partir dans le désert pour préparer l'arrivée du Christ ? »

A quoi bon tenter d'éveiller ces petits Ratliff, Scurlee

et Odum, ces jeunes garçons aux yeux chassieux et aux traits tirés, dont les mères sniffaient de la colle et dont les pères tatoués s'adonnaient à la fornication. Ils étaient pitoyables. La veille à peine, Mr Dial avait été forcé d'envoyer son gendre Ralph – qu'il employait à Dial Chevrolet – chez certains des Scurlee, pour reprendre possession d'une Oldsmobile Cutlass neuve. C'était toujours la même histoire : ces tristes sires circulaient dans des voitures haut de gamme en chiquant et en buvant de la bière par litres entiers, sans se soucier d'avoir six mois de retard dans leurs remboursements. Un autre Scurlee et deux Odum auraient droit à une petite visite de Ralph dès lundi matin, mais ils n'en savaient rien.

Le regard de Mr Dial s'éclaira en voyant Harriet – la petite-nièce de Miss Libby Cleve – et son ami Hely, le fils Hull. Ils venaient d'un bon quartier, dans le vieux Alexandria : leurs familles appartenaient au Country Club, et réglaient leurs traites plus ou moins à temps.

« Hely », dit Mr Dial.

L'air affolé, le garçon, qui était en train de plier et de replier sa brochure de catéchisme en minuscules carrés de plus en plus petits, eut un sursaut nerveux.

Mr Dial sourit. Ses petites dents, ses yeux écartés et son front bombé – outre son habitude de regarder la classe de biais, et non en face – le faisaient un peu ressembler à un dauphin hostile. « Veux-tu nous dire pourquoi Jean Baptiste est allé crier dans ces contrées sauvages ? »

Hely se tortilla. « Parce que Jésus l'y a obligé.

— *Pas tout à fait !* répliqua Mr Dial en se frottant les mains. Réfléchissons tous une minute à la situation de Jean. Demandons-nous pourquoi il cite les paroles du prophète Isaïe dans... il fit glisser son doigt sur la page..., le verset 23.

— Il exécutait le plan de Dieu ? » suggéra une petite voix au premier rang.

C'était Annabel Arnold, dont les mains gantées se croisaient dignement sur la Bible posée sur ses genoux, dans une housse blanche à fermeture Eclair.

« *Très bien* », déclara Mr Dial. Annabel venait d'une bonne famille – une bonne famille *chrétienne*, contrairement à certains amateurs de cocktails du Country Club, comme les Hull. Annabel, championne des majorettes, avait contribué à ramener vers le Christ une petite camarade juive. Mardi soir, elle devait participer à une compétition régionale de majorettes qui se déroulerait au lycée, un événement dont Dial Chevrolet était l'un des principaux sponsors.

Mr Dial, remarquant que Harriet voulait intervenir, s'empressa d'enchaîner : « Vous avez entendu ce qu'Annabel vient de dire, mes enfants ? s'écria-t-il vivement. Jean Baptiste travaillait en accord avec le plan de Dieu. Et pourquoi le faisait-il ? Parce que, poursuivit-il, tournant la tête pour fixer la classe de son autre œil, parce que Jean Baptiste *avait un but.* »

Silence.

« Pourquoi est-ce si important d'avoir un but dans la vie, mes enfants ? » Il attendit la réponse, replaçant correctement une petite pile de papiers sur l'estrade, de telle sorte que la pierre de sa chevalière de promotion en or rougeoyait à la lumière. « Réfléchissons-y, voulez-vous ? Sans but, nous ne sommes pas motivés, n'est-ce pas ? Sans but, nous ne sommes pas prospères financièrement ! Sans but, nous ne pouvons accomplir ce que le Christ attend de nous, en tant que chrétiens et membres de la communauté ! »

Harriet, remarqua-t-il avec un petit choc, le dévisageait assez agressivement.

« Ah ça, oui ! s'écria-t-il en tapant dans ses mains. Parce que les buts nous aident à nous concentrer sur les choses qui comptent ! Il est important pour nous tous, quel que soit notre âge, de nous fixer des buts dans l'année, la semaine, ou l'heure qui suit, sinon nous n'aurons plus le courage de lever notre derrière de devant la télévision pour aller gagner notre vie quand nous serons grands. »

Pendant qu'il parlait, il commença à distribuer du papier et des crayons de couleur. Cela ne coûtait rien d'essayer de faire rentrer le sens du travail dans le crâne de ces petits Ratliff et Odum. Ils n'entendaient certainement rien de la sorte chez eux, où la plupart d'entre eux restaient assis sans rien faire et vivaient sur le dos du gouvernement. Il avait lui-même participé à l'exercice qu'il s'apprêtait à leur proposer, et qu'il trouvait extrêmement motivant, lors d'un congrès de représentants de commerce chrétiens auquel il avait assisté l'été dernier à Lynchburg, en Virginie.

« Je désire maintenant que nous mettions par écrit le but que nous nous fixons pour cet été », expliqua Mr Dial. Il joignit les mains, imitant la forme d'un clocher d'église, et posa les index sur ses lèvres pincées. « Cela peut être un projet, un succès personnel ou financier... ou bien une manière d'aider votre famille, votre communauté, ou votre Seigneur. Vous n'avez pas besoin de signer avec votre nom si vous ne le souhaitez pas – dessinez simplement au bas de la page un petit symbole qui vous représente. »

Plusieurs têtes endormies sursautèrent, prises de panique.

« Rien de trop compliqué, continua Mr Dial, croisant les mains, vous pouvez dessiner un ballon de football si vous aimez le sport ! Ou un visage joyeux si vous aimez faire sourire les gens ! »

Il se rassit, et comme les enfants fixaient leur feuille au

lieu de le regarder, le large sourire qui découvrait ses petites dents s'affaissa légèrement. Non, il ne servait à rien de faire des efforts avec ces petits Ratliff, Odum, et ainsi de suite ; il était inutile de croire qu'on pouvait leur apprendre quelque chose. Il considéra les petits visages ternes, suçant distraitement le bout de leurs crayons. Dans quelques années, ces petits malheureux donneraient du fil à retordre à Mr Dial et à Ralph en ne payant pas leurs traites, exactement comme le faisaient aujourd'hui leurs cousins et leurs frères.

Hely se pencha pour essayer de voir ce que Harriet avait écrit sur sa feuille. « Psst », chuchota-t-il. Il avait consciencieusement dessiné un ballon de football comme symbole personnel, puis resta assis, le regard fixe, dans un silence ahuri, pendant près de cinq minutes.

« On ne parle pas au fond », dit Mr Dial.

Sur une expiration forcée, il se leva et ramassa les devoirs des enfants. « *Maintenant*, dit-il, déposant la pile de feuilles sur la table. Tout le monde s'approche en rang pour en choisir une... non, gronda-t-il quand plusieurs élèves se levèrent d'un bond, on ne *court* pas comme des singes. Un à la fois. »

Sans enthousiasme, les enfants s'approchèrent en traînant les pieds. De retour à sa place, Harriet ouvrit à grand-peine le papier qu'elle avait choisi, plié si horriblement petit qu'il avait la taille d'un timbre-poste.

Du côté de Hely retentit un gloussement inattendu. Il montra sa feuille à Harriet. Sous un dessin sibyllin (une tache sans tête perchée sur des bâtons, moitié meuble, moitié insecte, représentant un animal, un objet ou même une machine qu'elle ne put identifier), l'écriture noueuse dégringolait sur le papier à un angle de quarante-cinq degrés. *Mon butte,* lut Harriet avec difficulté, *est que papa m'emène à Opry Land*[1].

« Allons, disait Mr Dial devant l'estrade. Quelqu'un commence. Peu importe qui. »

Harriet parvint à ouvrir sa feuille. C'était l'écriture d'Annabel Arnold : ronde et travaillée, avec des *p* et des *b* aux boucles tarabiscotées.

Mon but !
Mon but est de dire une petite prière chaque jour
pour que Dieu m'envoie une nouvelle personne à aider ! ! ! !

Harriet fixa ces lignes d'un œil torve. En bas de la page, deux B majuscules, dos à dos, formaient un papillon inepte.

« Harriet ! dit brusquement Mr Dial. On commence par toi. »

D'un ton neutre qui, espérait-elle, traduisait son mépris, la fillette lut à voix haute le vœu à l'écriture fleurie.

« Eh bien, voici un but remarquable, s'écria chaleureusement Mr Dial. C'est un appel à la prière, mais c'est aussi une proposition de service. Voici un jeune chrétien qui pense aux autres, à l'église et dans la communau... Il y a quelque chose de drôle là-bas ? »

Les pâles garçons qui riaient sous cape se turent.

Mr Dial déclara, d'une voix plus forte : « Harriet, que révèle ce but sur la personne qui l'a écrit ? »

Hely tapota le genou de son amie. A côté de sa cuisse, il abaissa discrètement le pouce : *perdant.*

« Y a-t-il un symbole ?

1. Parc d'attractions situé à Nashville, Tennessee. (*N.d.T.*)

— Pardon ? demanda Harriet.

— Quel symbole l'auteur a-t-il choisi pour se représenter ?

— Un insecte.

— Un insecte ? ?

— C'est un papillon, murmura faiblement Annabel, mais Mr Dial n'entendit pas.

— Quel genre d'insecte ? demanda-t-il à Harriet.

— Je n'en suis pas certaine, mais on dirait qu'il a un dard. »

Hely tendit le cou pour regarder. « Berk ! s'écria-t-il, feignant d'être sincèrement horrifié. C'est quoi ce truc ?

— Passez-le-moi, ordonna sèchement Mr Dial.

— Je me demande bien qui a pu dessiner un truc pareil ? dit Hely qui regardait dans la salle, affolé.

— C'est un *papillon* », répéta Annabel, plus distinctement cette fois.

Mr Dial se leva pour prendre la feuille, et brusquement – si brusquement que tout le monde sursauta – Curtis Ratliff émit un gargouillement enthousiaste. Indiquant quelque chose sur la table, il se mit à se trémousser sur son siège, tout excité.

« Ça mien, gloussa-t-il. Ça mien. »

Mr Dial s'immobilisa. Il avait toujours été terrifié à l'idée que Curtis, généralement docile, eût un accès de violence ou une crise de ce genre.

Rapidement, il abandonna l'estrade et se hâta vers le premier rang. « Quelque chose ne va pas, Curtis ? demanda-t-il en se penchant très bas, sur un ton de confidence si peu discret que toute la classe l'entendit. Tu as besoin d'aller aux toilettes ? »

Curtis hoqueta, le visage écarlate. Il faisait des bonds sur la chaise – trop petite pour lui – qui grinçait, si énergiquement que le professeur tressaillit et recula.

Curtis fendit l'air du doigt. « *Ça mien* », hurla-t-il joyeusement. Soudain, il se leva de son siège – Mr Dial recula en trébuchant, avec un petit cri humiliant – et s'empara d'un papier froissé sur la table.

Très doucement, il le lissa et le lui tendit. Il montra la feuille ; puis se désigna lui-même. « Mien, dit-il, rayonnant.

— Oh », répondit Mr Dial. Il entendait, dans le fond de la salle, des chuchotements, un impudent gloussement d'hilarité. « C'est juste, Curtis, c'est ton papier. » Il l'avait séparé intentionnellement des autres devoirs. Curtis réclamait toujours un crayon et une feuille – et pleurait quand on les lui refusait – mais il ne savait ni lire, ni écrire.

« Mien », répéta le garçon. Du pouce, il indiquait sa poitrine.

« Oui, prononça prudemment Mr Dial. C'est *ton* but, Curtis. C'est tout à fait juste. »

Il reposa le papier sur la table. Curtis le saisit de nouveau et le repoussa vers lui avec un sourire plein d'espoir.

« Oui, *merci*, Curtis, dit Mr Dial, lui montrant sa chaise vide. Oh, Curtis ? Tu peux te rasseoir à présent. Je vais simplement...

— Lis mien.

— Curtis. Si tu ne retournes pas à ta place, je ne peux pas...

— *Lis mien* », hurla Curtis. A l'horreur du professeur, il se mit à sauter en l'air. « *Lis mien ! Lis mien ! Lis mien !* »

Mr Dial – sidéré – regarda le papier froissé dans sa main. Aucun mot n'y était écrit, seulement des gribouillages qu'un bébé aurait pu faire.

Curtis cligna gentiment des yeux vers lui et, pesamment, se rapprocha d'un pas. Pour un trisomique, il avait de très longs cils. « Lis mien », dit-il.

117

« Je me demande quel était le but de Curtis ? » dit Harriet d'un ton pensif tandis qu'elle rentrait chez elle à pied, en compagnie de Hely. Ses chaussures en cuir verni claquaient sur le trottoir. Il avait plu dans la nuit, les touffes d'herbe coupée au parfum âcre et les pétales écrasés, envolés des buissons, jonchaient le ciment humide.

« Je veux dire, reprit-elle, tu crois vraiment que Curtis a un but ?

— Mon but à moi, c'était qu'il donne un coup de pied au cul à Mr Dial. »

Ils tournèrent dans George Street, où les pacaniers et les hamamélis étaient couverts de feuilles sombres, et où les abeilles bourdonnaient activement dans le lilas des Indes, le jasmin étoilé, les roses roses florifères. Le parfum rance, envoûtant des magnolias était aussi oppressant que la chaleur, et assez puissant pour vous donner mal à la tête. Harriet ne disait rien. La tête baissée, les mains derrière le dos, elle avançait en claquant les talons, perdue dans ses pensées.

Gentiment, pour essayer de ranimer la conversation, Hely renversa la tête en arrière et entonna son plus beau cri de dauphin.

Ô, on l'appelle Flipper, Flipper, chanta-t-il d'une voix enjôleuse. *Plus rapide que l'éclair...*

Harriet émit un petit grognement plaisant. A cause de son rire hennissant et de son front bombé de marsouin, *Flipper* était le surnom qu'ils avaient donné à Mr Dial.

« Qu'est-ce que tu as écrit ? » lui demanda Hely. Il avait retiré son veston du dimanche, qu'il détestait, et le faisait tournoyer dans les airs. « C'est toi qui as tracé cette marque noire ?

— Ouais. »

Hely s'illumina. C'était pour ces gestes sibyllins et imprévisibles qu'il adorait Harriet. Il était impossible de comprendre pourquoi elle faisait des choses pareilles, ou même pourquoi c'était génial qu'elle les fasse, mais ça l'était vraiment. La marque noire avait certainement troublé Mr Dial, surtout après le fiasco avec Curtis. Il avait cligné et paru perturbé quand un élève, dans le fond, avait brandi une feuille vide, entièrement vierge excepté ce petit point inquiétant au centre. « Quelqu'un fait le malin », avait-il jeté, après une bizarre petite hésitation, et il était passé immédiatement à l'élève suivant, parce que la marque noire donnait la chair de poule – pourquoi ? C'était juste une marque au crayon, mais la salle s'était étrangement tue un instant, quand le garçon avait levé sa feuille pour la montrer à tous. C'était l'empreinte du génie de Harriet : elle était capable de vous causer une peur bleue, et vous ne saviez même pas pourquoi.

Il lui lança un coup d'épaule. « Tu sais ce qui aurait été drôle ? Tu aurais dû écrire *cul*. Ha ha ! » Hely proposait toujours aux autres des blagues qu'il n'avait pas l'audace de faire lui-même. « En toutes petites lettres, tu sais, pour qu'il arrive à peine à les déchiffrer.

— Le point noir, ça vient de *L'Île au trésor*, dit Harriet. C'est ce que les pirates te donnaient quand ils venaient te tuer, un morceau de papier avec un point noir dessus. »

Une fois chez elle, Harriet alla dans sa chambre et prit un cahier qu'elle cachait dans ses sous-vêtements, au fond du tiroir de sa commode. Ensuite elle s'allongea de l'autre côté du lit d'Allison, où personne ne pouvait la voir du seuil, bien qu'elle ne risquât guère d'être dérangée. Sa sœur et sa mère étaient à l'église. Harriet aurait dû les y rejoindre – ainsi qu'Edie et ses tantes – mais Charlotte ne remarquerait pas son absence, et elle s'en moquait de toute manière.

Harriet n'aimait pas Mr Dial, pourtant l'exercice en salle de catéchisme l'avait fait réfléchir. Sur le moment, elle n'avait pas réussi à définir ses propres buts – pour la journée, pour l'été, pour le reste de sa vie – et cela la troublait, car pour quelque raison, cette question restait indissociable, dans son esprit, du récent malaise qui l'avait submergée devant le chat mort, dans la remise à outils.

Harriet aimait s'imposer des épreuves physiques (une fois, elle avait essayé de voir combien de temps elle pouvait subsister avec dix-huit cacahuètes par jour, la ration des Confédérés à la fin de la guerre), mais la plupart du temps cela impliquait une souffrance absurde. Le seul but réel qu'elle pouvait imaginer – et il n'était guère brillant – était de gagner le premier prix du concours estival de lecture de la bibliothèque. Depuis l'âge de six ans, elle y participait régulièrement – et avait gagné à deux reprises – mais à présent qu'elle avait grandi et lisait de vrais romans, elle n'avait plus aucune chance. L'année dernière, le prix avait été attribué à une grande fille noire très maigre qui était venue deux ou trois fois par jour emprunter d'énormes piles de livres pour les tout-petits comme le Dr Seuss, Curious George et *Make Way for Ducklings*. Harriet était arrivée juste derrière elle, furibonde, avec son *Ivanhoe*, son Algernon Blackwood, et ses *Mythes et Légendes du Japon*. Même Mrs Fawcett, la bibliothécaire, avait haussé un sourcil pour exprimer sans équivoque ce qu'*elle* en pensait.

Harriet ouvrit le cahier. Un cadeau de Hely. C'était un simple cahier à spirale avec, sur la couverture, le dessin d'un buggy qu'elle n'aimait pas beaucoup, mais il lui plaisait parce que le papier ligné était orange vif. Deux ans auparavant, Hely avait voulu l'utiliser comme cahier de géographie pour le cours de Mrs Criswell, mais on lui avait dit que ni le superbe buggy, ni la couleur du papier ne convenaient à l'école. Sur la moitié de la première page (écrite au feutre, un instrument également impropre selon le professeur, qui l'avait confisqué) apparaissaient des notes sporadiques de la main de Hely.

Géographie du monde   Collège d'Alexandria
Duncan Hely Hull   le 4 septembre

Les deux continents qui forme une masse de terre continu
L'Europ et l'Asi

La moitié de la terre au-dessus de l'équateur s'apelle le Nord.

Pourquoi il faut des unité de mesure normalisé ?

Une théorie est-elle la meilleure explication possible d'une partie de la nature ?

Il y a quatre parties dans une carte.

Harriet examina ces lignes avec un mépris affectueux. Elle avait plusieurs fois envisagé d'arracher la page, mais, avec le temps, elle avait fini par s'intégrer dans la personnalité du cahier, et il valait mieux la laisser telle quelle.

Elle passa à la page suivante, où commençaient ses propres notes, au crayon. C'étaient surtout des listes. Des listes de livres qu'elle avait lus, et de livres qu'elle voulait lire, de poèmes qu'elle savait par cœur ; des listes des cadeaux qu'elle avait reçus pour son anniversaire et pour

Noël, et de ceux qui les lui avaient faits ; des listes des endroits qu'elle avait visités (dont aucun n'était très exotique) et de ceux où elle souhaitait aller (l'île de Pâques, l'Antarctique, le Machu Picchu, le Népal). Il y avait des listes des gens qu'elle admirait : Napoléon et Nathan Bedford Forrest, Genghis Khan et Lawrence d'Arabie, Alexandre le Grand, Harry Houdini et Jeanne d'Arc. Il y avait une page entière de récriminations à propos du partage de sa chambre avec Allison. Des listes de mots de vocabulaire – latin et anglais – et un alphabet cyrillique erroné qu'elle avait laborieusement recopié dans une encyclopédie, un après-midi où elle n'avait rien d'autre à faire. Il y avait aussi plusieurs lettres que Harriet avait écrites, sans jamais les envoyer, à différentes personnes qu'elle n'aimait pas. L'une d'elles était adressée à Mrs Fountain, et une autre à son institutrice honnie de CM2, Mrs Beebe. Une troisième à Mr Dial. Dans l'espoir de faire d'une pierre deux coups, elle l'avait calligraphiée en lettres soignées et tarabiscotées qui ressemblaient à l'écriture d'Annabel Arnold.

Cher Mr Dial (commençait-elle),
Je suis une jeune demoiselle de votre connaissance qui vous admire en secret depuis quelque temps. Je suis si folle de vous que j'en perds le sommeil. Je sais que je suis très jeune, et qu'il y a une Mrs Dial, mais peut-être pourrions-nous organiser un rendez-vous un soir, derrière Dial Chevrolet ? J'ai prié sur cette lettre, et le Seigneur m'a dit que l'Amour est la réponse. Je vous récrirai bientôt. S'il vous plaît, ne montrez cette lettre à personne. P.S. Je pense que vous devinerez qui je suis. Tendrement, votre Valentine secrète !

Tout en bas, Harriet avait collé une minuscule photographie d'Annabel Arnold qu'elle avait découpée dans le

journal, à côté de l'énorme tête jaunâtre de Mr Dial, trouvée dans les Pages jaunes – roulant ses gros yeux écarquillés avec enthousiasme, la tête auréolée d'étoiles de
bande dessinée, au-dessus de laquelle un tintamarre de
lettres noires endiablées proclamait :

LA QUALITÉ AVANT TOUT !
ACHATS A TEMPÉRAMENT !

Le spectacle de cette annonce donna à Harriet l'idée
d'envoyer une lettre de menace à Mr Dial, en caractères
enfantins, avec des fautes d'orthographe, soi-disant de la
part de Curtis Ratliff. Mais, décida-t-elle en se tapotant
les dents du bout de son crayon, ce serait injuste pour le
garçon. Elle ne lui voulait aucun mal, surtout après ce
qu'il avait fait à Mr Dial.

Elle tourna la page, et, sur une page vierge de papier
orange, écrivit :

Buts pour l'été
Harriet Cleve Dufresnes

Elle fixa nerveusement ces mots. Comme l'enfant
du bûcheron au début d'un conte de fées, elle était saisie d'une mystérieuse aspiration, d'un désir de voyager au
loin et d'accomplir de grandes choses ; et bien qu'elle ne
pût dire exactement ce qu'elle voulait faire, elle savait
que ce serait grandiose, ténébreux et extrêmement
difficile.

Elle revint quelques pages en arrière, à la liste des gens
qu'elle admirait : une majorité de généraux, de soldats,
d'explorateurs, tous des hommes d'action. Jeanne d'Arc
avait conduit des armées alors qu'elle était à peine plus
vieille que Harriet. Pourtant, à Noël dernier, son père lui

avait offert un insultant jeu de société pour filles, intitulé *Quel métier choisir ?* C'était un jeu particulièrement futile, censé orienter le choix de carrière, qui, même si on était très doué, n'offrait que quatre possibilités : professeur, ballerine, mère de famille ou infirmière.

Le possible, tel qu'il était présenté dans son manuel d'hygiène (un enchaînement mathématique qui allait des premiers rendez-vous jusqu'à la maternité, en passant par la « carrière » et le mariage), n'intéressait pas Harriet. De tous les héros de sa liste, le plus grand était Sherlock Holmes, et ce n'était même pas un personnage réel. Ensuite venait Harry Houdini. Un maître de l'impossible ; plus important encore, pour Harriet, un maître de l'*évasion*. Aucune prison du monde ne pouvait le retenir, il s'échappait des camisoles de force, de malles verrouillées jetées dans des rivières rapides, et de cercueils enfouis deux mètres sous terre.

Et comment y était-il parvenu ? *Il n'avait pas peur.* Sainte Jeanne galopait avec les anges à ses côtés, mais Houdini avait maîtrisé seul sa terreur. Pas de secours divin pour lui ; il avait appris à ses dépens à combattre la panique, l'horreur de la suffocation, de la noyade et de l'obscurité. Menotté dans une malle verrouillée au fond d'un fleuve, il n'avait pas gaspillé un battement de cœur à avoir peur, il n'avait jamais cédé à la terreur des chaînes, des ténèbres et de l'eau glacée ; si la tête lui tournait, s'il hésitait une seule seconde à prolonger l'épreuve de l'apnée – tout en culbutant sans fin dans le lit de la rivière –, jamais il ne sortirait vivant de l'eau.

Un programme d'entraînement. C'était le secret de Houdini. Il s'était immergé quotidiennement dans des baignoires pleines de glace, il avait couvert à la nage d'immenses distances sous l'eau, pratiqué l'apnée poumons pleins jusqu'au jour où il avait tenu trois minutes d'affilée sans respirer. Si les bains de glace étaient hors de question, la natation et les exercices de respiration étaient du ressort de Harriet.

Elle entendit sa mère et sa sœur entrer dans la maison ; la voix plaintive, inintelligible de sa sœur. Elle se hâta de cacher son cahier et courut au rez-de-chaussée.

« Il ne faut pas dire le mot Haine, chérie », déclara distraitement Charlotte à Allison. Elles étaient toutes les trois assises à la table de la salle à manger, vêtues de leurs robes du dimanche, et mangeaient le poulet qu'Ida leur avait préparé pour le déjeuner.

Allison, les cheveux dans la figure, fixait son assiette, mâchant la tranche de citron de son thé glacé. Elle avait découpé sa nourriture avec une certaine énergie, pour jouer avec et en faire des tas fort peu appétissants (une manie qui exaspérait Edie), mais elle y avait à peine touché.

« Je ne vois pas pourquoi Allison ne pourrait pas utiliser ce mot, maman, intervint Harriet. C'est un mot parfaitement correct.

— Ce n'est pas poli.

— Il existe dans la Bible. Le Seigneur hait ceci et le Seigneur hait cela. On le trouve presque à toutes les pages.

— Eh bien, toi, tu ne dois pas le prononcer.

— Bien, s'exclama Allison. Je *déteste* Mrs Biggs. » C'était son professeur de catéchisme.

Charlotte, à travers son brouillard de tranquillisants, fut légèrement surprise. Allison était d'ordinaire une fille si douce, si timide. Ce genre de propos absurdes sur les gens qu'on déteste étaient plus dans les cordes de Harriet.

« Ecoute, Allison, déclara-t-elle. Mrs Biggs est une

charmante vieille dame. Et c'est une amie de ta tante Adélaïde. »

Raclant distraitement son assiette toujours pleine du bout de sa fourchette, la jeune fille répéta : « Je la hais quand même.

— Chérie, on ne hait pas quelqu'un simplement parce qu'il refuse de prier pour un chat mort au cours de catéchisme.

— Pourquoi pas ? Elle nous a bien fait prier pour que Sissy et Annabel Arnold gagnent le concours de majorettes.

— Mr Dial nous a aussi obligés à prier pour ça, dit Harriet. C'est parce que leur père est diacre. »

Allison maintint délicatement en équilibre la tranche de citron sur le bord de son assiette. « J'espère qu'elles vont lâcher un de ces bâtons enflammés, reprit-elle. J'espère que la baraque va prendre feu.

— Ecoutez, les filles », commença Charlotte d'un ton vague, dans le silence qui suivit. Son esprit – qui ne s'était pas vraiment penché sur la question du chat, de l'église et du défilé de majorettes – était déjà passé à autre chose. « Vous êtes allées au dispensaire pour vos rappels contre la typhoïde ? »

Aucune ne lui répondit, et elle continua : « Bon, je vous demande de ne pas oublier d'y aller lundi matin dès la première heure. Et pensez aussi à la piqûre pour le tétanos. A force de nager dans des mares à vaches et de courir pieds nus tout l'été... »

Sa voix se perdit plaisamment dans le silence, et elle se remit à manger. Harriet et Allison se taisaient. Aucune d'elles n'avait, de sa vie, nagé dans une mare à vaches. Leur mère pensait à sa propre enfance et l'embrouillait avec le présent – cela lui arrivait de plus en plus souvent ces temps-ci – et les sœurs ne savaient ni l'une ni l'autre comment réagir quand cela se produisait.

Encore vêtue de sa robe du dimanche, fleurie de pâque-rettes, Harriet descendit l'escalier à pas de loup, la semelle de ses socquettes blanches grise de poussière. Il était neuf heures et demie du soir, et sa mère et sa sœur étaient déjà couchées depuis un bon moment.

La somnolence d'Allison – contrairement à celle de Charlotte – était naturelle et ne devait rien aux narco-tiques. Elle était heureuse quand elle dormait, la tête sous l'oreiller ; elle songeait à son lit toute la journée, et s'y précipitait dès qu'il faisait raisonnablement nuit. Mais Edie, qui dormait rarement plus de six heures, était irritée par la léthargie qui régnait dans la maison de Harriet. Charlotte était sous tranquillisants depuis la mort de Robin, et il ne servait à rien d'en discuter avec elle, mais Allison posait un problème différent. Craignant une mononucléose ou une encéphalite, Edie avait plusieurs fois envoyé sa petite-fille faire des analyses de sang, qui s'étaient révélées négatives. « C'est une adolescente en pleine croissance, lui avait déclaré le médecin. Les ado-lescents ont besoin de beaucoup de sommeil.

— Mais seize heures ! » s'exclama-t-elle, exaspérée. Elle se rendait parfaitement compte que le praticien ne la croyait pas. Elle se doutait aussi – à juste titre – que c'était lui qui prescrivait les drogues qui abrutissaient Charlotte en permanence.

« Et si c'était dix-sept, ça ne changerait rien, dit le Dr Breedlove, une fesse drapée de blanc en équilibre sur son bureau jonché de papiers, posant sur Edie un regard froid et ambigu. Cette fille veut dormir, fichez-lui la paix. »

« Mais comment peux-tu *supporter* de dormir autant ? » demanda une fois Harriet à sa sœur, par curiosité.

Allison haussa les épaules.

« Ce n'est pas ennuyeux ?

— Je ne m'ennuie que quand je suis éveillée. »

Harriet connaissait le problème. Son propre ennui l'engourdissait au point qu'elle en était quelquefois malade, comme assommée par une dose de chloroforme. En ce moment, pourtant, elle était excitée par la perspective des heures solitaires qui l'attendaient, et dans le séjour, elle se dirigea, non vers les armes dans la vitrine, mais vers le bureau de son père.

Le tiroir contenait une quantité de choses intéressantes (des pièces d'or, des extraits de naissance, des choses avec lesquelles elle n'était pas censée s'amuser). Après avoir fouillé dans des photographies et des boîtes de chèques encaissés, elle trouva enfin ce qu'elle cherchait : un chronomètre en plastique noir – cadeau d'une société financière – avec un affichage digital en rouge.

Elle s'assit sur le canapé, et prit une profonde inspiration en déclenchant le chrono. Houdini s'était exercé à retenir son souffle plusieurs minutes d'affilée : une ruse qui avait rendu possibles ses tours les plus magistraux. Maintenant elle allait voir combien de temps elle pouvait rester en apnée sans s'évanouir.

Dix. Vingt secondes. Trente. Elle sentit des battements de plus en plus forts dans ses tempes.

Trente-cinq. Quarante. Ses yeux larmoyaient, elle avait des élancements dans les globes oculaires. A quarante-cinq, un spasme parcourut ses poumons, et elle fut forcée de se pincer le nez et de presser une main sur sa bouche.

Cinquante-huit. Cinquante-neuf. Ses yeux ruisselaient, elle ne tenait plus en place, elle se leva et décrivit un minuscule cercle frénétique devant le canapé, déplaçant l'air de sa main libre, son regard ricochant désespérément d'un objet à l'autre – le bureau, la porte, les souliers du dimanche tournés en dedans sur la moquette gris perle – tandis que la pièce sautait au rythme tumultueux de son cœur et que le mur de journaux vibrait comme à l'approche d'un tremblement de terre.

Soixante secondes. Soixante-cinq. Les rayures rose pâle des draperies avaient pris une teinte rouge sang et la lumière de la lampe s'effilait en longs tentacules irisés qui montaient et baissaient au gré d'une marée invisible, avant de s'assombrir eux aussi, leurs bords frissonnants virant au noir bien que leur centre fût encore incandescent, et quelque part elle entendit bourdonner une abeille, près de son oreille, mais peut-être se trompait-elle et cela venait-il du fond de son être ; la pièce tourbillonnait et brusquement elle dut lâcher son nez, sa main tremblait et refusait de lui obéir, et avec un long râle angoissé elle tomba à la renverse sur le canapé, sous une averse d'étincelles, bloquant le chrono du pouce.

Elle resta là un long moment, haletante, tandis que les guirlandes phosphorescentes, féeriques, disparaissaient lentement du plafond.

Un marteau en verre frappait la base de son crâne, avec un tintement cristallin. Ses pensées s'enroulaient et se dévidaient en une dentelle compliquée de chrysocale qui déployait ses motifs subtils autour de sa tête.

Quand les étincelles ralentirent, et qu'elle put enfin se rasseoir – la tête lui tournait, elle dut s'agripper au canapé –, elle consulta le chrono. Une minute et seize secondes.

C'était un long temps, plus qu'elle ne l'aurait cru pour une première tentative, mais elle se sentait très bizarre. Ses yeux étaient douloureux et elle avait l'impression que des fragments entiers de sa tête étaient sens dessus dessous, broyés, de telle sorte que l'ouïe se mélangeait à la vision et la vision au goût, et que ses pensées s'imbriquaient dans ce fouillis comme les pièces d'un puzzle, au point qu'elle ne savait plus dans quel ordre les disposer.

Elle essaya de se lever. Elle tanguait comme sur un canoë. Elle se rassit. Parmi les échos, des cloches noires.

Bien : personne n'avait dit que ce serait facile. S'il avait été aisé de retenir son souffle pendant trois minutes, tout le monde l'aurait fait, et pas seulement Houdini.

Elle resta immobile un instant, respirant profondément comme on le lui avait enseigné au cours de natation, et quand elle se sentit redevenir un peu elle-même elle inspira à nouveau et déclencha le chrono.

Cette fois, elle était déterminée à ne pas regarder les chiffres à mesure qu'ils défilaient, mais à se concentrer sur autre chose. Fixer les chiffres aggravait la difficulté.

Son malaise s'intensifia, son cœur se mit à battre plus fort, et des pointes d'aiguille scintillantes parcoururent rapidement son cuir chevelu par vagues glacées, comme des gouttes de pluie. Ses yeux la brûlaient. Elle les ferma. Contre les ténèbres empourprées qui palpitaient s'abattit une avalanche spectaculaire de scories. Une malle noire enchaînée bringuebalait sur les pierres instables d'un lit de rivière, emportée par le courant, *ploc ploc, ploc ploc* – une chose lourde et molle, un corps à l'intérieur – et sa main vola jusqu'à son nez pour le pincer comme pour se protéger d'une mauvaise odeur, mais la valise continuait de rouler sur les pierres moussues, et un orchestre jouait quelque part, dans un théâtre doré illuminé par des lustres, et Harriet entendit le soprano limpide d'Edie, s'envolant au-dessus des violons : « *Beaucoup de braves cœurs dorment dans les profondeurs. Matelot, prends garde ; matelot, bon vent.* »

Non, ce n'était pas Edie, mais un ténor : un ténor à la chevelure noire brillantinée, une main gantée pressée sur le revers de son smoking, son visage poudré couleur de craie sous les feux de la rampe, ses yeux et ses lèvres très sombres comme chez un acteur de film muet. Il se tenait devant les rideaux de velours à franges qui s'ouvraient lentement – sous une vague d'applaudissements – révélant, au centre de la scène, un énorme bloc de glace avec, figée au milieu, une forme voûtée.

Une exclamation de surprise. L'orchestre troublé, composé essentiellement de pingouins, marqua le tempo. Le poulailler était rempli d'ours polaires qui se bousculaient, et dont plusieurs portaient des capuchons de père Noël. Ils étaient arrivés en retard, et avaient un différend à propos de leurs places. Parmi eux se trouvait Mrs Godfrey, l'œil vitreux, en train de manger de la glace dans une coupe ornée de losanges.

Brusquement, les lumières faiblirent. Le ténor s'inclina et disparut dans les coulisses. L'un des ours tendit le cou par-dessus les fauteuils et – lançant dans les airs son capuchon de père Noël – rugit : « Hourra pour le capitaine Scott ! »

Il y eut un vacarme assourdissant quand le capitaine Scott, les yeux bleus, le manteau de fourrure enduit de blanc de baleine et couvert de glace, s'avança sur la scène en secouant la neige de ses vêtements et, sans retirer sa moufle, leva la main vers la salle. Le petit Bowers – qui le suivait à skis – émit un sifflement sourd, perplexe, louchant vers la rampe tandis qu'il abritait du bras son visage brûlé par le soleil. Le Dr Wilson – sans chapeau ni gants, chaussé de crampons à glace – le bouscula pour se ruer sur scène, laissant derrière lui un sillage d'empreintes neigeuses qui formèrent instantanément des flaques d'eau sous les projecteurs. Ignorant le tonnerre d'applaudissements, il glissa une main sur le bloc de glace, inscrivit une note ou deux dans un carnet relié en cuir. Puis il le referma d'un coup sec et le public se tut.

« Les conditions sont critiques, capitaine, dit-il, son haleine formant un nuage blanc dans l'air. Les vents soufflent du nord-nord-ouest, et il semble y avoir une différence d'origine marquée entre les tranches hautes et basses de l'iceberg, ce qui suggère qu'il s'est formé couche après couche, à partir des neiges saisonnières.

— Dans ce cas, nous devons entamer le sauvetage immédiatement, déclara le capitaine Scott. Osman ! *Esh to*, dit-il impatiemment au chien de traîneau qui aboyait et bondissait autour de lui. Les pics à glace, lieutenant Bowers. »

Bowers ne parut pas du tout surpris de découvrir que ses bâtons de ski s'étaient transformés en une paire de piolets, dans ses poings protégés par des moufles. D'un geste habile, il en lança un à son capitaine, à l'autre bout de la scène, dans le brouhaha de coin-coin, de rugissements et de claquements de nageoires, et, retirant leurs lainages incrustés de neige, ils se mirent tous les deux à tailler le bloc de glace tandis que l'orchestre de pingouins recommençait à jouer et que le Dr Wilson continuait de fournir d'intéressants commentaires scientifiques sur la nature de la banquise. Un nuage de neige tourbillonnait doucement au-dessus de l'avant-scène. Tout au bord, le ténor aux cheveux brillantinés aidait Ponting, le photographe de l'expédition, à monter son trépied.

« Le pauvre garçon est proche de la fin, on dirait, déclara le capitaine Scott, entre deux coups de piolet – lui et Bowers ne progressaient guère.

— Dépêchez-vous, capitaine.

— Courage, les amis, rugit un ours polaire depuis le poulailler.

— Nous sommes dans les mains de Dieu, et sans Son intervention, nous sommes perdus », dit sombrement le Dr Wilson. De la sueur perlait sur ses tempes, et le reflet des projecteurs formait des disques blancs sur les verres de ses petites lunettes démodées. « Que toutes les mains se joignent pour dire le "Pater" et le "Credo". »

Tout le monde ne semblait pas savoir le « Notre Père ». Certains pingouins chantaient *Daisy, Daisy, give me your answer, do* ; d'autres, la nageoire sur le cœur, récitaient le serment au drapeau tandis que de l'autre côté de la scène, apparut la forme menottée, en camisole de force, d'un homme en tenue de soirée – tête la première, les chevilles maintenues par une chaîne en tire-bouchon. Le silence gagna les spectateurs lorsque – le visage en feu, se tordant dans tous les sens – il se dégagea à grand-peine de la camisole, qu'il retira par la tête. A l'aide de ses dents, il attaqua les menottes ; au bout d'une minute ou deux, elles s'entrechoquèrent sur les planches, et – se pliant lestement en deux pour libérer ses pieds – il s'élança au bout de la chaîne suspendue à trois mètres au-dessus du sol, et atterrit, le bras en l'air, avec une figure de gymnaste, ôtant un haut-de-forme surgi de nulle part. Une nuée de colombes roses s'en échappa et se mit à tournoyer dans le théâtre, à la grande joie du public.

« Je crains que les méthodes conventionnelles ne fonctionnent pas ici, messieurs », déclara le nouveau venu aux explorateurs stupéfaits, remontant les manches de son habit et s'interrompant un instant pour offrir un sourire éclatant au flash explosif de l'appareil photo. « J'ai failli périr deux fois en tentant cet exploit – la première, au Cirkus Beketow de Copenhague, la seconde, au théâtre Apollo de Nuremberg. » Comme par magie, il fit apparaître une lampe à souder sertie de pierreries, qui projetait une flamme bleue d'un mètre, puis un pistolet qu'il déchargea en l'air avec une forte détonation, et un nuage de fumée. « Assistants, je vous prie. »

Cinq Chinois en robe et calotte écarlates, une longue natte noire dans le dos, accoururent avec des haches et des scies à métaux.

Houdini lança au public son pistolet – qui, à la joie des

pingouins, se transforma en pleine trajectoire en un saumon vivace, avant d'atterrir parmi eux – et arracha le pic au capitaine Scott. De sa main gauche, il le brandit en l'air, tandis que le chalumeau brûlait dans sa paume droite. « Puis-je rappeler aux spectateurs, cria-t-il, que le sujet en question a été privé d'oxygène vital pendant quatre mille six cent soixante-cinq jours, douze heures, vingt-sept minutes et trente-neuf secondes, et qu'une tentative de réanimation de cette envergure n'a jamais encore été entreprise sur la scène nord-américaine. » Il renvoya le pic au capitaine Scott et, tendant la main pour caresser le chat roux perché sur son épaule, fit un signe de la tête au pingouin chef d'orchestre. « Maestro, *quand* vous voudrez. »

Les Chinois – sous la direction enthousiaste de Bowers, qui était à présent en maillot de corps et travaillait coude à coude avec eux – frappaient le bloc en cadence avec la musique. Houdini progressait de façon spectaculaire avec le chalumeau. Une énorme flaque s'étalait sur la scène : les pingouins musiciens, avec grand plaisir, s'ébrouaient sous l'eau glacée qui dégoulinait dans la fosse d'orchestre. Le capitaine Scott, à gauche du plateau, s'efforçait de retenir Osman, son chien de traîneau, qui était devenu fou en voyant le chat de Houdini et criait furieusement vers les coulisses pour appeler Meares à l'aide.

La mystérieuse silhouette à l'intérieur du bloc de glace bulleuse se trouvait maintenant à quinze centimètres du chalumeau et des scies à métaux des Chinois.

« Courage », rugit un ours polaire depuis le poulailler.

Un autre ours se leva d'un bond. Il tenait une colombe qui se débattait dans sa patte grosse comme un gant de base-ball, engloutit sa tête d'un coup de dent, et recracha le morceau sanguinolent.

Harriet ne savait plus très bien ce qui se déroulait sur les planches, bien que cela parût très important. Malade d'impatience, elle se dressa sur la pointe des pieds, mais les pingouins – qui jacassaient et refusaient d'avancer, se hissant les uns sur les autres – étaient plus grands qu'elle. Plusieurs d'entre eux quittèrent maladroitement leurs sièges et, penchés en avant, s'approchèrent de la scène en titubant, la démarche gauche, bancale, le bec tendu vers le plafond, leurs yeux strabiques fous d'inquiétude. Tandis qu'elle se frayait un chemin parmi eux, on la poussa violemment par-derrière, et, trébuchant vers l'avant, elle se retrouva la bouche huileuse, pleine de plumes de pingouins.

Soudain retentit un cri triomphant de Houdini. « Mesdames et messieurs ! cria-t-il. Nous l'avons ! »

La foule envahit le plateau. Dans la confusion, Harriet entrevit les explosions blanches de l'appareil démodé de Ponting, et une bande de flics qui se ruaient sur scène, avec des menottes, des matraques et des revolvers de service.

« Par ici, messieurs », dit Houdini, s'avançant avec un élégant geste du bras.

De façon inattendue, toutes les têtes se tournèrent doucement vers Harriet. Un silence impressionnant régnait, que brisait seulement le *tic tic tic* de la glace fondue qui coulait goutte à goutte dans la fosse d'orchestre. Tout le monde observait la fillette : le capitaine Scott, le petit Bowers stupéfait, Houdini, ses sourcils noirs surplombant son regard de basilic. Les pingouins, impavides, présentant leur profil gauche, se penchèrent en avant comme un seul homme, chacun la fixant d'un œil jaune vitreux.

Quelqu'un essayait de lui tendre quelque chose. *Ça dépend de vous, ma chère...*

Harriet se redressa sur le canapé du rez-de-chaussée, droite comme un i.

« Eh bien, Harriet, s'écria vivement Edie, quand sa petite-fille apparut en retard à sa porte de derrière, pour le petit déjeuner. Où étais-tu ? On ne t'a pas vue hier à l'église. »

Elle dénoua son tablier, sans prêter attention au silence de la fillette, ni même à sa robe fleurie toute fripée. D'une humeur guillerette peu habituelle, elle était vêtue très élégamment, d'un tailleur d'été bleu marine et d'escarpins assortis.

« J'allais commencer sans toi, dit-elle, en s'asseyant pour prendre son café et son toast. Allison vient-elle ? Je vais à une réunion.

— Quel genre de réunion ?

— A l'église. Tes tantes et moi partons en voyage. »

C'était une nouvelle, même dans l'hébétude où baignait Harriet. Edie et les tantes n'allaient jamais nulle part. Libby n'était pratiquement jamais sortie du Mississippi ; elle et ses sœurs étaient abattues et terrifiées pendant des jours et des jours à l'avance si elles devaient s'aventurer à plus de quelques kilomètres de la maison. L'eau avait un drôle de goût, murmuraient-elles ; elles n'arrivaient pas à dormir dans un lit inconnu ; elles craignaient d'avoir laissé la cafetière branchée, s'inquiétaient pour leurs plantes vertes et leurs chats, redoutaient qu'en leur absence n'éclate un incendie, ne s'introduise un cambrioleur, ou ne survienne la fin du monde. Elles devraient utiliser les toilettes dans les stations-service – des toilettes sales, sans parler des maladies qu'elles transmettaient. Dans les restaurants inconnus, les gens ne se souciaient pas du régime sans sel de Libby. Et si la voiture tombait en panne ? Et si quelqu'un tombait malade ?

« Nous partons en août, dit Edie. A Charleston. Pour visiter les demeures historiques.

— Tu conduis ? » Bien qu'Edie refusât de l'admettre, sa vue n'était plus ce qu'elle avait été, et elle passait au feu rouge, tournait à gauche à contresens, et freinait brutalement pour se pencher par-dessus son siège et bavarder avec ses sœurs – qui, fouillant dans leurs sacs à la recherche de mouchoirs et de pastilles de menthe, étaient aussi délicieusement inconscientes que la conductrice de la présence de l'ange gardien épuisé, les yeux battus, qui planait au-dessus de l'Oldsmobile, les ailes en rasemottes, pour éviter à chaque coin de rue les collisions avec les bolides.

« Toutes les dames du cercle de l'église y vont, dit Edie, mâchant énergiquement sa tartine. Roy Dial, de la compagnie Chevrolet, nous prête un bus. Et un chauffeur. Ça ne me dérangerait pas de prendre ma voiture si les automobilistes ne conduisaient pas comme des fous de nos jours.

— Libby a dit qu'elle viendrait ?

— Certainement. Pourquoi ne viendrait-elle pas ? Mrs Hatfield Keene et Mrs Nelson McLemore et toutes ses amies nous accompagnent.

— Addie aussi ? Et Tat ?

— Certainement.

— Et elles ont *envie* d'y aller ? Personne ne les y force ?

— Tes tantes et moi ne rajeunissons pas.

— Ecoute, Edie, dit Harriet abruptement, avalant une bouchée de biscuit. Tu peux me donner quatre-vingt-dix dollars ?

— *Quatre-vingt-dix dollars ?* s'exclama sa grandmère, soudain féroce. Sûrement pas. Pourquoi diable astu besoin d'une somme pareille ?

— Maman a laissé expirer notre carte du Country Club.

— Qu'as-tu donc à faire au Country Club ?

— Je veux aller nager cet été.

— Peut-être que le petit Hull pourrait t'inviter.

— Non. Il n'a le droit d'inviter quelqu'un que cinq fois. Je veux y aller beaucoup plus souvent que ça.

— Je ne vois pas l'intérêt de donner quatre-vingt-dix dollars au Country Club juste pour utiliser la piscine, déclara Edie. Tu pourras nager tant que tu voudras dans le lac de Selby. »

Harriet se taisait.

« C'est bizarre. Le camp débute plus tard cette année. La première session aurait déjà dû commencer.

— Sans doute que non.

— Rappelle-moi de noter que je dois leur téléphoner cet après-midi, dit Edie. Je ne sais pas quel est le problème avec ces gens. Je me demande quand le petit Hull doit partir ?

— Je peux m'en aller ?

— Tu ne m'as pas raconté ce que tu avais l'intention de faire aujourd'hui.

— Je vais à la bibliothèque pour m'inscrire au programme de lecture. Je veux encore gagner le concours cette fois-ci. » Ce n'était pas le moment d'expliquer son véritable but de l'été, se dit-elle, avec la menace de la colonie de Selby qui planait sur sa tête.

« Oh, je suis sûre que tu réussiras », remarqua Edie, se levant pour poser sa tasse de café dans l'évier.

« Est-ce que je peux te poser une question, Edie ?

— Ça dépend quoi.

— Mon frère a été assassiné, n'est-ce pas ? »

Les yeux d'Edie se perdirent dans le vague. Elle reposa la tasse.

« A ton avis, qui a fait ça ? »

Le regard de sa grand-mère vacilla un instant, puis –

soudain – la foudroya sur place. Après un moment désagréable (pendant lequel Harriet eut littéralement l'impression de s'évanouir en fumée, comme un tas de copeaux de bois dans un rayon de lumière), elle se retourna et mit la tasse dans l'évier. Sa taille paraissait très fine et ses épaules très anguleuses, martiales dans le tailleur bleu marine.

« Prends tes affaires », dit-elle sèchement, sans la regarder.

Harriet ne sut pas quoi répondre. Elle n'avait pas d'affaires.

Après le silence insupportable du trajet en voiture (les yeux fixés sur les coutures de la banquette, tripotant un morceau de mousse sur l'accoudoir), Harriet n'avait pas particulièrement envie d'aller à la bibliothèque. Mais, garée au bord du trottoir, Edie attendait, glaciale, et la fillette n'eut d'autre choix que de gravir les marches (le pas raide, consciente d'être observée) et de pousser les portes vitrées.

L'endroit paraissait désert. Mrs Fawcett était seule à l'accueil, et contrôlait les retours de livres de la veille en buvant une tasse de café. C'était une femme minuscule, frêle comme un oiseau, avec des cheveux courts poivre et sel, des bras blancs aux veines apparentes (elle portait des bracelets en cuivre, pour son arthrite), et ses yeux étaient un peu trop perçants et rapprochés, surtout avec ce nez plutôt aquilin. La plupart des enfants la redoutaient ; mais pas Harriet, qui adorait la bibliothèque et tout ce qui s'y trouvait.

« Bonjour, Harriet ! s'écria Mrs Fawcett. Tu es venue t'inscrire au programme de lecture ? » Elle chercha un poster sous son bureau. « Tu sais comment ça marche, n'est-ce pas ? »

Elle lui tendit une carte des Etats-Unis, que la fillette étudia plus intensément qu'il n'était nécessaire. *Je ne dois pas être si perturbée que ça*, se dit-elle, *si Mrs Fawcett ne s'en aperçoit pas.* Harriet ne se vexait pas facilement – en tout cas, pas avec Edie, qui s'emportait pour un oui ou pour un non – mais le mutisme obstiné de sa grand-mère dans la voiture l'avait exaspérée.

« Ils le font avec une carte américaine cette année, expliqua Mrs Fawcett. Chaque fois que tu empruntes quatre livres, tu reçois un autocollant qui a la forme d'un Etat, et tu le mets sur ta carte. Tu veux que je fixe ton affiche ?

— Non, merci, je peux le faire moi-même », répliqua Harriet.

Elle s'approcha du tableau d'affichage sur le mur du fond. Le programme de lecture avait commencé samedi, l'avant-veille à peine. Sept ou huit cartes étaient déjà en place ; la plupart étaient vides, mais l'une d'elles portait déjà trois étiquettes. Comment quelqu'un avait-il pu lire douze livres en deux jours ?

« Qui est Lasharon Odum ? » demanda-t-elle à Mrs Fawcett, retournant à l'accueil avec les quatre ouvrages qu'elle avait sélectionnés.

La bibliothécaire se pencha sur le comptoir et – indiquant silencieusement la salle des enfants – leva le menton vers une minuscule silhouette aux cheveux emmêlés, vêtue d'un T-shirt et d'un pantalon crasseux trop petits pour elle. Elle lisait, tassée sur une chaise, les yeux écarquillés, les lèvres gercées, respirant bruyamment par la bouche.

« C'est sa place, chuchota Mrs Fawcett. Pauvre petite. Depuis la semaine dernière, elle attend tous les matins sur le perron que j'arrive pour ouvrir, et elle reste là aussi sage qu'une image jusqu'à ce que je ferme à six heures. Si elle lit vraiment ces livres, et ne fait pas seulement semblant, c'est une très bonne lectrice pour son groupe d'âge.

— Mrs Fawcett, demanda Harriet, m'autorisez-vous à consulter de nouveau le rayon des journaux ? »

La femme parut surprise. « Tu ne peux pas les emporter à l'extérieur.

— Je sais. Je fais des recherches. »

Mrs Fawcett considéra Harriet par-dessus ses lunettes, satisfaite par cette requête pleine de maturité. « Tu sais lesquels il te faut ? demanda-t-elle.

— Oh, juste la presse locale. Peut-être aussi celle de Memphis et de Jackson. En... » Elle hésita, craignant de se trahir en mentionnant la date de la mort de Robin.

« Eh bien, déclara Mrs Fawcett, je ne suis pas vraiment censée te laisser entrer là-bas, mais si tu fais attention, je suis sûre qu'il n'y aura pas de problème. »

Harriet – prenant le chemin le plus long pour ne pas passer devant la maison de Hely (il lui avait demandé de l'accompagner à la pêche) s'arrêta chez elle pour déposer les livres qu'elle avait empruntés. Il était midi et demi. Allison – endormie, le visage empourpré, encore en pyjama – était assise seule à la table de la salle à manger, en train de grignoter tristement un sandwich à la tomate.

« Tu veux le tien à la tomate, Harriet, appela Ida Rhew depuis la cuisine. Ou tu le préfères au poulet ?

— A la tomate, s'il te plaît », répondit la fillette. Elle s'assit à côté de sa sœur.

« Je vais au Country Club pour m'inscrire en natation cet après-midi, dit-elle. Tu veux venir ? »

Allison secoua la tête.

« Tu veux que je t'inscrive aussi ?

— Ça m'est égal.

— Weenie ne voudrait pas que tu te comportes ainsi, reprit Harriet. Il voudrait que tu sois heureuse, et que tu continues à vivre.

— Je ne serai plus jamais heureuse », répondit Allison, posant son sandwich. Des larmes perlèrent au bord de ses yeux mélancoliques, couleur de chocolat. « J'aimerais être morte.

— Allison ? » dit Harriet.

Sa sœur ne répondit pas.

« Tu sais qui a tué Robin ? »

Allison se mit à gratter la croûte de son pain. Elle en détacha une lamelle, et la roula en boule entre son pouce et son index.

« Tu étais dans la cour quand c'est arrivé, articula la fillette, observant attentivement sa sœur. Je l'ai lu dans le journal à la bibliothèque. Ils ont dit que tu étais restée dehors tout le temps.

— Toi aussi, tu étais là.

— Oui, mais j'étais un bébé. Toi, tu avais quatre ans. »

Allison détacha encore un morceau de croûte et le mangea avec soin, sans regarder Harriet.

« Quatre ans, c'est drôlement grand. Je me souviens de pratiquement tout ce qui m'est arrivé quand j'avais cet âge-là. »

A ce moment apparut Ida Rhew avec l'assiette de Harriet. Les deux filles se turent. Quand elle fut repartie dans la cuisine, Allison dit : « S'il te plaît, laisse-moi tranquille, Harriet.

— Tu dois forcément te rappeler quelque chose, insista celle-ci, sans la quitter des yeux. C'est important. Réfléchis. »

Sa sœur piqua une rondelle de tomate avec sa fourchette et la mangea, grignotant délicatement les bords.

« Ecoute. J'ai eu un rêve cette nuit. »

Allison leva la tête, saisie.

Harriet – qui n'avait pas manqué de remarquer ce sursaut d'attention de la part de sa sœur – raconta prudemment son rêve de la veille.

« Je suis sûre qu'il contenait un message, dit-elle. Je crois que je suis censée essayer de découvrir qui a tué Robin. »

Elle termina son sandwich. Allison la regardait encore. Edie – savait Harriet – avait tort de s'imaginer que la jeune fille était stupide ; il était juste très difficile de savoir ce qu'elle pensait, et il fallait prendre des précautions afin de ne pas l'effrayer.

« Je veux que tu m'aides, reprit-elle. Weenie le voudrait lui aussi. Il aimait Robin. C'était son chat.

— Je ne peux pas », répondit Allison. Elle repoussa sa chaise. « Il faut que j'y aille. C'est l'heure de *Dark Shadows*.

— Non, attends, la retint Harriet. Je veux te demander quelque chose. Tu veux bien m'aider ?

— Quoi ?

— Essaye de te souvenir de tes rêves la nuit, et note-les pour me les montrer le matin. »

Allison la fixait, le visage sans expression.

« Tu dors tout le temps. Tu dois forcément rêver. Quelquefois, les gens se rappellent dans les rêves des choses dont ils n'arrivent pas à se souvenir quand ils sont éveillés.

— Allison, cria Ida Rhew de la cuisine. Notre feuilleton commence. » Elle et Allison étaient obsédées par *Dark Shadows*. Pendant l'été, elles le regardaient ensemble tous les jours.

« Viens avec nous, proposa Allison à sa sœur. C'était vraiment bien la semaine dernière. Ils sont retournés dans le passé à présent. Ça explique comment Barnabas en est arrivé à devenir un vampire.

143

— Tu me le raconteras quand je rentrerai. Je vais au Country Club pour nous inscrire toutes les deux à la piscine. D'accord ? Si je t'inscris, tu viendras quelquefois nager avec moi ?

— Quand commence donc ton camp ? Tu n'y vas pas cet été ?

— Viens », s'écria Ida Rhew, apparaissant sur le seuil avec son propre déjeuner, un sandwich au poulet, sur une assiette. L'été précédent, Allison lui avait transmis son engouement pour *Dark Shadows* – Ida l'avait regardé avec elle, d'abord méfiante – et maintenant, pendant l'année scolaire, elle le suivait tous les jours, et faisait un compte rendu complet à la jeune fille quand elle rentrait à la maison.

Allongée sur le carrelage froid de la salle de bains, la porte verrouillée, son stylo suspendu en l'air au-dessus du chéquier de son père, Harriet se concentra un instant avant de commencer à écrire. Elle savait parfaitement imiter l'écriture de sa mère, et mieux encore celle de son père ; mais avec son griffonnage sautillant, elle ne pouvait se permettre une seconde d'hésitation, une fois que la plume avait touché le papier elle devait prendre son élan, sans réfléchir, sinon le résultat était maladroit et peu fidèle. L'écriture d'Edie était plus élaborée : droite, démodée, gracieuse comme une figure de ballet dans son extravagance, et ses hautes et imposantes majuscules étaient difficiles à copier avec naturel, aussi Harriet devait-elle travailler lentement, et s'interrompre constamment pour se référer à un échantillon de la calligraphie de sa grand-mère. L'effet était passable, et bien que certaines personnes s'y fussent laissé prendre, cela ne réussissait pas à tous les coups, et Edie ne s'y était jamais trompée.

La plume de Harriet s'abattit sur la ligne vierge. La musique sinistre du générique de *Dark Shadows* commençait à peine à filtrer sous la porte de la salle de bains.

Payez à l'ordre du *Country Club d'Alexandria*, inscrivit-elle impétueusement de la large écriture insouciante de son père. *Cent quatre-vingts dollars*. Puis la grosse signature du banquier, la partie la plus facile. Elle exhala un long soupir, et contrôla le résultat : assez réussi. C'étaient des chèques locaux, tirés sur son compte en ville, aussi les relevés étaient-ils adressés chez Harriet, et non à Nashville ; quand le chèque encaissé revenait, elle le glissait hors de l'enveloppe et le brûlait, ni vu ni connu. Depuis le jour où Harriet avait trouvé l'audace d'essayer cette ruse, elle s'était (petit à petit) approprié plus de cinq cents dollars du compte de son père. Il les lui devait, elle le sentait ; si elle n'avait pas craint de se faire prendre, elle l'aurait dépouillé avec joie.

« Les Dufresnes, disait tante Tat, sont des gens *froids*. Ils l'ont toujours été. Et ils ne m'ont jamais paru particulièrement cultivés non plus. »

Harriet était d'accord. Ses oncles Dufresnes ressemblaient plus ou moins à son père : des chasseurs de daims et des sportifs au verbe haut et rude, leur chevelure grisonnante teinte en noir, variations vieillissantes sur le thème d'Elvis, avec leur ventre bedonnant et leurs bottines. Ils ne lisaient pas de livres ; leurs plaisanteries étaient grossières ; par leurs manières et leurs préoccupations, une seule génération les séparait de la vie de campagnard miséreux. Harriet avait rencontré une seule fois sa grand-mère Dufresnes : une femme irritable avec un collier de perles en plastique rose et un tailleur pantalon en stretch, qui habitait un condominium en Floride, avec des portes vitrées coulissantes et des girafes en papier d'aluminium incrustées dans la tapisserie. Harriet était allée y passer une semaine – et avait failli devenir folle d'ennui, car Mrs Dufresnes ne possédait pas de carte de bibliothèque, et n'avait pas de livres, excepté la biographie d'un homme qui avait créé la chaîne des hôtels Hilton et un ouvrage de poche intitulé *A Texan Looks at LBJ*. Ses fils l'avaient tirée de la pauvreté rurale dans le comté de Tallahatchie et lui avaient acheté l'appartement dans une copropriété de retraités à Tampa. Elle envoyait toujours un carton de pamplemousses pour Noël. Par ailleurs, ils avaient rarement de ses nouvelles.

Harriet avait sans aucun doute perçu le ressentiment qu'éprouvaient Edie et les tantes à l'égard de son père, mais n'en mesurait pas vraiment la gravité. Jamais il n'avait été un père ni un mari attentionné, murmuraient-elles, même quand Robin était en vie. Sa manière d'ignorer les filles était criminelle. Sans parler de son comportement avec Charlotte – surtout après la mort de leur fils. Il avait continué de travailler comme à l'ordinaire, n'avait même pas pris une journée ou deux à la banque, et était parti chasser au Canada un mois à peine après l'enterrement. Il n'était guère surprenant que Charlotte n'eût plus toute sa tête, avec un époux aussi lamentable.

« Il vaudrait mieux, disait Edie avec colère, qu'il divorce carrément de Charlotte. Elle est encore jeune. Et il y a ce charmant jeune Willory qui vient d'acheter la propriété près de Glenwild – il vient du delta, il a de l'argent...

— Mais, murmurait Adélaïde, Dixon est un bon pourvoyeur.

— Ce que je veux dire, c'est qu'elle pourrait trouver quelqu'un de cent fois mieux.

— Et *moi*, Edith, je te répète qu'il y a loin de la coupe aux lèvres. Je ne sais pas ce qui arriverait à la petite Charlotte et à ses filles si Dix ne touchait pas un aussi bon salaire.

— Bon, c'est vrai, répondit Edie. C'est un argument.

— Quelquefois je me demande, intervint Libby, toute frémissante, si nous avons bien fait de ne pas pousser Charlotte à déménager à Dallas. »

Il en avait été question peu après la mort de Robin. La banque avait offert une promotion à Dix s'il acceptait de s'installer au Texas. Quelques années après, il avait essayé de les convaincre toutes de partir dans une ville du Nebraska. Se gardant bien de les y encourager, les tantes avaient chaque fois été prises de panique, et Adélaïde, Libby et même Ida Rhew avaient pleuré des semaines à cette seule idée.

Harriet souffla sur la signature de son père, bien que l'encre fût sèche. Sa mère faisait tout le temps des chèques sur ce compte – c'était ainsi qu'elle réglait les factures –, mais, comme l'avait appris sa fille, elle ne surveillait pas le solde. Elle aurait volontiers payé la note du Country Club si Harriet l'en avait priée ; mais la menace de la colonie du lac de Selby grondait à l'horizon, et la fillette ne souhaitait pas lui rappeler, en mentionnant le Country Club et la piscine, que les formulaires d'inscription n'étaient pas arrivés.

Elle prit sa bicyclette et se rendit au Country Club. Le bureau était fermé. Tout le monde déjeunait dans la salle à manger. Elle descendit le hall jusqu'à la Pro Shop, où elle trouva le grand frère de Hely, Pemberton, en train de fumer une cigarette derrière le comptoir et de lire une revue de hi-fi automobile.

« Je peux te donner cet argent ? » lui demanda-t-elle. Elle l'aimait bien. Il avait l'âge de Robin, et avait été son ami. A présent il avait vingt et un ans et certaines personnes disaient qu'il était dommage que sa mère eût dissuadé son père de l'envoyer à l'école militaire à l'époque où cela aurait pu changer le cours de sa vie. Pem avait été populaire au lycée, et sa photo se trouvait sur pratiquement toutes les pages de l'annuaire de sa classe de terminale, mais il était fainéant et un peu beatnik, et n'avait pas fait long feu à Vanderbilt, Old Mississippi, ou même Delta State. Maintenant il habitait chez ses parents. Il avait les cheveux encore plus longs que Hely ; l'été, il était surveillant de baignade au Country Club, et l'hiver il se contentait de réparer sa voiture et d'écouter de la musique très fort.

« Salut, Harriet », dit Pemberton. Il se sentait probablement seul, songea-t-elle, livré à lui-même dans la Pro Shop. Il portait un T-shirt déchiré, un short en coton écossais, et des chaussures de golf sans chaussettes ; le reste d'un hamburger-frites, sur l'une des assiettes au chiffre du Country Club, traînait à côté de son coude. « Viens m'aider à choisir une stéréo pour ma voiture.

— Je n'y connais rien. Je veux te remettre ce chèque. »

De sa main aux puissantes articulations, Pem accrocha ses cheveux derrière ses oreilles, puis il prit le chèque et l'examina. Il avait les membres allongés, une attitude décontractée, et était beaucoup plus grand que Hely ; il avait la même chevelure emmêlée, striée de blond, claire dessus et foncée dessous. Les mêmes traits aussi, mais plus finement ciselés, et des dents légèrement recourbées, ce qui lui donnait un certain charme, plus que si elles avaient été droites.

« Bon, laisse-le-moi, dit-il enfin, mais je ne sais pas très bien quoi en faire. Eh, je ne savais pas que ton père était en ville.

— Il n'est pas en ville. »

Pemberton, haussant sournoisement le sourcil, indiqua la date.

« Il l'a envoyé par la poste, expliqua-t-elle.

— Où est ce vieux Dix, de toute manière ? Je ne l'ai pas vu depuis une éternité. »

Harriet haussa les épaules. Bien qu'elle n'aimât pas son père, elle savait qu'elle n'était pas non plus censée médire ou se plaindre de lui.

« Eh bien, quand tu le verras, pourquoi ne pas lui demander de m'envoyer un chèque à moi aussi. J'ai vraiment envie de ces haut-parleurs. » Il poussa la revue sur le comptoir et les lui montra.

Harriet les examina. « Ils se ressemblent tous.

— Pas du tout, ma mignonne. Ces Blaupunks sont le truc le plus sexy qui existe. Tu vois ? Tout noirs, avec des boutons noirs sur le récepteur ? Ça n'a vraiment rien à voir avec les Pioneers.

— Bon, alors achète-les.

— Oui, quand tu auras convaincu ton père de m'envoyer trois cents dollars. » Il tira une dernière bouffée de sa cigarette et écrasa le mégot sur son assiette. « Dis-moi, où est mon imbécile de frère ?

— Je ne sais pas. »

Pemberton se pencha en avant, avec un mouvement d'épaule incitant à la confidence. « Comment ça se fait que tu le laisses s'accrocher à tes basques ? »

Harriet regarda les vestiges du déjeuner de Pem : des frites froides, une cigarette recroquevillée, qui chuintait encore dans une mare de ketchup.

« Il ne te tape pas sur les nerfs ? insista Pemberton. Et comment ça se fait que tu l'obliges à s'habiller en femme ? »

Harriet leva les yeux, stupéfaite.

« Tu sais bien, il se déguise avec les peignoirs de

149

Martha. » C'était la mère des deux garçons. « Il adore ça. Chaque fois que je le vois, il s'enfuit de la maison avec une sorte de taie d'oreiller ou de serviette nouée sur la tête, ou un drôle de truc dans ce genre. Il dit que tu l'y obliges.

— Pas du tout.

— Allons, *Harriet.* » Il prononçait son nom comme s'il le trouvait légèrement ridicule. « Quand je passe en voiture devant chez toi, tu es toujours entourée de sept ou huit petits garçons enveloppés de draps de lit qui traînent dans ta cour. Ricky Ashmore vous baptise le mini Ku Klux Klan, mais moi je crois que ça te plaît de les déguiser en filles.

— C'est un jeu », répliqua la fillette, imperturbable. Son insistance l'irritait ; les scènes de la Bible appartenaient au passé. « Ecoute, je voulais te parler. De mon frère. »

Ce fut au tour de Pemberton de se sentir mal à l'aise. Il reprit sa revue et se mit à la feuilleter avec application.

« Tu sais qui l'a tué ?

— *Eh bien* », commença-t-il sournoisement. Il posa son magazine. « Je vais te confier quelque chose si tu promets de ne le répéter à personne. Tu connais la vieille Mrs Fountain qui habite à côté de chez toi ? »

Harriet le considérait avec un mépris si ostensible qu'il se tordit de rire.

« Quoi ? Tu ne crois pas cette histoire sur Mrs Fountain et tous les gens qui sont enterrés sous sa maison ? » Plusieurs années auparavant, Pem avait terrorisé Hely en lui racontant que quelqu'un avait trouvé des ossements humains qui sortaient de la plate-bande de Mrs Fountain, et aussi qu'elle avait empaillé son mari mort et l'installait dans un fauteuil relax pour lui tenir compagnie la nuit.

« Alors tu ne sais pas qui est le coupable.

« — Non », répliqua Pemberton, un peu sèchement. Il se souvenait encore de sa mère entrant dans sa chambre (il était en train d'assembler un modèle réduit d'avion ; étrange, ces détails qui se fixaient quelquefois dans votre mémoire) et l'appelant dans le couloir pour lui annoncer que Robin était mort. C'était la seule fois où il l'avait jamais vue pleurer. Pem n'avait pas versé de larmes ; il avait neuf ans, n'avait aucune idée de ce qui se passait, il était retourné dans sa chambre, avait fermé sa porte et – à travers un brouillard de malaise de plus en plus dense – avait continué de travailler sur le Sopwith Camel ; il revoyait encore la colle perler dans les joints, comme de la merde, il l'avait finalement jeté sans le terminer.

« Tu ne devrais pas plaisanter avec ce genre de chose, dit-il à Harriet.

— Je ne plaisante pas. Je suis très sérieuse », répondit-elle avec hauteur. Elle était si différente de Robin, songea Pemberton – et ce n'était pas la première fois –, au point qu'on avait peine à croire qu'ils étaient frère et sœur. Peut-être en partie à cause de ces cheveux noirs, qui lui donnaient l'air si grave, mais au contraire de son frère, il émanait d'elle une certaine pesanteur : le visage impassible, solennel, jamais un rire. L'ombre fugace de Robin transparaissait chez Allison (qui, à présent qu'elle allait au lycée, commençait à avoir de l'allure ; l'autre jour dans la rue, il s'était retourné sur elle sans se rendre compte qu'il s'agissait d'elle) mais Harriet était dénuée de charme et de fantaisie, même avec un effort d'imagination. Harriet était un phénomène.

« Je pense que tu as trop lu Nancy Drew, ma jolie, lui dit-il. Toute cette histoire est arrivée avant même la naissance de Hely. » Il fit mine de frapper une balle de golf avec une canne invisible. « Il y avait trois ou quatre trains qui s'arrêtaient ici tous les jours, et à l'époque une foule de vagabonds traînait du côté des voies ferrées.

— Peut-être que le type qui l'a fait est toujours là.

— Si c'est vrai, pourquoi on ne l'a pas attrapé ?

— Il s'est passé quelque chose de bizarre avant ? »

Pem ricana, moqueur. « Quoi, un truc qui vous donne des frissons ?

— Non, juste un truc étrange.

— Ecoute, ce n'était pas comme au cinéma. Personne n'a vu un grand pervers ou un vicieux rôder dans le coin, et puis a simplement oublié d'en parler. » Il soupira. « Des années après, le jeu préféré à l'interclasse restait la reconstitution du meurtre de Robin : un jeu qui – transmis, et modifié au cours des années – était encore populaire à l'école primaire. Mais dans la version de la cour de récréation, l'assassin était fait prisonnier et châtié. Les enfants formaient un cercle près des balançoires, assénant des coups mortels au criminel invisible, couché à plat ventre au milieu.

« Pendant quelque temps, dit-il tout haut, une sorte de flic ou de prêcheur est venu nous parler tous les jours. A l'école, les gosses prétendaient qu'ils savaient qui avait fait le coup, ou même qu'ils l'avaient tué eux-mêmes. Juste pour attirer l'attention. »

Harriet le fixait intensément.

« Les gosses font ça. Danny Ratcliff – ah, celui-là. Il se vantait sans arrêt de trucs qu'il n'avait jamais faits, comme de tirer dans les genoux des gens et de jeter des serpents à sonnette dans les voitures des vieilles dames. Tu n'imagines pas les conneries que je l'ai entendu raconter à la salle de billard... » Pemberton s'interrompit. Il connaissait Danny depuis l'enfance, faible, arrogant, agitant les bras dans tous les sens, déblatérant fanfaronnades et vaines menaces. Mais bien que le tableau fût assez clair dans son propre esprit, il ne savait pas comment le présenter à Harriet.

« Il... Danny est cinglé, c'est tout, dit-il.

— Où est-ce que je peux le trouver ?

— Oh là là ! Tu n'as pas intérêt à faire l'idiote avec Danny Ratliff. Il vient de sortir de prison.

— Qu'est-ce qu'on lui reprochait ?

— Une bagarre au couteau ou un truc dans ce genre. Je ne sais plus. Tous les Ratliff sans exception sont passés par la prison pour attaque à main armée ou meurtre, sauf le bébé, le petit môme retardé. Hely m'a raconté qu'il a tabassé Mr Dial l'autre jour. »

Harriet fut scandalisée. « C'est faux. Curtis n'a pas levé le petit doigt contre lui. »

Pemberton gloussa. « Je suis désolé de l'apprendre. Je n'ai jamais vu personne qui mérite autant de se faire tabasser que Mr Dial.

— Tu ne m'as toujours pas dit où je peux trouver ce Danny. »

Pemberton soupira. « Ecoute, Harriet, répondit-il. Danny Ratliff a environ mon âge. Toute cette histoire avec Robin est arrivée quand nous étions en CM1.

— C'est peut-être un môme qui a fait le coup. C'est peut-être pour ça qu'ils ne l'ont jamais attrapé.

— Ecoute, je ne vois pas pourquoi tu te prends pour un génie, capable de trouver la solution là où tout le monde a échoué.

— Tu dis qu'il va à la salle de billard ?

— Oui, et à la Black Door Tavern. Mais je te le répète, Harriet, il n'avait rien à voir là-dedans, et même dans le cas contraire, tu ferais mieux de lui ficher la paix. Il a un tas de frères, et ils sont tous plus ou moins cinglés.

— Cinglés ?

— Pas comme *ça*. Je veux dire... l'un d'eux est un prêcheur – tu l'as probablement vu, il se met en plein milieu de la route pour hurler des conneries sur l'expiation et le

153

reste. Et l'aîné, Farish, a passé quelque temps à l'hôpital psychiatrique de Whitfield.

— Pourquoi ?

— Parce qu'il a reçu un coup de pelle sur la tête ou un truc dans le même genre. J'ai oublié. Ils se font tous coffrer sans arrêt. Pour vol de bagnole, ajouta-t-il, voyant de quelle manière Harriet le fixait. Pour cambriolage. Rien à voir avec ce dont tu parles. S'ils avaient eu le moindre rapport avec la mort de Robin, les flics le leur auraient fait cracher depuis longtemps. »

Il ramassa le chèque, qui était encore posé sur le comptoir. « Entendu, fillette ? C'est pour toi et aussi pour Allison ?

— Oui.

— Elle est où ?

— A la maison.

— Qu'est-ce qu'elle fait ? demanda Pem en se penchant, appuyé sur ses coudes.

— Elle regarde *Dark Shadows*.

— Je suppose qu'elle viendra un peu à la piscine cet été ?

— Si elle en a envie.

— Elle a un petit ami ?

— Des garçons l'appellent au téléphone.

— Ah ouais ? dit Pemberton. Qui, par exemple ?

— Ça l'embête de leur parler.

— Pourquoi donc ?

— J'sais pas.

— Tu crois que si je l'appelle un jour, elle voudra bien me parler ? »

Tout à coup, elle dit : « Devine ce que je vais faire cet été ?

— Quoi ?

— Je vais nager sous l'eau toute la longueur de la piscine. »

Pemberton – qui commençait à être un peu las de sa compagnie – roula les yeux. « Et quoi, ensuite ? demanda-t-il. Tu vas faire la couverture de *Rolling Stones* ?

— Je sais que je peux y arriver. Hier soir j'ai retenu mon souffle pendant deux minutes.

— Laisse tomber, ma jolie, répondit Pemberton, qui n'en croyait pas un traître mot. Tu vas te noyer. Et il faudra que j'aille te repêcher au fond de la piscine. »

Harriet passa l'après-midi à lire sur le porche. Ida faisait la lessive, comme tous les lundis après-midi ; sa mère et sa sœur dormaient. Elle approchait de la fin des *Mines du roi Salomon* quand Allison, pieds nus, apparut en bâillant, chancelante, vêtue d'une robe fleurie qui semblait appartenir à leur mère. Avec un soupir, elle s'allongea sur la balancelle rembourrée et, poussant le sol de son gros orteil, prit un léger élan.

Immédiatement, Harriet posa son livre et vint s'asseoir près de sa sœur.

« Tu as fait des rêves pendant ta sieste ? demanda-t-elle.

— Je ne m'en souviens pas.

— Si tu ne t'en souviens pas, peut-être que tu en as fait. »

Allison ne répondit pas. Harriet compta jusqu'à quinze, puis – plus lentement cette fois-ci – répéta poliment sa phrase.

« Je n'ai eu aucun rêve.

— Tu viens de dire que tu ne t'en souvenais pas.

— C'est juste. »

« Hé ! » appela courageusement une petite voix nasillarde depuis le trottoir.

Allison se hissa sur les coudes. Harriet – extrêmement irritée par cette interruption – se tourna et vit Lasharon Odum, la fillette crasseuse que Mrs Fawcett lui avait montrée ce matin à la bibliothèque. Elle agrippait le poignet d'une petite créature aux cheveux blancs, de sexe indéterminé, vêtue d'une chemise tachée qui ne lui recouvrait pas complètement le ventre, et un bébé enveloppé d'un lange en plastique se tenait à califourchon sur son autre hanche. Comme des petits animaux sauvages, craignant de s'approcher trop près, ils restaient en retrait, et ouvraient des yeux inexpressifs dont l'éclat argenté contrastait étrangement avec leurs visages brûlés par le soleil.

« Oh, bonjour », s'écria Allison, se levant pour descendre prudemment les marches afin de les accueillir. Elle avait beau être timide, elle adorait les enfants – blancs ou noirs, plus ils étaient petits, plus elle les aimait. Elle engageait souvent la conversation avec les va-nu-pieds répugnants de saleté qui venaient des taudis au bord du fleuve, bien qu'Ida Rhew le lui eût interdit. « Tu ne les trouveras plus si mignons quand t'auras attrapé leurs poux et leurs teignes », disait-elle.

Le petit groupe observa avec circonspection Allison qui approchait, mais ne bougea pas. Elle caressa la tête du bébé. « Comment s'appelle-t-il ? » demanda-t-elle.

Lasharon Odum ne répondit pas. Elle regardait Harriet, derrière Allison. Malgré son jeune âge, elle avait les traits pincés, vieillis ; ses yeux étaient d'un gris intense, primitif, comme ceux d'un louveteau. « J't'ai vue à la bibiothèque », dit-elle.

Harriet, le visage de marbre, croisa son regard, mais ne répondit pas. Elle ne s'intéressait ni aux bébés ni aux petits enfants, et pensait comme Ida qu'ils n'avaient pas à s'aventurer dans la cour sans y être priés.

« Je m'appelle Allison, se présenta la jeune fille. Et toi ? »

Lasharon se tortilla.

« Ce sont tes frères ? demanda Allison. Ils s'appellent comment ? Hein ? » dit-elle, s'accroupissant sur ses talons pour examiner le visage du garçonnet, qui tenait un livre de bibliothèque par la couverture, de telle sorte que les pages ouvertes traînaient sur le trottoir. « Tu veux bien me dire ton nom ?

— Allez, Randy, insista la fillette, le poussant avec douceur.

— Randy ? C'est comme ça que tu t'appelles ?

— Dis ouim'dam, Randy. » Elle remonta le bébé sur sa hanche. « Dis, lui c'est Randy et moi c'est Rusty », articula-t-elle, prenant une petite voix aigrelette pour imiter le nourrisson.

« Randy et Rusty ? »

Crapule et Pouilleux, ça leur irait mieux, songea Harriet.

Avec une impatience mal dissimulée, elle s'assit sur la balancelle en martelant le sol du pied pendant qu'Allison extorquait patiemment leur âge à Lasharon et la complimentait sur ses talents de baby-sitter.

« Tu veux bien me montrer ton livre ? demanda-t-elle au petit garçon qui s'appelait Randy. Hein ? » Elle tendit la main pour le saisir, mais il se détourna brusquement avec une timidité feinte, ricanant de façon exaspérante.

« C'est pas à lui », intervint sa sœur. Sa voix – bien qu'aiguë, et fortement nasillarde – était claire et délicate. « C'est à moi.

— Il parle de quoi ?

— De Ferdinand le taureau.

— Je me souviens de Ferdinand. C'était le petit taureau qui préférait sentir des fleurs que se battre, hein ?

— T'es jolie, madame », s'écria Randy, qui s'était tu jusqu'à présent. Tout excité, il se mit à balancer le bras, et les pages du livre ouvert balayèrent le béton.

« En voilà une manière de traiter les ouvrages de la bibliothèque », dit Allison.

Randy, troublé, lâcha le livre.

« Ramasse ça », ordonna sa grande sœur, faisant mine de le gifler.

Randy esquiva aisément la claque et, conscient d'être observé par Allison, fit un pas en arrière et se mit à tortiller le bas de son corps, en une petite danse d'adulte, étrangement lascive.

« Et elle, pourquoi elle dit rien ? » demanda Lasharon, louchant derrière Allison, en direction du porche – d'où Harriet les fusillait du regard.

Surprise, la jeune fille lança un coup d'œil à sa sœur.

« T'es sa maman ? »

Pauvre cloche, songea Harriet, le visage en feu.

Elle prenait un certain plaisir à voir Allison nier en bégayant lorsque Randy exagéra brusquement sa petite danse lubrique, afin de ramener l'attention sur lui.

« Le type a volé l'auto de papa, dit-il. Le type de l'église baptiste. »

Il se mit à rire, esquivant la gifle de sa sœur, et parut sur le point de développer l'information quand Ida se rua inopinément hors de la maison, claquant la moustiquaire derrière elle, et courut vers les enfants en tapant dans ses mains comme si c'étaient des oiseaux en train de picorer les graines d'un champ.

« Vous autres, fichez-moi le camp ! cria-t-elle. Allez, ouste ! »

Ils disparurent en un clin d'œil, emportant le bébé. Ida Rhew resta plantée sur le trottoir, agitant le poing. « Et remettez plus les pieds ici ! leur hurla-t-elle. Ou j'appelle la police !

— Ida ! gémit Allison.

— Y a pas d'Ida qui tienne.

— Mais c'étaient juste des enfants ! Ils ne faisaient pas de mal.

— Non, et y a pas intérêt », répliqua la domestique, fixant un instant les petits qui s'enfuyaient, avant d'essuyer la poussière de ses mains et de repartir vers la maison. *Ferdinand le taureau* était resté en travers du trottoir, à l'endroit où il était tombé. Elle se pencha péniblement pour le ramasser, le saisissant par un angle, entre son pouce et son index, comme s'il était contaminé. Le tenant à bout de bras, elle se redressa sur une expiration forcée et contourna la maison, en direction de la poubelle.

« Mais Ida ! s'écria Allison. Ce livre appartient à la bibliothèque !

— Je me fous d'où il vient, répliqua Ida Rhew, sans se retourner. C'est sale. Je vous interdis de le toucher. »

Charlotte, le visage inquiet et tout ensommeillé, glissa la tête dans l'entrebâillement de la porte d'entrée. « Que se passe-t-il ? demanda-t-elle.

— C'étaient *juste* des petits enfants, maman. Ils ne faisaient de mal à personne.

— Oh, mon Dieu, dit sa mère, resserrant les rubans de son peignoir autour de sa taille. Quel dommage ! Je voulais aller dans votre chambre et ramasser un sac de vos vieux jouets pour le leur donner à leur prochain passage.

— Maman ! hurla Harriet.

— Enfin, tu sais bien que tu ne t'amuses plus jamais avec ces joujoux de bébé, répondit sa mère d'un ton serein.

— Mais ils sont à moi ! Je veux les garder ! » La ferme miniature de Harriet... Les poupées Dancerina et Chrissy dont elle n'avait pas envie, mais qu'elle avait exigées parce que les autres filles de sa classe les avaient déjà...

La famille souris coiffée de perruques et vêtue de luxueux costumes français, que la fillette avait vue dans la vitrine d'un magasin très très cher de La Nouvelle-Orléans et qu'elle avait réclamée à cor et à cri, s'enfermant dans le mutisme et refusant son dîner jusqu'au moment où Libby, Adélaïde et Tat étaient sorties en catimini de l'hôtel Pontchartrain et s'étaient cotisées pour la lui acheter. Le Noël des souris : le plus heureux de la vie de Harriet. Jamais elle n'avait été aussi transportée de joie que lorsqu'elle avait ouvert, ébahie, cette magnifique boîte rouge, dans un tourbillon de papier de soie. Comment sa mère pouvait-elle conserver la moindre bribe de journal qui pénétrait dans la maison – se fâchant si Ida en jetait une seule page – et essayer tout de même de donner les souris de Harriet à des petits inconnus crasseux ?

Car cela s'était passé exactement ainsi. En octobre dernier, la famille souris avait disparu du dessus de sa commode. Après l'avoir cherchée comme une folle, la fillette l'avait dénichée dans le grenier, entassée pêle-mêle dans un carton avec quelques-uns de ses autres jouets. Mise devant les faits, sa mère avait reconnu en avoir pris certains qui, croyait-elle, n'intéressaient plus Harriet, pour les distribuer à des enfants défavorisés, mais elle n'avait pas paru comprendre à quel point sa fille tenait aux souris, ni qu'elle aurait dû lui en parler avant de les emporter. (« Je sais que tes tantes t'en ont fait cadeau, mais Adélaïde ou l'une d'elles ne t'a-t-elle pas offert cette poupée Dancerina ? Tu ne vas pas garder *ça*. ») Harriet doutait que Charlotte se souvînt seulement de l'incident, un soupçon aujourd'hui confirmé par son regard plein d'incompréhension.

« Tu ne saisis pas ? cria la fillette désespérée. Je veux garder mes jouets !

— Ne sois pas égoïste, chérie.

160

— Mais ils sont à moi !

— Je ne peux pas croire que tu rechignes à donner à ces malheureux enfants quelques babioles qui ne sont plus de ton âge, répondit Charlotte en clignant des yeux, troublée. Si tu avais vu comme ils étaient heureux de recevoir les jouets de Robin...

— Robin est *mort*.

— Si vous donnez quelque chose à ces gosses, dit sombrement Ida Rhew qui reparut au coin de la maison, s'essuyant la bouche du dos de la main, ça sera abîmé ou cassé avant qu'ils le rapportent chez eux. »

Quand Ida Rhew partit, à la fin de la journée, Allison ramassa *Ferdinand le taureau* dans la poubelle et le rapporta sur le porche. Elle l'examina, à la lumière du crépuscule. Il était tombé dans du marc de café, et une tache marron en souillait la tranche. Elle le nettoya du mieux qu'elle put avec une serviette en papier, et prit un billet de dix dollars dans sa boîte à bijoux, qu'elle glissa sous la couverture. Cela couvrirait largement les dégâts, se dit-elle. Quand Mrs Fawcett verrait l'état du livre, elle les obligerait à le rembourser, ou à renoncer à leurs privilèges à la bibliothèque, et ces petits malheureux ne pourraient jamais trouver tout seuls de quoi payer l'amende.

Elle s'assit sur le perron, le menton dans la main. Si Weenie n'était pas mort, il aurait ronronné à côté d'elle, les oreilles aplaties sur le crâne et la queue enroulée comme un crochet autour de sa cheville nue, ses yeux fendus posés sur la pelouse obscure et le monde des créatures nocturnes, un monde sans repos, chargé d'échos, qu'elle ne pouvait pas voir : traces d'escargots, toiles d'araignées, mouches aux ailes transparentes, coléoptères, mulots des champs, et tous les petits êtres sans voix qui se battaient avec des cris, des pépiements, ou en silence. Leur minuscule univers, sentait-elle, était sa vraie maison, l'obscurité secrète du mutisme et des battements de cœur frénétiques.

Des nuages rapides, déchiquetés, traversèrent la pleine lune. Le tupelo frissonnait dans la brise, le dessous pâle de ses feuilles ondulant dans l'obscurité.

Allison ne se rappelait presque rien des journées qui avaient suivi la mort de Robin, sauf un détail étrange – elle se souvenait d'avoir escaladé cet arbre le plus haut possible, et d'avoir sauté encore et encore. La chute lui coupait chaque fois le souffle. Dès que les vibrations du choc disparaissaient, elle s'époussetait et remontait au sommet, pour sauter à nouveau. *Pouf.* Encore et encore. Une fois, elle avait rêvé qu'elle faisait la même chose, sauf qu'elle ne touchait pas le sol. Au lieu de cela, un vent chaud la soulevait de l'herbe et l'emportait dans le ciel où elle volait, caressant les cimes des arbres de ses orteils nus. Et puis elle tombait en chute libre, comme une hirondelle, frôlait la pelouse sur six mètres environ, avant de remonter dans les airs, où elle tourbillonnait et planait très haut dans l'espace, gagnée par le vertige. Elle était petite alors, elle n'avait pas saisi la différence entre les rêves et la réalité, et c'était pourquoi elle avait continué de sauter de l'arbre. Si elle sautait un nombre de fois suffisant, espérait-elle, peut-être la brise tiède de son rêve la soulèverait-elle de terre pour l'emporter dans le ciel. Bien sûr, ce n'était jamais arrivé. En équilibre sur la plus haute branche, elle entendait Ida Rhew gémir depuis le porche, elle la voyait accourir vers elle, prise de panique. Mais Allison souriait et s'élançait tout de même dans le vide, et le cri de désespoir d'Ida lui procurait un délicieux frisson au creux de l'estomac tandis qu'elle tombait. Elle avait sauté si souvent qu'elle s'était cassé les voûtes plantaires ; c'était un miracle qu'elle ne se fût pas rompu le cou.

L'air nocturne était chaud, et les fleurs de gardénia, couleur de papillon de nuit, avaient un parfum riche, enivrant. Allison bâilla. Comment être parfaitement sûr de ne pas rêver ? Dans les rêves, on croyait être éveillé, alors que c'était faux. Et bien qu'elle eût l'impression de l'être en cet instant, assise pieds nus sur son porche, un livre de bibliothèque taché de café posé sur la marche, à côté d'elle, cela ne signifiait pas qu'elle ne se trouvait pas dans son lit, au premier, en train de rêver tout cela : le porche, le gardénia, et le reste.

Très souvent, pendant la journée, alors qu'elle déambulait dans sa propre maison ou dans les couloirs glacés à l'odeur de désinfectant de son lycée, ses livres dans les bras, elle se demandait : suis-je éveillée ou endormie ? Comment suis-je arrivée là ?

Souvent, quand elle était brusquement tirée de sa léthargie, se retrouvant (disons) en cours de biologie (des insectes épinglés sur le tableau, Mr Peel, le professeur aux cheveux roux, exposant l'interphase de la division cellulaire), elle pouvait dire si elle rêvait ou non en démêlant l'écheveau de la mémoire. Comment suis-je arrivée ici ? se demandait-elle, étourdie. Qu'avait-elle mangé au petit déjeuner ? Edie l'avait-elle accompagnée à l'école, un enchaînement d'événements l'avait-il conduite ce matin entre ces murs revêtus de lambris sombres, dans cette salle de classe ? Ou bien s'était-elle trouvée ailleurs un moment auparavant – sur une route de terre solitaire, dans sa propre cour, avec un ciel jaune et une sorte de drap blanc qui se gonflait sur l'horizon ?

Elle y réfléchissait intensément, puis décidait qu'elle ne rêvait pas. Parce que la pendule indiquait neuf heures quinze, l'heure de son cours de biologie ; et parce qu'elle était toujours assise par ordre alphabétique, derrière Maggie Dalton et devant Richard Echols ; et parce que le panneau en polystyrène où étaient épinglés les insectes était encore accroché au mur du fond – le papillon de nuit poudreux au milieu – entre une planche du squelette du chat et une autre du système nerveux central.

Pourtant, quelquefois – chez elle, le plus souvent –, Allison était troublée de découvrir d'infimes accrocs ou failles dans la trame de la réalité, qu'elle ne parvenait pas à expliquer d'une manière logique. Les roses n'étaient pas de la bonne couleur : rouges au lieu d'être blanches. La corde à linge n'était pas à l'endroit où elle était censée être, mais là où on l'avait installée avant que la tempête ne l'eût emportée, cinq ans plus tôt. L'interrupteur d'une lampe avait légèrement changé, ou était placé ailleurs. Dans les photographies ou les tableaux familiers, apparaissaient, en arrière-plan, de mystérieux personnages qu'elle n'avait jamais remarqués auparavant. Des reflets effrayants dans le miroir du salon, derrière la charmante scène de famille. Une main s'agitant par une fenêtre ouverte.

Mais non, se récriaient sa mère ou Ida quand Allison signalait ces détails. *Ne sois pas ridicule. Cela a toujours été comme ça.*

Comment ? Elle n'en savait rien. Qu'elle fût endormie ou éveillée, le monde était un jeu perfide : décors changeants, écho et turbulence, réverbération. Tout cela glissait entre ses doigts engourdis comme une poignée de sel.

Pemberton Hull rentrait du Country Club à bord de sa Cadillac 62 bleu pâle décapotable (il fallait vérifier le parallélisme, le radiateur fuyait, et c'était la croix et la bannière pour trouver les pièces, il devait les commander dans un entrepôt au Texas et attendre deux semaines avant qu'elles n'arrivent, mais la voiture était son amour, son bébé, sa seule vraie passion, et chaque cent gagné au Country Club servait à remplir son réservoir ou à la réparer quand elle tombait en panne) et quand il tourna au coin de George Street, ses phares illuminèrent au passage la petite Allison Dufresnes, assise toute seule sur son perron.

Il se gara devant sa maison. Quel âge avait-elle ? Quinze ans ? Dix-sept ans ? Mineure, sans doute, mais il avait un faible irrépressible pour les filles indolentes et fêlées, avec les bras minces et les cheveux dans les yeux.

« Salut », lui dit-il.

Elle ne parut pas surprise, et leva la tête, si rêveuse, si vaporeuse qu'il sentit des picotements dans sa nuque.

« Tu attends quelqu'un ?

— Non. J'attends, c'est tout. »

Caramba, songea Pem.

« Je vais au drive-in, dit-il. Tu viens avec moi ? »

Il s'attendait à l'entendre répondre Non, ou Je ne peux pas, ou Je vais demander à ma mère, mais au lieu de cela elle repoussa ses mèches cuivrées de ses yeux, faisant cliqueter son bracelet à breloques, et demanda (avec un temps de retard ; il aimait cette dissonance chez elle, ce décalage nébuleux) : « Pourquoi ?

— Pourquoi quoi ? »

Elle se contenta de hausser les épaules. Pem était intrigué. Il émanait d'elle une... étrangeté, il ne savait comment le décrire autrement, elle traînait les pieds en marchant, ses cheveux étaient différents de ceux des autres filles, et ses vêtements ne lui convenaient pas tout à fait (comme la robe fleurie qu'elle portait, une robe de vieille dame), et pourtant le charme flou qui émanait de sa gaucherie lui faisait perdre la tête. Des fragments de scénario romantique (la voiture, la radio, la rive du fleuve) commencèrent à défiler dans son esprit.

« Viens, je te ramène à dix heures. »

Harriet était allongée sur son lit en train de manger une tranche de quatre-quarts et d'écrire dans son cahier quand une voiture démarra en trombe sous sa fenêtre ouverte. Elle regarda juste à temps pour entrevoir sa sœur, cheveux au vent, en train de disparaître au loin avec Pemberton, à bord de sa Cadillac décapotable.

S'agenouillant sur la banquette, elle glissa la tête entre les rideaux en organdi jaune, le goût ensoleillé du gâteau desséché dans la bouche, et scruta la rue en clignant les yeux. Elle n'en revenait pas. Allison n'allait jamais nulle part, sauf au bout de la rue, chez l'une des tantes, ou peut-être à l'épicerie.

Dix minutes s'écoulèrent, puis quinze. Harriet ressentit un léger pincement de jalousie. Que diable pouvaient-ils bien avoir à se dire ? Pemberton n'avait aucune raison de s'intéresser à une fille comme Allison.

Tandis qu'elle regardait le porche illuminé (la balançoire vide, *Ferdinand le taureau* posé sur la marche du haut), elle entendit un bruissement dans les azalées qui bordaient la cour. Puis, à sa surprise, émergea une silhouette, et elle vit Lasharon Odum avancer à pas de loup sur la pelouse.

L'idée ne vint pas à Harriet qu'elle revenait en catimini pour récupérer son livre. Dans l'attitude craintive de la fillette, quelque chose l'exaspéra. Sans réfléchir, elle jeta les restes du gâteau par la fenêtre.

Lasharon poussa un cri. Il y eut une agitation soudaine dans les buissons, derrière elle. Quelques instants plus tard, une ombre partit en flèche de la pelouse pour s'élancer au milieu de la chaussée bien éclairée, suivie à bonne distance par une forme plus menue qui trébuchait, incapable de courir aussi vite.

Harriet, toujours agenouillée sur la banquette, la tête entre les rideaux, fixa un moment le fragment de rue scintillant d'où les petits Odum avaient disparu. La nuit était immobile comme du verre. Pas une feuille ne bougeait, pas un chat ne miaulait ; la lune se reflétait dans une flaque sur le trottoir. Sur le porche de Mrs Fountain, même le carillon était silencieux.

Gagnée par l'ennui, énervée, elle abandonna son poste. Elle se plongea à nouveau dans son cahier, et oublia presque qu'elle était censée attendre Allison, et être contrariée, quand une portière de voiture claqua devant la maison.

Elle se glissa vers la fenêtre et tira furtivement les rideaux. Allison, debout dans la rue du côté conducteur de la Cadillac bleue, jouait vaguement avec son bracelet à breloques, et prononça une phrase indistincte.

Pemberton explosa de rire. Sous les réverbères, ses cheveux de Cendrillon brillaient d'un éclat jaune, si longs qu'ils lui retombaient sur la figure ; avec juste le petit bout pointu de son nez qui dépassait, il ressemblait à une fille. « Ne crois pas ça, chérie », dit-il.

Chérie ? Qu'est-ce que ça signifiait ? Harriet laissa retomber les rideaux et fourra le cahier sous son lit comme Allison contournait la Cadillac pour se diriger vers la maison, ses genoux nus rougis par le reflet des feux arrière.

La porte d'entrée claqua. La voiture de Pem s'éloigna en vrombissant. Allison gravit l'escalier à pas feutrés – toujours pieds nus, elle était partie se promener sans ses chaussures – et pénétra nonchalamment dans la chambre. Sans prêter attention à Harriet, elle alla droit au miroir de la commode et considéra gravement son visage, le nez à quelques centimètres à peine du verre. Puis elle s'assit au bord du lit, et épousseta avec soin les graviers collés sur la plante jaunâtre de ses pieds.

« Tu étais où ? » demanda Harriet.

Allison, retirant sa robe par la tête, émit un son ambigu.

« Je t'ai vue partir en voiture. Tu es allée où ? questionna sa sœur, comme elle ne réagissait pas.

— Je n'en sais rien.

— Tu ne sais pas où tu étais ? » se récria Harriet, fixant attentivement Allison qui continuait de jeter des regards distraits à son reflet dans la glace tout en enfilant le bas de son pyjama blanc. « Tu t'es bien amusée ? »

La jeune fille – évitant soigneusement l'œil inquisiteur de sa sœur – boutonna sa veste, se mit au lit, et commença à empiler ses animaux en peluche autour d'elle. Ils devaient être disposés d'une certaine manière autour de son corps pour qu'elle puisse s'endormir. Ensuite elle tira les couvertures sur sa tête.

« Allison ?

— Oui, répondit-elle au bout d'une ou deux minutes, d'une voix assourdie.

— Tu te souviens de notre conversation ?

— Non.

— Bien sûr que *si*. A propos des rêves que tu dois noter ? »

Comme elle ne disait rien, Harriet ajouta, élevant le ton : « J'ai mis une feuille de papier près de ton lit. Et un crayon. Tu les as vus ?

— Non.

— Je veux que tu regardes. *Regarde,* Allison. »

Sa sœur glissa la tête hors des couvertures pour entrevoir, sous sa lampe de chevet, une page arrachée à un carnet à spirale. Tout en haut, Harriet avait inscrit : *Rêves. Allison Dufresnes. 12 juin.*

« Merci, Harriet », prononça-t-elle confusément ; et – sans lui laisser le temps d'ouvrir la bouche – elle enfouit son visage sous les draps et, d'un mouvement brusque, se tourna vers le mur.

Harriet – après avoir fixé intensément le dos d'Allison pendant plusieurs minutes – tendit le bras pour attraper son cahier sous le lit. Plus tôt dans la journée, elle avait pris des notes sur le compte rendu du journal local, qui lui avait fourni beaucoup d'éléments qu'elle ignorait : la découverte du corps, les efforts de réanimation (Edie, apparemment, avait utilisé le sécateur à haie pour couper la corde, et essayé de réanimer le corps sans vie jusqu'à l'arrivée de l'ambulance) ; l'effondrement et l'hospitalisation de sa mère ; les commentaires du shérif (« pas de pistes » ; « frustrant ») au cours des semaines suivantes. Elle avait aussi transcrit toutes les paroles de Pem – importantes ou non – qu'elle avait pu retenir. Plus elle écrivait, et plus il lui revenait de choses, toutes sortes de détails disparates qu'elle avait glanés çà et là au cours des années. Ainsi, Robin était mort quelques semaines avant la fermeture de l'école pour les vacances d'été. Il avait plu ce jour-là. Vers cette période, des petits cambriolages avaient eu lieu dans le quartier, on avait volé des outils dans les remises des gens : un rapport avec le meurtre ? Quand on avait trouvé le corps de Robin dans la cour, l'office du soir venait juste de finir à l'église baptiste, et l'une des premières personnes à s'arrêter pour apporter son assistance avait été le vieux Dr Adair – un pédiatre à la retraite de plus de quatre-vingts ans, qui passait en voiture avec sa famille, en rentrant chez lui. Son père était à son cabanon de chasse ; le prêcheur avait dû prendre sa voiture et se rendre là-bas pour le trouver et lui annoncer la nouvelle.

Même si je ne découvre pas qui l'a tué, pensa-t-elle, *du moins je saurai comment c'est arrivé.*

Elle avait aussi le nom de son premier suspect. Le seul fait de l'écrire lui fit comprendre combien ce serait facile d'oublier, et à quel point il était important dorénavant de noter absolument tout sur le papier.

Soudain une pensée la traversa. Où habitait-il ? Elle sauta du lit et descendit dans l'entrée, où se trouvait la table du téléphone. Quand elle lut son nom dans l'annuaire – *Danny Ratliff* – un petit frisson lui parcourut l'échine.

Il n'y avait pas de vraie adresse, seulement *Route 260*. Harriet, après s'être mordillé la lèvre, indécise, composa le numéro et inspira brusquement, saisie, quand on décrocha dès la première sonnerie (dans le fond, le vilain bruit d'une télévision). Un homme aboya : « Aaalloop ! »

D'un mouvement brutal – comme si elle renfermait un diable dans sa boîte – Harriet reposa le combiné des deux mains.

« Hier soir, j'ai vu mon frère en train d'essayer d'embrasser ta sœur », dit Hely à Harriet, alors qu'ils étaient assis sur les marches, derrière la maison d'Edie. Il était venu la chercher après le petit déjeuner.

« Où ça ?

— Près du fleuve. Je pêchais. » Hely passait son temps à patauger au bord de l'eau avec sa ligne et son malheureux seau de vers. Personne ne l'accompagnait jamais. Personne n'acceptait non plus la moindre brème ni les môles qu'il attrapait, aussi les relâchait-il le plus souvent. Assis seul dans le noir, il aimait particulièrement pêcher la nuit, au son du coassement des grenouilles, le large ruban pâle du clair de lune dansant sur l'eau, et se laisser aller à sa rêverie préférée, où Harriet et lui vivaient ensemble, comme des adultes, dans une petite cabane isolée au bord du fleuve. L'idée le divertissait des heures durant. Le visage sale et des feuilles dans leurs cheveux. Les feux de camp. La chasse aux grenouilles et aux tortues d'eau douce. Face à lui, les yeux féroces de Harriet qui s'illuminaient soudain dans le noir, comme ceux d'un petit chat sauvage.

Il frissonna. « C'est dommage que tu ne sois pas venue hier soir, dit-il. J'ai vu un hibou.

— Qu'est-ce qu'Allison fabriquait ? demanda Harriet, incrédule. Elle ne pêchait pas, j'imagine.

— Non. Tu vois, commença-t-il sur le ton de la confidence, se rapprochant d'un glissement de fesses, j'ai entendu la voiture de Pem sur la rive. Tu sais le bruit qu'elle fait... il retroussa adroitement les lèvres pour l'imiter, *teuf-teuf-teuf-teuf !* – on l'entend arriver à un kilomètre, alors je sais que c'est lui, et j'ai pensé que maman l'avait envoyé à ma rencontre, alors j'ai pris mes affaires et j'ai remonté le talus. Mais ce n'était pas moi qu'il cherchait. » Hely rit, un petit gloussement connaisseur au son si sophistiqué qu'il le répéta – de façon plus réussie encore – une seconde ou deux après.

« Qu'est-ce qu'il y a de si drôle ?

— *Eh bien...* » Il ne put résister à la possibilité qu'elle lui offrait d'essayer une troisième fois son nouveau rire. « Allison était assise là, réfugiée contre sa portière, mais Pem avait posé le bras sur son siège et il se penchait vers elle (il tendit le bras derrière les épaules de Harriet, en guise de démonstration) ... comme ça. » Il fit claquer ses lèvres avec un bruit mouillé et la fillette se dégagea avec humeur.

« Elle lui a rendu son baiser ?

— Elle avait l'air de s'en ficher complètement. Je me suis approché *tout près*, annonça-t-il brillamment. J'ai voulu lancer un ver de terre dans la voiture, mais Pem m'aurait fichu une raclée. »

Il tira de sa poche une cacahuète bouillie qu'il offrit à Harriet, mais elle refusa.

« Qu'est-ce qu'il y a ? Ce n'est pas du *poison*.

— Je n'aime pas ça.

— Très bien, ça en fera plus pour moi, dit-il, la projetant dans sa bouche. Allez, viens pêcher avec moi aujourd'hui.

— Non merci.

— J'ai trouvé un banc de sable dans les roseaux. Il y a un sentier qui y mène directement. Tu vas adorer. C'est du sable blanc, comme en Floride.

— J'ai dit non. » Le père de Harriet prenait souvent ce ton exaspérant, lui assurant avec certitude qu'elle « adorerait » ceci ou cela (le football, le quadrille, les piqueniques de l'église) alors qu'elle savait pertinemment qu'elle en avait horreur.

« C'est quoi ton problème, Harriet ? » Hely était peiné qu'elle refusât toujours de faire ce dont il avait envie. Il voulait longer l'étroit sentier dans les herbes hautes avec elle, lui tenir la main et fumer des cigarettes, comme les grandes personnes, leurs jambes nues toutes griffées et boueuses. Une pluie fine et des bribes d'écume blanche accrochées au sommet des roseaux.

Adélaïde, la grand-tante de Harriet, était une infatigable ménagère. Contrairement à ses sœurs – dont les petites maisons étaient remplies jusqu'aux combles de livres, de vitrines à bibelots et de bric-à-brac, de patrons de robes et de plateaux de semis de capucines et de capillaires déchiquetés par les griffes des chats –, Adélaïde n'avait ni jardin, ni animaux, elle détestait cuisiner, et avait une terreur mortelle de ce qu'elle appelait la « pagaïe ». Elle se plaignait de n'avoir pas les moyens de s'offrir une domestique, ce qui exaspérait Tat et Edie, car ses trois chèques mensuels de pension (gracieux souvenir de trois maris décédés) lui assuraient une vie beaucoup plus confortable que la leur, mais la vérité était qu'elle aimait le ménage (son enfance dans le délabrement de Tribulation lui avait inspiré l'horreur du désordre), et elle était rarement aussi heureuse que lorsqu'elle lavait des rideaux, repassait du linge de maison, ou s'affairait dans sa petite demeure dépouillée fleurant bon le désinfectant avec un chiffon à poussière et un vaporisateur d'encaustique à la citronnelle.

D'habitude, quand Harriet venait, elle trouvait Adélaïde en train de passer l'aspirateur sur les tapis ou de nettoyer les placards de sa cuisine, mais ce jour-là elle était installée sur le canapé du séjour : perles aux oreilles, cheveux – d'une élégante nuance de blond cendré – fraîchement permanentés, jambes gainées de nylon, chevilles croisées. Elle avait toujours été la plus jolie des sœurs et à soixante-cinq ans, elle était aussi la plus jeune. Contrairement à la timide Libby, à Edith la Walkyrie, ou à la nerveuse et écervelée Tat, il y avait chez Adélaïde une coquetterie sous-jacente, une lueur coquine de veuve joyeuse, et un quatrième mari n'était pas à exclure si, d'aventure, la personne convenable (un monsieur dégarni en veste de sport, tiré à quatre épingles, avec des puits de pétrole, peut-être, ou des élevages de chevaux) se présentait de manière inopinée à Alexandria et s'entichait d'elle.

Adélaïde était plongée dans le numéro de juin de *Town and Country*, qui venait d'arriver. Elle étudiait la page des Mariages. « A ton avis, lequel de ces *deux-là* a l'argent ? » demanda-t-elle à Harriet, lui montrant la photographie d'un jeune homme brun au regard glacial, sauvage, aux côtés d'une blonde rayonnante vêtue d'une robe à crinoline qui lui donnait l'air d'un bébé dinosaure.

« On dirait que le marié va vomir.

— Je ne comprends pas toutes ces histoires à propos des *blondes*. Soi-disant elles s'amusent plus, et le reste. Je

173

pense que c'est une invention de la télévision. La plupart des blondes *naturelles* ont des traits mous, un teint blafard d'albinos, à moins qu'elles ne se donnent un mal de chien pour s'arranger. Regarde cette pauvre fille. Regarde-la *bien*. Elle a une face de mouton.

— Je voulais te parler de Robin, dit Harriet, qui ne voyait pas l'intérêt d'user d'habiles subterfuges pour aborder le sujet.

— Qu'est-ce que tu dis, chérie ? » répondit Adélaïde, qui examinait la photographie d'un bal de charité. Un jeune homme élancé en tenue de soirée – serein, sûr de lui, le visage lisse – tournoyait sur ses talons en riant, une main posée sur le dos d'une petite brune éclatante en robe de bal rose bonbon et gants vénitiens assortis.

« *Robin*, Addie.

— Oh, chérie, s'écria Adélaïde avec nostalgie, détachant les yeux du beau danseur qu'elle contemplait. Si Robin était avec nous, il ferait tomber toutes les filles comme des quilles. Même quand il était un tout petit bonhomme... il était si plein de *gaieté* que quelquefois il partait à la renverse, tellement il riait fort. Il aimait se glisser derrière moi et m'attraper par le cou pour me mordiller l'oreille. Adorable. Comme la perruche qu'Edie avait quand nous étions petites, et qui s'appelait Billy Boy... »

Sa voix se perdit, comme le sourire du jeune Yankee triomphant retenait à nouveau son attention. *Etudiant de deuxième année*, disait la légende. Robin, s'il avait été en vie, aurait eu le même âge aujourd'hui. Elle éprouva un sursaut d'indignation. Quel droit avait ce F. Dudley Willard, quel qu'il fût, de vivre et de rire au Plaza Hotel avec un orchestre qui jouait dans le Palm Court et sa cavalière rayonnante en robe de satin qui le regardait, transportée de joie ? Les maris d'Adélaïde avaient succombé respectivement à la Seconde Guerre mondiale, à une balle perdue pendant la saison de la chasse, et à un infarctus foudroyant ; elle avait mis au monde deux fils mort-nés du premier, et la fille qu'elle avait eue du deuxième était décédée à dix-huit mois, asphyxiée par la fumée, quand la cheminée du vieil appartement de West Third Street avait pris feu en pleine nuit – des coups sauvages, cruels, dévastateurs. Pourtant (un moment pénible après l'autre, une douloureuse inspiration après l'autre) on surmontait les épreuves. Aujourd'hui, lorsqu'elle songeait aux jumeaux mort-nés, elle se souvenait seulement de leurs traits délicats et parfaits, de leurs yeux paisiblement fermés, comme s'ils dormaient. De toutes les tragédies de son existence (et elle avait eu plus que sa part de souffrance) rien ne subsistait ni ne pesait sur le cœur avec le même degré d'ignominie que le meurtre du petit Robin, une blessure qui ne s'était jamais tout à fait refermée, mais vous rongeait, vous tourmentait et, avec le temps, devenait encore plus douloureuse.

Harriet remarqua l'expression absente de sa tante ; elle se racla la gorge. « C'est de ça que je suis venue te parler, Adélaïde, dit-elle.

— Je me demande toujours si ses cheveux auraient foncé avec l'âge », reprit celle-ci, tenant le magazine à bout de bras pour l'examiner par-dessus ses lunettes de lecture. Quand nous étions petites, Edith avait les cheveux roux vif, mais pas autant que lui. Un *vrai* roux. Pas de mèches orangées. » *Tragique*, songea-t-elle. Ces jeunes Yankees gâtés se pavanaient au Plaza Hotel, alors que son adorable petit neveu, supérieur en tous points, était sous terre. Robin n'avait jamais eu seulement l'occasion de toucher une fille. Avec émotion, Adélaïde pensa à ses trois mariages passionnés et aux baisers volés dans les vestiaires de sa propre jeunesse dévorée à belles dents.

« Je voulais te demander si tu avais une idée de qui avait pu...

175

— Il serait devenu un bourreau des cœurs, ma chérie. Toutes les filles des organisations d'étudiantes de Khi Omega, de Tri Delta et de l'université du Mississippi se seraient disputé l'honneur de le conduire à l'Assemblée des débutantes à Greenwood. Non que je fasse grand cas de ces sottises, de toutes ces coteries, de ce blackboulage, de ces mesqui... »

Toc toc toc : une ombre derrière la moustiquaire. « Addie ?

— Qui est là ? appela Adélaïde, sursautant. Edith ?

— Chérie, s'écria Tattycorum qui se rua à l'intérieur, les yeux hagards, sans même jeter un regard à Harriet, lançant son sac à main en cuir verni sur un fauteuil, chérie, imagine-toi que ce bandit de Roy Dial du garage Chevrolet veut faire payer à tous les membres de notre cercle soixante dollars par personne pour l'excursion de l'église à Charleston ? Dans ce car scolaire déglingué ?

— *Soixante dollars ?* hurla Adélaïde. Il a dit qu'il prêtait son bus. Il a prétendu que c'était *gratuit*.

— C'est ce qu'il affirme toujours. Il dit que les soixante dollars couvrent les frais d'*essence*.

— Avec une somme pareille on peut aller jusqu'en Chine populaire !

— Eugenie Monmouth téléphone au pasteur pour se plaindre. »

Adélaïde roula les yeux. « Je pense qu'*Edith* devrait l'appeler.

— Je suppose qu'elle s'en occupera, quand elle apprendra la nouvelle. Je te répète ce qu'a dit Emma Caradine : "Il essaie tout bonnement de faire un gros bénéfice."

— Pas de doute là-dessus. Il devrait avoir honte. Surtout quand Eugenie, Liza et Susie Lee et les autres vivent de l'aide sociale...

176

— Mettons, s'il réclamait *dix* dollars. Dix dollars, je comprendrais.

— Et Roy Dial est censé être un diacre si formidable et tout ça. *Soixante dollars ?* » répéta Adélaïde. Elle se leva et alla prendre un crayon et un calepin sur la table du téléphone, et commença ses calculs. « Mon Dieu, il faut que je prenne l'atlas pour ça, s'écria-t-elle. Combien de passagères dans le bus ?

— Vingt-cinq, je crois, maintenant que Mrs Taylor a renoncé, et que la pauvre Mrs Newman McLemore est tombée et s'est cassé la hanche – bonjour, ma petite Harriet ! dit Tat, se penchant pour l'embrasser. Ta grand-mère t'a raconté ? Notre cercle part en excursion. "Les jardins historiques de Caroline." Je suis terriblement excitée.

— Je ne sais pas si j'ai vraiment envie de partir maintenant que nous devons payer cette somme exorbitante à *Roy Dial*.

— Il devrait avoir honte. C'est tout ce qu'on peut en dire. Avec sa nouvelle grosse maison dans Oak Lawn et toutes ces voitures flambant neuves, ces camping-cars Winnebago, ses bateaux et le reste...

— Je veux poser une question, intervint Harriet, désespérée. C'est important. Sur la mort de Robin. »

Addie et Tat se turent sur-le-champ. Adélaïde se détourna de l'atlas routier. Leur sang-froid inattendu était si déroutant que la fillette sentit monter la peur.

« Vous étiez dans la maison quand c'est arrivé, dit-elle dans le silence inconfortable, les mots se bousculant sur ses lèvres. Vous n'avez rien entendu ? »

Les deux vieilles dames échangèrent un regard pensif, et un court instant, un message muet parut passer entre elles. Puis Tatty inspira profondément, et déclara : « Non, personne n'a rien entendu. Et tu sais ce que je pense ?

ajouta-t-elle comme Harriet tentait de l'interrompre par une autre question, je crois que tu devrais t'abstenir d'aborder ce sujet à tort et à travers avec les gens.

— Mais je...

— Tu n'as pas ennuyé ta mère ni ta grand-mère avec ces histoires, j'espère ? »

Adélaïde ajouta sèchement : « Je pense également que ce n'est pas un bon sujet de conversation. En fait, continua-t-elle, repoussant les objections indignées de sa nièce, je crois que c'est le moment de rentrer chez toi, Harriet. »

Hely, à demi aveuglé par le soleil, transpirait sur la rive embroussaillée de la rivière, observant la danse de yo-yo de sa canne à pêche rouge et blanc sur l'eau trouble. Il avait laissé partir ses vers de terre, s'imaginant que cela lui remonterait le moral de les renverser sur le sol en un gros tas répugnant, et de les regarder se tortiller ou creuser des trous dans la boue, et ainsi de suite. Mais ils ne comprenaient pas qu'ils étaient délivrés du seau, et après s'être démêlés, tournaient en rond placidement à ses pieds. C'était déprimant. Il en retira un de sa tennis, examina son ventre annelé de momie, puis le lança dans l'eau.

A l'école, il y avait beaucoup de filles plus jolies que Harriet, et plus gentilles. Mais aucune n'était aussi intelligente ni aussi courageuse. Tristement, il songea à ses multiples talents. Elle était capable de contrefaire des écritures – celle du professeur en particulier – et de composer des mots d'excuse de parents en vraie professionnelle, elle savait faire des cocktails Molotov avec du vinaigre et du bicarbonate de soude, imiter des voix au téléphone. Elle adorait tirer des feux d'artifice – contrairement à une quantité de filles qui refusaient de s'approcher d'un chapelet de pétards. En CE1, on l'avait renvoyée chez elle parce qu'elle avait sournoisement fait avaler une cuillerée de poivre de Cayenne à un camarade ; et deux ans auparavant, elle avait déclenché un vent de panique en disant que le lugubre réfectoire du sous-sol de l'école était un portail de l'enfer. Si on éteignait, la face de Satan apparaissait sur le mur. Une bande de filles s'attroupa en bas en pouffant de rire, ferma les lumières – et disjoncta totalement, poussant des hurlements de terreur. Les enfants commencèrent à se faire porter malades, demandant à rentrer chez eux pour le déjeuner, n'importe quoi pour éviter de descendre au sous-sol. Après plusieurs jours de malaise croissant, Mrs Miley convoqua les élèves et – accompagnée de l'énergique Mrs Kennedy, le professeur de sixième – les conduisit tous dans le réfectoire vide (filles et garçons se pressant à leur suite) et éteignit. « Vous voyez, déclara-t-elle avec mépris. Vous ne vous sentez pas ridicules à présent ? »

Dans le fond, d'une voix ténue à l'écho désespéré qui était plus convaincante que la fanfaronnade du professeur, Harriet s'exclama : « Il est là, je le vois.

— Regardez ! cria un petit garçon. Regardez ! »

Cris de surprise : puis un sauve-qui-peut accompagné d'un concert de hurlements. Effectivement, quand on s'habituait à l'obscurité (même Mrs Kennedy cligna, troublée), une étrange lueur verdâtre scintillait dans le coin supérieur gauche de la pièce, et si on regardait assez longtemps, cela ressemblait à une face de démon, avec des yeux fendus et un mouchoir attaché sur la bouche.

Tout ce tumulte à propos du Diable du Réfectoire (les parents téléphonant à l'école pour exiger un rendez-vous avec le directeur, les prêcheurs prenant le train en marche, l'église baptiste et l'église du Christ, un tohu-bohu de sermons combatifs et tourmentés, intitulés « Dehors le diable » et « Satan dans nos écoles ? » – et c'était l'œuvre de Harriet, le fruit de son esprit sagace, calculateur, impitoyable. Harriet ! Elle avait beau être petite, sur le terrain de jeux elle se montrait féroce, et dans une bagarre, lançait des coups bas. Une fois où Fay Gardner avait dit du mal d'elle, Harriet avait calmement glissé la main sous son pupitre pour défaire l'énorme épingle à nourrice qui maintenait son kilt. Toute la journée, elle avait guetté le bon moment ; et dans l'après-midi, alors que Fay distribuait des devoirs, elle avait frappé telle la foudre, plantant l'épingle sur le dos de sa main. C'était la seule fois où Hely avait vu le directeur battre une fille. Trois coups de battoir. Et elle n'avait pas pleuré. *Et alors ?* avait-elle répondu sèchement quand il l'avait complimentée sur le chemin du retour.

Comment se faire aimer d'elle ? Il aurait voulu avoir quelque chose de nouveau et d'intéressant à lui raconter, un fait captivant ou un secret génial, quelque chose qui l'impressionnerait vraiment. Ou bien, qu'elle se retrouve prise au piège dans une maison en flammes, ou poursuivie par des bandits, pour qu'il puisse voler à son secours en héros.

Il était venu à vélo jusqu'à cette rivière très reculée, si petite qu'elle n'avait même pas de nom. Au bord de l'eau, il y avait un groupe de garçons noirs à peine plus vieux que lui, et plus haut, plusieurs vieux Noirs solitaires en pantalon de toile remonté à la cheville. L'un d'eux – avec un seau en plastique et un large sombrero de paille où étaient brodés en vert les mots *Souvenir of Mexico* – s'approcha prudemment de lui. « Bonjour, dit-il.

— Salut, répondit Hely avec méfiance.

— Pourquoi tu jettes tous ces bons vers de terre ? »

Hely ne trouvait pas d'explication à donner. « J'ai renversé de l'essence dessus, dit-il enfin.

— Ça leur fera pas de mal. Les poissons vont les manger, de toute façon. Il suffit de les rincer.

— Ça fait rien.

— Je t'aide. On les trempe ici, là où c'est pas profond.

— Prenez-les si vous voulez. » Le vieil homme eut un petit rire moqueur, puis se pencha et commença à remplir son seau. Hely était humilié. Il fixait son hameçon dénudé dans l'eau et mâchait sans entrain les cacahuètes bouillies qu'il sortait d'un sac plastique au fond de sa poche, feignant de ne rien voir.

Comment se faire aimer d'elle, lui faire remarquer son absence ? En lui achetant quelque chose, peut-être, mais il ne savait rien de ses goûts, et n'avait pas d'argent. Il aurait aimé être capable de construire une fusée ou un robot, ou de lancer des couteaux sur des cibles, comme au cirque, ou posséder une moto pour faire des cascades comme Evel Knievel.

Rêveur, il cligna en regardant une vieille femme noire qui pêchait sur la rive opposée de la rivière. Un après-midi, dans la campagne, Pemberton lui avait appris à manier le levier de vitesse de la Cadillac. Il s'imaginait avec Harriet, accélérant sur la Route 51, le toit ouvert. Oui, il n'avait que onze ans, mais dans le Mississippi on pouvait obtenir un permis de conduire à quinze ans, et en Louisiane il suffisait d'en avoir treize. Il pouvait se faire passer pour un garçon de treize ans s'il le fallait.

Ils prépareraient un pique-nique. Des cornichons et des sandwiches à la confiture. Peut-être réussirait-il à subtiliser du whisky dans le placard à liqueurs de sa mère, ou, à défaut, une bouteille de Dr Tichenor – un antiseptique au goût infect, mais qui faisait quatre-vingt-dix degrés. Ils se rendraient à Memphis, et s'arrêteraient au musée pour qu'elle voie des ossements de dinosaures et les têtes racornies. Elle aimait ce genre de choses, les trucs éducatifs. Ensuite ils iraient dans le centre, au Peabody Hotel, et regarderaient les canards se promener dans le hall. Ils sauteraient sur le lit d'une grande chambre, commanderaient des crevettes et des steaks au garçon d'étage, et regarderaient la télévision toute la nuit. Personne ne les empêcherait non plus d'aller dans la baignoire, s'ils en avaient envie. Sans leurs vêtements. Son visage le brûlait. Quel âge fallait-il avoir pour se marier ? S'il parvenait à convaincre la police de la route qu'il avait quinze ans, il n'aurait sûrement aucun mal à en persuader un prêtre. Il se voyait debout aux côtés de Harriet sur un porche délabré du comté De Soto : elle dans son short à carreaux rouges et lui avec la vieille chemise Harley-Davidson de Pem, si passée qu'on déchiffrait à peine l'inscription *Ride Hard Die Free*. La petite main chaude de Harriet dans la sienne. « Maintenant vous pouvez embrasser la mariée. » Après, la femme du pasteur servirait de la limonade. Ils seraient mariés pour toujours, et se promèneraient tout le temps en voiture, s'amuseraient et mangeraient le poisson qu'il pêcherait. Sa mère, son père et toute la famille seraient malades d'inquiétude. Ce serait génial.

Il fut arraché à sa rêverie par une violente détonation – suivie d'un plouf, et d'un rire aigu, hystérique. Sur la rive opposée, on s'agitait – la vieille femme noire lâcha sa ligne et se protégea le visage des mains, tandis qu'un panache de gouttelettes s'élevait de l'eau marron.

Une autre explosion retentit. Puis une autre encore. Le rire – terrifiant à entendre – résonnait depuis le petit pont en bois au-dessus de la rivière. Hely, affolé, leva la main pour s'abriter du soleil, et vit les formes indistinctes de deux hommes blancs. Le plus grand des deux (et il l'était beaucoup plus) n'était qu'une ombre massive, pliée en deux, hilare, et Hely distingua confusément ses mains qui pendaient sur le parapet : des grosses mains sales, avec d'énormes bagues en argent. La silhouette la plus petite (un chapeau de cow-boy, des cheveux longs), agrippant des deux mains un pistolet scintillant, visait l'eau. Il tira encore, et en amont, un vieil homme fit un bond en arrière comme la balle faisait ricocher un jet d'écume blanche près de l'extrémité de sa ligne.

Sur le pont, le gros type rejeta sa crinière de lion vers l'arrière et poussa un cri rauque. Hely entrevit le contour d'une barbe en bataille.

Les garçons noirs avaient lâché leurs cannes à pêche et remontaient la rive à quatre pattes, tandis que la vieille femme de l'autre rive les suivait en boitillant, le plus vite possible, relevant ses jupes d'une main, un bras tendu en avant, et sanglotait.

« Dépêche-toi, mémé. »

Le pistolet résonna de nouveau, les échos ricochant sur les falaises ; des fragments de rocher et de terre tombaient dans l'eau. A présent, le type tirait dans toutes les directions. Hely était pétrifié. Une balle siffla près de lui, et toucha un renflement du sol, près d'un tronc derrière lequel l'un des Noirs se cachait. Hely lâcha sa canne à pêche, se leva d'un bond – glissant, tombant presque – et courut le plus vite possible pour se réfugier dans les broussailles.

Il plongea dans un bouquet de mûriers, et cria lorsque les épines égratignèrent ses jambes nues. Quand un autre coup de feu retentit, il se demanda si à cette distance, les rednecks[1] voyaient qu'il était blanc, et le cas échéant, s'ils en tiendraient compte.

Harriet, qui méditait sur son cahier, entendit un violent gémissement par la fenêtre ouverte, puis Allison qui hur-

1. Ce terme désigne les membres blancs de la classe laborieuse agricole du sud des Etats-Unis. (*N.d.T.*)

lait dans la cour de devant : « Harriet ! Harriet ! Viens vite ! »

Elle bondit – poussant son calepin de l'orteil pour le cacher sous le lit –, dévala l'escalier et sortit pieds nus. Allison était sur le trottoir, et pleurait, les cheveux dans la figure. Harriet était déjà au milieu de l'allée quand elle se rendit compte que le béton était brûlant et – penchée d'un côté, en déséquilibre – elle retourna vers le porche, sautillant à cloche-pied.

« Viens ! Dépêche-toi !

— Il faut que j'aille mettre des chaussures.

— Qu'est-ce qu'il y a ? hurla Ida Rhew de la fenêtre de la cuisine. Qu'est-ce que vous trafiquez là dehors ? »

Harriet gravit bruyamment les marches, puis, avec ses sandales, les redescendit quatre à quatre. Sans lui laisser le temps d'ouvrir la bouche, Allison se précipita en sanglotant, lui saisit le bras et la tira vers la rue. « Viens. Vite, vite. »

La fillette trébuchante suivit sa sœur aussi rapidement que possible (ce n'était pas facile de courir en nu-pieds), et Allison s'arrêta net, toujours en larmes, tendant son bras libre vers une chose qui voletait et caquetait au milieu de la chaussée.

Harriet mit quelques secondes à comprendre qu'il s'agissait d'un merle dont l'aile était engluée dans une flaque de goudron. L'aile dégagée battait désespérément : la fillette horrifiée voyait le fond de la gorge de l'oiseau qui criait, jusqu'au filet bleu à la base de la langue.

« Fais quelque chose ! » hurla Allison.

Harriet ne savait pas quoi faire. Elle s'approcha de l'oiseau, puis recula, affolée, car il s'égosillait à fendre l'âme, agitant son aile bancale à son approche.

Mrs Fountain était sortie d'un pas traînant sur son

porche latéral. « Laissez cette chose tranquille, prononça-
t-elle d'une voix ténue, grincheuse, sa forme floue derrière la moustiquaire. C'est qu'une sale bestiole. »

Harriet – qui sentait battre son cœur contre ses côtes –
attrapa l'oiseau, tressaillant comme si elle faisait mine de
saisir un charbon ardent ; elle craignait de le toucher, et
quand la pointe de son aile frôla son poignet, elle recula
sa main malgré elle.

« Tu ne peux pas le dégager ? hurla Allison.

— Je ne sais pas », répondit Harriet, essayant de
paraître calme. Elle décrivit un cercle autour de l'oiseau,
pensant qu'il s'apaiserait peut-être s'il ne la voyait plus,
mais il se débattit avec une férocité renouvelée. Dans ce
gâchis se hérissaient des pennes brisées et – vit-elle, prise
de nausée – des spirales d'un rouge brillant qui ressemblaient à du dentifrice écarlate.

Tremblante d'agitation, elle s'agenouilla sur l'asphalte
brûlant. « Arrête, chuchota-t-elle en glissant ses deux
mains vers lui, chut, n'aie pas peur... », mais il était terrifié, battait de l'aile et s'agitait, son œil noir farouche luisant de peur. Elle passa ses mains sous lui, soutenant son
aile collée du mieux qu'elle pouvait, et – tressaillant à
cause de l'aile qui battait violemment contre son visage –
le souleva. Il y eut un horrible crissement et Harriet,
ouvrant les yeux, vit qu'elle avait arraché l'aile engluée
de l'épaule de l'oiseau. Grotesquement étirée, elle restait
collée au bitume, avec un os bleu luisant qui saillait.

« Tu ferais mieux de le reposer par terre, entendit-elle
crier Mrs Fountain. Cette bête va te mordre. »

Tandis que l'oiseau se débattait dans ses mains souillées de goudron, la fillette stupéfiée se rendit compte que
l'aile s'était entièrement détachée. A l'endroit de l'articu-
lation, il ne restait qu'un trou rouge béant d'où le sang
ruisselait.

« Pose-le, répéta Mrs Fountain. Tu vas attraper la rage. Il faudra te faire des piqûres dans le ventre. »

« Dépêche-toi, Harriet, cria Allison, tirant sur sa manche, viens vite, il faut l'apporter à Edie », mais l'oiseau fut secoué par un spasme, puis s'immobilisa dans ses mains gluantes de sang, et sa tête lustrée retomba. L'éclat de ses plumes – noires, avec des reflets verts – était plus lumineux que jamais, mais dans ses yeux noirs la lueur brillante de la souffrance et de la peur s'était déjà ternie, réduite à une incrédulité muette, à l'horreur d'une mort incompréhensible.

« *Vite*, Harriet, s'écria Allison. Il est en train de mourir.

— Il est mort », s'entendit répondre la fillette.

« Qu'est-ce qui t'arrive ? » cria Ida Rhew à Hely, qui venait d'entrer en trombe par la porte de derrière et qui – passant devant la gazinière où, tout en sueur, elle remuait une crème anglaise pour un dessert à la banane – traversa la cuisine et s'élança dans l'escalier qui menait à la chambre de Harriet, tandis que la moustiquaire se refermait bruyamment.

Il se rua à l'intérieur sans frapper. Elle était allongée sur le lit et le pouls de Hely – déjà très rapide – s'accéléra à la vue du bras replié sur sa tête, du creux blanc de l'aisselle, et de ses plantes de pieds marron de saleté. Il n'était que trois heures et demie de l'après-midi, mais elle était en pyjama ; son short et sa chemise, barbouillés d'une matière noire et gluante, étaient roulés en boule sur le tapis près du lit.

Hely les poussa sur le côté et se laissa tomber, haletant, à ses pieds. « Harriet ! » Il était si excité qu'il parvenait à peine à parler. « On m'a tiré dessus ! Quelqu'un m'a tiré dessus !

— Ah bon ? » Elle roula sur le côté, faisant grincer mollement les ressorts du sommier. « Avec quoi ?

— Un revolver. Bon, ils m'ont *presque* tiré dessus. J'étais sur la rive, tu vois, et *bang*, il y a eu ce gros plouf, et l'eau... » Il agita frénétiquement l'air de sa main libre.

« Comment est-ce qu'on peut presque te tirer dessus ?

— *J'rigole pas,* Harriet. Une balle a sifflé près de ma tête. J'ai sauté dans des buissons de ronces pour me mettre à l'abri. Regarde mes jambes ! »

Il s'interrompit, consterné. Appuyée sur ses coudes, elle le dévisageait ; son regard, certes attentif, était dénué de commisération, et ne paraissait guère surpris. Trop tard, il réalisa son erreur : son admiration était déjà difficile à gagner, mais chercher à s'attirer sa sympathie ne le mènerait nulle part.

Il quitta d'un bond sa place au pied du lit et se dirigea vers la porte à grands pas. « Je leur ai lancé des pierres, dit-il courageusement. Je leur ai hurlé dessus. Et ils se sont enfuis.

— Ils tiraient avec quoi ? demanda Harriet. Avec une carabine à air comprimé ou un truc dans ce genre ?

— Non, répondit Hely choqué, après une légère pause ; comment pouvait-il lui faire saisir l'urgence, le danger de la situation ? C'était un *vrai revolver,* Harriet. Des vraies balles. Des nègres qui couraient dans tous les sens... » Il tendit le bras, accablé par la difficulté de lui décrire la scène, le soleil brûlant, les échos sur la falaise, les rires et la panique...

« Pourquoi tu n'es pas venue avec moi ? gémit-il. Je t'ai *suppliée* de m'accompagner...

— S'ils tiraient avec un vrai revolver, je pense que ce n'est pas très malin d'être resté là à leur lancer des pierres.

— Non ! Ça ne s'est pas passé...

— C'est exactement ce que tu viens de raconter. »

Hely inspira profondément, puis se sentit tout d'un coup terrassé par l'épuisement et le désespoir. Les ressorts grincèrent de nouveau quand il s'assit. « Tu ne veux même pas savoir qui c'était ? demanda-t-il. C'était tellement bizarre, Harriet. Juste tellement... *bizarre*...

— Bien sûr que je veux savoir, dit-elle, mais elle ne semblait pas vraiment s'en soucier. C'était qui ? Des gosses ?

— Non, répliqua Hely, blessé. Des adultes. Des gros types. Ils essayaient de faire sauter les flotteurs des cannes à pêche.

— Pourquoi te tiraient-ils dessus ?

— Ils tiraient sur *tout le monde*. Pas seulement sur moi. Ils étaient... »

Il s'interrompit quand Harriet se leva. C'est alors qu'il vit, pour la première fois, son pyjama, ses mains souillées de noir, les vêtements barbouillés sur le tapis baigné par le soleil.

« Hé, ma vieille. C'est quoi toutes ces taches ? demanda-t-il plein de sympathie. T'as des problèmes ?

— J'ai arraché l'aile d'un oiseau sans le faire exprès.

— Berk. Comment t'as fait ? répondit-il, oubliant momentanément ses propres ennuis.

— Il était englué dans le goudron. Il serait mort de toute façon, ou bien un chat l'aurait attrapé.

— Un oiseau *vivant* ?

— J'essayais de le sauver.

— Et tes habits ? »

Elle lui lança un regard vaguement intrigué.

« Ça ne va pas partir. Pas le goudron. Ida va te passer un savon.

— Je m'en fous.

— Regarde ici. Et là. Il y en a partout sur le tapis. »

Pendant plusieurs instants, il n'y eut pas de bruit dans

188

la pièce, hormis le ronronnement du ventilateur de la fenêtre.

« A la maison, ma mère a un livre qui indique comment faire partir différentes taches, prononça Hely d'un ton plus calme. Une fois où j'avais laissé fondre une barre chocolatée sur un fauteuil, j'ai regardé ce qu'ils conseillaient.

— T'as réussi à l'enlever ?

— Pas complètement, mais elle m'aurait tué si elle l'avait vu avant. Donne-moi tes habits, je vais les emporter chez moi.

— Je parie que le livre ne dit rien sur le goudron.

— Alors je les jetterai, répondit Hely, reconnaissant d'avoir enfin retenu son attention. Ce serait stupide de les fourrer dans ta poubelle. Hé, dit-il, contournant le lit, aide-moi à déplacer ça pour qu'elle ne voie rien sur le tapis. »

Odean, la bonne de Libby, qui avait des horaires fantaisistes, avait abandonné la cuisine de sa patronne alors qu'elle était en train d'étaler une pâte à tarte. Harriet, qui entrait tranquillement, trouva la table saupoudrée de farine et jonchée d'épluchures de pommes et de morceaux de pâte. Au fond – toute frêle et menue – était assise Libby, en train de boire un thé léger dans une tasse qui paraissait démesurée entre ses petites mains tachetées. Elle était penchée sur les mots croisés du journal.

« Oh, comme je suis heureuse que tu sois venue, ma chérie », s'écria-t-elle, sans s'étonner de l'arrivée inopinée de Harriet, et sans la gronder – ce qu'Edie se fût empressée de faire – pour s'être montrée en public vêtue d'un haut de pyjama sur son jean, et les mains barbouillées de noir. D'un air distrait, elle tapota la chaise à côté d'elle. « Le *Commercial Appeal* a engagé une nouvelle personne pour ses mots croisés, et ils sont très difficiles maintenant. Toutes sortes de vieux mots français, scientifiques et ainsi de suite. » Elle indiqua des cases noircies avec la mine émoussée de son crayon. « *Métal*. Je sais que ça commence par un T parce que la *Torah* est certainement l'ensemble des cinq premiers livres de la Bible, mais *aucun* métal ne commence par T. Tu ne crois pas ? »

Harriet étudia la page un moment. « En combien de lettres ? *Titane* en a six, et *tungstène* huit.

— Chérie, tu es si intelligente. Je n'avais jamais entendu ces mots-là.

— Voilà, dit la fillette. Ce métal doit être le *tungstène*, car il te faut huit lettres. Et le Six en bas, *juge ou avocat*, c'est *avoué*.

— Mon Dieu ! On vous enseigne tant de choses à l'école de nos jours ! Quand nous étions petites, nous n'apprenions *rien du tout* sur ces horribles métaux et le reste. Il n'y avait que l'arithmétique et l'histoire de l'Europe. »

Ensemble, elles travaillèrent aux mots croisés – bloquées par le mot de cinq lettres correspondant à *femme condamnable*, commençant par un G – jusqu'au moment où Odean revint enfin et fit un tel vacarme dans la cuisine avec les casseroles qu'elles furent obligées de se réfugier dans la chambre de Libby.

Libby, l'aînée des sœurs Cleve, était la seule à ne s'être jamais mariée, bien que toutes (excepté Adélaïde, qui avait convolé à trois reprises) fussent célibataires dans l'âme. Edie était divorcée. Personne ne voulait parler de la mystérieuse alliance dont la mère de Harriet était le fruit, pourtant la fillette mourait d'envie d'en savoir plus, et harcelait ses tantes pour leur soutirer des informations. Mais à part quelques vieilles photographies qu'elle avait vues (un menton mou, des cheveux blonds, un sourire mince) et certaines phrases évocatrices qu'elle avait surprises (« ... aimait boire un verre... » « ... son pire ennemi... »), tout ce qu'elle savait sur son grand-père maternel était qu'il avait passé du temps dans un hôpital d'Alabama, où il était mort quelques années auparavant. Quand elle était plus jeune, Harriet avait puisé (dans *Heidi*) l'idée qu'elle pourrait devenir le moteur de la réconciliation familiale, si seulement on la conduisait à l'hôpital pour le voir. Dans les Alpes, Heidi n'avait-elle pas enchanté son austère grand-papa suisse, ne l'avait-elle pas « ramené à la vie » ?

« Ha ! ha ! Je ne compterais pas trop *là-dessus* », avait dit Edie, tirant violemment sur le fil à l'envers de son ouvrage.

Tat s'en était mieux tirée, avec un mariage de dix-neuf ans, heureux, quoique peu mouvementé, avec un marchand de bois – Pinkerton Lamb, connu localement sous le nom de Mr Pink – qui était mort subitement d'une embolie à la scierie avant même la naissance de Harriet et d'Allison. Le corpulent et raffiné Mr Pink (beaucoup plus âgé que Tat, personnage haut en couleur avec ses bandes molletières et ses vestons de chasse) n'avait pas pu avoir d'enfants ; un projet d'adoption n'avait jamais abouti, mais Tat n'était pas plus perturbée par l'absence de maternité que par son veuvage ; en vérité, elle avait presque oublié qu'elle avait été mariée, et manifestait une légère surprise quand on lui rappelait cet épisode de sa vie.

Libby – la vieille fille – avait neuf ans de plus qu'Edie, onze ans de plus que Tat, et largement dix-sept ans de plus qu'Adélaïde. Pâle, la poitrine plate, myope même dans sa jeunesse, elle n'avait jamais été aussi jolie que ses sœurs, mais la vraie raison de son célibat était que cet égoïste de

191

vieux juge Cleve – dont l'épouse tourmentée était morte en couches à la naissance d'Adélaïde – l'avait priée instamment de rester à la maison pour prendre soin de lui et de ses trois jeunes sœurs. Il avait su faire vibrer la corde altruiste de la pauvre Libby, et éconduire les quelques prétendants qui avaient demandé sa main, et l'avait retenue à Tribulation comme bonne d'enfants, cuisinière et partenaire de crapette, sans lui verser le moindre salaire, et lui avait légué à sa mort une pile de dettes, la laissant pratiquement sans un sou : Libby avait alors près de soixante-dix ans.

Ses sœurs étaient rongées par la culpabilité – comme si l'esclavage de Libby avait été leur faute à elles et non celle de leur père. « Un scandale, disait Edie. Dix-sept ans à peine, et papa l'a forcée à élever deux enfants et un bébé. » Mais Libby avait accepté joyeusement ce sacrifice, sans regrets. Elle avait adoré son vieux père grincheux et ingrat, et considérait que c'était un privilège de rester à la maison et de prendre soin de ses sœurs orphelines, qu'elle aimait avec extravagance, et avec une totale abnégation. Pour sa générosité, sa patience, sa bonne humeur et sa résignation, ses sœurs (dénuées d'une pareille douceur) considéraient que Libby était presque une sainte, autant qu'on pouvait l'être. Dans sa jeunesse, elle avait été tout à fait terne et ordinaire (quoique d'une beauté radieuse quand elle souriait) ; maintenant, à quatre-vingt-deux ans, avec ses pantoufles de satin, ses liseuses en taffetas rose et ses cardigans en laine angora bordés de rubans, elle avait quelque chose d'enfantin et d'adorable, avec ses énormes yeux bleus et sa chevelure blanche soyeuse.

Pénétrer dans la chambre douillette de Libby, avec ses persiennes en bois, et ses murs bleu-vert, donnait l'impression de se glisser dans un royaume sous-marin accueillant. Dehors, blanchis par le soleil implacable, les pelouses, les maisons et les arbres paraissaient hostiles ; les trottoirs aveuglants lui rappelaient le merle, l'éclat horrifié de son œil face à sa mort absurde. La chambre de Libby était un refuge, loin de tout cela : loin de la chaleur, de la poussière, de la cruauté. Les couleurs et les textures étaient restées inchangées depuis la petite enfance de Harriet : les lattes de plancher ternes, foncées, le dessus-de-lit en chenille piquée et les rideaux en organdi poussiéreux, le plat à bonbons en cristal où Libby rangeait ses épingles à cheveux. Sur le manteau de la cheminée sommeillait un presse-papiers massif en aigue-marine, qui avait la forme d'un œuf – avec des bulles à l'intérieur, filtrant le soleil comme de l'eau de mer – et qui changeait au cours de la journée, telle une créature vivante. Le matin, il étincelait, et vers dix heures il s'embrasait, jetant mille feux, pour se fondre en un vert jade à midi. Au cours de son enfance, Harriet avait passé de longues heures de bonheur à méditer sur le sol, tandis que la brillance du presse-papiers s'intensifiait et chatoyait, vacillait et s'atténuait, et que les stries de lumière, telles les rayures d'un tigre, dansaient ici et là sur les murs bleu-vert. Le tapis fleuri bordé d'un motif de vigne vierge était un terrain de jeu, son champ de bataille personnel. Elle avait passé d'innombrables après-midi à quatre pattes, avançant ses soldats de plomb sur ces chemins verdoyants et tortueux. Sur la cheminée, la vieille photographie passée de Tribulation dominait la pièce comme une obsession, ses colonnes blanches, fantomatiques, jaillissant des arbustes à aiguilles sombres.

Ensemble, elles firent les mots croisés, Harriet perchée sur le bras du fauteuil de chintz de Libby. La pendule en porcelaine tictaquait paisiblement sur le manteau de la cheminée, le même tic-tac bienveillant et chaleureux que

Harriet avait entendu toute sa vie ; et la chambre bleue était un paradis, avec ses odeurs familières de chats, de bois de cèdre et de tissu poussiéreux, de racine de vétiver et de poudre Limes des Buras, et d'une sorte de sels de bains violets que Harriet avait toujours vu sa tante utiliser. Toutes les vieilles dames se servaient de racine de vétiver, cousue dans des sachets, pour éloigner les mites de leurs vêtements ; et bien que l'odeur vieillotte de moisi fût familière à la fillette depuis sa petite enfance, il en émanait encore une pointe de mystère, une étrangeté teintée de tristesse, comme les forêts pourrissantes ou la fumée de bois à l'automne ; c'était la senteur obscure des armoires des plantations d'autrefois, de Tribulation, du passé.

« Le dernier ! s'écria Libby. *L'art de la médiation.* Troisième lettre *c*, et *i-o-n* à la fin. » Elle compta les espaces avec son crayon : *top top top.*

« La *conciliation ?*

— Oui. Oh... attends. Ce *c* est au mauvais endroit. »
Elles réfléchirent en silence.

« Aha ! s'exclama Libby. *Pacification !* » Elle inscrivit soigneusement les lettres avec son crayon émoussé. « Terminé, dit-elle gaiement, retirant ses lunettes. Merci, Harriet.

— Je t'en prie », répondit sèchement la fillette ; elle ne pouvait s'empêcher d'être un peu dépitée que Libby eût trouvé le dernier mot.

« Je ne sais pas pourquoi je prends tellement à cœur ces stupides mots croisés, mais je suis convaincue qu'ils m'aident à garder l'esprit vif. La plupart du temps je n'arrive pas à en faire les trois quarts.

— Libby...

— Laisse-moi deviner à quoi tu penses, chérie. Pourquoi n'irions-nous pas voir si la tarte d'Odean est sortie du four ? »

— Libby, pourquoi personne ne veut-il *rien* me dire sur la mort de Robin ? »

La tante posa son journal.

« Il s'était passé quelque chose de bizarre juste avant ?

— De bizarre ? Qu'est-ce que tu veux dire par là, ma chérie ?

— N'importe quoi... » Harriet chercha ses mots. « Un indice.

— Non, je n'en vois pas, répondit Libby, après une pause étrangement calme. Mais si tu veux entendre une histoire bizarre, l'une des choses les plus étranges qui me soient arrivées de toute ma vie s'est produite environ trois jours avant la mort de Robin. As-tu jamais entendu l'histoire du chapeau d'homme que j'ai trouvé dans ma chambre ?

— Oh », s'exclama Harriet, déçue. On lui avait si souvent raconté cette anecdote qu'elle la connaissait par cœur.

« Tout le monde a pensé que j'étais folle. Un chapeau noir habillé ! Taille huit ! Un stetson ! Un joli chapeau, sans traces de transpiration sur le ruban. Et il est apparu au pied de mon lit en plein jour !

— Tu veux dire que tu ne l'as pas vu apparaître », corrigea Harriet, irritée. Elle avait entendu ce récit des centaines de fois. Personne n'y voyait rien de très mystérieux, excepté Libby.

« Chérie, il était deux heures de l'après-midi, un mercredi...

— Quelqu'un est entré dans la maison et l'a oublié.

— Non, c'est faux, c'est *impossible*. Nous l'aurions vu ou entendu. Odean et moi n'avons pas quitté la maison... je venais juste de déménager de Tribulation, après la mort de papa... et Odean était allée dans la chambre deux minutes avant pour ranger du linge propre. Il n'y avait aucun chapeau à ce moment-là.

— Peut-être que c'est elle qui l'a laissé.

— *Certainement* pas. Va donc le lui demander.

— Bon, quelqu'un s'est glissé à l'intérieur, s'écria impatiemment Harriet. Toi et Odean, vous n'y avez pas prêté attention. » La domestique – d'ordinaire peu loquace – aimait autant que Libby raconter encore et encore le Mystère du chapeau noir, et leurs récits étaient semblables (quoique de style très différent, Odean était beaucoup plus sibylline, et ponctuait son histoire de nombreux hochements de tête et de longs silences).

« Je te le répète, mon petit, dit Libby, s'avançant vivement sur le bord de son fauteuil. Odean allait et venait dans la maison, et rangeait du linge propre, et j'étais dans l'entrée, en train de téléphoner à ta grand-mère, et la porte de la chambre était grande ouverte et dans mon champ de vision... non, ce n'était *pas* par la fenêtre, enchaîna-t-elle, coupant la parole à Harriet, aucune n'était ouverte, et les doubles fenêtres étaient solidement fermées. Personne n'aurait pu pénétrer sans être vu par Odean et par moi.

— Quelqu'un t'a fait une farce », insista Harriet. C'était l'opinion d'Edie et des tantes. Edie avait plus d'une fois poussé Libby aux larmes (et fait monter Odean sur ses grands chevaux) en insinuant méchamment que les deux femmes avaient abusé du sherry de cuisine.

« Quel genre de farce ? » Elle commençait à s'énerver. « Laisser un feutre noir d'homme au pied de mon lit ! C'était un chapeau coûteux. Je l'ai apporté à la mercerie, et ils m'ont dit que personne ne vendait ce genre de chapeaux à Alexandria ni dans les environs, et qu'il fallait aller jusqu'à Memphis pour en trouver. Et c'est alors que... trois jours après la découverte du chapeau dans ma maison, le petit Robin est mort. »

Harriet se tut, méditant l'information. « Quel rapport cela a-t-il avec Robin ?

— Chérie, le monde est *plein* d'énigmes que nous ne comprenons pas.

— Mais pourquoi un chapeau ? demanda Harriet déconcertée, après une pause. Et pourquoi l'a-t-on laissé *chez toi* ? Je ne vois pas le rapport.

— J'ai une autre histoire pour toi. Quand je vivais à Tribulation, dit Libby, croisant les mains, il y avait une femme très gentille qui s'appelait Viola Gibbs, et qui était institutrice à la maternelle en ville. Eh bien, un jour, Mrs Gibbs entrait chez elle par la porte de derrière, et son mari et ses enfants ont raconté qu'elle a fait un bond en arrière, et s'est mise à donner des coups dans l'air comme si quelque chose la poursuivait, et la minute d'après, elle est tombée sur le carrelage de la cuisine. Raide morte.

— Une araignée l'avait sans doute piquée.

— Les gens ne meurent pas *comme ça* d'une piqûre d'araignée.

— Ou bien elle a eu une crise cardiaque.

— Non, non, elle était trop jeune. Elle n'avait jamais été malade un seul jour de sa vie, elle n'était pas allergique aux piqûres d'abeille, et ce n'était pas une rupture d'anévrisme, rien de tout cela. Elle est tombée raide morte sans aucune raison, devant son mari et ses enfants.

— Ça ressemble à un empoisonnement. Je parie que c'est son mari qui a fait le coup.

— Certainement pas. Mais ce n'est pas le plus étrange de l'histoire, ma chérie. » Libby cligna poliment, et attendit, pour s'assurer qu'elle avait toute l'attention de Harriet. « Tu vois, Viola Gibbs avait une sœur jumelle. Le plus bizarre de cette histoire, c'est qu'un an plus tôt, *jour pour jour* – Libby tapota la table de l'index –, la jumelle venait de sortir d'une piscine à Miami, en Floride, quand elle a pris une expression horrifiée, c'est ce que les gens ont raconté, *une expression horrifiée*. Des dizaines de personnes l'ont vue. Ensuite elle s'est mise à crier et à battre l'air avec ses mains. Et la minute d'après elle est tombée raide morte sur le béton.

— Pourquoi ? demanda Harriet après un moment de trouble.

— Personne ne sait.

— Mais je ne comprends pas.

— Les autres non plus.

— Enfin, les gens ne se font pas attaquer par des choses invisibles.

— C'est arrivé à ces deux sœurs. Ces *jumelles*. A un an d'écart précisément.

— On trouve un cas très semblable dans Sherlock Holmes. *L'Aventure de la bande mouchetée.*

— Oui, je connais cette histoire, Harriet, mais c'est différent.

— Pourquoi ? Tu penses que le diable en avait après elles ?

— Je dis seulement qu'il y a un bon nombre de choses que nous ne comprenons pas dans le monde, mon petit, et qu'il existe des liens cachés entre des choses qui semblent n'avoir aucun rapport.

— Tu crois que c'est le diable qui a tué Robin ? Ou un fantôme ?

— Bonté divine ! s'écria Libby, s'emparant de ses lunettes, troublée. Mais que se passe-t-il au fond de la maison ? »

On entendait du tapage, en effet : des voix agitées, un cri consterné d'Odean. Harriet suivit Libby dans la cuisine, pour trouver une vieille femme noire corpulente aux joues tachetées, coiffée de tresses grises, assise à la table en train de sangloter dans ses mains. Derrière elle, visiblement affolée, Odean versait du babeurre dans un verre rempli de glaçons. « C'est ma tata, dit-elle, évitant le regard de Libby. Elle est pas bien. Ça ira mieux dans une minute.

— Mais enfin, qu'y a-t-il ? Faut-il appeler le docteur ?

— Non. Elle est pas blessée. Elle est juste secouée. Des Blancs lui ont tiré dessus près de la rivière.

— Tiré dessus ? Mais comment...

— Bois ce babeurre », dit Odean à sa tante, dont la poitrine se soulevait violemment.

« Un petit verre de madère pourrait lui faire du bien, intervint Libby, trottinant vers la porte de derrière. Je n'en ai pas à la maison. Je cours chez Adélaïde, au bout de la rue.

— Noon, gémit la vieille femme. Je bois pas d'alcool.

— Mais...

— S'il vous plaît, m'dame. Noon. Pas de whisky.

— Mais le madère, c'est pas pareil. C'est... oh, mon Dieu. » Désespérée, Libby se tourna vers Odean.

« Ça ira mieux dans une minute.

— Que s'est-il passé ? demanda Libby d'un air inquiet, la main sur la gorge, son regard vacillant entre les deux femmes.

« Je faisais de mal à personne.

— Mais pourquoi...

— Elle *dit*, expliqua Odean à sa patronne, que deux hommes blancs ont grimpé sur le pont et tiré des coups de feu sur tout le monde.

— Quelqu'un a été touché ? Faut-il que j'appelle la police ? » s'écria Libby, hors d'haleine.

Sa proposition fut accueillie par un tel cri de désolation de la part de la tante d'Odean que même Harriet en fut ébranlée.

« Mon Dieu, mais qu'y a-t-il ? cria sa tante, à moitié hystérique, le visage empourpré.

— Oh, s'il vous plaît, madame. S'il vous plaît, pas la po-lice.

— Mais pourquoi donc ?

— Mon Dieu. J'ai peur de la police.

— Elle dit que c'étaient les fils Ratliff, dit Odean. Celui qui vient de sortir de prison.

— *Ratliff* ? » dit Harriet, d'une voix si sonore, si étrange que malgré la confusion qui régnait dans la cuisine, les trois femmes se tournèrent pour la regarder.

« Ida, tu sais quelque chose sur la famille Ratliff ? demanda Harriet le lendemain.

— Ils sont bien à plaindre », répondit la domestique, tordant un torchon d'un air sombre.

Elle étala le tissu décoloré sur la plaque de la cuisinière. La fillette, assise sur le large rebord de la fenêtre ouverte, la regarda essuyer d'un geste nonchalant les éclaboussures de graisse du poêlon d'œufs au bacon du petit déjeuner, tandis qu'elle fredonnait en hochant la tête calmement, comme dans un état de transe. Ces rêveries, qui gagnaient Ida lorsqu'elle accomplissait des tâches répétitives – l'écossage des petits pois, le battage des tapis, la préparation du glaçage des gâteaux –, étaient familières à Harriet depuis sa petite enfance, et aussi apaisantes que la vue d'un arbre bercé par la brise ; mais elles indiquaient aussi d'une manière sans équivoque qu'Ida voulait être tranquille. Harriet l'avait vue répondre vertement à Charlotte, et même à Edie, si l'une d'elles choisissait le mauvais moment pour la prendre à partie à propos d'un détail sans importance. Mais à d'autres moments – spécialement quand la fillette voulait l'interroger sur une question difficile, ou secrète, ou profonde – elle répondait avec une franchise sereine, sibylline, comme un sujet sous hypnose.

Harriet se tortilla et remonta un genou pour y appuyer

200

son menton. « Qu'est-ce que tu sais d'autre ? dit-elle, jouant consciencieusement avec la boucle de sa sandale. Sur les Ratliff.

— Y a rien à savoir. Tu les as bien vus. Cette bande de gosses qui sont venus dans la cour l'autre jour.

— Ici ? demanda Harriet interloquée, après un moment de silence.

— Oui, mamzelle. Juste là... Oui, mamzelle, tu les as bien vus, déclara Ida Rhew, d'une voix basse, chantante, presque comme si elle se parlait à elle-même. Et si c'était un troupeau de petites chèvres qui venait gambader dans la cour de ta maman, je parie que t'aurais pitié d'elles aussi. "Regarde-les. Elles sont si mignonnes." Avant longtemps, vous les caressez et vous jouez avec. "Venez par ici, monsieur Chèvre, et mangez du sucre dans ma main." "Vous êtes bien sale, monsieur Chèvre, laissez-moi vous donner un bain." "Pauvre monsieur Chèvre." Et quand tu te rends compte, poursuivit-elle sereinement, ignorant l'interruption indignée de Harriet, quand tu te rends compte qu'ils sont méchants et vilains, tu peux plus les chasser avec un bâton. Ils arrachent les habits de la corde à linge, ils piétinent les plates-bandes, ils poussent des cris, ils bêlent et ils braillent toute la nuit... Et ce qu'ils mangent pas, ils le mettent en pièces et le laissent dans la boue. "Allez ! on en veut encore !" Tu crois qu'ils sont jamais contents ? Eh bien, non. Mais je vais te dire une chose, conclut Ida en tournant vers Harriet ses yeux rougis, je préfère un troupeau de chèvres à une bande de petits Ratliff qui viennent mendier et *réclamer* tout le temps.

— Mais, Ida...

— Saletés de mômes ! » Avec une drôle de petite grimace, Ida Rhew essora le torchon. « Et avant longtemps, vous entendrez plus que ça, *je veux, je veux, je veux*. "Donne-moi ça." "Achète-moi ci."

— Ces gosses n'étaient pas des Ratliff, Ida. Ceux qui sont venus l'autre jour.

— Ouvrez bien les yeux, c'est moi qui vous le dis, déclara Ida d'un ton résigné, reprenant son travail. Ta mère, elle passe son temps à donner des habits et des jouets à celui-ci, et à celui-là, et à tous ceux qui traînent par ici. Dans quelque temps, ils prendront même plus la peine de demander. Ils viendront prendre, c'est tout.

— Ida, c'étaient des petits Odum. Les gosses qui sont venus dans la cour.

— C'est pareil. Il y en a pas un qui sache ce que c'est le bien et le mal. Si t'étais un de ces petits Odum... » Elle s'interrompit pour replier son torchon. « Que ton papa et ta maman en fichaient pas une rame, et te disaient que c'est très bien de voler, de vouloir du mal aux autres, et de leur prendre ce qu'ils veulent ? Hein ? Tu saurais rien faire d'autre que de voler et de filouter. Oui, mamzelle. Tu penserais que c'est parfaitement normal.

— Mais...

— Je dis pas qu'il y a pas de méchants Noirs. Il y a des mauvais Noirs, et il y a des mauvais Blancs... Moi tout ce que je sais, c'est que j'ai pas de temps à perdre avec ces Odum, ni avec ces gens qui pensent toujours à ce qu'ils ont pas, et comment y vont le faucher aux autres. Oui, mamzelle. Si je le gagne pas, déclara sombrement Ida, levant une main humide, et que je l'ai pas, alors j'en veux pas. Non, m'dame. Sûrement pas. Je passe mon chemin.

— Ida, je me *moque* des Odum.

— Ne t'occupe surtout pas de ces gens-là.

— Je te dis que je m'en moque complètement.

— Je suis heureuse de l'entendre.

— C'est aux Ratliff que je m'intéresse. Qu'est-ce que tu peux...

— Eh bien, je peux te dire qu'ils ont balancé des

briques sur la petite-fille de ma sœur un jour où elle allait à l'école maternelle, répondit sèchement Ida. T'entends ça ? Des vieux, des adultes. Ils balancent des briques et ils braillent *sale nègre* et *retourne dans la jungle* aux oreilles de cette pauvre gamine. »

Harriet, horrifiée, se tut. Sans lever les yeux, elle se remit à jouer avec la lanière de sa sandale. Le mot *nègre* – en particulier dans la bouche d'Ida – la faisait rougir.

« Des briques ! » Ida secouait la tête. « De l'aile de l'école qu'ils construisaient à ce moment-là. Et je suppose qu'ils étaient fiers de faire une chose pareille, mais *personne* a le droit de jeter des briques sur un enfant, ça je le sais. Montre-moi un passage de la Bible où ça dit *balance des briques à ton prochain.* Hein ? Tu peux passer une journée à chercher, et tu trouveras pas parce que ça y est pas. »

Harriet, qui était très mal à l'aise, bâilla pour masquer son trouble et son émotion. Hely et elle allaient au collège privé d'Alexandria, comme presque tous les enfants blancs du comté. Même les Odum, les Ratliff et les Scurlee s'affamaient presque pour ne pas envoyer leur progéniture dans les écoles publiques. Certes, des familles comme celles de Harriet (et de Hely) ne toléreraient pas un seul instant qu'on jette des briques sur des enfants blancs ou noirs (« ou violets », ainsi qu'Edie aimait à le glisser dans toute discussion sur la couleur de peau). Pourtant Harriet se trouvait dans cet établissement, réservé exclusivement aux Blancs.

« Ces types sont des prêcheurs, à ce qu'y disent. Et les voilà qui crachent sur ce pauvre bébé et le traitent de négro et de singe. Mais y a pas de raison pour qu'un adulte s'en prenne à un petit gosse, dit sombrement Ida. La Bible nous l'enseigne. *Celui qui offense un de ces petits...*

— On les a arrêtés ? »

Ida Rhew émit un grognement.

« Réponds-moi !

— Quelquefois la police aide plus les criminels que celui qu'est la victime. »

Harriet réfléchit à cela. A sa connaissance, les Ratliff n'avaient pas été punis pour avoir tiré des coups de feu sur les pêcheurs au bord de la rivière. Il semblait que ces types pouvaient agir à leur guise, sans être inquiétés le moins du monde.

« C'est illégal pour n'importe qui de jeter des briques sur les gens, dit-elle à voix haute.

— Ça change rien. La police a rien fait aux Ratliff quand ils ont mis le feu à l'église baptiste missionnaire, hein ? T'étais qu'un bébé alors. Après que le Dr King est venu en ville ? Ils sont passés en voiture, et ils ont balancé dans la fenêtre une bouteille de whisky avec un chiffon enflammé dedans. »

Depuis qu'elle était née, Harriet avait toujours entendu parler de l'incendie de l'église – et d'autres incendies, dans différentes villes du Mississippi, qui se confondaient tous dans son esprit – mais on ne lui avait jamais dit que les Ratliff étaient les coupables. On aurait pu croire (déclarait Edie) que les Noirs et les pauvres Blancs ne se haïraient pas à ce point car ils avaient beaucoup de choses en commun – en premier lieu, la misère. Mais les Blancs misérables comme les Ratliff n'avaient que les Noirs à mépriser. Ils ne supportaient pas l'idée que les Noirs les valaient, et étaient, dans beaucoup de cas, bien plus prospères et respectables qu'eux. « Un Noir pauvre a du moins l'excuse de ses origines, disait Edie. S'il se trouve aussi bas, le Blanc pauvre ne peut s'en prendre qu'à son propre caractère. Bien sûr, il ne le *fera* pas. Ça voudrait dire qu'il doit assumer la responsabilité de sa paresse et de son comportement minable. Non, il préfère de beaucoup rouler des mécaniques, brûler des croix et tout mettre sur le dos des Noirs, plutôt que d'essayer d'avoir de l'instruction et de s'améliorer d'une manière ou d'une autre. »

Perdue dans ses pensées, Ida Rhew continuait d'astiquer la plaque de la cuisinière bien que ce ne fût plus nécessaire. « Oui, mamzelle, c'est ça la vérité, dit-elle. Ces fumiers ont tué Miss Etta Coffey, ils auraient pu aussi bien lui planter un poignard dans le cœur. » Elle comprima ses lèvres pendant plusieurs minutes, tout en frottant les boutons chromés de la gazinière, en petits cercles serrés. « La vieille Miss Etta, elle était très vertueuse, quelquefois elle priait toute la nuit. Ma mère, elle voyait cette lumière tard le soir, chez Miss Etta, elle obligeait mon père à se lever pour aller frapper au carreau et demander à Miss Etta si elle était tombée, ou si elle avait besoin d'aide pour se lever de par terre. Elle lui criait *merci*, elle avait encore à discuter avec Jésus.

— Une fois, Edie m'a raconté...

— Oui madame. Miss Etta, elle est assise à la droite de Dieu. Et aussi mon papa et ma maman, et mon pauvre frère Cuff qu'est mort du cancer. Et notre petit Robin, au milieu. Dieu garde une place pour Ses enfants. Ça c'est sûr.

— Mais Edie a dit que cette vieille dame n'est pas morte dans l'*incendie*. Elle a dit qu'elle avait eu une crise cardiaque.

— *Edie l'a dit ?* »

On ne cherchait pas à contredire Ida quand elle prenait ce ton. Harriet fixa ses ongles.

« Elle n'est pas morte *dans l'incendie* ? Ha ! » Ida doubla son torchon mouillé et le plaqua sur le plan de travail. « Elle est morte à cause de la fumée, non ? Au milieu de la bousculade, des hurlements et des gens qui se battaient pour sortir ? Elle était *vieille*, Miss Coffey. Elle avait le cœur si fragile qu'elle pouvait pas manger la viande de daim ni décrocher un poisson du hameçon. Et voilà que ces horribles fumiers arrivent, et qu'ils balancent du feu par la fenêtre...

— L'église a *entièrement* brûlé ?

— Elle a bien brûlé.

— Edie a dit...

— Edie était là ? »

La voix d'Ida était terrible. Harriet n'osa pas ajouter un seul mot. Ida la foudroya du regard pendant plusieurs longues minutes, puis elle retroussa l'ourlet de sa jupe au-dessus de son genou, et roula son bas épais, couleur chair, beaucoup plus clair que sa peau noire d'ébène. Au-dessus de la bande de nylon opaque, apparut une plaque de chair brûlée de quinze centimètres de long : aussi rose qu'une escalope pas cuite, brillante et si lisse, par endroits, qu'elle en était répugnante, et ailleurs, plissée et grêlée, jurant par sa teinte et sa texture avec le genou d'Ida, couleur de noix du Brésil.

« Pour Edie, c'est pas une vraie brûlure, je suppose ? »

Harriet resta sans voix.

« Tout ce que je sais, c'est que ça m'a bien chauffée.

— Ça fait mal ?

— Sûr que, à l'époque, ça m'a fait mal.

— Et maintenant ?

— Non. Quelquefois ça me gratte. Allez, viens, dit-elle à son bas comme elle commençait à le remonter. Fais pas d'histoire. Quelquefois ces élastiques me font un mal de chien.

— C'est une brûlure du troisième degré ?

— Troisième, quatrième, et cinquième. » Ida rit encore, d'un rire plutôt déplaisant cette fois. « Tout ce que je sais, c'est que j'ai pas pu dormir pendant six semaines, tellement j'avais mal. Mais peut-être qu'Edie elle pense

206

que le feu est pas assez chaud si les deux jambes brûlent pas tout entières. Et je suppose que la loi pense pareil, parce qu'ils puniront jamais les types qu'ont fait ça.

— Ils le doivent.

— Qui ça ?

— La loi. C'est à ça qu'elle sert.

— Y a une loi pour les faibles, et une autre pour les forts. »

Avec plus d'assurance qu'elle n'en avait en réalité, Harriet s'écria : « Pas du tout. C'est la même loi pour tout le monde.

— Alors pourquoi ces types se promènent toujours en liberté ?

— Je pense que tu devrais en parler à Edie, conseilla Harriet, après un moment de confusion. Sinon, c'est moi qui le ferai.

— *Edie ?* » La bouche d'Ida se tordit curieusement, en un rictus presque amusé ; elle faillit poursuivre, puis se ravisa.

Quoi ? songea Harriet, le cœur glacé. *Edie le sait-elle ?*

Son choc et son malaise étaient parfaitement visibles, comme si un store s'était brusquement relevé, plongeant son visage dans la lumière. L'expression d'Ida se radoucit – c'est vrai, pensa la fillette, incrédule, *elle l'a déjà dit à Edie, Edie le sait.*

Mais Ida Rhew s'affairait soudain au-dessus de la cuisinière. « T'imagines pas que je vais embêter Miss Edie avec ces histoires, Harriet ? dit-elle, le dos tourné, d'un ton badin, presque trop enjoué. C'est une vieille dame maintenant. Qu'est-ce qu'elle peut faire ? Leur marcher sur les pieds ? » Elle pouffa, et bien que son rire fût chaleureux et incontestablement sincère, il ne rassura pas la fillette. « Leur taper sur la tête avec son sac à main noir ?

— Elle devrait appeler la police. » Etait-il concevable

qu'Edie eût été informée du drame et n'eût *pas* téléphoné à la police ? « Celui qui a fait ça devrait être en prison.

— En prison ? » A la surprise de Harriet, Ida éclata de rire. « Dieu t'entende. Ils *aiment* être en prison. La clim l'été, les petits pois et le pain de maïs à l'œil. Et tout le temps de traîner et de rendre visite à leurs pauvres amis.

— Les Ratliff ont fait ça ? Tu en es sûre ? »

Ida roula les yeux. « Ils s'en vantent dans toute la ville. »

Harriet était sur le point de fondre en larmes. Comment pouvaient-ils se promener en liberté ? « Et ils ont aussi jeté les briques ?

— Oui, m'dame. Des adultes. Des jeunes aussi. Et celui qui se dit prêcheur – c'est pas lui qui *jette* les briques, il braille, il secoue sa Bible et il excite les autres.

— Il y a un fils Ratliff qui a l'âge de Robin, dit Harriet, fixant attentivement Ida. Pemberton m'a parlé de lui. »

Ida se tut. Elle essora le torchon, puis s'approcha de l'égouttoir pour ranger la vaisselle propre.

« Il doit avoir une vingtaine d'années aujourd'hui. » Il était assez âgé, songea Harriet, pour être l'un des types qui tiraient des coups de feu sur le pont.

Avec un soupir, Ida prit la lourde poêle à frire en fonte et se pencha pour la glisser dans le placard. La cuisine était de loin la pièce la plus propre de la maison ; Ida s'y était taillé une petite forteresse d'ordre, à l'abri des journaux poussiéreux empilés dans le reste de la maison. Charlotte interdisait qu'on les jette – une règle si ancienne et inviolable que même Harriet se gardait de la contester – mais selon un accord tacite entre les deux femmes, ils ne pénétraient pas dans la cuisine, qui était le royaume d'Ida.

« Il s'appelle Danny, dit Harriet. Danny Ratliff. Ce garçon qui a l'âge de Robin. »

Ida lui lança un regard par-dessus son épaule. « Et

pourquoi donc tu t'intéresses autant à ces Ratliff tout d'un coup ?

— Tu t'en souviens ? De Danny Ratliff.

— Mon Dieu, oui, grimaça Ida en se dressant sur la pointe des pieds pour ranger un bol de céréales. Comme si c'était hier. »

Harriet prit soin de composer son visage. « Il est venu à la maison ? Quand Robin était en vie ?

— Oui, mamzelle. Ce *sale* môme était une grande gueule. Pas moyen d'le ficher dehors. Il tapait sur le porche avec des battes de base-ball et se glissait dans la cour après la nuit, et une fois il a pris le vélo d'Robin. Je l'ai dit à ta pauvre maman, encore et encore, mais elle faisait rien. *Défavorisé,* qu'elle disait. Défavorisé, mon œil. »

Elle ouvrit le tiroir et – bruyamment, avec force cliquetis – elle se mit à ranger les cuillères propres. « Personne a fait attention à ce que j'racontais. Je *disais* à ta maman. Je lui *disais* et j'lui *redisais* que le petit Ratliff était un sale gosse. Qu'il essayait de battre Robin. Toujours en train de jurer, d'allumer des pétards et de taper sur quelque chose. Un jour quelqu'un allait être blessé. J'voyais ça comme le nez au milieu de la figure, même si personne d'autre le voyait. Qui c'est qui surveillait Robin tous les jours ? Qui c'est qui le regardait toujours dehors... » Par la fenêtre au-dessus de l'évier, elle indiqua le ciel de la fin d'après-midi, et la verdure luxuriante des feuillages de la cour en été... « Pendant qu'il jouait là avec ses soldats de plomb ou son p'tit chat ? » Elle secoua tristement la tête, et ferma le tiroir à couverts. « Ton frère, c'était un bon petit garçon. Toujours à me tourner autour comme une mouche au mois de juin, et il me taquinait quelquefois, mais il s'excusait toujours. Il faisait jamais la tête comme toi, il était pas impoli. Quelquefois il me jetait les bras au cou,

209

comme ça. "Je me sens seul, Ida !" qu'il disait. Je lui ai dit de pas jouer avec ce vaurien, encore et encore, mais il s'ennuyait tout seul, et ta maman a dit qu'il y avait pas de problème, et quelquefois il le faisait quand même.

— Danny Ratliff a battu Robin ? Dans la cour ? Ici ?

— Oui, madame. Il jurait et il volait aussi. » Ida retira son tablier, et l'accrocha à un portemanteau. « Et j'l'ai chassé de la cour dix minutes avant que ta maman trouve le pauvre petit Robin pendu à cette branche d'arbre là dehors. »

« Je te dis que la police ne fait rien aux gens comme lui », s'écria Harriet, et elle recommença à parler de l'église, et de la jambe d'Ida, et de la vieille dame qui était morte dans l'incendie, mais Hely en avait assez d'entendre ces histoires. Ce qui l'excitait, c'était l'idée de ce dangereux criminel en liberté, et la perspective de devenir un héros. Il était certes reconnaissant d'avoir échappé à la colonie de vacances, mais l'été avait été un peu trop calme jusqu'à présent. La capture d'un meurtrier promettait d'être plus passionnante que la reconstitution de scènes de la Bible, qu'une fugue, ou que toutes les autres activités qu'il avait espéré entreprendre avec Harriet pendant l'été.

Ils étaient dans la remise à outils de la cour, où, depuis la maternelle, ils se réfugiaient tous les deux pour avoir des conversations privées. L'air était étouffant, et sentait l'essence et la poussière. Sur le mur, de gros rouleaux noirs de tuyaux en caoutchouc étaient suspendus à des crochets ; une forêt hérissée de tuteurs de tomates se dressait derrière la tondeuse à gazon ; avec les ombres et les toiles d'araignées, les armatures prenaient des formes fantastiques, démesurées, et les puits de lumière en forme d'épée qui pénétraient par les trous du plafond en tôle rouillée s'entrecroisaient dans la pénombre, si incrustés de grains de poussière qu'ils semblaient solides, comme si, quand vous passiez les mains à travers, une poudre jaune allait se déposer sur vos doigts. L'obscurité et la chaleur ne faisaient qu'accroître l'atmosphère de secret et d'excitation de l'endroit. Chester y conservait des paquets de Kool et des bouteilles de Kentucky Tavern, dans des cachettes qu'il déplaçait de temps à autre. Lorsque Hely et Harriet étaient plus jeunes, ils avaient pris beaucoup de plaisir à verser de l'eau sur les cigarettes (une fois, Hely, dans un accès de méchanceté, avait uriné dessus) et à vider le whisky pour le remplacer par du thé. Chester ne les avait jamais dénoncés parce que, au départ, il n'était pas censé posséder du whisky ni des cigarettes.

Harriet avait déjà dit à Hely tout ce qu'elle avait à lui raconter, mais elle était si agitée après sa conversation avec Ida qu'elle ne cessait de bouger, de marcher de long en large, et de se répéter. « Elle savait que c'était Danny Ratliff. Elle le *savait*. Elle a déclaré elle-même que c'était lui et je ne lui avais même pas rapporté ce que ton frère m'avait appris. Pem a dit qu'il se vantait d'autres trucs, des trafics...

— On pourrait verser du sucre dans son réservoir ? Rien de tel pour fiche en l'air un moteur de bagnole. »

Elle le gratifia d'un regard dégoûté, qui l'offensa légèrement ; l'idée lui avait paru excellente.

« Ou bien écrivons une lettre anonyme à la police.

— Ça servira à quoi ?

— Si on le dit à mon père, je parie qu'il les appellera. »

Harriet répondit par un grognement. Elle ne partageait pas la haute opinion de Hely pour son père, qui était proviseur au lycée.

« Alors vas-y, reprit Hely, sarcastique. C'est quoi, ta grande idée ? »

Harriet se mordit la lèvre inférieure. « Je veux le tuer. »

Son expression sévère et lointaine fit frémir le cœur de Hely. « Je peux t'aider ? dit-il immédiatement.

— Non.

— Tu ne peux pas le tuer toute seule !

— Pourquoi pas ? »

Il fut décontenancé par son regard. Il chercha un moment une bonne raison à lui proposer. « Parce qu'il est grand, dit-il enfin. Il te fera la peau.

— Oui, mais je parie que je suis plus intelligente que lui.

— Laisse-moi t'aider. Comment vas-tu t'y prendre, pour commencer ? demanda-t-il, la poussant de la pointe de sa tennis. Tu as une arme ?

— Mon père en a une.

— Ces vieux flingues énormes ? Tu peux même pas en soulever un.

— *Si, je peux*.

— Peut-être bien, mais... Ecoute, ne t'énerve pas, s'empressa-t-il d'ajouter, voyant son air courroucé. Je ne suis même pas capable de tirer avec un fusil aussi gros, et je pèse quarante kilos. Cette carabine m'enverrait valser dans les airs, et me crèverait peut-être un œil. Si tu colles ton œil au viseur, le recul te fait sauter le globe oculaire de l'orbite.

— Où est-ce que tu as appris tout ça ? demanda Harriet, après une pause attentive.

— Chez les scouts. » Il mentait. En réalité, il ne savait pas exactement comment il le savait, mais il était sûr de ne pas se tromper.

« Je serais restée chez les éclaireuses si on m'y avait appris ce genre de trucs.

— Oh, chez les scouts on t'enseigne aussi un tas de conneries. La sécurité routière et tout ça.

— Et si on se servait d'un pistolet ?

— Ça serait mieux, répondit Hely, détournant discrètement les yeux pour dissimuler sa satisfaction.

— Tu sais comment ça marche ?

— *Oh oui !* » Hely n'avait de sa vie touché à une arme – son père ne chassait pas, et interdisait cette pratique à ses fils – mais il possédait une carabine à air comprimé. Il s'apprêtait à révéler que sa mère gardait un petit pistolet noir dans sa table de nuit quand Harriet demanda : « C'est difficile ?

— De tirer ? Pour moi, pas du tout, répliqua-t-il. Ne t'inquiète pas. Je l'abattrai pour toi.

— Non. Je veux le faire moi-même.

— D'accord, alors je te montrerai, dit-il. Je t'*entraînerai*. On commence *aujourd'hui*.

— Où ça ?

— Comment, où ça ?

— On ne peut pas tirer au pistolet dans la cour.

— Ça c'est sûr, ma petite fleur, tu ne peux pas », s'écria une ombre à la voix joyeuse qui apparut brusquement sur le seuil de la remise.

Hely et Harriet – fortement surpris – levèrent les yeux, aveuglés par le flash blanc d'un polaroïd.

« *Maman !* » hurla Hely, se cachant le visage de ses bras et trébuchant sur un bidon d'essence posé derrière lui.

L'appareil recracha la photo avec un clic et un ronronnement.

« Ne vous fâchez pas, mes enfants, je n'ai pas pu m'en empêcher, déclara la mère de Hely, d'une voix étourdie qui indiquait clairement qu'elle se moquait éperdument de leurs états d'âme. Ida Rhew m'a dit que je vous trouverais sans doute ici. Mon petit loup (c'était ainsi qu'elle appelait toujours son fils ; un surnom qu'il méprisait), as-

213

tu oublié que c'est l'anniversaire de papa aujourd'hui ? Je veux que toi et ton frère soyez à la maison pour lui faire une surprise, quand il reviendra du golf.

— Arrête de m'espionner comme ça !

— Allons, allons. Je suis allée acheter un stock de pellicules, et vous étiez si mignons tous les deux. J'espère que ça va donner... » Elle examina la photographie et souffla dessus en pinçant ses lèvres rose nacré. Bien qu'elle eût l'âge de la mère de Harriet, elle s'habillait et se comportait comme une femme beaucoup plus jeune. Elle mettait du fard à paupières bleu et avait un teint bronzé, moucheté de taches de rousseur, à force de se pavaner en bikini dans la cour de Hely (« comme une adolescente ! » disait Edie), et elle avait la même coupe de cheveux que beaucoup de lycéennes.

« *Arrête* », gémit Hely. Sa mère l'embarrassait. A l'école, ses camarades le taquinaient à cause de ses jupes trop courtes.

Elle éclata de rire. « Je sais que tu n'aimes pas la génoise, Hely, mais c'est l'anniversaire de ton père. Devine quoi ? » Elle lui parlait toujours de ce ton vif, insultant, frivole, comme s'il était encore au jardin d'enfants. « Il y avait des *petits gâteaux* au chocolat à la boulangerie, qu'est-ce que tu en dis ? Allez, viens. Tu as besoin de prendre un bain et de mettre des vêtements propres... Harriet, je suis désolée de devoir te l'annoncer, ma petite fleur, mais Ida Rhew m'a demandé de te prévenir que le dîner est prêt.

— Harriet ne peut pas manger avec nous ?

— Pas aujourd'hui, mon petit loup, répondit-elle d'un ton enjoué, en faisant un clin d'œil à la fillette. Harriet comprend, n'est-ce pas chérie ? »

Offensée par ses manières directes, celle-ci la fixa, impassible. Elle ne voyait aucune raison d'être plus polie avec la mère de Hely qu'il ne l'était lui-même.

« Je suis *sûre* qu'elle comprend, n'est-ce pas, Harriet ? Nous l'inviterons la prochaine fois que nous ferons griller des steaks dans la cour. D'ailleurs, si elle vient, je crains que nous n'ayons pas de petit gâteau pour elle.

— Un petit gâteau ? hurla Hely. Tu ne m'en as acheté qu'un seul ?

— Mon petit loup, ne sois pas aussi glouton.

— Un, c'est pas assez !

— Un petit gâteau, cela suffit largement pour un vilain garçon comme toi... Oh, regarde. C'est tordant. »

Elle se pencha pour leur montrer le polaroïd – encore pâle, mais assez clair pour qu'on distingue l'image. « Je me demande si ça va mieux sortir ? s'écria-t-elle. Vous avez l'air de deux petits Martiens ! »

C'était tout à fait vrai. Les yeux de Hely et de Harriet brillaient, ronds et rougeâtres comme ceux des petites créatures nocturnes surprises par des phares de voiture ; et le flash avait donné à leurs visages choqués, ahuris, une teinte verte maladive.

CHAPITRE III

LA SALLE DE BILLARD

Quelquefois, avant de rentrer chez elle le soir, Ida préparait quelque chose de bon pour le dîner : un ragoût, du poulet rôti, ou même un flan ou un clafoutis. Mais ce soir elle n'avait laissé sur le plan de travail que des restes dont elle voulait se débarrasser : des tranches de jambon rance, pâles et suintantes pour être restées trop longtemps enveloppées dans du plastique ; et aussi un peu de purée de pommes de terre froide.

Harriet était furieuse. Elle ouvrit le garde-manger et considéra les étagères trop bien rangées, où s'alignaient les bocaux ternes de farine blanche et de sucre, de pois secs et de farine de maïs, de macaronis et de riz. Sa mère mangeait rarement plus de quelques cuillerées de nourriture au dîner, et très souvent elle se contentait le soir d'une coupe de glace ou d'une poignée de crackers. Parfois, Allison faisait des œufs brouillés, mais Harriet en avait un peu assez de manger tout le temps des œufs.

La lassitude s'abattit sur elle comme une toile d'araignée. Elle cassa un brin de spaghetti cru et le suçota. Le goût farineux était familier – comme de la pâte – et fit surgir un fouillis d'images du jardin d'enfants... carrelages verts, cubes de bois peints pour imiter des briques, fenêtres trop hautes pour regarder dehors...

Perdue dans ses pensées, mâchonnant encore le fragment de spaghetti desséché – le front crispé sous le poids de la réflexion, un tic qui faisait ressortir sa ressemblance avec Edie et le juge Cleve –, Harriet traîna une chaise jusqu'au réfrigérateur, manœuvrant avec précaution pour éviter de déclencher une avalanche de journaux. D'un air morne, elle grimpa dessus et debout, en équilibre, fouilla dans le freezer, au milieu des sachets qui crissaient sous ses doigts. Elle ne trouva rien de bon non plus, excepté une boîte des répugnants esquimaux à la menthe que sa mère adorait (la plupart du temps, l'été en particulier, elle ne mangeait rien d'autre), enfouie sous un déluge de paquets enveloppés dans du papier d'aluminium. Le concept des plats tout prêts était étranger à Ida Rhew, qui était chargée de faire les courses. Elle jugeait cela grotesque, et à ses yeux, les plateaux-télé étaient malsains (bien qu'elle en achetât parfois, quand on les soldait) ; elle proscrivait les snacks entre les repas, une manie inculquée par la télévision, d'après elle. (« Un snack ? Pourquoi as-tu besoin d'un *snack* si tu manges ton dîner ensuite ? »)

« Dénonce-la », chuchota Hely quand Harriet – tristement – le rejoignit ensuite sur le porche de derrière. « Elle doit faire ce que demande ta mère.

— Ouais, je sais. » La mère de Hely avait renvoyé Roberta quand Hely s'était plaint d'avoir été fouetté avec une brosse à cheveux, puis elle avait congédié Ruby parce qu'elle interdisait à son fils de regarder *Ma sorcière bien-aimée*.

« Fais-le. Fais-le. » Il tapait sur le sol avec la pointe de sa tennis.

« Plus tard. » Mais elle le disait uniquement pour sauver la face. Les deux sœurs ne se plaignaient jamais d'Ida, et plus d'une fois – même quand Harriet lui en voulait parce qu'elle s'était montrée injuste – elle avait menti et endossé la faute, pour ne pas mettre la domestique en difficulté. Simplement, le fonctionnement de la maison était différent chez elle. Hely – comme Pemberton avant lui – se vantait d'être si pénible que leur mère ne pouvait garder une bonne plus d'une année ou deux ; Pem et lui en avaient connu près d'une douzaine. Pour Hely, que ce fût Roberta, Ramona, Shirley, Ruby ou Essie Lee qui regardait la télévision quand il rentrait de l'école, ça revenait au même. Mais Ida était le pilier de l'univers de Harriet : ronchon, bien-aimée, irremplaçable, avec ses mains larges, généreuses, ses grands yeux humides, globuleux, son sourire, le premier qui eût illuminé son existence. Harriet se tourmentait de voir avec quelle légèreté sa mère traitait parfois Ida, comme si elle ne faisait que traverser leurs vies, sans y être fondamentalement impliquée. Parfois, Charlotte devenait hystérique, et arpentait la cuisine en pleurant, et disait des choses qu'elle ne pensait pas (bien qu'elle les regrettât ensuite), et l'éventualité du renvoi d'Ida (ou, plutôt, de son départ sur un coup de tête, car elle se plaignait sans arrêt d'être trop peu payée) était si effrayante que la fillette refusait même de l'envisager.

Au milieu des paquets enveloppés de papier aluminium qui lui glissaient dans les doigts, Harriet aperçut une glace à l'eau au raisin. Elle l'extirpa non sans peine, songeant avec envie au congélateur de Hely, qui débordait de glaces et de pizzas surgelées, de tourtes au poulet, et de toutes les sortes de plateaux-télé possibles et imaginables...

Elle sortit sur le porche avec sa glace – sans prendre la peine de remettre la chaise là où elle l'avait trouvée – et s'allongea sur le dos dans la balancelle, lisant *Le Livre de la jungle*. Lentement, le jour perdit ses couleurs. Les verts luxuriants du jardin pâlirent, virant au bleu lavande, puis au violet foncé. Les grillons se mirent à chanter, et quelques lucioles à scintiller, incertaines, dans le massif obscur près de la palissade de Mrs Fountain.

Distraitement, Harriet laissa le bâton de sa glace glisser de ses doigts et tomber par terre. Elle n'avait pas bougé depuis une bonne demi-heure. La base de son crâne était appuyée sur le bras en bois de la balancelle, dans une position diaboliquement inconfortable, mais elle demeura immobile, rapprochant seulement le livre de plus en plus près de son nez.

Bientôt il fit trop sombre pour lire. Le cuir chevelu de Harriet la picotait, et ses globes oculaires la lançaient, mais elle garda la même position, le cou engourdi, le corps figé. Elle savait presque par cœur certaines parties du *Livre de la jungle* : les leçons de Mowgli avec Bagheera et Baloo ; l'attaque des Bandar-log, avec Kaa. Plus loin, elle s'abstenait souvent de lire des chapitres moins aventureux – lorsque Mowgli commence à se lasser de sa vie dans la jungle. Elle ne s'intéressait pas aux livres dans lesquels les enfants grandissaient, car (dans la vie comme en littérature) ce processus entraînait un affaiblissement accéléré et inexplicable du caractère ; de façon totalement inattendue, les héros et les héroïnes renonçaient à leurs aventures pour un amour insipide, se mariaient et fondaient une famille, et, en général, se comportaient comme un troupeau de vaches.

Quelqu'un faisait griller des steaks en plein air. Ça sentait bon. La nuque de Harriet lui faisait vraiment mal, mais bien qu'elle dût plisser les yeux pour distinguer la page, elle répugnait curieusement à se lever pour allumer la lumière. Au lieu de se fixer sur les mots, son attention errait sans but – glissant distraitement sur la haie en face d'elle, comme sur un écheveau de laine rêche –, et il fallait l'attraper par la peau du cou pour la ramener de force à l'histoire.

Au plus profond de la jungle, sommeillait une cité en ruine : autels écroulés, bassins et terrasses envahis par les plantes grimpantes, salles délabrées pleines d'or et de bijoux dont personne, Mowgli y compris, ne se souciait le moins du monde. A l'intérieur des ruines demeuraient les reptiles que le python Kaa désignait, avec un certain mépris, comme le Peuple Serpent. Tandis qu'elle poursuivait sa lecture, la jungle de Mowgli commença à s'infiltrer insidieusement dans l'obscurité humide, semi-tropicale de sa propre cour, l'imprégnant d'une atmosphère trouble, menaçante, sauvage : les grenouilles coassaient, les oiseaux criaient dans les arbres tapissés de lierre. Mowgli était un petit garçon ; mais aussi un loup. Et elle était elle-même – Harriet – et, en partie, autre chose.

Des ailes noires la frôlèrent. Le vide de l'espace. Ses pensées se brouillèrent, englouties par le silence. Brusquement, elle se demanda depuis combien de temps elle était allongée là. Pourquoi ne se trouvait-elle pas couchée dans son lit ? Etait-il plus tard qu'elle ne croyait ? Les ténèbres voltigeaient dans son esprit... un vent noir... *glacé*...

Elle sursauta si violemment que la balancelle fit une embardée – une chose visqueuse se débattait, lui donnait des coups d'ailes dans la figure, elle n'arrivait plus à respirer...

Elle s'agita frénétiquement dans tous les sens, frappant l'air avec des gestes désordonnés, la balancelle grinçait, elle ne distinguait plus le haut du bas, et se rendit compte soudain, au fin fond de son esprit, que le *boum* qu'elle venait d'entendre était le choc de son livre de bibliothèque sur le sol.

Harriet se calma, et resta allongée sans bouger. Le fort tangage de la balancelle ralentit de nouveau, et s'apaisa, les bardeaux du toit du porche oscillant de plus en plus doucement au-dessus de sa tête, pour s'immobiliser enfin. Dans le silence de verre, elle réfléchissait. Si elle n'était pas intervenue, l'oiseau serait mort de toute façon, mais cela n'empêchait pas qu'elle l'avait tué.

Le livre était ouvert, face vers le ciel. Elle roula sur le ventre pour l'attraper. Une voiture tourna à l'angle de la rue et descendit George Street ; quand les phares balayèrent le porche, ils éclairèrent une illustration du Cobra blanc, tel un panneau de signalisation soudain illuminé dans la nuit, avec, au-dessous, la légende :

Ils sont venus prendre le trésor il y a de nombreuses années. Je leur ai parlé dans l'obscurité, et ils n'ont pas bougé.

Harriet se remit sur le dos et resta immobile quelques minutes ; elle se leva péniblement, et étira ses bras au-dessus de sa tête. Puis elle rentra en boitillant, et pénétra dans la salle à manger trop lumineuse, où Allison, seule à table, mangeait de la purée froide dans un saladier blanc.

Ne bouge pas, petit, car je suis la Mort. Un autre cobra avait prononcé ces mots, dans l'un des textes de Kipling. Dans ses récits, les cobras étaient sans cœur, mais ils parlaient admirablement, comme les méchants rois dans l'Ancien Testament.

Harriet traversa la cuisine, décrocha le téléphone mural, et composa le numéro de Hely. Quatre coups. Cinq. Puis quelqu'un répondit. Enorme brouhaha dans le fond. « Non, ça te va mieux sans, dit la mère à quelqu'un, puis, dans le combiné : Allô ?

— C'est Harriet. Je peux parler à Hely, s'il vous plaît ?

— *Harriet !* Mais bien sûr, ma petite fleur... » Elle lâcha le récepteur. Harriet, dont les yeux n'étaient pas encore habitués à la clarté, fixa en clignant la chaise de la salle à manger encore posée devant le réfrigérateur. Les petits surnoms et mots affectueux de la mère de Hely la prenaient toujours au dépourvu : *Petite fleur* n'était pas le nom qu'on lui donnait habituellement.

Bousculade : un grincement de chaise, le rire de Pemberton, chargé de sous-entendus. Aussitôt couvert par le hurlement exaspéré de Hely.

Une porte claqua. « Hé ? » Il avait un ton grognon, mais excité. « Harriet ? »

Elle coinça le récepteur entre son oreille et son épaule, et se tourna face au mur. « Hely, si on essayait, tu crois qu'on pourrait attraper un serpent venimeux ? »

Un silence stupéfait lui répondit et elle comprit, enchantée, qu'il avait parfaitement saisi la nature de ses intentions.

« Les mocassins à tête cuivrée ? Les mocassins d'eau ? Lesquels sont les plus venimeux ? »

Cela se passait plusieurs heures plus tard, chez Harriet, et ils étaient assis dans le noir, sur les marches derrière la maison. Hely avait failli devenir fou furieux à force d'attendre que retombât l'animation de la fête d'anniversaire, pour se glisser dehors et aller la retrouver. Sa mère – intriguée par sa perte d'appétit – en avait aussitôt conclu – humiliante supposition – qu'il était constipé, et avait tourné autour de lui pendant des heures, pour l'interroger sur la fréquence de ses selles, et lui proposer des laxatifs. Elle lui avait enfin souhaité bonne nuit, à contrecœur, et était montée au premier avec son père, et pendant une bonne demi-heure, il était resté couché sous ses couvertures sans bouger, les yeux ouverts, aussi survolté que s'il avait bu quatre litres de Coca-Cola, vu le nouveau film de James Bond, ou qu'une veille de Noël.

Il s'était glissé subrepticement hors de la maison – traversant le vestibule sur la pointe des pieds, pour ouvrir tout doucement la porte de derrière, centimètre par centimètre, sans la faire grincer – et cela n'avait fait qu'augmenter son excitation. Après la fraîcheur artificielle de sa chambre bercée par le ronflement du climatiseur, l'air nocturne était lourd, brûlant ; ses cheveux collaient à sa nuque, et il se sentait légèrement oppressé. Harriet, sur la marche inférieure, avait ramené ses genoux contre sa poitrine, et grignotait une cuisse de poulet froide qu'il lui avait apportée.

« Quelle est la différence entre un mocassin d'eau et un mocassin à tête cuivrée ? » demanda-t-elle. Sous la clarté de la lune, ses lèvres étaient légèrement luisantes de graisse.

« Je croyais que c'était du pareil au même », dit Hely. Il avait l'impression de frôler le délire.

« Les mocassins à tête cuivrée sont des trigonocéphales. Pas les mocassins d'eau.

— Un mocassin d'eau t'attaque si ça lui chante », déclara joyeusement Hely, répétant mot pour mot ce que lui avait dit Pemberton deux heures plus tôt, quand il l'avait interrogé. Il avait horriblement peur des serpents, et ne supportait même pas d'en regarder les photographies dans l'encyclopédie. « Ils sont drôlement agressifs.

— Ils restent tout le temps dans l'eau ?

— Le mocassin à tête cuivrée mesure à peu près soixante centimètres, il est très fin, et vraiment rouge, continua Hely, citant toujours Pemberton, car il ignorait la réponse à sa question. Il n'aime pas l'eau.

— Il serait plus facile à attraper ?

— *Oh oui* », s'écria Hely, bien qu'il n'en eût pas la moindre idée. S'il croisait un serpent sur son chemin, il savait – infailliblement, sans même considérer sa taille ni sa couleur, à la forme ronde ou pointue de sa tête – s'il était venimeux ou non, mais ses connaissances n'allaient pas plus loin. Depuis qu'il était né, il appelait *mocassins* tous les serpents venimeux, et dans son esprit, tout serpent se promenant sur la terre ferme était simplement un mocassin d'eau qui avait quitté un instant son élément naturel.

Harriet jeta l'os de poulet en bas du perron et, après s'être essuyé les doigts sur ses mollets nus, déplia la serviette en papier et se mit à manger la tranche de gâteau d'anniversaire que Hely avait apportée. Pendant quelques instants, ils restèrent tous les deux silencieux. Même durant la journée, une atmosphère oppressante d'abandon planait sur la cour décrépite de Harriet, qui paraissait terne, et plus froide que les autres cours de George Street. Et la nuit, quand les trous, les nids à rats et les enchevêtrements de la végétation s'assombrissaient, pour ne former qu'une masse, elle frémissait littéralement de vies cachées. Le Mississippi était rempli de serpents. Toute leur vie, Hely et Harriet avaient entendu des histoires de pêcheurs mordus par des mocassins d'eau qui s'enroulaient autour de leurs rames, ou tombaient dans les canots, des branches basses des arbres surplombant le fleuve ; de plombiers, d'employés de la désinfection et de réparateurs de chaudières mordus dans les sous-sols des maisons ; de skieurs nautiques passant sur des nids de mocassins qui remontaient à la surface, l'œil vitreux, la peau tachetée, si boursouflés qu'ils rebondissaient dans le sillage du hors-bord comme des jouets gonflables de piscine. Ils savaient tous les deux que l'été, dans les bois, ils devaient porter des bottes et un pantalon long, ne jamais retourner les grosses pierres, ni enjamber des grosses souches sans regarder d'abord de l'autre côté, éviter les hautes herbes, les tas de broussailles, les terrains marécageux, les caniveaux, les sous-bois, et les trous suspects. Hely songea, non sans un certain malaise, aux recommandations de sa mère qui lui répétait de prendre garde aux haies non taillées, à l'étang depuis longtemps abandonné, et aux tas de bois pourri dans la cour de Harriet. *Ce n'est pas sa faute,* disait-elle, *sa mère n'entretient pas l'endroit comme elle le devrait, mais que je ne t'y prenne pas à courir pieds nus là-bas...*

« Sous la haie, il y a un nid de serpents – des petits rouges, comme tu dis. Chester affirme qu'ils sont venimeux. L'hiver dernier, quand la terre a gelé, j'en ai trouvé une boule grosse comme... » Elle dessina un cercle de la taille approximative d'une balle de base-ball. « Avec de la glace dessus.

— Qui a peur d'un serpent mort ?

— Ils n'étaient pas morts. Chester a dit qu'ils se réveilleraient s'ils dégelaient.

— Berk !

— Il a mis le feu à toute la pelote. » La scène avait laissé à la fillette un souvenir un peu trop aigu. Elle revoyait encore Chester dans la cour plate, hivernale, chaussé de hautes bottes, les inondant d'essence, le bidon à bout de bras. Il avait jeté l'allumette enflammée dessus, et la boule de feu orangée, irréelle n'avait projeté ni chaleur ni lumière sur la masse verdâtre de la haie. Même à cette distance, les serpents avaient semblé se tortiller, soudain animés d'un rougeoiement horrible ; l'un d'eux, en particulier, avait levé la tête au-dessus de la masse et oscillait d'avant en arrière, aveuglément, comme un essuie-glace sur le pare-brise d'une voiture. Ils avaient brûlé avec un abominable grésillement, l'un des bruits les plus affreux que Harriet eût jamais entendus. Pendant le reste de l'hiver, et presque tout le printemps, un petit tas de cendres grasses et de vertèbres noircies était resté là.

Distraitement, elle prit le morceau de gâteau d'anniversaire, puis le reposa. « Chester m'a dit, reprit-elle, qu'on ne peut pas vraiment se débarrasser de cette sorte de serpent. Ils peuvent disparaître un moment si tu te donnes du mal pour les chasser, mais une fois qu'ils ont trouvé un endroit qui leur plaît, ils reviennent tôt ou tard. »

Hely songeait à toutes les fois où il avait coupé à travers cette haie. Sans chaussures. Il dit à voix haute : « Tu vois le vivarium sur la vieille route ? Près de la Forêt pétrifiée ? C'est aussi une station d'essence. C'est un vieux type louche avec un bec-de-lièvre qui tient ça. »

Harriet se tourna vers lui. « Tu y es allé ?

— Ouais.

— Tu veux dire que ta mère s'y est *arrêtée* ?

— Sûrement pas, répondit Hely, un peu embarrassé. Il y avait juste Pem et moi. On revenait d'un match de base-ball. » Même Pemberton, même Pem, n'avait pas paru très désireux de s'arrêter au vivarium. Mais il ne leur restait plus beaucoup d'essence.

« Je ne connais personne qui y soit allé.

— Le type là-bas est *terrifiant*. Il a les bras couverts de tatouages de serpents. » Et aussi des cicatrices, signe qu'il avait été mordu un tas de fois, s'était dit Hely en remplissant le réservoir. Pas de dents, ni de dentier – ce qui transformait son sourire veule en un hideux rictus de reptile. Pour couronner le tout, un boa constrictor était enroulé autour de son cou : *Tu veux le caresser, petit ?* avait-il proposé, se penchant à l'intérieur de la voiture, transperçant Hely de ses yeux aplatis, éblouis de soleil.

« C'est comment ? Le vivarium ?

— Ça pue. Comme le poisson. J'ai touché un boa constrictor », ajouta-t-il. Il avait eu peur de refuser ; il avait craint que l'homme aux serpents le jetât sur lui s'il ne s'exécutait pas. « C'était froid. Comme un siège de bagnole en hiver.

— Combien en a-t-il ?

— *Oh*, énormément. Il y a des serpents dans un aquarium, un mur entier. Et ensuite, encore une tonne de serpents qui se baladent en liberté. Dans cette partie clôturée qui s'appelle le Ranch des serpents à sonnette. Il y avait un autre bâtiment à l'arrière avec des mots et des dessins et des graffiti qui recouvraient les parois.

— Qu'est-ce qui les empêchait de franchir la barrière ?

— Je ne sais pas. Ils se promenaient pas vraiment. Ils avaient l'air un peu malade.

— Je ne veux pas d'un serpent malade. »

Une curieuse pensée traversa l'esprit de Hely. Et si le frère de Harriet n'était pas mort quand elle était petite ? S'il était vivant, il serait peut-être comme Pemberton : il la taquinerait, mettrait le nez dans ses affaires. Elle ne l'aimerait sans doute pas beaucoup.

Il releva ses cheveux jaunes en queue-de-cheval, s'éventant la nuque de l'autre main. « Je préfère un serpent lent à ceux qui te foncent après et te *collent* au cul, s'écria-t-il gaiement. Une fois j'ai vu une émission de télé sur les mambas noirs. Ils mesurent environ trois mètres. Et voilà ce qu'ils font, ils se dressent de presque toute leur hauteur, et te poursuivent à vingt-cinq kilomètres à l'heure, la gueule grande ouverte, et quand ils t'attrapent, dit-il, couvrant la voix de son amie, ils te frappent en pleine figure, voilà ce qu'ils font.

— Il en a un de cette sorte ?

— Il a tous les serpents qui existent dans le monde. En plus, j'oublie de dire qu'ils sont si venimeux que tu meurs en dix secondes. Inutile de sortir ton kit antivenin. Ton compte est bon. »

Le silence de Harriet fut accablant. Avec ses cheveux noirs, et ses bras noués autour des genoux, elle ressemblait à un petit pirate chinois.

– « Tu sais ce qu'il nous faut ? déclara-t-elle au bout d'un moment. Une voiture.

— Ouais ! » s'exclama Hely abasourdi après quelques secondes de silence, se maudissant de s'être vanté de savoir conduire.

Il lui lança un regard de côté, puis se renversa en arrière, les bras tendus, les paumes appuyées sur le sol, et contempla les étoiles. *Je ne peux pas* ou *non* n'était jamais la réponse qu'on souhaitait faire à Harriet. Il l'avait vue sauter du haut des toits, attaquer des gosses qui avaient le double de sa taille, se débattre à coups de pied et de dents contre les infirmières pendant les séances de vaccins, au jardin d'enfants.

Ne sachant que dire, il se frotta les yeux. Il avait sommeil, mais d'une façon désagréable – il faisait chaud, il avait des picotements, et il sentait que des cauchemars s'annonçaient. Il songea au serpent à sonnette écorché qu'il avait vu accroché à un piquet de clôture dans le vivarium : rouge, musclé, sillonné de veines bleues.

« Harriet, dit-il tout haut, ce ne serait pas plus facile d'appeler les flics ?

— Beaucoup plus facile », répondit-elle du tac au tac, et il fut gagné par un élan d'affection. Chère vieille Harriet : il suffisait de claquer les doigts et de changer de sujet, et hop, elle prenait le train en marche.

« Je pense que c'est ce que nous devrions faire. Nous pouvons téléphoner de la cabine près de l'hôtel de ville, et dire que nous savons qui a tué ton frère. Je sais imiter parfaitement la voix d'une vieille femme. »

Harriet le regarda comme s'il était devenu fou.

« Pourquoi est-ce que je laisserais *d'autres gens* le punir ? » répliqua-t-elle.

L'expression de son visage le mit mal à l'aise. Il détourna le regard. Son œil se posa sur la serviette en papier graisseuse, sur la marche, avec la tranche de gâteau à moitié mangée. Car la vérité, c'était qu'il ferait tout ce qu'elle voulait, même l'impossible, et ils le savaient tous les deux.

Le mocassin à tête cuivrée était petit, à peine plus de trente centimètres, et de loin le moins gros des cinq que Hely et Harriet avaient repérés ce matin-là en l'espace d'une heure. Il était tranquillement couché en forme de S distendu, au milieu d'herbes éparses qui poussaient sur une couche de sable de construction, à deux pas du cul-de-sac d'Oak Lawn Estates, un ensemble immobilier situé après le Country Club.

Toutes les maisons d'Oak Lawn avaient moins de sept ans : faux Tudor, style rustique, mastoc et contemporain, et même deux reconstitutions de villas d'avant la guerre de Sécession, en brique rouge vif, avec des colonnes ornementales plaquées sur leurs façades. Elles étaient spacieuses, et assez coûteuses, mais leur aspect neuf leur donnait une allure hostile, barbare. Au fond du lotissement, où Hely et Harriet avaient laissé leurs bicyclettes, beaucoup de maisons étaient encore en chantier – terrains nus, délimités par des piquets, où s'empilaient poutres et bâches goudronnées, placoplâtres et matériel d'isolation, surmontés de charpentes de pin jaune tout neuf à travers lesquelles apparaissait le bleu intense, lumineux du ciel.

Au contraire de l'ancienne George Street, si ombragée, construite avant le début du siècle, il y avait peu d'arbres, grands ou petits, et pas de trottoirs du tout. La tronçonneuse et le bulldozer avaient détruit pratiquement toute la végétation : chênes à poteaux, chênes aquatiques, dont certains – selon un arboriculteur de l'université d'Etat qui avait désespérément tenté de les sauver – existaient déjà lorsque La Salle avait descendu le Mississippi en 1682. La pluie avait emporté la plus grande partie de la terre arable maintenue par leurs racines jusqu'à la rivière, puis jusqu'au fleuve. Le soubassement avait été aplani à un niveau inférieur de façon à égaliser le terrain, et peu de choses pousseraient dans ce sol pauvre à l'odeur âcre. Ici et là apparaissaient parfois des touffes d'herbe ; les magnolias et les cornouillers apportés dans des camions dépérissaient rapidement, et mouraient sur pied, leurs troncs nus se dressant piteusement au milieu des cercles de paillis et de bordures décoratives. Les étendues d'argile desséchée – rouge comme la planète Mars, jonchée de sable et de sciure – s'arrêtaient net contre le bord de l'asphalte, si noir et si neuf qu'il semblait encore frais. Derrière, au sud, il y avait un marais pullulant, qui, chaque printemps, débordait et inondait le lotissement.

Les maisons d'Oak Lawn Estates appartenaient essentiellement à des carriéristes : promoteurs, politiciens, agents immobiliers, ambitieux jeunes mariés fuyant leurs origines paysannes dans les villes des Piney Woods, ou les collines d'argile. Comme pour rejeter leurs attaches rurales, ils avaient méthodiquement pavé toutes les surfaces accessibles, et arraché jusqu'au dernier les arbres existants.

Mais Oak Lawn avait pris sa revanche contre un aplanissement aussi sauvage. Le terrain était marécageux, et vibrant de moustiques. A peine creusés dans le sol, les trous se remplissaient d'une eau saumâtre. Les égouts refoulaient quand il pleuvait – une vase noire légendaire remontait dans les toilettes flambant neuves, dégoulinait des robinets, et des élégants pommeaux de douche à jets multiples. Tant de terre avait été supprimée qu'il fallut déverser des tombereaux entiers de sable pour éviter que les maisons ne soient emportées au printemps, et aucun obstacle n'empêchait plus les tortues et les serpents de pénétrer dans les terres, aussi loin du fleuve qu'ils le souhaitaient.

En outre, Oak Lawn Estates était infesté de reptiles – petits et gros, venimeux ou non, des serpents qui aimaient la boue, d'autres qui préféraient l'eau, des serpents qui se chauffaient au soleil sur les roches sèches. Les jours de chaleur, la puanteur montait du sol même, comme l'eau bourbeuse qui recouvrait les empreintes de pas dans la terre travaillée au bulldozer. Ida Rhew comparait l'odeur du musc reptilien à celle des entrailles de poisson – brème d'Amérique, poisson-chat, silure, poisson charognard se nourrissant d'ordures. Edie, quand elle creusait un trou pour une azalée ou un rosier, en particulier lors des séances de plantation citoyennes du club de jardinage près de l'autoroute, disait qu'elle savait que sa bêche était proche d'un nid de serpents quand elle respirait une odeur de patates pourries. Harriet avait elle-même senti de nombreuses fois cette puanteur (en particulier dans le vivarium du zoo de Memphis, et dans la salle de sciences naturelles, où elle émanait des énormes bocaux où étaient emprisonnés des serpents terrifiés), mais elle connaissait aussi le parfum âcre qui vous prenait à la gorge au bord de torrents boueux, de lacs peu profonds, près des caniveaux et des laisses de vase fumantes en août, et – de temps en temps, par grosse chaleur, après la pluie – dans sa propre cour.

Le jean et la chemise à manches longues de Harriet étaient trempés de sueur. Il n'y avait pratiquement aucun arbre dans le lotissement ni dans le marais situé derrière, aussi portait-elle un chapeau de paille pour éviter les coups de soleil, mais l'astre incandescent embrasait le ciel, tel le courroux de Dieu. Elle se sentait sur le point de défaillir sous l'effet de la chaleur et de l'appréhension.

Durant toute la matinée, elle avait résisté stoïquement, tandis que Hely – qui, trop orgueilleux pour mettre un chapeau, commençait à avoir des cloques – sautillait et bavardait par intermittence, à propos d'un film de James Bond qui parlait de réseaux de drogue, de diseuses de bonne aventure, et de serpents tropicaux mortels. Pendant le trajet à vélo, il lui avait rebattu les oreilles du cascadeur Evel Knievel et d'un dessin animé du samedi matin, intitulé *Wheelie et la bande des motards*.

« Tu aurais dû voir ça, disait-il en ce moment, renvoyant en arrière, d'un mouvement brusque et répétitif, les mèches de cheveux qui retombaient sur sa figure, *eh bien*, ma vieille, James Bond, *il a brûlé ce serpent en un clin d'œil*. Il a une bombe de déodorant ou un truc dans ce genre. Alors, quand il voit le serpent dans la glace, il fait volte-face *comme ça*, il met son cigare devant la bombe et *bang*, la flamme traverse la pièce comme une fusée, *pschit...* »

Il recula, chancelant – une grimace sur les lèvres –, tandis que Harriet, face au mocassin endormi, essayait de déterminer comment ils devraient procéder. Ils s'étaient mis en route pour la chasse équipés de la carabine à air comprimé de Hely, de deux bâtons fourchus, bien taillés, d'un guide des reptiles et des amphibiens du sud-est des Etats-Unis, des gants de jardin de Chester, d'un garrot, d'un couteau de poche et de monnaie pour le téléphone, au cas où l'un d'eux serait mordu, et d'une vieille boîte de pique-nique en étain appartenant à Allison (*Reine du campus,* décorée de pom-pom girls à queue-de-cheval et de candidates à l'air mutin d'un concours de beauté, coiffées de tiares) dans le couvercle de laquelle Harriet avait à grand-peine percé quelques trous d'aération avec un tournevis. Le plan était de prendre le serpent par surprise – de préférence, après qu'il eut tenté de frapper, et avant qu'il ne retrouvât ses esprits – et de le coincer derrière la tête avec le bâton fourchu. Ils l'attraperaient ensuite par la nuque (de très près, afin qu'il ne se retourne pas pour les mordre) et le jetteraient dans la boîte, qu'ils refermeraient.

Tout cela était plus facile à dire qu'à faire. Les premiers serpents qu'ils avaient repérés – trois jeunes mocassins à tête cuivrée luisants, couleur de rouille, se rôtissant tous ensemble sur une dalle de béton – les avaient trop effrayés pour qu'ils osent s'en approcher. Hely jeta une grosse brique au milieu. Deux d'entre eux s'enfuirent, dans des directions opposées ; furieux, le troisième s'attaqua à la brique à coups lents, répétés, frappant l'air et tout ce qui retenait son attention.

Les deux enfants étaient horrifiés. L'encerclant prudemment, leur bâton à bout de bras, ils foncèrent dessus et reculèrent aussi prestement quand l'animal virevolta pour frapper d'un côté, puis de l'autre, les combattant de toutes parts. Harriet était si effrayée qu'elle crut s'évanouir. Hely voulut l'écraser, et manqua son coup ; le serpent se retourna brusquement et se lança contre lui de toute sa hauteur, et Harriet, avec un cri étouffé, lui coinça la tête avec son bâton. Immédiatement, avec une violence saisissante, l'animal se mit à fouetter le sol avec le reste de son corps, comme possédé par le démon. Harriet, sidérée jusqu'à l'écœurement, fit un bond en arrière pour éviter que la queue n'atteigne ses jambes ; avec une contorsion, la chose parvint à se dégager – et fonça sur Hely, qui tournoya en hurlant comme si on l'avait empalé sur une lance en métal et fila dans les herbes desséchées.

Un détail, concernant Oak Lawn Estates : si un enfant – ou n'importe qui d'autre – avait poussé un hurlement aussi aigu, aussi fort, et aussi long dans George Street, Mrs Fountain, Mrs Godfrey, Ida Rhew et une demi-douzaine de domestiques se seraient précipitées dehors en un clin d'œil. (« Les enfants ! Fichez la paix à ce serpent. Allez, ouste ! ») Et il ne s'agissait pas de plaisanter, ni de traîner pour bavarder : une fois de retour à l'intérieur, elles auraient surveillé le jardin par la fenêtre de la cuisine, pour s'assurer que tout était en ordre. Mais ici, les choses étaient différentes. Les maisons avaient un air hermétique, effrayant, on aurait dit des bunkers ou des mausolées. Les gens ne se connaissaient pas. A Oak Lawn on pouvait hurler à s'en rompre le gosier, un criminel pouvait vous étrangler avec un morceau de barbelé, et personne ne mettrait le nez dehors pour voir ce qui se passait. Dans le silence intense, vibrant de chaleur, un rire hystérique de jeu télévisé s'échappait étrangement de la maison la plus proche : une hacienda aux volets fermés, blottie dans un terrain aride, à l'abri des troncs de pins morts. Des fenêtres obscures. Une Buick neuve étincelante était garée sous l'auvent tapissé de sable.

« Ann Kendall ? *Descendez vite nous rejoindre sur le plateau !* » Tonnerre d'applaudissements.

Qui se trouvait dans cette maison ? se demanda Harriet, étourdie, abritant ses yeux d'une main. Un père ivre qui n'était pas allé au travail ? Une mère apathique de la Junior League[1], comme les jeunes femmes négligées dont Allison gardait parfois les enfants dans ce quartier, allongée dans la pénombre de son salon avec la télé allumée et la lessive pas faite ?

« Je déteste *Le Juste Prix*, déclara Hely qui trébucha en arrière avec un petit gémissement, tout en jetant un coup d'œil vers le sol d'un mouvement inquiet, saccadé. Ils ont de l'argent et des voitures dans *La Roue de la fortune*.

— J'aime *Jeopardy*. »

1. Association de la bonne société. (*N.d.T.*)

Hely n'écoutait pas. Il agitait énergiquement les herbes avec son bâton fourchu. « *Bons baisers de Russie* », chantonna-t-il. Et de nouveau, parce qu'il ne se souvenait plus des paroles : « *Bons baisers de RUSSIE...* »

Ils n'eurent pas besoin de chercher beaucoup avant de trouver un quatrième serpent, un mocassin d'eau : cireux, couleur de bile, pas plus long que le mocassin à tête cuivrée, mais plus gros que le bras de Harriet. Hely – qui, malgré son appréhension, tenait à ouvrir la voie – faillit marcher dessus. Tel un ressort, il se dressa et frappa, manquant son mollet de justesse. Hely, ses réflexes électrifiés par le précédent épisode, fit un bond en arrière et l'immobilisa d'un coup de bâton. « Ha ! » cria-t-il.

Harriet rit tout haut ; les mains tremblantes, elle manipula maladroitement le cliquet de la boîte Reine du Campus. Ce serpent était plus lent et moins leste. L'air irrité, il faisait onduler son corps massif – d'un horrible jaune putride. Mais il était beaucoup plus large que les mocassins à tête cuivrée ; tiendrait-il dans la boîte Reine du Campus ? Hely, si terrifié qu'il riait aussi, d'un rire aigu, hystérique, écarta les doigts et se pencha pour l'attraper...

« La tête ! » cria Harriet, lâchant la boîte qui tomba avec un bruit métallique.

Hely sauta en arrière. Le bâton lui échappa. Le mocassin ne bougeait pas. Puis, très doucement, il releva la tête et, un long moment glaçant, les considéra de ses pupilles allongées avant d'ouvrir sa gueule (d'une blancheur à vous donner des frissons) et de partir à l'attaque.

Ils firent demi-tour et détalèrent, se bousculant – ils redoutaient de tomber dans une fondrière, mais encore plus de regarder par terre –, écrasant les broussailles sous leurs tennis tandis que le parfum âcre des vergerettes piétinées les enveloppait dans la chaleur, telle l'odeur de la peur.

Un fossé plein d'une eau saumâtre qui grouillait de têtards les séparait de l'asphalte. Les parois en béton, visqueuses et couvertes de mousse, étaient trop écartées pour être franchies d'un bond. Ils se laissèrent glisser jusqu'en bas (pris à la gorge par l'odeur d'égouts et de poisson pourri qui déclencha immédiatement chez eux une quinte irrépressible), tombèrent sur les mains et grimpèrent de l'autre côté. Quand ils se hissèrent sur la terre ferme, et se retournèrent – le visage ruisselant de larmes – pour regarder derrière eux, ils ne virent que le sentier qu'ils avaient tracé à travers le fouillis de vergerettes à fleurs jaunes, et plus loin, les pastels mélancoliques de la boîte abandonnée.

Haletants, écarlates, épuisés, ils titubaient comme des ivrognes. Ils se sentaient tous les deux sur le point de s'évanouir, mais le sol n'était ni confortable, ni sûr, et il n'y avait aucun autre endroit où s'asseoir. Un têtard assez gros pour avoir des pattes avait sauté du canal, et tremblotait au milieu de la route ; ses sauts périlleux et le frottement de sa peau visqueuse contre l'asphalte provoquèrent une nouvelle crise de hoquets chez Harriet.

Oublieux de leur code habituel au collège – qui leur imposait rigoureusement de se tenir à cinquante centimètres l'un de l'autre, sauf pour se lancer des coups de poing ou de coude –, ils se raccrochaient l'un à l'autre pour garder leur équilibre : Harriet ne se souciait pas de paraître lâche, et Hely ne pensait plus à essayer de l'embrasser ou de lui faire peur. Leurs jeans – couverts de grappes de bardanes et gluants de graterons – étaient désagréablement lourds, trempés et empestaient la vase. Hely, plié en deux, avait des haut-le-cœur, et semblait sur le point de vomir.

« Ça va ? » demanda Harriet – prise de nausée quand elle découvrit sur sa manche un tas vert-jaune d'entrailles de têtard.

Hely – secoué de hoquets répétés, comme un chat qui essaie de recracher une boule de poils – haussa les épaules et voulut rebrousser chemin pour récupérer son bâton et la boîte en étain.

Harriet le retint par le dos de sa chemise trempée de sueur. « Attends », réussit-elle à articuler.

Ils s'assirent à cheval sur leurs vélos pour se reposer – le Sting-Ray de Hely, avec ses poignées qui ressemblaient à des cornes de chèvre et sa selle en forme de banane, le Western Flyer de Harriet, qui avait appartenu à Robin –, respirant fort tous les deux, sans parler. Quand leurs cœurs eurent retrouvé un rythme normal, et qu'ils eurent avalé une triste rasade d'eau tiède au goût de plastique de la gourde de Hely, ils repartirent en direction du champ, armés cette fois de la carabine à air comprimé.

Le silence ahuri de Hely avait cédé la place à la comédie. Bruyamment, avec des gestes théâtraux, il se mit à fanfaronner, disant qu'il se faisait fort d'attraper le mocassin, et expliquant quel sort il lui réservait : il comptait lui tirer en plein dans la gueule, le balancer dans les airs, le faire claquer comme un fouet, le fendre en deux, et rouler sur les morceaux avec son vélo. Il avait la figure écarlate et il respirait vite, de façon superficielle ; de temps en temps, il tirait dans les herbes et dut s'arrêter pour pomper férocement l'air dans sa carabine – *ouf ouf ouf* – afin de rétablir la pression.

Ils avaient évité le canal, et se dirigeaient vers les maisons en construction, d'où il était plus facile de se rabattre sur la route en cas de danger. Harriet avait mal à la tête, et les mains moites et glacées. Hely – sa carabine en bandoulière – allait et venait sans cesse de jacasser et de lancer des coups de poing dans l'air, ne prêtant nulle attention au creux tranquille de l'herbe éparse à un mètre à peine de sa tennis où (discrètement allongé en ligne presque droite)

240

était tapi un mocassin « immature », pour reprendre le terme du *Reptiles et Amphibiens du sud-est des Etats-Unis*.

« Eh bien, cet attaché-case qui balance du gaz lacrymogène quand on l'ouvre..., il contient aussi des balles, et un couteau qui jaillit sur le côté... »

Harriet avait la tête qui tournait. Elle regrettait de ne pas gagner un dollar chaque fois qu'elle entendait Hely parler de l'attaché-case de *Bons baisers de Russie* qui tirait des balles et lançait des bombes de gaz lacrymogène.

Elle ferma les yeux et dit : « Ecoute, tu as attrapé ce serpent trop bas. Il allait te mordre.

— Tais-toi, cria Hely, après s'être tu un moment sous le coup de la colère. C'est ta faute. Je le *tenais* ! Si tu n'avais pas...

— Attention. Derrière toi.

— *Mocassin ?* » Il s'accroupit et décrivit un cercle avec sa carabine. « *Où ?* Montre-moi ce fils de pute.

— Là, répondit Harriet qui s'avança, exaspérée, pour le lui montrer : *Là.* » La tête pointue se tendit en l'air – exposant l'intérieur pâle de sa mâchoire musclée – puis se posa à nouveau en une sorte de mouvement dissocié.

« Merde, il est tout petit, s'exclama Hely, déçu, se penchant pour l'examiner.

— Peu importe – hé », dit-elle, sautant maladroitement sur le côté comme le serpent lui frappait la cheville, tel un éclair rouge.

Une pluie de cacahuètes bouillies se déversa, puis le sachet entier vola au-dessus de son épaule pour atterrir sur le sol. Harriet chancela, en équilibre sur un pied, et à ce moment-là, le mocassin (dont elle avait momentanément perdu la trace) s'attaqua de nouveau à elle.

Une balle cliqueta contre sa tennis, sans lui faire de mal ; une autre lui piqua le mollet, elle poussa un hurle-

ment et fit un bond en arrière tandis que les suivantes cré-
pitaient dans la poussière autour de ses pieds. Mais le
serpent était excité à présent, et redoublait d'ardeur sous
la fusillade ; il frappa ses chaussures à coups répétés, se
déchaînant encore et encore avec une vigoureuse ténacité.

Prise de vertige, délirant à moitié, elle tomba à quatre
pattes sur l'asphalte. Elle se frotta le visage avec le bras
(des taches transparentes, dansant joyeusement devant
ses yeux éblouis par le soleil, se heurtaient et se fondaient
les unes dans les autres, telles des amibes grossies dans
une goutte d'eau d'étang) et lorsque sa vision se précisa,
elle se rendit compte que le petit mocassin avait levé la
tête et la considérait sans surprise ni émotion, à une distance d'un mètre environ.

Dans sa frénésie, Hely avait enrayé la carabine. Hurlant
des absurdités, il la lâcha et courut attraper le bâton.

« Attends une minute. » Avec un prodigieux effort, elle
s'arracha au regard glaçant du serpent, limpide comme un
carillon d'église ; *qu'est-ce que j'ai ?* songea-t-elle faiblement, repartant, titubante, vers le centre de la route
scintillante, *une insolation* ?

« Oh, merde. » La voix de Hely, venant elle ne savait
d'où. « Harriet.

— Attends. » Se rendant à peine compte de ce qu'elle
faisait (ses genoux vacillaient et ne lui obéissaient plus,
on aurait dit qu'ils appartenaient à une marionnette dont
elle ignorait le maniement) elle recula de nouveau, puis
s'assit à même le goudron brûlant.

« Ça va, ma vieille ?

— Fiche-moi la paix », s'entendit-elle lui répondre.

Un soleil rougeoyant embrasait ses paupières fermées.
La lueur ardente des yeux du serpent s'imprimait à l'intérieur, tel un négatif maléfique : une tache noire pour l'iris,
un jaune acide pour la pupille fendue. Elle respirait par la

bouche, et avec la chaleur, l'odeur de son pantalon imprégné d'eau croupie était si forte qu'elle pouvait la goûter ; elle se rendit brusquement compte qu'elle n'était pas en sécurité par terre ; elle essaya de se mettre debout, mais le sol bascula...

« Harriet ! » La voix de Hely, très lointaine. « Qu'est-ce que t'as ? Tu me fous les jetons ! »

Elle cligna ; la clarté blanche la brûlait, comme du jus de citron qui aurait giclé dans ses yeux, et c'était horrible d'avoir aussi chaud, d'être aussi aveugle, et de ne plus contrôler ses bras et ses jambes...

Quand elle reprit conscience, elle était allongée sur le dos. Le ciel bleu sans nuage étincelait, impitoyable. Le temps semblait s'être arrêté une demi-seconde, comme si elle s'était assoupie, et aussitôt réveillée en sursaut. Une présence massive obscurcissait sa vision. Saisie de panique, elle se protégea le visage des deux bras, mais la forme sombre qui planait au-dessus d'elle se contenta de se déplacer, et se pencha, plus insistante, de l'autre côté.

« Allons, Harriet. C'est seulement de l'eau. » Elle entendit les mots au fond de son esprit, mais ils n'atteignirent pas son cerveau. Puis – de façon très inattendue – une chose froide toucha le coin de sa bouche et elle se débattit, hurlant de toutes ses forces.

« Vous êtes cinglés tous les deux, dit Pemberton. Rouler à vélo jusqu'à ce lotissement merdique ? Il doit faire au moins quarante degrés. »

Harriet, couchée sur le siège arrière de la Cadillac de Pem, regardait le ciel filer au-dessus de sa tête, à travers la dentelure rafraîchissante des branches d'arbres. Cela signifiait qu'ils avaient quitté la zone écrasée de soleil d'Oak Lawn, pour rejoindre cette bonne vieille County Line Road.

Elle ferma les yeux. Une musique de rock assourdissante s'échappait des haut-parleurs ; des taches d'ombre – sporadiques, voletantes – vacillaient devant l'écran rouge de ses paupières closes.

« Les courts sont déserts, dit Pem contre le vent et la musique. Et même à la piscine, il n'y a personne. Tout le monde est enfermé dans le pavillon, pour regarder *One Life to Live.* »

Les dix cents prévus pour le coup de téléphone avaient finalement servi à quelque chose. Très héroïquement, car il était presque aussi paniqué et malade que Harriet, Hely avait enfourché sa bicyclette et, en dépit de sa faiblesse et de ses crampes dans les jambes, il avait pédalé près d'un kilomètre, jusqu'à la cabine téléphonique du parking de Jiffy Qwik-Mart. Mais la fillette, qui pendant quarante minutes avait vécu un enfer en l'attendant toute seule, rôtissant sur l'asphalte à l'entrée du cul-de-sac infesté de serpents, avait été trop abrutie et assommée par la chaleur pour lui manifester beaucoup de reconnaissance.

Elle se rassit un peu, assez pour voir les cheveux de Pemberton – emmêlés et frisés par le chlore de la piscine – flotter et claquer dans le vent comme un étendard jaune décousu. Même du siège arrière, elle sentait son odeur âcre, une odeur d'adulte : la sueur, forte et masculine, sous la crème solaire à la noix de coco, mêlée aux cigarettes et à quelque chose qui ressemblait à de l'encens.

« Qu'est-ce que vous êtes allés faire à Oak Lawn ? Vous connaissez quelqu'un là-bas ?

— Nan, répondit Hely, du ton blasé, monocorde qu'il adoptait avec son frère.

— Qu'est-ce que vous fichiez, alors ?

— On chassait les serpents pour... *Lâche-moi,* cria-t-il, levant brusquement la main, comme Harriet lui tirait une poignée de cheveux.

— Eh bien, si vous avez envie d'attraper un serpent, c'est le bon endroit, dit nonchalamment Pemberton. Wayne, qui s'occupe de l'entretien au Country Club, m'a raconté qu'un jour où ils aménageaient une piscine pour une cliente, l'équipe en a tué cinq douzaines. Dans une seule cour.

— Des serpents venimeux ?

— Quelle importance ? Je n'habiterais pas dans cet enfer pour un million de dollars, s'écria Pemberton avec un hochement de tête princier, et teinté de mépris. Ce même type, Wayne, a raconté que l'employé de la désinfection en avait trouvé *trois cents* sous l'une de ces maisons merdiques. Sous *une seule maison*. Dès qu'il y aura une inondation trop importante pour que le génie l'endigue avec des sacs de sable, on va retrouver toutes les mémés du groupe de covoiturage mordues à mort.

— J'ai attrapé un mocassin, dit Hely, l'air contraint.

— Ouais, je te crois. Et tu en as fait quoi ?

— Je l'ai relâché.

— Tu m'étonnes. » Pemberton lui lança un regard de côté. « Il t'a poursuivi ?

— Nan. » Hely se détendit un peu sur son siège.

« Eh bien, je me fous qu'on raconte que les serpents ont plus peur de nous que nous d'eux. Les mocassins d'eau sont vicieux. Ils vous lâchent pas. Une fois un gros mocassin nous a attaqués dans le lac d'Oktobeha, Tink Pittmon et moi, on ne s'était pas approchés de lui du tout, il nous a coursés dans le lac. » Pem fit un mouvement sinueux de la main. « Dans l'eau, on ne voyait que cette gueule blanche ouverte. Et puis *bang bang* avec la tête, comme un bélier qui charge, contre la paroi en aluminium du canoë. Sur la digue, les gens regardaient le spectacle.

— Tu as fait quoi ? demanda Harriet, qui s'était rassise et se penchait par-dessus le siège avant.

— Tiens, te voilà, Tigre. J'ai cru qu'il faudrait te conduire chez le médecin. » Le visage de Pem, dans le rétroviseur, la prit par surprise : des lèvres blanches comme la craie, et de la crème solaire sur le nez, un coup de soleil intense qui lui rappelait les visages brûlés par le froid des invités de la réception polaire de Scott.

« Alors ça te plaît de chasser le serpent ? demanda-t-il au reflet de Harriet.

— Non », répondit-elle, à la fois méfiante et déroutée devant le comportement désabusé de Pem. Elle se recroquevilla sur le siège arrière.

« Il n'y a pas de quoi avoir honte.

— Qui a dit que j'avais honte ? »

Pem éclata de rire. « Tu es une coriace, Harriet, observa-t-il. Tu es super. Mais je vais te dire une chose, vous êtes tarés tous les deux avec vos bâtons fourchus. Trouvez-vous plutôt un bout de tuyau d'aluminium, et faites-y passer une corde à linge, en laissant dépasser une boucle. Il suffit de glisser la boucle autour de sa tête et de tirer les extrémités. Alors vous le tenez. Tu pourras l'exposer dans un bocal à la Science Fair, et en boucher un coin à tout le monde (il tendit brièvement le bras droit pour donner une tape sur le crâne de Hely), hein ?

— *Ta gueule !* » hurla son frère, se frottant l'oreille avec colère. Pem ne lui laisserait jamais oublier le cocon de papillon qu'il avait apporté à l'école pour son projet. Il avait passé six semaines à le couver, lisant des livres, prenant des notes, il l'avait conservé à la bonne température, et respecté toutes les instructions à la lettre, mais le jour de la Science Fair, quand il avait enfin présenté la chrysalide en classe – tendrement nichée sur un carré de coton, dans un écrin à bijoux –, on s'était aperçu qu'il s'agissait en fait d'un étron de chat fossilisé.

« Peut-être que tu as seulement *cru* attraper un mocassin d'eau, dit Pemberton avec un éclat de rire, élevant la voix pour couvrir le flot d'insultes dont l'inondait Hely. Peut-être que ce n'était pas du tout un serpent. Une grosse crotte de chien bien fraîche enroulée dans l'herbe ressemble comme deux gouttes d'eau à...

— ... *toi-même* », hurla Hely, martelant l'épaule de son frère à coups de poing.

« *Laisse tomber*, veux-tu ? » répéta Hely pour la dixième fois, semblait-il.

Harriet et lui se trouvaient dans le grand bassin de la piscine, se tenant au bord. Les ombres de l'après-midi s'allongeaient. Cinq ou six petits enfants – ignorant une mère rondelette et affolée qui arpentait la plage et les suppliait de sortir de l'eau – hurlaient et s'éclaboussaient dans le petit bassin. Sur le côté, près du bar, un groupe de lycéennes en bikini étaient allongées sur des chaises longues, une serviette sur les épaules, et bavardaient en riant. Pemberton était en congé. Hely ne venait presque jamais nager quand il assurait la surveillance, parce qu'il s'en prenait à lui, criant des insultes et des ordres injustes du haut de son perchoir (« On ne court pas près de l'eau ! » quand Hely ne courait pas, mais marchait un peu vite), aussi, avant de se rendre au Country Club, vérifiait-il avec soin son emploi du temps pour la semaine, collé sur le réfrigérateur. Et c'était une calamité, car l'été il avait envie de nager tous les jours.

« Le con », marmonna-t-il, songeant à son frère. Il était encore furieux qu'il eût mentionné l'histoire de la crotte de chat.

Harriet le fixa d'un air morne, un peu bizarre. Ses cheveux mouillés étaient plaqués sur son crâne ; des rayons tremblotants de lumière dessinaient sur son visage des croisillons qui l'enlaidissaient et rapetissaient ses yeux. Tout l'après-midi, elle l'avait exaspéré ; à son insu, sa gêne et son malaise s'étaient transformés en ressentiment, et, à présent, la colère le gagnait. Elle avait ri elle aussi de la crotte de chat, avec les professeurs, les juges et toutes les personnes présentes à la Science Fair, et il bouillait de rage rien qu'en y repensant.

Elle le fixait toujours. « Qu'est-ce que *tu* regardes ? » dit-il en écarquillant les yeux.

D'un coup de pied sur le bord, Harriet prit son élan et fit une culbute en arrière – non sans une certaine ostentation. *La belle affaire*, songea Hely. Ensuite elle voudrait qu'ils fassent un concours d'apnée sous l'eau, un jeu qu'il détestait parce qu'elle était bien meilleure que lui.

Quand elle remonta à la surface, il feignit de ne pas remarquer qu'elle était irritée. Nonchalamment, il fit gicler l'eau dans sa direction – un jet bien envoyé qui l'atteignit en plein dans l'œil.

« *Je regarde mon chien mort, Rover* », entonna-t-il, d'une voix suave qu'elle détestait, savait-il :

> *Que j'avais pas vu avant*
> *Il manque une patte*
> *Une patte est partie...*

« Ne m'accompagne pas demain, dans ce cas. Je préfère y aller seule. »

« *Une patte traîne sur la pelouse...* », poursuivit Hely, couvrant sa voix, levant les yeux au ciel avec une expression d'enfant sage.

« Je me fous que tu viennes ou pas.

— Au moins je ne tombe pas par terre en hurlant comme un gros bébé. » Il battit des cils. « *Oh, Hely ! Sauve-moi, sauve-moi !* » cria-t-il d'une voix perçante qui fit éclater de rire les lycéennes, de l'autre côté de la piscine.

Il reçut une averse en pleine figure.

Il l'éclaboussa habilement du poing, et évita la giclée dont elle l'aspergea en retour. « Harriet, hé, Harriet », dit-il d'une voix de petit garçon. Il se sentait inexplicablement content de lui-même pour avoir réussi à l'agacer. « On joue au cheval, d'accord ? Je fais l'avant, et toi, *le cul.* »

Triomphal, il s'élança dans l'eau – fuyant les représailles – et nagea rapidement jusqu'au milieu de la piscine, avec force éclaboussures. Il avait un coup de soleil virulent, et le chlore lui brûlait le visage comme de l'acide, mais il avait bu cinq Coca-Cola dans l'après-midi (trois en rentrant à la maison, assoiffé et épuisé ; et deux autres à la buvette de la piscine, avec de la glace pilée et des pailles rayées rouge et blanc), ses oreilles bourdonnaient, et le sucre circulait joyeusement dans ses veines, à une cadence accélérée. Il se sentait euphorique. Souvent, par le passé, l'intrépidité de Harriet l'avait mortifié. Mais si la chasse au serpent l'avait éprouvé momentanément, et si la terreur lui avait inspiré des idées saugrenues et des paroles sans queue ni tête, au fond de lui il se réjouissait encore de l'évanouissement de son amie.

Il refit surface avec exubérance et recracha l'eau en s'ébrouant. Quand il cligna pour chasser la sensation de brûlure de ses paupières, il s'aperçut que Harriet était sortie de la piscine. Puis il la vit, très loin, qui se dirigeait d'un pas rapide vers le vestiaire des dames, la tête baissée, laissant sur le béton le zigzag de ses empreintes mouillées.

« Harriet ! » cria-t-il sans réfléchir, et il but la tasse en punition de son imprévoyance ; il avait oublié qu'il n'avait plus pied.

Le ciel était gris perle, et l'air du soir lourd et doux. Sur le trottoir, Harriet entendait encore faiblement les cris des enfants dans le petit bain. Sous l'effet de la brise légère, la peau nue de ses bras et de ses jambes se hérissait. Elle rajusta sa serviette et se mit à marcher très vite pour rentrer chez elle.

Une voiture pleine de lycéennes fit crisser ses pneus dans le virage. C'étaient les filles qui dirigeaient tous les cercles, et gagnaient toutes les élections dans la classe d'Allison ; la petite Lisa Leavitt ; Pam McCormick, avec sa queue-de-cheval noire, et Ginger Herbert, la lauréate du concours de beauté ; Sissy Arnold, qui n'était pas aussi jolie que les autres, mais non moins populaire. Leurs visages – tels des portraits de starlettes, universellement vénérés dans les classes inférieures – souriaient sur presque toutes les pages de l'annuaire du lycée. Elles apparaissaient, triomphantes, sur le gazon jauni du terrain de football illuminé par les projecteurs – en uniforme de pom-pom girls, en paillettes de majorettes, gantées et en robe longue pour la fête annuelle ; se tordant de rire lors d'un défilé de carnaval ou culbutant à l'arrière d'une charrette de foin en septembre, transportées de joie – et malgré la variété des tenues, sportives, décontractées ou habillées, elles ressemblaient à des poupées dont les sourires et les coiffures ne changeaient jamais.

Aucune d'entre elles ne jeta un regard à Harriet. Elle fixa le trottoir, les joues brûlant d'une honte rageuse, et mystérieuse, quand elles passèrent en trombe, une rengaine de musique pop s'envolant dans les airs tel un météore. Si Hely s'était trouvé à ses côtés, elles auraient sans doute ralenti pour hurler quelque chose, car Lisa et Pam avaient toutes les deux le béguin pour Pemberton.

Mais elles ignoraient sans doute qui était Harriet, alors qu'elles se trouvaient dans la classe d'Allison depuis l'école maternelle. Près du lit de sa sœur, il y avait un collage des photographies d'Allison au jardin d'enfants, en train de jouer *Le Pont de Londres* avec Pam McCormick et Lisa Leavitt ; d'Allison et de Ginger Herbert – le nez rouge, riant à gorge déployée, les meilleures amies du monde – se tenant la main dans une cour hivernale. Des cartes laborieuses de la Saint-Valentin, écrites au crayon, qui dataient du CP : « 2 câlins, 4 baisers, à toi, tendrement, Ginger ! ! ! » Il était impensable de concilier ce débordement d'affection avec les personnalités actuelles d'Allison et de Ginger (gantée, les lèvres nacrées, vêtue de mousseline de soie, sous une arche de fleurs artificielles). Allison était aussi jolie que n'importe laquelle d'entre elles (et beaucoup plus que Sissy Arnold, qui avait de longues dents crochues et un corps de phoque) mais l'amie d'enfance et la camarade de ces princesses s'était transformée en une non-entité, une fille qu'on n'appelait jamais, sauf si on avait oublié de noter les devoirs à faire. C'était pareil avec leur mère. Jeune fille, elle avait été un membre populaire de son club d'étudiantes, élue l'élève la mieux habillée de sa classe à l'université, mais la plupart de ses anciennes amies ne lui téléphonaient plus du tout. Les Thornton et les Bowmont – qui avaient autrefois joué aux cartes chaque semaine avec les parents de Harriet, et qui partageaient avec eux des cabanons sur le golfe du Mexique pour les vacances – ne venaient plus désormais, même quand son père était en ville. Quand ils rencontraient sa mère à l'église, leur cordialité était un peu forcée, les maris avaient un ton trop chaleureux, les femmes une voix criarde, trop animée, et aucun ne la regardait vraiment dans les yeux. Ginger et les autres filles du bus scolaire traitaient Allison d'une manière similaire : le ton vif et loquace, mais le regard ailleurs, comme si elle était atteinte d'une maladie contagieuse.

Harriet (qui fixait le trottoir d'un air sombre) fut tirée de sa songerie par un bruit de gargouillis. Le malheureux Curtis Ratliff, le garçon retardé – qui durant l'été errait inlassablement dans les rues d'Alexandria, éclaboussant chats et voitures avec son pistolet à eau –, traversait pesamment la rue pour la rejoindre. Quand il vit qu'elle le regardait, un large sourire éclaira sa figure cabossée.

« Hat ! » Il agitait les deux bras – tout son corps participant à l'effort – puis se mit à sauter laborieusement en l'air, les pieds joints, comme s'il éteignait un feu. « Ça va ? Ça va ?

— Salut, l'alligator », dit Harriet, pour lui faire plaisir. Curtis avait connu une longue phase où chaque personne, chaque chose qu'il voyait était un *alligator* : son professeur, ses chaussures, le bus scolaire.

« Ça va ? Ça *va,* Hat ? » Il se s'arrêterait pas avant d'avoir obtenu une réponse.

« Merci, Curtis. Je vais bien. » Il n'était pas sourd, mais un peu dur d'oreille, et il fallait penser à élever la voix.

Le sourire du garçon s'élargit encore. Son corps grassouillet, son comportement hésitant et attendrissant de tout petit enfant rappelaient Taupe dans *Le Vent dans les saules.*

« Moi aimer gâteau, dit-il.

— Curtis, tu ne crois pas que tu ferais mieux de ne pas rester au milieu de la route ? »

Il se figea, la main sur la bouche. « Oh ! oh ! » Il s'exécuta avec des petits sauts de lapin, et – les pieds joints comme pour franchir un fossé – atterrit devant elle, sur le trottoir. « *Oh !* oh ! » s'écria-t-il, pris d'un fou rire sirupeux, se cachant le visage.

« Désolée, tu me bloques le passage », dit Harriet.

Curtis l'observait à travers ses doigts écartés. Il rayonnait de joie, et ses minuscules yeux noirs n'étaient plus que des fentes.

« Serpents mordre », s'exclama-t-il de façon inattendue.

Harriet fut prise au dépourvu. En partie à cause de son problème d'audition, Curtis ne parlait pas distinctement. Elle avait certainement mal compris sa phrase : il avait sans doute dit autre chose : *demande-moi ? C'est pas moi ? Comment ça va ?*

Mais sans lui laisser le temps de poser sa question, Curtis poussa un énorme soupir d'homme occupé, et glissa son pistolet à eau dans la ceinture de son jean neuf trop raide. Puis il lui prit la main et la secoua dans son énorme paume moite.

« Mordre ! » s'écria-t-il joyeusement. Il indiqua sa poitrine, puis la maison d'en face – puis fit demi-tour et descendit la rue en faisant des bonds tandis que Harriet – assez déconcertée – le suivait en clignant des yeux et remontait un peu plus sa serviette sur ses épaules.

Harriet ignorait alors que les serpents venimeux étaient aussi un sujet de discussion à moins de dix mètres de l'endroit où elle se tenait : dans l'appartement situé au premier étage d'une maison à charpente de bois, de l'autre côté de la rue, l'une des propriétés que Roy Dial louait à Alexandria.

La demeure n'avait rien de particulier : blanche, un étage, avec un escalier en bois sur le côté, de telle sorte que le logement du haut avait son entrée indépendante. C'était l'œuvre de Mr Dial, qui avait condamné l'escalier intérieur afin de créer deux espaces séparés dans ce qui avait été un lieu unique. Avant qu'il ne l'eût achetée, et divisée en deux parties, la maison avait appartenu à une vieille dame baptiste du nom d'Annie Mary Alford, une comptable à la retraite qui avait travaillé à la scierie. Un jour de pluie, elle s'était cassé la hanche en tombant dans le parking de l'église, et le généreux Mr Dial (qui, en tant qu'homme d'affaires chrétien, s'intéressait aux malades et aux personnes âgées, en particulier ceux qui avaient des moyens, et pas de famille pour les conseiller) avait mis un point d'honneur à lui rendre des visites quotidiennes, et à lui offrir soupes en conserve, promenades en voiture, lectures édifiantes, fruits de saison, ainsi que ses services impartiaux pour gérer son patrimoine et la représenter légalement.

Mr Dial reversait scrupuleusement ses gains sur les comptes en banque florissants de l'église baptiste, et considérait donc que cela justifiait ses méthodes. Après tout, n'apportait-il pas consolation et solidarité chrétiennes à ces vies stériles ? Parfois, les « dames » (ainsi qu'il les appelait) lui léguaient carrément leurs biens, tant sa présence chaleureuse leur procurait de réconfort : mais Miss Annie Mary – qui avait exercé son métier de comptable pendant quarante-cinq ans – était méfiante par nature, autant que par profession, et après sa mort, il avait été choqué de découvrir que – fort hypocritement, à ses yeux – elle avait appelé un avocat de Memphis sans l'en informer, et rédigé un testament qui annulait totalement le petit accord informel qu'il lui avait discrètement suggéré tout en lui tapotant la main, au chevet de son lit d'hôpital.

Sans doute n'aurait-il pas fait l'acquisition de la maison de Miss Annie Mary après sa mort (car elle n'était pas particulièrement bon marché), s'il ne s'était habitué, lors de son agonie, à la considérer comme sienne. Après avoir séparé le haut du bas pour en faire deux logements distincts, et abattu les pacaniers et les rosiers (car les arbres et les arbustes coûtaient cher en entretien), il loua presque immédiatement le rez-de-chaussée à deux mormons missionnaires. Cela faisait près de dix ans, et ils étaient toujours là – bien qu'ils eussent complètement échoué à convertir un seul habitant d'Alexandria à leur Jésus échangiste de l'Utah.

Les deux garçons étaient convaincus que tous les non-Mormons allaient en enfer (« Ça va faire un sacré boucan là-haut ! » aimait plaisanter Mr Dial, quand il venait réclamer le loyer le premier de chaque mois ; c'était une boutade entre eux). Mais c'étaient des jeunes gens polis, corrects, qui ne prononçaient jamais le mot « enfer », sauf si on les y obligeait. Ils ne consommaient pas d'alcool ni de produits dérivés du tabac, et réglaient leurs factures à temps. L'appartement du haut était plus problématique. Comme Mr Dial regimbait devant les frais d'installation d'une seconde cuisine, l'endroit était presque impossible à rentabiliser, à moins de le louer à des Noirs. En dix ans, l'étage avait abrité un studio de photographie, un quartier général d'éclaireuses, une école maternelle, une salle d'exposition de trophées, et une grande famille d'Européens de l'Est qui, dès l'instant où Mr Dial avait tourné le dos, s'étaient empressés d'accueillir tous leurs parents et amis, et avaient failli mettre le feu à l'immeuble avec une plaque chauffante.

C'était dans cet appartement que se trouvait en cet instant Eugene Ratliff – dans la pièce qui donnait sur la rue, où le lino et la tapisserie portaient encore les traces de roussi très visibles de l'incident avec la plaque chauffante. Il se passait nerveusement la main dans les cheveux (qu'il portait coiffés en arrière, et brillantinés, dans le style désuet des truands de son adolescence) et contemplait par la fenêtre son jeune frère retardé, qui venait de quitter l'appartement, et importunait une enfant aux cheveux noirs. Sur le sol, derrière lui, s'alignaient une douzaine de cartons de dynamite, pleins de serpents venimeux : crotales des bois, crotales des roseaux, crotales diamantins de l'Est, mocassins d'eau, mocassins à tête cuivrée et – tout seul dans sa boîte – un unique cobra royal, venu tout droit de l'Inde.

Contre le mur, recouvrant une partie brûlée, se trouvait un panneau écrit à la main qu'il avait peint lui-même, et que Mr Dial l'avait prié de retirer de la cour :

> *Avec l'aide de notre Seigneur : Pour le maintien et la propagation de la religion protestante, et le renforcement de toutes nos lois civiques. Monsieur le bootlegger, M. le dealer, M. le joueur, M. le communiste, M. le briseur de ménages et tous les violeurs de lois : Notre Seigneur Jésus a votre numéro, et mille yeux sont posés sur vous. Vous feriez mieux de changer d'occupation devant le grand jury du Christ. Romains 7, 4. Ce ministère représente strictement une vie propre et la sainteté de nos demeures*

Au-dessous était décalqué le drapeau américain, puis suivaient ces mots :

> *Les Juifs et leurs municipalités, qui sont l'Antéchrist, nous ont volé notre pétrole et nos propriétés. Révélations 18, 3. Rev. 18, 11. Jésus unira. Rev. 19, 17*

Le visiteur d'Eugene – un jeune homme nerveux aux yeux écarquillés de vingt-deux ou vingt-trois ans, avec des manières indolentes de campagnard et des oreilles en feuille de chou – le rejoignit à la fenêtre. Il s'était efforcé du mieux qu'il avait pu de coiffer en arrière ses boucles courtes, mais elles se dressaient en touffes irrégulières sur tout son crâne.

« C'est pour des innocents comme lui que le Christ a versé son sang », observa-t-il. Il avait le sourire figé des fanatiques bienheureux, rayonnant d'espoir ou de stupidité, selon le regard que vous leur portiez.

« Dieu soit loué », dit Eugene, par habitude. Il jugeait les serpents déplaisants, qu'ils soient venimeux ou non, mais pour quelque raison, il avait supposé que ceux qui se trouvaient dans les caisses derrière lui avaient été purgés de leur venin, ou rendus inoffensifs – sinon, comment des prêcheurs de montagne tels que son visiteur auraient-ils pu les embrasser sur la bouche, les fourrer dans leur chemise et les lancer d'un bout à l'autre de leurs églises au toit de tôle, si l'on en croyait la rumeur ? Eugene lui-même n'avait jamais vu de serpents manipulés pendant un office religieux (et, en vérité, ce type de pratique était assez rare, même dans le pays minier du Kentucky, d'où venait le jeune homme). Il avait cependant vu beaucoup de fidèles bégayer dans des langues inconnues, ou terrassés sur le sol, en proie à des convulsions. Il avait vu des démons expulsés d'une claque sur le front du malade, des esprits malsains rejetés dans un flot de mucosités ensanglantées. Il avait assisté à l'imposition des mains, qui rendait la marche aux boiteux, et la vue aux aveugles ; et un soir, lors de l'office de Pentecôte au bord du fleuve, près de Pickens dans le Mississippi, il avait vu un prêcheur noir du nom de Cecil Dale McAllister ramener du royaume des morts une grosse femme en tailleur-pantalon vert.

Eugene acceptait la légitimité de ce phénomène, de la

même façon qu'il tolérait, comme ses frères, le spectacle et les vendettas de la Fédération mondiale de catch, ne se souciant guère que certains des matches fussent truqués. La plupart de ceux qui faisaient des miracles en Son nom étaient certainement des imposteurs ; des légions de personnages louches et de crapules étaient constamment à l'affût de nouvelles manières d'escroquer leur prochain, et Jésus Lui-même s'était dressé contre eux – mais même si seulement cinq pour cent des miracles attribués au Christ auxquels Eugene avait assisté étaient authentiques, cela n'était-il pas suffisant ? La dévotion avec laquelle Eugene considérait son Créateur était verbale, inconditionnelle, et inspirée par la terreur. Il ne s'agissait pas du pouvoir du Christ à alléger le fardeau des prisonniers, des opprimés et des oppresseurs, des ivrognes, des aigris, des malheureux. Mais la loyauté qu'Il exigeait était absolue, car Il était plus prompt à punir qu'à exprimer sa miséricorde.

Eugene était un pasteur de la Parole, bien qu'il ne fût affilié à aucune église en particulier. Il prêchait à tous ceux qui avaient des oreilles pour l'entendre, comme l'avaient fait les prophètes et Jean Baptiste. Sa foi était généreuse, mais le Seigneur n'avait pas jugé bon de le doter de charisme, ou de dons oratoires ; et quelquefois, les obstacles qu'il combattait (même au sein de sa propre famille) semblaient insurmontables. Etre contraint de prêcher la Parole divine dans des entrepôts abandonnés et au bord de la grand-route représentait un labeur sans repos parmi les méchants de ce monde.

Le prêcheur de montagne n'était pas une idée d'Eugene. Ses frères Farish et Danny avaient organisé la visite (« pour te filer un coup de main ») avec suffisamment de chuchotements, clins d'œil et messes basses dans la cuisine pour éveiller ses soupçons. Il n'avait jamais vu le visiteur auparavant. Le jeune homme s'appelait Loyal Reese, et était le petit frère de Dolphus Reese, un gangster minable du Kentucky qui, à la fin des années soixante, avait travaillé comme prisonnier privilégié aux côtés d'Eugene dans la blanchisserie du pénitencier de Parchman où celui-ci purgeait une peine de prison avec Farish pour deux vols qualifiés de voitures. Dolphus ne sortirait jamais. Il était condamné à la perpétuité, plus quatre-vingt-dix-neuf ans, pour trafic de drogue et pour deux meurtres avec circonstances aggravantes, dont il se prétendait innocent, disant qu'il avait été victime d'une machination.

Dolphus et Farish, le frère d'Eugene, étaient copains, et il n'y en avait pas un pour racheter l'autre – ils restaient toujours en contact, et Eugene avait l'impression que Farish, aujourd'hui libéré, aidait Dolphus à exécuter certains de ses projets conçus à l'intérieur de la prison. L'homme mesurait deux mètres, était capable de conduire comme Junior Johnson, le célèbre pilote de course, et de tuer un homme de ses mains nues (affirmait-il) d'une demi-douzaine de façons. Mais au contraire de Farish, maussade et peu disert, Dolphus était un grand bavard. C'était le mouton noir égaré d'une famille de prêcheurs de la Holiness Church, qui exerçaient depuis trois générations ; et – par-dessus le vacarme des énormes machines à laver industrielles de la blanchisserie de la prison – Eugene avait écouté avec plaisir les récits de son enfance dans le Kentucky : il avait chanté au coin des rues des villes minières de montagne, au milieu des tempêtes de neige à Noël ; il circulait à bord du bus scolaire bringuebalant qui tenait lieu de chaire à son père, et où toute la famille vivait des mois d'affilée – mangeant du corned-beef à même la boîte, dormant sur des cosses de maïs empilées à l'arrière, bercés par le chuchotis des serpents à sonnette en cage à leurs pieds ; ils allaient de ville en ville, suivis de près par la police, organisant des réunions de renouveau de la foi dans des cabanes de fortune et des prières de minuit à la lueur des lampes à pétrole, et les six enfants battaient des mains, dansant au son des tambourins, tandis que leur mère grattait sa guitare Sears-Roebuck et que leur père avalait de la strychnine dans un mortier de maçon, enroulait les serpents sur ses bras, autour de son cou, et de sa taille, en une ceinture vivante – leurs corps squameux ondulant vers le haut au rythme de la musique, comme pour s'élever dans les airs – et prêchait dans des langues inconnues en tapant du pied, tremblant de tout son être, sans cesser de chanter la puissance du Dieu vivant, Ses signes et Ses miracles, et la terreur et la joie de Son terrible, terrible amour.

Le visiteur – Loyal Reese – était le bébé de la famille, dont Eugene avait entendu parler dans la blanchisserie de la prison, et qui, nouveau-né, avait reposé au milieu des crotales. Il manipulait les serpents depuis l'âge de douze ans ; il paraissait aussi innocent qu'un agneau, avec ses grandes oreilles de paysan, ses cheveux plaqués sur le crâne, et ses yeux marron où brillait une lueur de béatitude. A la connaissance d'Eugene, aucun membre de la famille de Dolphus (en dehors de lui) n'avait eu de problème avec les autorités pour une autre raison que leurs étranges pratiques religieuses. Mais il était convaincu que ses propres frères ricaneurs et hors la loi (tous deux impliqués dans un trafic de drogue) avaient une intention secrète derrière la tête – outre le désir évident de l'incommoder et de l'affliger. Ils étaient paresseux, et malgré la joie qu'ils avaient à exaspérer leur frère, l'organisation de la venue du jeune Reese avec tous ses serpents leur avait coûté trop d'efforts pour qu'il s'agisse d'une simple farce. Quant au garçon, avec ses oreilles en feuille de chou et sa vilaine peau, il paraissait ne se douter de rien : violemment illuminé par l'espoir, et par sa vocation, il semblait à peine intrigué par l'accueil méfiant que lui avait réservé Eugene.

De sa fenêtre, celui-ci regardait son jeune frère Curtis caracoler dans la rue. Il n'avait pas invité ce jeune homme à venir, et ne savait comment gérer l'intrusion des serpents en cage dans la Mission. Il avait cru qu'ils seraient enfermés dans un coffre de voiture ou dans une grange, et n'avait jamais envisagé de leur offrir l'hospitalité dans ses appartements. Il était resté muet de stupéfaction quand le jeune Reese avait péniblement hissé une caisse bâchée après l'autre en haut de l'escalier.

« Pourquoi tu ne m'as pas dit que ces choses n'étaient pas vidées de leur venin ? » demanda-t-il abruptement.

Le petit frère de Dolphus parut surpris. « C'est pas conforme aux Ecritures », dit-il. Son accent nasillard des montagnes était aussi marqué que chez Dolphus, mais sans la nuance désabusée ni la cordialité espiègle. « En travaillant avec les Signes, nous travaillons avec le Serpent tel que Dieu l'a fait. »

Eugene répliqua sèchement : « J'aurais pu me faire mordre.

— Pas si tu as été consacré par Dieu, mon frère ! »

Il se détourna de la fenêtre pour lui faire face, et Eugene tressaillit légèrement sous l'intensité de son regard.

« Lis les Actes des prophètes, mon frère ! L'Evangile selon Marc ! La victoire contre le diable approche de son terme, exactement comme on l'a dit à l'époque de la Bible... *Et voici les signes qui accompagneront ceux qui auront cru : ils prendront dans leurs mains des serpents, et s'ils boivent quelque poison mortel* [1]...

---

1. Traduction œcuménique de la Bible. (*N.d.T.*)

— Ces animaux sont dangereux.

— Sa main a fait le serpent, frère, comme elle a fait le petit agneau. »

Eugene ne répondit pas. Il avait invité Curtis à attendre avec lui l'arrivée du jeune Reese dans l'appartement. Curtis était un chiot si crédule, si vaillant – affligé, et s'agitant inutilement pour secourir ses proches bien-aimés quand il les croyait blessés ou en danger – qu'Eugene avait voulu l'effrayer en prétendant être mordu.

Mais il avait été victime de sa propre plaisanterie. A présent, il avait honte du tour qu'il avait voulu jouer, surtout parce que Curtis avait réagi avec une extrême sympathie à son hurlement de terreur lorsque le serpent à sonnette s'était dressé et avait frappé la grille, projetant du venin sur la main de son frère : il lui avait caressé le bras, demandant avec sollicitude : « Mordu, Mordu ? »

« La marque sur ton visage, mon frère ?

— Et alors ? » Eugene était parfaitement conscient de l'horrible balafre rougeâtre sur sa figure, et n'aimait guère que des étrangers en fissent mention.

« Ce n'est pas l'empreinte des Signes ?

— Un accident. » La blessure avait été causée par une mixture de lessive et de margarine Crisco, la cold cream d'Angola, dans le jargon des détenus. Un petit rusé vicelard du nom de Weems – de Cascilla, dans le Mississippi, incarcéré pour attaque à main armée – la lui avait jetée à la figure lors d'une querelle à propos d'un paquet de cigarettes. Pendant qu'il se remettait de cette brûlure, le Seigneur était apparu à Eugene au cœur de la nuit et l'avait informé de sa mission dans le monde : en sortant de l'infirmerie, il avait recouvré la vue, et était prêt à pardonner à son persécuteur ; mais Weems était mort. Un autre prisonnier mécontent lui avait tranché la gorge avec une lame de rasoir fondue dans le manche d'une brosse à dents – un acte qui n'avait fait que renforcer la foi toute neuve d'Eugene dans les puissantes turbines de la Providence.

« Nous tous qui L'aimons, dit Loyal, portons Sa marque. » Il tendit ses mains, boursouflées et tailladées de cicatrices. Un doigt – tacheté de noir – était horriblement gonflé au bout, et un autre réduit à un moignon.

« Voilà la vérité, poursuivit-il. Nous devons être prêts à mourir pour Lui, qui était prêt à mourir pour nous. Et quand nous ramassons le serpent mortel pour le manipuler en Son nom, nous montrons notre amour pour Lui, exactement comme Il nous a montré le Sien. »

Eugene fut touché. Le garçon était visiblement sincère – ce n'était pas un charlatan, mais un homme qui vivait ses croyances, qui offrait sa vie au Christ comme les martyrs de l'ancien temps. A ce moment-là, ils furent interrompus brusquement par une série de petits coups désinvoltes frappés à la porte : *toc toc toc toc.*

Eugene fit un mouvement du menton vers le visiteur ; leurs regards s'écartèrent. Pendant quelques instants, on n'entendit que le bruit de leur respiration, et le cliquetis étouffé qui s'élevait des caisses de dynamite – un bruit horrible, si subtil qu'Eugene n'y avait pas prêté attention auparavant.

Toc toc toc toc toc. On frappa de nouveau, signe d'un esprit tatillon et pénétré de son importance – ce ne pouvait être que Roy Dial. Eugene était à jour pour le loyer, mais Dial – un propriétaire-né, irrésistiblement tenté de se mêler de tout – passait souvent sous un prétexte quelconque.

Le jeune Reese posa la main sur le bras d'Eugene. « Il y a un shérif du comté de Franklin qu'a un mandat d'arrêt contre moi », lui chuchota-t-il à l'oreille. Son haleine sentait le foin. « Mon papa et cinq autres types ont été arrêtés là-bas avant-hier soir pour atteinte à l'ordre public. »

Eugene leva la main pour le rassurer, mais Mr Dial secoua alors le loquet avec une énergie féroce. « Hé ? Il y a quelqu'un ? » *Toc toc toc toc toc.* Un moment de silence, puis, à son horreur, Eugene entendit une clé furtive s'introduire dans la serrure.

Il se précipita dans la pièce du fond, à temps pour voir la chaîne de sûreté retenir la porte qui s'entrebâillait.

« Eugene ? » La poignée cliqueta. « Il y a quelqu'un ?

— Hum. Je regrette, Mr Dial, mais c'est pas l'bon moment, cria Eugene de la voix polie et bavarde qu'il utilisait avec les percepteurs et les huissiers.

— Eugene ! Bonjour, mon brave ! Ecoutez, je comprends ce que vous me dites, mais j'aimerais vous toucher deux mots. » Le bout d'un derby noir se glissa dans l'embrasure de la porte. « D'ac ? Une demi-seconde. »

Eugene s'avança à pas de loup, une oreille penchée vers le seuil. « Euh, que puis-je pour votre service ?

— *Eugene.* » Le loquet cliqueta de nouveau. « Une demi-seconde et je vous lâche ! »

Il ferait un bon prêcheur, songea amèrement le pasteur. Il s'essuya la bouche du revers de la main, et dit tout haut, du ton le plus sociable et le plus détaché qu'il put trouver : « Hum, j'suis vraiment désolé de devoir vous chasser, mais vous avez vraiment choisi le mauvais moment, Mr Dial. J'suis en train d'étudier la Bible ! »

Un bref silence, puis la voix du propriétaire répondit : « Bon. Mais, Eugene..., vous ne devriez pas sortir toutes ces poubelles devant le trottoir avant cinq heures. Si je reçois un avertissement, vous serez responsable.

— Mr Dial, dit Eugene, regardant fixement la petite glacière Igloo sur le carrelage de sa cuisine. Je regrette énormément de devoir vous le dire, mais je crois sincèrement que ces ordures là dehors appartiennent aux deux mormons.

— Peu m'importe à qui elles sont. Le service d'hygiène exige qu'on ne les sorte qu'à partir de cinq heures. »

Eugene jeta un coup d'œil à sa montre. *Cinq heures moins cinq, démon baptiste.* « Très bien. Euh, j'y veillerai.

— Merci ! Je serais absolument enchanté que nous puissions coopérer, Eugene. Dites-moi, pendant que j'y suis... Jimmy Dale Ratliff est-il votre cousin ? »

Après une pause, Eugene répondit d'un ton las : « Cousin au second degré.

— J'ai des difficultés à retrouver son numéro de téléphone. Pourriez-vous me le donner ?

— Jimmy Dale et les autres, ils ont pas le téléphone.

— Si vous le voyez, Eugene, pouvez-vous lui dire de passer au bureau ? Nous devons avoir une petite conversation au sujet du financement de son véhicule. »

Pendant le silence qui suivit, Eugene songea à la manière dont Jésus avait renversé les tables des changeurs et chassé les acheteurs et les vendeurs du Temple. Le bétail et les bœufs avaient été leurs marchandises – les voitures et les camions de l'époque biblique.

« Entendu ?

— Je m'en charge, Mr Dial. »

Eugene l'écouta descendre les marches – lentement au début, s'arrêtant à mi-chemin avant d'adopter une cadence plus vive. Puis il se glissa vers la fenêtre. Mr Dial ne se dirigea pas tout de suite vers son propre véhicule (une Chevy Impala avec des plaques de concessionnaire), mais s'attarda quelques minutes dans la cour, hors du champ de vision d'Eugene – sans doute pour inspecter la camionnette de Loyal, également une Chevrolet ; ou peut-être, simplement, pour espionner les pauvres mormons, qu'il aimait bien, mais harcelait sans merci, les tourmentant avec des passages provocateurs des Ecritures et les interrogeant sur leur vision de la vie future, et ainsi de suite.

Eugene attendit que la Chevy démarre (à contrecœur, avec un bruit paresseux, surprenant pour une voiture aussi neuve) pour retourner vers son visiteur, qu'il trouva un genou à terre, parcouru de tremblements, en train de prier intensément, le pouce et l'index appuyés sur ses orbites, à la manière d'un athlète chrétien avant un match de football.

Eugene fut embarrassé, répugnant à déranger son invité, autant qu'à se joindre à lui. Il retourna sans bruit dans la pièce de devant, prit dans sa petite glacière Igloo une tranche tiède et suintante de fromage rond – achetée ce matin à peine, et qui n'avait guère quitté ses pensées depuis – et se coupa un bon morceau avec son couteau de poche. Il l'engloutit d'une bouchée, sans crackers, les épaules voûtées, le dos tourné vers la porte ouverte de la pièce où son hôte était toujours agenouillé contre les caisses de dynamite, se demandant pourquoi il n'avait jamais songé à mettre des rideaux dans sa mission. Jamais auparavant cela n'avait paru nécessaire, puisqu'il occupait le premier étage, et bien que sa propre cour fût dénudée, les arbres des autres cours bouchaient la vue des fenêtres voisines. Néanmoins, un peu d'intimité supplémentaire ne serait pas inutile pendant le séjour des serpents chez lui.

Ida Rhew glissa la tête par la porte entrebâillée de Harriet, une pile de serviettes propres dans les bras. « Tu t'amuses pas à découper des photos dans ce livre, hein ? s'exclama-t-elle, apercevant une paire de ciseaux sur le tapis.

— Non », répondit la fillette. Par la fenêtre ouverte lui

parvenait le léger bourdonnement des tronçonneuses : les arbres tombaient un par un. Les diacres de l'église baptiste n'avaient qu'une idée en tête, le développement : des nouvelles salles de récréation, un nouveau parking, un nouveau centre de jeunesse. Bientôt il ne resterait plus un seul arbre dans ce pâté de maisons.

« Que je ne t'y prenne pas, hein ?

— Bien.

— Pourquoi t'as sorti ces ciseaux, alors ? » D'un hochement de tête belliqueux, elle les indiqua. « Range ça tout de suite », ordonna-t-elle.

Harriet, docilement, alla déposer l'objet dans un tiroir de sa commode, puis le referma. Ida renifla et repartit pesamment. Harriet s'assit au pied de son lit et attendit ; dès que la domestique fut hors de portée de voix, elle rouvrit le tiroir et ressortit les ciseaux.

Elle possédait sept annuaires de l'école d'Alexandria, depuis le CP. Pemberton avait obtenu son diplôme deux ans auparavant. Elle feuilleta page à page son annuaire de terminale, examinant chaque photographie. Pemberton était partout : dans des photos de groupe des équipes de tennis et de golf ; en pantalon écossais, affalé sur une table dans la salle d'étude ; en costume, devant une toile de fond scintillante garnie de banderoles blanches, avec le reste des participants à la fête annuelle. Son front brillait, et son visage joyeux était violemment empourpré ; il avait l'air ivre. Diane Leavitt – la grande sœur de Lisa Leavitt – avait glissé sa main gantée sous son coude et, malgré son sourire, semblait un peu effarée qu'Angie Stanhope eût été nommée Reine de la fête à sa place.

Puis les portraits de dernière année. Smokings, boutons d'acné, colliers de perles. Campagnardes à la mâchoire protubérante, l'air emprunté devant la draperie du photographe. La pétillante Angie Stanhope, qui avait gagné toutes les récompenses cette année-là, et s'était mariée juste après le lycée, et qui paraissait maintenant si fanée, le teint blafard et la taille empâtée quand Harriet la croisait à l'épicerie. Mais elle ne vit pas trace de Danny Ratliff. Avait-il échoué ? Quitté le lycée ? Elle tourna la page, pour découvrir les photographies des lauréats de terminale au jardin d'enfants (Diane Leavitt en train de parler dans un téléphone de bébé en plastique ; Pem, l'air renfrogné, la couche trempée, titubant au bord d'une piscine miniature), et elle vit soudain, avec un choc, un portrait de son frère mort.

C'était bien Robin : tout seul sur la page d'en face, frêle et joyeux, le visage parsemé de taches de rousseur, coiffé d'un énorme chapeau de paille qui semblait appartenir à Chester. Il riait – d'une manière délicieuse, comme s'il aimait la personne qui tenait l'appareil, et non à cause de quelque chose de drôle. ROBIN TU NOUS MANQUES ! ! ! disait la légende. Dessous, ses camarades de classe fraîchement diplômés avaient tous signé.

Elle examina longtemps la photographie. Elle ne connaîtrait jamais le son de la voix de Robin, mais elle aimait ce visage depuis toujours, et avait tendrement suivi ses modulations à travers une série de clichés évanescents : moments saisis au hasard, miracles de la lumière ordinaire. Adulte, à quoi aurait-il ressemblé ? C'était impossible à savoir. A en juger d'après sa photographie, Pemberton avait été un bébé très laid – les épaules larges, les jambes arquées, sans cou, et rien n'indiquait alors qu'il deviendrait aussi beau.

Danny Ratliff ne se trouvait pas non plus dans la classe de l'année précédente (Pem y apparaissait à nouveau, en tant qu'élève jovial de première), mais en glissant le doigt sur la liste alphabétique des noms de la classe du dessous, elle le découvrit brusquement : *Danny Ratliff.*

Son œil bondit sur la colonne d'en face. A la place d'une photographie, figurait seulement une caricature hérissée d'un adolescent aux coudes posés sur une table, méditant sur une feuille de papier intitulée « L'antisèche ». Sous le dessin, on lisait, en majuscules inégales, débridées : TROP OCCUPÉ – PHOTO INDISPONIBLE.

Il avait donc manqué au moins une année. Avait-il abandonné ses études après la seconde ?

Elle remonta encore une année, et le trouva enfin, dans la classe précédente : un garçon avec une épaisse frange qui tombait très bas sur le front, et recouvrait ses sourcils – beau, mais dans un style menaçant, comme une pop star dévoyée. Il paraissait plus âgé qu'un élève de troisième. Ses yeux étaient à demi cachés sous ses cheveux, ce qui lui donnait une expression cruelle et sournoise ; il faisait une moue insolente, comme s'il était sur le point de recracher un chewing-gum ou de faire *pfft*.

Elle étudia longtemps le portrait. Puis, soigneusement, elle le découpa, et le glissa dans son cahier orange.

« Harriet, descends. » La voix d'Ida, au pied de l'escalier.

« Qu'est-ce qu'il y a ? répondit la fillette, se hâtant de terminer.

— Qui a percé des trous dans ce panier à pique-nique ? »

Hely n'appela pas l'après-midi, ni le soir. Le lendemain matin – qui était pluvieux – il ne vint pas non plus, aussi Harriet décida-t-elle d'aller chez Edie pour voir si elle avait préparé le petit déjeuner.

« Un diacre ! s'exclama sa grand-mère. Et il essaie de faire du bénéfice avec une excursion de veuves et de retraitées organisée par l'église ! » Elle était superbement habillée – d'une chemise et d'une salopette kaki, car elle devait passer la journée à travailler avec le club de jardinage au cimetière Confederate. « "Eh bien, m'a-t-il dit (fit-elle la bouche en cul de poule, imitant la voix de Mr Dial), Greyhound vous demanderait quatre-vingts dollars." Greyhound ? "Rien de surprenant", ai-je répondu. Aux dernières nouvelles, Greyhound est encore une compagnie à but lucratif ! »

Tout en prononçant ces mots, elle regardait le journal par-dessus ses lunettes en demi-lune : sa voix était cinglante, princière. Elle n'avait pas remarqué le silence de sa petite-fille, et Harriet, vexée (mâchant son toast sans rien dire), avait sombré dans une bouderie encore plus résolue. Elle en voulait énormément à Edie depuis sa conversation avec Ida – et plus encore parce que sa grand-mère passait son temps à écrire des lettres aux membres du Congrès et aux sénateurs, à organiser des pétitions, à se battre pour sauver tel bâtiment historique ou telle espèce menacée. Le bien-être d'Ida n'était-il pas aussi important que le gibier d'eau du Mississippi qui absorbait si intensément l'énergie d'Edie ?

« Bien sûr, je ne le lui ai pas rappelé », poursuivit Edie, reniflant d'un air impérieux comme pour remarquer : *et il peut s'en estimer heureux*, tandis qu'elle prenait son journal et le déployait d'un coup sec, « mais je ne pardonnerai jamais à Roy Dial la manière dont il a escroqué papa pour l'achat de sa dernière voiture. A la fin, papa s'embrouillait dans les questions pratiques. Dial aurait pu aussi bien l'assommer dans la rue et lui voler l'argent dans sa poche. »

Harriet se rendit compte qu'elle fixait la porte de derrière avec trop d'insistance, et se retourna vers son petit déjeuner. Si Hely ne la trouvait pas chez elle, il venait la chercher ici, et c'était quelquefois embarrassant, car Edie n'aimait rien autant que la taquiner à propos de son ami, chuchotant à part elle des commentaires sur les charmes de l'amour ou fredonnant tout bas d'odieuses chansonnettes sentimentales. Harriet résistait stoïquement à toutes sortes d'agaceries, mais ne supportait pas les railleries sur les garçons. Edie feignait de l'ignorer, et se récriait devant l'effet produit par ses paroles (crise de larmes, signes de dénégation), avec une stupéfaction forcée : « M'est avis que la dame proteste trop fort ! » s'exclamait-elle gaiement, d'un ton joyeux et moqueur qu'abhorrait Harriet ; ou, d'un ton plus présomptueux : « Tu dois vraiment aimer ce petit garçon si ça te perturbe autant de parler de lui. »

« Je pense, déclara Edie – arrachant Harriet à ses souvenirs –, je pense qu'on devrait leur fournir un repas chaud à l'école, mais ne pas donner un cent aux parents. » Elle parlait d'un article dans le journal. Un peu plus tôt, elle avait abordé la question du canal de Panama, disant que c'était de la folie de s'en défaire.

« Je pense que je vais lire la chronique nécrologique, poursuivit-elle. C'est ce que papa disait. "Je ferais mieux de commencer par là pour voir s'il y a quelqu'un que je connais." »

Elle retourna à la lecture de la dernière page. « J'aimerais bien que cette pluie s'arrête », dit-elle en jetant un regard par la fenêtre, apparemment sans voir Harriet. « Il y a beaucoup à faire à l'intérieur – l'abri de jardin a besoin d'être nettoyé et il faut désinfecter tous ces pots – mais je te garantis que les gens vont se réveiller, et un coup d'œil au temps... »

Comme par un fait exprès, le téléphone sonna.

« Et voilà, s'exclama Edie qui frappa dans ses mains, en se levant de table. La première annulation de la matinée. »

271

Harriet rentra chez elle sous une pluie fine, courbant la tête sous le gigantesque parapluie emprunté à Edie qui – lorsqu'elle était plus petite – lui avait servi comme accessoire pour jouer à Mary Poppins. L'eau chantonnait dans les caniveaux ; de longues rangées de lis d'un jour orangés, fouettés par la pluie, se penchaient vers le trottoir, formant des angles désespérés comme pour lui crier après. Elle s'attendait un peu à voir Hely accourir dans son ciré jaune en sautant dans les flaques ; elle était décidée à l'ignorer dans ce cas, mais les rues noyées de vapeur étaient désertes : ni passants, ni voitures.

Puisque personne n'était là pour l'empêcher de jouer sous la pluie, elle mit un point d'honneur à sautiller d'une mare à l'autre. Etait-elle fâchée avec Hely ? Leur brouille la plus longue datait du CM1. Ils s'étaient disputés à l'école, pendant un retour d'hiver au mois de février, où la neige fondue frappait les vitres et où tous les enfants étaient excités après trois jours passés sans sortir dans la cour de récréation. La salle de classe était pleine à craquer, et empestait la moisissure, la poussière de craie et le lait tourné, mais surtout l'urine. La moquette en était imprégnée ; les jours humides, l'odeur exaspérait tout le monde, et les élèves se bouchaient le nez ou faisaient semblant de s'étouffer ; même l'institutrice, Mrs Miley, arpentait le fond de la classe avec une bombe désodorisante de Glade Floral Bouquet, dont elle vaporisait des jets réguliers, drastiques – tandis qu'elle expliquait la division avec retenue ou faisait une dictée – de telle sorte qu'une légère brume parfumée se déposait perpétuellement sur la tête des enfants, qui, lorsqu'ils rentraient chez eux, embaumaient la cuvette des toilettes pour dames.

Mrs Miley n'était pas censée laisser sa classe sans surveillance : mais l'odeur d'urine ne lui plaisait pas plus qu'aux enfants, aussi traversait-elle souvent le couloir d'un pas nonchalant, pour bavarder avec Mrs Rideout, l'institutrice des CM2. Elle désignait chaque fois un élève pour garder la classe pendant son absence, et ce jour-là, elle avait choisi Harriet.

Etre chargé de cette corvée n'avait rien d'amusant. Pendant que Harriet, près de la porte, attendait le retour de Mrs Miley, les autres enfants – qui n'avaient d'autre souci que de regagner leurs places à temps – galopaient dans la salle malodorante et surchauffée : ils riaient, geignaient, jouaient à chat, lançaient des pions, s'envoyaient des boules de papier froissé à la figure. Hely et un garçon du nom de Greg DeLoach s'étaient amusés à viser la nuque de Harriet avec ces boulettes pendant qu'elle surveillait la classe. Ils ne craignaient ni l'un ni l'autre d'être dénoncés. Les enfants avaient si peur de Mrs Miley qu'aucun ne rapportait jamais. Mais Harriet était de méchante humeur parce qu'elle avait besoin d'aller aux toilettes, et qu'elle détestait Greg DeLoach, qui se curait le nez et après mangeait les crottes. Lorsque Hely jouait avec lui, la personnalité de Greg le contaminait comme une maladie. Ensemble, ils la bombardaient de boulettes, lui criaient des insultes, et hurlaient si elle s'approchait.

Aussi, quand Mrs Miley revint, Harriet se plaignit de ses deux camarades et, pour faire bonne mesure, ajouta que Greg l'avait traitée de putain. Dans le passé, Greg l'avait effectivement injuriée dans ces termes (il l'avait même appelée d'un mot mystérieux qui ressemblait à « putain-lapinière ») mais cette fois-là il s'était contenté de Dégueu. Comme punition, Hely dut apprendre par cœur cinquante mots supplémentaires de vocabulaire, mais Greg reçut en plus neuf coups de battoir (un pour chaque lettre des mots « zut » et « putain »), administrés par la vieille Mrs Kennedy aux dents jaunes, qui était bâtie comme un homme, et donnait toutes les fessées à l'école primaire.

C'était surtout parce qu'il avait peiné trois semaines à mémoriser les mots pour passer le test écrit que Hely en avait voulu si longtemps à Harriet. Impassible, elle s'était résignée sans trop de mal à la vie sans lui, qui ressemblait à sa vie habituelle, en plus solitaire ; mais deux jours après le test, il était revenu frapper à la porte de derrière pour lui proposer une balade en vélo. En général, après les disputes, c'était lui qui renouait, qu'il fût ou non en faute – parce qu'il avait la mémoire la plus courte, et qu'il était le premier à paniquer quand il avait devant lui une heure de libre sans personne avec qui jouer.

Harriet secoua son parapluie, le déposa sur le porche, et traversa la cuisine pour regagner l'entrée. Ida Rhew sortit du séjour et se dressa devant elle, sans lui laisser le temps de monter l'escalier jusqu'à sa chambre.

« Ecoute-moi bien, s'écria-t-elle. Toi et moi on n'en a pas fini avec ce panier de pique-nique. Je sais que c'est toi qu'as percé des trous là-dedans. »

Harriet fit non de la tête. Elle maintenait sa position, mais n'avait pas l'énergie de trouver un mensonge plus vigoureux.

« Tu veux peut-être me faire croire que quelqu'un est entré dans la maison pour le faire ?

— C'est la boîte de déjeuner d'Allison.

— Tu sais très bien que ta sœur a pas percé des trous là-dedans, lui cria Ida pendant qu'elle gravissait les marches. J'y crois pas une seconde ! »

On va l'allumer...
On va vous apporter le pouvoir...

L'air morne, Hely était assis en tailleur sur le sol, devant la télévision, un bol de Giggle Pops à moitié avalé sur les genoux, et, repoussés sur le côté, ses robots Rock'em Sock'em – l'un d'eux disloqué, le bras ballant. Un peu plus loin, face contre terre, un GI Joe qui avait servi d'arbitre.

The Electric Company était une émission éducative mais du moins, elle n'était pas aussi stupide que *Mister Rogers*. Il avala encore mollement une cuillerée de céréales – elles étaient pâteuses à présent, et le colorant avait verdi le lait, mais les mini-marshmallows crissaient encore comme du gravier d'aquarium. Quelques minutes plus tôt, sa mère s'était précipitée en bas pour glisser la tête à l'intérieur de la salle de jeux et lui demander s'il avait envie de l'aider à faire des biscuits ; le refus méprisant qu'il lui avait opposé l'avait à peine offusquée, et il en éprouvait encore de la mauvaise humeur. *Bon,* avait-elle répondu gaiement, *comme tu voudras.*

Non : il ne lui ferait pas le plaisir de paraître intéressé. La cuisine était une affaire de filles. Si sa mère l'aimait vraiment, elle devait le conduire au bowling.

Il avala encore une cuillerée de Giggle Pops. Tout le sucre avait fondu et elles n'avaient plus un aussi bon goût.

Chez Harriet, la journée s'étirait en longueur. Personne ne parut remarquer que Hely n'était pas venu – sauf, bizarrement, sa mère, dont on ne pouvait espérer avec une absolue certitude qu'elle s'apercevrait, en cas de tempête, que le toit de la maison avait été emporté. « Où est le petit Price ? » cria-t-elle à Harriet depuis la véranda, cet après-midi-là. Elle appelait ainsi Hely parce que Price était le nom de jeune fille de sa mère.

« Je sais pas », répondit sèchement la fillette, qui remonta au premier. Elle ne tarda pas à s'ennuyer – passant du lit à la banquette de la fenêtre, très nerveuse, à regarder la pluie se déverser contre les vitres – et bientôt elle redescendit au rez-de-chaussée.

Après avoir erré un moment sans but, et s'être fait chasser de la cuisine, elle s'assit finalement dans un coin délaissé de l'entrée où les lattes étaient particulièrement lisses, pour jouer aux osselets. Tout en jouant, elle comptait à voix haute, d'une voix terne et chantante qui alternait sourdement avec le choc de l'osselet, et la chanson monotone d'Ida dans la cuisine :

Daniel saw that stone, hewn out the mountain
Daniel saw that stone, hewn out the mountain
Daniel saw that stone, hewn out the mountain...

[Daniel a vu cette pierre, taillée dans la montagne
Daniel a vu cette pierre, taillée dans la montagne
Daniel a vu cette pierre, taillée dans la montagne....]

L'osselet était dur, en plastique miracle qui rebondissait plus haut que du caoutchouc. S'il heurtait une tête de clou particulière, il repartait avec un sifflement. Et ce clou – noir, planté obliquement à la manière d'un petit dôme de sampan chinois – ce clou même était un objet innocent, débonnaire sur lequel Harriet pouvait fixer son attention, un point immobile bienvenu dans le chaos du temps. Combien de fois avait-elle posé son pied nu sur ce clou dressé ? Recourbé à l'extrémité par la force du marteau, il n'était pas assez tranchant pour couper la chair, mais une fois, lorsqu'elle avait quatre ans, et qu'elle glissait sur les fesses dans l'entrée, il avait accroché et déchiré le fond de sa culotte : une culotte bleue qui faisait partie d'un ensemble acheté chez Kiddie Corner, avec les jours de la semaine brodés en lettres roses.

Trois, six, neuf, et encore un. La tête de clou était iné-branlable, elle n'avait pas changé depuis sa petite enfance. Non : elle était restée à sa place, demeurant dans son obscur bassin de marée derrière la porte du vestibule, alors que le reste du monde perdait la tête. Même Kiddie Korner – où, très récemment, Harriet achetait encore tous ses vêtements – avait fermé. La minuscule Mrs Rice pou-drée de rose – pilier des premières années de sa vie, avec ses lunettes noires et son gros bracelet en or à breloques – avait vendu le magasin et était partie en maison de retraite. Harriet n'aimait pas passer devant la boutique vide, bien qu'elle s'arrêtât chaque fois pour scruter la vitrine poussiéreuse, une main posée sur le front. Quel-qu'un avait arraché les rideaux des tringles, et les étalages étaient vides. Le sol était jonché de feuilles de journaux, et de petits mannequins d'enfants qui vous donnaient le frisson – nus, bronzés, coupes au bol impeccables – regar-daient fixement ici ou là dans la pénombre.

Jesus was the stone, hewn out the mountain
Jesus was the stone, hewn out the mountain
Jesus was the stone, hewn out the mountain
Tearing down the kingdom of this world.

[Jésus fut la pierre, taillée dans la montagne
Jésus fut la pierre, taillée dans la montagne
Jésus fut la pierre, taillée dans la montagne
Qui mit en pièces le royaume de ce monde.]

Quatre. Cinq. Elle était la championne des osselets en Amérique. La championne du monde des osselets. Avec un enthousiasme à peine forcé, elle criait les scores, s'applaudissait elle-même, se balançait en arrière sur ses talons, émerveillée par sa propre performance. Un moment, son agitation lui donna l'illusion de prendre du bon temps. Mais elle avait beau essayer, elle ne parvenait pas tout à fait à oublier que personne ne se souciait qu'elle s'amusât ou non.

Danny Ratliff se réveilla de sa sieste avec un sentiment désagréable. Il avait très peu dormi ces dernières semaines, car son frère aîné, Farish, avait installé un laboratoire de méthédrine dans le hangar de taxidermie, derrière la caravane de leur grand-mère. Farish n'était pas chimiste, mais l'amphétamine était assez bonne, et le projet lui-même était un pur bénéfice. Entre les drogues, ses chèques d'invalidité, et les têtes de cerf qu'il empaillait pour les chasseurs locaux, Farish touchait le quintuple de ce qu'il avait gagné autrefois en cambriolant les maisons et en volant des batteries dans les voitures. Il ne se mêlait plus de ce genre d'affaires désormais. Depuis qu'il était sorti de l'hôpital psychiatrique, Farish avait refusé d'utiliser ses remarquables talents autrement que pour donner des conseils. Certes, il avait appris à ses frères tout ce qu'ils savaient, mais il ne se joignait plus à eux dans leurs périples ; il refusait d'écouter les détails concernant des missions spécifiques, et même de monter à bord du véhicule. Bien qu'il fût beaucoup plus doué qu'eux en matière de crochetage de serrures, de démarrage sans clé de contact, de reconnaissance tactique, de fuite, et de presque tous les aspects du métier, cette nouvelle politique des mains propres valait finalement mieux pour tout le monde ; car Farish était un maître, et il était plus utile à la maison que derrière les barreaux.

Le génie du labo de méthédrine était que l'entreprise de

taxidermie (que Farish dirigeait depuis vingt ans, tout à fait légalement, avec des interruptions) lui donnait accès à des produits chimiques par ailleurs délicats à obtenir ; en outre, la puanteur de l'opération d'empaillage couvrait très, très largement l'odeur marquée de pisse de chat que dégageait la méthédrine en cours de fabrication. Les Ratliff vivaient dans les bois, à bonne distance de la route, mais même ainsi, l'odeur les trahirait à tous les coups ; plus d'un laboratoire (disait Farish) avait fait naufrage à cause de voisins trop curieux ou de vents qui soufflaient dans la mauvaise direction, s'engouffrant par la fenêtre ouverte d'un véhicule de police qui passait.

La pluie avait cessé ; le soleil brillait à travers les rideaux. Danny ferma les yeux, roula sur le côté en faisant grincer les ressorts du lit, et enfouit son visage dans l'oreiller. Sa caravane – l'une des deux remorques situées derrière le mobile home plus large où vivait sa grand-mère – se trouvait à cinquante mètres du labo de méthédrine, mais entre les cristaux, la chaleur et la taxidermie, la puanteur circulait ; et Danny en était malade, presque au point de vomir. Moitié pisse de chat, moitié formol, moitié pourriture et mort, l'odeur imprégnait presque tout : les vêtements et les meubles, l'eau et l'air, les tasses en plastique et la vaisselle de sa grand-mère. Son frère empestait si fort qu'on pouvait difficilement l'approcher à moins de deux mètres, et une ou deux fois, Danny avait détecté, horrifié, un relent fétide dans sa propre sueur.

Il resta figé, le cœur battant. Pendant plusieurs semaines, il avait été speed presque non-stop, pas un instant de sommeil, à peine une sieste hachée de temps à autre. Le ciel bleu, la musique rapide à la radio, de longues nuits accélérées qui filaient vers un point imaginaire tandis qu'il appuyait son pied à fond sur le plancher et les fendait tel l'éclair, l'une après l'autre, l'obscurité après la lumière et encore après l'obscurité, comme s'il avait traversé des orages d'été sur une interminable portion d'autoroute. Il ne s'agissait pas d'aller quelque part, mais simplement de rouler le plus vite possible. Certaines personnes (pas Danny) couraient si vite et si loin, à une cadence si irrégulière qu'un matin noir de trop ils grinçaient des dents et écoutaient le gazouillis des oiseaux avant le lever du soleil et *crac* : terminé. Ravagés pour de bon, l'œil fou, s'agitant et se tordant dans tous les sens : convaincus que des asticots leur dévoraient la moelle, que leurs petites amies les trompaient, que le gouvernement les surveillait par l'intermédiaire du poste de télévision, et que les chiens aboyaient des messages en morse. Danny avait vu un dingue squelettique (K.C. Rockingham, aujourd'hui décédé) en train de se labourer les bras avec une aiguille à coudre : on aurait dit qu'il les avait plongés jusqu'au coude dans une friteuse. Des ankylostomes miniature se cachaient sous sa peau, disait-il. Pendant deux longues semaines, dans un état proche du triomphe, il était resté devant la télévision vingt-quatre heures sur vingt-quatre, et avait arraché la chair de ses avant-bras, criant « J't'ai eu ! » et « Ha ! » à la vermine imaginaire ; Farish avait frôlé une fois ou deux cette hystérie maniaque (un grave incident en particulier : il avait balancé un tisonnier en hurlant quelque chose sur John F. Kennedy) et Danny n'avait nullement l'intention de l'imiter un jour.

Non : il se sentait bien, super bien, il transpirait juste comme un bœuf, il avait trop chaud et était un peu tendu. Un tic faisait trembler sa paupière. Les bruits, même infimes, commençaient à lui taper sur les nerfs, mais il était surtout accablé par un cauchemar qui revenait par intermittence, depuis une semaine. Il semblait planer sur lui, guetter l'instant où il perdait conscience ; quand il s'allongeait sur son lit, glissant désagréablement dans le sommeil, le rêve bondissait sur lui, lui agrippait les chevilles, et l'immobilisait avec une rapidité vertigineuse.

Il roula sur le dos et leva les yeux vers le poster de maillot de bain collé au plafond. Comme une méchante gueule de bois, les vapeurs empoisonnées du cauchemar lui collaient encore à la peau. Aussi terrible qu'il fût, il ne parvenait jamais à se souvenir des détails quand il se réveillait, pas plus des gens que des situations (bien qu'il y eût toujours au moins une autre personne) mais il retenait seulement la stupéfaction d'être aspiré dans un néant privé d'air et de lumière ; il se débattait terrifié, agitant bras et jambes. Une fois raconté, cela paraîtrait moins impressionnant, mais s'il avait eu par le passé un rêve plus atroce, il n'en avait pas gardé le souvenir.

Des mouches noires étaient agglutinées sur le beignet entamé – son déjeuner – posé sur la petite table près de son lit. Elles s'envolèrent en bourdonnant quand Danny se leva, et tournoyèrent quelques instants comme folles, avant de se reposer sur le beignet.

Maintenant que ses frères Mike et Ricky Lee étaient en prison, Danny avait la caravane pour lui tout seul. Mais elle était vieille, avec un plafond bas, et – bien qu'il en fît un ménage scrupuleux, prenant soin de nettoyer les fenêtres et de ne laisser aucune assiette sale – elle demeurait délabrée et étriquée. Le ventilateur électrique ronronnait, soulevant au passage les minces rideaux. Dans la poche de poitrine de sa chemise en jean, pendue à une chaise, il prit une tabatière qui ne contenait pas de tabac à priser, mais une once de méthédrine en poudre.

Il en aspira une bonne pincée sur le dos de sa main. La brûlure au fond de sa gorge était si délicieuse que ses yeux s'embrumèrent. Presque instantanément, le voile se leva : les couleurs plus vives, les nerfs plus solides, la vie plus supportable. Rapidement, d'une main tremblante, il se prépara une autre pincée, avant que l'envolée de la première n'eût pris tout son essor.

Ah oui : une semaine à la campagne. Arcs-en-ciel et scintillements. Brusquement il se sentit reposé, l'esprit vif, la situation bien en main. Il fit son lit, tendu comme la peau d'un tambour, vida le cendrier et le lava dans l'évier, jeta la boîte de Coca et le reste du beignet. Sur la petite table était posé un puzzle à moitié fait (un paysage d'hiver pâlot, des arbres dénudés et une cascade), qui lui avait tenu lieu d'occupation pendant plus d'une nuit agitée. Devait-il y travailler un peu ? Oui : le puzzle. Mais son attention fut alors attirée par l'état des fils électriques. Ils étaient enchevêtrés autour du ventilateur, grimpaient sur les murs, couraient dans toute la pièce. Le radio-réveil, la télévision, le grille-pain, et ainsi de suite. Il assomma une mouche qui tournait autour de sa tête. Peut-être qu'il devrait s'occuper de ces fils – les organiser un peu. De la caravane de sa grand-mère lui parvint distinctement, à travers le brouillard, la voix lointaine d'un speaker de la Fédération mondiale de catch : « Doctor Death *s-s-s-sort* de ses gonds... »

« Fichez-moi la paix », se surprit à crier Danny. Sans même s'en rendre compte, il avait tué deux mouches et examinait les salissures sur le bord de son chapeau de cow-boy. Il ne se souvenait pas de l'avoir ramassé, ni même de l'avoir vu dans la pièce.

« D'où tu sors ? » lui dit-il. Bizarre. Les mouches – maintenant surexcitées – bourdonnaient tout autour de sa tête, mais pour l'instant, c'était le chapeau qui le préoccupait. Pourquoi se trouvait-il à l'intérieur ? Il l'avait laissé dans la voiture, il en était sûr. Il le jeta sur le lit – tout d'un coup, il ne voulait plus aucun contact avec cette chose : son air crâneur, au milieu des couvertures repliées avec soin, lui faisait froid dans le dos.

Putain de merde, songea-t-il. Il tendit le cou, tira sur son jean, et sortit. Il trouva son frère Farish allongé dans une chaise longue en aluminium devant le mobile home de leur grand-mère, en train de se curer les ongles avec un couteau de poche. Autour de lui étaient éparpillés divers objets de distraction, des objets au rebut : une pierre à aiguiser ; un tournevis et un transistor en partie démonté ; un livre de poche avec une croix gammée sur la couverture. Leur plus jeune frère, Curtis, était assis dans la poussière, parmi toutes ces choses, ses jambes courtaudes largement écartées devant lui, et fredonnait en pressant un chaton sale et mouillé contre sa joue. La mère de Danny, alcoolique au dernier degré, avait eu Curtis à quarante-six ans – et bien que leur père (tout aussi alcoolique, et également décédé) eût bruyamment déploré la naissance, Curtis était un être doux, qui aimait les gâteaux, l'harmonica et Noël, et, en dehors de sa maladresse et de sa lenteur, n'avait aucun défaut, sinon sa légère surdité, et sa tendance à monter un peu trop fort le son de la télévision.

Farish, la mâchoire serrée, hocha la tête vers Danny, mais ne leva pas les yeux. Il était très nerveux lui aussi. La fermeture Eclair de sa combinaison marron (un uniforme UPS avec un trou sur la poitrine, là où l'étiquette avait été découpée) était ouverte presque jusqu'à la taille, exposant une toison de poils noirs. Hiver comme été, Farish ne portait rien d'autre que ces uniformes marron, sauf s'il devait se rendre au tribunal, ou à un enterrement. Il les achetait d'occasion, par douzaines, au Parcel Service. Des années auparavant, Farish avait réellement travaillé à la Poste, non comme livreur de colis, mais comme facteur. Selon lui, il n'existait pas de système plus discret pour surveiller les quartiers riches, savoir qui était en voyage, qui ne verrouillait pas ses fenêtres et qui laissait les journaux s'empiler chaque week-end, et qui possédait un chien risquant de compliquer la situation. Ce point de vue lui avait coûté son emploi et l'eût expédié à la prison Leavenworth si le procureur avait réussi à prouver qu'il avait commis l'un des cambriolages pendant son service.

A la Black Door Tavern, chaque fois qu'on taquinait Farish au sujet de son costume UPS, ou qu'on lui demandait pourquoi il s'habillait ainsi, il répondait invariablement, d'un ton laconique, qu'il avait travaillé à la Poste. Mais ce n'était pas la raison : Farish était dévoré de haine pour le gouvernement fédéral, et plus encore pour la Poste. Danny soupçonnait que la vraie raison de la prédilection de son frère pour les combinaisons était qu'il avait pris l'habitude de ce style de vêtement pendant son séjour en hôpital psychiatrique (une autre histoire), mais ce n'était pas le genre de sujet qu'on abordait facilement avec lui.

Danny s'apprêtait à se diriger vers la grosse caravane quand son frère redressa sa chaise longue et ferma son couteau d'un coup sec. Il agitait frénétiquement le genou. Farish avait un œil aveugle – blanc, et recouvert d'un voile laiteux – et même après toutes ces années, cela mettait encore Danny mal à l'aise de le voir se tourner brusquement vers lui, comme à cet instant.

« Gum et Eugene ont eu un petit conflit à propos de la télévision », dit-il. Gum était leur grand-mère paternelle. « Eugene pense qu'elle devrait pas regarder sa famille. »

Tandis qu'il parlait, les deux frères fixaient les bois denses et silencieux, de l'autre côté de la clairière, sans se regarder – Farish pesamment avachi dans sa chaise longue, Danny debout à ses côtés, tels des passagers dans un train bondé. *Ma famille* était le nom que leur grand-mère donnait à son feuilleton. De hautes herbes poussaient autour d'une carcasse de voiture ; plus loin, une brouette cassée était renversée sur le sol.

« Eugene prétend que c'est pas chrétien. Ha ! dit Farish, et il asséna sur son genou une claque qui fit sursauter Danny. Le catch, il trouve rien à y redire. Le foot non plus. J'vois pas ce que le catch a de chrétien ? »

A l'exception de Curtis – qui aimait tout au monde, même les abeilles, les guêpes et les feuilles qui tombaient des arbres – tous les Ratliff avaient un rapport difficile avec Eugene. Il était le cadet ; après la mort de leur père, il avait été le maréchal de Farish dans l'entreprise familiale (de vol). Il avait rempli ses fonctions avec conscience, quoique sans beaucoup d'énergie, ni d'inspiration, mais ensuite – alors qu'il purgeait une peine pour vol qualifié au pénitencier de Parchman, à la fin des années soixante – il avait eu une vision, où Dieu le chargeait de glorifier Jésus. Depuis, les relations avec le reste de sa famille étaient quelque peu tendues. Il refusait désormais de se salir les mains avec ce qu'il appelait l'ouvrage du démon, bien qu'il se satisfît – comme le soulignait fréquemment Gum, d'une voix perçante – de manger la nourriture et de dormir sous le toit que lui procuraient le diable et son labeur.

Eugene s'en moquait. Il leur citait les Ecritures, se chamaillait sans cesse avec sa grand-mère, et, en général, tapait sur les nerfs de tout le monde. Il avait hérité du manque d'humour de leur père (et non – Dieu merci – de son caractère violent) ; même autrefois, lorsqu'il volait des voitures et passait la nuit dehors à se saouler, sa compagnie n'avait jamais été très agréable, et bien qu'il ne fût pas rancunier et ne ruminât pas ses injures, et qu'au fond, ce fût un type correct, son prosélytisme les ennuyait à mourir.

« Qu'est-ce qu'Eugene fabrique ici, de toute manière ? demanda Danny. Je le croyais à la mission avec le garçon aux serpents. »

Farish rit – d'un rire aigu, saisissant. « J'imagine qu'il va abandonner les lieux à Loyal tant que les serpents seront là. » Eugene avait raison de soupçonner que la visite du jeune Reese avait d'autres motivations que la solidarité chrétienne et le renouveau de la foi, car sa venue avait été orchestrée par son frère Dolphus depuis sa cellule. Aucun chargement de méthédrine n'avait quitté le labo de Farish depuis que l'ancien transporteur de Dolphus avait été capturé en février, à la suite du mandat d'arrêt lancé contre lui. Danny avait proposé de conduire lui-même le camion jusqu'au Kentucky – mais Dolphus ne voulait pas d'interférence sur son territoire de distribution (une préoccupation sérieuse pour un homme enfermé derrière les barreaux) et d'ailleurs, pourquoi engager un messager quand il avait un petit frère du nom de Loyal qui pouvait remplir cette mission sans frais ? Certes, Loyal ignorait tout de cette histoire – c'était un garçon pieux, et il ne coopérerait pas sciemment avec les plans que son aîné avait pu ourdir en prison. Il devait assister à un « retour à la foi » dans une église de l'est du Tennessee, il descendait à Alexandria pour faire une faveur à Dolphus, dont le vieil ami Farish avait un frère (Eugene) qui avait besoin d'aide pour organiser ses séances de prêche. Loyal n'en savait pas plus. Mais lorsque – en toute innocence – il rentrerait chez lui, dans le Kentucky, il transporterait malgré lui, avec ses serpents, un nombre conséquent de paquets solidement emballés que Farish aurait dissimulés dans le moteur de sa camionnette.

« Ce que je ne comprends pas », s'écria Danny, contemplant les bois de pins sombres qui se pressaient autour de leur petite clairière poussiéreuse, « c'est pourquoi ils manipulent ces trucs ? Ils se font pas mordre ?

— Oh que si, toute la putain de journée, répondit Farish, secouant la tête d'un air belliqueux. Va demander à Eugene. Il t'en dira plus que tu ne veux en savoir. » Sa botte de motard était parcourue de tremblements. « Si tu tripotes le serpent et qu'il te morde pas, c'est un miracle. Si tu le tripotes et qu'il te *morde*, c'est aussi un miracle.

— Se faire mordre par un serpent, c'est pas un miracle.

— Si, si tu ne vas pas chez le médecin, et que tu te roules par terre en invoquant Jésus. Et que tu survis.

— Et si tu meurs ?

— Un autre miracle. Tu t'élèves vers le Ciel où te portent les Signes. »

Danny ricana. « Bon Dieu de bordel, s'écria-t-il, croisant les bras sur la poitrine. S'il n'y a que des miracles, à quoi bon ? » Le ciel était bleu vif au-dessus des pins, et se reflétait dans les flaques sur le sol, il se sentait léger, en pleine forme, si jeune à vingt et un ans. Peut-être sauterait-il dans sa voiture pour aller au Black Door, et même faire un saut jusqu'au réservoir.

« Ils trouveront un vrai nid de miracles s'ils se baladent dans ces broussailles et soulèvent une pierre ou deux », commenta Farish d'un ton aigre.

Danny rit, et remarqua : « Je vais te dire, le miracle, ça sera quand Eugene prendra le serpent dans ses mains. » Il n'y avait pas grand-chose à dire du prêche d'Eugene qui, malgré sa ferveur religieuse, était étrangement terne et artificiel. En dehors de Curtis – qui caracolait au premier rang pour être sauvé chaque fois qu'il y assistait –, Eugene, à la connaissance de Danny, n'avait pas converti une seule âme.

« Si tu veux mon avis, tu verras jamais Eugene tripoter un serpent. Il est pas capable d'enfiler un ver sur un hameçon. Hé, frère... » Farish, le regard fixé sur les pins de Virginie de l'autre côté de la clairière, hocha vivement la tête comme pour changer de sujet. « Qu'est-ce que tu penses du gros crotale blanc qui est venu hier ? »

Il parlait des cristaux, de la fournée qu'il venait de terminer. Ou, du moins, Danny *crut* que c'était le sens de sa phrase. Souvent, il était difficile d'interpréter les propos de Farish, en particulier quand il était défoncé ou saoul.

« Alors ? » Farish lui lança un coup d'œil, nerveusement, et cligna de l'œil – un tressaillement de la paupière, presque imperceptible.

« Pas mal », répondit prudemment Danny, levant la tête d'un air détaché, puis se tournant d'un mouvement fluide pour regarder dans la direction opposée. Farish explosait au quart de tour si quelqu'un osait comprendre ses paroles de travers, bien que, la moitié du temps, la plupart des gens n'eussent pas la moindre idée de ce qu'il pouvait raconter.

« *Pas mal.* » L'œil de Farish hésita, puis il secoua la tête. « C'est de la pure. De quoi se foutre par la fenêtre. J'ai failli perdre la tête à préparer cette mixture qui pue l'iode, la semaine dernière. Je l'ai filtrée avec du white spirit, du DTT, tout ce que tu veux, ce truc est encore si collant que je peux même pas le fourrer dans mon putain de nez. Une chose est sûre, gloussa-t-il, retombant dans sa chaise longue dont il agrippait les bras comme s'il s'apprêtait à décoller, de la dope comme ça, peu importe ce que t'en fais... » Tout à coup il se redressa et cria : « Je t'ai dit *d'éloigner cette bête de moi* ! »

Une claque, un cri étranglé. Danny fit un bond, et, du coin de l'œil, vit le chaton voler dans les airs. Curtis, ses traits grossiers recroquevillés en un rictus de chagrin et de peur, se frotta l'orbite avec le poing, et poursuivit l'animal en chancelant. C'était le dernier de la portée ; les bergers allemands de Farish s'étaient chargés du reste.

« Je lui ai dit, glapit Farish qui se leva d'un air menaçant. Je lui ai dit encore et encore de ne *jamais* laisser ce chat m'approcher.

— Exact », répondit Danny, regardant ailleurs.

Les nuits étaient toujours trop calmes dans la maison de Harriet. Le tic-tac des pendules était trop fort ; au-delà du halo de lumière autour des lampes de la table, les pièces devenaient lugubres et caverneuses, et les hauts plafonds disparaissaient dans une ombre sans fin. A l'automne et en hiver, quand le soleil se couchait à cinq heures de l'après-midi, c'était pire ; mais d'une certaine manière, il valait encore mieux être seule qu'avoir Allison pour toute compagnie. Elle était allongée à l'autre bout du canapé, le visage gris-bleu à la lueur de la télévision, les pieds posés sur les genoux de sa sœur.

Harriet les regarda distraitement – ils étaient moites et rose jambon, étonnamment propres si l'on songeait qu'Allison se promenait toujours pieds nus. Rien de surprenant que la jeune fille se fût si bien entendue avec Weenie. Il avait été plus humain que félin, mais Allison tenait plus du chat que de l'homme : absorbée dans ses pensées, elle marchait à pas feutrés, ignorant les autres la plupart du temps et, si elle en avait envie, n'hésitait pas à se blottir tranquillement contre Harriet, sans lui demander si ses pieds la dérangeaient.

Ils pesaient des tonnes. Soudain ils se contractèrent violemment. Harriet leva les yeux et vit palpiter les paupières de sa sœur. Elle rêvait. Aussitôt, la fillette attrapa son petit orteil et le tordit vers l'arrière ; Allison poussa un cri et ramena son pied contre son ventre, comme une cigogne.

« A quoi tu rêves ? » demanda Harriet.

Allison – les croisillons du canapé imprimés sur sa joue congestionnée – tourna ses yeux ensommeillés vers sa sœur, comme si elle ne la reconnaissait pas... *non, pas tout à fait*, songea Harriet, observant la réaction confuse de son aînée avec un détachement clinique. *Elle a l'air de me voir, mais elle voit aussi autre chose.*

Allison posa les mains sur ses yeux. Elle resta allongée ainsi un moment, très immobile, puis se leva. Elle avait les joues gonflées, les paupières lourdes, impénétrables.

« Tu étais en train de rêver », dit Harriet, l'observant attentivement.

Allison bâilla. Puis – se frottant les yeux, chancelante – elle se dirigea d'un pas lourd vers l'escalier.

« Attends ! cria Harriet. A quoi tu rêvais ? Dis-moi.

— Je ne peux pas.

— Comment ça, tu ne peux pas ? Tu ne *veux pas,* c'est ça ? »

Allison se retourna et la regarda – bizarrement, songea sa sœur.

« Je ne veux pas que ça se réalise, répondit-elle en commençant à monter.

— Que *quoi* se réalise ?

— Ce que je viens de rêver.

— C'était quoi ? Il s'agissait de Robin ? »

Allison s'immobilisa sur la marche du bas et lui lança un regard par-dessus son épaule. « Non, dit-elle. De toi. »

« Seulement cinquante-neuf secondes », dit Harriet d'un ton froid, couvrant de la voix la toux et les crachotements de Pemberton.

Il agrippa le rebord de la piscine et s'essuya les yeux de l'avant-bras. « Merde », dit-il, entre deux hoquets. Il avait le visage marron, presque la couleur des mocassins de Harriet. « Tu comptais trop lentement. »

La fillette, avec un long sifflement, expira furieusement l'air de ses poumons. Elle respira profondément une douzaine de fois, jusqu'à ce que la tête lui tourne, et à la fin elle s'élança sous l'eau après avoir pris appui sur le bord.

La première longueur était aisée. Au retour, à travers les rais tigrés de lumière bleue, tout semblait s'épaissir et évoluer au ralenti – le bras pâle, cadavérique d'un enfant flottant rêveusement devant ses yeux, la jambe d'un autre, de minuscules bulles blanches suspendues au duvet du mollet, roulant sur la peau, emportées par l'écume d'un battement de pieds, tandis que le sang affluait dans ses tempes, puis se retirait, en un mouvement perpétuel, comme les vagues de l'océan s'échouant sur le rivage. Au-dessus – difficile de l'imaginer – la vie s'entrechoquait, haute en couleur, impétueuse, torride. Les enfants criaient, leurs pas claquant sur le sol chaud, ou bien ils se pelotonnaient dans des serviettes humides, léchant des glaces bleues comme l'eau de la piscine. Ils les appelaient des bombes à eau. Des bombes à eau. C'était la foucade, le régal de l'été. Des pingouins frissonnants sur la glacière de la buvette. Les lèvres bleues... les langues bleues... les frissons... les dents qui claquaient de *froid*...

Elle resurgit à la surface avec un craquement assourdissant, comme si elle avait traversé une baie vitrée ; l'eau était peu profonde, mais pas suffisamment pour lui permettre de s'y tenir debout, et elle sautillait sur la pointe des pieds, haletante, quand Pemberton – qui l'observait avec intérêt – plongea dans l'eau avec grâce et se glissa vers elle.

Avant qu'elle eût compris ce qui se passait – il la souleva habilement dans ses bras, et tout d'un coup elle se retrouva l'oreille plaquée contre sa poitrine, avec une vue plongeante sur l'intérieur de ses dents jaunies par la nicotine. Son odeur âcre – masculine, étrangère et, à ses yeux, plutôt désagréable – subsistait malgré le chlore de la piscine.

Elle s'échappa, et ils basculèrent chacun de leur côté – Pemberton retomba brutalement à plat dos, faisant jaillir un rideau d'écume, tandis que la fillette partait sur le côté avec force éclaboussures, et se hissait sur le bord avec ostentation, dans son maillot à rayures jaunes et noires qui la faisait ressembler (d'après Libby) à un bourdon.

« Quoi ? Tu n'aimes pas qu'on te prenne dans les bras ? »

Son ton était hautain, affectueux, comme si elle avait été un chaton qui venait de le griffer. Harriet se renfrogna et fit gicler un jet d'eau dans sa figure.

Pem l'esquiva. « Qu'est-ce qui te prend ? » demanda-t-il, taquin. Il savait parfaitement bien – à un point exaspérant – combien il était beau, avec son sourire supérieur et sa chevelure couleur de souci qui se déployait derrière lui dans l'eau bleue, comme le triton rieur du Tennyson illustré d'Edie :

> Who would be
> A merman bold
> Sitting alone
> Singing alone
> Under the sea
> With a crown of gold ?

> [Qui serait
> Un triton hardi
> Assis tout seul
> Chantant seul
> Sous la mer
> Avec une couronne d'or ?]

« Hmmm ? » Pemberton lui lâcha la cheville et l'éclaboussa légèrement, puis secoua la tête pour faire voler les gouttelettes. « Où est mon argent ?

— Quel argent ? demanda Harriet, interloquée.

— Je t'ai appris à hyperventiler, non ? Exactement comme on l'enseigne aux plongeurs dans ces cours ultra-chers.

— Oui, mais tu ne m'as rien dit d'autre. Je m'exerce tous les jours à retenir mon souffle. »

Pem recula, l'air peiné. « Je croyais qu'on avait un deal, Harriet.

— Pas du tout », répliqua la fillette, qui ne supportait pas d'être taquinée.

Pem éclata de rire. « Oublie ça. Je devrais te payer pour les leçons que tu me donnes. Ecoute... » Il plongea la tête dans l'eau puis ressortit. « Ta sœur est toujours en train de pleurer son chat ?

— Je suppose. Pourquoi ? » demanda Harriet, d'un ton méfiant. A ses yeux, l'intérêt de Pem pour Allison ne rimait à rien.

« Elle devrait prendre un chien. On peut leur apprendre des trucs, mais avec les chats, c'est impossible. Ils n'en ont rien à foutre.

— Elle non plus. »

Pem rit. « Je maintiens que ce qu'il lui faut, c'est un chiot, dit-il. Au pavillon, il y a une annonce pour des petits chows-chows à vendre.

— Elle préférerait avoir un chat.

— Elle a déjà eu un chien ?

— Non.

— Eh bien, voilà. Elle ne sait pas ce qu'elle rate. Les chats ont l'air de savoir ce qui se passe, mais en fait tout ce qu'ils font, c'est se prélasser et écarquiller les yeux.

— Pas Weenie. C'était un génie.

— Je n'en doute pas.

— Je t'assure. Il comprenait tous les mots qu'on lui disait. Et *il essayait de nous parler*. Allison travaillait tout le temps avec lui. Il faisait de son mieux, mais sa bouche était trop différente, et les sons ne sonnaient pas juste.

— Tu m'étonnes », commenta Pem, roulant sur le dos pour faire la planche. Ses yeux étaient du même bleu vif que la piscine.

« Il a appris quelques mots.

— Ah ouais ? Par exemple ?

— "Nez".

— *Nez ?* Quelle drôle d'idée », dit Pemberton d'une voix nonchalante, levant les yeux vers le ciel, ses cheveux jaunes déployés à la surface de l'eau comme un éventail.

« Elle voulait commencer par des noms de choses, des choses qu'elle pouvait montrer. Comme Miss Sullivan avec Helen Keller. Elle touchait le nez de Weenie, et disait : "Nez ! C'est ton nez ! Tu as un nez !" Ensuite elle touchait son propre nez. Et encore celui de Weenie. Et elle recommençait.

— Elle ne devait pas avoir grand-chose à faire.

— Ça, c'est vrai. Ils restaient là tout l'après-midi. Et au bout d'un moment, dès qu'Allison touchait son nez, Weenie levait la patte comme ça et touchait le sien et... *je parle sérieusement,* dit-elle, comme Pemberton partait d'un rire moqueur – je t'assure, il poussait un drôle de petit miaou comme s'il essayait de dire "nez". »

Pemberton roula sur le ventre et refit surface dans un nuage d'éclaboussures. « Pas possible.

— C'est vrai. Demande à Allison. »

Pem parut irrité. « Juste parce qu'il faisait un bruit...

— Oui, mais ce n'était pas n'importe quoi comme bruit. » Elle se racla la gorge et essaya de reproduire le son.

« Ne t'imagine pas que je vais croire ça.

— Elle l'a enregistré ! Allison a enregistré un tas de bandes avec la voix du chat ! Le plus souvent ce sont de simples miaous, mais si on écoute bien, on l'entend vraiment prononcer un mot ou deux.

— Harriet, je suis mort de rire.

— C'est la vérité. Demande à Ida Rhew. Et il savait lire l'heure, aussi. Tous les après-midi à deux heures quarante-cinq pile, il grattait à la porte de derrière pour qu'Ida le fasse sortir, et il allait attendre le bus d'Allison. »

Pemberton plongea sous l'eau pour lisser ses cheveux, puis se pinça les narines et souffla bruyamment pour déboucher ses oreilles. « Comment ça se fait qu'Ida Rhew ne m'aime pas ? demanda-t-il gaiement.

— Je ne sais pas.

— Elle ne m'a jamais aimé. Elle était toujours méchante avec moi quand je venais jouer avec Robin, même quand j'étais au jardin d'enfants. Elle arrachait une branche à un de ces buissons qui poussent chez vous, et me pourchassait dans toute la cour.

— Elle n'aime pas non plus Hely. »

Pemberton éternua et s'essuya le nez du dos de la main. « Dis-moi, qu'est-ce qui se passe entre toi et Hely ? Ce n'est plus ton petit ami ? »

Harriet était horrifiée. « Il n'a jamais été mon petit ami.

— Ce n'est pas ce qu'il raconte. »

Harriet se retint de répondre. Quand son frère le faisait marcher, Hely s'énervait et criait des choses qu'il ne pensait pas, mais elle ne s'y laisserait pas prendre.

Tout le monde savait que Martha Price Hull, la mère de Hely – qui était allée au lycée avec la mère de Harriet –, avait scandaleusement gâté ses fils. Elle les adorait à la folie, et les laissait faire exactement ce qui leur plaisait, sans tenir compte de l'avis de leur père ; et bien qu'il fût trop tôt pour juger du résultat chez Hely, cette indulgence était, croyait-on, la raison pour laquelle Pemberton était devenu un garçon aussi décevant. Les méthodes d'éducation chères à leur maman étaient légendaires. Les grands-mères et les belles-mères citaient toujours l'exemple de Martha Price et de ses fils pour mettre en garde les jeunes mères bêtifiantes contre les lourdes conséquences à venir si (en particulier) on permettait durant trois années à son enfant de refuser toute nourriture à l'exception du gâteau au chocolat, ainsi que Pemberton avait eu loisir de le faire. De quatre à sept ans, il n'avait rien absorbé d'autre : en outre (soulignait-on, l'air réprobateur) c'était un gâteau au chocolat *spécial*, dont la préparation nécessitait du lait condensé et toutes sortes d'ingrédients coûteux, et contraignait l'excessive Martha Price à se lever tous les jours à six heures du matin. Les tantes parlaient encore de la fois où Pem – invité par Robin – avait refusé le déjeuner servi chez Libby, martelant la table de ses poings (« comme le roi Henry VIII ») pour exiger du gâteau au chocolat. (« Vous imaginez ? *"Maman me donne du gâteau au chocolat."* – Moi, c'est une bonne fessée que je lui aurais donnée. ») C'était un miracle que Pemberton fût arrivé à l'âge adulte avec une dentition complète ; mais son manque d'assiduité et son incapacité à trouver un emploi bien payé s'expliquaient parfaitement, selon tous, par cette catastrophe précoce.

On imaginait sans peine dans quel douloureux embarras son fils aîné devait mettre Mr Hull, qui était le proviseur du lycée d'Alexandria, et dont le métier était de discipliner la jeunesse. Ce n'était pas l'ancien athlète coléreux au visage rougeaud qu'on avait l'habitude de voir dans des écoles privées de ce genre ; il n'était pas même entraîneur : il enseignait les sciences aux élèves du premier cycle, et passait le reste de son temps dans son bureau, la porte fermée, à lire des ouvrages sur l'aéronautique. Mais bien qu'il exerçât un contrôle sévère sur son établissement, terrifiant ses élèves par ses silences, à la maison, sa femme minimisait son autorité, et il avait du mal à se faire respecter par ses propres fils – en particulier par Pemberton, qui répondait par des boutades, souriait d'un air narquois et faisait des oreilles de lapin à son père quand on prenait des photographies de groupe. Les parents compatissaient ; il était clair aux yeux de tout le monde qu'il faudrait assommer le garçon pour le faire taire ; et si les paroles blessantes que Mr Hull aboyait à l'intention de son fils lors d'événements publics mettaient l'assistance mal à l'aise, Pem ne paraissait nullement ébranlé, et continuait de lancer des piques et de fines remarques.

Mais si Martha Hull laissait ses fils courir dans toute la ville, porter leurs cheveux jusqu'aux épaules, boire du vin au dîner ou manger du dessert au petit déjeuner, quelques règles demeuraient inviolables dans sa maison. Pemberton, à vingt ans, n'avait pas le droit de fumer en présence de sa mère, et Hely, jamais, bien entendu. Il était interdit d'écouter du rock très fort sur la chaîne hi-fi (mais quand Pemberton invitait des amis en l'absence de ses parents, les chansons des Who et des Rolling Stones assourdissaient tout le quartier – ce qui provoquait la confusion de Charlotte, les plaintes de Mrs Fountain, et la rage volcanique d'Edie). Et comme aucun parent ne pouvait désormais empêcher Pemberton d'aller où bon lui semblait, il était formellement interdit à Hely de fréquenter Pine Hill (un quartier malfamé de la ville, où des monts-de-piété côtoyaient des petits bars avec des juke-boxes) et la salle de billard.

C'était là qu'il se trouvait à présent – boudant encore Harriet. Il avait garé sa bicyclette en bas de la rue, dans l'allée proche de l'hôtel de ville, au cas où son père ou sa mère passeraient en voiture. Morose, il mâchait des frites grillées au charbon de bois – qu'on vendait avec des cigarettes et du chewing-gum sur le comptoir poussiéreux – et feuilletait les bandes dessinées du présentoir près de la porte.

Bien que la salle de billard fût située à une ou deux rues seulement de la place centrale, et n'eût pas de licence de débit de boissons, c'était l'endroit le plus louche d'Alexandria, pire encore que le Black Door ou l'Esquire Lounge, à Pine Hill. On y vendait, disait-on, de la drogue ; les jeux d'argent y faisaient la loi ; c'était le lieu de multiples fusillades, agressions au couteau, et incendies mystérieux. Mal éclairé, avec des murs de parpaings peints en vert prison, et des néons qui tremblotaient sur le plafond tapissé de polystyrène, cet après-midi-là, il était plutôt désert. Sur les six tables, deux seulement étaient occupées, et deux campagnards avec des cheveux brillantinés et des chemises en jean à boutons-pression jouaient discrètement au flipper dans le fond.

Bien que l'atmosphère moisie, pervertie de la salle de billard fût adaptée à l'humeur désespérée de Hely, il ne savait pas jouer au billard, et il redoutait de s'attarder près des tables pour regarder. Mais il lui suffisait de se tenir debout près de la porte, inaperçu de tous, mâchant ses frites et respirant le dangereux ozone de la corruption, pour se sentir revigoré.

C'étaient les bandes dessinées qui l'attiraient à la salle de billard. Leur sélection était la meilleure en ville. Le drugstore vendait Richie Rich, Betty et Veronica ; l'épicerie Big Star les avait également, ainsi que Superman (sur un présentoir mal placé, près de la rôtisserie de poulets, de telle sorte que Hely ne pouvait les feuilleter à loisir sans se brûler littéralement le derrière) ; mais à la salle de billard, on trouvait Sergeant Rock, *Drôles d'histoires de guerre* et *Le Combat du GI* (des vrais soldats tuant des vrais Asiates) ; il y avait Rima, la fille de la jungle, dans son maillot de bain en peau de panthère ; encore mieux, une riche sélection de bandes dessinées d'horreur (loups-garous, enterrements prématurés, charognes baveuses s'extirpant du cimetière), toutes d'un intérêt incroyablement fascinant pour Hely : *Histoires mystérieuses* et *La Maison des secrets*, *L'Heure des sorcières* et *Le Carnet du spectre*, et *Histoires interdites du château noir*... Il ignorait qu'il existait un matériau de lecture aussi explosif – mieux, qu'il avait lui, Hely, la possibilité de se le procurer dans sa propre ville – jusqu'au jour où, forcé de rester un après-midi au collège après l'école, il avait découvert dans un bureau vide un exemplaire des *Secrets de la maison sinistre*. Sur la couverture, on voyait la photo d'une fille en fauteuil roulant dans une vieille baraque, en train de hurler et d'essayer frénétiquement d'échapper à un cobra géant. A l'intérieur, la fille handicapée périssait au milieu de convulsions, l'écume aux lèvres. Et ce n'était pas tout – vampires, yeux arrachés, fratricides. Hely était enchanté. Il le lut cinq ou six fois d'un bout à l'autre, puis l'emporta chez lui, et le relut encore, finissant par en connaître toutes les histoires par cœur, de gauche à droite et de droite à gauche : « Le camarade de chambre de Satan », « Viens partager mon cercueil », « L'agence de voyages de Transylvanie ». C'était assurément la bande dessinée la plus géniale qu'il eût jamais vue ; il la croyait unique, inaccessible, due à un hasard miraculeux, et il n'en crut pas ses yeux quand, quelques semaines plus tard, à l'école, il vit Benny Landreth, un élève de la classe du dessus, en train d'en lire une de la même série, intitulée *Magie noire*, avec sur la couverture la photo d'une momie en train d'étrangler un archéologue. Il implora Benny – qui était méchant – de la lui vendre ; puis, comme il refusait, il proposa de lui donner deux dollars, et même trois, s'il lui permettait d'y jeter un coup d'œil une minute, juste une minute.

« Va donc t'en acheter une à la salle de billard », avait répliqué l'autre, roulant son album et frappant Hely à la tempe.

Cela s'était passé deux années auparavant. A présent, les bandes dessinées d'horreur étaient ce qui permettait à Hely de surmonter certaines périodes difficiles de sa vie : la varicelle, les voyages ennuyeux en voiture, le camp du lac de Selby. A cause de ses fonds limités et de la stricte interdiction qui frappait la salle de billard, ses expéditions dans ce lieu demeuraient peu fréquentes, mensuelles tout au plus, et très attendues. Le gros homme de la caisse enregistreuse ne semblait pas se formaliser de ce que Hely passât tant de temps devant le présentoir ; en fait, il le remarquait à peine, ce qui valait mieux, car le garçon passait parfois des heures à étudier les albums afin de faire le choix le plus sage possible.

Il était venu ici pour chasser Harriet de son esprit, mais après les frites il ne lui restait que trente-cinq cents, et une bande dessinée en coûtait vingt. Sans enthousiasme, il feuilleta une histoire de *Châteaux noirs* intitulée « Un démon à la porte » (« *ARRRRGGGHHH – ! ! !-*JE-JE-J'AI LIBÉRÉ UN-UN-RÉPUGNANT DÉMON QUI VA HANTER CE PAYS JUSQU'AU LEVER DU SOLEIL ! ! ! !) mais son œil ne cessait de lorgner, sur la page d'en face, la publicité de Charles Atlas pour le bodybuilding. « Regardez-vous honnêtement. Avez-vous la forme dynamique que les femmes admirent ? Ou êtes-vous une mauviette maigrichonne et décharnée de cinquante kilos ? »

Hely n'était pas sûr de savoir son poids, mais cinquante kilos lui paraissait énorme. Tristement, il examina la caricature intitulée « Avant » – un épouvantail, rien d'autre –

et se demanda s'il devait se faire envoyer la documentation, ou si c'était une arnaque, comme les lunettes à rayons X qu'il avait commandées d'après une annonce dans *Histoires mystérieuses*. Les lunettes à rayons X étaient censées vous permettre de voir à travers la chair, les murs, et les vêtements de femmes. Elles avaient coûté un dollar quatre-vingt-dix-huit plus trente-cinq cents pour les timbres, mis une éternité à arriver, et quand Hely avait enfin reçu le paquet il n'avait trouvé qu'une monture en plastique et deux séries de lamelles en carton : la caricature d'une main dont les os étaient visibles sous la chair, et le dessin d'une secrétaire sexy dans une robe transparente, avec un bikini noir dessous.

Une ombre enveloppa Hely. Il leva les yeux pour découvrir, lui tournant le dos, deux silhouettes qui s'étaient éloignées des tables de billard pour avoir une conversation privée devant le présentoir de bandes dessinées. Hely reconnut l'un des hommes : Catfish de Bienville, un marchand de sommeil, qui était un genre de célébrité locale : il coiffait sa volumineuse chevelure roux vif à la mode afro, et conduisait une Gran Torino de série aux vitres teintées. Hely le voyait souvent à la salle de billard, et aussi devant la station de lavage, les soirs d'été, en train de bavarder avec des gens. Il avait les traits d'un Noir, mais sa peau n'était pas foncée : les yeux bleus, des taches de rousseur, et le teint aussi pâle que Hely. Mais en ville, il était surtout reconnaissable à ses vêtements : des chemises de soie, des pantalons à pattes d'éléphant, des boucles de ceinture grosses comme des assiettes à salade. Les gens disaient qu'il les achetait à Memphis, chez Lansky Brothers, le fournisseur d'Elvis, si on en croyait la rumeur. A présent – par cette chaleur – il portait une veste de smoking en velours rouge, un pantalon blanc à pattes d'éléphant, et des mocassins vernis rouges à semelles compensées.

Ce n'était pas Catfish qui parlait, mais l'autre : un type sous-alimenté, les ongles rongés, l'air coriace. Il semblait à peine sorti de l'adolescence, ni très grand ni très propre, les pommettes saillantes et une chevelure tombante de hippie avec une raie au milieu, mais son allure débraillée, son détachement glacial évoquaient une star de rock : et il se tenait très droit, comme s'il avait été un personnage important, ce qu'il n'était pas, de toute évidence.

« Où trouve-t-il de l'argent pour jouer ? lui chuchotait Catfish.

— Sa pension d'invalidité, je suppose », répondit le type aux cheveux de hippie. Il avait une sorte de fixité dans le regard, et des yeux bleu argenté, saisissants.

Ils parlaient sans doute du pauvre Carl Odum, qui ramassait les boules dans la salle et proposait de parier avec tous les arrivants la somme qu'ils souhaitaient perdre. Carl – veuf, père d'environ neuf ou dix enfants pitoyables – avait une trentaine d'années mais paraissait le double : le visage et le cou brûlés par le soleil, ses yeux pâles rougis sur les bords. Peu après la mort de sa femme, il avait perdu quelques doigts dans un accident à l'usine d'emballage d'œufs. Maintenant il était ivre, et se vantait de pouvoir battre à plates coutures n'importe qui dans la salle, avec ou sans ses doigts. « Voici mon trépied, disait-il, levant son moignon mutilé. Je n'ai besoin de rien d'autre. » La crasse noircissait les plis de sa paume et les ongles des deux doigts qui lui restaient : le pouce et l'index.

Odum adressait ces remarques à un type près de lui à la table : un barbu gigantesque, un vrai ours, qui portait une combinaison marron avec un trou effiloché sur la poitrine, là où avait dû se trouver le nom du propriétaire de l'uniforme. Il ne prêtait aucune attention à son interlocuteur ; ses yeux étaient fixés sur la table. De longs cheveux noirs ébouriffés, striés de gris, lui descendaient au-dessous des épaules. Il avait un corps très large, et les épaules un peu engoncées, comme si les emmanchures étaient trop étroites pour ses bras ; ils pendaient avec raideur, les coudes légèrement recourbés et les paumes molles, comme les pattes d'un ours qui aurait décidé de se dresser sur son arrière-train. Hely était fasciné. La barbe noire broussailleuse et la combinaison marron lui donnaient l'apparence d'un dictateur fou d'Amérique du Sud.

« Tout ce qui touche le billard ou le jeu de billard, disait Odum. C'est ce qu'on peut appeler une seconde nature, je suppose.

— Eh bien, certains d'entre nous possèdent ce genre de don », répondit le gros type en combinaison marron, avec une voix profonde qui n'était pas désagréable. Tout en prononçant ces mots il leva les yeux, et Hely découvrit avec un choc que l'un de ses yeux était mort : un œil laiteux qui louchait vers sa tempe.

Beaucoup plus près – à quelques mètres à peine de l'endroit où Hely se tenait –, le garçon à l'air coriace chassa les cheveux de son visage et dit à Catfish d'un ton crispé : « Vingt dollars le coup. Chaque fois qu'il perd. » De l'autre main, il fit sortir d'une chiquenaude une cigarette de son paquet, comme s'il jetait des dés – et Hely remarqua avec intérêt que malgré la dextérité de son geste, ses mains étaient agitées par un tremblement sénile. Puis il se pencha et chuchota quelque chose à l'oreille de Catfish.

L'homme rit tout fort. « Sur mon cul jaune, je perdrai jamais », dit-il. D'un mouvement souple et gracieux, il virevolta et se dirigea en sautillant vers les flippers dans le fond.

Le garçon alluma sa cigarette et jeta un coup d'œil dans la salle. Ses yeux – luisant d'un éclat pâle, argenté qui contrastait avec sa peau bronzée – firent légèrement frissonner Hely quand ils glissèrent sur lui sans le voir : des yeux fous, pleins de lumière, qui lui rappelèrent de vieilles photographies de soldats confédérés qu'il avait vues.

A l'autre bout de la pièce, près de la table de billard, l'homme barbu en combinaison marron n'avait qu'un œil valide – mais il y brillait la même clarté argentée. Hely – qui les observait par-dessus sa bande dessinée – remarqua un petit air de famille chez eux. A première vue, ils étaient très différents (le barbu était plus vieux, et beaucoup plus gros que le garçon), mais ils avaient les mêmes cheveux longs et noirs, le même teint bronzé, la même fixité du regard, la même raideur dans le cou, et une manière similaire de parler la bouche en cul de poule, comme pour dissimuler de mauvaises dents.

« Tu vas lui prendre combien ? » demanda Catfish, reparaissant aux côtés de son ami.

L'autre gloussa ; au son fêlé de son rire, Hely faillit lâcher l'album. Il avait eu largement le temps de s'habituer à ce rire aigu, ironique ; il avait résonné sans fin dans son dos, depuis le pont de la rivière, tandis qu'il trébuchait au milieu des broussailles, et que l'écho des coups de feu se répercutait contre les falaises.

C'était lui. Sans le chapeau de cow-boy – c'était pourquoi Hely ne l'avait pas reconnu. Tandis que le sang lui montait au visage, il se replongea dans son album, fixant furieusement la fille qui agrippait l'épaule de Johnny Peril, la bouche ouverte *(« Johnny ! Cette statue de cire ! Elle a bougé ! »)*.

« Odum n'est pas un mauvais joueur, Danny », disait doucement Catfish. « Avec ou sans doigts.

— Eh bien, peut-être qu'il peut battre Farish quand il est sobre. Mais pas s'il est bourré. »

Deux clignotants s'allumèrent dans le cerveau de Hely.

Danny ? Farish ? Se faire tirer dessus par les rednecks était assez excitant, mais se trouver dans la ligne de mire des Ratliff était une autre affaire. Il brûlait de rentrer pour raconter son aventure à Harriet. Ce Sasquatch[1] barbu pouvait-il réellement être le légendaire Farish Ratliff ? A la connaissance de Hely, il n'existait qu'un seul Farish – à Alexandria ou ailleurs.

Avec difficulté, il se força à regarder sa bande dessinée. Il n'avait jamais vu Farish Ratliff de près – seulement à distance, alors qu'il passait en voiture, ou sur une photo floue du journal local – mais il avait toujours entendu raconter des histoires sur lui. A une époque, Farish Ratliff avait été l'escroc le plus notoire d'Alexandria, le cerveau d'un gang familial qui pratiquait toutes les sortes de cambriolages et de larcins imaginables. Au cours des années, il avait également rédigé et distribué un certain nombre de brochures éducatives intitulées « La bourse ou la vie » (une protestation contre l'impôt fédéral sur le revenu), « La fierté rebelle : réponse aux critiques », et « Pas MA fille ! ». Tout cela avait néanmoins pris fin à la suite d'un incident survenu quelque temps auparavant avec un bulldozer.

Hely ignorait pourquoi Farish avait décidé de le voler. D'après le journal, le contremaître s'était aperçu qu'il avait disparu d'un chantier de construction derrière la Party Ice Company, et quelques instants après on apprit que Farish avait été repéré au volant, en train de rouler comme un bolide sur l'autoroute. Il avait refusé d'obtempérer aux signaux et fait demi-tour, menaçant la police avec la pelle de son véhicule. Puis, quand les flics avaient ouvert le feu, il avait foncé dans un pâturage, arraché une clôture en barbelé, semant la panique chez les vaches qui

1. Animal fabuleux des forêts du nord-ouest des Etats-Unis et du Canada. (*N.d.T.*)

s'étaient éparpillées dans toutes les directions, avant de trouver finalement le moyen de s'embourber dans un fossé. Alors qu'ils accouraient dans le pré, lui criant de sortir du bulldozer les mains sur la tête, ils s'étaient arrêtés net sur leurs pas en voyant la silhouette lointaine de Farish, dans la cabine du bulldozer, appuyer un .22 sur sa tempe et tirer. Le journal avait publié la photographie d'un policier du nom de Jackie Sparks, l'air sincèrement ébranlé, qui, debout près du corps dans le pré, lançait des instructions aux infirmiers de l'ambulance.

La raison pour laquelle Farish avait volé ce bulldozer demeurait un mystère, mais plus mystérieux encore était le motif qui l'avait poussé à se tirer une balle dans la tête. Certains prétendirent qu'il redoutait de retourner en prison mais d'autres se récrièrent, disant qu'une incarcération n'était rien pour un homme de cette trempe, que le délit n'était pas si grave, et qu'il écoperait d'un an ou deux tout au plus. La blessure était sévère, et Farish avait frôlé la mort. Il avait de nouveau fait la une quand il s'était réveillé en réclamant de la purée de pommes de terre, au sortir de ce que les médecins considéraient comme un état végétatif. Quand il avait quitté l'hôpital – légalement aveugle de l'œil droit –, il avait été déclaré irresponsable et expédié à Whitfield, dans un hôpital psychiatrique, une mesure probablement justifiée.

Depuis son retour, Farish était, sous divers aspects, un autre homme. Ce n'était pas seulement à cause de son œil. Les gens disaient qu'il avait cessé de boire ; apparemment, il ne cambriolait plus les stations d'essence, ne volait plus de voitures ni de tronçonneuses dans les garages privés (bien que ses jeunes frères eussent pris le relais dans ce domaine d'activités). Ses préoccupations raciales étaient passées au second plan. Il ne distribuait plus ses brochures maison décriant l'intégration scolaire sur le trottoir des écoles publiques. Il avait une entreprise de taxidermie, et avec sa pension d'invalidité et les recettes de l'empaillage de perches et de têtes de cerf pour les chasseurs locaux, il était devenu un citoyen assez respectueux des lois – disait-on.

C'était donc Farish Ratliff, en chair et en os – deux fois dans la même semaine, si on comptait l'épisode du pont. Les seuls Ratliff que Hely avait l'occasion de voir dans son quartier étaient Curtis (qui errait librement dans Greater Alexandria, aspergeant de son pistolet à eau les voitures qui passaient) et frère Eugene, une sorte de prêcheur. Cet Eugene apparaissait parfois sur la place centrale, ou, plus fréquemment, titubant dans la chaleur brumeuse sur le bord de la grand-route, tandis qu'il hurlait un sermon sur la Pentecôte et brandissait le poing en direction des véhicules. On disait que Farish n'était plus tout à fait normal depuis qu'il s'était tiré une balle dans la tête, mais Eugene (d'après le père de Hely) était franchement dément. Il mangeait de l'argile rouge dans la cour des gens et se roulait sur le trottoir en proie à des crises où il entendait tonner la voix de Dieu.

Catfish discutait à voix basse avec un groupe d'hommes d'un certain âge, à la table voisine de celle d'Odum. L'un d'eux – un gros type en chemise sport jaune, avec des yeux méfiants de cochon qui ressemblaient à des raisins secs dans la pâte d'un gâteau – jeta un coup d'œil à Farish et à Odum, puis, d'un pas royal, s'approcha de l'autre côté de la table et poussa une boule dans un trou. Sans regarder Catfish, il porta prudemment la main à sa poche de derrière et, après une demi-seconde, l'un des trois spectateurs qui se tenaient derrière lui l'imita.

« Hé, dit Danny à Odum, de l'autre bout de la pièce. Attends un peu. Si on joue pour de l'argent maintenant, la prochaine partie est pour Farish. »

Farish hoqueta bruyamment, se raclant la gorge, et s'appuya sur son autre jambe.

« Il reste qu'un œil à ce vieux Farish, dit Catfish, se faufilant près de lui pour lui assener une claque dans le dos.

— Fais gaffe », répliqua ce dernier, l'air menaçant, avec un sursaut de colère qui n'était pas tout à fait feint.

Catfish se pencha sur la table et, doucereux, offrit sa main à Odum. « Je suis Catfish de Bienville », dit-il.

Odum, irrité, l'écarta du geste. « Je sais qui vous êtes. »

Farish glissa deux pièces dans la fente métallique et remonta violemment le loquet. Les boules tombèrent du billard.

« J'ai battu cet aveugle une ou deux fois. J'veux bien jouer avec n'importe qui, pourvu qu'il *voie clair* », déclara Odum qui recula d'un pas incertain, plantant sa queue sur le sol pour retrouver l'équilibre. « Poussez-vous de là et arrêtez de me coller », jeta-t-il à Catfish, qui s'était de nouveau glissé derrière lui : « Oui, *vous...* »

Catfish se pencha pour lui chuchoter quelque chose à l'oreille. Lentement, les sourcils blond pâle d'Odum se froncèrent en signe de perplexité.

« Ça t'intéresse pas de jouer pour du fric, Odum ? » dit Farish, ironiquement, après une légère pause, tout en ramassant les boules. « Tu serais pas diacre à l'église baptiste ?

— Nan », répondit Odum. L'idée cupide que lui avait glissée Catfish à l'oreille commençait à se lire sur sa face brûlée par le soleil, aussi nettement qu'un nuage se déplaçant sur un ciel dégagé.

« Papa », prononça une petite voix acide sur le seuil.

C'était Lasharon Odum. Le poids de son corps reposait sur sa hanche osseuse, une posture d'adulte répugnante chez une fillette, songea Hely. Un bébé aussi crasseux qu'elle s'y cramponnait, et une auréole orangée cernait leurs bouches, vestige d'une glace ou d'un Fanta.

« Voyez qui est là », déclara Catfish, d'un ton théâtral.

— Papa, t'as dit qu'on vient te chercher quand la grande aiguille est sur trois.

— Cent dollars, annonça Farish, dans le silence qui suivit. C'est à prendre ou à laisser. »

Odum enduisit sa queue de craie et remonta des manches de chemise imaginaires. Puis il dit abruptement, sans regarder sa fille : « Papa n'est pas encore prêt à rentrer, lapin. Tiens, voilà dix cents chacun. Va regarder les BD.

— Papa, t'as dit de te rappeler...

— *Fichez-moi le camp*, t'as entendu ? A vous l'honneur, dit-il à Farish.

— J'ai ramassé.

— Je sais, répondit Odum, agitant la main. Allez-y, je vous laisse mon tour. »

Farish se pencha, s'appuyant sur la table. Son œil valide suivit le mouvement de la queue de billard – s'arrêtant sur Hely –, le regard aussi glacial que s'il avait ajusté un coup de fusil.

Crac. Les boules s'écartèrent. Odum alla de l'autre côté et étudia un moment la table. Puis il inclina brusquement le cou, le tournant de côté, et se pencha pour jouer.

Catfish se faufila parmi les hommes qui avaient quitté les flippers et les tables voisines pour regarder. Discrètement, il chuchota quelque chose à l'homme en chemise jaune au moment où Odum réussissait un tir spectaculaire, logeant dans le trou deux boules marquées au lieu d'une seule.

Hourras et applaudissements. Catfish retourna auprès de Danny, au milieu de la conversation confuse des spectateurs. « Odum peut tenir la table toute la journée, murmura-t-il, tant qu'ils en restent à huit boules.

— Farish est aussi bon quand il s'y met. »

Odum réussit une autre combinaison – un tir délicat, où la boule blanche heurtait une boule fixe qui en poussait une troisième dans un trou. Encore des applaudissements.

« Qui est dans le coup ? demanda Danny. Ces deux types près du flipper ?

— Ça les intéresse pas », répondit Catfish, jetant un regard négligent par-dessus son épaule et la tête de Hely, tandis qu'il fouillait dans le gousset de son gilet de cuir et saisissait dans le creux de sa main un petit objet métallique de la taille et de la forme d'un tee de golf. Avant que ses doigts bagués ne se referment autour, Hely vit que c'était une figurine en bronze d'une dame nue avec des hauts talons et une grosse coiffure afro.

« Pourquoi pas ? Qui sont-ils ?

— Deux braves chrétiens », dit Catfish, tandis qu'Odum mettait facilement une boule dans un trou latéral. D'un geste furtif, il dévissa entièrement la tête de la dame, la main à demi enfouie dans la poche de sa veste, et d'une pichenette, l'envoya au fond. « L'autre groupe – il roula des yeux en direction de l'homme en chemise sport jaune et de ses amis bien gras – arrive du Texas. » Catfish regarda comme si de rien n'était autour de lui puis, se détournant comme pour éternuer, leva la fiole et aspira une pincée à la dérobée. « Ils ont un bateau de pêche à la crevette », continua-t-il, s'essuyant le nez sur la manche de sa veste de smoking, tandis que son regard inexpressif glissait sur le présentoir de bandes dessinées et sur le crâne de Hely, et qu'il passait la figurine à Danny.

Danny sniffa bruyamment et se pinça les narines. Des larmes lui montèrent aux yeux. « Bordel de Dieu », dit-il.

Odum frappa une autre boule. Au milieu des huées des hommes du bateau de pêche, Farish fixa le tapis, la queue de billard posée horizontalement sur sa nuque, les coudes en équilibre de chaque côté, les paumes ballantes.

Catfish recula avec un petit mouvement de danse comique. Il parut soudain plein d'enthousiasme. « Monsieur Farish », lança-t-il gaiement, à la cantonade – imitant le ton d'un comédien noir populaire à la télévision – « a *pris connaissance* de la situation. »

Hely était excité et si troublé que sa tête semblait sur le point d'exploser. La signification de la fiole lui avait échappé, mais non le vilain langage et l'attitude suspecte de Catfish ; et s'il ne saisissait pas exactement ce qui se passait, il savait que ces types jouaient de l'argent, et que c'était illégal. Comme de tirer des coups de feu du haut d'un pont, même si on ne tuait personne. Ses oreilles le brûlaient ; elles s'enflammaient toujours quand il était surexcité – il espérait que personne n'avait remarqué. Négligemment, il reposa l'album qu'il regardait et en prit un autre sur le présentoir – *Les Secrets de la maison sinistre*. Un squelette assis à la barre des témoins brandissait un bras décharné vers les spectateurs tandis qu'un avocat fantôme déclarait d'une voix tonitruante : « Et maintenant, mon témoin – qui était la VICTIME – va désigner... L'HOMME QUI L'A TUÉ ! ! ! ! »

« Allez, vas-y ! » cria Odum de façon inattendue, comme la huitième balle filait sur le tapis, ricochait, et se logeait dans le trou d'angle.

Dans le tohu-bohu qui suivit, Odum prit une flasque de whisky dans sa poche arrière et but avidement une longue gorgée. « Aboule tes cent dollars, Ratliff.

— Je les vaux bien. Et j'vaux une autre partie, aboya Farish alors que les boules tombaient et qu'il commençait à les ramasser. On fait la belle. »

Odum haussa les épaules, et loucha en plaçant sa queue – le nez plissé, la lèvre supérieure retroussée sur ses dents de lapin – puis tira adroitement, et la boule blanche, qui tournoyait encore à l'endroit où elle avait touché les autres, expédia la huitième dans un trou d'angle.

Les hommes qui travaillaient sur le bateau de pêche à la crevette huèrent et applaudirent. Ils semblaient convaincus d'avoir misé sur le bon cheval. Catfish s'approcha à grandes enjambées désinvoltes – les genoux souples, le menton haut – pour discuter finances.

« Tu n'as jamais *perdu* aussi vite ! » cria Danny à travers la salle.

Hely se rendit compte que Lasharon Odum se tenait juste derrière lui – non parce qu'elle lui parlait, mais à cause du bébé qui souffrait d'un mauvais rhume, et dont les reniflements répugnants lui sifflaient aux oreilles. « Pousse-toi de là », marmonna-t-il, s'écartant un peu.

Elle s'approcha timidement, obstruant l'angle de son champ de vision. « Prête-moi vingt-cinq cents. »

Le ton désespéré, cajoleur de sa voix le révolta plus encore que la respiration mouillée du bébé. Il lui tourna ostensiblement le dos. Farish – sous les yeux effarés des hommes du bateau de pêche – ramassait de nouveau les boules.

Odum saisit sa mâchoire des deux mains et fit craquer son cou à droite, puis à gauche : *crac.* « T'en as pas encore assez ?

— *Oh, all right now,* fredonna Catfish avec le jukebox, en claquant les doigts : *Baby what I say.*

— C'est quoi, ces chansons à la con ? » ricana Farish, lâchant bruyamment les boules.

Catfish, taquin, fit onduler ses maigres hanches : « Détends-toi, Farish. »

« *Fiche-moi le camp,* dit Hely à Lasharon, qui s'était de nouveau rapprochée, le touchant presque. J'ai pas envie d'attraper tes microbes. »

Cette promiscuité l'écœurait tant qu'il prononça ces mots plus fort qu'il n'aurait voulu ; il se figea lorsque le regard vitreux d'Odum se tourna vaguement dans leur direction. Farish leva aussi la tête, et son œil valide transperça Hely comme un couteau.

Odum inspira profondément, et reposa sa queue de billard. « Vous voyez cette gamine là-bas ? dit-il à Farish et à l'assemblée, d'un ton mélodramatique. J'suis désolé de vous l'apprendre, mais cette môme fait le boulot d'une femme. »

Catfish et Danny Ratliff échangèrent un regard affolé.

« J'vous le demande. Ça se trouve où, une gentille môme comme ça qui tient la maison, met la bouffe sur la table, surveille les p'tits, les porte et va les chercher et s'prive de tout pour que son pauvre papa ait ce qu'il lui faut ? »

Je ne mangerais sûrement pas ce qu'elle met sur la table, songea Hely.

« Aujourd'hui, les jeunes croient que tout leur est dû, dit sèchement Farish. Ils feraient mieux de s'en passer comme les vôtres.

— Quand on était petits, avec mes frères et sœurs, on n'avait même pas de glacière, reprit Odum en chevrotant. Il était de plus en plus survolté. Tout l'été j'devais ramasser le coton dans les champs...

— Moi aussi j'ai ramassé le coton.

— ... et ma maman, j'vous dis que ça, *elle travaillait aux champs comme un négro*. Moi... j'ai pas pu aller à l'école ! Papa et maman, ils avaient besoin de moi à la maison ! Nan, on n'avait rien, mais si j'avais de l'argent j'leur donnerais tout à ces petits-là. Ils savent bien que leur vieux papa il préférerait le leur donner que d'le garder pour lui. Hein ? Hein que vous le savez ? »

Son regard incertain vacilla, quittant Lasharon et le bébé pour se poser sur Hely. « Hein que vous le savez, j'ai dit », répéta-t-il, d'une voix plus forte, et moins aimable.

Il fixait directement Hely. *Ça alors*, songea-t-il,

choqué, *ce vieux con est si saoul qu'il ne voit pas que je ne suis pas son fils ?* Il lui rendit son regard, la bouche ouverte.

« Oui, papa », dit Lasharon d'une voix à peine audible.

Les yeux bordés de rouge d'Odum se radoucirent, et se posèrent sur sa fille ; le tremblement larmoyant de sa lèvre mit Hely plus mal à l'aise que tout ce qu'il avait vu cet après-midi-là.

« Vous entendez ça ? Vous entendez cette p'tite môme ? Viens faire un gros câlin à ton papa », dit-il, essuyant une larme.

Lasharon hissa le bébé sur sa hanche osseuse et s'approcha lentement de lui. L'étreinte trop possessive d'Odum, et la soumission absente de la fillette – tel un vieux chien misérable acceptant une caresse de son maître – dégoûtèrent Hely, mais l'effrayèrent aussi un peu.

« Cette petite môme *adore* son vieux papa, hein ? » Il la pressa contre son cœur avec des larmes dans les yeux.

Hely fut reconnaissant de voir, aux roulements d'yeux qu'ils échangeaient, que Catfish et Danny Ratliff étaient exactement aussi écœurés que lui par les effusions d'Odum.

« Elle, elle sait que son papa est pauvre ! Elle, elle a pas besoin d'un tas d'jouets, d'bonbons et d'beaux habits !

— Et pourquoi en aurait-elle besoin ? » demanda Farish d'un ton abrupt.

Odum – enivré par le son de sa propre voix – se tourna confusément et fronça les sourcils.

« Ouais. T'as bien entendu. Pourquoi qu'il lui faudrait tout ce bazar ? Pourquoi qu'ils auraient tout ça, *eux* ? Nous on avait rien quand on était petits, hein ? »

La stupéfaction illumina peu à peu le visage d'Odum.

« Nan, frère ! cria-t-il gaiement.

— On avait honte d'être pauvres ? On était trop bien

314

pour travailler ? Ce qu'est bon pour nous, c'est assez bon pour *elle*, non ?

— Ça c'est vrai !

— Qui *dit* que les gosses doivent se croire meilleurs que leurs parents quand ils grandissent ? Le gouvernement fédéral, voilà qui ! Pourquoi croyez-vous qu'il fourre son nez chez les gens, et distribue au compte-gouttes tous ces tickets de nourriture, et ces vaccinations, et cette culture générale sur un plateau d'argent ? Je vais vous dire pourquoi. C'est pour faire entrer dans le crâne des mômes qu'ils doivent avoir *plus* que leurs vieux, et mépriser leurs origines, et s'élever au-dessus de leur chair et de leur sang. Je ne sais rien de vous, monsieur, mais mon père ne m'a jamais rien donné gratis. »

Murmures d'approbation dans toute la salle de billard.

« Nan, répliqua Odum, hochant sombrement la tête. Papa et maman ne m'ont jamais rien donné. Tout ce que j'ai, je l'ai obtenu à la sueur de mon front. »

D'un signe du menton, Farish indiqua Lasharon et le bébé. « Alors dites-moi une chose. Pourquoi devrait-*elle* avoir ce que *nous* n'avions pas ?

— C'est la vraie vérité de Dieu ! Laisse papa tranquille, lapin, dit Odum à sa fille, qui tirait impatiemment sur la jambe de son pantalon.

— Papa, on y va. S'il te plaît.

— Papa n'est pas encore prêt à partir, lapin.

— Mais, papa, t'as dit rappelle-moi que le bureau de Chevrolet ferme à six heures. »

Catfish, avec une expression de bienveillance forcée, alla parler tout bas aux hommes du bateau de pêche, dont l'un venait de consulter sa montre. Odum fouilla alors une seconde ou deux dans la poche de devant de son jean crasseux, et en tira la plus grosse liasse de dollars que Hely eût jamais vue.

Tout le monde avait les yeux rivés sur lui. Odum jeta le tas de billets sur le tapis.

« Voilà ce qui reste du règlement de l'assurance, dit-il, hochant la tête avec une piété d'ivrogne. Dans la main que voici. Je vais de ce pas au bureau Chevrolet payer ce salaud de Roy Dial qui pue la menthe à plein nez. Il est venu me prendre ma putain de bagnole devant mon...

— C'est comme ça qu'ils opèrent, commenta sobrement Farish. Ces salopards de la commission de recouvrement des impôts, de la société de financement, et du département du shérif. Ils se présentent directement chez les gens et prennent ce qu'ils ont envie chaque fois que ça leur chante...

— *Et*, ajouta Odum, élevant la voix, j'y vais immédiatement pour récupérer ma bagnole. Avec ce fric.

— Hum, c'est pas mes oignons, mais vous devriez pas claquer tout cet argent pour une *voiture*.

— Quoi ? » répondit Odum d'un ton belliqueux, reculant d'un pas instable. Sur le tapis vert, l'argent reposait au milieu d'un halo de lumière jaune.

Farish leva une main sale. « Je dis que si vous achetez votre véhicule cash à une fouine répugnante comme Roy Dial, non seulement Dial vous vole avec son financement, mais l'Etat et le gouvernement fédéral attendent derrière pour prélever leur part, eux aussi. Je me suis opposé maintes et maintes fois à la TVA. Elle est *anticonstitutionnelle*. Je peux montrer du doigt l'endroit précis où c'est indiqué dans la constitution de ce pays.

— Allons, papa, répéta Lasharon d'une voix faible, tirant courageusement sur la jambe du pantalon de son père. Papa, on y va. S'il te plaît. »

Odum ramassait son argent. Il ne semblait pas avoir absorbé la substance du petit discours de Farish. « Non, monsieur. » Il respirait fort. « Cet homme ne peut pas me prendre ce qui m'appartient ! Je vais aller droit chez Dial Chevrolet, et lui balancer ça à la figure... » Il fit claquer les billets contre la table de billard... « Et je vais lui dire : "Rends-moi ma bagnole, sale fouine." » Laborieusement, il fourra les coupures dans la poche droite de son jean tout en cherchant une pièce dans la gauche. « Mais d'abord tu me dois quatre cents dollars, et deux cents de plus si je te mets une raclée encore une fois aux huit boules. »

Danny Ratliff, qui tournait en rond près du distributeur de Coca, expira bruyamment.

« C'est pas rien, dit Farish, impassible. C'est mon tour ?

— Exact », dit Odum, avec un geste magnanime d'ivrogne.

Farish, le visage totalement inexpressif, fouilla dans sa poche revolver et en tira un large portefeuille noir fixé par une chaîne à une boucle de ceinture de sa combinaison. Avec un professionnalisme d'employé de banque, il compta rapidement six cents dollars en billets de vingt et les déposa sur le tapis.

« C'est beaucoup d'argent, mon ami, dit Odum.

— Ami ? » Farish eut un rire cassant. « Je n'ai que deux amis. Mes deux meilleurs amis. » Il présenta son portefeuille – encore rempli de billets. « Vous voyez ça ? C'est mon premier ami, et il ne quitte pas ma poche revolver. J'en ai un autre qui me suit partout. C'est un calibre .22.

— Papa, dit Lasharon, désespérée, tirant encore sur le pantalon de son père. S'il te plaît.

— Qu'est-ce que tu regardes, petit merdeux ? »

Hely sursauta. Danny Ratliff, à trente centimètres à peine, se dressait au-dessus de lui, une horrible lueur dans les yeux.

« Hein ? Réponds-moi quand je te parle, petit merdeux. »

Tout le monde le fixait – Catfish, Odum, Farish, l'homme du bateau de pêche et le gros type de la caisse.

De très loin, il entendit Lasharon Odum qui disait, de sa voix claire et acide : « Il regarde les BD avec moi, papa.

— C'est vrai ? *C'est vrai ?* »

Hely – trop pétrifié pour parler – acquiesça.

« Tu t'appelles comment ? » La question bourrue venait de l'autre côté de la salle. Hely se tourna vers la voix et vit l'œil valide de Farish Ratliff vissé sur lui comme une perceuse.

« Hely Hull », répondit-il sans réfléchir, puis horrifié, il plaqua la main sur sa bouche.

Farish gloussa. « Ça commence à rentrer, petit », dit-il en passant à la craie bleue l'extrémité de sa queue de billard, sans quitter Hely de son bon œil. « Ne dis jamais rien sans y être *forcé*.

— Oooh, je sais qui est ce fouille-merde, dit Danny Ratliff à son grand frère, puis il pointa son menton vers Hely. Tu dis que tu t'appelles Hull ?

— Oui, monsieur », répondit Hely, accablé.

Danny éclata d'un rire dur, aigu. « Oui, *monsieur*. Ecoutez-moi ça. Pas de *monsieur* avec moi, espèce de petit...

— Y a pas de mal à ce que le gosse ait des manières, intervint sèchement Farish. Hull, c'est ton nom ?

— Oui, monsieur.

— Il est de la famille de ce garçon qui conduit une vieille Cadillac décapotable, dit Danny.

— Papa, répéta Lasharon Odum plus fort, dans le silence tendu. Papa, Rusty et moi on peut aller regarder les BD ? »

Odum lui donna une tape sur les fesses. « Vas-y, lapin. Hé là-bas, dit-il à Farish, frappant le sol du petit bout de sa queue de billard pour appuyer ses paroles, si on doit faire cette partie on s'y met tout de suite. J'suis pressé. »

Mais Farish – au grand soulagement de Hely – avait déjà commencé à ramasser les boules, après un dernier regard insistant dans sa direction.

Hely concentra chaque parcelle de son attention sur la bande dessinée. Les lettres sautaient légèrement, en cadence avec les battements de son cœur. *Ne lève pas les yeux,* se dit-il, *même une seconde*. Ses mains tremblaient, et son visage le brûlait si fort qu'il avait l'impression d'être au centre de tous les regards, tel un brasier.

Farish commença, par un tir si retentissant que Hely tressaillit. Une boule se logea dans un trou, suivie par une autre, après quatre ou cinq longues secondes.

Les hommes du bateau de pêche se turent. Quelqu'un fumait un cigare, et la puanteur donnait mal à la tête à Hely, ainsi que l'encre criarde qui scintillait sur le papier de l'album.

Un silence pesant. *Clic.* Un autre silence interminable. Très doucement, Hely commença à se glisser vers la porte.

Clic, clic. On sentait vibrer la tension dans l'air.

« Bordel de Dieu ! cria un homme. Vous avez dit que ce salaud ne voit rien ! »

Un moment de confusion. Hely avait dépassé la caisse et atteignait le seuil quand soudain, une main l'attrapa par le col de sa chemise, et il se retrouva nez à nez avec le type chauve à la face bovine. Horrifié, il s'aperçut qu'il tenait encore *Les Secrets de la maison sinistre*, qu'il n'avait pas payés. Il fouilla frénétiquement dans la poche de son short. Mais le caissier ne s'intéressait pas à lui – il ne le regardait même pas, bien qu'il ne lâchât pas prise. Il était captivé par ce qui se passait autour de la table de billard.

Hely déposa une pièce de vingt-cinq cents et une autre de dix sur le comptoir, et – dès qu'il fut parvenu à se dégager – s'élança au-dehors. Le soleil de l'après-midi lui faisait mal aux yeux, après l'obscurité de la salle de billard ; il se mit à courir sur le trottoir, si ébloui par la clarté qu'il distinguait à peine son chemin.

Il n'y avait pas de piétons sur la place – l'après-midi était trop avancé – et seulement quelques voitures garées. Son vélo – où l'avait-il laissé ? Il dépassa la poste, le temple maçonnique, et avait déjà parcouru la moitié de Main Street quand il se rappela qu'il avait rangé sa bicyclette dans la ruelle, derrière l'hôtel de ville.

Il fit demi-tour et repartit, tout essoufflé. L'allée était très sombre et glissait à cause de la mousse. Une fois, quand il était plus petit, il y avait foncé tout droit, sans faire attention, et était tombé tête la première sur la forme étendue d'un clochard (une masse puante de haillons) qui occupait presque la moitié du passage. Quand Hely s'était écroulé sur lui, il avait bondi en jurant, et l'avait retenu par la cheville. Le petit garçon avait hurlé, aussi terrorisé que si on l'avait inondé d'essence brûlante ; dans sa fuite désespérée, il avait perdu une chaussure.

Mais, à présent, Hely était si effrayé qu'il ne se souciait plus de trébucher sur quelqu'un. Il fonça dans la ruelle – dérapant sur le béton humide – et récupéra son vélo. Il manquait de place pour l'enfourcher, et pouvait à peine le tourner. Il l'attrapa par le guidon, le manœuvrant dans tous les sens de façon à le remettre dans la bonne direction, puis avança – et, horrifié, découvrit devant lui, debout sur le trottoir, Lasharon Odum et le bébé qui l'attendaient.

Il se figea sur place. Langoureusement, elle remonta l'enfant sur sa hanche et le regarda. Il n'avait aucune idée de ce qu'elle pouvait vouloir, mais n'osait rien dire, et il resta immobile, son cœur battant la chamade.

Après une éternité, elle changea encore de position et dit : « Donne-moi cette BD. »

Sans un mot, Hely prit l'album dans sa poche arrière et le lui tendit. Placidement, sans une lueur de gratitude, elle cala le bébé sur un seul bras pour prendre la BD, mais sans lui en laisser le temps, le petit s'en empara avec ses menottes crasseuses. L'œil solennel, il le rapprocha de son visage, puis, sans hésitation, le prit dans sa bouche gluante, souillée d'orange.

Hely était indigné ; il pouvait admettre qu'elle eût envie de lire le livre ; mais sûrement pas qu'elle le donnât à mâcher au bébé. Lasharon ne fit pas mine de le retirer à son frère. Au lieu de cela, elle le regarda avec tendresse, et le balança affectueusement sur son bras – comme si c'était un enfant propre et attirant, au lieu de ce morveux aux yeux chassieux.

« Pourquoi papa il pleure ? gazouilla-t-elle en scrutant le minuscule visage. Pourquoi papa il pleure là-bas ? Hein ? »

« Mets-toi quelque chose sur le dos, dit Ida Rhew à Harriet. Tu inondes partout.

— Pas du tout. J'ai séché en route.

— Va t'habiller, que j'te dis. »

Dans sa chambre, Harriet retira son maillot de bain et enfila un short kaki et son seul T-shirt propre : blanc, avec une face jaune souriante sur le devant. Elle le détestait, c'était un cadeau d'anniversaire de son père. Aussi dégradant qu'il fût, son père avait dû considérer qu'il lui convenait, et cette pensée était plus humiliante que le vêtement lui-même.

Elle ignorait que le T-shirt (et les barrettes ornées du symbole de la paix qu'il lui avait envoyées, et les autres objets inappropriés que son père lui envoyait pour son anniversaire) n'avait pas du tout été choisi par son père, mais par sa maîtresse, à Nashville, et que sans cette dame (qui s'appelait Kay) elle et Allison se seraient passées de cadeaux. Kay était la petite héritière d'une usine de boissons gazeuses, un peu trop grasse, avec une voix suave, un sourire mou et quelques problèmes psychologiques. Elle buvait également un peu trop ; le père de Harriet pleurnichait souvent avec elle dans les bars, à propos de ses malheureuses petites filles cloîtrées au Mississippi avec leur mère folle.

Tout le monde en ville connaissait l'existence de la maîtresse de Dix, en dehors de sa famille et de celle de son épouse. Personne n'avait eu l'audace de l'apprendre à Edie, ni le cœur de le révéler aux autres. Les collègues de Dix le savaient, et le désapprouvaient – car parfois, il amenait la femme aux réceptions de la banque ; la belle-sœur de Roy Dial, qui vivait à Nashville, avait en outre informé Mr et Mrs Dial que les tourtereaux partageaient un appartement, et si Mr Dial (tout à son honneur) avait gardé pour lui cette nouvelle, son épouse l'avait divulguée dans tout Alexandria. Même Hely était au courant. Il avait surpris une conversation de sa mère quand il avait neuf ou dix ans. Prise sur le fait, elle lui avait fait jurer de ne jamais le répéter à Harriet, et il avait tenu parole.

Hely n'avait jamais songé à désobéir à sa mère. Mais bien qu'il gardât le secret – le seul qu'il ne lui eût pas avoué – il lui semblait que son amie ne serait guère troublée si elle apprenait un jour la vérité. Et il avait raison. Seule Edie en eût été choquée – dans sa fierté outragée ; car si Edie grommelait que ses petites-filles grandissaient sans père, ni elle, ni personne d'autre n'avait jamais suggéré que le retour de Dix pourrait pallier ce manque.

Harriet était de si méchante humeur que l'ironie du T-shirt lui inspira un plaisir pervers. Le sourire satisfait de la figure jaune lui fit penser à son père – bien qu'il n'eût guère de raison d'être aussi jovial, ni d'attendre une réaction joyeuse de la part de sa fille. Rien d'étonnant à ce qu'Edie le méprisât. Il suffisait d'entendre la façon dont elle prononçait son nom : *Dixon*, jamais Dix.

Son nez coulait, et les yeux la brûlaient à cause du chlore de la piscine ; elle s'assit sur la banquette de la fenêtre et contempla, dans la cour, la verdure luxuriante des feuillages des arbres au cœur de l'été. Ses membres étaient curieusement alourdis par la natation, et la chambre semblait recouverte d'un voile de tristesse, comme chaque fois que Harriet restait immobile assez longtemps. Quand elle était petite, elle s'était parfois récité son adresse, telle qu'elle apparaîtrait à un visiteur de l'espace. Harriet Cleve Dufresnes, 363 George Street, Alexandria, Mississippi, Amérique, Planète Terre, Voie lactée... et l'immensité vertigineuse, la sensation d'être engloutie par le gouffre noir de l'univers – minuscule grain blanc dans une avalanche de sucre en poudre qui se reproduisait à l'infini – la faisaient parfois suffoquer.

Elle éternua violemment. Les postillons volèrent dans tous les sens. Elle se pinça le nez et, les yeux larmoyants, se leva d'un petit saut et courut chercher un Kleenex au rez-de-chaussée. Le téléphone sonnait ; elle voyait à peine devant elle ; Ida était debout près de la table au pied de l'escalier et, avant que la fillette eût compris ce qui se passait, elle dit : « La voilà », et lui mit le combiné dans la main.

« Harriet, écoute. Danny Ratliff est dans la salle de billard en ce moment même, lui et aussi son frère. C'est eux qui m'ont tiré dessus sur le pont.

— Attends », dit-elle, très désorientée. Elle parvint à grand-peine à réprimer un éternuement.

« Mais je l'ai *vu*, Harriet. Il est effrayant. Lui et aussi son frère. »

Il continua de babiller, à propos de cambriolages, de revolvers, de vols et de jeux d'argent ; le sens de ses paroles pénétra peu à peu dans l'esprit de la fillette. Stupéfaite, elle écouta, oubliant son envie d'éternuer ; son nez coulait encore et, maladroitement, elle se tortilla, essayant de se moucher sur la manche trop courte de son T-shirt, avec une contorsion de la tête que le chat Weenie avait souvent pratiquée sur le tapis pour se débarrasser d'un corps étranger dans l'œil.

« Harriet ? » dit Hely, s'interrompant au milieu de son récit. Il avait été si impatient de lui raconter ce qui s'était passé qu'il avait oublié qu'ils n'étaient pas censés se parler.

« Je suis là. »

Un bref silence suivit, pendant lequel Harriet se rendit compte qu'une télévision jacassait gaiement dans la pièce où se trouvait Hely.

« Quand as-tu quitté la salle de billard ? demanda-t-elle.

— Il y a environ un quart d'heure.

— Je suppose qu'ils y sont toujours ?

— Peut-être. On aurait dit qu'ils allaient se bagarrer. Les types du bateau étaient furieux. »

Harriet éternua. « Je veux le voir. Je prends mon vélo, j'y vais tout de suite.

— Oh là là ! Pas question », s'écria Hely, affolé, mais elle avait déjà raccroché.

Il n'y avait pas eu de bagarre – du moins, rien qui eût ressemblé à une bagarre, selon Danny. Quand, un court instant, Odum avait semblé peu disposé à payer, Farish avait empoigné une chaise et, la lui fracassant sur la tête, l'avait expédié au plancher, puis s'était employé à le rouer de coups méthodiquement (pendant que ses gosses atten-daient, tapis sur le seuil) de telle sorte qu'il n'avait pas tardé à hurler et à le supplier de prendre l'argent. Le vrai problème venait des types du bateau, qui auraient pu faire beaucoup de scandale s'ils l'avaient voulu. Mais bien que le gros homme en chemise sport jaune eût prononcé quelques phrases bien senties, les autres s'étaient contentés de marmonner entre eux et même de ricaner, encore qu'avec une certaine irritation. Ils étaient en congé, et avaient de l'argent à dépenser.

Face aux appels pitoyables d'Odum, Farish demeura impassible. *Manger ou être mangé,* telle était sa philoso-phie, et il considérait comme sa propriété à part entière ce qu'il avait réussi à prendre à un autre. Tandis qu'Odum, hystérique, arpentait la pièce en boitillant et suppliait Farish de penser aux enfants, l'expression attentive et réjouie de son frère rappelait à Danny l'attitude de ses deux bergers allemands quand ils s'apprêtaient à tuer un chat – ou l'avaient déjà égorgé : sur le qui-vive, l'air affairé, joueur. *Sans rancune, chaton. Bonne chance pour la prochaine fois.*

Danny admirait l'attitude parfaitement logique de Farish, bien qu'il n'eût guère de goût pour ces choses. Il alluma une cigarette malgré l'amertume qui persistait dans sa bouche pour avoir trop fumé.

« Détends-toi », dit Catfish, se glissant derrière Odum pour poser une main sur son épaule. Sa bonne humeur était inépuisable, il était joyeux en toute circonstance, et ne comprenait pas que tout le monde n'eût pas le même ressort.

Par un réflexe fanfaron – plus pitoyable que menaçant – Odum recula en titubant et cria, comme fou : « Bas les pattes, négro ! »

Catfish resta imperturbable. « Quelqu'un qui joue

comme toi, frère, il aura pas de problème pour récupérer son fric. Plus tard, si ça te dit, viens me trouver à l'Esquire Lounge, peut-être qu'on pourra organiser quelque chose. »

Odum s'appuya, chancelant, au mur de parpaings. « Ma voiture », se lamenta-t-il. Il avait l'œil gonflé et la bouche en sang.

Un vilain souvenir de la petite enfance surgit dans l'esprit de Danny : des photos de femmes nues glissées dans un magazine de chasse et de pêche que son père avait laissé près des cabinets, dans la salle de bains. L'excitation, mais une excitation malsaine, le noir et le rose entre les jambes des filles se mélangeant sur une page avec un cerf en sang, une flèche plantée dans l'œil, et à un poisson crocheté sur la suivante. Et tout cela – l'animal à l'agonie, effondré sur ses pattes avant, le poisson la bouche grande ouverte – s'enchevêtrait avec le souvenir de la chose qui se débattait en suffoquant dans son cauchemar.

« Arrête, dit-il à voix haute.

— Arrête quoi ? demanda distraitement Catfish, tapotant la poche de sa veste de smoking pour attraper la petite fiole.

— Ce bruit dans mes oreilles. Ça n'en finit plus. »

Catfish renifla une pincée de poudre, puis passa le flacon à Danny. « Evite la descente. Hé, Odum, cria-t-il à l'autre bout de la salle. Le Seigneur aime les perdants joyeux.

— Ho », s'exclama Danny, se pinçant le nez. Des larmes lui montèrent aux yeux. Le goût glacé de désinfectant au fond de sa gorge lui donnait une sensation de pureté : tout redevenait lisse et brillant à la surface des eaux miroitantes qui balayaient, tel le tonnerre, une fosse d'aisances dont la puanteur le rendait malade : la misère, la graisse et la pourriture, les intestins bleus pleins de merde.

Il rendit la fiole à Catfish. Un vent glacial lui transperça le cerveau. L'atmosphère minable et corrompue de la salle de billard – où s'entassaient la crasse et les fonds de verre – se mit soudain à reluire de propreté, et prit une allure comique. Au son d'un *dring* mélodieux, il fut frappé par l'idée hilarante que le larmoyant Odum, avec ses vêtements de bouseux et son énorme tête rose de citrouille, ressemblait comme deux gouttes d'eau à Elmer Fudd. La silhouette efflanquée de Catfish, tel Bugs Bunny surgi de son terrier, paressait près du juke-box. De grands pieds, de longues dents, et même sa façon de tenir sa cigarette : Bugs Bunny tenait sa carotte de la même manière, comme un cigare, l'air aussi sûr de lui.

Reconnaissant, gagné par une sensation de douceur, et une sorte de vertige, Danny fouilla dans sa poche et détacha un billet de vingt dollars de la liasse ; il lui en restait cinq dans la main. « Donne-lui ça pour ses gosses, mec, dit-il, glissant l'argent à Catfish. J'me casse.

— Où ça ?

— J'me casse, c'est tout », s'entendit répondre Danny.

Il se dirigea tranquillement vers son véhicule. C'était samedi soir, les rues étaient désertes et une nuit d'été limpide s'annonçait, avec des étoiles, une brise tiède et un ciel illuminé par les néons. La voiture était une splendeur : une Trans Am, d'un joli bronze, avec un toit décapotable, des déflecteurs latéraux et la clim en option. Danny venait juste de la laver et de l'astiquer, et elle étincelait de tous ses feux comme un vaisseau spatial sur le point de décoller. L'une des gosses d'Odum – plutôt propre, en comparaison des autres, et brune en plus : sans doute n'était-elle pas de la même mère – était assise de l'autre côté de la rue, à côté de la quincaillerie. Elle regardait un livre, et attendait que son misérable père arrive. Soudain il se rendit compte qu'elle le fixait, elle n'avait pas bougé un muscle, mais ses yeux n'étaient plus posés sur les pages, ils ne le quittaient plus, et cela *durait* depuis longtemps, cela se produisait parfois avec les cristaux, quand on voyait un panneau routier et qu'il continuait de vous apparaître pendant deux heures d'affilée ; il en eut froid dans le dos, comme lorsqu'il avait trouvé le chapeau de cow-boy sur son lit, plus tôt dans la journée. Le speed foutait en l'air votre sens du temps (*c'est pourquoi ça s'appelle speed !* songea-t-il, brusquement émerveillé par sa propre intelligence : *snif ! La vie s'accélère ! Le temps ralentit !*), oui, la drogue étirait le temps comme un élastique, le faisait rebondir dans tous les sens, et quelquefois, Danny avait l'impression que le monde entier le regardait, même les chats, les vaches, et les photos des magazines ; pourtant une éternité semblait s'être écoulée, les nuages filant au-dessus de sa tête comme dans un film sur la nature en accéléré, mais la fille soutenait son regard sans broncher – l'œil vert glacé, tel un lynx surgi de l'enfer, tel le diable en personne.

Mais non : elle ne s'intéressait pas à lui, elle était plongée dans son livre, elle n'avait jamais cessé de lire. Les magasins fermaient, il n'y avait pas de voiture dans la rue, les ombres allongées et la chaussée scintillaient comme dans un mauvais rêve. Danny revit brusquement le matin de la semaine précédente où il s'était rendu au White Kitchen après avoir vu le soleil se lever sur le réservoir : la serveuse, le flic, le laitier et le postier tournant la tête pour le regarder quand il avait poussé la porte – il s'était avancé l'air de rien, feignant de croire que seul le tintement de la sonnerie avait éveillé leur curiosité – mais ils étaient sérieux, c'était bien *lui* qu'ils fixaient, il y avait des yeux partout, d'un vert fluorescent, satanique. Il n'avait pas dormi depuis soixante-douze heures, il se sentait faible et moite, il se demandait si son cœur n'allait pas exploser dans sa poitrine comme un gros ballon plein d'eau, en plein milieu du White Kitchen, avec les jeunes et étranges serveuses qui le poignardaient de leurs yeux verts...

Du calme, du calme, dit-il à son cœur emballé. Et si la môme l'*avait* vraiment regardé ? Et alors ? Alors quoi, bordel ? Danny avait passé de longues heures terribles sur ce même banc, à attendre son propre père. Ce n'était pas l'attente qui était le plus pénible, mais la peur de ce qui les guettait, Curtis et lui, si la partie avait mal tourné. Il n'y avait aucune raison de croire qu'Odum ne chercherait pas à se consoler de ses pertes de la même manière : ainsi allait le monde. « Tant que tu vis sous *mon* toit... » L'ampoule se balançait au bout de son fil, au-dessus de la table de la cuisine, leur grand-mère remuait quelque chose sur la cuisinière, comme si les injures, les coups et les hurlements venaient de la télévision.

Danny se tortilla comme un pantin désarticulé, et chercha dans sa poche de la monnaie à jeter à la fillette. Son père avait parfois fait pareil avec les enfants des autres, quand il avait gagné au jeu et était de bonne humeur. Immédiatement un désagréable souvenir d'Odum remonta du passé – un adolescent maigrichon en chemise sport bicolore, sa queue-de-cheval blond pâle jaunie par la graisse dont il l'enduisait – accroupi auprès du petit Curtis avec un paquet de chewing-gum, et lui disant de ne pas pleurer...

Avec un sursaut de stupéfaction – un sursaut audible, qui résonna dans son crâne comme une petite détonation – Danny se rendit compte qu'il avait parlé à voix haute, alors qu'il était persuadé d'avoir pensé tout bas depuis le début. Ou peut-être pas ? Les pièces se trouvaient toujours dans sa main, mais quand il leva le bras pour les lancer, un autre choc ébranla son cerveau, car la fillette avait disparu. Le banc était vide ; balayant la rue du regard, il ne vit aucune trace d'elle – pas un être vivant, pas même un chat errant.

« Yodel-aye-hi-hou ! » fredonna-t-il à mi-voix, très doucement.

« Mais que s'est-il *passé* ? » demanda Hely, fou d'impatience. Ils étaient tous les deux assis sur les marches métalliques rouillées d'un entrepôt de coton abandonné, près des voies de chemin de fer. C'était un endroit marécageux, isolé par des pins de Virginie, et la vase noire, nauséabonde, attirait les mouches. Les portes de l'entrepôt étaient maculées de taches sombres, car deux étés plus tôt, Hely, Harriet et Dick Pillow, qui se trouvait en ce moment au camp du lac de Selby, s'étaient amusés pendant plusieurs jours à les bombarder avec des balles de tennis boueuses.

Harriet ne répondit pas. Elle était tellement silencieuse que cela le mettait mal à l'aise. Dans son agitation, il se leva pour faire les cent pas.

Plusieurs minutes s'écoulèrent. Elle ne semblait pas impressionnée par ses allées et venues appliquées. Une petite brise rida la surface d'une flaque creusée dans la boue par une empreinte de pneu.

Embarrassé – désireux de ne pas l'irriter, mais aussi de la faire parler –, il lui lança un coup de coude. « Allons, dit-il d'un ton encourageant. Il t'a fait quelque chose ?

— Non.

— Il a pas intérêt. Moi, je lui flanquerais mon pied au cul. »

Les bois de pins – surtout des pins à torche, des arbres sans valeur, au bois inutilisable – étaient rapprochés, étouffants. L'écorce rouge était irrégulière et pelait par larges plaques argentées, comme une peau de serpent. Au-delà de l'entrepôt, des sauterelles crissaient dans les hauts roseaux.

« Allez. » Hely fit un bond et tenta une prise de karaté, suivie d'un coup de pied magistral. « Tu peux me le dire. »

Tout près, un criquet se mit à chanter. Hely, en pleine action, loucha vers le ciel : les criquets annonçaient l'orage, la pluie, mais à travers l'enchevêtrement des branches noires, le ciel brillait d'un bleu limpide, écrasant.

Il porta encore deux atémis, s'accompagnant chaque fois d'un grognement sourd : huh, *huh*. Mais Harriet ne le regardait même pas.

« C'est quoi, ton problème ? » demanda-t-il d'un ton agressif, repoussant les longues mèches de son front. Son air absorbé lui inspirait une étrange panique, et il commençait à suspecter qu'elle avait ourdi un plan secret qui l'excluait.

Elle leva les yeux vers lui, si brièvement qu'une seconde, il crut qu'elle allait se lever d'un bond et lui lancer un coup de pied aux fesses. Mais elle dit seulement : « Je pensais à l'automne de mon CE1. J'avais ouvert une tombe dans la cour de derrière.

— Une tombe ? » Hely était sceptique. Il avait essayé de creuser une quantité de trous dans sa propre cour (des abris souterrains, des passages vers la Chine) mais s'était découragé au bout de cinquante centimètres. « Comment tu faisais pour descendre et remonter ?

— Ce n'était pas profond. Juste... » Elle écarta les mains de trente centimètres. « Et assez long pour que je m'y couche.

— Pourquoi tu voulais faire un truc pareil ? Hé, Harriet ? » s'exclama-t-il – car il venait de remarquer sur le sol un gigantesque coléoptère de cinq centimètres, avec des pinces et des cornes. « Regarde ça ! Mince alors ! J'en ai jamais vu d'aussi gros ! »

Harriet se pencha pour l'examiner, sans curiosité. « Ouais, c'est quelque chose, dit-elle. Enfin. Tu te souviens quand j'ai été à l'hôpital avec une bronchite ? Quand j'ai manqué la fête de Halloween à l'école ?

— Oh oui ! s'exclama Hely qui détourna les yeux du scarabée, réprimant à grand-peine l'envie de le ramasser et de s'amuser avec.

— C'est pour ça que je suis tombée malade. Le sol était vraiment froid. Je me recouvrais de feuilles mortes et je restais allongée là jusqu'à ce qu'il fasse nuit et qu'Ida me crie de rentrer.

— Tu sais quoi ? dit Hely, qui – incapable de résister – avait tendu un pied pour taquiner l'insecte de l'orteil. Il y a cette femme, dans *Ripley : incroyable mais vrai !* qui a un téléphone dans sa tombe. Tu composes le numéro, et ça sonne sous terre. C'est pas mortel ? » Il s'assit à côté d'elle. « Hé, et qu'est-ce que tu penses de ça ? Ecoute, c'est super. Par exemple, Mrs Bohannon a un poste dans son cercueil, et elle t'appelle au milieu de la nuit, et elle te dit *Je veux ma perruque dorée. Rends-moi ma perruque doooorée...*

— Fais gaffe », s'exclama sèchement Harriet, voyant sa main se glisser furtivement vers elle. Mrs Bohannon était l'organiste de l'église ; elle était morte en janvier, après une longue maladie. « De toute manière, on l'a enterrée avec sa perruque.

— Comment tu le sais ?

— Ida me l'a raconté. Ses vrais cheveux étaient tombés à cause du cancer. »

Ils restèrent un moment silencieux. Hely chercha le coléoptère géant autour de lui, mais – malheureusement –

il avait disparu ; il se balança de droite à gauche, et se mit à battre la mesure en frappant le talon de sa tennis sur la contremarche en métal, *bong bong bong bong*...

D'où sortait cette histoire de tombe – de quoi parlait-elle ? Il lui disait tout, lui. Il s'était largement préparé à une séance de sombres chuchotements dans la remise à outils, avec force menaces, conspirations et suspense – et même une attaque de la part de Harriet eût mieux valu que rien du tout.

Enfin, s'étirant avec un soupir exagéré, il se leva. « Très bien, déclara-t-il d'un air important. Voici notre plan. On s'exerce avec le lance-pierres jusqu'au dîner. Dans le champ d'entraînement. » C'était le nom qu'il aimait donner à la partie reculée de sa cour, entre le potager et le hangar où son père rangeait la tondeuse à gazon. « Ensuite, dans un jour ou deux, on passera aux arcs et aux flèches...

— Je n'ai pas envie de jouer.

— Oh, moi non plus », répondit Hely, piqué au vif. Il ne s'agissait que d'un jeu de tir à l'arc pour bébé, avec des ventouses bleues au bout, et, bien qu'il se sentît humilié, c'était mieux que rien.

Aucune de ses propositions n'intéressait Harriet. Après avoir réfléchi intensément une minute ou deux, il suggéra – avec un « Hé ! » calculé pour simuler un enthousiasme naissant – de courir aussitôt chez lui, pour faire ce qu'il appelait « l'inventaire de leurs armes » (bien qu'il sût que les seules qu'il possédait étaient la carabine à air comprimé, un couteau de poche rouillé, et un boomerang qu'ils ne savaient lancer ni l'un ni l'autre). Quand cette idée fut accueillie par un haussement d'épaules, il proposa (en désespoir de cause, car l'indifférence de son amie était insupportable) d'aller chercher l'un des numéros de *Good Housekeeping* de sa mère et d'inscrire Danny Ratliff au Club du livre du mois.

Harriet tourna alors la tête, mais le regard qu'elle lui lança n'était guère encourageant.

« Je t'*assure*. » Il était un peu embarrassé, mais assez convaincu de l'efficacité de cette tactique pour poursuivre. « C'est la pire chose au monde que tu puisses faire à quelqu'un. Un élève du lycée l'a fait à papa. Si nous inscrivons un nombre suffisant de ces types, le plus souvent possible... Ecoute, s'écria-t-il, déconcerté par l'absence de réaction de Harriet. Moi, je m'en fous. » Il avait encore présent à l'esprit l'ennui abominable des journées passées seul à la maison, et il eût volontiers retiré tous ses habits pour s'allonger nu dans la rue, si elle le lui avait demandé.

« Bon, je suis fatiguée, dit-elle avec irritation. Je vais passer un moment chez Libby.

— Très bien, répondit Hely, perplexe, après une pause stoïque. Je t'accompagne. »

En silence, ils poussèrent leurs vélos sur le chemin de terre qui conduisait à la rue. Hely acceptait la primauté de Libby dans la vie de Harriet sans vraiment la comprendre. Elle était différente d'Edie et des autres tantes – plus douce, plus maternelle. Au jardin d'enfants, Harriet avait raconté à tout le monde que c'était sa mère et curieusement, personne – pas même Hely – n'avait remis cela en question. Libby était vieille et n'habitait pas dans la maison de Harriet, et pourtant c'était elle qui avait accompagné la fillette en la tenant par la main, le premier jour ; elle qui apportait des petits gâteaux pour l'anniversaire de Harriet, et qui avait aidé à fabriquer les costumes de *Cendrillon* (où Hely avait le rôle d'une souris charitable ; Harriet était la plus petite – et la plus méchante – des demi-sœurs). Bien qu'Edie fît aussi des apparitions à l'école quand Harriet était en difficulté parce qu'elle s'était battue, ou avait mal répondu à un professeur, il ne venait à l'esprit de personne qu'*elle* était sa parente : Edie était beaucoup trop sévère, comme l'un des odieux professeurs d'algèbre du lycée.

Malheureusement, Libby n'était pas chez elle. « Miss Cleve au cimetière, dit une Odean ensommeillée (qui avait mis un bon moment à ouvrir la porte de derrière.) Elle arrache des mauvaises herbes sur les tombes. »

« Tu veux y aller ? demanda Hely à Harriet quand ils se retrouvèrent sur le trottoir. Ça me dérange pas. » Le trajet en vélo sous la chaleur jusqu'au cimetière Confederate était ardu, délicat, car il fallait traverser la grand-route et louvoyer dans des quartiers difficiles avec des taudis embaumant le chili, des petits enfants grecs, italiens et noirs qui jouaient au foot sur la chaussée, une épicerie miteuse et animée où un vieil homme avec une dent de devant en or vendait des biscuits secs et des sorbets italiens colorés, et des cigarettes au détail au comptoir, à cinq cents pièce.

« Oui, mais Edie est aussi au cimetière. Elle est la présidente du club de jardinage. »

Hely accepta cette excuse sans discuter. Il se tenait à l'écart d'Edie le plus possible, et le désir que Harriet avait de l'éviter ne le surprenait pas le moins du monde. « On peut aller chez moi, alors, proposa-t-il, repoussant les mèches qui lui tombaient dans les yeux. Viens.

— Peut-être que ma tante Tatty est chez elle.

— On pourrait simplement jouer sur ton porche ou sur le mien, non ? » dit Hely, lançant vivement une cosse de cacahuète contre le pare-brise d'une voiture garée. Libby était supportable, mais les deux autres tantes étaient presque aussi horribles qu'Edie.

Tat, la tante de Harriet, s'était rendue au cimetière avec les autres membres du club de jardinage, mais avait demandé à être raccompagnée car elle souffrait d'un rhume des foins ; elle était grognon, ses yeux la démangeaient, d'énormes zébrures rouges étaient apparues sur ses mains à cause des liserons, et elle ne comprit pas plus que Hely pourquoi Harriet tenait absolument à jouer *chez elle* tout l'après-midi. Elle avait ouvert la porte, encore vêtue de sa tenue de plein air : un bermuda et un dashiki africain de la longueur d'une blouse. Edie avait un vêtement très similaire ; un missionnaire baptiste de leurs amis, stationné au Nigeria, les leur avait offerts. Le tissu de Kente était frais et coloré, et les deux vieilles dames portaient fréquemment ces cadeaux exotiques, pour les menus travaux du jardin et pour faire leurs courses – sans se rendre compte le moins du monde du symbolisme du Black Power que leurs « caftans » évoquaient aux curieux. De jeunes hommes noirs passaient la tête à la portière de leurs voitures et saluaient Edie et Tatty en levant le poing. « Panthères grises ! » criaient-ils, et : « Eldridge et Bobby, on est avec vous ! »

Tattycorum n'aimait pas travailler dehors. Edie l'avait forcée à participer au projet du club de jardinage, et elle voulait retirer son short et son « caftan » pour les mettre dans la machine à laver. Elle avait besoin d'un cachet de Benadryl contre l'allergie ; et d'un bain ; elle tenait à terminer le livre de bibliothèque qu'elle devait rendre le lendemain. Elle n'avait pas été contente de voir les enfants en ouvrant sa porte, mais les avait accueillis gracieusement, avec tout juste un brin d'ironie. « Comme tu peux le constater, Hely, je vis très simplement », répéta-t-elle pour la seconde fois tout en les conduisant dans le dédale d'un vestibule obscur rétréci par des anciens rayonnages de cabinet d'avocat, puis dans un séjour-salle à manger coquet, écrasé par un buffet massif en acajou de Tribulation et un ancien miroir piqueté à cadre doré si grand qu'il touchait le plafond. Perchés tout en haut, les oiseaux de proie d'Audubon les foudroyaient du regard. Un énorme tapis malais – un autre héritage de Tribulation, beaucoup trop large pour n'importe quelle pièce de la maison – était roulé contre la porte à l'autre bout de la pièce, telle une souche veloutée pourrissant obstinément en travers du chemin. « Attention ! » dit-elle, tendant une main pour aider les enfants à l'enjamber, l'un après l'autre, comme un chef scout qui les aurait guidés sur un sentier de forêt, barré par un tronc mort. « Harriet te dira que sa tante Adélaïde est la ménagère de la famille. Libby est douée pour s'occuper des petits enfants, et Edith fait partir les trains à l'heure, mais moi je ne sais rien faire de tout ça. Non, mon papa m'appelait toujours l'archiviste. Tu sais ce que c'est ? »

Elle lança un regard derrière elle, l'expression vive, joyeuse, avec ses yeux bordés de rouge. Il y avait une trace de terre sous sa pommette. Hely détourna discrètement les yeux, car il avait un peu peur de toutes les vieilles dames de Harriet, avec leurs longs nez d'oiseaux et leurs manières acérées, qui faisaient penser à une horde de sorcières.

« Non ? » Tat tourna la tête et éternua violemment. « Un archiviste, dit-elle avec un hoquet, c'est le nom recherché du *rat musqué*... Harriet, ma chérie, pardonne à ta vieille tante d'imposer ses radotages à ton malheureux invité. Elle ne veut pas vous ennuyer, mais elle espère seulement que Hely n'ira pas raconter à sa gentille petite maman dans quel fouillis je vis. La prochaine fois, mon petit, pense à téléphoner à ta tante Tatty avant de venir jusqu'ici. Et si je n'avais pas été là pour vous ouvrir ? »

Elle déposa un baiser bruyant sur la joue ronde de Harriet qui demeura impassible (elle était sale, tandis que le petit garçon était proprement, quoique bizarrement, vêtu d'un long T-shirt blanc qui lui descendait au-dessous du genou, comme une chemise de nuit de grand-père). Elle les laissa sur le porche de derrière et se hâta d'aller dans la cuisine où – faisant cliqueter sa petite cuillère contre le verre – elle prépara de la limonade avec de l'eau du robinet et un sachet de poudre parfumée au citron, achetée à l'épicerie. Tattycorum avait de vrais citrons et du sucre – mais de nos jours, ils méprisaient tous les produits naturels, disaient ses amies du Cercle qui avaient des petits-enfants.

Elle cria à Harriet et à Hely de venir chercher leurs verres (« Ici on ne fait pas de chichis, Hely, ça ne t'ennuie pas de te servir toi-même ? ») et repartit aussitôt au fond de la maison pour se rafraîchir.

Sur la corde à linge de Tat, qui traversait le porche de derrière, était accroché un édredon à larges carreaux marron et noirs. La petite table de jeu où ils s'assirent était placée devant comme une scène de théâtre, et les damiers du tissu reflétaient les minuscules carrés de l'échiquier.

« Hé, il te rappelle quoi, cet édredon ? demanda gaiement Hely, lançant des coups de pied aux barreaux de sa chaise. Le tournoi d'échecs de *Bons baisers de Russie* ? Tu te rappelles ? La première scène, avec l'échiquier géant ?

— Si tu touches à ce fou, dit Harriet, tu dois le déplacer.

— J'ai déjà bougé ce pion-là. » Il ne s'intéressait ni aux échecs ni aux dames, ces jeux lui donnaient mal à la tête. Il leva son verre de citronnade et feignit de découvrir, collé dessous, un message secret des Russes, mais Harriet ne prêta pas attention à son haussement de sourcils.

Sans perdre de temps, elle plaça aussitôt le cavalier noir au milieu de l'échiquier.

« Félicitations, monsieur, claironna Hely, reposant bruyamment son verre, bien qu'il ne fût pas en échec et que la partie n'eût rien d'exceptionnel. Un coup brillant. » C'était une citation du film, et il était fier de s'en souvenir.

Ils continuèrent de jouer. Hely captura l'un des pions de Harriet avec son fou, et se frappa le front lorsqu'elle s'empressa d'avancer un cavalier pour le lui prendre. « Tu ne peux pas faire ça », protesta-t-il, bien qu'en réalité, il ne sût pas vraiment si elle en avait le droit ou non ; il avait du mal à comprendre comment les cavaliers se déplaçaient, ce qui était bien dommage, car Harriet les affectionnait particulièrement, et en faisait le meilleur usage.

Elle fixait l'échiquier d'un air rêveur, le menton posé sur sa main. « Je pense qu'il sait qui je suis, dit-elle soudain.

— Tu ne lui as pas parlé, n'est-ce pas ? » répondit Hely, mal à l'aise. Il admirait son audace, mais à son avis l'idée de Harriet de se rendre seule à la salle de billard n'avait pas été très bonne.

« Il est sorti et il m'a regardée fixement. Il est resté là sans bouger. »

Hely déplaça un pion sans réfléchir, pour faire quelque chose. Brusquement, il se sentit très las et très grognon. Il n'aimait pas la citronnade – il préférait le Coca – et cela ne l'amusait pas de jouer aux échecs. Il avait son propre jeu – un joli cadeau de son père – mais ne s'en servait jamais, sauf quand Harriet venait, et le plus souvent il utilisait les pièces comme pierres tombales pour ses GI Jo.

La chaleur était suffocante, malgré le ventilateur qui bourdonnait et les stores à demi baissés, et les allergies de Tat pesaient des tonnes à l'intérieur de son crâne. La poudre du sachet d'aspirine lui avait laissé un goût amer dans la bouche. Elle retourna *Mary reine d'Ecosse* contre le dessus-de-lit en chenille et ferma un instant les yeux.

Pas un bruit sur le porche : les enfants jouaient assez sagement, mais il était difficile de se reposer en sachant qu'ils se trouvaient dans la maison. Il y avait bien du souci à se faire pour la petite colonie d'enfants abandonnés de George Street, et on ne pouvait pas grand-chose pour eux, se dit-elle tout en prenant un verre d'eau sur sa table de chevet. Et Allison – celle de ses petites-nièces qu'au fond de son cœur Tat chérissait le plus – la préoccupait spécialement. Allison était comme sa mère Charlotte, trop fragile pour ne pas souffrir. L'expérience avait appris à Tat que c'étaient les filles douces et délicates comme Allison et sa mère que la vie éprouvait et brutalisait. Harriet ressemblait à sa grand-mère – trop, et c'était la raison pour laquelle Tat ne se sentait jamais à l'aise en sa compagnie ; c'était un petit tigre à l'œil vif, assez mignon dans son jeune âge, mais de moins en moins à mesure qu'il grandissait. Certes, Harriet n'était pas encore assez mûre pour prendre soin d'elle-même, mais ce jour-là ne tarderait pas à arriver, et – comme Edith – elle s'épanouirait envers et contre tout – qu'il survienne une famine, un krach bancaire ou une invasion russe.

La porte de la chambre grinça. Tat sursauta, la main posée sur les côtes. « Harriet ? »

Le vieux Scratch – le matou noir de Tatty – bondit légèrement sur le lit et la fixa en remuant la queue.

« Qu'est-ce que tu fabriques ici, Bombo ? » dit-il – ou plutôt, demanda Tatty à sa place, de la voix aiguë et chantante qu'elle et ses sœurs employaient depuis l'enfance pour leurs conversations avec les animaux domestiques.

« Tu m'as fait une peur bleue, Scratch, répondit-elle, descendant d'une octave pour retrouver son ton naturel.

« — Je sais ouvrir la porte, Bombo, répliqua insolemment le chat.

— Chut. » Elle se leva pour fermer la porte. Quand elle se recoucha, le matou se blottit confortablement à côté de son genou, et bientôt ils s'endormirent tous les deux.

Gum, la grand-mère de Danny, grimaça alors que des deux mains, elle s'efforçait en vain de soulever de la cuisinière un poêlon en fonte de pain de maïs.

« Attends, Gum, j'vais t'aider », dit Farish, se levant si brusquement qu'il renversa la chaise en aluminium.

Gum s'écarta de justesse, levant un visage souriant vers son petit-fils préféré. « Oh, Farish, *je* m'en occupe », répondit-elle faiblement.

Danny fixait la toile cirée à carreaux, regrettant sincèrement de ne pas se trouver ailleurs. La cuisine de la caravane était si étriquée qu'on pouvait à peine bouger, et les odeurs et la chaleur qui émanaient de la gazinière étaient si fortes que même en hiver, l'endroit restait désagréable. Quelques minutes auparavant, il s'était laissé emporter par un rêve éveillé sur une fille – pas une vraie fille, plutôt un esprit. Une chevelure noire tourbillonnante, comme les mauvaises herbes au bord d'une mare peu profonde : peut-être noire, ou bien verte. La fille s'était rapprochée délicieusement près pour l'embrasser – mais au lieu de cela, elle avait soufflé dans sa bouche ouverte un air frais et merveilleux, une bouffée de paradis. La douceur du souvenir le faisait frissonner. Il voulait être seul, savourer sa rêverie, car elle se dissipait rapidement, et il désirait désespérément s'y replonger.

Mais il était bien là. « Farish, disait sa grand-mère. Ça m'ennuie vraiment que tu te lèves. » Les mains jointes, très anxieuse, elle suivit des yeux le sel et le sirop tandis qu'il les attrapait et les posait bruyamment sur la table. « S'il te plaît, ne prends pas cette peine.

— Assieds-toi, Gum », dit sévèrement Farish. C'était leur petit jeu habituel ; cela se reproduisait à chaque repas.

Avec des regards pleins de regret et des murmures, et une fausse indignation, elle boita jusqu'à sa chaise tandis que Farish – raide défoncé, ses globes oculaires sonnant le carillon – tournoyait entre la cuisinière, la table et le réfrigérateur sur le porche, mettant le couvert à grand fracas. Quand il posa devant elle une assiette débordant de nourriture, elle la repoussa faiblement.

« Mangez d'abord, les garçons, dit-elle. Eugene, prends ça. »

Farish lança un regard mauvais à son frère – qui était assis en silence, les mains croisées sur les genoux – et reposa bruyamment l'assiette devant Gum.

« Tiens... Eugene... » De ses mains tremblantes, elle offrit l'assiette à Eugene qui recula, répugnant à l'accepter.

« Gum, tu es grosse comme une allumette, rugit Farish. Tu vas finir par retourner à l'hôpital. »

Sans rien dire, Danny repoussa les cheveux de son visage et se servit une part de pain de maïs. Il avait trop chaud et était trop tendu pour manger, et la puanteur impossible du labo – mélangée à celle de la graisse rance et des oignons – suffisait à lui donner l'impression qu'il n'aurait plus jamais faim.

« Oui, dit Gum, souriant mélancoliquement à la toile cirée. J'adore vous faire la cuisine. »

Danny était convaincu que sa grand-mère aimait beaucoup moins préparer à manger pour ses garçons qu'elle ne le prétendait. C'était une créature minuscule et émaciée, à la peau tannée comme du cuir, voûtée à force de se recroqueviller continuellement, si décrépite qu'elle semblait approcher des cent ans – alors qu'elle avait une soixantaine d'années. Née d'un père cajun et d'une mère chickasaw, dans une cabane de métayer avec un sol en terre battue, sans eau courante (des privations dont elle rebattait quotidiennement les oreilles de ses petits-fils), Gum avait été mariée, à treize ans, à un trappeur de vingt-cinq ans son aîné. Il était difficile d'imaginer à quoi elle avait ressemblé à l'époque – dans sa jeunesse misérable, il n'y avait pas eu d'argent pour des futilités comme les appareils photo et les photographies – mais le père de Danny (qui avait adoré Gum, avec passion, plus comme un soupirant que comme un fils) se souvenait d'une fille aux joues rouges et aux cheveux noirs brillants. Elle n'avait que quatorze ans à sa naissance ; elle était (avait-il affirmé) « la plus jolie petite cul-noir au monde ». Par cul-noir il avait voulu dire cajun, mais quand Danny était petit, il croyait vaguement que Gum était en partie raton-laveur – un animal auquel elle ressemblait vraiment, avec ses yeux noirs enfoncés, son visage aigu, ses dents proéminentes et ses petites mains plissées.

Car Gum était minuscule. Elle paraissait se tasser un peu plus chaque année. A présent son visage était aussi ratatiné qu'une escarbille, avec ses joues creuses et sa bouche en lame de rasoir. Comme elle le rappelait régulièrement à ses petits-fils, elle avait travaillé dur toute sa vie, et c'était ce labeur (dont elle n'avait pas honte – pas elle) qui l'avait usée avant l'heure.

Curtis engloutissait son repas avec enthousiasme tandis que Farish continuait de s'activer bruyamment autour de Gum, l'assaillant de propositions de services et de nourriture qu'elle repoussait tristement, l'air affligé. Farish était farouchement attaché à sa grand-mère ; son allure estropiée et pitoyable, le plus souvent, ne manquait jamais de l'émouvoir, et à son tour, elle le flattait de la manière humble et obséquieuse qu'elle avait réservée à leur père mort. Et de même que cette attitude avait encouragé les pires sentiments chez son mari (l'incitant à s'apitoyer sur son propre sort, berçant sa fierté, stimulant ses colères, et surtout sa tendance à être violent), de même sa servilité à l'égard de Farish excitait son goût pour la brutalité.

« Farish, je ne peux pas manger autant, murmurait-elle (bien que le sujet fût oublié, et que ses petits-fils fussent maintenant tous servis). Donne cette assiette à frère Eugene. »

Danny roula les yeux et s'écarta légèrement de la table. La drogue émoussait sérieusement sa patience, et dans le comportement de sa grand-mère (son faible refus, son ton malheureux) tout était calculé – comme dans une table de multiplication – pour dresser Farish contre Eugene.

Cela ne manqua pas. « *Lui !* » explosa Farish, foudroyant du regard Eugene qui, assis à l'autre bout de la table, avalait sa nourriture, le dos voûté. Son appétit était un point sensible, une source de querelle implacable, car il mangeait plus que n'importe qui dans la famille et ne contribuait guère aux dépenses.

Curtis – la bouche pleine – avança une main graisseuse pour attraper le morceau de poulet que sa grand-mère tendait sur la table, toute tremblante. Rapide comme l'éclair, Farish lui administra une forte claque ; stupéfait, le garçon ouvrit la bouche, et quelques fragments de nourriture à demi mâchée tombèrent sur la nappe.

« Ooooh... donne-le-lui s'il le veut, dit tendrement Gum. Tiens, Curtis. T'as encore faim ?

— Curtis », intervint Danny, frémissant d'impatience ; il ne se sentait pas capable d'assister pour la millième fois à ce déplaisant petit drame du déjeuner : « Tiens, prends le mien. » Mais Curtis – qui ne saisissait pas la nature exacte de ce jeu, et ne le comprendrait jamais – souriait et cherchait à s'emparer de la cuisse de poulet qui frémissait devant ses yeux.

« S'il fait ça, grogna Farish, levant les yeux vers le plafond, je jure que je vais le balancer d'ici à...

— Tiens, Curtis, répéta Danny. *Prends ma part.*

— Ou la mienne, intervint soudain le prêcheur en visite, de sa place à côté d'Eugene, à l'extrémité de la table. J'en ai trop. Si l'enfant en a envie. »

Ils avaient tous oublié sa présence. Tout le monde se tourna vers lui, et Danny profita aussitôt de l'occasion pour vider discrètement le contenu répugnant de son assiette dans celle de Curtis.

Le garçon émit des marmonnements extasiés devant ce cadeau du Ciel. « Aimer ! » s'exclama-t-il en joignant les mains.

« C'est vraiment très bon », dit poliment Loyal. Ses yeux bleus étaient fiévreux, et trop intenses. « Je vous remercie tous. »

Farish cessa de mâcher. « Tu ressembles pas du tout à Dolphus.

— Euh, vous savez, c'est pas l'avis de ma mère. On est blonds tous les deux, on tient du côté de sa famille. »

Farish gloussa, et engouffra des petits pois dans sa bouche, avec un bout de pain de maïs : il était défoncé à mort, mais parvenait toujours à avaler son dîner devant Gum afin de ne pas la blesser.

« J'te dis qu'une chose, frère Dolphus, il savait foutre le bordel, déclara-t-il en avalant une bouchée. Là-bas, à Parchman, s'il te disait de sauter, tu sautais. Et *si* t'obéissais pas, il te filait une raclée. Curtis, merde, s'exclama-t-il en reculant sa chaise, les yeux exorbités. Tu veux me faire vomir. Gum, tu peux pas lui interdire de mettre les mains dans le plat ?

— Il y peut rien », répondit-elle, se levant tant bien que mal pour écarter le plat hors de la portée de Curtis, puis elle se rassit très lentement sur sa chaise, comme si elle pénétrait dans un bain glacé. Elle hocha la tête en direction de Loyal, en signe de respect. « J'ai peur que le bon Dieu ait pas passé assez de temps avec celui-là, dit-elle avec une grimace d'excuse. Mais on l'aime, notre petit monstre, hein, Curtis ?

— Aimer », roucoula le garçon. Il lui offrit un carré de pain de maïs.

« Noon, Curtis. Gum n'a pas besoin de ça.

— Dieu ne fait pas d'erreurs, dit Loyal. Il nous regarde tous avec amour. Béni soit-Il, Lui qui varie l'aspect de Ses créatures.

— Eh bien, vaudrait mieux pour toi qu'Il regarde pas de l'autre côté quand tu commences à tripoter tes serpents à sonnette, commenta Farish, lançant un clin d'œil sournois à Eugene tout en se versant un autre verre de thé glacé. Loyal, c'est ton nom ?

— Oui, monsieur. Loyal Bright. Bright, c'est le nom de ma maman.

— Bon, dis-moi une chose, Loyal, quel intérêt de trimballer toutes ces bestioles jusqu'ici si elles doivent rester enfermées dans cette putain de caisse ? Combien de jours dure cette cérémonie ?

— Un jour, répondit Eugene la bouche pleine, sans lever les yeux.

— Je peux pas décider à l'avance de les sortir, expliqua Loyal. Dieu nous donne la grâce, mais pas toujours. La victoire dépend de Son bon vouloir. Quelquefois Il aime éprouver notre foi.

— Je suppose que tu te sens tout bête, debout devant tous ces gens, sans un serpent en vue.

— Non, monsieur. Le serpent est Sa création et sert Sa volonté. Si nous décidons de le manipuler, et que nous ne sommes pas en accord avec Sa volonté, il nous mordra.

— Très bien, Loyal, s'exclama Farish, s'appuyant contre son dossier, à ton avis, Eugene est peut-être pas en ordre avec le bon Dieu ? C'est peut-être ce qui te retient ?

— Je vais vous dire une chose, intervint brusquement Eugene, ça sert à rien de titiller les serpents avec des bâtons, de leur envoyer de la fumée en pleine figure, et de s'amuser à les embêter...

— Attends une seconde...

— Farsh, je t'ai vu les enquiquiner au fond du camion.

— *Farsh* », répéta Farish, d'un ton aigu, ironique. Eugene prononçait bizarrement certains mots.

« Te moque pas de moi.

— Allons, dit faiblement Gum. Allons, ça suffit.

— Gum », commença Danny, puis, d'une voix plus douce : « Gum », car il avait parlé si fort et si brusquement que toute la tablée avait sursauté.

« Oui, Danny ?

— Gum, je voulais te demander... » Il était si tendu qu'il ne parvenait plus à se souvenir du lien entre la conversation des autres et les paroles qui lui venaient à la bouche. « Tu as été convoquée comme juré ? »

Sa grand-mère plia une tranche de pain en deux et la trempa dans le sirop de maïs. « Oui.

— Quoi ? s'écria Eugene. Quand commence le procès ?

— Mercredi.

— Comment tu vas y aller avec le camion en panne ?

— Convoquée comme juré ? répéta Farish, se redressant d'un seul coup. Comment ça se fait qu'on m'ait pas prévenu ?

— Cette pauvre Gum ne veut pas t'embêter, Farish...

347

— La panne est pas grave, dit Eugene, juste assez pour qu'elle puisse pas conduire. J'arrive à peine à tourner le volant.

— *Convoquée comme juré ?* » Farish recula violemment sa chaise loin de la table. « Et pourquoi ils font appel à une invalide ? Ils pourraient trouver un homme fort...

— Je suis heureuse de faire mon devoir, intervint Gum, d'une voix de martyr.

— Hum, je sais bien, mais je dis simplement qu'ils pourraient prendre quelqu'un d'autre. Tu vas devoir rester assise toute la journée sur ces chaises dures, et avec ton arthrite... »

Gum murmura tout bas : « Eh bien, j'dois t'avouer que ce qui m'inquiète c'est cette nausée que j'ai à cause de mon autre médicament.

— J'espère que tu leur as expliqué qu'ils t'expédient direct à l'hôpital. Traîner une vieille dame estropiée hors de chez elle... »

Diplomate, Loyal l'interrompit : « C'est pour quel genre de procès, m'dame ? »

Gum trempa son pain dans le sirop. « Un nègre qu'a volé un tracteur.

— Ils t'obligent à faire tout ce trajet juste pour ça ? s'indigna Farish.

— Eh bien, de mon temps, dit paisiblement Gum, on s'embêtait pas à faire un procès. »

Comme personne ne répondait, Harriet entrouvrit la porte de la chambre de Tat. Dans la pénombre, elle distingua sa vieille tante qui sommeillait sur le dessus-de-lit d'été blanc, la bouche ouverte, sans ses lunettes.

« Tat ? » dit-elle en hésitant. La pièce sentait le médicament, l'eau de Cologne, le vétiver, le menthol et la poussière. Un ventilateur ronronnait, décrivant des demi-cercles endormis, et soulevait les rideaux vaporeux vers la gauche, puis vers la droite.

Tat continuait à dormir. La chambre était fraîche, tranquille. Sur la commode, des photographies dans des cadres d'argent : le juge Cleve et l'arrière-grand-mère de Harriet – un camée ornant sa gorge – à la fin du XIXe siècle ; la mère de Harriet en débutante des années cinquante, avec des gants vénitiens et une coiffure sophistiquée ; un portrait teinté à la main du mari de Tat, Mr Pink, quand il était jeune, et un cliché de presse sur papier glacé – beaucoup plus tard – du même Mr Pink recevant une récompense de la chambre de commerce. Sur la lourde coiffeuse étaient rangés les objets personnels de Tat : une cold cream Pond, un pot de confiture rempli de pinces à cheveux, une pelote à épingles, un peigne et une brosse en Bakélite, et un unique rouge à lèvres – une petite famille modeste, toute simple, disposée avec soin, comme pour une photo de groupe.

Harriet sentit les larmes lui monter aux yeux. Elle se jeta sur le lit.

Tat se réveilla en sursaut. « *Mon Dieu*, Harriet ! » Elle se redressa avec peine, et tâtonna pour trouver ses lunettes. « Que se passe-t-il ? Où est ton petit invité ?

— Il est rentré chez lui. Tatty, tu m'aimes ?

— Qu'y a-t-il ? Quelle heure est-il, chérie ? demanda-t-elle, louchant inutilement vers le réveil de chevet. Tu ne pleures pas, n'est-ce pas ? » Elle se pencha pour poser la paume sur le front de la fillette, mais il était moite et frais. « Enfin, que t'arrive-t-il ?

— Je peux dormir ici ce soir ? »

Tat sentit son cœur faiblir. « Oh, chérie. La pauvre Tatty est percluse d'allergies... Dis-moi ce qui t'inquiète, mon petit ? Tu es malade ?

— Je ne te dérangerai pas.

— Chérie. Oh, chérie. Tu ne me déranges *jamais*, et Allison non plus, mais...

— Pourquoi est-ce que Libby, Adélaïde et toi, vous ne voulez *jamais* que je passe la nuit chez vous ? »

Tat était totalement démontée. « Enfin, Harriet », dit-elle. Elle tendit la main pour allumer sa lampe de chevet. « Tu sais que ce n'est pas vrai.

— Tu ne me le proposes jamais !

— Ecoute, Harriet. Je vais prendre le calendrier. On va choisir un jour de la semaine prochaine, à ce moment-là je me sentirai mieux, et... »

Elle s'interrompit. La fillette pleurait.

« Ecoute », dit Tat, d'une voix enjouée. Bien qu'elle s'efforçât de prendre un air intéressé quand ses amies s'extasiaient à propos de leurs petits-enfants, elle ne regrettait pas de n'en avoir aucun. Les enfants l'ennuyaient et l'énervaient – un fait qu'elle s'efforçait vaillamment de dissimuler à ses petites-nièces. « Je vais courir chercher un gant de toilette. Tu te sentiras mieux si... Non, viens avec moi. Harriet, lève-toi. »

Elle prit la main crasseuse de Harriet, et l'entraîna dans le couloir obscur, jusqu'à la salle de bains. Elle ouvrit les deux robinets du lavabo, et lui tendit un morceau de savon rose. « Voilà, mon petit. Lave-toi le visage et les mains... d'abord les mains. Passe-toi un peu d'eau fraîche sur la figure, ça te fera du bien... »

Elle humidifia un gant et en tamponna énergiquement les joues de la fillette, puis le lui donna. « Tiens, chérie. Veux-tu passer ce gant bien frais sur ton cou et sous tes bras ? »

Harriet s'exécuta machinalement – elle glissa une seule fois le linge sur sa gorge, puis se frotta vaguement les aisselles, sous son T-shirt.

350

« Je suis sûre que tu peux faire mieux que ça. Ida ne t'oblige-t-elle pas à te laver ?

— Si, ma tante, répondit Harriet, désespérée.

— Alors pourquoi es-tu aussi sale ? Elle te force à prendre un bain tous les jours ?

— Oui, ma tante.

— Elle te met la tête sous le robinet et vérifie que le savon est bien mouillé une fois que tu es sortie ? Ça ne sert à rien du tout de mijoter dans un bain chaud sans se savonner, Harriet. Ida Rhew sait parfaitement bien ce qu'elle doit...

— Ce n'est pas la faute d'Ida ! Pourquoi tout le monde s'en prend-il à Ida ?

— Personne ne *s'en prend* à Ida. Je sais que tu l'adores, chérie, mais je pense que ta grand-mère devrait avoir une petite conversation avec elle. Ida n'a rien fait de mal, c'est juste que les personnes de couleur ont des idées différentes... Oh, Harriet. Je t'en prie, s'écria Tatty, se tordant les mains. Non. *S'il te plaît*, ne recommence pas. »

Eugene, assez anxieux, suivit Loyal dehors, après le déjeuner. Le visiteur semblait en paix avec le monde, prêt pour une promenade paisible de l'après-midi, mais Eugene (qui avait endossé son inconfortable costume noir de prêcheur) était moite de la tête aux pieds. Il jeta un coup d'œil à son reflet dans le rétroviseur latéral du camion de Loyal, et passa un coup de peigne rapide dans ses cheveux gras grisonnants, coiffés en banane. La séance de la veille (près d'une ferme, à l'autre bout du comté) n'avait pas été un succès. Les amateurs de curiosités venus assister au prêche en plein air avaient ricané, lancé des goulots de bouteilles et des graviers, méprisé la sébile, et étaient partis avant la fin, bousculant les fidèles

– et qui aurait pu le leur reprocher ? Le jeune Reese – ses yeux telles des flammèches bleues, les cheveux emportés par le vent comme s'il venait d'apercevoir un ange – avait peut-être plus de foi dans son petit doigt que tous ces persifleurs réunis, mais pas un seul serpent n'était sorti de sa caisse ; et si cela embarrassait Eugene, il n'était guère désireux de les manipuler lui-même. Loyal lui avait promis un accueil plus chaleureux ce soir, à Boiling Spring – mais en quoi cela intéressait-il Eugene ? Certes, il y avait là-bas une communauté régulière de fidèles, sous la responsabilité d'un autre prêtre. Le surlendemain, ils tenteraient de rassembler du monde sur la place, mais comment y parvenir quand l'attraction principale – les serpents – faisait l'objet d'une interdiction légale ?

Rien de tout cela ne semblait préoccuper Loyal. « Je suis ici pour accomplir l'œuvre de Dieu, avait-il dit. Et l'œuvre de Dieu, c'est le combat contre la Mort. » Le soir précédent, les railleries de la foule l'avaient laissé indifférent ; mais si Eugene redoutait les serpents, et se savait incapable de les prendre dans ses propres mains, il ne souhaitait guère subir une nouvelle humiliation publique dans les mêmes circonstances.

Ils se tenaient dehors, sur la dalle de béton éclairée qu'ils appelaient le « parking », avec un gril au gaz d'un côté et un panier de basket de l'autre. Eugene lança un regard nerveux au camion de Loyal – à la bâche qui enveloppait les serpents en cage empilés à l'arrière, et à l'autocollant, sur le pare-chocs, qui proclamait en lettres obliques, fanatiques : *CE MONDE N'EST PAS LE MIEN !* Curtis, heureusement, regardait la télévision dans la caravane (s'il les voyait partir, il pleurerait pour les accompagner), et Eugene était sur le point de proposer qu'ils se mettent en route, quand la moustiquaire s'ouvrit en grinçant et que Gum apparut, venant à petits pas dans leur direction.

« Bonjour, m'dame », s'écria Loyal avec chaleur.

Eugene se détourna en partie. Ces temps-ci, il devait combattre une haine constante de sa grand-mère, et ne pas oublier que Gum n'était qu'une vieille dame – vieille, et malade depuis des années. Il se souvenait du jour très lointain où son père était rentré ivre, titubant, au milieu de l'après-midi, et l'avait fait sortir dans la cour avec Farish, comme pour les fouetter. Il avait la figure cramoisie, et parlait les dents serrées. Mais il n'était pas en colère : il pleurait. *Mon Dieu, j'ai été malade toute la matinée, depuis que j'ai appris la nouvelle. Mon Dieu, ayez pitié de nous. Cette pauvre Gum n'en a plus que pour un mois ou deux à vivre. Les docteurs disent que le cancer a atteint les os.*

Il y avait vingt ans de cela. Depuis, quatre frères étaient nés – et avaient grandi, quitté la maison, étaient devenus infirmes, ou croupissaient en prison ; le père, l'oncle et la mère – ainsi qu'une petite sœur mort-née – étaient sous terre. Mais Gum demeurait. Les condamnations de divers médecins et fonctionnaires des services de santé avaient ponctué régulièrement l'enfance et l'adolescence d'Eugene, et Gum continuait de les recevoir environ tous les six mois. Maintenant elle annonçait elle-même la mauvaise nouvelle, sur un ton d'excuse, depuis que leur père était mort. Sa rate était hypertrophiée et sur le point d'éclater ; son foie, son pancréas ou sa thyroïde ne fonctionnaient plus ; elle était dévorée par telle ou telle sorte de cancer – au point que ses os étaient carbonisés comme des os de poulet brûlés dans la cuisinière à bois. En effet : Gum paraissait minée de l'intérieur. Incapable de la tuer, le cancer avait élu résidence dans son corps, et s'était confortablement installé – niché dans sa cage thoracique, solidement enraciné, lançant ses tentacules à l'assaut de sa peau où bourgeonnaient des grains de beauté noirs – de telle sorte que, si quelqu'un devait l'ouvrir (se disait Eugene), il ne trouverait sans doute pas une seule goutte de sang, mais une masse spongieuse, empoisonnée.

« M'dame, si j'peux me permettre, demanda poliment le visiteur, pourquoi vos garçons vous appellent Gum ?

— Personne n'en sait rien, le nom lui est resté collé dessus », gloussa Farish, émergeant de son atelier de taxidermie, accompagné par un faisceau de lumière électrique qui s'allongeait sur les roseaux. Il s'élança derrière elle et l'enlaça, la chatouillant comme s'ils étaient des amoureux. « Tu veux que j'te jette à l'arrière du camion avec les serpents, Gum ?

— Lâche-moi », répondit-elle distraitement. Elle jugeait peu digne de montrer combien ce genre d'attention brutale lui était agréable, et pourtant c'était le cas ; son visage resta impassible, mais ses petits yeux noirs brillaient de plaisir.

Le visiteur d'Eugene glissa un regard méfiant à l'intérieur du baraquement sans fenêtres, réservé à l'empaillage et à la fabrication de méthédrine, inondé par la lumière crue d'une ampoule suspendue au plafond ; gobelets, tuyau de cuivre, réseau incroyablement complexe, construit de bric et de broc, de pompes aspirantes, de tubes, de brûleurs, et de vieux robinets de salle de bains. Des vestiges horribles du travail de taxidermie – comme un embryon de couguar conservé dans le formol, et une boîte de matériel de pêche en plastique transparent, pleine de différentes sortes d'yeux en verre – donnaient à l'ensemble une allure de laboratoire de Frankenstein.

« Entre, entre », dit Farish, pivotant sur ses talons. Il lâcha Gum, attrapa le dos de la chemise de Loyal, et le précipita sans ménagement à l'intérieur.

Eugene suivit, inquiet. Son visiteur – peut-être habitué

à cette brusquerie de comportement chez son frère Dolphus – ne paraissait pas nerveux, mais Eugene connaissait suffisamment Farish pour savoir que sa bonne humeur était de fort mauvais augure.

« Farsh ! cria-t-il d'une voix stridente. Farsh ! »

Dedans, les étagères obscures étaient garnies de bocaux de produits chimiques, et de rangées de bouteilles de whisky sans étiquettes, remplies d'un liquide noir dont Farish se servait pour son travail. Danny, les mains protégées par des gants de ménage en caoutchouc, était assis sur un seau en plastique renversé, prélevant différents produits avec un petit ustensile. Un ballon de filtration bouillonnait derrière lui ; un faucon empaillé aux ailes déployées, au regard noir, fixé entre les chevrons, semblait sur le point de fondre sur sa proie. Une perche au large museau, montée sur des bouts de bois grossiers, trônait sur une étagère, en compagnie de pattes de dinde, de têtes de renard, de chats domestiques – des matous adultes aux chatons ; pics, oiseaux-serpents, et une aigrette à demi cousue, qui empestait.

« Une fois, Loyal, quelqu'un m'a apporté un mocassin *long comme ça,* un géant, je regrette de plus l'avoir pour te le montrer parce que je suis sûr qu'il était plus gros que n'importe lequel des serpents que tu trimballes dans ton camion... »

Mâchonnant l'ongle de son pouce, Eugene se glissa à l'intérieur et regarda par-dessus l'épaule de Loyal, découvrant pour la première fois, par ses yeux, les chatons empaillés, l'aigrette au cou affaissé et aux orbites ridées comme des cauris. « C'est son matériel de taxidermie », dit-il à voix haute, sentant que le regard du garçon s'attardait sur les rangées de bouteilles de whisky.

« Le Seigneur nous demande d'aimer Son royaume, de le préserver, et de l'abriter sous notre aile », prononça

Loyal, considérant les murs lugubres qui, entre la puanteur, l'ombre et les carcasses, ressemblaient à un carrefour de l'enfer. « Vous m'excuserez, mais j'suis pas sûr que ça soit bien d'les fixer sur des supports et d'les empailler. »

Dans un coin, Eugene repéra une pile de magazines porno *Hustler*. L'illustration du numéro du dessus était répugnante. Il prit Loyal par le bras. « Allons-nous-en », déclara-t-il ; il ignorait ce que ferait ou dirait le garçon s'il voyait la photo, et toute réaction imprévisible était risquée en présence de Farish.

« Bien, commenta celui-ci. Peut-être que t'as raison, Loyal. » A l'horreur d'Eugene, son frère se pencha sur son établi en aluminium et – rejetant ses cheveux sur son épaule – renifla un jet blanc de poudre – de la drogue, sans doute – par le truchement d'un dollar roulé. « Excuse-moi. Est-ce que je me trompe en supposant que tu es capable d'avaler un bon steak aussi vite que Farsh ?

— C'est quoi ? demanda Loyal.

— Un médicament contre la migraine.

— Farish est infirme, ajouta Danny, faisant aimablement chorus.

— Mon Dieu, dit doucement Loyal à Gum – qui, à son allure d'escargot, avait mis tout ce temps pour franchir la distance du camion jusqu'au seuil. La maladie enseigne de dures leçons à vos enfants. »

Farish repoussa ses cheveux en arrière et se redressa avec un violent reniflement. Certes, il était le seul dans la maison à toucher des chèques d'invalidité ; mais il n'appréciait guère que son malheur fût mis sur le même plan que le visage défiguré d'Eugene, et, pis encore, que les problèmes plus graves de Curtis.

« C'est bien vrai, Loyle, répliqua Gum, secouant tristement la tête. Le bon Dieu m'a fait souffrir le martyre avec mon cancer, et mon arthrite, et mon diabète, et ça... » Elle indiqua, sur son cou, une vilaine balafre violacée de la taille d'une grosse pièce. « C'est là qu'on a dû gratter les veines de la pauvre Gum, expliqua-t-elle avec sollicitude, tournant la tête de côté pour lui permettre de mieux voir. Ils sont rentrés par là avec le cathéter, vous voyez...

— A quelle heure vous devez prêcher à ces gens ce soir ? » demanda vivement Danny, le doigt contre la narine, après avoir aspiré sa propre dose de poudre contre la migraine.

— Faut qu'on y aille, dit Eugene à Loyal. Viens.

— Et alors, continuait Gum, alors ils ont introduit ce machin-chose, ce ballon dans mes veines, et...

— Gum, on s'en va. »

Elle gloussa, et retint la longue manche de la belle chemise blanche de Loyal d'un ongle bordé de noir. Elle était enchantée d'avoir découvert un auditeur aussi attentionné et répugnait à le laisser partir aussi facilement.

Harriet rentra à pied de chez Tatty. Les larges trottoirs étaient bordés de pacaniers et de magnolias, et jonchés de pétales de lilas des Indes écrasés ; dans l'air chaud flottait légèrement le triste carillon des vêpres de l'église baptiste. Les demeures de Main Street étaient plus grandioses que les pavillons géorgiens et les maisons gothiques en bois de George Street – Renaissance grecque, italienne, victorien du second Empire, vestiges d'une économie du coton qui avait fait faillite. Quelques-unes seulement appartenaient encore aux descendants des familles qui les avaient construites ; deux avaient été achetées par des gens riches venus d'ailleurs. Mais on voyait aussi un nombre croissant d'horreurs, avec des tricycles dans la cour et des cordes à linge suspendues entre les colonnes doriques.

La lumière faiblissait. Une luciole scintilla au bout de la rue, et deux autres volèrent pratiquement sous le nez de Harriet, tels deux éclairs, *tac tac*. Elle n'était pas tout à fait prête à rentrer chez elle et bien que cette portion éloignée de Main Street eût un air désolé et un peu effrayant, elle décida de pousser encore un peu, jusqu'à l'hôtel Alexandria. Tout le monde l'appelait encore ainsi, pourtant Harriet ne se souvenait pas d'avoir jamais vu d'hôtel à cet endroit – et Edie non plus. Pendant l'épidémie de fièvre jaune de 1879, où la ville décimée avait été submergée par un flot d'étrangers malades et pris de panique, venus de Natchez et de La Nouvelle-Orléans, et fuyant vers le Nord, les mourants avaient été entassés comme des sardines sur le porche et le balcon de l'hôtel pris d'assaut – hurlant, en proie au délire, réclamant de l'eau – tandis que les morts s'empilaient sur le trottoir.

Tous les cinq ans, environ, quelqu'un essayait de rouvrir l'hôtel Alexandria, et d'en faire un magasin de nouveautés, une salle de réunion, ou encore autre chose ; mais ces efforts s'épuisaient rapidement. Le simple fait de passer devant cette bâtisse mettait les gens mal à l'aise. Quelques années auparavant, des personnes venues d'une autre ville avaient tenté d'ouvrir un salon de thé dans le hall, mais aujourd'hui il était fermé.

Harriet s'arrêta sur le trottoir. Au bout de la rue déserte se dressait l'hôtel – une épave blanche, au regard vide, qui se fondait dans le crépuscule. Puis, tout d'un coup, elle crut voir bouger quelque chose à une fenêtre d'en haut – un objet qui flottait, un morceau de tissu – et elle fit demi-tour et s'enfuit, le cœur battant, dans la longue rue qui s'assombrissait, comme si une armée de fantômes était à ses trousses.

Elle courut tout le long du chemin, sans s'arrêter, et poussa bruyamment la porte d'entrée – à bout de souffle, épuisée, des mouches dansant devant les yeux. Allison regardait la télévision au rez-de-chaussée.

« Maman est inquiète, dit-elle. Va lui dire que tu es de retour. Oh, et Hely a appelé. »

Harriet était au milieu de l'escalier lorsque sa mère se précipita vers elle en faisant claquer ses mules. « Où diable étais-tu ? Réponds-moi immédiatement ! » Elle avait le visage empourpré, luisant ; elle avait mis une vieille chemise blanche de soirée fripée de son mari, par-dessus sa chemise de nuit. Elle agrippa l'épaule de sa fille, la secoua, puis – incroyablement – la poussa contre le mur, de telle sorte que sa tête heurta la gravure encadrée de la chanteuse Jenny Lind.

Harriet était sidérée. « Qu'y a-t-il ? demanda-t-elle en clignant des yeux.

— J'étais morte d'inquiétude ! » La voix de sa mère était aiguë, bizarre. « Je n'ai pas arrêté de me demander où tu étais passée, j'en étais *malade. Dé... ses... pé... rée...*

— Maman ? » Dans sa confusion, Harriet se frotta le visage du bras. Etait-elle ivre ? Quelquefois, son père se comportait ainsi, quand il venait à la maison pour Thanksgiving et qu'il avait trop bu.

« Je t'ai crue morte. Comment oses-tu...

— Qu'est-ce qu'il y a ? » La lumière du plafonnier était éblouissante, et Harriet n'avait qu'une idée : se réfugier dans sa chambre. « J'étais chez Tat, c'est tout.

— Arrête tes bêtises. Dis-moi la vérité.

— *C'est* la vérité, répéta Harriet avec impatience, essayant à nouveau d'échapper à sa mère. Téléphone-lui si tu ne me crois pas.

— Je n'y manquerai pas, dès la première heure. Pour l'instant, dis-moi où tu es allée.

— Mais vas-y, s'écria Harriet, exaspérée de ne pas pouvoir se dégager. Tu n'as qu'à l'appeler. »

Furieuse, Charlotte fit un pas rapide vers elle, et la fillette descendit de deux marches, tout aussi vivement. Son regard frustré se posa sur le portrait au pastel de sa mère (l'œil brillant, plein d'humour, avec un manteau en poil de chameau et une queue-de-cheval soyeuse d'adolescente) brossé dans une rue de Paris, pendant son année d'étude à l'étranger. Les yeux, étoilés par les reflets appuyés du crayon blanc, semblaient s'illuminer de sympathie devant le dilemme de Harriet.

« Pourquoi cherches-tu à me torturer ainsi ? »

La fillette se détourna du portrait pour fixer le même visage, beaucoup plus âgé, dont l'apparence vaguement artificielle laissait à penser qu'il avait été remodelé après un terrible accident.

« *Pourquoi* ? hurla sa mère. Tu veux me rendre folle ? »

Paniquée, Harriet sentit que son cuir chevelu commençait à la picoter. De temps à autre, sa mère se comportait bizarrement, ou semblait perturbée, déstabilisée, mais pas de cette manière. Il n'était que sept heures du soir ; l'été, Harriet restait souvent dehors à jouer bien après dix heures, et Charlotte ne s'en apercevait même pas.

Allison se tenait au pied des marches, une main sur la pomme en forme de tulipe de la rampe d'escalier.

« Allison ? demanda Harriet d'un ton bourru. Qu'est-ce qu'elle a ? »

Charlotte la gifla. La douleur fut légère, mais la claque très bruyante. La fillette posa une main sur sa joue et considéra sa mère, qui respirait vite, par petites bouffées inégales.

« Maman ? Qu'est-ce que j'ai fait ? » Elle était trop choquée pour pleurer. « Si tu étais inquiète, pourquoi n'as-tu pas appelé Hely ? »

— Je ne peux pas téléphoner aux Hull et réveiller toute la maison à une heure aussi matinale ! »

Au pied de l'escalier, Allison parut aussi abasourdie que sa sœur. Pour quelque raison, Harriet la soupçonnait d'être à l'origine de l'éventuel malentendu.

« C'est ta faute, rugit-elle. Qu'est-ce que tu lui as raconté ? »

Mais les yeux d'Allison – ronds, incrédules – ne quittaient pas sa mère. « Maman ? dit-elle. Pourquoi une heure "matinale" ? »

Charlotte, une main sur la rampe, eut l'air saisi.

« Nous sommes le *soir*, reprit Allison. Mardi soir. »

Charlotte resta figée un instant, les yeux écarquillés, la bouche légèrement entrouverte. Puis elle dévala les marches – ses mules claquant bruyamment – et regarda par la fenêtre, à côté de la porte d'entrée.

« Oh, ma parole », s'exclama-t-elle en se penchant en avant, les deux mains sur le rebord. Elle ouvrit la crémone, puis s'avança sur le porche à la lueur du crépuscule. Très lentement – comme en rêve – elle s'approcha d'un fauteuil à bascule et s'assit.

« Dieu ! dit-elle. Tu as raison. Je me suis réveillée, et la pendule indiquait six heures et demie, et je jure que j'ai cru qu'il était six heures du matin. »

Pendant un moment, ce fut le silence, on n'entendait plus que les grillons et les voix dans la rue. Les Godfrey avaient des invités : une voiture blanche inconnue se trouvait dans l'allée, et un break était garé contre le trottoir. Des volutes de fumée montaient du barbecue, dans la lumière jaunâtre de leur porche.

Charlotte leva les yeux vers Harriet. Elle avait le front en sueur, le teint trop pâle, et ses pupilles étaient si noires, si énormes que l'iris disparaissait presque entièrement, tel un filet bleu de lumière encerclant la lune pendant une éclipse.

« Harriet, j'ai cru que tu n'étais pas rentrée de la

nuit... » Elle se sentait moite et haletait, comme quelqu'un qui se noie. « Oh, ma chérie, j'ai pensé que tu étais kidnappée ou morte. Maman a fait un cauchemar et, mon Dieu, je t'ai frappée. » Elle se prit le visage dans les mains et fondit en larmes.

« Rentre, maman, dit doucement Allison. S'il te plaît. » Il n'était pas utile que les Godfrey et Mrs Fountain voient leur mère en train de pleurer en chemise de nuit sur le porche de devant.

« Harriet, viens ici. Comment pourras-tu jamais me pardonner ? Maman est folle, sanglota-t-elle dans les cheveux de sa fille. Je suis tellement désolée... »

Harriet, écrasée contre la poitrine de sa mère, dans une position inconfortable, essaya de ne pas se tortiller. Elle suffoquait. Très loin au-dessus d'elle, sa mère pleurnichait et toussait avec des bruits étouffés, comme la victime d'un naufrage, échouée sur une plage. Le tissu rose de sa chemise de nuit, pressé contre la joue de Harriet, était si proche de son œil qu'il ne ressemblait plus à de l'étoffe, mais à un tissage de fils grossiers qui s'enchevêtraient. C'était intéressant. Harriet ferma la paupière contre le sein de sa mère. Le rose disparut. Les deux yeux ouverts : il resurgit. Elle s'exerça à cligner alternativement, attentive à l'effet d'illusion optique, puis une grosse larme – d'une taille impressionnante – coula sur le tissu, où elle s'étala en une tache cramoisie.

Soudain, sa mère lui saisit les épaules. Son visage brillait, et sentait la cold cream ; ses yeux étaient d'un noir d'encre, et bizarres, comme ceux d'un requin pèlerin qu'elle avait vu dans un aquarium sur le golfe du Mexique.

« Tu ne sais pas ce que c'est », gémit-elle.

Une fois encore, Harriet se retrouva broyée contre la poitrine de sa mère. *Concentre-toi*, se dit-elle. Si elle pensait assez fort, elle pouvait se transporter ailleurs.

Un parallélogramme de lumière éclaira obliquement le porche. La porte d'entrée était entrebâillée. « Maman, prononça faiblement Allison. S'il te plaît... »

Lorsque leur mère se laissa enfin prendre par la main et entraîner à l'intérieur, Allison la conduisit avec précaution jusqu'au canapé où elle l'installa avec un coussin sous la tête, puis elle alluma la télévision – la musique dynamique, les voix indifférentes, leur bavardage furent un soulagement. Elle fit une série d'allées et venues, apportant Kleenex, sachets d'aspirine, cigarettes, cendrier, un verre de thé glacé et un coussin thermique que sa mère conservait dans le congélateur – une matière bleu piscine dans un plastique transparent en forme de masque d'Arlequin pour Mardi gras – qu'elle portait sur les yeux quand ses sinus la faisaient souffrir ou quand elle avait ce qu'elle appelait des vilains maux de tête.

Dans ce lot de consolation, leur mère accepta seulement les mouchoirs et le thé et, sans cesser de murmurer des phrases sans queue ni tête, pressa le sachet couleur d'aigue-marine sur son front. « Qu'est-ce que vous devez penser de moi ?... J'ai si honte de moi... » Le masque n'échappa pas à Harriet qui examinait sa mère, assise dans le fauteuil en face d'elle. Elle avait plusieurs fois vu son père, les lendemains de beuverie, s'installer très raide à son bureau, le masque bleu attaché sur sa tête tandis qu'il passait des coups de téléphone ou fouillait furieusement dans ses papiers. Mais l'haleine de sa mère ne sentait pas l'alcool. Pressée contre sa poitrine sur le porche, elle n'avait rien décelé. En fait, Charlotte ne *buvait* pas – pas comme son mari. De temps à autre elle se préparait un bourbon-Coca, mais d'ordinaire elle se promenait avec toute la soirée, la glace finissait par fondre et la serviette en papier par prendre l'eau, et elle s'endormait avant d'avoir réussi à vider son verre.

Allison reparut sur le seuil. Elle jeta un coup d'œil rapide à leur mère, pour s'assurer qu'elle ne la regardait pas, puis elle articula cette phrase en silence, à l'intention de Harriet : *C'est son anniversaire.*

La fillette cligna des yeux. Bien sûr : comment avait-elle pu l'oublier ? D'habitude c'était le jour anniversaire de sa mort, en mai, qui mettait Charlotte dans tous ses états : crises de larmes, accès de panique inexplicables. Quelques années auparavant, elle avait été si mal qu'il lui avait été impossible de quitter la maison pour assister à la remise du diplôme de quatrième d'Allison. Mais cette année, la date avait passé sans incident.

Allison se racla la gorge. « Maman, je te fais couler un bain », dit-elle. Sa voix était étrangement claire, mature. « Tu n'as pas besoin de le prendre si tu n'en as pas envie. »

Harriet se leva pour monter au premier, mais, rapide tel l'éclair, sa mère leva le bras, paniquée, comme si elle allait se jeter sous une voiture.

« Les filles ! Mes petites chéries ! » Elle tapota le canapé de chaque côté, et bien que son visage fût gonflé de pleurs, dans sa voix frémissait le fantôme – léger, mais lumineux – de la jeune étudiante du portrait du vestibule.

« Harriet, pourquoi ne m'as-tu rien dit ? s'exclama-t-elle. Tu t'es bien amusée chez Tatty ? De quoi avez-vous parlé ? »

Une fois de plus, Harriet, prise sous le feu intempestif de l'attention maternelle, fut incapable d'articuler un seul mot. Pour une raison mystérieuse, la seule image qui lui vint à l'esprit fut celle d'une attraction de fête foraine, quand elle était petite, où elle avait vu un fantôme se balancer placidement sur une ligne de pêche, dans l'obscurité, et – de façon inattendue – quitter sa trajectoire pour lui sauter à la figure. De temps en temps, elle se réveillait encore en sursaut d'un sommeil profond, quand la forme blanche jaillissait de la nuit pour se jeter sur elle.

« Qu'est-ce que tu as fait chez Tatty ?

— J'ai joué aux échecs. » Pendant le silence qui suivit, Harriet essaya de trouver une remarque drôle ou distrayante pour compléter sa réponse.

Sa mère entoura Allison de son bras, pour qu'elle ne se sente pas exclue. « Pourquoi n'y es-tu pas allée, chérie ? Tu as déjà dîné ? »

« Et maintenant nous vous présentons le film de la semaine sur ABC, dit la télévision. *Me, Natalie,* avec Patty Duke, James Farentino et Martin Balsam. »

Pendant le générique du début, Harriet se leva et se dirigea vers sa chambre, mais Charlotte la suivit en haut de l'escalier.

« Est-ce que tu détestes Maman parce qu'elle s'est conduite comme une folle ? demanda-t-elle, se tenant tristement dans l'embrasure de la porte. Pourquoi ne regardes-tu pas le film avec nous ? On sera juste toutes les trois...

— Non, merci », répondit poliment Harriet. Sa mère fixait le tapis – son regard frôlant dangereusement la tache de goudron. La trace était en partie visible à l'angle du lit.

« Je... » Une corde vocale sembla lâcher dans la gorge de Charlotte ; impuissant, son regard passa des animaux en peluche d'Allison à la pile de livres sur la banquette de la fenêtre, près du lit de Harriet. « Tu dois me haïr », dit-elle d'une voix rocailleuse.

La fillette fixa le sol. Elle ne supportait pas que sa mère prenne ce ton mélodramatique. « Non, maman, répondit-elle. Simplement, je n'ai pas envie de regarder ce film.

— Oh, Harriet. J'ai fait un rêve affreux. Et c'était si terrible que je me suis réveillée, et tu n'étais pas là. Tu sais que Maman t'aime, n'est-ce pas, Harriet ? »

Elle eut beaucoup de difficulté à trouver une réponse. Elle se sentait un peu engourdie, comme si elle avait été sous l'eau : les ombres allongées, l'étrange clarté verdâtre de la lampe, la brise qui soulevait les rideaux.

« Tu ne sais pas que je t'aime ?

— Si », dit Harriet ; mais sa voix était ténue, elle semblait venir de très loin, ou appartenir à quelqu'un d'autre.

CHAPITRE IV

LA MISSION

Il était curieux, songea Harriet, qu'elle n'éprouvât pas de haine pour Curtis, malgré tout ce qu'elle savait aujourd'hui sur sa famille. En bas de la rue – à l'endroit même où elle l'avait croisé la fois précédente – il longeait le trottoir d'un air déterminé, plaquant les pieds sur le sol. Il oscillait de droite à gauche, agrippant des deux mains son pistolet à eau, et son corps grassouillet suivait le mouvement.

Une moustiquaire claqua, dans la maison délabrée devant laquelle il montait la garde – un immeuble à loyer modéré, sans doute. Deux hommes s'engagèrent dans l'escalier extérieur, portant une large caisse recouverte d'une bâche. Celui qui faisait face à Harriet était très jeune et maladroit, son front brillait ; ses cheveux étaient hérissés, ses yeux ronds, choqués comme s'il venait d'échapper à une explosion. L'autre, qui ouvrait la voie à reculons, trébuchait dans sa hâte ; et malgré le poids de la caisse, l'étroitesse des marches, et le drapé précaire de la toile – qui semblait sur le point de glisser et de les empêtrer à tout moment – ils ne s'arrêtèrent pas une seule seconde, se ruant désespérément jusqu'en bas.

Avec un mugissement, Curtis vacilla, pointant sur eux son pistolet à eau, tandis qu'ils tournaient obliquement la caisse et se dirigeaient vers une camionnette garée dans l'allée. Une autre bâche recouvrait la plate-forme du véhicule. Le plus âgé et le plus gras des deux hommes (en chemise blanche, pantalon noir et gilet ouvert) la repoussa du coude, puis hissa son côté de la caisse par-dessus le rebord.

« Attention ! » cria le jeune garçon hirsute quand la caisse atterrit sur la plate-forme à grand fracas.

L'autre – qui tournait encore le dos à Harriet – s'épongea le front de son mouchoir. Ses cheveux gris gominés étaient coiffés en banane. Ensemble, ils remirent la bâche en place, puis gravirent à nouveau l'escalier.

Harriet observait ce mystérieux manège sans guère de curiosité. Hely était capable de se distraire des heures en regardant bouche bée des manœuvres qui travaillaient dans la rue, et s'il était vraiment intéressé, il allait les harceler de questions sur l'équipement, la cargaison, les ouvriers – tout cela assommait Harriet. Ce qui l'intéressait, c'était Curtis. Si ce qu'elle avait entendu toute sa vie était vrai, ses frères ne se montraient pas gentils avec lui. Quelquefois, il arrivait à l'école avec de curieuses meurtrissures sur les bras et les jambes, dont la couleur, qui rappelait la compote de canneberges, lui était particulière. Il était, disait-on, simplement plus fragile qu'il ne le paraissait, et marquait facilement, de même qu'il s'enrhumait plus souvent que les autres enfants ; quelquefois les professeurs le faisaient asseoir, et lui posaient des questions sur ses bleus – dont Harriet ignorait le contenu exact, ainsi que la teneur des réponses de Curtis ; mais de façon générale, planait dans l'esprit des élèves la certitude floue que le garçon était maltraité chez lui. Il n'avait pas de parents, seulement des frères et une grand-mère infirme qui se plaignait d'être trop faible pour prendre soin de lui. Il arrivait souvent sans veste en hiver, sans argent pour le déjeuner, et sans provisions (ou bien avec un repas peu équilibré, comme un pot de confiture, qu'il fallait lui retirer). Les excuses chroniques de la grand-mère à ce propos provoquaient des regards incrédules de la part des enseignants. Après tout, le collège Alexandria était un établissement privé. Si la famille de Curtis pouvait assumer les frais d'inscription – mille dollars par an – pourquoi ne lui procuraient-ils pas de quoi déjeuner, et un manteau ?

Harriet avait pitié de lui – à distance. En dépit de sa gentillesse, ses mouvements amples et maladroits rendaient les gens nerveux. Les petits enfants avaient peur de lui ; les filles refusaient de s'asseoir à côté de lui dans le bus scolaire parce qu'il essayait de toucher leur visage, leurs cheveux et leurs habits. Et bien qu'il ne l'eût pas encore repérée, elle redoutait d'imaginer ce qui se passerait alors. Presque automatiquement, les yeux fixés sur le sol, et malgré la honte que sa propre réaction lui inspirait, elle changea de trottoir.

La moustiquaire claqua de nouveau, et les deux hommes descendirent bruyamment les marches, chargés d'une autre caisse, tandis qu'une longue Lincoln Continental gris perle tournait à l'angle de la rue. Mr Dial, de profil, passa majestueusement. A la stupéfaction de Harriet, il se gara dans l'allée.

Ayant hissé la dernière caisse à l'arrière de la camionnette et tiré la bâche par-dessus, les deux hommes remontaient l'escalier bringuebalant à un rythme plus allègre. La portière de la voiture s'ouvrit : *clic*. « Eugene, appela Mr Dial, qui descendit du véhicule et passa devant Curtis, apparemment sans le voir. *Eugene*. Une petite seconde. »

L'homme aux cheveux gris coiffés en banane s'était figé sur place. Quand il se retourna, Harriet vit – avec un choc cauchemardeux – la balafre qui le défigurait, comme l'empreinte d'une main maculée de peinture rouge.

« Je suis absolument ravi de vous trouver ici ! Vous

êtes un vrai courant d'air, Eugene », s'écria Mr Dial, leur emboîtant le pas sans y être convié. Il tendit la main au jeune homme nerveux – qui écarquillait les yeux comme s'il était sur le point de s'enfuir. « Roy Dial, de Dial Chevrolet.

— Voici... voici Loyal Reese, prononça l'homme plus âgé, visiblement mal à l'aise, tripotant le bord de la cicatrice rougeâtre sur sa joue.

— Reese ? » Mr Dial toisa aimablement l'inconnu. « Vous n'êtes pas d'ici, n'est-ce pas ? »

Le jeune homme balbutia une réponse et, bien que Harriet ne distinguât pas ses paroles, elle remarqua son accent montagnard : une voix aiguë, nasale, un ton vif.

« Ah ! Enchanté de vous accueillir parmi nous, Loyal... Ce n'est qu'une visite, n'est-ce pas ? Car, poursuivit Mr Dial, levant une main pour couper court à toute protestation, nous ne devons pas oublier les *termes* du bail. Un unique occupant. Il est toujours bon de vérifier que nous sommes bien d'accord, n'est-ce pas, Gene ? » Mr Dial croisa les bras, comme il le faisait au cours de catéchisme de Harriet. « Dites-moi, la nouvelle moustiquaire que j'ai fait installer vous convient-elle ? »

Eugene parvint à sourire. « C'est parfait, Mr Dial. Elle fonctionne beaucoup mieux que l'autre. » Avec sa cicatrice et sa grimace, il ressemblait à une gentille goule dans un film d'horreur.

« Et le chauffe-eau ? reprit Mr Dial, croisant les mains. Il est *beaucoup* plus efficace, c'est sûr, pour votre bain et le reste. Vous avez toute l'eau chaude que vous voulez, à présent, n'est-ce pas ? Ah ! ah ! ah !

— Euh, monsieur, Mr Dial...

— Eugene, si ça ne vous ennuie pas, j'irai droit au but, déclara Mr Dial, tournant la tête familièrement. Il est dans notre intérêt à tous les deux de garder le contact, ne croyez-vous pas ? »

Eugene parut troublé.

« Bien. Cela fait deux fois que je viens vous voir et que vous me refusez l'accès de cette location. J'ai besoin de votre aide, Eugene, poursuivit-il – levant habilement la main pour l'empêcher de protester. Que se passe-t-il ? Comment pouvons-nous améliorer cette situation ?

— Mr Dial, je sais vraiment pas d'quoi vous voulez parler.

— Je n'ai pas besoin de vous rappeler, Eugene, qu'en tant que propriétaire, j'ai le droit d'entrer dans les lieux quand bon me semble. Entraidons-nous sur ce point, voulez-vous ? » Il gravissait l'escalier. Le jeune Loyal Reese – muet, l'air absolument scandalisé – remontait à reculons les marches conduisant à l'appartement.

« Je saisis pas le problème, Mr Dial. Si j'ai fait quelque chose de mal...

— Eugene. Je vais vous parler franchement. J'ai reçu des plaintes à propos d'une odeur. Quand je suis passé l'autre jour, je l'ai moi-même remarquée.

— Voulez-vous entrer une minute, Mr Dial ?

— Certainement, Eugene, si vous n'y voyez pas d'inconvénient. Parce que vous voyez, c'est comme ça. J'ai certaines responsabilités à l'égard de mes locataires. »

« *Hat !* »

Harriet sursauta. Curtis zigzaguait de droite à gauche et lui faisait des grands signes, les yeux fermés.

« Aveugle », lui cria-t-il.

Mr Dial se tourna à demi. « Tiens, bonjour, Curtis ! Attention », dit-il vivement, s'écartant avec une expression de léger dégoût.

Curtis virevolta, avec un long pas de l'oie, et se mit à traverser pesamment la chaussée, les bras tendus en avant, les mains pendantes, tel Frankenstein.

« *Monstre,* gargouilla-t-il. Oooh, *moonstre.* »

Harriet était mortifiée. Mais Mr Dial ne l'avait pas vue. Il se détourna, et – sans cesser de parler (« Non, attendez une seconde, Eugene, je veux sincèrement que vous compreniez mon point de vue ») – il gravit les marches d'un air très déterminé, tandis que les deux hommes battaient fébrilement en retraite devant lui.

Curtis s'arrêta devant Harriet. Sans lui laisser le temps de parler, il ouvrit brusquement les yeux. « Attacher mes chaussures, exigea-t-il.

— Elles sont attachées, Curtis. » C'était un échange habituel. Parce que Curtis ne savait pas nouer ses lacets, il s'approchait toujours des enfants dans la cour de récréation, pour demander leur aide. C'était désormais sa manière d'engager la conversation, que ses souliers eussent besoin d'être resserrés ou non.

Sans prévenir, Curtis avança brusquement un bras et agrippa le poignet de Harriet. « Chtai eue », babilla-t-il gaiement.

Déjà il l'entraînait fermement dans la rue. « Arrête, cria-t-elle furieuse, essayant de se dégager. Lâche-moi ! »

Mais Curtis la tirait toujours. Il avait beaucoup de force. Harriet le suivit en trébuchant. « *Arrête !* » hurlat-elle, lui décochant un violent coup de pied dans le mollet.

Curtis s'immobilisa. Il desserra son étreinte moite, poisseuse. Il avait une expression absente, plutôt effrayante, mais ensuite il tendit la main et lui tapota la tête de ses doigts écartés : une grosse caresse inaboutie, un geste de bébé qui voudrait toucher un chaton. « Toi forte, Hat », dit-il.

Elle s'écarta et frictionna son poignet. « Ne fais plus jamais ça, marmonna-t-elle. On ne force pas les gens.

— Moi *gentil* monstre, Hat, grommela Curtis, de sa voix grincheuse de monstre. Amis ? » Il se tapota le ventre. « Manger seulement gâteaux. »

Il l'avait traînée de l'autre côté de la rue, dans l'allée derrière la camionnette. Les mains ballantes sous le menton, dans sa posture pacifique de Monstre Dévoreur de gâteaux, il s'avança pesamment et souleva la bâche. « Regarde, Hat !

— Pas question », répondit-elle en maugréant, mais comme elle se détournait, une furieuse vibration ébranla le plateau de la fourgonnette.

Des serpents. Harriet cligna, stupéfaite. Le véhicule était rempli de caisses grillagées, avec, à l'intérieur, des serpents à sonnette, des mocassins d'eau ou à tête cuivrée, des petits et des gros, emmêlés dans de grands nœuds tachetés, des museaux blancs squameux se dressant ici et là hors de la masse, telles des flammes, pour se cogner aux parois de la cage, des têtes pointues reculant pour s'enrouler sur elles-mêmes avant de frapper la grille, et le bois, et les autres serpents, puis repartir à l'attaque et – sans nulle émotion dans l'œil – ramper sur le sol, la gorge ouverte, éblouissante, se déverser en un S fluide... *tic tic tic...* et finalement se heurter aux encoignures et replonger dans la masse en sifflant.

« Pas amis, Hat, disait Curtis dans son dos, de sa grosse voix. Pas toucher. »

Les caisses, grillagées sur le haut, avaient des couvercles à charnières, et des poignées de chaque côté. La plupart étaient peintes : en blanc, en noir, en rouge brique, comme les granges de campagne ; certaines portaient des inscriptions – des versets de la Bible – à l'écriture minuscule, désordonnée, et des motifs en clous de cuivre : croix, crânes, étoiles de David, soleils, lunes et poissons. D'autres étaient décorées de capsules de bouteilles, de boutons, de tessons de verre et même de photographies : des polaroïds passés de cercueils, de familles solennelles, de jeunes paysans ébahis qui soulevaient des serpents à sonnette dans les airs, en un lieu obscur où des feux de joie brûlaient dans le fond. Une photographie, délavée et fantomatique, montrait une belle jeune fille aux cheveux tirés en arrière, les yeux fermés, son joli visage anguleux tourné vers le ciel. Les bouts de ses doigts étaient posés sur ses tempes, encerclant un énorme crotale malfaisant drapé autour de sa tête, la queue en partie enroulée autour de son cou. Au-dessus, un fouillis de lettres jaunes – découpées dans des journaux – énonçait le message suivant :

COUcher aveC JÉSuS
REESiE fOrd
1935-52

Derrière elle, Curtis émit un grognement indistinct qui ressemblait à « Revenant ».

Dans la profusion des caisses – étincelantes, variées et débordant de messages – l'œil de Harriet s'arrêta devant un spectacle saisissant. Un instant, elle n'en crut pas ses yeux. Dans un conteneur vertical, un cobra royal se déployait, grandiose, dans son logis solitaire. Au-dessous de la charnière, là où le grillage rejoignait le bois, des punaises rouges composaient les mots SEIGNEUR JÉSUS. Il n'était pas blanc, comme le cobra que Mowgli avait rencontré dans les Grottes Froides, mais noir : noir comme Nag et sa femme Nagaina, que la mangouste Rikki-tikki-tavi avait combattus à mort dans les jardins du grand bungalow du cantonnement de Segowlee, pour sauver Teddy.

Silence. Le capuchon du cobra était déployé. Droit, calme, il considérait Harriet, son corps oscillant sans bruit de droite à gauche, de gauche à droite, aussi doucement que sa propre respiration. *Regarde et tremble.* Un aplomb divin se lisait dans ses petits yeux rouges : on y devinait la jungle, la cruauté, les révoltes, les cérémonies, la sagesse. Sur le dos de son capuchon, savait-elle, se trouvait la marque en forme de lunettes que le grand dieu Brahma avait apposée sur tout le peuple cobra quand le premier cobra s'était dressé et avait dilaté son capuchon pour protéger le dieu dans son sommeil.

Dans la maison retentit un bruit étouffé – une porte qui se refermait. Harriet leva les yeux et, pour la première fois, remarqua que les fenêtres du premier avaient un éclat opaque, métallique : elles étaient recouvertes de papier d'aluminium gris argent. Tandis qu'elle les regardait avec attention (car ce spectacle bizarre était aussi perturbant que les serpents, à sa manière), Curtis joignit les bouts de ses doigts et fit onduler son bras devant le visage de la fillette. Lentement, très lentement, il ouvrit la main, mimant le mouvement d'une bouche. « Monstre », chuchota-t-il, refermant sa paume à deux reprises : *cric crac.* « *Mordre.* »

La porte avait claqué au premier. Harriet s'écarta de la camionnette et écouta attentivement. Une voix – étouffée, mais lourde de désapprobation – venait d'interrompre un autre interlocuteur. Mr Dial était encore en haut, derrière ces fenêtres argentées, et, pour la première fois de sa vie, Harriet fut heureuse d'entendre sa voix.

Brusquement, Curtis lui agrippa de nouveau le bras et commença à la tirer vers l'escalier. Un instant, elle fut trop surprise pour protester, puis – quand elle vit où il allait – elle se débattit, lui lança des coups de pied et essaya de planter ses talons dans le sol. « Non, Curtis, cria-t-elle. Je ne veux pas, arrête, s'il te plaît... »

Elle était sur le point de lui mordre le bras quand son œil s'éclaira en voyant sa grosse chaussure de tennis blanche.

« Curtis, hé, *Curtis,* ton lacet est défait », dit-elle.

Il s'immobilisa, plaquant la main sur sa bouche. « Oh oh ! » Il se pencha, troublé – et Harriet s'enfuit à toutes jambes.

« Ils font partie de la fête foraine », dit Hely, prenant son ton exaspérant, comme s'il savait tout ce qu'il y avait à savoir sur ce sujet. Ils s'étaient enfermés tous les deux dans sa chambre, assis sur la couchette inférieure de son lit superposé. Presque tout était noir ou or, en l'honneur de son équipe de football préférée, New Orleans Saints.

« Je ne pense pas », répondit Harriet, grattant de l'ongle du pouce la passementerie en relief du dessus-de-lit noir. L'écho d'une basse étouffée leur parvenait de la chambre de Pemberton, au bout du couloir.

« Si tu vas au Ranch des serpents à sonnette, il y a des photos et des trucs peints sur les murs.

— Oui », dit Harriet à contrecœur. Elle ne pouvait le formuler avec des mots, mais les caisses qu'elle avait vues au fond du camion – avec ces crânes, ces étoiles et ces croissants de lune, ces fragments de textes sacrés en lettres tremblées et mal orthographiées – étaient très différentes du vieux panneau d'affichage bariolé du Ranch : un serpent vert-jaune qui clignait de l'œil, enroulé sur une femme vulgaire en maillot deux-pièces.

« A qui ils peuvent bien appartenir, alors ? » demanda Hely. Il fouillait dans une pile d'images d'emballages de chewing-gum. « Sûrement aux mormons. Ce sont eux qui habitent là.

— Hum. » Les types qui louaient le rez-de-chaussée de l'immeuble de Mr Dial ne présentaient guère d'intérêt. Ils paraissaient très isolés, et vivaient seuls ; ils n'avaient même pas de vrai travail.

« D'après mon grand-père, dit Hely, les mormons

croient qu'à leur mort, ils auront leur petite planète à eux. Et aussi, ils trouvent que c'est très bien d'avoir plusieurs femmes.

— Les locataires de Mr Dial n'en ont aucune. »

Un après-midi où Harriet rendait visite à Edie, ils avaient frappé à la porte. Sa grand-mère leur avait ouvert, avait accepté leur littérature et leur avait même offert une citronnade quand ils avaient refusé un Coca ; elle leur avait dit qu'ils étaient des jeunes gens charmants, mais que leurs idées étaient un tissu d'absurdités.

« Hé, si on téléphonait à Mr Dial ? proposa brusquement Hely.

— Ouais, pourquoi pas ?

— Je veux dire, on l'appelle en se faisant passer pour quelqu'un d'autre, on lui demande ce qui se passe là-bas.

— On se fait passer pour qui ?

— Je ne sais pas... Tu veux ça ? » Il lui lança un autocollant Wacky Parks : un monstre vert avec, au bout de ses antennes, des yeux écarquillés, injectés de sang, et qui conduisait un buggy. « Je l'ai en double.

— Non, merci. »

Entre les rideaux noir et or, et les autocollants placardés sur les vitres – Wacky Packs, STP, Harley Davidson – Hely avait supprimé presque toute la clarté du soleil ; c'était déprimant, on avait l'impression d'être dans un sous-sol.

« C'est lui leur propriétaire, dit Hely. Allez, appelle-le.

— Pour dire quoi ?

— Alors appelle Edie. Puisqu'elle en sait si long sur les mormons. »

Brusquement, Harriet saisit pourquoi il tenait tant à téléphoner : c'était à cause du nouvel appareil sur la table de chevet, un combiné à touches encastré dans un casque de football des Saints.

« S'ils s'imaginent qu'ils vont habiter sur leur planète privée et tout ça, dit Hely en indiquant le récepteur du menton, qui sait ce qu'ils pensent par ailleurs ? Peut-être que les serpents ont un rapport avec leur Eglise. »

Comme il continuait de fixer le téléphone, et parce qu'elle n'avait pas d'autre idée, Harriet tira le poste à elle et composa le numéro d'Edie.

« Allô ? répondit sèchement sa grand-mère, après deux sonneries.

— Edie, articula Harriet, à l'intérieur du casque de football, est-ce que les mormons croient quelque chose en rapport avec les serpents ?

— Harriet ?

— Par exemple, est-ce qu'ils les gardent comme animaux domestiques, ou... je ne sais pas, ils habitent avec un tas de serpents et d'autres bêtes... ?

— Où diable as-tu pêché une pareille idée ? Harriet ? »

Après une pause embarrassée, la fillette répondit : « A la télé.

— A la télévision ? s'exclama Edie, incrédule. Quelle émission ?

— *National Geographic.*

— J'ignorais que tu aimais les serpents, Harriet. Je croyais que tu poussais des cris d'orfraie chaque fois que tu voyais une petite couleuvre dans la cour : *Au secours ! Au secours !* »

Harriet se tut, laissant passer cette pique triviale.

« Quand nous étions petites, on nous racontait des histoires sur des prêcheurs qui charmaient des serpents dans les bois. Mais ce n'étaient pas des mormons, seulement des montagnards du Tennessee. Dis-moi, Harriet, est-ce que tu as lu *La Tache écarlate* de sir Arthur Conan Doyle ? Ce *livre-là* contient une quantité d'informations intéressantes sur la foi mormone.

— Oui, je sais », répliqua Harriet. Edie avait évoqué cette histoire avec les visiteurs mormons.

« Je pense que cette série de Sherlock Holmes se trouve chez ta tante Tat. Elle a peut-être même un exemplaire du Livre des Mormons, dans ce coffret qui appartenait à mon père – tu sais, avec Confucius, le Coran et les textes religieux de...

— Oui, mais où est-ce que je peux trouver des textes sur ces prêcheurs à serpents ?

— Je regrette, je ne t'entends pas. C'est quoi, cet écho ? Tu téléphones d'où ?

— De chez Hely.

— On dirait que tu appelles des toilettes.

— Non, cet appareil a une drôle de forme, c'est tout. Ecoute, Edie, reprit-elle – car Hely agitait les bras d'avant en arrière, essayant de retenir son attention –, qu'est-ce que tu sais de ces charmeurs de serpents ? Ils sont où ?

— Dans les bois et les montagnes, et les endroits désolés de la terre, c'est tout ce que je sais », répondit majestueusement sa grand-mère.

Dès l'instant où Harriet eut raccroché, Hely se dépêcha de dire : « Tu sais, il y avait une salle de trophées au premier étage de cette maison. Je viens de me souvenir, je crois que les mormons n'occupent que le bas.

— Qui loue le haut à présent ? »

Hely – tout excité – planta le doigt sur le téléphone, mais Harriet fit non de la tête ; elle n'avait pas l'intention de rappeler Edie.

« Et la camionnette ? Tu as relevé le numéro ?

— Zut, s'exclama Harriet. J'ai oublié. » L'idée ne lui était pas venue à l'esprit que les mormons ne conduisaient pas.

« Tu as remarqué si c'était un véhicule du comté d'Alexandria ou non ? Réfléchis, Harriet, réfléchis ! »

s'écria-t-il d'un ton mélodramatique. Tu *dois* t'en souvenir !

— Allons donc plutôt y faire un tour. Parce que si on y va maintenant – hé, arrête », dit-elle, irritée, en tournant la tête, comme Hely commençait à balancer devant son visage un pendule d'hypnotiseur imaginaire.

— Tu as trrrès, trrrès sommeil, prononça-t-il avec un fort accent transylvanien. Trrès... trrès... »

Harriet le repoussa ; il la contourna de l'autre côté, agitant les doigts devant son visage. « Trrès... trrès... »

Elle tourna la tête. Il continua son manège, et elle finit par le frapper de toutes ses forces. « Bordel de Dieu ! » hurla-t-il. Il agrippa son bras et tomba à la renverse sur la couchette.

« Je t'ai dit d'*arrêter*.

— Bon Dieu, Harriet ! » Il se rassit, et se frictionna le bras en faisant des grimaces. « Tu m'as fait mal au coude.

— Eh bien, tu n'as qu'à me ficher la paix ! »

Soudain, on se mit à taper furieusement à la porte de la chambre. « Hely ! Y a quelqu'un avec toi ? Ouvre cette porte tout de suite.

— Essie ! hurla-t-il, exaspéré, se laissant retomber sur son lit. On ne fait *rien*.

— Ouvre cette porte ! Ouvre-la !

— Ouvre-la toi-même ! »

Essie Lee fit irruption : c'était la nouvelle domestique, si fraîchement arrivée qu'elle ne connaissait même pas le nom de Harriet – bien que celle-ci la soupçonnât de feindre de l'ignorer. Beaucoup plus jeune qu'Ida, elle avait environ quarante-cinq ans, des joues rebondies et des cheveux décrêpés, cassants et fragiles aux extrémités.

« Qu'est-ce que vous faites là-dedans, à blasphémer le nom du Seigneur ? Vous devriez avoir honte ! cria-t-elle. Jouer ici la porte fermée. J'vous interdis d'la fermer, compris ?

— *Pem* ferme *sa* porte, lui.

— Y a pas de fille avec lui, hein ? » Essie fit volte-face et regarda Harriet comme si c'était une flaque de vomi de chat sur le tapis. « Vous avez pas honte de hurler, de jurer et de faire cette comédie ?

— Tu ferais mieux de pas parler comme ça à mes invités, s'époumona Hely. T'as pas le droit. Je vais le dire à ma mère.

— *Je vais le dire à ma maman*, répéta Essie Lee, mimant sa voix larmoyante avec une grimace. Vas-y. Tu rapportes tout le temps des choses que j'ai même pas faites, hein, t'as raconté à ta maman que j'avais mangé ces pastilles au chocolat alors que c'était toi qui les avais mangées ? Tu sais que c'est vrai.

— Dehors ! »

Harriet, mal à l'aise, fixait le tapis. Elle ne s'était jamais habituée aux drames qui éclataient sous le toit de Hely quand ses parents étaient au travail. Pem et Hely se poursuivant (serrures forcées, affiches arrachées, devoirs volés et déchirés) ou, plus fréquemment, Pem et Hely se liguant contre une domestique qui n'était jamais la même : Ruby, qui mangeait des tranches de pain de mie pliées en deux et les empêchait de regarder les émissions qui passaient en même temps que *General Hospital* ; sœur Bell, le témoin de Jehovah ; Shirley, qui portait un rouge à lèvres marron et un tas de bagues, et passait son temps au téléphone. Mrs Doane, une vieille femme mélancolique terrifiée par les cambriolages, qui restait aux aguets près de la fenêtre, un couteau de boucher sur les genoux ; Ramona, qui perdait la tête et poursuivait Hely avec une brosse à cheveux. Aucune d'entre elles n'était très gentille ni agréable, mais il était difficile de le leur reprocher, car elles devaient supporter Hely et Pemberton tout le temps.

« Ecoute-moi ça, dit Essie, méprisante ; espèce de vau-rien. » Elle indiqua vaguement du geste les horribles rideaux, les autocollants qui assombrissaient ses fenêtres. « Si je pouvais décrocher et brûler tous ces affreux...

— *Elle a menacé de brûler la maison !* hurla Hely, le visage en feu. T'as entendu, Harriet. J'ai un témoin. Elle vient de menacer de brûler...

— J'ai rien dit sur votre maison. Tu ferais mieux...

— Si, si. Hein qu'elle l'a dit, Harriet ? Je vais le racon-ter à ma mère, cria-t-il sans attendre la réponse de son amie, qui était trop abasourdie pour articuler un seul mot, et elle va téléphoner au bureau de placement, et leur dire que tu es cinglée, et qu'on t'envoie plus chez personne... »

Derrière Essie, dans l'embrasure de la porte, apparut la tête de Pem. Il regarda son frère en avançant la lèvre infé-rieure, avec une moue tremblante de bébé. « *Le p'tit ché'i a des ennuis* », dit-il d'une voix flûtée, avec une tendresse feinte.

C'était la phrase à ne pas prononcer, et le moment était mal choisi. Essie Lee virevolta, les yeux exorbités. « Comment vous osez me parler comme ça ! » hurla-t-elle.

Pemberton – plissant le front – cligna faiblement les paupières.

« Vous avez pas honte ! Au lit du matin au soir, vous avez jamais travaillé de toute votre vie ! Faut que j'gagne des sous, moi. Mon enfant...

— Quelle mouche la pique ? demanda Pemberton à son frère.

— Essie a menacé de mettre le feu à la maison, répon-dit Hely d'un ton suffisant. Harriet est mon témoin.

— J'ai jamais dit ça ! » Les grosses joues d'Essie tremblaient d'émotion. « C'est un mensonge ! »

Pemberton – dans le couloir, mais hors de son champ

de vision – se racla la gorge. Derrière l'épaule frémissante d'Essie, sa main se dressa, signalant : *on dégage.* D'un mouvement du pouce, il indiqua l'escalier.

Sans prévenir, Hely s'empara de la main de Harriet et l'entraîna dans la salle de bains communiquant avec les deux chambres, et poussa le verrou derrière eux. « Dépêche-toi ! » hurla-t-il à son frère – qui se trouvait de l'autre côté, et essayait d'ouvrir la porte –, puis ils se ruèrent dans la chambre de Pemberton (dans la pénombre, Harriet trébucha sur une raquette de tennis) et dévalèrent l'escalier à sa suite.

« C'était dingue », dit Pemberton. Cela faisait un bon moment que personne n'avait ouvert la bouche. Ils étaient tous les trois assis à l'unique table de pique-nique derrière le drive-in Jumbo, sur une dalle en béton, à côté d'un couple abandonné d'animaux à ressorts : un éléphant de cirque et un canard jaune délavé. Ils avaient fait un tour d'une dizaine de minutes dans la Cadillac – sans but précis, tous les trois serrés sur le siège avant – manquant griller sur place sans climatisation, la capote relevée, avant que Pemberton se gare enfin dans le parking de Jumbo.

« On devrait peut-être s'arrêter au court de tennis pour prévenir maman », proposa Hely. Unis par la querelle avec Essie, les deux frères se manifestaient une sympathie peu habituelle, quoique discrète.

Pemberton avala une dernière gorgée de milk-shake et jeta le récipient dans la poubelle. « Tu l'as dit, bouffi ! » La clarté de l'après-midi, reflétée sur la baie vitrée, blanchissait les extrémités de ses cheveux frisés par l'eau chlorée de la piscine. « Cette femme est folle. J'ai eu peur qu'elle vous frappe, ou un truc dans ce genre.

— Hé, s'écria Hely, se redressant. Cette sirène. » Ils écoutèrent un moment l'écho se perdre dans le lointain.

« C'est sans doute le camion des pompiers qui va chez nous, dit-il d'un air morne.

— Racontez-moi encore ce qui s'est passé ? demanda Pem. Elle a pété les plombs ?

— Complètement. Hé, donne-moi une cigarette », ajouta Hely d'un ton désinvolte, comme son frère jetait sur la table un paquet de Marlboro – écrasé par la poche de son jean coupé – et cherchait du feu dans son autre poche.

Pem alluma sa cigarette, avant de mettre les allumettes et le paquet hors de la portée de Hely. Sur le béton brûlant, au milieu des gaz d'échappement qui montaient de la route, la fumée avait une odeur particulièrement âcre et délétère. « Je dois reconnaître que je l'ai vu venir, dit-il en secouant la tête. J'en ai parlé à maman. Cette femme est dérangée. Elle s'est sans doute échappée de Whitfield.

— Ce n'était pas si terrible que ça », lâcha Harriet, qui n'avait presque rien dit depuis qu'ils avaient quitté la maison en toute hâte.

Pem et Hely se tournèrent vers elle comme si elle avait perdu la raison. « Hein ? marmonna Pemberton.

— Tu es de quel côté ? s'exclama Hely, consterné.

— Elle n'a pas dit qu'elle allait mettre le feu à la maison.

— Si !

— Non ! Elle a seulement dit *brûler*. Elle n'a pas ajouté *la maison*. Elle parlait des affiches de Hely, des autocollants et tout ça.

— Ah ouais, observa Pemberton, d'un ton raisonnable. Brûler les posters de Hely ? Je suppose que tu trouves ça normal.

— Je croyais que tu m'aimais bien, Harriet, ronchonna Hely.

— Mais elle n'a pas menacé de brûler la maison, maintint Harriet. Elle a seulement dit... Enfin, poursuivit-elle, comme Pemberton roulait les yeux d'un air entendu, à l'intention de son frère, il n'y avait pas de quoi en faire une histoire. »

Hely s'écarta ostensiblement d'elle sur le banc.

« Vraiment, insista Harriet, qui était de moins en moins sûre d'elle. Elle était... furieuse, c'est tout. »

Pem leva les yeux au ciel et exhala un nuage de fumée. « Pas possible, Harriet.

— Mais... tous les deux, vous vous comportez comme si elle nous avait pourchassés avec un couteau de boucher. »

Hely renifla. « Eh bien, la prochaine fois, ça pourrait arriver ! Je ne reste plus seul dans la maison avec elle, répéta-t-il, s'apitoyant sur son sort, les yeux fixés sur le béton. J'en ai marre de recevoir sans arrêt des menaces de mort. »

La traversée d'Alexandria était courte et n'offrait pas plus de nouveauté ni de diversion que le serment d'allégeance. Le fleuve Houma longeait l'est de la ville et au sud, il faisait un crochet à l'intérieur, après en avoir contourné les deux tiers. En choctaw, houma signifiait rouge, mais l'eau était jaune : lente, abondante, elle avait la nuance d'ocre de la peinture à huile qui sort du tube. Pour le traverser, au sud, on prenait un pont en acier à deux voies qui datait du gouvernement de Roosevelt, avant de pénétrer dans ce que les visiteurs appelaient le quartier historique. Une large avenue plate, inhospitalière – douloureusement immobile sous le soleil accablant – conduisait à la place centrale, avec sa statue désolée du soldat confédéré, avachi sur son fusil. Autrefois, des chênes l'avaient abrité, mais on les avait abattus un an ou deux plus tôt, pour dégager l'espace nécessaire à un ensemble confus mais enthousiaste de structures commémoratives : clocher, belvédère, réverbères, kiosque à musique, pêle-mêle sur le minuscule terre-plein désormais sans ombre, comme un tas de jouets enchevêtrés dans un ordre incongru.

Dans Main Street, jusqu'à l'église baptiste, les maisons étaient anciennes et imposantes. A l'est, après Margin et High Street, il y avait les voies ferrées, l'égreneuse de coton abandonnée et les entrepôts où jouaient Hely et Harriet. Plus loin – en direction de Levee Street et du fleuve – c'était la désolation : dépotoirs, objets récupérés, taudis au toit rouillé, au porche affaissé, avec des poulets grattant la boue.

A son endroit le plus lugubre – près de l'hôtel Alexandria – Main Street croisait Highway 5. L'Interstate évitait la ville, et à présent la route se trouvait dans le même état d'abandon que les boutiques de la place : défunts parkings et épiceries, noyés dans une brume de chaleur grise, polluée ; le magasin d'alimentation Checkerboard et la vieille station d'essence Southland, murée aujourd'hui (son enseigne passée : un chaton noir impertinent avec des chaussettes et un bavoir blancs, jouant avec une pelote de coton). Un virage au nord, sur la County Line Road, les fit longer Oak Lawn Estates et passer sous un pont autoroutier désaffecté, puis traverser des pâturages, des champs de coton, et de minuscules fermes poussiéreuses de métayers, laborieusement creusées dans l'argile rougeâtre. L'école de Harriet et de Hely – le collège Alexandria – se trouvait là, à un quart d'heure en voiture de la ville : un bâtiment bas en parpaings et tôle ondulée, qui s'étalait au milieu d'un champ poudreux comme un hangar d'avions. A quinze kilomètres au nord, après le collège, les grands pins remplaçaient les prairies et se pressaient de chaque côté de la route en une paroi implacable, angoissante, qui s'étendait presque jusqu'à la limite du Tennessee.

Au lieu de s'enfoncer dans la campagne, cependant, ils s'arrêtèrent au feu rouge près de Jumbo, où l'éléphant de cirque dressé sur ses pattes tenait dans sa trompe blanchie par le soleil un ballon de néon où étaient écrits ces mots :

GLACES

MILKSHAKES

BURGERS

Et – après le cimetière de la ville, perché sur sa colline comme un décor de théâtre (clôtures noires en fer forgé, anges de pierre à la gorge gracieuse veillant sur les piliers de marbre au nord, au sud, à l'est, à l'ouest) – ils firent demi-tour et regagnèrent la ville.

Quand Harriet était plus jeune, la partie est de Natchez Street avait été exclusivement blanche. Maintenant Noirs et Blancs y vivaient, le plus souvent en harmonie. Les familles noires étaient jeunes et prospères, avec des enfants ; la plupart des Blancs – comme le professeur de piano d'Allison et l'amie de Libby, Mrs Newman McLemore – étaient des veuves âgées, sans famille.

« Hé, Pem, ralentis devant la maison des mormons », dit Hely.

Son frère cligna les yeux : « Pour quoi faire ? » demanda-t-il, mais il s'exécuta malgré tout.

Curtis était parti, ainsi que la voiture de Mr Dial. Une fourgonnette était garée dans l'allée, mais Harriet vit que ce n'était pas la même. La rampe était baissée et la plate-forme vide, à l'exception d'un coffre à outils métallique.

« Ils habitent *là-dedans* ? s'écria Hely, s'interrompant net au milieu de ses plaintes contre Essie Lee.

— Bordel, c'est *quoi* ce truc là-haut ? dit Pemberton,

389

stoppant son véhicule au milieu de la chaussée. C'est du papier alu, sur les fenêtres ?

— Harriet, dis-lui ce que tu as vu. Elle a raconté que...

— Je ne veux même pas savoir ce qui se passe là-dedans. Ils tournent des films porno, ou quoi ? Merde alors, reprit Pemberton, qui se gara sur le côté pour regarder en l'air, s'abritant les yeux de la main. Quel genre de tordu camoufle ses vitres avec du papier alu ?

— Mince alors. » Hely pivota sur son siège, fixant obstinément la route.

« C'est quoi, ton problème ?

— Pem, ça suffit. Allons-nous-en.

— Qu'est-ce qu'il y a ?

— Regardez ! » s'exclama Harriet, après plusieurs instants de silence fasciné. Un triangle noir était apparu sur la fenêtre centrale, où une main anonyme, mais habile, relevait le papier argenté à l'intérieur.

Quand la voiture démarra en trombe, Eugene remit le papier d'aluminium en place sur la vitre, les doigts tremblants. Il sentait venir une migraine. L'un de ses yeux pleurait ; quand il s'écarta de la fenêtre, plongeant dans l'obscurité et la confusion, il se heurta à une caisse de bouteilles de soda, et le vacarme déclencha un zigzag lumineux de douleur dans la partie gauche de son visage.

La famille Ratliff était sujette aux migraines. On disait du grand-père d'Eugene – « Papa » Ratliff, depuis long-temps décédé – qu'un jour où il souffrait de ce qu'il appelait un « atroce mal de tête », il avait enfoncé l'œil d'une vache avec une bûche. Et le père d'Eugene, atteint du même mal, avait giflé Danny si violemment, un soir de Noël, que l'enfant avait atterri tête la première contre le congélateur, se cassant une dent permanente.

Cette fois-ci, les signes avant-coureurs de la migraine avaient été moins marqués que d'habitude. Les serpents étaient une raison suffisante pour rendre malade n'importe qui, sans parler de l'angoisse provoquée par la visite impromptue de Roy Dial ; mais ni les flics, ni Dial ne seraient venus l'espionner dans une grosse guimbarde tape-à-l'œil comme celle qui s'était arrêtée devant la maison.

Il alla dans l'autre pièce, où il faisait plus frais, et s'assit à la petite table, la tête dans les mains. Il avait encore dans la bouche le goût du sandwich au jambon de son déjeuner. Il l'avait mangé sans guère de plaisir, et l'amertume de l'aspirine sur sa langue rendait ce souvenir encore plus désagréable.

Les migraines le sensibilisaient au bruit. Quand il avait entendu le moteur ronronner dans la rue, il s'était immédiatement approché de la fenêtre, s'attendant à voir apparaître le shérif du comté de Clay en personne – ou, du moins, une voiture de police. Mais l'incongruité de la décapotable lui avait porté sur les nerfs. Conscient de commettre une grossière erreur, il tira le téléphone à lui et composa le numéro de Farish – car, bien que l'idée d'appeler son frère lui répugnât, il se sentait dépassé par la situation. C'était une voiture de couleur claire ; à cause de la luminosité et de son crâne douloureux, il n'avait pas été capable de repérer le modèle exact : peut-être une Lincoln, ou une Cadillac, ou même une grosse Chrysler. Et en dehors de la race – blanche – de ses occupants, il n'avait rien noté, bien que l'un d'entre eux eût clairement indiqué sa fenêtre du geste. Pourquoi diable cette vieille automobile d'apparat s'était-elle arrêtée juste devant la mission ? Farish avait rencontré un tas de personnages tapageurs en prison – des types d'un commerce souvent bien pire que celui des flics, dans la plupart des cas.

Eugene (les yeux fermés), tenant le combiné à distance de son visage, essaya d'expliquer ce qui venait de se passer, tandis qu'à l'autre bout du fil, Farish avalait bruyamment un bol de corn-flakes, crunch-slurp, crunch-slurp. Quand il eut fini de parler, Eugene attendit un long moment en silence, pendant que son frère continuait de mâcher et de déglutir.

La main plaquée sur son œil gauche, dans la pénombre, Eugene dit : « Farsh ?

— Bon, t'as raison sur un point. Aucun flic, aucun agent du fisc ne conduit ce genre de bagnole tape-à-l'œil, répondit Farish. C'est peut-être une bande du golfe du Mexique. Frère Dolphus a fait quelques affaires là-bas. »

Le bol cliqueta contre le récepteur comme Farish – sans doute – le penchait pour avaler le fond de lait. Patiemment, Eugene attendit qu'il continuât sa phrase, mais son frère se contenta de claquer les lèvres avec un soupir. Au loin, une cuillère tinta sur de la porcelaine.

« Je ne vois pas ce que pourrait me vouloir une bande du golfe du Mexique, dit enfin Eugene.

— Comment veux-tu que je le sache ? T'as quelque chose à te reprocher ?

— Je suis un homme intègre et honnête, répondit Eugene d'un ton guindé. Je dirige cette mission et j'aime la voie que j'ai choisie.

— Bien. Admettons. Peut-être qu'ils en ont après le petit Reese. Qui sait dans quels draps il s'est fourré.

— Sois sincère avec moi, Farsh. Tu m'as mêlé à une embrouille et je sais, je *sais,* dit-il, couvrant les protestations de son frère, que ça a un rapport avec ces narcotiques. C'est pour ça que le garçon est venu du Kentucky. Ne me demande pas comment je le sais. Je le sais, c'est tout. Je voudrais bien que tu m'expliques pourquoi tu l'as invité ici. »

Farish rit. « Je ne l'ai pas *invité*. Dolphus m'a dit qu'il se rendait à cette cérémonie...

— Dans l'est du Tennessee.

— Oui, oui, mais il est jamais passé par ici avant. Je me suis dit que vous aimeriez peut-être vous rencontrer, puisque tu viens de commencer et que Loyal a déjà une grosse communauté à lui, et je jure devant Dieu que je sais rien d'autre. »

Il y eut un long silence sur la ligne. A la manière dont son frère respirait, Eugene devina son sourire narquois, aussi clairement que s'il l'avait vu.

« Mais tu as raison sur un point, admit Farish, tolérant, on ne sait pas à quoi est mêlé Loyal. Et je m'excuse pour ça. Ce vieux Dolphus a plusieurs fers au feu, c'est le moins qu'on puisse dire.

— *Loyal* n'est pas dans ce coup-là. C'est quelque chose que tu as mijoté avec Danny et Dolphus.

— Ça n'a pas l'air d'aller, remarqua Farish. Je dirais que t'as encore la migraine.

— Je me sens pas bien du tout.

— Ecoute, si j'étais toi, j'irais me coucher. Tu vas prêcher avec lui ce soir ?

— Pourquoi ? » demanda Eugene d'un ton soupçonneux. Après l'incident évité de justesse avec Dial – par chance, ils avaient déménagé les serpents dans le camion juste avant son arrivée – Loyal s'était excusé pour tout l'embarras qu'il avait causé (« J'étais pas au courant de la situation, je savais pas que vous habitiez en pleine ville ») et avait proposé de lui-même de conduire les caisses en un lieu secret.

« On viendra t'écouter, s'écria Farish avec exubérance. Moi et Danny. »

Eugene passa la main sur ses yeux. « Je préfère pas.

— Quand Loyal repart-il chez lui ?

393

— Demain. Ecoute, je *sais* que tu prépares un coup, Farsh. Je ne veux pas que tu causes d'ennuis à ce garçon.

— Pourquoi que tu t'inquiètes autant pour lui ?

— Je n'en sais rien, répondit Eugene, et c'était vrai.

— Bon, à ce soir alors », dit Farish, et il raccrocha sans lui laisser le temps de prononcer un mot.

« Ce qui se passe là-haut, je n'en ai pas la moindre idée, ma jolie, disait Pemberton. Mais je sais qui loue l'appartement – le frère aîné de Danny et de Curtis Ratliff. C'est un prêcheur. »

En entendant cela, Hely se retourna vers Harriet, sidéré.

« C'est un vrai cinglé, poursuivit Pem. Il a une cicatrice bizarre sur la figure. Il se plante sur la route en hurlant et il agite sa Bible vers les voitures.

— C'est le type qui est venu frapper à la vitre quand papa s'était arrêté au carrefour ? demanda Hely. Celui qui a une drôle de figure ?

— Peut-être qu'il n'est pas cinglé, peut-être que c'est juste de la comédie, continua Pem. La plupart de ces prêcheurs des montagnes qui crient, tombent dans les pommes, bondissent sur leurs chaises et courent dans les allées – ils font semblant. C'est une grosse farce, ces séances publiques de transes.

— Harriet... Harriet, tu sais quoi ? s'écria Hely, excité au plus haut point, se tordant sur son siège. Je sais qui est ce type. Il prêche tous les samedis sur la place. Il a une petite boîte noire avec un micro branché dessus, et... » Il se retourna vers son frère. « Tu crois qu'il manipule des serpents ? Harriet, dis-lui ce que tu as vu là-bas. »

Elle le pinça.

« Hum ? Des serpents ? S'il charme des serpents, dit Pemberton, il est encore plus cinglé que ce que je croyais.

394

— Peut-être qu'ils sont apprivoisés, suggéra Hely.

— Imbécile. On ne peut pas apprivoiser un *serpent*. »

Il avait eu tort de parler de la voiture à Farish. Eugene regrettait d'avoir mentionné l'incident. Son frère l'avait rappelé une demi-heure après, juste au moment où il avait réussi à s'assoupir – et une deuxième fois, au bout de dix minutes. « Est-ce que tu as vu des personnages louches en uniforme dans la rue, devant chez toi ? En survêtement par exemple, ou en tenue de gardien de prison ?

— Non.

— Quelqu'un t'a filé ?

— Ecoute, Farish, j'essaie de me reposer.

— Voilà comment tu sais si on te file : tu brûles un feu rouge, ou tu prends une rue en sens interdit, et tu vois si la personne te suit. Ou – je vais te dire quoi. Et si je venais moi-même jeter un coup d'œil dans les environs ? »

Eugene eut toutes les peines du monde à dissuader Farish de venir à la mission pour y faire ce qu'il appelait une « inspection. » Il s'installa sur la poire sac à billes en polystyrène, pour faire une sieste. Enfin – alors qu'il venait de sombrer dans un sommeil agité – il se rendit compte que Loyal se tenait au-dessus de lui.

« Loyle ? bégaya-t-il.

— J'ai une mauvaise nouvelle, dit le garçon.

— Ah oui ? De quoi s'agit-il ?

— Il y avait une clé cassée dans la serrure. Je n'ai pas pu entrer. »

Eugene se rassit en silence, essayant de comprendre ses paroles. Il était encore à moitié endormi ; dans son rêve, il était question de clés perdues, des clés de voiture. Il avait échoué dans un horrible bar avec un juke-box bruyant, quelque part sur une route de terre, en pleine nuit, sans aucun moyen de rentrer chez lui.

« On m'avait dit, reprit Loyal, que je pouvais laisser les serpents dans un cabanon de chasse du Webster County. Mais il y avait une clé cassée dans la serrure, et je n'ai pas pu y pénétrer.

— Ah. » Eugene secoua la tête pour s'éclaircir les pensées et regarda autour de lui. « Ça signifie que...

— Les serpents sont en bas, dans ma camionnette. »

Il y eut un long silence.

« Loyle, je vais te dire la vérité, je sors d'une migraine.

— Je m'en occupe. Vous avez pas besoin de m'aider. Je peux les monter tout seul. »

Eugene se frictionna les tempes.

« Ecoutez, je suis bien embêté. C'est cruel de les laisser cuire dans cette chaleur.

— C'est juste », répondit distraitement Eugene. Mais il ne se souciait pas du bien-être des serpents ; il craignait de les laisser dehors, à la vue de n'importe qui – de Mr Dial, du mystérieux espion de la décapotable, qui était au courant. Brusquement, il se souvint qu'il y avait eu un serpent dans son rêve, un dangereux reptile qui rampait en liberté, quelque part au milieu des gens.

« Bon, dit-il à Loyal avec un soupir, monte-les.

— Je promets qu'ils seront partis dès demain matin. Ça n'a pas été facile pour vous, je sais », dit Loyal. Son regard d'un bleu intense brillait d'une franche sympathie. « Ma présence ici.

— C'est pas ta faute. »

Loyal passa la main dans ses cheveux. « Je veux que vous sachiez que j'ai apprécié votre compagnie. Si le Seigneur vous demande pas de manipuler les serpents... eh bien, Il a ses raisons. Quelquefois Il me le demande pas non plus.

— Je comprends. » Eugene sentit qu'il devrait ajouter quelque chose, mais les idées qui lui vinrent à l'esprit n'étaient pas les bonnes. Et il avait trop honte de dire ce qu'il éprouvait : son esprit était sec et vide ; il n'était pas naturellement bon, bon au fond de son cœur et de son âme. Son sang et ses origines étaient impurs ; Dieu le méprisait, ainsi que ses dons, de même qu'Il avait méprisé les dons de Caïn.

« Un jour Il m'appellera, dit-il, avec une vivacité qu'il n'éprouvait pas. Le Seigneur n'est pas encore prêt à m'accueillir.

— Il existe d'autres dons de l'Esprit, dit Loyal. La prière, le prêche, la prophétie, les visions. L'imposition des mains sur les malades. La charité et les bonnes œuvres. Même dans votre propre famille... » Il hésita discrètement. « Il y a du travail à accomplir. »

Plein de lassitude, Eugene plongea le regard dans les yeux candides et généreux de son visiteur.

« Il s'agit pas de ce que vous voulez, dit Loyal. Mais de la volonté parfaite de Dieu. »

Harriet entra par la porte de derrière, trouvant le sol de la cuisine encore mouillé, les plans de travail essuyés – mais pas trace d'Ida. La maison était silencieuse : pas de radio, pas de ventilateurs, pas de bruits de pas, seulement le bourdonnement monotone du Frigidaire. Un grattement la fit sursauter : elle se retourna à temps pour apercevoir un petit lézard gris qui escaladait la moustiquaire de la fenêtre ouverte derrière elle.

Avec la chaleur, l'odeur de pin du produit qu'Ida utilisait pour le ménage lui donnait mal à la tête. Dans la salle à manger, le dressoir massif de Tribulation était noyé au milieu des piles chaotiques de journaux. Deux plateaux à découper rectangulaires, posés verticalement sur l'étagère du haut, lui donnaient un air hagard ; trapu, planté sur ses pieds recourbés, il s'écartait imperceptiblement du mur sur un côté, comme un vieux sabreur décati prêt à bondir sur les pyramides de journaux. Harriet le caressa d'une main affectueuse, et l'antique meuble parut renverser ses épaules en arrière et s'aplatir aimablement contre la paroi pour la laisser passer.

Elle trouva Ida Rhew dans le séjour, installée dans son fauteuil favori, où elle prenait son déjeuner, cousait des boutons, ou écossait des petits pois tout en regardant ses feuilletons. Le siège lui-même – rebondi, réconfortant, tapissé de tweed usé, aux capitons bosselés – avait fini par ressembler à Ida, comme parfois un chien à son maître ; quand elle ne trouvait pas le sommeil, Harriet descendait quelquefois s'y blottir, la joue contre le tweed marron, fredonnant d'étranges chansons tristes qu'Ida était seule à connaître, des chansons qui avaient bercé sa petite enfance, des chansons aussi anciennes et mystérieuses que le temps, à propos de fantômes, de cœurs brisés, et d'êtres aimés, disparus pour toujours :

Don't you miss your mother sometimes, sometimes ?
Don't you miss your mother sometimes, sometimes ?
The flowers are blooming for evermore
There the sun will never go down.

[Ta maman ne te manque pas quelquefois, quelquefois ?
Ta maman ne te manque pas quelquefois, quelquefois ?
Les fleurs s'épanouissent pour l'éternité,
Là où le soleil jamais ne se couche.]

Au pied du fauteuil, Allison était allongée sur le ventre, les chevilles croisées. Avec Ida, elle observait la fenêtre d'en face. Le soleil orange était bas, et les antennes de télévision se hérissaient sur le toit de Mrs Fountain dans la luminosité électrique de l'après-midi.

Elle aimait tant Ida ! La force de cet amour lui donnait le vertige. Sans accorder une seule pensée à sa sœur, elle se précipita vers elle et lui jeta les bras autour du cou, avec passion.

Ida sursauta. « Bonté divine ! s'écria-t-elle. D'où est-ce que tu sors, toi ? »

Harriet ferma les yeux et posa son visage dans la chaleur moite du cou d'Ida, qui sentait les clous de girofle, le thé, la fumée du feu de bois, et un parfum aigre-doux et duveteux, très particulier, qui était pour Harriet l'arôme de l'amour.

Ida se tourna et se dégagea de l'étreinte de la fillette. « Tu essaies de m'étrangler ? dit-elle. Regarde là-bas. Observe cet oiseau sur le toit. »

Allison dit, sans bouger : « Il vient tous les jours. »

Harriet s'abrita les yeux de la main. Au sommet de la cheminée de Mrs Fountain, niché entre deux briques, se tenait un merle aux ailes rouges : pimpant, d'allure martiale, avec des yeux vifs, et sur chaque aile, une barre écarlate qui ressemblait à une épaulette militaire.

« Il est spécial, dit Ida. Ecoute. » Elle plissa les lèvres et imita habilement le chant du merle rouge : ce n'était pas le cri flûté de la grive, qui passait du cri-cri aride du grillon – *tchh tchh tchh* – aux trilles délirants, pleins de sanglots ; ni le sifflement limpide à trois notes de la mésange, ni même le cri rauque du geai bleu, qui évoquait le grincement d'un portail rouillé. C'était un chant abrupt, roucoulant, étrange, un avertissement – *congirii !* – qui s'éteignait sur une note sourde, hachée.

Allison éclata de rire. « Regarde ! dit-elle, se levant sur ses genoux – car le merle s'était soudain redressé, inclinant intelligemment sa tête brillante sur le côté. Il t'entend !

— Recommence ! » demanda Harriet. Ida n'acceptait

pas toujours d'imiter les cris d'oiseaux ; il fallait profiter des moments où elle était bien disposée.

« Ida, s'il te plaît ! »

Mais la femme rit en secouant la tête. « Vous vous souvenez du vieux conte qui dit comment ses ailes sont devenues rouges ? demanda-t-elle.

— Non », répondirent aussitôt les deux filles, bien que ce fût un mensonge. Maintenant qu'elles avaient grandi, Ida racontait de moins en moins d'histoires, et c'était dommage, car ses récits étaient étranges, extravagants et souvent très effrayants ; des histoires sur des enfants noyés, des fantômes dans les bois, et la partie de chasse à la buse ; sur des ratons-laveurs aux dents en or qui mordaient les bébés dans leurs berceaux et des soucoupes ensorcelées dont le lait se changeait en sang dans la nuit...

« Eh bien, il était une fois, il y a très longtemps, commença Ida, un vilain petit bossu si en colère contre tout qu'il a décidé de brûler la terre entière. Alors il a pris une torche, absolument fou furieux, et il est descendu jusqu'au grand fleuve où habitaient tous les animaux. Parce que autrefois, il y avait pas tous ces petits ruisseaux et rivières comme aujourd'hui. Il y avait juste un fleuve. »

Sur la cheminée de Mrs Fountain, l'oiseau battit des ailes – l'air vif, affairé – et s'envola.

« Oh, regarde. Il s'en va. Il veut pas entendre mon histoire. » Avec un gros soupir, Ida jeta un coup d'œil à la pendule, et – à la consternation de Harriet – s'étira et se leva. « Et c'est l'heure pour moi de rentrer à la maison.

— Continue quand même !

— Demain.

— Ida, reste ! » cria Harriet quand Ida Rhew rompit d'un soupir le petit silence satisfait qui suivit, et se dirigea lentement vers la porte, comme si ses jambes la faisaient souffrir : pauvre Ida. « S'il te plaît ?

— Oh, je reviens demain, répondit sèchement la femme, sans se retourner, fourrant son sac de provisions en papier brun sous son bras, avant de s'éloigner d'un pas lourd. T'inquiète pas. »

« Ecoute, Danny, dit Farish. Reese s'en va, alors on va devoir aller écouter Eugene sur la place... » Il agita distraitement la main dans l'air. « Tu sais. Ces conneries de religion.

— Pourquoi ? dit Danny, repoussant sa chaise. Pourquoi faut-il qu'on y aille ?

— Le garçon part demain. *Tôt*, le connaissant.

— Eh bien, on n'a qu'à faire tout de suite un saut à la mission et planquer la dope dans sa camionnette.

— C'est pas possible. Il est parti quelque part.

— Merde. » Dany se rassit et réfléchit un moment. « T'as l'intention de la cacher où ? Dans le moteur ?

— Je connais des endroits que le FBI ne trouverait jamais, même en démontant toute la bagnole.

— Ça va te prendre combien de temps ?... J'ai dit, *ça va te prendre combien de temps* », répéta Danny, quand il vit une lueur hostile poindre brusquement dans l'œil de Farish. « Pour planquer la dope. » Son frère était légèrement sourd d'une oreille, à cause du coup de feu ; et quand il était défoncé et paranoïaque, il interprétait parfois les choses complètement de travers, il pensait que vous lui disiez d'aller se faire foutre alors qu'en réalité vous lui aviez demandé de fermer la porte ou de passer le sel.

« Combien de temps, tu dis ? » Farish tendit cinq doigts.

« Bon, très bien. Voilà ce qu'on va faire. Pourquoi ne pas sauter le prêche et aller après à la mission ? Je les

401

occuperai en haut pendant que tu iras mettre le paquet dans la camionnette, et le tour sera joué.

— J'vais te dire ce qui m'inquiète », dit abruptement Farish. Il s'assit à la table, à côté de Danny, et commença à se curer les ongles avec un couteau de poche. « Tout à l'heure, une bagnole s'est arrêtée devant chez Gene. Il m'a appelé pour m'en parler.

— Une bagnole ? Quel genre de bagnole ?

— Banalisée. Garée devant la maison. » Farish poussa un soupir irrité. « Ils ont démarré en voyant Gene qui les regardait par la fenêtre.

— C'est probablement un hasard.

— Quoi ? » Farish se renversa en arrière, clignant les yeux. « Parle pas dans ta barbe. Je déteste quand tu parles dans ta barbe.

— J'ai dit que *c'était rien.* » Danny fixa intensément son frère, puis secoua la tête. « Qu'est-ce qu'on pourrait vouloir à Eugene ?

— C'est pas après Eugene qu'ils en ont, répliqua sombrement Farish. C'est après moi. J'te dis que ces agences du gouvernement fédéral ont un dossier sur moi épais comme ça.

— Farish. » Il ne fallait surtout pas le lancer sur ce sujet, pas quand il était défoncé à ce point. Il était capable d'extravaguer toute la nuit, et encore le lendemain.

« Ecoute, dit-il. Tu ferais mieux de régler cet impôt... » Farish l'incendia du regard.

« Une lettre est arrivée l'autre jour. Si tu paies pas tes impôts, Farish, ils *viendront* te chercher.

— Il ne s'agit pas de ça, répondit Farish. Ça fait vingt ans que le gouvernement me colle au cul. »

La mère de Harriet poussa la porte de la cuisine, où sa fille était avachie sur la table, la tête dans les mains. Espérant qu'on lui demanderait ce qui n'allait pas, elle s'affaissa encore plus ; mais Charlotte ne la remarqua pas, et alla directement au congélateur, où elle prit le seau rayé de trois litres et demi de glace à la menthe.

Harriet la regarda se dresser sur la pointe des pieds pour attraper un verre à vin sur l'étagère du haut, puis, laborieusement, y déposer quelques cuillerées de glace. La chemise de nuit qu'elle portait était très vieille, avec un bas bleuté vaporeux et un décolleté orné de rubans. Quand Harriet était petite, elle avait été fascinée par ce vêtement, parce qu'il ressemblait à la robe de la fée bleue dans son *Pinocchio*. Maintenant, il avait juste l'air usé : défraîchi, les coutures grisâtres.

La mère de Harriet, se tournant pour ranger la glace dans le freezer, vit sa fille couchée sur la table. « Qu'est-ce qu'il y a ? demanda-t-elle, comme la porte du congélateur se refermait.

— Pour commencer, déclara Harriet tout haut, je meurs de faim. »

Charlotte plissa le front – joliment, l'air vague – puis (non, je ne veux pas qu'elle le dise, songea Harriet) posa la question même que redoutait sa fille : « Prends donc un peu de glace, veux-tu ?

— *Je... déteste... ce parfum... de glace.* » Combien de fois l'avait-elle répété ?

« Hein ?

— Maman, *je déteste la glace à la menthe.* » Elle se sentit brusquement désespérée ; personne ne l'écoutait-elle jamais ? « J'ai horreur de ça ! Je n'ai jamais aimé ça ! Personne n'aime ça, sauf toi ! »

Elle fut satisfaite de voir l'expression blessée de sa mère. « Je suis désolée... Je croyais que quelque chose de frais et de léger vous ferait plaisir... maintenant que les nuits sont si chaudes...

— Pas à *moi*.

— Alors, demande à Ida de te préparer quelque chose...

— Ida est partie !

— Elle n'a rien laissé ?

— Non ! » Rien qui fît envie à Harriet, en tout cas : seulement du thon.

« Eh bien, qu'est-ce que tu veux manger, alors ? Il fait si chaud – tu n'as sûrement pas envie d'un plat consistant, dit-elle d'un air dubitatif.

— *Si, justement !* » Chez Hely, même par temps de canicule, la famille s'installait à table autour d'un vrai repas chaud, copieux, riche en graisses, dont les vapeurs emplissaient la cuisine : du rosbif, des lasagnes, des crevettes frites.

Sa mère ne l'écoutait pas. « Peut-être des toasts, dit-elle vivement, tout en rangeant le carton de glace dans le congélateur.

— Des *toasts* ?

— Pourquoi, ça ne te plaît pas ?

— Les gens ne mangent pas des toasts au dîner ! Pourquoi ne pouvons-nous pas manger comme des gens normaux ? » A l'école, en cours d'hygiène, quand le professeur avait demandé aux élèves de transcrire leur menu des deux dernières semaines, Harriet avait été choquée de voir combien son régime paraissait mauvais une fois transcrit sur le papier, en particulier les soirs où Ida ne faisait pas la cuisine : glaces à l'eau, olives noires, toasts beurrés. Elle avait donc déchiré la vraie liste, et scrupuleusement recopié, dans un livre de cuisine que sa mère avait reçu comme cadeau de mariage *(Mille manières de faire plaisir à votre famille)* une série parfaite de menus équilibrés : émincé de poulet, gratin de courgettes, salade du jardin, compote de pommes.

« C'est la responsabilité d'Ida, déclara sa mère d'un ton cassant, de te préparer à manger. C'est pour ça que je la paye. Si elle ne remplit pas ses obligations, nous devrons trouver quelqu'un d'autre.

— Tais-toi ! hurla Harriet, accablée par l'injustice de sa réaction.

— Ton père me harcèle sans arrêt à propos d'Ida. Il dit qu'elle n'en fait pas assez dans la maison. Je sais que tu l'aimes beaucoup, mais...

— C'est pas sa faute !

— ... si elle ne fait pas ce qu'elle devrait, alors nous aurons une petite conversation toutes les deux, annonça Charlotte. Demain... »

Elle quitta la pièce d'un pas nonchalant, son verre de glace à la main. Atterrée, désemparée par le tour que leur discussion avait pris, Harriet posa son front sur la table.

Elle entendit quelqu'un entrer dans la cuisine. Levant un œil maussade, elle vit Allison sur le seuil.

« Tu n'aurais pas dû lui parler comme ça, dit-elle.

— Fiche-moi la paix ! »

A ce moment, le téléphone sonna. Allison décrocha et murmura : « Allô ? » Son visage perdit toute expression. Elle lâcha le combiné, qui se balança au bout de son fil.

« Pour toi », dit-elle à sa sœur, puis elle sortit.

Dès l'instant où elle répondit, Hely s'écria : « Harriet ! Ecoute ça...

— Je peux venir dîner chez toi ?

— Non », répondit Hely, après une pause embarrassée. Ils avaient terminé leur repas, mais il avait été trop excité pour avaler une bouchée. « Ecoute, Essie a vraiment pété les plombs. Elle a cassé des verres dans la cuisine et elle est partie, papa est allé chez elle et son petit ami est sorti et ils ont eu une grosse dispute, et papa lui a dit de dire à Essie de ne plus remettre les pieds ici, qu'elle était virée. *Youpi !* Mais c'est pas pour ça que je te téléphone », ajouta-t-il aussitôt ; car Harriet avait commencé à bégayer, horrifiée par cette nouvelle. « Ecoute, Harriet. On n'a pas beaucoup de temps. Ce prêcheur avec une cicatrice sur la figure est sur la place *en ce moment même*. Ils sont deux. Je l'ai vu avec papa, en revenant de chez Essie, mais je ne sais pas combien de temps ils vont rester là. Ils ont un haut-parleur. Je les entends d'*ici*. »

Harriet posa le téléphone sur le plan de travail et alla à la porte de derrière. En effet, sur le porche noyé dans un enchevêtrement de plantes grimpantes, lui parvint l'écho métallique d'un haut-parleur : quelqu'un qui criait des paroles indistinctes, le grésillement d'un mauvais micro.

Quand elle revint au téléphone, la respiration de Hely, à l'autre bout du fil, était irrégulière, étouffée.

« Tu peux sortir ? demanda-t-elle.

— Je te retrouve au coin de la rue. »

Il était plus de sept heures, il faisait encore jour dehors. Harriet se passa le visage à l'eau dans l'évier, et alla chercher sa bicyclette dans la remise à outils. Quand elle s'élança dans l'allée, le gravier gicla sous ses pneus, et *hop* : la roue avant heurta la chaussée, et elle fila comme une flèche.

Hely, à califourchon sur son vélo, attendait. Quand il l'aperçut de loin, il démarra ; pédalant furieusement, elle le rattrapa bientôt. Les réverbères n'étaient pas encore allumés ; l'air sentait les haies fraîchement taillées, l'insecticide et le chèvrefeuille. Les massifs de rosiers fuchsia, carmin et orange Tropicana flamboyaient à la lumière déclinante. Ils dépassaient les maisons endormies ; les tourniquets d'arrosage qui sifflaient ; un terrier s'élança derrière eux en jappant, et les poursuivit pendant quelques centaines de mètres, ses courtes pattes volant dans les airs, avant de renoncer.

Ils tournèrent à bride abattue au coin de Walthall Street. Les larges pignons de la maison victorienne en bardeaux de Mr Lilly volèrent dans leur direction à un angle de quarante-cinq degrés, comme un house-boat échoué sur un talus verdoyant, en équilibre précaire. Harriet se laissa entraîner par la vitesse dans le virage, respirant au passage le parfum épicé et éphémère des roses grimpantes – les nuages d'un rose mièvre se déversant en cascade des treillis du porche – tandis qu'elle restait en roue libre une seconde ou deux, puis pédalait follement pour tourner dans Main : une allée de miroirs, façades et colonnes éblouissantes sous la chaude lumière, perspectives grandioses qui se rejoignaient au loin, sur la place – dans la brume lavande où se hérissaient les poutrelles blanches et les piquets des kiosques à musique et des belvédères, contre l'azur profond du ciel – où tout était tranquille, comme le décor éclairé par l'arrière d'une pièce de théâtre jouée au lycée *(Notre ville)*, à l'exception des deux hommes en chemise blanche et pantalon noir qui allaient et venaient, agitaient les bras, se courbaient en avant et renversaient le buste en arrière pour crier, leurs chemins se croisant au centre pour repartir vers les quatre coins d'une figure en X. Ils se déchaînaient comme deux commissaires-priseurs, clamant des phrases toutes faites, rythmées, amplifiées, qui se recoupaient, se heurtaient, et se séparaient selon deux lignes distinctes. La voix de basse pâteuse d'Eugene Ratliff et le contrepoint aigu, hystérique du jeune garçon, l'accent traînant des montagnes, les *i* et les *e* qui s'étiraient.

« ... ta maman... »

« ... ton papa... »

« ... ton pauvre petit bébé qui est dans la terre... »

« Tu veux me dire qu'ils se lèvent ? »

« Je veux te dire qu'ils se lèvent. »

« Tu veux me dire qu'ils vont se relever ? »
« *Je veux te dire qu'ils vont se relever.* »
« *La Bible dit qu'ils se relèveront.* »
« *Le Christ te dit qu'ils se relèveront.* »
« *Les prophètes te disent qu'ils se relèveront... »*

Tandis qu'Eugene Ratliff tapait du pied, et frappait dans ses mains, et qu'une mèche grise gominée de sa banane se détachait pour lui tomber sur les yeux, le garçon échevelé se mit à agiter les mains en l'air et entama une danse. Il tremblait de tous ses membres ; ses mains blanches frémissaient, comme si le courant électrique qui illuminait ses yeux et hérissait ses cheveux crépitait dans son corps tout entier, le précipitant aux quatre coins du kiosque, en proie à de violentes convulsions.

« ... Je veux le crier comme à l'époque de la Bible... »
« *... Je veux le crier comme l'a fait Elie.* »
« ... Le crier assez fort pour mettre le diable en fureur... »
« *... Venez mettre le diable en colère, mes enfants ! »*

La place était pratiquement déserte. De l'autre côté de la rue, deux adolescentes ricanaient, mal à l'aise. Mrs Mireille Abbott se tenait sur le seuil de sa bijouterie ; plus loin, près de la quincaillerie, une famille observait la scène par les vitres ouvertes de sa voiture. Sur le petit doigt du prêcheur Ratliff (qu'il tenait légèrement en l'air, au-dessus du micro de la taille d'un stylo, comme sur l'anse d'une tasse à thé) une pierre de la couleur d'un rubis rougeoyait au soleil couchant.

« ... Nous vivons ici nos derniers jours... »
« *... Nous sommes ici pour prêcher la vérité de cette Bible. »*

« ... Nous prêchons cette Bible comme dans l'ancien temps. »

« ... *Nous La prêchons comme autrefois les Prophètes.* »

Harriet vit la camionnette (CE MONDE N'EST PAS LE MIEN) – et découvrit, déçue, qu'il n'y avait rien sur la plateforme à part un petit ampli au cadre de vinyle qui ressemblait à un attaché-case bon marché.

« Oh, il y a bien longtemps que certains d'entre vous... »

« ... n'avez pas lu votre Bible... »

« ... n'êtes pas allés à l'église... »

« ... ne vous êtes pas agenouillés comme un petit enfant... »

Avec un choc, Harriet remarqua qu'Eugene Ratliff la regardait directement.

« ... car le désir charnel est la MORT... »

« ... car le désir de vengeance est la MORT... »

« ... car le désir de la chasse est la MORT... »

« De la chair, dit Harriet, presque machinalement.

— Quoi ? demanda Hely.

— C'est la *chair*. Pas la *chasse*. »

« ... car le châtiment du péché est la MORT... »

« ... car les mensonges du Démon sont l'ENFER et la MORT... »

Harriet, se rendit compte qu'ils avaient commis une erreur en s'aventurant aussi près, mais il était trop tard pour reculer. Hely regardait le spectacle bouche bée. Elle lui lança un coup de coude dans les côtes. « Viens, chuchota-t-elle.

— Quoi ? » dit Hely, épongeant du bras son front collant de sueur.

D'une œillade discrète, elle lui fit signe de partir. Sans un mot, ils tournèrent les talons et poussèrent poliment leurs bicyclettes jusqu'au coin de la rue, avant de disparaître.

« Mais où étaient les serpents ? s'écria plaintivement Hely. Je croyais que tu avais dit qu'ils se trouvaient dans la camionnette.

— Ils ont dû les remonter dans l'appartement après le départ de Mr Dial.

— Viens, répondit-il. On fait un saut là-bas. Dépêche-toi, avant qu'ils aient fini. »

Ils enfourchèrent leurs vélos et pédalèrent le plus vite possible jusqu'à la maison des mormons. Les ombres s'intensifiaient, et se compliquaient. Les globes de buis taillé ponctuant le terre-plein central de Main Street luisaient sous les rayons obliques du soleil, comme une longue rangée de croissants de lune, leurs sphères aux trois quarts obscurcies encore visibles dans le crépuscule. Des grillons et des grenouilles avaient commencé à chanter sur les talus obscurs plantés de troènes, le long de la rue. Quand finalement – tout essoufflés, appuyant fort sur les pédales – ils aperçurent la maison de bois, ils virent que le porche était éteint, l'allée déserte. Dans toute la rue, la seule âme en vue était un vieux Noir aux pommettes saillantes, au teint brillant, à la face lisse et sereine de momie, qui avançait paisiblement sur le trottoir, un sac en papier sous le bras.

Hely et Harriet cachèrent leurs vélos sous un clèthre exubérant à feuilles d'aulne, au milieu du terre-plein. Cachés derrière, ils surveillèrent l'homme d'un œil

méfiant jusqu'à ce qu'il eût disparu au coin de la rue, fla-
geolant sur ses jambes. Puis ils traversèrent la chaussée en
trombe et s'accroupirent sous les branches basses, tentaculaires d'un figuier de la cour voisine – car il n'y avait
pas d'abri dans la cour, pas même un buisson, seulement
quelques touffes de muguet du Japon dégénéré, autour
d'une souche d'arbre.

« Comment on va monter là-haut ? demanda Harriet,
examinant la gouttière entre le rez-de-chaussée et le
premier.

— Attends une seconde. » Etourdi par sa propre
audace, Hely quitta l'ombre du figuier pour monter l'escalier quatre à quatre, puis – tout aussi rapidement – dévaler les marches. Il retraversa la cour comme une flèche, et
plongea à côté de Harriet. « Verrouillée », dit-il, avec un
haussement d'épaules ridicule de bande dessinée.

Ensemble, à travers les feuilles frémissantes, ils obser-
vèrent la maison. Le mur d'en face était obscur. Du côté
rue, éclairées par une belle lumière, les fenêtres avaient
un reflet mauve sous le couchant.

« Là-haut, dit Harriet, en tendant le doigt. Là où le toit
est plat, tu vois ? »

Au-dessus du rebord pentu du toit, se dressait un petit
pignon. A l'intérieur, une minuscule faîtière en verre
dépoli était légèrement entrebâillée. Hely s'apprêtait à lui
demander comment elle comptait arriver là-haut – à cinq
mètres minimum au-dessus du sol – quand elle dit : « Si tu
me donnes un coup de main, je vais escalader la gouttière.

— Impossible ! » répondit Hely ; car la rouille avait
presque fendu en deux le chéneau.

C'était un tout petit hublot – à peine trente centimètres
de large. « Je parie que c'est la lucarne de la salle de
bains », dit Harriet. Elle montra une fenêtre sombre,
située à mi-hauteur. « Et celle-là, elle donne où ?

— Chez les mormons. J'ai vérifié.

— Il y a quoi dedans ?

— Un escalier. Un palier avec un panneau d'affichage et des posters.

— Peut-être... J't'ai eu », s'écria-t-elle triomphante, comme elle se donnait une claque sur le bras, avant d'examiner le moustique ensanglanté écrasé sur sa paume.

« Peut-être que le haut et le bas communiquent à l'intérieur, dit-elle à Hely. Tu n'as vu personne dans la maison ?

— Ecoute, Harriet, ils ne sont pas là. S'ils reviennent et nous surprennent ici, on dira que c'est un cas de force majeure, mais on doit faire vite, ou sinon on laisse tomber. Je ne vais pas passer la nuit ici.

— Bon... » Elle inspira profondément, et fonça à découvert dans la cour, immédiatement suivie par son ami. Ils montèrent l'escalier sur la pointe des pieds. Hely surveilla la rue tandis que Harriet, la main sur la vitre, regardait, à l'intérieur, la cage d'escalier déserte avec des chaises pliantes empilées ; de tristes murs marron éclairés par une barre de lumière tremblotante, venant de la fenêtre sur rue. Derrière, il y avait une glacière, un panneau couvert d'affiches (PARLEZ AUX INCONNUS ! RECOMMANDATION AUX ENFANTS EN DANGER).

La fenêtre était fermée, pas de moustiquaire. Côte à côte, Hely et Harriet glissèrent les doigts sous la tige du châssis métallique et tentèrent de le soulever, en vain...

« *Une voiture* », souffla Hely. Ils s'aplatirent contre la paroi, le cœur battant, tandis qu'elle passait à toute allure.

Dès qu'elle eut disparu, ils sortirent de l'ombre et essayèrent à nouveau. « Et ça, c'est quoi ? » chuchota Hely, se hissant sur la pointe des pieds pour étudier le milieu de la fenêtre, où se rejoignaient la vitre du haut et celle du bas, s'encastrant parfaitement.

Harriet vit ce qu'il voulait dire. Il n'y avait pas de serrure, et aucun espace permettant aux panneaux de coulisser. Elle glissa les doigts sur le châssis.

« Hé », chuchota Hely, qui lui fit signe de l'aider.

Ensemble, ils poussèrent le haut de la vitre vers l'intérieur ; la partie inférieure résista avec un grincement, puis pivota à l'horizontale. Une dernière fois, Hely contrôla la rue assombrie – le pouce en l'air, la voie est libre – et un instant plus tard ils se faufilaient tous les deux à l'intérieur.

Suspendu la tête en bas, les doigts au sol, Hely vit les taches grises du lino se précipiter vers lui, comme si le granit en trompe l'œil était la surface d'une autre planète qui fonçait sur lui à un million de kilomètres à l'heure – *boum*, sa tête heurta le sol, et il bascula par terre, pendant que Harriet atterrissait à côté de lui.

Ils étaient dedans : sur le palier d'une cage d'escalier à l'ancienne, avec trois degrés vers le haut, qui donnait sur un autre palier interminable. Débordant d'excitation, s'efforçant de ne pas respirer trop bruyamment, ils se relevèrent, enjambèrent les dernières marches – et, au détour du mur, faillirent se jeter tête la première contre une lourde porte avec un gros cadenas suspendu au moraillon.

Il y avait encore une fenêtre – un antique châssis de bois à guillotine, avec une moustiquaire. Hely s'avança pour l'inspecter – et tandis que Harriet examinait le cadenas, consternée, il se mit brusquement à gesticuler comme un fou, grinçant des dents, un rictus excité sur les lèvres : car le rebord du toit passait sous cette fenêtre et rejoignait directement la lucarne du pignon.

En tirant de toutes leurs forces, au point d'en devenir tout rouges, ils parvinrent à soulever le châssis d'une vingtaine de centimètres. Harriet se glissa dehors la première (Hely lui tenant les jambes comme une charrue jusqu'au moment où elle lui lança un coup de pied malgré elle : il fit un bond en arrière en jurant). La toiture était chaude et poisseuse, et lui râpait les paumes. Elle y posa les pieds avec mille précautions. Les yeux bien fermés, se cramponnant au châssis de la main gauche, elle tendit la droite à Hely qui rampa à sa suite.

La brise fraîchissait. Deux avions à réaction tracèrent une diagonale dans le ciel, deux fins traits blancs de skis nautiques sur un immense lac. Harriet – qui respirait vite, craignant de regarder en bas – sentit le léger parfum d'une fleur nocturne : des giroflées, peut-être, ou du tabac doux. Elle renversa la tête en arrière, et regarda vers le ciel ; les nuages étaient gigantesques, le ventre tapissé d'un rose lumineux, comme des nuages sur une illustration de la Bible. Très, très prudemment – le dos contre le mur, vibrant d'excitation – ils contournèrent l'angle à pic, centimètre par centimètre, et se retrouvèrent au-dessus de la cour où se dressait leur figuier.

Les doigts accrochés au revêtement en aluminium – dont le contact était à peine supportable, car il retenait la chaleur de la journée –, ils se rapprochèrent tout doucement du pignon. Harriet y arriva la première, et s'écarta pour laisser la place à Hely. La lucarne, entrebâillée, en bas, de cinq centimètres à peine, était effectivement très petite, à peine plus large qu'une boîte à chaussures. Avec précaution, petit à petit, ils lâchèrent la toiture pour agripper le châssis, et tirèrent ensemble vers le haut : timidement au début, au cas où la fenêtre se relèverait à l'improviste, les déséquilibrant. Elle céda sans difficulté, sur une dizaine de centimètres, puis s'immobilisa malgré leur acharnement, et ils durent s'interrompre, les bras tremblants.

Les paumes de Harriet étaient mouillées et son cœur bondissait dans sa poitrine comme une balle de tennis. Puis, dans la rue, ils entendirent une voiture approcher.

Ils se figèrent. Le véhicule fonça sans s'arrêter.

« Mec, chuchota Hely, *ne regarde pas en bas.* » Il se trouvait à quelques centimètres d'elle, sans la toucher, mais un halo palpable de chaleur moite émanait de tout son corps, comme un champ magnétique.

Elle se tourna ; courageusement, dans le crépuscule mauve angoissant, il lui fit signe que tout allait bien, puis plongea la tête et les bras dans la lucarne, comme s'il nageait la brasse, et se lança.

C'était très étroit. Il se trouva bloqué à la taille. Harriet – agrippant le rebord en aluminium de la main gauche, poussant sur le châssis de la droite – s'écarta le plus possible des pieds de Hely qui s'agitaient frénétiquement. La pente était légère, elle glissa et faillit tomber, se rattrapant de justesse, mais avant qu'elle n'ait eu le temps d'avaler sa salive ni même de reprendre son souffle, Hely tomba à moitié dans l'appartement, avec un choc sourd, de telle sorte que seules ses tennis sortaient encore. Après être resté un moment étourdi, il introduisit tout son corps à l'intérieur. « Oui ! » s'écria-t-il – la voix lointaine, jubilante, retrouvant l'enchantement familier de leurs parties à quatre pattes dans les forteresses en carton du grenier obscur.

Elle glissa à son tour la tête dans la lucarne. Elle le distinguait à peine dans la pénombre : recroquevillé en boule, il se frottait une rotule endolorie. Maladroitement – à genoux – il se redressa et s'avança pour lui attraper les bras, puis se déporta vers l'arrière. Elle rentra son ventre, et se tortilla dans tous les sens pour passer à travers, *ouf*, battant l'air de ses pieds, comme Winnie l'ourson coincé dans le terrier du lapin.

Se trémoussant encore, elle dégringola – en partie sur Hely, en partie sur un tapis humide et moisi qui avait une odeur de fond de cale. Quand elle roula sur le côté, sa tête heurta le mur avec un son creux. Ils se trouvaient bien dans une salle de bains, très exiguë : un lavabo et une cuvette de w-c, pas de baignoire, des murs en aggloméré plastifié qui imitait la faïence.

Hely, qui s'était mis debout, la releva. En se redressant, elle sentit une odeur aigre de poisson – ce n'était pas la moisissure, malgré un fond de moisi, mais une puanteur distincte, et absolument abominable. Luttant contre le mauvais goût au fond de sa gorge, Harriet se déchargea de la panique qui la gagnait en martelant la porte (une cloison de vinyle en accordéon – en simili-bois – qui se rabattait), solidement fixée sur ses rails.

La porte céda, et ils tombèrent l'un sur l'autre dans une pièce plus vaste – aussi étouffante, mais plus sombre. Le mur du fond s'avançait en une courbe boursouflée, noircie par la fumée d'un incendie, et déformée par l'humidité. Hely – haletant, surexcité, étourdi comme un terrier lancé sur une piste – fut brusquement terrassé par une frayeur si aiguë qu'elle résonna sur sa langue avec un goût métallique. En partie à cause de Robin, et de ce qui lui était arrivé, les parents de Hely l'avaient depuis toujours mis en garde contre les adultes, qui, disaient-ils, n'étaient pas tous bien intentionnés ; certains d'entre eux – pas tous, mais quelques-uns – volaient les enfants à leurs parents, les torturaient et, même, les tuaient. Jamais auparavant la réalité de ce danger ne lui était apparue aussi violemment, comme un coup en pleine poitrine ; mais la puanteur et le renflement hideux des murs lui donnaient le mal de mer, et toutes les histoires horribles que ses parents lui avaient racontées (enfants bâillonnés et attachés dans des maisons abandonnées, suspendus à des cordes ou enfermés dans des placards où ils mouraient de faim) parurent prendre corps d'un seul coup, darder leurs yeux jaunes sur lui, et ricaner de leurs grandes dents de requins : *cric-crac*.

Personne ne savait où ils étaient. Personne – pas un voisin, pas un passant – ne les avait vus s'introduire dans la maison ; personne ne saurait jamais ce qui leur était arrivé s'ils ne rentraient pas à la maison. Suivant Harriet, qui se dirigeait, confiante, vers l'autre pièce, il trébucha sur un fil électrique et faillit pousser un hurlement.

« Harriet ? » Sa voix avait un drôle de son. Il attendit dans la pénombre, guettant sa réponse, le regard fixé sur la seule lumière visible – trois rectangles de feu, qui encadraient chacune des trois fenêtres tapissées de papier d'aluminium, et flottaient bizarrement dans le noir – quand brusquement le sol s'enfonça sous lui. C'était peut-être un piège. *Comment pouvaient-ils savoir si personne n'était à la maison ?*

« Harriet ? » hurla-t-il. Soudain il fut pris d'une envie d'uriner plus forte que tout ce qu'il avait pu éprouver auparavant et – abaissant sa fermeture Eclair à tâtons, sachant à peine ce qu'il faisait – il se détourna de la porte et pissa directement sur la moquette : vite vite vite, sans s'occuper de Harriet, sautillant presque de désespoir ; car dans leurs vigoureuses mises en garde contre les cinglés, les parents de Hely lui avaient malgré eux mis dans la tête d'étranges idées, dont, principalement, la certitude affolante que les enfants kidnappés n'étaient pas autorisés à se servir des toilettes par leurs ravisseurs, mais forcés de se souiller là où ils se trouvaient : attachés à un matelas crasseux, enfermés dans un coffre de voiture, ensevelis dans un cercueil avec un tube respiratoire...

Voilà, songea-t-il, au bord du délire, tant il se sentait soulagé. Même si les rednecks le torturaient (avec des grands couteaux pliants, des fusils à grenaille, etc.), du moins ils n'auraient pas la satisfaction de le voir se pisser dessus. Puis il entendit quelque chose derrière lui, et son cœur dérapa, comme une voiture sur une plaque de verglas.

Ce n'était que Harriet – les yeux écarquillés, noirs comme l'encre, toute petite contre le chambranle de la porte. Il était si heureux de la voir qu'il ne se demanda même pas si elle l'avait surpris en train d'uriner.

« Viens voir ça », dit-elle d'un ton neutre.

Devant son calme, sa peur se dissipa. Il la suivit dans la pièce d'à côté. Dès l'instant où il franchit le seuil, la puanteur du musc le prit à la gorge, si fort qu'il en sentait le goût – comment aurait-il pu ne pas la reconnaître ?

« Putain, s'exclama-t-il, plaquant une main sur son nez.

— Je te *l'avais dit* », articula-t-elle, avec un petit air sage.

Les caisses – innombrables, recouvrant presque tout le sol – scintillaient à la lueur de la pièce : boutons de nacre, éclats de miroir, têtes de clous, fausses pierres précieuses, et verre pilé brillaient discrètement dans la pénombre, comme une caverne d'Ali Baba, grossières malles-cabines incrustées de larges filets de diamants, de rubis et d'argent.

Il baissa les yeux. Dans la caisse proche de sa tennis, un crotale enroulé – à quelques centimètres à peine – agitait sa queue, *tch tch tch*. Sans réfléchir, il fit un bond en arrière, quand, dans l'angle de son champ de vision, il aperçut, à travers le grillage, un autre serpent qui se déployait tranquillement vers lui, en un S pommelé. Lorsque son museau se cogna à la paroi, il recula en sifflant, avec un claquement si puissant (un mouvement impossible, comme dans un film inversé, un jet s'élevant d'une flaque de lait pour voler au fond du pichet) que Hely sauta de nouveau, se cognant à une autre caisse qui réagit par un chœur parfait de sifflements en ébullition.

Harriet, remarqua-t-il, était en train de dégager une caisse renversée de la masse, et de la tirer vers la porte au

418

loquet fermé. Elle s'arrêta, et repoussa les cheveux de son visage. « Je veux celui-là, dit-elle. Aide-moi. »

Hely était stupéfié. Il n'en avait pas pris conscience, mais jusqu'à cet instant il n'avait jamais cru qu'elle disait la vérité ; et un gargouillis glacé d'excitation le chatouilla soudain, terrifiant et délicieux, telle l'eau verte de la mer qui jaillit par un trou de la coque du bateau.

Harriet – les lèvres pincées – fit glisser la caisse sur quelques mètres de plancher, puis la fit basculer sur le côté. « On l'emporte, dit-elle, s'interrompant pour frotter ses mains l'une contre l'autre, on va la descendre par l'escalier.

— On peut pas se promener dans la rue en trimbalant ce *truc*.

— Aide-moi, d'accord ? » En soufflant, elle parvint à déplacer péniblement la caisse.

Hely vint à la rescousse. Naviguer au milieu des caisses n'avait rien d'agréable – les grillages n'étaient pas plus épais qu'une moustiquaire, remarqua-t-il, on pouvait aisément passer le pied au travers – et il percevait vaguement des mouvements dans l'ombre : des cercles qui se rompaient, et se fondaient, et se superposaient, des diamants noirs se déversant successivement en silence, selon d'horribles circuits. Il avait la tête qui tournait. *Ce n'est pas réel*, se dit-il, *pas réel du tout, ce n'est qu'un cauchemar*, et effectivement, pendant les années à venir – et même à l'âge adulte – ses rêves le replongeraient dans cette obscurité malodorante, au milieu des malles de trésor remplies de sifflements cauchemardesques.

L'étrangeté du cobra – royal, droit, solitaire, se balançant, irrité, avec le mouvement de sa caisse – ne frappa nullement Hely ; il était seulement attentif au glissement désagréable du poids de l'animal de part et d'autre et à la nécessité d'éloigner sa main du grillage. Inflexibles, ils la poussèrent jusqu'à la porte de derrière, que Harriet déverrouilla, et ouvrit toute grande. Ensemble, ils soulevèrent la caisse et la transportèrent, à deux, dans le sens de la longueur, en bas de l'escalier extérieur (le cobra, déséquilibré, fouettait violemment les parois, comme enragé), puis la posèrent sur le sol.

Il faisait nuit maintenant. Les réverbères étaient allumés, et de l'autre côté de la rue, brillaient les lumières des porches. Etourdis, trop effrayés même pour regarder la caisse, secouée par des chocs d'une horrible frénésie, ils la poussèrent à coups de pied sous la maison.

La brise nocturne était glacée. Harriet, les bras nus, avait la chair de poule. En haut – derrière l'angle du mur, hors de leur vue – la moustiquaire s'ouvrit, heurtant la balustrade, et se referma en claquant. « Attends une seconde », dit Hely. Il quitta sa position à demi accroupie, et fonça de nouveau au premier. Les doigts mous, tremblants, il manipula la poignée, cherchant le loquet à tâtons. Ses mains étaient collantes de sueur ; une étrange sensation de légèreté l'envahit, comme en rêve, et le monde obscur, sans rivages, flottait autour de lui, comme s'il était perché dans le gréement d'un navire de pirate, ballotté par la tempête qui dévastait la haute mer....

Dépêche-toi, se dit-il, *dépêche-toi et fichons le camp d'ici*, mais ses mains ne lui obéissaient pas, elles glissaient inutilement sur la poignée, comme si elles ne lui appartenaient pas...

En bas, un cri étranglé de Harriet, si saisie de frayeur et de désespoir qu'il s'étouffa dans sa gorge.

« Harriet ? » appela-t-il, dans le silence incertain qui suivit. Sa voix avait un écho neutre, étrangement naturel. Puis, l'instant d'après, il entendit des pneus freiner sur le gravier. Des phares balayèrent largement la cour. Au cours des années suivantes, chaque fois qu'il repenserait à cette soirée, l'image la plus vive demeurerait celle-ci : l'herbe hirsute et jaune, noyée dans la clarté soudaine ; les tiges éparses – gratterons, sorgho d'Alep – frissonnant sous la lumière aveuglante...

Avant qu'il ait eu le temps de réfléchir ou même de respirer, les pleins phares passèrent en code : *clic.* Puis l'herbe devint noire. *Clic.* Ensuite une portière s'ouvrit, et – sembla-t-il – une demi-douzaine de paires de bottes escaladèrent pesamment les marches.

Hely fut pris de panique. Plus tard, il s'étonnerait de ne pas s'être jeté en bas du palier, de frayeur, et de ne pas s'être cassé une jambe, ou rompu le cou, mais terrorisé par ces bruits de pas, il pensa seulement au prêcheur, à ce visage balafré qui s'approchait dans le noir, et à l'unique refuge qui lui restait, l'appartement.

Il s'élança à l'intérieur ; et dans la pénombre, il sentit son cœur défaillir. Table basse, chaises pliantes, glacière : où se cacher ? Il courut dans la pièce du fond, se heurtant violemment le gros orteil contre une caisse de dynamite (qui réagit avec un furieux claquement de queue et un bruit de crécelle, *tch tch tch*), et se rendit compte aussitôt de sa terrible erreur, mais il était trop tard. La porte d'entrée grinça. *Est-ce que je l'ai seulement fermée ?* se demanda-t-il, malade de peur.

Un silence, le plus long de toute sa vie. Après ce qui lui parut une éternité, il entendit le léger cliquetis d'une clé qui actionnait la serrure, et tournait ensuite rapidement, à deux reprises.

« Qu'est-ce qui se passe, dit une voix d'homme à l'intonation fêlée, elle ne marche pas ? »

Le claquement d'un interrupteur, dans la première pièce. Dans le rectangle de lumière qui pénétrait par l'embrasure de la porte, Hely vit qu'il était pris au piège : pas de cachette, pas d'issue. A part les serpents, la pièce était pratiquement vide : des journaux, une caisse à outils, et posée contre un mur, une pancarte avec une inscription peinte à la main *(Avec l'aide du Seigneur : Respectant la religion protestante et toutes les lois civiles...)* et, dans l'angle du fond, une poire sac à billes. Dans une hâte effrénée (il leur suffisait de jeter un coup d'œil par la porte ouverte pour le voir) il se glissa entre les caisses de dynamite, en direction de la poire.

Un autre clic : « Voilà, ça y est », articula la voix fêlée, avec difficulté, tandis que Hely tombait à genoux et se trémoussait sous le sac à billes, se cachant le mieux qu'il pouvait avant de le tirer sur lui.

D'autres paroles, qu'il ne distinguait plus à présent. La poire était lourde ; il tournait le dos à la porte, les jambes recroquevillées sous lui. La moquette où s'écrasait sa joue droite sentait les chaussettes sales. Alors, à son horreur, le plafonnier s'alluma.

Que disaient-ils ? Il essaya de se faire le plus petit possible. Comme il ne pouvait pas bouger, il n'avait d'autre choix – à moins de fermer les yeux – que de fixer cinq ou six serpents qui ondulaient à l'intérieur d'une caisse criarde à paroi grillagée, à soixante centimètres de son nez. Tandis qu'il les observait, à demi hypnotisé, les muscles noués par la terreur, un petit reptile s'écarta des autres pour ramper à mi-hauteur de la grille. Le fond de sa gorge était blanc, et les écailles de son ventre formaient de longues plaques horizontales, du ton crayeux de la lotion à la calamine.

Trop tard – comme cela lui arrivait parfois, quand il se surprenait à regarder, bouche bée, les entrailles sauce tomate d'un animal écrasé sur la route – il ferma les yeux. Des cercles noirs sur fond orange – la réverbération de la lampe, en négatif – jaillissaient du fond de ses yeux, comme des bulles dans un aquarium, de plus en plus légères, et disparaissaient...

Des vibrations sur le sol : des pas, qui s'interrompirent ; puis d'autres, plus rapides, plus appuyés, entrèrent, et s'immobilisèrent brusquement.

Et si le bout de ma chaussure dépasse ? songea Hely, avec un frisson d'horreur presque incontrôlable.

Tout s'arrêta. Les pas reculèrent légèrement. Encore des paroles étouffées. Il lui sembla qu'une paire de pieds se dirigeait vers la fenêtre, allait et venait nerveusement, puis battait en retraite. Combien de voix différentes – il ne pouvait le dire, mais l'une d'elles s'élevait distinctement : chantante, déformée, lui rappelant le jeu qu'il pratiquait parfois avec Harriet dans la piscine, où ils prononçaient tour à tour des phrases sous l'eau, et essayaient de reconstituer ce que l'autre disait. En même temps, il distinguait un imperceptible *scritch scritch* dans la caisse des serpents, si léger qu'il crut à un effet de son imagination. Il ouvrit les yeux. Il découvrit dans l'angle de son champ de vision, entre la poire et la moquette puante, vingt centimètres de ventre de serpent, bizarrement plaqués sur la grille de la caisse opposée. Comme l'extrémité visqueuse du tentacule d'une créature des mers, il oscillait d'avant en arrière, à l'aveuglette, tel un essuie-glace... et *se grattait*, comprit Hely horrifié, fasciné, *scritch... scritch... scritch...*

Le plafonnier s'éteignit de manière inattendue. Les pas et les voix battirent en retraite.

Scritch... scritch... scritch... scritch... scritch...

Hely – rigide, ses paumes pressées entre ses genoux – fixait l'obscurité, désespéré. Derrière le grillage, il distinguait encore un peu le ventre du reptile. Et s'il devait passer la nuit ici ? Ses pensées sautillaient et tournaient en rond, dans une confusion si chaotique qu'il en avait la nausée. *Repérer les issues*, se répéta-t-il ; telles étaient les instructions du manuel d'hygiène, en cas d'incendie ou

423

d'extrême urgence ; mais il n'y avait guère prêté attention, et les issues dont il se souvenait étaient absolument hors de question : la porte de derrière, inaccessible... l'escalier intérieur, verrouillé par les mormons... la fenêtre de la salle de bains – oui, c'était possible – mais il avait été assez difficile d'entrer, alors, essayer de s'y glisser de nouveau, sans bruit, et dans le noir...

Pour la première fois, il songea à Harriet. Où était-elle ? Il essaya d'imaginer ce qu'il aurait fait dans le cas inverse. N'aurait-elle pas la présence d'esprit de courir chercher quelqu'un ? En toute autre circonstance, Hely eût préféré qu'elle lui déversât des charbons ardents sur le dos plutôt que de lui demander d'appeler son père, mais à présent – à deux doigts de la mort – il ne voyait pas d'autre solution. Le crâne dégarni, la taille molle, son père n'était ni massif, ni imposant ; il était plutôt en dessous de la taille moyenne, mais ses années de provisorat lui avaient conféré un regard qui était l'Autorité même, et ses longs silences glaçants déstabilisaient même les hommes d'âge mûr.

Harriet ? Tendu, il se représenta le téléphone blanc dans la chambre de ses parents. Si son papa apprenait ce qui s'était passé, il arriverait ici, la démarche assurée, l'attraperait par l'épaule et l'entraînerait dehors – dans la voiture, pour lui donner une correction et, pendant le trajet jusqu'à la maison, un cours de morale qui ferait tinter ses oreilles – tandis que le prêcheur s'aplatirait, confus, parmi ses serpents, marmonnant *Oui m'sieu, merci m'sieu* sans savoir d'où était venu le coup.

Sa nuque était douloureuse. Il n'entendait rien, pas même le serpent. Brusquement il lui vint à l'esprit que Harriet était peut-être morte : étranglée, abattue d'un coup de feu, heurtée par la camionnette du prêcheur, peut-être, qui lui avait roulé dessus.

Personne ne sait où je suis. Il avait des crampes dans les jambes. Il les allongea imperceptiblement. *Personne. Personne. Personne.*

Une avalanche de fourmis lui chatouillait les mollets. Il resta quelques minutes très immobile – tendu, s'attendant à voir le prêcheur fondre sur lui à tout instant. Finalement, comme il ne se passait rien, il roula sur le côté. Ses membres comprimés étaient parcourus de picotements. Il remua ses orteils, tourna la tête d'un côté, puis de l'autre. Il attendit. Enfin, quand il n'y tint plus, il sortit la tête.

Dans l'obscurité, les caisses étincelaient. Depuis le seuil, un rectangle de lumière oblique se déversait sur la moquette couleur de tabac. Par l'embrasure de la porte – Hely s'avança un tout petit peu sur les coudes – apparaissait une pièce jaune sale, illuminée par une ampoule nue au plafond. Une voix aiguë, avec un accent montagnard, parlait rapidement, mais il ne comprenait pas les mots.

Un grognement l'interrompit : « Jésus a jamais levé le petit doigt pour moi, et la loi non plus. » Puis, brusquement, une forme gigantesque bloqua le seuil.

Hely se cramponna à la moquette ; il était médusé, et s'efforçait de ne pas respirer. Puis une autre voix retentit : lointaine, grincheuse. « Ces serpents n'ont rien à voir avec le Seigneur. Ils sont répugnants, voilà tout. »

L'ombre lâcha un gloussement perçant, très bizarre – et Hely se pétrifia. *Farish Ratliff.* Du seuil, son œil malade – pâle comme celui d'un brochet bouilli – balaya l'obscurité, tel le pinceau lumineux d'un phare.

« Je vais te dire ce que tu dois faire... » A l'immense soulagement de Hely, les pas lourds battirent en retraite. Dans la pièce voisine, il entendit un grincement, comme si on ouvrait un placard de cuisine. Lorsqu'il osa enfin regarder, plus personne ne bouchait l'entrée.

« ... Ce que tu dois faire, si t'en as marre de les trimballer partout, c'est les emmener dans la forêt, les lâcher dans la nature, et leur mettre une balle. Les flinguer jusqu'au dernier. Y foutre le feu, continua-t-il, élevant la voix pour couvrir les objections du prêcheur, les balancer dans le fleuve, peu importe. Alors t'auras plus de problème. »

Un silence agressif. « Les serpents savent nager, dit une autre voix – un homme, blanc, mais plus jeune.

— Ils iront pas loin au fond d'une putain de caisse, hein ? » Un craquement, comme si Farish avait mordu dans quelque chose ; d'un ton jovial, éraillé, il poursuivit : « Ecoute, Eugene, si tu veux pas perdre ton temps avec eux, j'ai un .38 dans la boîte à gants de ma bagnole. Pour dix cents, je suis prêt à leur régler leur compte dans la minute qui suit. »

Hely se sentit défaillir. *Harriet !* pensa-t-il, affolé. *Où es-tu ?* C'étaient les types qui avaient tué son frère ; quand ils le trouveraient (et ça arriverait tôt ou tard, il en était certain) ils l'abattraient lui aussi...

Quelle arme avait-il ? Comment se défendre ? Un deuxième reptile s'était plaqué contre le grillage, à côté du premier, le museau posé sous la mâchoire de l'autre ; ils ressemblaient aux serpents entrelacés du caducée. Le caractère nauséabond de ce symbole courant – imprimé en rouge sur la collection d'enveloppes de l'Association du poumon dont sa mère faisait partie – ne l'avait jamais frappé auparavant. Son sang ne fit qu'un tour. Se rendant à peine compte de ce qu'il faisait, il tendit une main tremblante et souleva le loquet de la caisse de serpents, devant lui.

Voilà, ça va les ralentir, songea-t-il, roulant sur le dos, les yeux fixés sur le plafond tapissé de panneaux de polystyrène. Dans la confusion qui suivrait, il parviendrait peut-être à s'échapper. Même s'il était mordu, il aurait le temps d'arriver à l'hôpital...

L'un des serpents avait craché furieusement dans sa direction, quand il avait actionné la poignée. Il sentait un liquide gluant – du venin ? – sur sa paume. La chose l'avait attaqué, projetant son poison à travers la grille. Il se frotta aussitôt la main sur son short, espérant n'avoir ni coupures ni égratignures qu'il aurait pu oublier.

Les serpents mirent un petit moment à comprendre qu'ils étaient libres. Ceux du grillage avaient immédiate-ment dégringolé ; ils restèrent immobiles un moment, puis les autres pointèrent le nez par-dessus leur dos pour voir ce qui se passait. Brusquement – comme sur un signal – ils se mirent à onduler joyeusement, s'égaillant dans toutes les directions.

Hely – en nage – s'échappa de la poire sac à billes, et rampa le plus vite possible vers le seuil, traversant le flot de lumière qui venait de la pièce voisine. Bien qu'il fût malade d'appréhension, il n'osa pas jeter un coup d'œil à l'intérieur, mais resta les yeux rivés sur le sol, de peur qu'ils ne sentent le poids de son regard.

Quand il eut dépassé la porte – pour le moment sain et sauf –, il se tassa dans l'ombre du mur opposé, tremblant et sur le point de défaillir tant son cœur battait fort. Il était à court d'idées. Si quelqu'un décidait de se lever à nou-veau, d'entrer et d'allumer, il le verrait immédiatement, blotti sans défense contre le panneau en aggloméré...

Avait-il *vraiment* mis ces serpents en liberté ? De sa place, il en voyait deux allongés sur le sol ; un autre ondu-lait vers la lumière, plein d'énergie. Un moment plus tôt, l'idée lui avait paru bonne, mais à présent il regrettait amèrement son geste : *Mon Dieu, s'il Te plaît, ne les laisse pas ramper de ce côté...* Comme les mocassins à tête cuivrée, ces serpents avaient des dessins sur le dos, mais plus pointus. Sur la queue du plus téméraire – qui se dirigeait impudemment vers l'autre pièce –, il put distin-guer la pile d'écailles de trois centimètres d'épaisseur.

Mais c'étaient ceux qu'il ne voyait pas qui le rendaient nerveux. Cette caisse en avait contenu au moins cinq ou six – peut-être plus. Où étaient-ils ?

Des fenêtres de devant, on donnait à pic sur la rue. La salle de bains était son seul espoir. Une fois qu'il accéderait au toit, il pourrait se suspendre au bord, avant de se laisser tomber jusqu'en bas. Il avait sauté de branches d'arbres qui étaient presque aussi hautes.

A sa consternation, la porte de la salle de bains n'était pas là où il croyait. Il longea le mur centimètre par centimètre – beaucoup trop loin à son goût, jusqu'à la zone obscure où il avait lâché les serpents – mais ce qu'il avait pris pour la porte était tout autre chose : un panneau d'aggloméré posé contre le mur.

Hely était perplexe. La salle d'eau se trouvait à sa gauche, il en était sûr ; il hésitait entre aller plus avant ou rebrousser chemin quand, avec un violent pincement au cœur, il s'aperçut qu'elle se trouvait sur le côté gauche de l'*autre* pièce.

Il était trop stupéfait pour bouger. Un instant, la pièce bascula (le sol s'ouvrit devant lui, révélant d'insondables abîmes, et par contrecoup, ses pupilles se dilatèrent) et quand elle se redressa en accéléré, il lui fallut un moment pour se repérer. Il appuya la tête contre le mur, la roulant de droite à gauche. Comment pouvait-il être aussi bête ? Il avait *toujours* eu des difficultés à s'orienter, confondant la droite et la gauche ; les lettres et les chiffres s'inversaient quand il détournait les yeux de la page, et resurgissaient ailleurs pour le narguer ; quelquefois, en classe, il s'asseyait même à la mauvaise table, sans s'en apercevoir. *Etourdi ! Etourdi !* criait le stylo rouge sur ses comptes rendus de livres, ses contrôles de math et ses copies gribouillées.

Quand les phares pénétrèrent dans l'allée, Harriet fut totalement prise de court. Elle se laissa tomber sur le sol et roula sous la maison – boum, en plein dans la caisse du cobra, qui réagit en se jetant contre les parois. Le gravier crissa et elle peinait à reprendre son souffle quand les pneus rugirent à quelques mètres de son visage, dans un tourbillon de vent bleuté qui balaya l'herbe hirsute.

Harriet – le visage dans la poussière – sentit la forte odeur nauséabonde d'un animal mort. Sous chaque maison d'Alexandria se trouvait une fosse, en prévision des inondations, et celle-ci, profonde de trente centimètres à peine, n'était pas moins angoissante qu'une tombe.

Le cobra – qui n'avait guère apprécié d'être bringue-balé dans l'escalier, tassé d'un côté de sa caisse – frappait d'horribles coups contre les parois, si fort qu'elle sentait le choc se répercuter dans le bois. Mais la poussière, plus infernale que le serpent ou l'odeur de rat mort, lui cha-touillait le nez à un point intolérable. Elle tourna la tête. Le faisceau rougeâtre des feux arrière plongea oblique-ment sous la maison, illuminant déjections de vers de terre, fourmilières, débris de verre sale.

Puis l'obscurité revint. La portière claqua. « ... C'est ça qui a mis le feu à la bagnole, prononça une voix gro-gnonne, qui n'était pas celle du prêcheur. "Très bien", je lui ai dit – ils me plaquaient au sol – "j'vais être honnête avec vous, m'sieu, et vous pouvez me jeter tout de suite en prison, mais celui-là, il a un mandat d'arrêt long comme le bras." Ha ! Eh bien, c'est *lui* qu'a filé sans demander son reste.

— Il y avait rien d'autre à faire, je suppose. »

Un éclat de rire : très déplaisant. « T'as tout compris. »

Des pas pesants s'approchaient d'elle. Harriet – rete-nant désespérément un éternuement – s'arrêta de respirer, une main sur la bouche, se pinçant le nez. Au-dessus de sa tête, les marches craquèrent sous les lourdes chaussures qui montaient l'escalier. Une bestiole lui frôla la cheville. Ne rencontrant aucune résistance, il se posa et s'enfonça plus profondément dans la chair, tandis que la fillette tremblait de tout son corps du désir de l'écraser.

Une autre piqûre, sur son mollet cette fois-ci. Des fourmis rouges. Super.

« Eh bien, quand il est rentré chez lui, reprit la voix grognon – plus faible à présent, se perdant au loin –, ils ont *tous* essayé de lui tirer les vers du nez... »

Puis la voix se tut. En haut, tout était silencieux, elle n'avait pas entendu la porte s'ouvrir, et elle sentit qu'ils n'avaient pas pénétré à l'intérieur mais, vigilants, s'attardaient sur le palier. Elle resta figée sur place, l'oreille tendue, attentive au moindre bruit.

Les minutes s'écoulèrent. Les fourmis – de plus en plus nombreuses, et énergiques – lui dévoraient bras et jambes. Elle avait toujours le dos appuyé contre la caisse, et de temps en temps, à travers la paroi en bois, le cobra mécontent envoyait des coups contre sa colonne vertébrale. Dans le silence oppressant, elle crut entendre des voix, des pas – et pourtant, quand elle essayait de les décrypter, les bruits disparaissaient comme un mirage sur l'horizon.

Pétrifiée de terreur, elle s'allongea sur le flanc, scrutant l'allée noire comme de l'encre. Combien de temps devrait-elle rester là ? S'ils la traquaient, elle n'aurait d'autre choix que de s'enfoncer sous la maison, malgré les fourmis : les guêpes bâtissaient leurs nids à cet endroit, comme les putois et les araignées, et toutes sortes de rôdeurs et de reptiles ; des chats malades et des opossums enragés s'y traînaient pour mourir ; un Noir du nom de Sam Bebus, qui réparait des chaudières chez les particuliers, avait récemment fait la une du journal en découvrant un crâne humain sous Marselles, un manoir Renaissance grecque de Main Street, quelques pâtés de maisons plus loin.

Brusquement, la lune sortit de derrière un nuage, teintant d'argent les herbes éparses qui poussaient contre la maison. Sans s'occuper des fourmis rouges, Harriet leva la joue de la poussière et écouta. De hautes tiges de chiendent – aux pointes blanchies par le clair de lune – palpitaient au niveau de ses yeux, s'aplatissaient un instant contre le sol, avant de se redresser, échevelées, encore frissonnantes. Elle attendit. Enfin, après un long silence haletant, elle s'avança sur les coudes et sortit la tête de sa cachette.

« Hely ? » chuchota-t-elle. La cour était d'un calme mortel. De minuscules tiges vertes comme du blé se dressaient au milieu des gravillons scintillants de l'allée. Tout au bout, elle voyait l'arrière sombre et silencieux de la fourgonnette – une masse prodigieuse, colossale.

Elle siffla ; puis attendit. Enfin, après un moment qui lui parut interminable, elle rampa dehors et se remit debout. Un morceau de coquille écrasée était incrusté dans sa joue, et elle le retira d'une main sablonneuse, chassant les fourmis de ses bras et de ses jambes. Des nuages fauves filandreux, sporadiques, comme des vapeurs d'essence, flottaient sur la lune. Puis ils disparurent tout à fait, et une clarté cendrée inonda la cour.

Rapidement, Harriet recula dans l'ombre de la maison. La pelouse sans arbre était aussi lumineuse qu'en plein jour. Pour la première fois, elle se rendit compte qu'elle n'avait pas entendu Hely descendre l'escalier.

Elle glissa un coup d'œil à l'angle du mur. L'ombre des feuillages de la cour voisine, qui était déserte, dansait sur l'herbe : pas une âme en vue. Avec un malaise croissant, elle longea la paroi. A travers une clôture en treillis, elle aperçut une autre cour, absolument figée, où trônait une pataugeoire solitaire, abandonnée au milieu de la pelouse éclairée par la lune.

Dans l'ombre, dos au mur, Harriet contourna la maison, mais il n'y avait pas trace de Hely. Selon toute vraisemblance, il s'était enfui chez lui, sans se préoccuper de son sort. A contrecœur, elle s'avança sur l'herbe et tendit le cou pour regarder le premier étage. Le palier était désert ; la fenêtre de la salle de bains – encore entrebâillée – était sombre. Il y avait de la lumière en haut : du mouvement, des voix, trop confuses pour distinguer les paroles.

La fillette rassembla son courage et traversa en courant la rue illuminée – mais quand elle arriva au buisson où ils avaient caché leurs vélos, elle sentit son cœur défaillir, et s'immobilisa, n'en croyant pas ses yeux. Sous les branches à fleurs blanches, les deux bicyclettes étaient posées à plat, là où ils les avaient laissées.

Elle resta un moment sans bouger. Puis elle retrouva ses esprits, plongea derrière l'arbuste, et se mit à genoux. Le vélo de Hely était coûteux et neuf ; il y tenait comme à la prunelle de ses yeux, à un point ridicule. La tête dans les mains, elle le fixait, s'efforçant de ne pas céder à la panique, puis elle écarta les branches et scruta le premier étage éclairé de la maison des mormons, de l'autre côté de la rue.

Le calme de la demeure, dont les fenêtres tapissées d'argent scintillaient au premier, lui inspira une grande frayeur, et brusquement, elle vacilla sous le poids de la situation. Hely se trouvait pris au piège là-haut, elle en était sûre. Et elle avait besoin d'aide ; mais le temps lui manquait, et elle était seule. Quelques instants, elle se rassit sur ses talons, ahurie, essayant de décider ce qu'elle allait faire. La lucarne de la salle de bains était encore entrouverte – mais à quoi bon ? Dans *Un scandale en Bohême*, Sherlock Holmes avait lancé une bombe fumigène dans la fenêtre pour faire sortir Irene Adler de la maison – une idée intéressante, mais Harriet n'avait pas de bombe fumigène à sa disposition, et rien d'autre sous la main, sinon des bâtons et du gravier.

Elle réfléchit encore un moment – puis retraversa la rue en courant, sous le clair de lune, jusqu'au figuier où ils s'étaient cachés. Sous la voûte des pacaniers s'étendait une plate-bande mal entretenue de plantes d'ombre (caladiums et dictames fraxinelles) et bordée de morceaux de pierre blanchis à la chaux.

Harriet se laissa tomber à genoux et essaya de soulever l'un des blocs, mais ils étaient cimentés. A l'intérieur, sous le climatiseur qui ronflait, rejetant de l'air chaud par une fenêtre latérale, résonnait faiblement le jappement aigu, infatigable d'un chien. Tel un raton-laveur attrapant un poisson au fond d'un torrent, elle enfonça les mains dans la mousse verdoyante et tâtonna aveuglément au milieu du fouillis de plantes, pour s'emparer enfin d'un fragment de béton lisse. Elle le souleva des deux mains. Le chien aboyait toujours. « Pancho ! » cria une voix désagréable avec un accent de la côte est : une voix de vieille femme, rugueuse comme du papier de verre. Elle paraissait malade. « Tais-toi ! »

Ployant sous le poids du bloc, Harriet repartit en courant dans l'allée de la maison de bois, où elle vit *deux camionnettes* garées. L'une venait du Mississippi – comté d'Alexandria – mais l'autre avait des plaques du Kentucky et, malgré le poids du bloc qu'elle portait, Harriet s'arrêta, et prit le temps de mémoriser les numéros. Personne n'avait songé à retenir un numéro de plaque d'immatriculation le jour où Robin avait été assassiné.

Aussitôt, elle plongea derrière le premier véhicule –

celui du Kentucky. Puis elle prit le morceau de béton (ce n'était pas un simple bout de ciment, découvrit-elle, mais un ornement de pelouse en forme de chaton couché en boule) et le fracassa contre le phare.

Clac, le verre se brisa – aisément, avec une explosion, comme une ampoule de flash ; *clac, clac.* Puis elle courut de l'autre côté, et fit le tour de la fourgonnette Ratliff, cassant les phares et aussi les feux arrière. Elle avait envie de taper dessus de toutes ses forces, mais se retint ; elle craignait d'éveiller l'attention des voisins, et un bon coup sec suffit à les faire voler en éclats – comme lorsqu'on casse une coquille d'œuf : de grands triangles de verre s'écrasèrent sur le sol.

Elle ramassa les fragments des feux de recul les plus gros et les plus pointus et les planta dans la chape des pneus arrière aussi fermement que le lui permettaient ses mains nues. Ensuite elle contourna le véhicule pour faire pareil à l'avant. Le cœur battant, elle respira profondément à deux ou trois reprises. Puis, des deux mains, elle souleva le chaton en béton le plus haut possible, et, prenant le maximum d'élan, le projeta dans le pare-brise.

Il se brisa avec fracas. Une pluie d'éclats de verre inonda le tableau de bord. De l'autre côté de la rue, un porche s'éclaira, puis la lumière s'alluma dans la maison voisine, mais l'allée, jonchée de débris de verre, étincelante sous la lune, était à présent déserte, car Harriet était déjà au milieu de l'escalier.

« C'était quoi, ce bruit ? »

Silence. Aussitôt les cent cinquante watts de l'ampoule du plafond se déversèrent sur Hely horrifié. Epouvanté, ébloui par la clarté blafarde, il se recroquevilla contre le panneau miteux, et eut à peine le temps de cligner des yeux (une quantité effroyable de serpents se promenait sur la moquette) qu'un juron retentit et que la pièce redevint obscure.

Une forme massive franchit le seuil et s'avança dans le noir. D'un pas léger, pour sa taille, elle passa devant Hely et regarda par les fenêtres de devant.

Hely se figea : le sang descendit brutalement de sa tête à ses chevilles, mais à l'instant où les murs commençaient à chavirer, il y eut un remue-ménage dans la première pièce. Des paroles agitées à peine audibles. Une chaise renversée. « Non, arrête », dit quelqu'un distinctement.

Des chuchotements furieux. Dans le noir, à quelques mètres à peine, Farish Ratliff écoutait dans l'ombre – immobile, le menton en l'air, ses jambes trapues écartées, comme un ours prêt à l'attaque.

Dans la pièce voisine, la porte s'ouvrit en grinçant. « Farsh ? » dit l'un des hommes. Puis, à la surprise de Hely, il entendit une voix d'enfant : pleurnicharde, haletante, brouillée.

Horriblement proche, Farish aboya : « C'est qui, ça ? »

Remue-ménage. Farish – à quelques pas de Hely – inspira longuement, exaspéré, puis fit demi-tour et se rua dans la pièce éclairée comme s'il voulait étrangler quelqu'un.

L'un des hommes se racla la gorge et dit : « Farish, regarde... »

« V'nez voir... en bas... » La nouvelle voix – l'enfant – avait un accent campagnard, et larmoyant ; un petit peu *trop* larmoyant, se rendit compte Hely, gagné par une bouffée d'espoir incrédule.

« Farsh, elle dit que la camionnette...

— Il a cassé vos fenêtres, tinta la petite voix acidulée. Si vous vous dépêchez... »

Il y eut un branle-bas général, interrompu net par un beuglement assez puissant pour ébranler les murs.

« ... Si vous vous dépêchez, vous pourrez l'attraper »,
dit Harriet ; l'accent avait disparu, la voix – aiguë,
pédante – était bien la sienne, mais personne ne parut le
remarquer, dans le tohu-bohu d'injures et de bégaie-
ments. Des pas dévalèrent l'escalier de derrière.

« Putain de merde ! » hurla quelqu'un dehors.

Un extraordinaire concert de cris et de jurons s'éleva
dans les airs. Prudemment, Hely se glissa vers la porte.
Quelques instants, il écouta les bruits, si intensément qu'il
ne prit pas garde à la faible lueur d'un petit serpent à sonnette enroulé sur lui-même, prêt à frapper, à une trentaine
de centimètres de son pied.

« Harriet ? » chuchota-t-il enfin – du moins, il essaya,
car il avait complètement perdu sa voix. Pour la première
fois, il se rendit compte qu'il avait atrocement soif. En
bas, dans l'allée, résonnaient des cris confus, un poing
frappait la carosserie – le son creux, répétitif, rappelait
l'écho de la bassine en métal galvanisé qui imitait le grondement du tonnerre dans les pièces et les récitals de danse
du collège.

Avec précaution, il glissa un regard par la porte. Les
chaises étaient repoussées de travers ; des verres pleins de
glaçons fondus étaient posés sur la table basse, dans des
cercles d'eau qui se rejoignaient, à côté d'un cendrier et
de deux paquets de cigarettes. La porte du palier était
entrebâillée. Un autre serpenteau avait rampé dans la
pièce et s'était discrètement lové sous la colonne chauffante, mais Hely avait totalement oublié les serpents. Sans
attendre une minute de plus, sans même regarder où il
mettait les pieds, il traversa la cuisine en courant, jusqu'à
la porte de derrière.

Le prêcheur, les bras repliés sur la poitrine, se pencha
au-dessus la chaussée, et regarda au loin comme s'il guet-

tait un train. Harriet ne voyait pas sa joue brûlée, mais même de profil, il était déconcertant, avec sa manie agaçante de sortir furtivement la langue de temps en temps. Harriet se tenait le plus loin possible de lui, regardant ailleurs afin que ni lui, ni les autres (qui juraient encore au fond de l'allée) n'eussent le loisir de l'observer attentivement. Elle voulait – désespérément – prendre la fuite ; elle s'était orientée vers le trottoir avec cette idée en tête ; mais le prêcheur s'était dégagé du tumulte pour lui emboîter le pas, et elle n'était pas sûre de pouvoir le semer. En haut, encerclée par les frères sur le seuil éclairé, elle avait tremblé au fond d'elle-même et perdu courage : ces géants à la masse impressionnante, brûlés par le soleil, couverts de cicatrices et de tatouages, la peau luisante, la fixaient de leurs yeux pâles, glaçants. Le plus sale et le plus énorme de tous – barbu, avec des cheveux noirs broussailleux et un œil blanc hideux comme celui de Pew, le pirate borgne de *L'Île au trésor* – avait frappé le chambranle du poing, débitant un flot d'injures si grossières, et avec une violence si effroyable que Harriet, choquée, avait reculé ; en ce moment, sa crinière striée de gris volant autour de sa tête, il détachait méthodiquement les débris de verre du feu arrière avec la pointe de sa botte. Son torse d'hercule et ses jambes courtes le faisaient ressembler au Lion poltron, en plus méchant.

« Tu dis qu'ils étaient pas en voiture ? » demanda le prêcheur, le regard inquisiteur, tournant vers elle sa joue balafrée.

Harriet garda les yeux obstinément baissés et secoua la tête sans rien dire. La dame au chihuahua – très maigre, en chemise de nuit sans manches, chaussée de tongs, un pansement d'hôpital en plastique rose sur le poignet – repartait chez elle d'un pas traînant. Elle était sortie, son chien dans les bras, tenant à la main l'étui en cuir ouvragé où elle rangeait ses cigarettes et son briquet, et resta à l'entrée de sa cour pour surveiller ce qui se passait. Par-dessus son épaule, le chihuahua – qui jappait toujours – fixait Harriet droit dans les yeux, et se tortillait comme s'il désirait une seule chose, échapper à sa maîtresse pour mettre la fillette en pièces.

« Il était blanc ? » demanda le prêcheur. Il portait un gilet de cuir par-dessus sa chemise blanche à manches courtes, et ses cheveux gris gominés étaient relevés en banane. « T'en es sûre ? »

Harriet acquiesça ; feignant la timidité, elle se cacha le visage sous une mèche.

« Tu traînes dehors bien tard ce soir. J't'ai pas déjà vue sur la place tout à l'heure ? »

Elle secoua la tête, tournant délibérément le regard vers la maison – et vit Hely, blanc comme un linge, hagard, dévaler les marches à toute vitesse. Arrivé en bas, il fonça sans la voir, ni elle, ni personne d'autre – et se cogna violemment dans l'homme borgne, qui marmonnait dans sa barbe et se précipitait vers l'escalier tête baissée, à grandes enjambées.

Hely chancela, poussant un petit cri étranglé. Mais Farish se contenta de le bousculer et gravit pesamment l'escalier. Il secouait la tête, sa voix hachée, coléreuse (« ... je te conseille pas d'essayer, j'te *conseille* pas... ») comme s'il s'adressait à un personnage d'un mètre de haut, invisible mais réel, en train d'escalader les marches derrière lui. Tout d'un coup son bras se tendit et frappa violemment dans le vide, aux prises avec une présence concrète, sans doute quelque démon bossu lancé à sa poursuite.

Hely avait disparu. Soudain, une ombre fondit sur Harriet. « T'es qui, toi ? »

La fillette – désagréablement surprise – leva les yeux, pour découvrir Danny Ratliff devant elle.

« Tu passais par là ? » dit-il, les mains sur les hanches, secouant les mèches qui lui tombaient sur la figure. « Et t'étais où pendant qu'on cassait les vitres ? D'où elle sort ? » demanda-t-il à son frère.

Harriet le fixait, ahurie. Au frémissement surpris des narines de Danny Ratliff, elle sut que sa répugnance se lisait clairement sur son visage.

« Me regarde pas comme ça », aboya-t-il. De près, on aurait dit un loup – brun, efflanqué, vêtu d'un jean et d'un T-shirt dégoûtant à manches longues ; ses yeux méchants – abrités par d'épais sourcils – étaient affectés d'un strabisme divergent qui la rendait nerveuse. « Qu'est-ce que t'as ? »

Le prêcheur, qui paraissait très agité, balayant la rue du regard, croisa les bras et glissa les mains sous ses aisselles. « T'inquiète pas, dit-il de sa voix haut placée, trop gentille. On va pas te manger. »

Malgré sa frayeur, Harriet ne put s'empêcher de remarquer le tatouage bleu délavé sur son avant-bras, et de se demander ce qu'il était censé représenter. Quel genre de prêcheur avait les bras tatoués ?

« Qu'est-ce qu'il y a ? lui dit Eugene. Ma figure te fait peur, c'est ça ? » Il avait une voix plutôt agréable ; mais, sans prévenir, il attrapa la fillette par les épaules et approcha son visage du sien, comme s'il y avait une bonne raison d'en avoir très peur.

Harriet se raidit, moins à cause de la brûlure (rougeâtre, empreinte de l'éclat fibreux, ensanglanté, d'une membrane à vif) que des mains qui lui agrippaient les épaules. Sous une paupière luisante et sans cils, l'œil du prêcheur brillait de mille feux, comme un tesson de verre bleu. Brusquement, sa paume ouverte fit le geste de la gifler, mais quand elle tressaillit, son regard s'éclaira : « Ouh ouh *ouh !* » s'exclama-t-il, triomphant. Puis, la faisant frissonner de fureur, il lui caressa légèrement la joue de son doigt replié – et, passant la main devant ses yeux, lui présenta soudain une tablette de chewing-gum courbée, qu'il fit tourner entre son pouce et son majeur.

« Tu trouves plus rien à dire, hein ? s'exclama Danny. Il y a une minute, t'étais plus bavarde que ça. »

Harriet fixa les mains du jeune homme avec application. Elles étaient osseuses, juvéniles, et pourtant couvertes de cicatrices, avec des ongles rongés, cernés de noir, et des doigts ornés d'énormes bagues hideuses (un crâne en argent, un insigne de moto) comme celles qu'aurait pu porter une star de rock.

« Celui qu'a fait ça, il courait drôlement vite. »

Harriet observa l'angle de son visage. Il était difficile de savoir ce qu'il pensait. Il balayait la rue du regard, lançant ici et là des coups d'œil brefs et méfiants, comme dans la cour de récréation, quand une petite brute s'assure que le professeur ne regarde pas avant de se jeter sur quelqu'un et de le frapper.

« T'en veux ? demanda le prêcheur, agitant le morceau de chewing-gum devant elle.

— Non, merci, répondit Harriet, qui regretta aussitôt ses paroles.

— Qu'est-ce que tu fous ici ? s'écria brusquement Danny Ratliff, faisant volte-face comme si elle venait de l'insulter. Tu t'appelles comment ?

— Mary », chuchota Harriet. Son cœur battait la chamade. *Non, merci*, tu parles. Elle avait beau être crasseuse (des feuilles dans les cheveux, de la terre sur les bras et les jambes), personne ne la prendrait pour une petite redneck. Personne ; et encore moins les Ratcliff.

« Hou ! » Le rire perçant de Danny Ratliff la prit par

surprise. « J'entends pas ! » Il parlait vite, remuant à peine les lèvres. « Plus fort.

— *Mary.*

— Mary, c'est ça ? » Il avait des bottes énormes, effrayantes, avec un tas de boucles dessus. « Mary qui ? C'est quoi, ton nom de famille ? »

Un petit vent frais souffla dans les arbres. L'ombre frissonnante des feuillages dansait sur la chaussée illuminée par le clair de lune.

« John... Johnson », dit faiblement Harriet. *Bon Dieu,* songea-t-elle. *Je ne peux pas trouver mieux ?*

« Johnson ? répéta le prêcheur. Quel Johnson ?

— Moi, j'dirais que t'es une petite Odum. » Les muscles de la mâchoire de Danny se contractèrent furtivement à gauche de sa bouche, comme il se mordait la joue. « Comment ça se fait que tu sois toute seule ici ? J't'ai pas déjà vue à la salle de billard ?

— Maman... » Harriet avala sa salive, puis décida de recommencer. « Maman, elle est pas... »

Danny Ratliff, remarqua-t-elle, fixait les mocassins neufs coûteux qu'Edie lui avait achetés chez L.L. Bean.

« Maman, elle veut pas que j'y aille, dit-elle maladroitement, d'une petite voix.

— C'est qui, ta maman ?

— La femme d'Odum est décédée, intervint le prêcheur d'un ton guindé, croisant les mains.

— J'te demande rien, c'est à *elle* que j'cause. » Danny grignotait l'ongle de son pouce, fixant Harriet d'un air glacial qui la mettait très mal à l'aise. « Regarde ses yeux, Gene », dit-il à son frère, avec un mouvement nerveux de la tête.

Aimablement, le prêcheur se pencha pour examiner son visage. « Ça alors, je veux bien être damné s'ils sont pas verts ! D'où tu sors ces yeux verts ?

— Regarde comme elle me fixe, reprit Danny, la voix aiguë. Elle me quitte pas des yeux. Qu'est-ce que t'as, petite ? »

Le chihuahua aboyait encore. Harriet entendit au loin quelque chose qui ressemblait à une sirène de police. Les hommes l'entendirent aussi, et se figèrent : mais à cet instant retentit un affreux hurlement, en haut de la maison.

Danny et son frère échangèrent un regard, puis le premier s'élança dans l'escalier. Eugene – trop choqué pour bouger, incapable de penser à autre chose qu'à Mr Dial (car si ces cris échouaient à le faire apparaître en compagnie du shérif, rien n'y parviendrait) – passa la main sur sa bouche. Derrière lui, il entendit un claquement de pas sur le trottoir ; en se retournant, il vit la fillette qui s'enfuyait.

« Petite ! cria-t-il. Hé, toi, petite ! » Il s'apprêtait à la poursuivre quand, à l'étage, une fenêtre explosa dans les airs ; un serpent s'envola, son ventre pâle fendant le ciel nocturne.

Eugene fit un bond en arrière. Il était trop surpris pour crier. Bien que le reptile fût aplati par des coups de botte et eût la tête réduite à une pulpe sanguinolente, il se tortillait sur l'herbe, parcouru de soubresauts.

Loyal Reese surgit derrière lui. « C'est pas juste », dit-il, regardant le serpent mort, mais déjà Farish descendait bruyamment les marches, les poings serrés, une lueur sanguinaire dans les yeux, et avant que Loyal – qui clignait des yeux comme un bébé – eût ouvert la bouche, le gros homme le fit tourner sur lui-même et lui lança son poing à la figure, le déséquilibrant.

« Pour qui tu bosses ? » hurla-t-il.

Loyal recula, chancelant, et ouvrit une bouche mouillée – qui saignait légèrement – et comme aucun son ne sortait, au bout d'une seconde ou deux, Farish jeta un bref regard par-dessus son épaule et le frappa à nouveau, l'ex-pédiant à terre cette fois-ci.

« Qui t'a envoyé ? » cria-t-il. Loyal avait la bouche en sang ; Farish l'attrapa par le collet et le releva brutale-ment. « C'était l'idée de qui ? Toi et Dolphus, vous avez voulu me baiser, vous faire du fric facile sur mon dos, mais vous êtes tombé sur la mauvaise personne...

— Farish, appela Danny – blanc comme un linge, des-cendant les marches quatre à quatre –, tu as ce .38 dans le camion ?

— Attends, dit Eugene, pris de panique – des armes dans l'appartement loué à Mr Dial ? un cadavre ? C'est une erreur, s'écria-t-il, agitant les mains en l'air. Tout le monde se calme. »

Farish poussa Loyal sur le sol. « J'ai toute la nuit, dit-il. *Fils de pute*. Tu me doubles et je te casse les dents, je te fais sauter le caisson. »

Danny lui attrapa le bras. « Laisse-le, Farish, viens. On a besoin du flingue là-haut. »

Loyal se hissa sur les coudes. « Ils se sont échappés ? » demanda-t-il, la voix pleine d'une stupéfaction si inno-cente que même Farish s'arrêta net.

Danny recula, chancelant dans ses bottes de moto, et s'épongea le front de son bras sale. Il paraissait très choqué. « Dans tout le putain d'appartement », répondit-il.

« Il nous en manque un », dit Loyal, dix minutes plus tard, essuyant du poing la bave sanguinolente de sa bouche. Son œil gauche était violet et réduit à une fente, tant il avait enflé.

« Je sens une drôle d'odeur, déclara Danny. Ça sent la pisse. Tu trouves pas, Gene ? demanda-t-il à son frère.

— Le voilà ! » s'écria brusquement Farish, s'élançant vers une bouche de chaleur désaffectée d'où sortait dix centimètres de queue de serpent.

La queue frémit avec un tintement d'adieu, et disparut à l'intérieur, aussi rapide qu'un coup de fouet.

« Arrêtez », dit Loyal à Farish, qui tapait sur la grille avec le bout de sa botte de moto. S'approchant vivement, il se pencha sans crainte au-dessus de l'orifice (Eugene, Danny, et même Farish qui cessa sa danse, s'écartèrent à bonne distance). Plissant les lèvres, il émit un petit sifflement étrange : *iiiiiiii*, qui tenait de la bouilloire, et du doigt mouillé qu'on frotte sur un ballon.

Silence. Loyal recommença son manège, avec sa bouche ensanglantée et gonflée – *iiiiiiiii*, un son à vous donner la chair de poule. Puis il écouta, l'oreille contre le sol. Après cinq bonnes minutes de silence, il se remit péniblement debout et s'essuya les paumes sur les cuisses.

« Il est parti, annonça-t-il.

— Parti, cria Eugene. Mais où ? »

Loyal s'essuya la bouche du dos de la main. « Il est descendu dans l'autre appartement, dit-il d'un ton mélancolique.

— Tu devrais jouer dans un cirque, s'exclama Farish, considérant le garçon avec un respect tout neuf. C'est un truc génial. Qui t'a appris à siffler comme ça ?

— Les serpents m'écoutent, répondit modestement Loyal, tandis qu'ils le fixaient, admiratifs.

— Ho ! » Farish l'entoura de son bras ; le sifflement l'avait tant impressionné qu'il avait entièrement oublié sa colère. « Tu peux m'apprendre à faire ça ? »

Regardant par la fenêtre, Danny marmonna : « Il se passe des trucs bizarres ici.

— Comment ? aboya Farish, faisant volte-face. Si t'as quelque chose à me dire, Danny, dis-le-moi en face.

— J'ai dit qu'*il se passait des trucs bizarres ici*. Cette porte était ouverte quand on est arrivés ce soir.

— Gene, dit Loyal, se raclant la gorge, il faut que t'appelles les gens du dessous. Je sais exactement où ce serpent est parti. Il est descendu dans cette bouche d'aération, et maintenant il s'installe confortablement dans les conduites d'eau chaude.

— On se demande pourquoi il revient pas », commenta Farish. Il plissa les lèvres et s'efforça en vain de reproduire le sifflement que Loyal avait émis pour charmer un par un les six crotales cachés dans différents coins de la pièce. « Il est pas aussi bien dressé que les autres ?

— Aucun n'est dressé. Ils aiment pas qu'on crie et qu'on tape du pied. Nan, dit Loyal, qui regardait à l'intérieur de la bouche d'aération en se grattant la tête, il est parti.

— Comment tu vas le récupérer ?

— Ecoute, il faut que j'aille chez le docteur ! » gémit Eugene en se tordant le poignet. Sa main était si enflée qu'elle ressemblait à un gant de caoutchouc gonflé d'air.

« Putain de merde, s'exclama Farish. Tu t'es vraiment fait mordre.

— C'est ce que je t'ai dit ! Là, là et là ! »

Loyal s'approcha pour voir : « Quelquefois il crache pas tout son venin d'un coup.

— Ce truc s'accrochait à moi ! » La pièce commençait à noircir sur les bords. La main d'Eugene le brûlait, il planait, une sensation plutôt agréable qui lui rappelait ce qu'il avait éprouvé en prison, dans les années soixante, avant d'être sauvé, quand il décollait en respirant les émanations de lessive liquide dans la buanderie et que les couloirs de parpaings noyés dans la vapeur se refermaient sur lui, au point que sa vision se réduisait à un cercle étroit, curieusement plaisant, comme s'il avait regardé le monde à travers un rouleau de papier-toilette.

« J'ai connu pire, dit Farish, et en effet, des années auparavant, il avait été grièvement mordu en soulevant un rocher dans un champ qu'il débroussaillait. Loyle, tu peux siffler pour arranger ça ? »

Loyal saisit la main gonflée d'Eugene. « *Oh*, mon Dieu, dit-il tristement.

— Allez ! s'écria gaiement Farish. Prie pour lui, prêcheur ! Appelle donc le Seigneur ! Fais ton business !

— Ça marche pas comme ça. Mince alors, ce garnement vous a pas loupé ! dit Loyal à Eugene. En plein dans la veine. »

Très agité, Danny passa la main dans ses cheveux, et se détourna. Il était crispé, le corps douloureux, chargé d'adrénaline, les muscles tendus comme un fil de haute tension ; il voulait une autre dose ; il voulait sortir de cette putain de mission ; il se foutait qu'Eugene perde son bras, et il en avait par-dessus la tête de Farish. Farish l'avait traîné au bout de la ville – mais le moment venu, avait-il pris la peine de dissimuler la drogue dans le camion de Loyal quand l'occasion s'en était présentée ? Non. Vautré sur son siège, il avait traîné une bonne demi-heure, savourant l'attention du petit prêcheur poli qu'il retenait captif, racontant avec exubérance et force vantardises des histoires que ses frères avaient déjà entendues un million de fois, et déblatérant à tort et à travers. Malgré toutes les allusions fort peu subtiles de Danny, il n'avait *toujours* pas bougé de son siège pour aller prendre la dope dans le sac de surplus militaire et le cacher dans la fourgonnette. Non, à présent il s'intéressait beaucoup trop à Loyal Reese et à la chasse aux serpents à sonnette. Et il avait pris trop facilement le garçon en affection : *beaucoup* trop facilement. Quelquefois, quand Farish était défoncé, il avait des idées fixes, des lubies, et ne parvenait pas à s'en débarrasser ; on ne savait jamais ce qui allait retenir son attention. N'importe quelle petite chose insignifiante – une plaisanterie, un dessin animé à la télévision – pouvait le distraire comme un bébé. Leur père avait été pareil. Il était capable de battre comme plâtre Danny, Mike ou Ricky Lee pour une broutille, mais s'il entendait une nouvelle insignifiante à la radio, il s'interrompait brusquement (laissant son fils recroquevillé sur le sol, en larmes) pour courir dans l'autre pièce et monter le son. *Les prix du bétail montent !* Vous vous rendez compte.

Danny dit tout haut : « Il y a une chose que j'aimerais bien savoir. » Il n'avait jamais eu confiance en Dolphus, et se méfiait tout autant de ce Loyal. « C'est comment ces serpents se sont échappés de leur cage ?

— *Oh*, merde », s'exclama Farish, filant vers la fenêtre. Au bout de quelques minutes, Danny se rendit compte que les légers parasites dans ses oreilles – *grr grr* – n'étaient pas un effet de son imagination, mais le coup de freins d'un véhicule qui se garait sur le gravier.

Une tête d'épingle incandescente – comme une tique en feu – grésilla et éclata dans son champ de vision. La seconde d'après, Loyal avait disparu dans la pièce du fond, et Farish, à la porte, disait : « Viens ici. Dis-lui que tout ce chahut – Eugene ? – dis-lui que tu t'es fait mordre par un serpent dans la cour...

— Parle-lui, toi, répondit son frère – qui, l'œil vitreux, titubait dangereusement sous l'ampoule blafarde du plafond –, dis-lui d'emballer ses putains de serpents. Dis-lui qu'il ferait mieux de ne pas se trouver ici quand je me réveillerai demain matin.

— Désolé, monsieur », commença Farish – s'avançant pour bloquer le passage au personnage enragé et bégayant qui cherchait à s'introduire dans l'appartement.

« Qu'est-ce qui se passe ici ? Quel genre de fête...

— C'est pas une fête, monsieur, non, *n'entrez pas*, ordonna Farish, dont l'énorme masse occupait le seuil, ce n'est pas le moment de faire des visites. Nous avons besoin d'aide, mon frère a été mordu par un serpent – il délire, vous voyez ? Aidez-moi à le porter jusqu'à la voiture.

— Démon baptiste », cria Eugene halluciné à Roy Dial qui, le visage empourpré, vêtu d'un short écossais et d'une chemise de golf jaune canari, agitait les bras au bout du tunnel, au milieu d'un rayon lumineux de plus en plus étroit.

Cette nuit-là – tandis qu'une dame couverte de bagues, aux allures de putain, pleurait au milieu des foules et des fleurs, pleurait sur l'écran noir et blanc qui vacillait, face à la large porte et au chemin spacieux où se précipitaient les multitudes, courant à leur perte – Eugene tournait et se retournait sur son lit d'hôpital, une odeur de vêtements brûlés dans les narines. Il oscillait d'avant en arrière, entre les rideaux blancs, les acclamations de la putain et une tempête sur les rives d'un fleuve obscur et lointain. Les images tourbillonnaient, telles des prophéties : colombes souillées ; un funeste nid d'oiseau, fabriqué avec des morceaux squameux de peau de serpent ; un long reptile noir qui rampait hors d'un trou, des oiseaux dans le ventre : des minuscules bosses qui remuaient, encore vivantes, s'efforçant de chanter même dans les ténèbres des entrailles du serpent...

A la mission, Loyal – pelotonné dans son sac de couchage – dormit profondément, avec son œil au beurre noir et ses ecchymoses, d'un sommeil que ne vinrent troubler ni les cauchemars ni les serpents. Il s'éveilla avant l'aube, reposé, dit ses prières, se lava le visage, but un verre d'eau, chargea ses serpents à la hâte, remonta dans l'appartement et – assis à la table de la cuisine – rédigea laborieusement un mot de remerciements pour Eugene, au dos d'un reçu de station d'essence, qu'il laissa avec un marque-page effrangé en similicuir, une brochure intitulée « La conversation de Job », et une pile de trente-sept billets d'un dollar. Au lever du soleil, il était au volant de sa camionnette, sur la grand-route, avec ses phares brisés, et se dirigeait vers l'est du Tennessee, où aurait lieu la cérémonie du renouveau de la foi. Il ne remarqua pas l'absence du cobra (son plus beau serpent, le seul qu'il eût acheté) avant d'arriver à Knoxville ; quand il téléphona pour en informer Eugene, personne ne décrocha. Et personne n'entendit le hurlement des mormons – qui, se levant tard (à huit heures, car ils étaient rentrés de Memphis au petit jour), découvrirent avec épouvante, au milieu de leurs dévotions matinales, un serpent à sonnette qui les observait du haut d'un panier de chemises fraîchement lavées.

CHAPITRE V

LES GANTS ROUGES

Le lendemain matin, Harriet se réveilla tard : sa peau la démangeait, elle ne s'était pas lavée, et ses draps la grattaient. L'odeur de la fosse, les caisses colorées, incrustées de têtes de clous, les longues ombres de l'allée éclairée – tout cela, et d'autres images encore, s'était glissé dans son sommeil et mêlé bizarrement aux illustrations à la plume de son édition bon marché de *Rikki-Tikki-Tavi* – Teddy aux grands yeux, la mangouste, et même les serpents, avaient un air mutin, délicieux. Il y avait eu une malheureuse créature attachée qui se débattait en bas de la page, comme une gravure à la fin d'un livre d'histoires ; elle souffrait ; d'une manière impossible à décrypter, elle avait besoin de l'aide de Harriet, mais bien que sa seule présence fût un reproche, et lui rappelât son propre laxisme, et son iniquité, elle lui inspirait trop de répugnance pour qu'elle lui portât secours, ou lui adressât le moindre regard.

« *Ignore-la, Harriet !* » chantait Edie. Elle se trouvait avec le prêcheur dans le coin de sa chambre, près de la commode, et installait un instrument de torture qui ressemblait à un fauteuil de dentiste, dont les bras et le repose-tête capitonnés étaient hérissés d'aiguilles. De façon inquiétante, ils se couvaient du regard tels des amoureux, les sourcils levés, Edie testant les pointes des aiguilles d'un doigt délicat tandis que le prêcheur reculait avec un tendre sourire, les bras croisés sur la poitrine, les mains sous les aisselles...

Comme Harriet – tout agitée – s'enfonçait dans les eaux stagnantes du cauchemar, Hely se redressa brusquement sur la couchette du haut, si vite qu'il se cogna la tête au plafond. Sans réfléchir, il lança ses jambes dans le vide – et faillit tomber, car il avait été si terrorisé, la veille, à l'idée d'être poursuivi, qu'il avait décroché l'échelle pour la pousser sur la moquette.

L'air emprunté – comme s'il avait trébuché dans la cour de récréation, devant tout le monde –, il se remit droit, sauta sur le sol, quitta sa petite chambre obscure, climatisée et, arrivé au milieu du couloir, fut saisi par le calme de la maison. Il descendit à pas de loup dans la cuisine (personne, l'allée déserte, les clés de voiture de sa mère, envolées), se prépara un bol de Giggle Pops qu'il emporta dans le séjour, où il alluma la télévision. Il y avait un jeu. Il se mit à avaler bruyamment ses céréales. Le lait était assez froid, mais les flocons croustillants lui grattaient le palais ; ils étaient étrangement insipides, pas même sucrés.

Le silence ambiant mit Hely mal à l'aise. Cela lui rappela l'horrible lendemain du jour où, avec son cousin Todd, il avait volé une bouteille de rhum emballée dans un sachet en papier qui se trouvait sur le siège avant d'une Lincoln ouverte, au Country Club, et en avait bu la moitié. Pendant que leurs parents bavardaient au milieu de la fête hawaïenne, au bord de la piscine, grignotant des saucisses apéritif piquées sur des cure-dents, les deux garçons avaient emprunté une voiturette de golf et l'avaient écrasée contre un pin, mais Hely ne s'en souvenait que très vaguement : il se rappelait surtout que, allongé sur le flanc, il avait roulé sans fin dans une pente raide derrière

454

le terrain de golf. Plus tard, quand il avait commencé à avoir mal au ventre, Todd lui avait dit d'aller au buffet et d'avaler le maximum de saucisses en un temps record, ça le calmerait. Il avait vomi, agenouillé dans le parking, derrière une Cadillac, pendant que Todd riait si fort que son méchant visage couvert de taches de rousseur était devenu écarlate. Hely avait tout oublié, mais il était parvenu d'une manière ou d'une autre à rentrer chez lui, à se mettre au lit, et s'était endormi. Quand il avait ouvert les yeux le lendemain matin, la maison était vide : ils étaient tous partis à Memphis sans lui, pour ramener Todd et ses parents à l'aéroport.

Cela avait été la journée la plus longue de sa vie. Il avait dû errer seul dans la maison pendant des heures : solitaire, sans rien à faire, essayant de reconstituer exactement ce qui s'était produit le soir précédent, inquiet à l'idée de la terrible punition qu'il recevrait au retour de ses parents – et qui ne manqua pas d'arriver. Il avait dû remettre tout l'argent reçu à son anniversaire pour aider au remboursement des dégâts (ses parents avaient payé la plus grande partie) ; il avait dû écrire une lettre d'excuses au propriétaire de la voiturette de golf. Il avait perdu ses privilèges télé pendant ce qui avait paru une éternité. Pire encore, les réflexions de sa mère, qui s'était demandé tout haut où il avait appris à voler. « Ce n'est pas tant l'alcool, avait-elle répété un millier de fois à son mari, que le fait de l'avoir volé. » Son père ne faisait aucune distinction de ce genre ; il se comportait comme si Hely avait cambriolé une banque. Pendant très longtemps, il lui avait à peine adressé la parole, sauf pour dire Passe-moi le sel, ou ce genre de choses, il refusait même de le regarder, et la vie à la maison n'était jamais tout à fait redevenue la même. Typiquement, Todd – Monsieur le Génie de la musique, première clarinette dans son orchestre de collège, dans l'Illinois – avait rejeté l'entière responsabilité sur Hely, comme chaque fois qu'ils s'étaient vus au cours de leur enfance – un événement heureusement assez rare.

Une vedette invitée venait de dire un gros mot dans le jeu télévisé (il s'agissait de trouver la bonne rime pour compléter une devinette)... L'hôte zappa le mot erroné avec un vilain bruit qui rappelait le couinement d'un jouet de chien, et menaça du doigt la personne, qui plaqua la main sur sa bouche en levant les yeux au ciel...

Où étaient passés ses parents ? Pourquoi ne rentraient-ils pas à la maison pour en finir ? *Honteux ! Honteux !* disait l'hôte en riant. L'autre vedette du plateau se renversait sur sa chaise en applaudissant avec enthousiasme.

Il s'efforça de ne plus penser à la veille. Le souvenir assombrissait et gâchait la matinée, comme l'arrière-goût d'un mauvais rêve ; il essayait de se dire qu'il n'avait rien fait de mal, pas vraiment, il n'avait pas endommagé le bien d'autrui, ni blessé personne, ni pris quelque chose qui ne lui appartenait pas. Il y avait bien le cobra – mais ils ne l'avaient pas vraiment volé ; il se trouvait encore sous la maison. Il avait lâché les autres serpents, et alors ? C'était le Mississippi : ces bestioles grouillaient partout ; un de plus ou de moins, qui le remarquerait ? Il avait soulevé un loquet, un seul petit loquet. La belle affaire ! Ce n'était pas comme s'il avait volé une voiturette de golf à un conseiller municipal pour l'emboutir ensuite...

La sonnerie retentit : *C'est l'heure de la question subsidiaire !* Les concurrents – l'œil aux aguets – se tenaient devant le grand tableau, la gorge serrée : de quoi s'inquiétaient-ils ? se demanda amèrement Hely. Il n'avait pas reparlé avec Harriet après son évasion – il n'était même pas sûr qu'elle fût rentrée chez elle, encore un sujet qui commençait à le préoccuper. Dès qu'il s'était échappé, il avait foncé de l'autre côté de la rue et couru jusqu'à sa maison, sautant par-dessus les clôtures et traversant les arrière-cours, poursuivi de tous côtés par des aboiements de chiens.

Quand il s'était glissé à l'intérieur, par la porte de derrière, haletant, le visage tout rouge, il avait vu, sur l'horloge de la cuisinière, qu'il était encore tôt – à peine neuf heures. Il entendait ses parents regarder la télévision dans le séjour. A présent, il regrettait de n'avoir pas pointé son nez pour dire quelque chose, ou dit « Bonsoir » de l'escalier, n'importe quoi ; mais il n'avait pas eu l'audace de les affronter, et s'était empressé de se mettre au lit sans adresser un mot à personne.

Il n'avait aucun désir de voir Harriet. Son nom suffisait à lui évoquer des choses auxquelles il préférait ne pas penser. Le séjour – le tapis marron, le canapé de velours, les trophées de tennis dans une vitrine, derrière le bar : tout cela semblait étranger, chargé de menace. Très raide, comme si un observateur posté sur le seuil avait fixé son dos d'un œil hostile, il regarda les vedettes insouciantes méditer leur devinette, et s'efforça d'oublier ses ennuis : plus de Harriet, plus de serpents, plus de punition imminente de son père. Plus d'affreux rednecks, qui l'avaient *reconnu*, il en était sûr... Et s'ils allaient voir son père ? Ou, pis encore, le poursuivaient ? Qui pouvait prévoir ce que ferait un cinglé comme Farish Ratliff ?

Une voiture se gara dans l'allée. Hely faillit pousser un cri. Mais quand il regarda par la fenêtre, il vit qu'il ne s'agissait pas des Ratliff, mais de son père. Aussitôt, par gestes saccadés, il essaya de se vautrer sur le canapé, et de prendre une position un peu plus naturelle, mais il ne parvint pas à s'installer confortablement, recroquevillé dans l'attente du grincement de la porte, du pas rapide de son père dans le couloir, comme chaque fois qu'il était en colère, et s'apprêtait à le réprimander...

Hely – tremblant sous l'effort – fit de son mieux pour avoir l'air décontracté ; mais il ne put contenir sa curiosité et glissa un regard furtif, terrifié, vers Mr Hull qui, avec une exaspérante nonchalance, descendait à peine de voiture. Il paraissait indifférent – morose, même, bien que son expression fût difficile à déchiffrer derrière les verres gris fixés sur ses lunettes.

Incapable de détourner les yeux, Hely le vit contourner l'arrière du véhicule, ouvrir le coffre. Il déchargea ses emplettes une par une, sous un soleil vide, et les posa sur le béton : un bidon de peinture. Des seaux en plastique. Un rouleau de tuyau d'arrosage vert.

Hely se leva très silencieusement, alla rincer son bol de céréales dans la cuisine, puis monta dans sa chambre et ferma la porte. Il s'allongea sur la couchette du bas, fixant les lattes au-dessus de lui, et s'efforça de contrôler sa respiration et d'ignorer les battements de son cœur. Il entendit des pas approcher. Derrière la porte, son père dit : « Hely ?

— Oui ? *Pourquoi ma voix est-elle aussi aiguë ?*

— Je croyais t'avoir dit d'éteindre cette télévision quand tu avais fini de la regarder.

— Oui, père.

— Je veux que tu viennes m'aider à arroser le jardin de ta mère. J'ai cru qu'il allait pleuvoir ce matin, mais on dirait que le vent a balayé les nuages. »

Hely n'osa pas discuter. Il détestait ce jardin. Ruby, la domestique qui avait précédé Essie Lee, avait refusé de s'approcher des massifs de plantes vivaces que sa mère cultivait pour faire des bouquets. « Les serpents aiment les fleurs », disait-elle toujours.

Il enfila ses tennis et sortit. Le soleil était déjà haut et brûlant. Ebloui par la lumière et étourdi par la chaleur, il resta sur le gazon jauni, desséché, à deux ou trois mètres de la plate-bande, pour l'arroser avec le tuyau qu'il tenait le plus loin possible de son corps.

« Où est ta bicyclette ? demanda son père, qui revenait du garage.

— Je... » Hely se sentit défaillir. Son vélo était à l'endroit où il l'avait laissé : sur le terre-plein, devant la maison de bois.

« Combien de fois faut-il que je te le répète ? Tu ne rentres pas dans la maison avant de l'avoir rangée dans le garage. J'en ai assez de te demander de ne pas la laisser au milieu de la pelouse. »

En arrivant au rez-de-chaussée, Harriet sentit qu'il y avait un problème. Sa mère portait l'une des robes-chemisiers en coton qu'elle mettait pour aller à l'église, et s'affairait dans la cuisine. « Tiens, dit-elle, lui présentant un toast froid et un verre de lait. Ida – qui tournait le dos à Harriet – balayait devant la cuisinière.

— On va quelque part ? demanda la fillette.

— Non, chérie... » Bien que la voix de sa mère fût enjouée, sa bouche était légèrement crispée, et son rouge à lèvres corail brillant lui pâlissait le teint. « Je me suis dit que j'allais me lever et préparer ton petit déjeuner, tu es d'accord ? »

Harriet jeta un regard par-dessus son épaule, mais Ida ne se retourna pas. La position de ses épaules était bizarre. *Il est arrivé quelque chose à Edie*, songea la fillette affolée. *Edie est à l'hôpital...* Avant qu'elle ait eu le temps de digérer cette pensée, Ida – sans la regarder – se pencha avec la pelle à poussière, et Harriet eut un choc lorsqu'elle vit qu'elle avait pleuré.

Toute la peur des dernières vingt-quatre heures s'abattit sur elle, avec une autre terreur, qu'elle ne pouvait nommer. Timidement, elle demanda : « Où est Edie ? »

Sa mère prit un air perplexe. « Chez elle, répondit-elle. Pourquoi ? »

Le toast était froid, mais Harriet le mangea tout de même. Sa mère s'assit à la table et la regarda, accoudée, le menton dans les mains. « C'est bon ? demanda-t-elle.

— Oui, maman. » Elle ignorait ce qui se passait, ne savait comment se comporter, aussi se concentra-t-elle sur sa tartine. Puis sa mère soupira ; Harriet leva les yeux, juste à temps pour la voir quitter la table d'un air plutôt découragé et sortir de la pièce d'un pas nonchalant.

« Ida ? » chuchota Harriet, dès qu'elles furent seules.

La femme secoua la tête et ne répondit pas. Son visage était sans expression, mais d'énormes larmes s'accumulaient sur sa paupière inférieure. Puis elle se détourna ostensiblement.

Harriet était abasourdie. Elle fixa le dos d'Ida, les bretelles de tablier qui se croisaient sur la robe de coton. Elle entendait toutes sortes de petits bruits, limpides comme le cristal, inquiétants : le bourdonnement du réfrigérateur, une mouche tourbillonnant au-dessus de l'évier.

Ida laissa tomber la pelle dans le seau sous l'évier, puis ferma le placard. « Pourquoi t'as été moucharder ? dit-elle, sans se retourner.

— *Moucharder ?*

— J'ai toujours été gentille avec toi. » Elle la frôla au passage, remit la pelle à sa place sur le sol, près du chauffe-eau, à côté de la serpillière et du balai. « Pourquoi tu veux me faire des ennuis ?

— Mouchardé sur quoi ? C'est pas vrai.

— Oh si ! Et tu sais quoi d'autre ? Harriet tressaillit sous son œil glacial, injecté de sang. T'as fait mettre à la porte cette pauvre femme, chez Mr Claude Hull. *Oui*, déclara-t-elle, couvrant les balbutiements indignés de Harriet. « Mr Claude est allé chez elle hier soir, et t'aurais

460

dû entendre comment il lui parlait, comme à un chien. J'ai tout entendu, et Charley T. aussi.

— C'est pas vrai ! Je...

— Menteuse ! siffla Ida. Tu devrais avoir honte. Raconter à Mr Claude que cette femme a voulu mettre le feu à la maison. Et *ensuite,* tu trouves rien de mieux que de faire la comédie à la maison et de raconter à ta mère que j'te nourris pas bien.

— C'est pas moi qui l'ai dénoncée ! C'est Hely !

— J'parle pas de lui. Mais de toi.

— Mais je lui ai demandé d'arrêter ! On était dans sa chambre, elle a tapé à la porte et s'est mise à crier...

— Oui, et qu'est-ce que t'as fait ensuite, t'es rentrée pour moucharder sur moi ? T'es furieuse contre moi parce que quand je suis partie hier, j'ai pas voulu rester après le travail pour raconter des histoires. Ne dis pas le contraire...

— Ida ! Tu sais que maman s'embrouille. *Tout* ce que j'ai dit, c'est que...

— Je vais te dire pourquoi tu l'as fait. T'es pas contente parce que je reste pas tous les soirs pour te faire du poulet rôti et te raconter des histoires alors que j'dois rentrer chez moi pour m'occuper de ma maison. Après avoir fait le ménage chez vous toute la journée. »

Harriet sortit dans la cour. La journée était chaude, silencieuse, la clarté éblouissante. Elle avait l'impression qu'on venait de lui plomber une dent, la douleur violet foncé irradiant dans ses molaires, elle franchissait les portes vitrées et plongeait dans la chaleur sèche, la lumière aveuglante du parking. *Harriet, quelqu'un vient te chercher ?* Oui, madame, répondait-elle toujours à la réceptionniste, qu'on l'attendît ou non.

Le silence régnait dans la cuisine. Les volets de la chambre de sa mère étaient fermés. Ida était-elle renvoyée ? Incroyablement, la question ne lui causa aucune douleur, aucune inquiétude, mais seulement la surprise hébétée qu'elle éprouvait en se mordant l'intérieur de la joue après une piqûre de novocaïne, sans rien sentir.

Je vais lui cueillir des tomates pour le déjeuner, se dit-elle, et – plissant les yeux à cause du soleil – elle alla dans le petit potager d'Ida, sur le côté de la maison : un lopin de terre non clôturé, de quatre mètres carrés, qui avait besoin d'être désherbé. Ida n'avait pas de place pour faire un jardin, là où elle habitait. Elle leur préparait des sandwiches à la tomate tous les jours, mais emportait chez elle la plus grande partie des autres légumes. Presque quotidiennement, elle offrait à Harriet une petite gâterie en échange de son aide dans le potager – un jeu de dames, une histoire – que la fillette refusait chaque fois ; elle détestait le jardinage, ne supportait pas la poussière sur les mains, ni les coléoptères, ni la chaleur, ni les poils piquants des tiges des courgettes qui lui grattaient les jambes.

Maintenant, son égoïsme lui donnait la nausée. Une foule de pensées pénibles s'accumulaient, lui rongeant le cœur. Ida devait travailler dur tout le temps... pas seulement ici, mais chez elle. Harriet, elle, n'avait rien à faire.

Des tomates. Ça lui fera plaisir. Elle cueillit aussi quelques poivrons doux, des gombos, et une grosse aubergine noire : la première de l'été. Elle empila les légumes boueux dans un petit carton, puis se mit à désherber, grinçant les dents de déplaisir. Les plants – à l'exception des légumes qu'ils produisaient – lui apparaissaient comme de gigantesques mauvaises herbes, avec leurs manies tentaculaires et leurs feuilles irrégulières, disgracieuses, aussi elle laissa celles qu'elle ne connaissait pas, et arracha seulement le trèfle, les pissenlits (facile) et de longues branches de sorgho d'Alep, qui, une fois repliées, émettaient un sifflement aigu, insolite quand Ida les plaçait entre ses lèvres, et soufflait d'une certaine manière.

Mais les herbes étaient coupantes ; et bientôt, apparut à la base de son pouce un trait rouge, comme si elle s'était blessée avec une feuille de papier. Harriet – tout en sueur – se redressa sur ses talons poussiéreux. Elle possédait des gants de jardinage en tissu rouge, taille enfant, qu'Ida Rhew lui avait achetés à la quincaillerie l'été dernier, et le simple fait d'y penser la rendait malade. Ida n'avait pas beaucoup d'argent, certainement pas assez pour faire des cadeaux ; pire encore, Harriet détestait tellement le potager qu'elle n'avait jamais porté les gants, pas même une fois. *T'aimes pas les petits gants que je t'ai donnés ?* lui avait tristement demandé la femme, un après-midi où elles étaient assises sur le porche ; quand Harriet avait protesté, Ida avait secoué la tête.

Ils me plaisent beaucoup, je les mets pour jouer dans....
Tu n'as pas besoin de me raconter des histoires, mon petit. Je suis juste désolée que tu les aimes pas.

Harriet avait le visage en feu. Les gants rouges avaient coûté trois dollars – presque une journée de travail, pour la pauvre Ida. Maintenant qu'elle y songeait, c'était le seul objet que la domestique lui eût jamais offert. Et elle les avait perdus ! Comment avait-elle pu être aussi négligente ? Pendant l'hiver, ils étaient longtemps restés au fond du bassin en zinc de la remise, avec les cisailles, les taille-haies et quelques autres outils de Chester...

Elle abandonna sa tâche, le fouillis d'herbes arrachées sur le sol, et courut à la remise. Mais les gants ne se trouvaient plus dans le bassin en zinc. Ils n'étaient pas non plus dans le coffre de Chester ; ni sur la tablette, avec les pots de fleurs et l'engrais ; ni derrière les bidons de vernis durci, d'enduit et de peinture.

Sur les étagères, elle trouva des raquettes de badminton, des cisailles, une scie à main, d'innombrables rallonges électriques, un casque jaune en plastique comme

463

ceux que portaient les ouvriers du bâtiment ; encore des outils de jardinage de tous genres : échenilloirs, sécateurs, fourches, râteaux, et trois sortes différentes de truelles ; les propres gants de Chester. Mais pas la paire qu'Ida lui avait offerte. Elle sentait monter l'hystérie. *Chester sait où ils sont*, se dit-elle. *Je lui demanderai*. Il travaillait seulement le lundi ; les autres jours, il était employé par le comté – il arrachait des mauvaises herbes et coupait de l'herbe au cimetière – ou servait d'homme à tout faire en ville.

Face à l'amas d'outils sur le sol taché d'huile, elle respirait fort, dans la pénombre poussiéreuse et les odeurs d'essence, se demandant où chercher encore – car elle devait absolument retrouver les gants rouges ; *il le faut,* songea-t-elle, levant les yeux vers le plafond. *J'en mourrai si je ne les retrouve pas* – quand Hely glissa la tête derrière la porte. « Harriet, dit-il, tout essoufflé, se cramponnant au chambranle. On doit aller chercher les vélos.

— Les vélos ? répéta-t-elle, désorientée, après un silence.

— Ils sont encore là-bas ! Mon père a remarqué que le mien avait disparu et il va me battre si je l'ai perdu ! Viens ! »

Harriet essaya de concentrer son attention sur les bicyclettes, mais elle ne parvenait pas à détacher son esprit des gants. « J'irai plus tard, dit-elle.

— Non ! Tout de suite ! Je veux pas y aller tout seul.

— Bon, attends un peu, et je...

— Non ! gémit Hely. Il faut y aller tout de suite !

— Ecoute, je dois me laver les mains. Remets tout ça sur l'étagère, d'accord ? »

Hely considéra le fouillis sur le sol. « Tout ça ?

— Tu te souviens de mes gants rouges ? Ils se trouvaient dans ce seau. »

Hely la regarda avec appréhension, comme si elle était folle.

« Des gants de jardinage. En tissu rouge avec un élastique au poignet.

— Harriet, je parle sérieusement. Les vélos ont passé la nuit dehors. Peut-être qu'ils n'y sont plus.

— Si tu les trouves, dis-le-moi, d'accord ? »

Elle courut jusqu'au potager, et fit un gros tas des herbes qu'elle avait arrachées. *Peu importe,* songea-t-elle, *je nettoierai ça plus tard...* Puis elle attrapa le carton de légumes, et repartit vers la maison.

Ida n'était pas dans la cuisine. Harriet rinça rapidement ses mains terreuses dans l'évier. Puis elle porta son carton dans le séjour, où elle trouva Ida assise dans son fauteuil en tweed, les genoux écartés, la tête dans les mains.

« Ida ? » dit-elle timidement.

La femme tourna la tête d'un mouvement raide. Elle avait encore les yeux rouges.

« Je... je t'ai apporté quelque chose », bégaya la fillette. Elle posa le carton sur le sol, à côté des pieds d'Ida.

La femme regarda les légumes d'un œil morne. « Qu'est-ce que je vais faire ? dit-elle, secouant la tête. Où je vais aller ?

— Tu peux les emporter chez toi si tu veux », dit gentiment Harriet. Elle prit l'aubergine pour la lui montrer.

« Ta maman elle dit que j'fais du mauvais travail. Comment je peux faire le ménage avec tous ces journaux et ces saletés contre les murs ? » Ida s'essuya les yeux du coin de son tablier. « Elle me paie seulement vingt dollars par semaine. C'est pas juste. Odean, chez Miss Libby, elle gagne trente-cinq dollars, et elle a pas ce chantier, ni deux enfants à s'occuper. »

Inutiles, les mains de Harriet pendaient sur ses flancs. Elle voulait serrer Ida dans ses bras, lui embrasser la joue, se blottir contre sa poitrine et éclater en sanglots – pourtant l'accent de sa voix, sa posture crispée, inhabituelle, la retinrent de s'approcher d'elle.

« Ta maman elle dit – elle dit que vous êtes grandes maintenant, vous avez plus besoin qu'on vous garde. Vous allez toutes les deux en classe. Et après, vous avez besoin de personne. »

Leurs regards se croisèrent – Ida, les paupières rougies par les larmes ; Harriet, les yeux écarquillés d'horreur – et ce moment resterait gravé dans sa mémoire jusqu'à sa mort. Ida se détourna la première.

« Elle a raison, continua-t-elle, d'une voix plus résignée. Allison est au lycée et toi – tu n'as plus besoin de quelqu'un pour te tenir compagnie toute la journée à la maison. T'es en classe presque toute l'année, de toute manière.

— Ça fait sept ans que je vais à l'école !

— Oui, c'est ce qu'elle me dit. »

Harriet se rua au premier, et se précipita dans la chambre de sa mère sans frapper. Elle la trouva assise sur le bord du lit, tandis qu'Allison, à genoux, pleurait, le visage dans les couvertures. Quand elle entra, sa sœur leva la tête, les yeux gonflés, et lui lança un regard si angoissé qu'elle en fut interloquée.

« Tu ne vas pas t'y mettre toi aussi, dit sa mère. Elle avait la voix pâteuse, et les yeux ensommeillés. Laissez-moi tranquille, les filles. Je veux m'allonger une minute...

— Tu ne peux pas renvoyer Ida.

— Moi aussi, j'aime bien Ida, mes enfants, mais elle ne travaille pas pour rien et ces derniers temps il semble qu'elle ne soit pas satisfaite de son sort. »

C'était ce que disait leur père, mot pour mot ; Charlotte articulait lentement, d'une manière mécanique, comme si elle récitait un discours appris par cœur.

« Tu ne peux pas la renvoyer ! répéta Harriet, hurlant à tue-tête.

— Votre père dit ...

— Et alors ? Il n'habite pas ici.

— Bon, les filles, parlez vous-mêmes à Ida, alors. Elle reconnaît comme moi que depuis quelque temps la situation ne nous convient ni aux unes, ni aux autres. »

Il y eut un long silence.

« Pourquoi t'as été raconter à Ida que je l'avais accusée ? reprit Harriet. Tu lui as dit quoi ?

— Nous en parlerons plus tard. » Charlotte se détourna et s'allongea sur le lit.

« Non ! *Maintenant !*

— Ne t'inquiète pas, Harriet », dit sa mère. Elle ferma les yeux. « Et ne pleure pas, Allison, arrête, s'il te plaît, je ne supporte pas ça, continua-t-elle, sa voix s'estompant peu à peu. Tout va s'arranger, je vous le promets... »

Crier, cracher, griffer, mordre – rien de tout cela n'était à la hauteur de la rage que Harriet éprouvait. Elle considéra le visage serein de sa mère. Elle respirait paisiblement. La sueur perlait sur sa lèvre supérieure, où le rouge à lèvres corail s'était atténué, s'incrustant dans les ridules ; ses paupières étaient luisantes, meurtries, avec, sur le coin interne, des creux profonds, comme des empreintes de pouces.

Harriet laissa Allison au chevet de sa mère, et descendit en tapant sur la rampe. Ida était toujours dans son fauteuil, et regardait par la fenêtre, la joue appuyée sur sa main, et quand Harriet s'arrêta sur le seuil pour la contempler, pleine de chagrin, une réalité inexorable parut émaner de tout son être. Ida rayonnait, jamais elle n'avait semblé si palpable, si stable, si robuste, si merveilleusement solide. Sous le fin coton gris de sa robe passée, sa poitrine se soulevait puissamment, en cadence avec sa respiration. Sur une impulsion Harriet fit le geste de bondir vers le fauteuil, mais Ida – les joues encore brillantes de larmes – tourna la tête, et lui lança un regard qui la pétrifia sur place.

Longtemps, elles se fixèrent ainsi. Depuis que Harriet était petite, elles s'étaient ainsi affrontées – c'était un jeu, une épreuve de force, une comédie, mais pas cette fois ; la situation était terrible, irrévocable, et personne ne rit lorsque Harriet fut obligée de détourner les yeux, honteuse. En silence – car elle ne pouvait rien faire d'autre – elle s'éloigna, la tête basse, sentant, dans son dos, la brûlure du regard meurtri de son Ida bien-aimée.

« Qu'est-ce qu'il y a ? » demanda Hely quand il vit l'expression triste et abattue de son amie. Il était sur le point de lui faire une scène pour avoir mis tant de temps à revenir, mais son visage lui fit comprendre qu'ils se trouvaient face à de très, très gros ennuis : les pires qu'ils eussent jamais connus.

« Maman veut virer Ida.

— Merde », répondit aimablement Hely.

Harriet fixa le sol, essayant de retrouver sa voix et sa figure des jours normaux.

« On ira chercher les vélos plus tard », dit-elle ; et son ton naturel la rasséréna.

« Non ! Mon père va me tuer !

— Dis-lui que le tien est ici.

— Je ne peux pas le laisser là-bas, c'est tout. Quelqu'un va le voler... Ecoute, tu m'as promis de venir, s'écria Hely, désespéré. Accompagne-moi, c'est tout ce que je te demande.

— Bon. Mais d'abord assure-moi que...

— Harriet, *s'il te plaît.* J'ai rangé tout ce bordel pour toi, et tout ça.

— Promets-moi que tu reviendras avec moi ce soir. Pour la caisse.

— Tu veux l'emporter où ? demanda Hely, pris de court. On ne peut pas la cacher *chez moi*. »

Harriet leva les deux mains : sans croiser les doigts.

« Bon », dit Hely, qui l'imita – c'était leur code secret, qui les liait autant qu'une promesse verbale. Puis il se détourna et, d'un pas rapide, traversa la pelouse et regagna la rue, Harriet sur les talons.

Ils s'approchèrent, rasant les arbustes, se baissant derrière les arbres et, à une centaine de mètres de la maison de bois, Hely saisit le poignet de Harriet et tendit le doigt. Sur le terre-plein, une longe tige chromée brillait sous les branches massives de la clèthre à feuilles d'aulne.

Prudemment, ils avancèrent. L'allée était déserte. Devant la maison voisine, où habitaient le chien Pancho et sa maîtresse, était garée une voiture blanche du comté que Harriet reconnut, car elle appartenait à Mrs Dorrier. Tous les mardis à trois heures quarante-cinq, la berline montait lentement chez Libby, et l'infirmière en sortait, sanglée dans son uniforme bleu du Service social, pour venir prendre la tension de sa grand-tante : elle gonflait le manchon sur le petit bras frêle de Libby, comptant les secondes sur son large bracelet-montre d'homme pendant que sa patiente – affolée à un point indescriptible par tout ce qui avait un rapport lointain avec la médecine, la maladie ou les docteurs – fixait le plafond, les yeux pleins de larmes derrière ses lunettes, la main pressée sur sa poitrine, la bouche tremblante.

« On y va », dit Hely, jetant un regard par-dessus son épaule.

Harriet indiqua la voiture du menton. « L'infirmière est là-bas, chuchota-t-elle. Attends qu'elle parte. »

Ils attendirent derrière un arbre. Au bout d'une minute ou deux, Hely dit : « Pourquoi elle met autant de temps ?

— J'sais pas », répondit Harriet, qui se posait la même question ; Mrs Dorrier avait des patients dans tout le comté, et passait chez Libby en coup de vent, sans jamais s'attarder pour bavarder ou prendre un café.

« Je ne vais pas passer la journée ici », chuchota Hely, mais à ce moment la porte s'ouvrit de l'autre côté de la rue, et Mrs Dorrier sortit avec sa coiffe blanche et son uniforme bleu. La femme tannée par le soleil la suivait en peignoir vert perroquet et mules crasseuses, Pancho sur le bras. « Deux dollars le cachet ! croassa-t-elle avec son accent de la côte Est. Je prends quarante dollars de médicaments par jour ! J'ai dit à ce garçon, chez le pharmacien...

— Les médicaments coûtent cher, répondit poliment Mrs Dorrier, se détournant pour partir ; elle était grande et mince, cinquante ans environ, avec une mèche grise dans ses cheveux noirs, et un maintien très correct.

— J'ai dit : "Mon petit, j'ai un emphysème ! J'ai des calculs ! J'ai de l'arthrite !" Qu'est-ce que t'as, Panch ? » dit-elle à son chien, qui s'était raidi sous son étreinte, ses oreilles gigantesques dressées de chaque côté de sa tête. Bien que Harriet fût cachée derrière l'arbre, il semblait la voir ; ses yeux de maki la fixaient directement. Il lui montra les crocs, puis – comme enragé – il se mit à aboyer férocement et à se débattre pour échapper à sa maîtresse.

Du plat de la main, la femme lui donna un coup sur la tête. « La ferme ! »

Mrs Dorrier rit – un peu mal à l'aise –, puis elle prit son sac et descendit les marches. « A mardi prochain, alors.

— Il est très énervé, cria la femme, retenant Pancho. On a eu un voyeur hier. Et la police est venue chez les voisins.

470

— Bonté divine ! » Mrs Dorrier s'arrêta devant la portière de sa berline. « Ce n'est pas possible ! »

Pancho aboyait toujours furieusement. Tandis que l'infirmière montait dans sa voiture et démarrait lentement, la vieille dame – debout sur le trottoir – donna encore une tape à son chien, puis l'emporta à l'intérieur et claqua la porte.

Hely et Harriet attendirent une minute ou deux, retenant leur souffle, et, quand ils furent certains qu'aucune voiture n'arrivait, ils traversèrent la chaussée, rapides comme l'éclair, jusqu'au terre-plein et se laissèrent tomber à genoux dans l'herbe, à côté de leurs bicyclettes.

Harriet tendit le cou vers l'allée de la maison de bois. « Il n'y a personne. » Le poids qui l'oppressait s'était envolé, et elle se sentait plus légère, alerte, sereine.

Avec un grognement, Hely dégagea son vélo.

« Je veux le serpent qui est là-dessous. »

Le ton brusque de sa voix inspira à Hely de la pitié, sans qu'il sût pourquoi. Il redressa sa bicyclette. Harriet se tenait à cheval sur la sienne, et le fixait.

« On reviendra », dit-il, évitant son regard. Il sauta en selle, et ensemble, ils prirent leur élan et filèrent dans la rue.

Harriet le doubla et lui coupa le passage à l'angle, l'air agressif. Elle se comportait comme si elle venait de prendre une raclée, pensa-t-il, la voyant qui pédalait furieusement, couchée sur son guidon, tel Dennis Peet, ou Tommy Scoggs, des gosses qui battaient les plus petits comme plâtre, et se faisaient tabasser à leur tour par les grands. Quand Harriet était dans cette humeur risque-tout, ça l'excitait – peut-être parce que c'était une fille. L'idée du cobra l'excitait aussi, et bien qu'il n'eût guère envie d'expliquer à son amie – pas encore – qu'il avait lâché une demi-douzaine de serpents dans l'appartement, il venait de réaliser que la maison de bois était déserte, et le resterait peut-être un certain temps.

« A ton avis, il mange souvent ? » demanda Harriet, qui se penchait pour pousser le chariot par-derrière, tandis que Hely le tirait par l'avant – pas très vite, car il faisait presque trop noir pour y voir clair. « On devrait peut-être lui donner une grenouille. »

Hely fit descendre le chariot sur la chaussée. Une serviette de plage prise chez lui enveloppait la caisse. « Pas question que je file une grenouille à ce truc », dit-il.

Il avait supposé à juste titre que la maison des Mormons était vide. Cela n'avait été qu'une intuition, rien de plus : fondée sur la conviction que personnellement, il eût préféré passer la nuit enfermé dans un coffre de voiture que dans un appartement où on avait trouvé des serpents à sonnette en liberté. Il n'avait pas encore rapporté à Harriet ce qu'il avait fait, mais avait suffisamment médité ses actes pour justifier de son innocence. Il ne se doutait guère qu'en ce moment même, dans une salle du Holiday Inn, les Mormons étaient en train de discuter avec un avocat de droit immobilier de Salt Lake, pour savoir si la présence d'animaux venimeux dans une propriété louée constituait une violation de contrat.

Hely espérait qu'aucun automobiliste ne les verrait au passage. Ils étaient censés être au cinéma tous les deux. Son père leur avait donné de l'argent pour ça. Harriet avait passé tout l'après-midi chez lui, ce qui ne lui ressemblait pas (d'ordinaire, elle se lassait de sa compagnie, et rentrait tôt, même lorsqu'il la suppliait de rester), et ils étaient restés dans sa chambre pendant des heures, assis en tailleur sur le sol, à jouer au jeu de puce tout en parlant doucement du cobra volé et de ce qu'ils allaient en faire.

La caisse était trop volumineuse pour être cachée dans l'un de leurs jardins. Ils avaient fini par se décider pour un pont autoroutier abandonné en dehors de la ville, qui surplombait la County Line Road, à un endroit particulièrement désolé.

Hisser la caisse de dynamite de dessous la maison, et la charger sur le vieux chariot rouge de Hely avait été plus facile qu'ils ne l'avaient imaginé ; ils n'avaient vu personne. La nuit était brumeuse et étouffante, avec des grondements de tonnerre dans le lointain. Les coussins des meubles de jardin avaient été rangés, les tourniquets d'arrosage fermés et les chats rentrés à l'intérieur.

Ils avancèrent sur le trottoir, dans un bruit de ferraille. Le dépôt de trains se trouvait à deux rues à peine de High Street, et les trottoirs étaient dégagés, mais plus ils allaient vers l'est – près des cours de marchandises et du fleuve – et moins ils voyaient de lumières. De hautes herbes bruissaient dans les cours abandonnées, où se dressaient des pancartes disant À VENDRE et DÉFENSE D'ENTRER.

Seuls deux trains de passagers s'arrêtaient chaque jour à la gare d'Alexandria. A sept heures quatorze, le City de La Nouvelle-Orléans, qui revenait de Chicago ; à vingt heures quarante-sept, il s'arrêtait de nouveau, dans l'autre sens, et le reste du temps, la gare était pratiquement déserte. Le petit guichet branlant, avec son toit en pente et sa peinture écaillée, était éteint, mais le préposé arriverait dans une heure pour l'ouvrir. Derrière, une série de routes de gravier inutilisées reliaient les gares de triage aux dépôts de marchandises, et les dépôts de marchandises à l'égreneuse de coton, à la scierie, et au fleuve.

Ensemble, Hely et Harriet s'arrêtèrent pour faire descendre le chariot du trottoir, et le caler sur le gravier. Des chiens aboyaient – de gros chiens, qui n'étaient pas loin.

Vers le sud du dépôt, on voyait les lumières du chantier de scierie, et en arrière, les réverbères rassurants de leur propre quartier. Tournant le dos à ces derniers reflets de la civilisation, ils partirent résolument dans la direction opposée – s'enfonçant dans l'obscurité des immenses terrains vagues qui s'étendaient vers le nord, après les dépôts désaffectés, avec leurs wagons couverts, leurs wagons plats, vides, jusqu'à l'étroit sentier de gravier qui disparaissait dans les bois de pins noirs.

Hely et Harriet avaient joué le long de cette route isolée – qui conduisait à l'entrepôt de coton abandonné – mais pas souvent. La forêt était immobile, effrayante ; même en plein jour, le chemin mélancolique – qui disparaissait presque – était toujours noyé dans l'ombre dense des ailantes, des hamamélis et des pins enchevêtrés de lianes grimpantes. L'air était humide et malsain, vibrant de moustiques, et le silence rarement interrompu par la course inopinée d'un lapin dans le fourré, ou les croassements d'oiseaux invisibles. Plusieurs années auparavant, l'endroit avait abrité un groupe de prisonniers qui s'étaient échappés d'une chaîne de forçats. Ils n'avaient jamais vu personne dans ce lieu désolé – sauf, une fois, un minuscule garçonnet noir en culotte rouge qui, les genoux pliés, leur avait jeté une pierre par en dessous, puis était reparti, chancelant, dans les sous-bois, avec un cri aigu. Un lieu solitaire, et ni Harriet ni Hely n'aimaient y jouer, sans vouloir l'admettre ni l'un ni l'autre.

Le gravier crissait bruyamment sous les pneus du chariot. Des nuées de moucherons – insensibles aux émanations du produit anti-insecte dont ils s'étaient aspergés de la tête aux pieds – flottaient autour d'eux dans la clairière humide, étouffante. Entre l'ombre et la lueur du crépuscule, ils distinguaient tout juste ce qu'il y avait devant eux. Hely avait apporté une torche, mais maintenant qu'ils étaient là, cela ne semblait pas une très bonne idée de brandir une lampe en pleine forêt.

Comme ils continuaient, le sentier devint plus étroit, envahi par les broussailles qui l'encadraient comme deux murs, et ils durent rouler très lentement, s'arrêtant parfois pour écarter des branches et des brindilles de leur visage, dans la clarté bleutée de la nuit. « Pouah ! » dit Hely, devant, et tandis qu'ils avançaient, le bruit des mouches s'amplifia, et une odeur moite de pourriture prit Harriet à la gorge.

« Berk ! cria Hely.

— Quoi ? » Il faisait si sombre qu'elle ne voyait guère que les bandes blanches du dos du T-shirt de rugby de son ami. Le gravier crissa quand il souleva l'avant du chariot pour le pousser très à gauche.

« C'est *quoi* ? » La puanteur était incroyable.

« Un opossum. »

Une masse informe – noire d'insectes tourbillonnants – barrait le chemin. Malgré les branchages qui lui griffaient le visage, Harriet détourna la tête quand ils passèrent à côté.

Ils continuèrent, jusqu'à ce que s'estompe le bourdonnement métallique des mouches et l'odeur innommable du cadavre, puis ils s'interrompirent un moment pour se reposer. Harriet alluma la torche et souleva un coin du drap de bain, entre le pouce et l'index. Dans le faisceau lumineux, les petits yeux du cobra scintillèrent avec mépris, il ouvrit la gueule pour siffler, et la fente béante ressemblait atrocement à un sourire.

« Comment va-t-il ? demanda Hely d'un ton grognon, les mains sur les genoux.

— Très bien », répondit Harriet, qui fit un bond en arrière (de telle sorte que le cercle lumineux se balança follement dans la cime des arbres) quand le serpent frappa la grille.

« Qu'est-ce qu'il y a ?

— Rien », dit-elle. Elle éteignit sa lampe. « Ça doit pas trop l'embêter d'être bouclé dans sa caisse. » Sa voix résonnait dans le silence. « Je suppose qu'il y a passé toute sa vie. On peut pas vraiment le laisser se promener partout, hein ? »

Ils se turent une minute ou deux, puis se remirent en route, un peu à contrecœur.

« Je suppose que la chaleur ne le dérange pas, dit Harriet. Il vient d'Inde. Là-bas, il fait encore plus chaud qu'ici. »

Hely choisissait l'endroit où il posait les pieds – dans la mesure du possible, car il ne voyait rien. Dans les pins noirs, un chœur de rainettes se faisait écho de part et d'autre du sentier, leur chant se répercutant de l'oreille droite à l'oreille gauche en stéréo, à une cadence vertigineuse.

Ils arrivèrent dans un espace dégagé, où se dressait l'entrepôt de coton, grisâtre sous la clarté de la lune. Les renfoncements du dock de chargement – où ils avaient passé de nombreux après-midi, à bavarder en balançant leurs jambes – étaient différents dans l'ombre de la nuit, mais sur les portes apparaissaient distinctement les marques rondes boueuses des balles de tennis qu'ils avaient lancées.

Ensemble, ils firent passer le chariot au-dessus d'un fossé. Le plus dur était passé. La County Line Road se trouvait à l'ouest de la ville, à trois quarts d'heure en vélo de la maison de Hely, mais le chemin derrière l'entrepôt était un raccourci. Juste après, il y avait les voies ferrées, et ensuite – au bout d'une minute ou deux – le sentier atteignait, comme par magie, la County Line Road, juste à côté du Highway 5.

Ils distinguaient les voies de l'endroit où ils étaient, à

l'arrière de l'entrepôt. Des poteaux télégraphiques, ployant sous le chèvrefeuille, se dressaient contre le ciel cramoisi. Hely se retourna, et vit au clair de lune que Harriet regardait nerveusement autour d'elle, dans les touffes de laîches qui frôlaient ses genoux.

« Qu'est-ce qu'il y a ? demanda-t-il. Tu as perdu quelque chose ?

— Une bête m'a piquée. »

De l'avant-bras, Hely essuya son front en sueur. « Le train ne sera pas là avant une heure », dit-il.

Ensemble, ils bataillèrent pour hisser le chariot sur les voies. Certes, le train de Chicago n'arriverait pas avant un bon moment, mais ils savaient tous les deux que les trains de marchandises survenaient à l'improviste. Des chargements locaux, qui s'arrêtaient au dépôt, et avançaient si lentement qu'on pouvait presque les dépasser à pied, mais les express pour La Nouvelle-Orléans passaient à la vitesse de l'éclair – au point que Hely pouvait à peine déchiffrer les inscriptions sur les wagons quand il attendait avec sa mère derrière le passage à niveau du Highway 5.

Maintenant qu'ils avaient quitté les sous-bois, ils avançaient beaucoup plus rapidement, le chariot bringuebalant sur les traverses avec un vacarme d'enfer. Hely avait mal aux dents. Ils faisaient un chahut terrible ; il n'y avait personne alentour pour les entendre, mais il craignait que le bruit, en plus des coassements des grenouilles, les empêchât d'entendre venir un train de marchandises à temps pour l'éviter. Il gardait les yeux fixés sur la voie en courant – à demi hypnotisé par la succession des barres floues sous ses pas, et par le rythme rapide, répétitif de sa respiration – et il commençait juste à se demander si, après tout, ce ne serait pas une bonne idée de ralentir et d'allumer sa torche, quand Harriet poussa un soupir exagéré, et que, levant les yeux, il éprouva un immense soulagement à la vue d'un néon rouge qui scintillait dans le lointain.

À la lisière de la grand-route, au milieu des herbes aux tiges hérissées, ils se blottirent à côté du chariot, surveillant le passage à niveau, avec son panneau ATTENTION / UN TRAIN PEUT EN CACHER UN AUTRE. Une légère brise leur rafraîchissait le visage, comme une petite pluie. S'ils regardaient à gauche – vers leur maison, au sud – ils distinguaient à peine l'enseigne de Texaco au loin, et le néon rose et vert du Jumbo's Drive In. Ici, les lumières étaient plus espacées : pas de magasins, pas de feux rouges ni de parkings, seulement des champs en friche et des hangars en tôle ondulée.

Une voiture passa en trombe, les faisant sursauter. Ils regardèrent des deux côtés pour s'assurer que rien d'autre ne venait, puis franchirent en courant les voies ferrées, et la route silencieuse. Le chariot bringuebalant entre eux dans l'obscurité, ils traversèrent un pâturage, en direction de la County Line Road. De ce côté, bien après le Country Club, la route avait un air désolé : des prairies clôturées, séparées par de vastes terrains nus et nivelés par les bulldozers.

L'âcre puanteur du fumier monta au visage de Hely. Au bout de quelques minutes seulement, il sentit sa tennis glisser sur cette matière répugnante. Il s'arrêta.

« C'est quoi ?

— Attends », répondit-il, misérable, essuyant sa chaussure sur l'herbe. Il n'y avait plus de lumières, mais la lune les éclairait assez pour qu'ils sachent exactement où ils se trouvaient. Une bande de goudron isolée, parallèle à la County Line Road, s'arrêtait au bout d'une vingtaine de mètres – une contre-allée, dont la construction avait été interrompue lorsque la commission autoroutière

478

avait décidé de faire passer l'Interstate de l'autre côté du Houma, de manière à éviter Alexandria. L'herbe pointait à travers l'asphalte boursouflé. Devant eux, l'arche pâle du pont abandonné enjambait la County Line Road.

Ensemble, ils se remirent en route. Ils avaient envisagé de cacher le serpent dans les bois, mais l'expérience d'Oak Lawn Estates était encore vivace dans leur esprit, et ils avaient reculé à l'idée de s'enfoncer dans les épaisses broussailles après la tombée de la nuit – contraints de franchir les fourrés, d'escalader les souches pourries dans le noir –, encombrés d'une caisse de vingt-cinq kilos. Ils avaient aussi songé à la cacher à l'intérieur de l'un des entrepôts, ou dans les environs, mais même les hangars désaffectés aux fenêtres bouchées par du contre-plaqué portaient la mention propriété privée.

Le pont autoroutier en béton ne présentait aucun de ces dangers. Depuis Natchez Street, il était très facile d'accès, par un raccourci ; il franchissait la County Line Road à découvert ; pourtant il était fermé à la circulation, et assez éloigné de la ville, écartant le risque de rencontrer des ouvriers, des personnes âgées trop curieuses, ou d'autres enfants.

Le pont n'était pas assez stable pour que des voitures y roulent – et même s'il l'avait été, seule une jeep aurait pu l'atteindre – mais le chariot rouge gravit assez aisément la pente, avec Harriet qui poussait derrière. De chaque côté s'élevait un muret en béton d'un mètre de haut – derrière lequel on pouvait se cacher sans peine si un véhicule passait dessous, mais lorsque Harriet leva la tête pour regarder, la voie était obscure dans les deux sens. Plus loin, de larges plaines se déployaient dans la nuit et, en direction de la ville, des lumières blanches scintillaient.

Quand ils arrivèrent au sommet, le vent soufflait plus fort : frais, dangereux, exaltant. Une poudre cendrée recouvrait la surface de la route et le muret. Hely essuya sur son short ses mains blanches comme la craie, alluma sa torche et la promena autour de lui, découvrant une auge en métal incrustée de boue, et remplie de papier froissé ; un parpaing de guingois ; un tas de sacs de ciment et une bouteille en verre avec à l'intérieur un fond poisseux de soda à l'orange. S'agrippant à la paroi, Harriet se pencha au-dessus de la route noire comme sur la rambarde d'un transatlantique. Le vent chassait ses cheveux de son visage, et Hely lui trouva l'air moins malheureux que pendant la journée.

Ils entendirent le long sifflement singulier d'un train. « Mince alors ! s'exclama Harriet, il n'est pas encore huit heures, hein ? »

Hely sentit ses genoux se dérober sous lui. « Non », répondit-il. Quelque part dans l'obscurité chantante, il entendait le vacarme périlleux des wagons qui bringuebalaient sur les voies, en direction du carrefour de Highway 5, de plus en plus fort...

Le sifflement retentit, plus proche cette fois-ci, et le train de marchandises passa avec un long chuintement tandis qu'ils le regardaient rouler sur les voies où ils avaient poussé le chariot à peine un quart d'heure plus tôt. L'écho sévère du signal d'avertissement se répercuta au loin. Au-dessus du fleuve, dans les gros nuages qui s'amassaient à l'est, zigzagua un éclair silencieux, telle une veine bleu argent.

« On devrait venir plus souvent ici », dit Harriet. Elle ne regardait pas le ciel, mais le flot noir, gluant, de l'asphalte qui s'engloutissait dans le tunnel, sous leurs pieds ; Hely se trouvait derrière elle, mais elle ne semblait pas parler pour lui, on aurait dit qu'elle se penchait au-dessus du déversoir d'un barrage, le visage fouetté par l'écume bouillonnante, assourdie par le grondement de l'eau.

Le serpent cogna les parois de sa caisse, les faisant sursauter tous les deux.

« Allons, dit la fillette, d'un ton affectueux, extravagant, du calme... »

Ils soulevèrent la caisse et la calèrent entre le muret et les sacs de ciment entassés. Harriet s'agenouilla sur le sol, au milieu des débris de tasses écrasées et de filtres de cigarettes laissés par les ouvriers, et essaya de tirer un sac vide du bas de la pile.

« Il faut qu'on se dépêche », dit Hely. La chaleur pesait sur lui comme une couverture de laine mouillée, et son nez le chatouillait, à cause de la poussière de ciment, du foin dans les champs, et de l'air chargé d'électricité.

Harriet dégagea le sac vide qui claqua dans l'air nocturne, tel le drapeau d'une expédition lunaire. Aussitôt elle l'abaissa vers le sol, et se laissa tomber derrière la barricade de béton. Hely l'imita. Rapprochant leurs têtes, ils le tendirent sur la caisse du serpent, puis le lestèrent sur les côtés avec des gros morceaux de ciment, pour qu'il ne s'envole pas.

A quoi s'occupaient les adultes en ville, enfermés dans leurs appartements ? se demanda Hely. Ils faisaient leurs contrôles bancaires, regardaient la télévision, brossaient leurs cockers ? Le vent de la nuit était frais, revigorant, et solitaire ; il ne s'était jamais senti aussi éloigné du monde connu. Echoué sur une planète déserte... le claquement des drapeaux, les funérailles militaires des morts au combat... les croix de fortune plantées dans la poussière. Sur l'horizon, les lumières disséminées d'un campement extraterrestre : des ennemis de la Fédération, probablement hostiles. *Evite les habitants,* disait la petite voix sévère dans sa tête. *Sinon c'est la mort pour toi et la fille...*

« Il sera très bien ici, déclara Harriet en se redressant.

— Tout se passera bien, prononça Hely, de sa voix profonde de commandant spatial.

481

« — Les serpents n'ont pas besoin de manger tous les jours. J'espère seulement qu'il a bu un bon coup avant de partir. »

Un éclair jaillit – illuminant le paysage, avec un violent craquement. Presque simultanément, il y eut un grondement de tonnerre.

« On prend le chemin le plus long pour le retour, proposa Hely, repoussant les cheveux de ses yeux. Par la route.

— Pourquoi donc ? Le train de Chicago n'arrive pas avant un bon moment », dit-elle, comme il ne répondait pas à sa question.

L'intensité de son regard affola Hely. « Il passe dans une demi-heure.

— Ça nous suffit.

— Comme tu voudras, dit-il, heureux que sa frayeur ne transparût pas dans sa voix. Je prends la route. »

Silence. « Qu'est-ce que tu fais du chariot, alors ? »

Hely réfléchit un moment. « On le laisse ici, je suppose.

— Comme ça, dehors ?

— Qu'importe ? répondit Hely. Je ne joue plus avec.

— Quelqu'un peut le trouver.

— Personne ne viendra ici. »

Ils descendirent la rampe en courant – c'était drôle, le vent soufflait dans leurs cheveux –, l'élan les entraîna jusqu'au milieu de la prairie obscure, où, tout essoufflés, ils ralentirent enfin leur allure.

« Il va pleuvoir, dit Harriet.

— Et alors ? » répliqua Hely. Il se sentait invincible : à la tête d'une armée, en route pour la conquête de la planète. « Hé, Harriet », s'écria-t-il, indiquant une enseigne lumineuse aux lettres fleuries qui brillait en face d'eux, plantée dans l'argile du pré raclé par les bulldozers, au milieu d'un paysage lunaire :

Bosquets de l'héritage
Demeures du futur

« Le futur, ça craint, non ? » dit Hely.

Ils se hâtèrent le long du Highway 5 (Hely était sur le qui-vive ; il savait que sa mère voulait de la glace, et avait chargé son père d'aller en chercher chez Jumbo's avant la fermeture) en se cachant derrière les réverbères et les bennes à ordures. Dès qu'ils le purent, ils s'enfoncèrent dans l'obscurité des rues latérales pour se diriger vers la place, et le cinéma Pix.

« Vous avez manqué la moitié du film, dit la fille au visage luisant qui tenait la caisse, levant les yeux de son poudrier.

— C'est pas grave. » Hely poussa ses deux dollars sous la vitre et recula – balançant les bras, les jambes parcourues de tics nerveux. Regarder la fin d'un film sur une Volkswagen parlante était la dernière chose au monde qu'il eût envie de faire. A l'instant où la fille ferma son poudrier d'un coup sec et attrapa son trousseau pour faire le tour et leur ouvrir la porte, un sifflement de locomotive à vapeur retentit dans le lointain : le vingt heures quarante-sept, destination La Nouvelle-Orléans, qui entrait dans la gare d'Alexandria.

Hely lança un coup dans l'épaule de Harriet. « Un de ces soirs, on devrait sauter dedans et aller à La Nouvelle-Orléans. »

Elle se détourna, les bras croisés sur sa poitrine, et regarda dans la rue. Le tonnerre grondait au loin. En face, l'auvent de la quincaillerie claquait dans le vent, et des morceaux de papier volaient et tourbillonnaient sur le trottoir.

Hely leva les yeux vers le ciel, tendit la paume. Comme

la fille introduisait la clé dans la serrure de la porte vitrée, une goutte de pluie s'écrasa sur son front.

« Gum, tu sais conduire la Trans Am ? » demanda Danny. Il était défoncé, il planait comme un cerf-volant, et sa grand-mère paraissait aussi épineuse qu'un cactus, dans son peignoir rouge fleuri : *fleuri,* se dit-il, la regardant de son fauteuil, *fleur de papier rouge.*

Et Gum – tel un cactus – végéta un moment, avant de sursauter, et de répondre de sa voix pointue :

« Conduire, c'est pas le problème. C'est juste trop bas pour moi. A cause de l'arthurite.

— Eh, je peux pas... » Danny dut s'interrompre pour réfléchir, puis recommencer : « Je peux te conduire au tribunal si tu veux, mais ça n'empêchera pas la voiture d'être trop basse. » Rien n'était de la bonne hauteur pour sa grand-mère. Quand la camionnette était en état de marche, elle se plaignait car la cabine était trop haute.

« Oh, répondit sereinement Gum, ça me dérange pas que tu m'emmènes, petit. Autant que tu fasses quelque chose de ton permis poids lourds qu'a coûté si cher. »

Lentement, très lentement, sa petite main brune accrochée au bras de Danny, elle trottina jusqu'à la voiture – traversant la cour en terre battue où Farish, installé dans sa chaise longue, démontait un téléphone, et il vint à l'esprit de Danny (en un éclair saisissant, comme cela arrivait parfois) que tous ses frères, et lui aussi, pénétraient au fond de la nature des choses. Curtis voyait le bien chez les gens, Eugene voyait la présence de Dieu dans le monde, où chaque chose avait son rôle et sa place. Danny lisait dans l'âme des gens et saisissait les motivations de leurs actes, et quelquefois – sous l'effet de la drogue – il prédisait un tout petit peu l'avenir. Et Farish – avant son accident, en tout cas – avait fait preuve de plus de perspicacité que n'importe lequel d'entre eux. Farish comprenait le pouvoir et les possibilités cachées : il comprenait comment les choses fonctionnaient – les moteurs et les animaux qu'il empaillait dans son atelier. Mais aujourd'hui, s'il s'intéressait à un objet, il avait besoin de le démonter et d'étaler toutes les pièces sur le sol pour s'assurer qu'il ne contenait rien de particulier.

Gum n'aimait pas la radio, aussi roulèrent-ils en silence jusqu'à la ville. Danny était attentif au bourdonnement simultané de chaque fragment métallique de la carrosserie couleur de bronze du véhicule.

« Eh bien, dit-elle placidement, depuis le début j'ai eu peur que ce boulot de chauffeur de camion ne donne rien de bon. »

Danny se tut. L'époque où il conduisait un camion, bien avant sa deuxième arrestation pour vol à main armée, avait été la plus heureuse de sa vie. Il avait beaucoup circulé, jouant de la guitare la nuit, avec le vague espoir de créer un orchestre, et le métier de chauffeur lui paraissait bien ennuyeux et ordinaire en comparaison de l'avenir qu'il se préparait. Mais à présent, quand il y repensait – quelques années à peine s'étaient écoulées depuis, mais cela paraissait une éternité –, c'était aux journées dans les camions qu'il songeait avec nostalgie, et non aux soirées dans les bars.

Gum soupira. « Je suppose que c'est aussi bien, dit-elle de sa voix grêle et fluette. Tu aurais conduit ce camion pourri jusqu'à ta mort. »

Ça vaudrait mieux que d'être coincé à la maison, songea Danny. Sa grand-mère lui avait toujours fait sentir qu'il était stupide d'aimer ce travail. « Danny n'espère pas grand-chose de la vie. » Voilà ce qu'elle n'avait cessé de répéter quand la compagnie l'avait engagé. « C'est

mieux comme ça, Danny, au moins tu ne seras pas déçu. »
C'était la principale leçon qu'elle avait inculquée à ses
petits-fils : ne pas espérer grand-chose de la vie. Le
monde était un endroit cruel, l'homme est un loup pour
l'homme (pour citer un autre de ses dictons favoris). Si un
de ses garçons en attendait trop, ou s'élevait au-dessus de
son niveau, ses espoirs seraient brisés, piétinés. Mais, aux
yeux de Danny, c'était une drôle de leçon.

« Je l'ai bien dit à Ricky Lee. » Cicatrices, blessures et
veines noirâtres, atrophiées sillonnaient le dos des mains
de Gum, tranquillement croisées sur ses genoux. « Quand
il a obtenu cette bourse de basket-ball à l'université de
Delta State, il aurait été obligé de travailler le soir en plus
de ses études et de son entraînement, juste pour payer ses
livres. J'ai dit : « J'aime pas l'idée que tu travailles tellement plus dur que tous les autres, Ricky. Pour qu'une
bande de gosses de riches qui en ont plus que toi se fiche
de toi. »

— Oui », dit Danny, quand il comprit que sa grand-
mère attendait une réponse de sa part. Ricky Lee n'avait
pas accepté la bourse ; à eux deux, Gum et Farish avaient
réussi à le tourner suffisamment en ridicule pour qu'il la
refuse. Et où était-il aujourd'hui ? En prison.

« Tout ça. L'école et le travail de nuit. Juste pour jouer
au ballon. »

Danny se jura que, le lendemain, Gum se rendrait seule
au tribunal.

Ce matin-là, Harriet se réveilla et regarda un moment
le plafond avant de se souvenir de l'endroit où elle était.
Elle se rassit – elle avait encore dormi habillée, sans se
laver les pieds – et descendit au rez-de-chaussée. Ida
Rhew accrochait du linge dans la cour. Harriet la regarda.

Elle songea à prendre un bain – sans qu'on le lui demande – pour faire plaisir à Ida, mais se ravisa : en la voyant apparaître toute sale, dans les vêtements crasseux de la veille, la domestique comprendrait certainement combien sa présence était indispensable. Fredonnant, la bouche pleine de pinces à linge, Ida se pencha vers son panier. Elle ne semblait ni perturbée, ni triste, seulement préoccupée.

« Tu es renvoyée ? » demanda Harriet, la fixant attentivement.

Ida sursauta ; puis elle retira les pinces de sa bouche.

« Tiens, tiens, bonjour, Harriet ! dit-elle, d'une voix chaleureuse et impersonnelle qui fit défaillir la fillette. T'es bien sale ! Va donc te laver.

— Tu es renvoyée ?

— Non, j'suis pas renvoyée. J'ai décidé, répondit Ida, retournant à son travail, j'ai décidé de partir vivre avec ma fille à Hattiesburg. »

Des moineaux pépiaient dans les arbres. Ida secoua une taie d'oreiller mouillée, avec un violent claquement, et la suspendit sur le fil. « C'est ce que j'ai décidé, déclara-t-elle. Il est temps. »

Harriet avait la bouche sèche. « C'est loin, Hattiesburg ? demanda-t-elle, bien qu'elle sût, sans qu'on le lui dise, que la ville se trouvait près du golfe du Mexique – à des centaines de kilomètres.

— Tout en bas. Là où il y a ces vieux pins aux longues aiguilles ! T'as plus besoin de moi, observa-t-elle avec naturel, comme si elle annonçait à Harriet qu'elle n'avait pas besoin d'une part de dessert supplémentaire, ni d'un autre Coca. J'étais à peine plus vieille que toi quand je m'suis mariée. Avec un bébé. »

Harriet, choquée, se sentit insultée. Elle détestait les nourrissons – Ida savait à quel point.

« Oui, mamzelle. » Distraitement, Ida fixa une autre chemise sur la corde. « Tout change. J'avais juste quinze ans quand j'ai épousé Charley T. Toi aussi tu vas te marier bientôt. »

Il ne servait à rien de discuter avec elle. « Charley T. part avec toi ?

— Bien sûr que oui.

— Il a envie de partir ?

— J'suppose.

— Vous allez faire quoi là-bas ?

— Qui, moi ou Charley ?

— Toi.

— J'sais pas. Travailler pour quelqu'un d'autre, sans doute. M'occuper d'autres gosses ou de bébés. »

Penser qu'Ida – Ida ! – l'abandonnait pour un marmot baveux !

« Tu pars quand ? demanda Harriet d'un ton glacial.

— La semaine prochaine. »

Il n'y avait rien d'autre à dire. L'attitude d'Ida laissait clairement entendre qu'elle ne souhaitait pas poursuivre la conversation. Harriet l'observa un moment – penchée vers la corbeille à linge, se relevant pour accrocher les vêtements, et se courbant de nouveau – puis elle s'éloigna dans la cour, sous le soleil indifférent, irréel. Quand elle entra dans la maison, sa mère, – qui errait, anxieuse, dans sa chemise de nuit de conte de fées – arriva dans la cuisine en trottinant, et voulut l'embrasser, mais la fillette se dégagea et sortit bruyamment par la porte de derrière.

« Harriet ? Qu'est-ce qu'il y a, chérie ? s'exclama piteusement Charlotte depuis le seuil. Tu as l'air en colère contre moi... ? Harriet ? »

Ida, incrédule, la regarda passer comme une furie ; elle retira les pinces à linge de sa bouche. « Réponds à ta maman, ordonna-t-elle d'une voix qui, d'ordinaire, la clouait sur place.

— Je n'ai plus à t'obéir », répondit Harriet, sans s'arrêter.

« Si ta mère ne veut pas garder Ida, déclara Edie, je ne peux pas intervenir. »

Harriet tenta en vain de croiser son regard. « Pourquoi pas ? dit-elle enfin, et, quand sa grand-mère reprit son calepin et son crayon, elle insista : Edie, *pourquoi pas* ?

— Parce que c'est comme ça », répliqua Edie, qui essayait de décider ce qu'elle allait emporter à Charleston. Ses ballerines bleu marine étaient les plus confortables, mais les escarpins convenaient beaucoup mieux à ses tailleurs d'été pastel. Elle était aussi un peu irritée que Charlotte ne l'eût pas consultée à propos d'une décision aussi importante que le renvoi de la domestique.

« Mais pourquoi tu ne peux pas intervenir ? » insista la fillette.

Edie posa son crayon. « Harriet, ce n'est pas mon rôle.

— Ton *rôle* ?

— On ne m'a pas demandé mon avis. Ne t'inquiète pas, petite, dit Edie d'un ton plus enjoué, se levant pour se verser une autre tasse de café et poser une main distraite sur son épaule. Tout ira pour le mieux ! Tu verras ! »

Satisfaite d'avoir réglé le problème si aisément, Edie se rassit avec son café et déclara, après un silence paisible – selon elle : « J'aimerais bien avoir quelques-unes de ces tenues qui ne demandent aucun entretien, pour mon voyage. Les miennes sont tout usées, et le lin n'est pas pratique. Je peux toujours accrocher une malle penderie à l'arrière de la voiture... » Elle ne regardait pas Harriet, mais un point au-dessus de sa tête ; et elle replongea dans ses pensées, sans remarquer le visage empourpré de sa petite-fille, ni son regard hostile, provocateur.

Au bout de quelques instants – de réflexion, pour Edie – des pas firent craquer les lattes du porche. « Ohé ! Une ombre – la main posée sur le front – chercha à voir à travers la moustiquaire. Edith ?

— Ça, par exemple ! cria une autre voix, ténue et joyeuse. Mais c'est Harriet que je vois avec toi ! »

Sans laisser à Edie le temps de se lever de table, la fillette bondit et se précipita à la porte – dépassant Tat pour se jeter dans les bras de Libby.

« Où est Adélaïde ? demanda Edie à Tat, qui se tournait pour sourire à Harriet.

Tat roula les yeux.

« Elle voulait s'arrêter à l'épicerie pour acheter un pot de Sanka.

— Ça alors, disait Libby sur le porche, d'une voix légèrement étouffée. Harriet, bonté divine ! Quel accueil enthousiaste...

— Harriet, intervint sèchement Edie, ne t'accroche pas à Libby. »

Elle attendit, et écouta. Elle entendit sa sœur qui s'écriait : « Tu es sûre que ça va, mon ange ?

— Mon Dieu, s'exclama Tatty, cette petite pleure ?

— Libby, combien tu payes Odean par semaine ?

— Comment ? Pourquoi poses-tu une question pareille ? »

Edie se leva et se dirigea vers la moustiquaire. « Ça ne te regarde pas, Harriet, jeta-t-elle. Viens là.

— Oh, Harriet ne me dérange pas », protesta Libby, dégageant son bras pour rajuster ses lunettes ; pleine d'innocence et de naturel, elle considéra Harriet d'un air perplexe.

« Ta grand-mère veut dire..., commença Tat, suivant Edie sur le porche – depuis l'enfance, elle avait eu pour tâche de reformuler avec diplomatie les remarques et les jugements définitifs de sa sœur –, elle veut dire qu'il n'est pas poli de poser aux gens des questions sur l'argent.

— Moi je n'y vois pas d'inconvénient, répondit Libby, loyalement. Harriet, je donne à Odean trente-cinq dollars par semaine.

— Maman ne paie Ida que vingt dollars. Ce n'est pas normal, n'est-ce pas ?

— Oh, dit Libby en clignant les paupières, après une pause, visiblement interloquée, je ne sais pas. Enfin, ta mère n'a pas tout à fait tort, mais... »

Déterminée à ne pas perdre la matinée à discuter du renvoi d'une bonne, Edie l'interrompit. « Tu es bien coiffée, Lib. N'est-ce pas qu'elle est bien coiffée ? Tu es allée chez qui ?

— Mrs Ryan, répondit sa sœur, levant une main incertaine pour tapoter sa tempe.

— Nous avons toutes les cheveux gris, dit plaisamment Tatty, et maintenant on nous confond.

— Tu n'aimes pas la coiffure de Libby ? demanda sévèrement Edie. Harriet ? »

La fillette, au bord des larmes, détourna le regard avec colère.

« Je connais une petite fille qui aurait besoin de se faire couper les cheveux, intervint Tat d'un ton badin. Ta mère t'envoie toujours chez le barbier, Harriet, ou bien tu vas au salon de coiffure ?

— Je suppose que Mr Liberti travaille aussi bien, et pour moitié prix, reprit Edie. Tat, tu aurais dû dire à Adélaïde de ne pas s'arrêter à l'épicerie. Je lui ai expliqué que j'avais déjà emballé pour elle des tonnes de chocolat en petits sachets individuels.

— Edith, je le lui ai rappelé, mais elle prétend que le sucre lui est interdit. »

Edie recula l'air malicieux, faussement stupéfaite. « Et

pourquoi donc ? Le sucre aussi l'énerve ? » Depuis peu Adélaïde refusait de boire du café sous ce prétexte.

« Si elle veut du Sanka, je ne vois pas pour quelle raison elle n'en achèterait pas. »

Edie renifla. « Moi non plus. Je n'ai aucune envie qu'Adélaïde soit énervée.

— Comment ? C'est quoi cette histoire ? demanda Libby, alarmée.

— Oh, tu n'étais pas au courant, toi ? Adélaïde ne peut pas boire de café. Parce que ça l'énerve, figure-toi. » Leur sœur s'en plaignait depuis peu, imitant Mrs Pitcock, sa stupide amie de la chorale dont c'était la dernière lubie.

« Moi, j'aime bien boire une tasse de Sanka de temps en temps, s'écria Tat. Mais ce n'est pas une *obligation*. Je m'en passe très bien.

— Enfin, on ne va pas au Congo belge ! On trouve du Sanka à Charleston, il n'y a aucune raison qu'elle en emporte un grand bocal dans sa valise !

— Et pourquoi pas ? Puisque tu prends tes sachets de chocolat. Spécialement pour toi.

— Tu sais qu'Addie se lève très tôt, Edie, intervint Libby d'un ton anxieux, et elle craint que le service des chambres ne commence qu'à sept ou huit heures...

— C'est pourquoi je lui ai pris du bon chocolat ! Une tasse de chocolat chaud ne fera absolument aucun mal à Adélaïde.

— Ce que je bois m'est égal, mais un chocolat chaud, c'est drôlement bon ! » s'exclama Libby en battant des mains. Elle se tourna vers Harriet. « A la même heure, la semaine prochaine, nous serons en Caroline du Sud ! J'ai hâte d'y être !

— Oui, poursuivit Tat, d'un ton enjoué. Et ta grand-mère a eu la bonne idée de nous y conduire elle-même.

— Je ne sais pas si c'est une bonne idée, mais je compte faire en sorte que nous revenions entières.

— Libby, Ida Rhew s'en va, s'écria Harriet, d'un ton désespéré, elle quitte la ville...

— Comment ? » demanda Libby, qui était dure d'oreille ; elle regarda Edie d'un air implorant, car sa sœur avait tendance à parler plus fort et plus distinctement que la plupart des gens. « Tu dois articuler un peu mieux, Harriet.

— Il s'agit d'Ida Rhew, qui travaille chez elle, expliqua Edie, croisant les bras sur sa poitrine. Elle part, et ça perturbe Harriet. Je lui ai dit que les choses changent, que les gens vont leur chemin, et que c'est dans l'ordre des choses. »

Les traits de Libby s'affaissèrent. Avec une sympathie sincère, elle enveloppa Harriet du regard.

« Oh, quel dommage, dit Tat. Ida va te manquer, j'en suis sûre, ma chérie, elle est chez vous depuis si longtemps.

— Ah, s'écria Libby, mais cette enfant adore Ida ! N'est-ce pas, mon petit, dit-elle à Harriet, tu l'aimes autant que j'aime Odean. »

Tat et Edie échangèrent un regard choqué, et la seconde remarqua : « Tu aimes un peu trop Odean, Lib. » La paresse de la domestique était un éternel sujet de plaisanterie parmi les sœurs de Libby ; soi-disant malade, elle se prélassait dans la maison, tandis que sa patronne lui apportait des boissons fraîches et faisait la vaisselle.

« Mais Odean est chez moi depuis cinquante ans, protesta Libby. C'est ma famille. Pour l'amour du Ciel, elle était avec moi à Tribulation, et elle a une mauvaise santé.

— Elle profite de toi, lui répondit Tat.

— Chérie, s'écria Libby, qui était devenue toute rouge. Je tiens à te rappeler qu'Odean m'a *portée* hors de la maison quand j'ai eu ma pneumonie cette fois-là, à la campagne. Elle m'a portée ! Sur son dos ! De Tribulation jusqu'à Chippokes !

— Eh bien, commenta Edie d'un ton peu convaincu, elle ne fait plus grand-chose à présent. »

Sans rien dire, Libby se tourna vers Harriet un long moment, ses yeux larmoyants pleins de compassion.

« C'est terrible d'être un enfant, observa-t-elle simplement, à la merci des autres.

— Attends d'être grande, s'exclama Tatty d'un ton encourageant, posant le bras sur les épaules de la fillette. Alors tu auras ta *propre* maison, et Ida Rhew viendra vivre avec toi. Qu'en penses-tu ?

— Absurde, dit Edie. Elle va s'en remettre très vite. Une bonne de perdue, dix de retrouvées...

— Je m'en remettrai jamais ! » hurla Harriet, les faisant toutes sursauter.

Sans leur laisser le temps d'intervenir, elle repoussa le bras de Tatty et s'enfuit. Edie haussa les sourcils, l'air résigné, comme pour dire : *voilà ce que j'ai dû supporter toute la matinée.*

« Bonté divine ! s'exclama enfin Tat, passant la main sur son front.

— Pour vous dire la vérité, déclara Edie, je pense que Charlotte commet une erreur, mais j'en ai assez de mettre mon nez dans leurs affaires.

— Tu as toujours tout fait pour Charlotte, Edith.

— Je sais. Et c'est pourquoi elle est incapable de faire quoi que ce soit toute seule. Je pense qu'il est grand temps qu'elle prenne plus de responsabilités.

— Mais les filles ? intervint Libby. Tu crois qu'elles s'en sortiront ?

— Libby, tu avais Tribulation à ta charge, et papa, et nous toutes sur les bras, et tu étais à peine plus âgée qu'elle, rétorqua Edie, indiquant du menton la direction où Harriet avait disparu.

— C'est vrai. Mais ces enfants ne sont pas comme nous, Edith. Elles sont plus sensibles.

— Eh bien, notre *sensibilité* n'entrait pas en ligne de compte. Nous n'avions pas le choix.

— Quelle mouche pique cette petite ? demanda Adélaïde en gravissant les marches du porche – poudrée de frais, les lèvres maquillées, la mise en plis impeccable. Je viens de la croiser dans la rue, sale comme c'est pas permis, et courant comme une furie. Elle ne m'a même pas dit bonjour.

— Rentrons, proposa Edie, car il commençait à faire chaud. J'ai préparé du café. Pour celles qui peuvent en boire, bien sûr.

— Oh, s'écria Adélaïde, s'arrêtant pour admirer une plate-bande de lis zéphyr. Ils poussent à merveille !

— Ces lis ? Je les avais rapportés de la campagne. Je les avais arrachés en plein hiver et mis en pots, et l'été d'après un seul a pris.

— Regarde comme ils sont beaux ! » Adélaïde se pencha.

« Maman les appelait, commença Libby, glissant un coup d'œil par-dessus la balustrade du porche, maman les appelait ses lis pluie rose.

— Leur vrai nom, c'est zéphyr.

— Pluie rose, c'est le nom qu'elle leur donnait. Il y en avait à son enterrement, et aussi des tubéreuses. Il faisait si chaud quand elle est morte...

— Il faut que je rentre, déclara Edie, je vais me trouver mal. Je vais boire un café, vous venez quand vous voulez.

— Est-ce que tu pourrais mettre de l'eau à chauffer pour moi ? demanda Adélaïde. Je ne peux pas boire de café, ça...

— T'*énerve* ? » Edie haussa un sourcil. « Nous ne voulons surtout pas que tu t'*énerves*, Adélaïde. »

Hely avait fait le tour du quartier en vélo, mais Harriet n'était nulle part. Chez elle, l'atmosphère étrange (encore plus que d'habitude) lui avait paru inquiétante. Personne n'était venu à la porte. Il était entré et avait trouvé Allison qui pleurait sur la table de la cuisine, et Ida qui s'affairait et lavait le sol comme si de rien n'était. Aucune ne lui avait adressé la parole. Il en avait eu des frissons dans le dos.

Il décida d'essayer la bibliothèque. Dès qu'il poussa la porte vitrée, un courant d'air conditionné l'enveloppa – l'endroit était toujours froid, hiver comme été. Derrière le bureau de la réception, Mrs Fawcett pivota dans son fauteuil et le salua de la main en faisant cliqueter ses bracelets.

Hely lui rendit son salut et, avant qu'elle ne l'eût saisi au collet pour l'inscrire dans le programme de lecture de l'été se hâta de rejoindre la salle de consultation, le moins impoliment possible. Harriet, accoudée à la table, était assise sous un portrait de Thomas Jefferson, devant le plus grand livre qu'il eût jamais vu.

« Salut », dit-il, se glissant sur la chaise à côté d'elle. Il était si excité qu'il avait de la peine à parler tout bas. « Devine quoi. La voiture de Danny Ratliff est garée devant le tribunal. »

Il posa les yeux sur l'énorme album – composé de journaux reliés, voyait-il maintenant – et découvrit avec surprise, sur la page jaunie, une photographie horrible, grenée, de la mère de Harriet, la bouche ouverte, échevelée, devant leur maison. DRAME DE LA FÊTE DES MÈRES, disait le gros titre. Devant, une silhouette floue d'homme glissait une civière à l'arrière d'une ambulance, mais on distinguait à peine ce qu'il y avait dessus.

« Hé, dit-il – tout haut, content de lui – c'est ta maison. »

Harriet ferma le dossier ; elle indiqua d'un geste le panneau portant l'inscription « Défense de parler ».

« Viens », chuchota Hely, lui faisant signe de la suivre. Sans un mot, Harriet repoussa sa chaise et l'accompagna dehors.

Ils se retrouvèrent sur le trottoir, dans la chaleur et l'aveuglante clarté. « Ecoute, c'est la Trans Am de Danny Ratliff, je la connais, dit Hely, s'abritant les yeux de la main. Il n'y en a pas deux comme elle en ville. Si elle n'était pas garée juste devant le tribunal, j'en profiterais pour fourrer des éclats de verre sous les pneus. »

Harriet songea à Ida Rhew et à Allison : à la maison en ce moment, les rideaux fermés, en train de regarder leur stupide feuilleton avec des fantômes et des vampires.

« Allons chercher le serpent pour le mettre dans la voiture, dit-elle.

— Impossible, s'exclama Hely, brusquement calmé. On ne peut pas le trimballer jusqu'ici avec le chariot. Tout le monde nous verra.

— Pourquoi avoir pris le cobra alors ? commenta amèrement Harriet. Si on se débrouille pas pour qu'il le morde ? »

Ils restèrent un moment sans parler, sur le perron de la bibliothèque. Enfin, Harriet soupira et dit : « Je retourne à l'intérieur.

— Attends ! »

Elle se retourna.

« Voilà à quoi j'ai pensé. » Il n'avait réfléchi à rien du tout, mais il se sentait tenu de dire quelque chose pour sauver la face. « Je pensais... Cette Trans Am a un toit en T. Un toit ouvrant, ajouta-t-il, voyant l'expression interdite de son amie. Et je te parie un million de dollars qu'il doit passer par la County Line Road pour rentrer chez lui. Tous ces ploucs habitent dans ce coin, de l'autre côté du fleuve.

— Il vit là-bas, dit Harriet. J'ai vérifié dans l'annuaire.

— Super. Parce que le serpent est déjà sur la passerelle. »

Harriet fit une grimace de mépris.

« Hé, reprit Hely. L'autre jour, t'as pas vu aux infos ces mômes de Memphis qui jetaient des pierres sur les voitures, du haut d'un pont ? »

Harriet fronça les sourcils. Chez elle, personne ne regardait les actualités.

« Ça a fait toute une histoire. Deux personnes sont mortes. Un type de la police est venu pour dire aux gens de changer de voie s'ils apercevaient des gosses perchés là-haut. Allez, dit-il avec espoir, lui poussant le pied de la pointe de sa tennis. Tu ne fais rien du tout en ce moment. On doit au moins aller voir comment va le serpent. Je veux le revoir, pas toi ? Où est ton vélo ?

— Je suis venue à pied.

— Peu importe. Saute sur le guidon. Je te conduis là-bas si tu me ramènes ensuite. »

La vie sans Ida. Si Ida n'existait pas, songea Harriet – assise, en tailleur, sur la passerelle poussiéreuse, blanchie par le soleil –, alors je ne me sentirais pas aussi mal. Je dois seulement faire comme si je ne l'avais jamais connue. Très simple.

Car la maison elle-même ne serait guère différente sans Ida. Les traces de sa présence avaient toujours été infimes. Il y avait la bouteille sombre de sirop Karo qu'elle gardait dans l'office, pour en verser sur ses biscuits ; le verre en plastique rouge qu'elle remplissait de glace les matins d'été, et transportait partout pour le boire pendant la journée. (Les parents de Harriet n'aimaient pas qu'elle utilise les verres de cuisine normaux ;

le seul fait d'y penser inspirait de la honte à la fillette.) Le tablier qu'Ida rangeait sur le porche de derrière ; les semis de tomates dans des boîtes de tabac à priser, et le carré de légumes près de la maison.

C'était tout. Ida travaillait dans la maison depuis la naissance de Harriet. Mais quand les quelques objets lui appartenant auraient disparu – le verre en plastique, les boîtes de tabac, la bouteille de sirop – il ne resterait plus aucun signe de son passage. A cette idée, Harriet se sentit encore plus mal. Elle imagina le potager abandonné, envahi par les mauvaises herbes.

J'en prendrai soin, se promit-elle. *Je commanderai des graines au dos d'un magazine.* Elle se vit affublée d'un chapeau de paille et d'une blouse de jardin, comme le sarrau marron qu'Edie portait, appuyant sur sa pelle d'un geste énergique. Edie faisait pousser des fleurs : pour les légumes, la méthode était sans doute la même. Sa grand-mère lui donnerait des conseils. Elle serait probablement enchantée que sa petite-fille s'intéresse à quelque chose d'utile...

Les gants rouges surgirent dans son esprit et, à cette pensée, la frayeur, le trouble, la sensation de vide la terrassèrent comme un raz-de-marée, sous la chaleur. L'unique cadeau qu'Ida lui eût jamais fait, et elle les avaient perdus... Non, se dit-elle, tu vas retrouver ces gants, *n'y pense pas maintenant, pense à autre chose...*

A quoi ? A sa célébrité future, comme botaniste primée. Elle s'imagina, évoluant parmi les rangées de fleurs, tel George Washington Carver, vêtue d'une blouse blanche de labo. Elle serait une brillante scientifique, mais resterait humble, et n'accepterait pas d'argent en échange de ses multiples inventions de génie.

Le jour, les choses paraissaient différentes, du haut du pont autoroutier. Les prairies n'étaient pas vertes, mais marron, desséchées, avec des plaques rouges poussiéreuses, là où le bétail avait piétiné la terre. Le long des clôtures de barbelés, s'épanouissaient des buissons luxuriants de chèvrefeuille, entremêlés d'anacardiers. Au-delà, une bande de terre sans chemins, sans rien, excepté une grange en ruine – des bardeaux gris, de la tôle rouillée – comme une épave de bateau échouée sur une plage.

L'ombre des sacs de ciment empilés était étonnamment dense et fraîche – et le béton même était froid, contre son dos. *Toute ma vie je me souviendrai de cette journée,* pensa-t-elle, *de ce que je sens.* De l'autre côté de la colline, hors de sa vue, résonnait le bourdonnement monotone d'une machine agricole. Au-dessus, s'envolèrent trois buses, tels des cerfs-volants en papier noir. Le jour où elle avait perdu Ida resterait à l'image de ces ailes noires glissant dans le ciel sans nuages, de ces pâturages sans ombre et de l'air desséché, coupant comme du verre.

Hely – assis en tailleur dans la poussière blanche – était en face d'elle, le dos contre le muret, en train de lire une bande dessinée avec, en couverture, un prisonnier en tenue rayée qui rampait à quatre pattes dans un cimetière. Il semblait à moitié endormi, bien qu'il eût monté la garde quelque temps – une heure environ – à genoux, l'œil vigilant, sifflant *sssh ! sssh !* chaque fois qu'un camion passait.

Avec effort, elle concentra à nouveau ses pensées sur son potager. Ce serait le plus beau jardin du monde, avec des arbres fruitiers, des haies ornementales, des motifs de choux : il finirait par envahir toute la cour, et aussi celle de Mrs Fountain. Les automobilistes s'arrêteraient et demanderaient à le visiter. Les Jardins commémoratifs d'Ida Rhew Brownlee – non, pas commémoratifs, songea-t-elle aussitôt, ce mot donnait l'impression qu'Ida était morte.

Tout à coup, l'une des buses tomba ; les deux autres la suivirent, comme tirées par le même fil de cerf-volant, pour dévorer un mulot ou une marmotte d'Amérique écrasés par le tracteur. Une voiture approchait au loin, brouillée par les vagues d'air. Harriet s'abrita les yeux des deux mains. Au bout d'un moment elle dit : « Hely ! »

La bande dessinée se referma brutalement. « Tu es sûre ? » dit-il, se relevant pour regarder. Elle avait déjà donné deux fausses alertes.

« C'est lui », dit-elle, tombant à quatre pattes pour ramper sur le sol blanchâtre jusqu'au mur opposé, où la caisse était posée sur quatre sacs de ciment.

Hely scruta la route, les yeux plissés. Un véhicule scintillait au loin, dans un nuage de poussière et de vapeurs d'essence. Il roulait si lentement qu'il ne pouvait s'agir de la Trans Am, mais à l'instant où Hely s'apprêtait à en faire la remarque, un rayon de soleil effleura le capot, qui renvoya un reflet métallique, couleur de bronze. Dans le mirage de chaleur apparut la calandre grimaçante à face de requin, reconnaissable entre toutes.

Il se cacha derrière le mur (les Ratliff étaient armés ; il venait juste de s'en souvenir) et s'approcha en rampant pour aider Harriet. Ensemble, ils penchèrent la caisse sur le côté, la grille face à la route. Lors de la première fausse alerte, ils étaient restés pétrifiés au moment de tendre la main à tâtons pour tirer le verrou, puis s'étaient précipités avec des gestes incohérents pendant que la voiture filait sous la passerelle ; à présent, la clenche était soulevée, ils avaient un bâtonnet d'esquimau tout prêt de façon à pousser le verrou sans le toucher.

Hely jeta un regard derrière lui. La Trans Am roulait dans leur direction – à une lenteur troublante. *Il nous a vus ; c'est sûr.* Mais le véhicule ne s'arrêta pas. Nerveusement, Hely fixa la caisse, qu'ils maintenaient en équilibre au-dessus de leurs têtes.

Harriet, respirant comme si elle avait une crise d'asthme, lança un coup d'œil derrière son épaule. « OK, dit-elle, on y va, une, deux... »

La voiture disparut sous le pont ; elle tira la clenche d'un coup sec ; comme dans un film au ralenti, ils inclinèrent la caisse, unissant leur effort. Tandis que le cobra glissait et remuait, agitant sa queue pour tenter de se redresser, plusieurs pensées traversèrent l'esprit de Hely : avant tout, comment allaient-ils s'enfuir. Pourraient-ils le semer ? Il allait certainement s'arrêter – n'importe quel imbécile, surpris par un cobra tombant du ciel dans sa voiture, ne manquerait pas de le faire – et s'élancerait à leur poursuite...

Le béton vibra sous leurs pieds quand le serpent se dégagea, et fut happé par le vide. Harriet se redressa, les mains sur la rambarde, le visage dur, cruel comme n'importe quel garçon de quatrième. « Larguez les bombes », dit-elle.

Ils se penchèrent pour regarder. Hely avait le vertige. Le cobra tournoyait dans l'espace, aspiré vers l'asphalte, tout en bas. Raté, pensa-t-il en regardant la route déserte, et à ce moment précis, la Trans Am – avec son toit en T ouvert – ressortit à l'air libre, juste au-dessous du serpent qui tombait.

Plusieurs années auparavant, Pem s'était amusé à lancer des balles de base-ball à Hely, dans la rue, de la maison de leur grand-mère : une vieille maison avec une véranda moderne – presque entièrement en verre – dans Parkway, à Memphis. « Envoie-la dans cette fenêtre, avait-il dit, et je te donnerai un million de dollars. – Très bien », avait répondu Hely, qui avait pris son élan sans réfléchir, frappant la balle, *crac*, sans même la regarder, et elle était partie si loin que Pem en était resté bouche bée, filant au-dessus de leurs têtes, loin loin loin, tout droit, sans dévier de sa trajectoire, pour atterrir, *boum,* dans la fenêtre de la véranda, et pratiquement sur les genoux de sa grand-mère, qui parlait au téléphone – avec le père de Hely, avait-il appris par la suite. C'était un coup impossible, qui avait une chance sur dix mille de réussir. Hely était mauvais en base-ball ; il était toujours le dernier à être choisi pour une équipe, juste avant les gays et les retardés ; jamais il n'avait lancé une balle aussi haut, d'une main aussi sûre, infaillible, et la batte était tombée sur le sol avec un bruit sourd pendant qu'il suivait, émerveillé, l'arc de cercle si pur, visant exactement le panneau central de la véranda vitrée de sa grand-mère...

Le plus extraordinaire, c'était qu'il avait *su* que la balle allait briser la fenêtre, dès la seconde où il avait senti le choc ébranler la batte ; en la regardant filer droit sur la vitre, tel un missile guidé, il n'avait eu le temps d'éprouver qu'une joie intense, et, une ou deux secondes, le souffle coupé (juste avant qu'elle ne heurte le verre, ce but lointain et impossible) Hely et la balle de base-ball n'avaient fait qu'un ; il avait senti qu'il la guidait avec son esprit, qu'en cet étrange instant, Dieu avait, pour quelque raison, décidé de lui accorder un contrôle mental absolu sur cet objet inepte, volant à une vitesse grand V vers sa cible inévitable, crac, hourra, *banzaï*...

Malgré ce qui avait suivi (crise de larmes, fessée), c'était resté l'un des moments les plus satisfaisants de son existence. Et, plein de la même incrédulité – mêlée d'effroi, d'euphorie, et de terreur muette, fasciné par les forces invisibles de l'univers qui, se dressant comme un seul homme, s'abattaient simultanément sur ce point impossible –, Hely regarda le cobra de deux mètres de long heurter la Trans Am en diagonale, par à-coups, de telle sorte que sa lourde queue se glissa abruptement à l'intérieur, entraînant le reste de son corps.

Hely – incapable de se contenir – fit un bond, et frappa l'air de son poing : « Ouais ! » Il se mit à gambader en poussant des cris de joie, s'empara du bras de Harriet pour le secouer, et brandit un doigt jubilant vers la Trans Am, qui avait freiné brutalement, et fait une embardée vers le côté opposé de la route. Au milieu d'un nuage de poussière, elle s'avança doucement sur le bas-côté caillouteux, faisant crisser le gravier sous ses pneus.

Puis elle s'immobilisa. Avant qu'ils aient eu le temps de bouger ou d'ouvrir la bouche, la portière s'ouvrit et, au lieu de Danny Ratliff, apparut une sorte de momie squelettique : frêle, asexuée, habillée d'un tailleur-pantalon hideux, jaune moutarde. Elle essaya faiblement de s'attraper le bras, fit quelques pas sur la chaussée, s'arrêta et tituba sur deux ou trois mètres, dans le sens contraire. *Aaaaaaaïïïïeeee*, gémissait-elle. Ses cris étaient ténus et étrangement désincarnés, considérant que le cobra était accroché à son épaule ; deux solides mètres de corps noir qui se balançaient sous le capuchon (les sinistres taches circulaires très visibles) se terminant par une longue queue étroite et effroyablement active qui soulevait un tourbillon de poussière rouge.

Harriet était pétrifiée. Bien qu'elle eût visualisé ce moment avec une certaine clarté, il se déroulait à l'envers, du mauvais côté du télescope – les cris, distants, inhumains, les gestes ternes, rétrécis par une horreur ritualisée, insolite. Impossible de tout arrêter, de remettre les jouets en place, de renverser l'échiquier et de recommencer la partie.

Elle fit demi-tour et s'enfuit. Derrière elle, un cliquetis et un appel d'air, et la minute suivante, la bicyclette de Hely l'évita, rebondit sur la rampe, et fila sur la route – chacun pour soi désormais, Hely couché sur son guidon comme l'un des singes ailés du *Magicien d'Oz* et pédalant furieusement.

504

Harriet courut, le cœur battant, l'écho absurde des faibles cris de la momie (aïïï... aïïï...) résonnant au loin. Le ciel flamboyait, lumineux, meurtrier. Elle sauta le talus... courut dans l'herbe, dépassa la pancarte « Défense d'entrer » sur la clôture, parvint au milieu du pâturage... L'objectif qu'ils avaient recherché, et atteint, dans la clarté insondable de la passerelle, n'était pas tant la voiture même qu'un point de non-retour : le temps maintenant circonscrit dans un rétroviseur, le passé reculant en accéléré, jusqu'au point de fuite. Sa course l'entraînait vers l'avant, et sans doute la conduirait-elle chez elle ; mais elle ne pouvait pas la ramener en arrière – ni dix minutes, ni dix heures, ni dix années, ou dix jours. Et c'était galère, comme disait Hely. Galère : car c'était en arrière qu'elle voulait aller, c'était dans le passé qu'elle voulait se réfugier.

Le cobra plongea avec joie au milieu des hautes herbes du pâturage, dans la chaleur et la végétation qui lui rappelaient sa terre natale, et entra dans la fable et la légende de la ville. En Inde, il avait chassé à la lisière des villages et des zones cultivées (se glissant dans les sacs de grain au crépuscule, se nourrissant de rats) et il s'adapta promptement aux granges, aux greniers à maïs et aux décharges de son nouveau pays. Au cours des années à venir, les fermiers, les chasseurs et les ivrognes apercevraient le cobra ; des amateurs de curiosités tenteraient de le traquer, de le photographier ou de le tuer ; et de nombreux récits de morts mystérieuses planeraient sur son chemin solitaire et silencieux.

« Pourquoi t'étais pas avec elle ? demanda Farish dans la salle d'attente des soins intensifs. Voilà ce que je veux savoir. Je croyais que tu te chargeais de la raccompagner à la maison.

— Comment je pouvais savoir qu'elle sortait plus tôt ? Elle aurait dû m'appeler à la salle de billard. Quand je suis arrivé au tribunal à cinq heures, elle était partie. » *En me laissant en rade*, aurait voulu ajouter Danny, mais il ne le fit pas. Il avait dû se rendre à pied à la station de lavage et trouver Catfish pour qu'il le ramène chez lui.

Farish respirait très bruyamment, par le nez, comme chaque fois qu'il était sur le point de se mettre en colère. « Très bien, alors t'aurais dû attendre là avec elle.

— Au tribunal ? Dehors, dans la voiture ? Toute la journée ? »

Farish jura. « J'aurais dû la conduire moi-même, dit-il en se détournant. J'aurais dû deviner qu'un truc comme ça risquait d'arriver.

— Farish », commença Danny, puis il s'interrompit. Il valait mieux ne pas lui rappeler qu'il ne pouvait plus conduire.

« Enfin, bordel, pourquoi tu l'as pas emmenée avec le camion ? aboya Farish. Explique-moi ça.

— Elle a dit qu'elle pouvait pas monter dedans, que c'était trop haut. *Trop haut,* répéta Danny en voyant la méfiance apparaître sur les traits de son frère.

— J'ai entendu », dit Farish en l'observant. Il y eut un long moment pénible.

Gum était en salle de réanimation, avec deux perfusions et sous monitoring cardio-respiratoire. Un chauffeur de camion qui passait par là l'avait amenée. Il était arrivé juste à temps pour voir l'étonnant spectacle d'une vieille dame titubant sur la route, un cobra royal accroché à son épaule. Il s'était garé, avait sauté dehors et frappé la bête avec un tuyau d'irrigation flexible de deux mètres de long qu'il gardait à l'arrière de son véhicule. Une fois tombé sur le sol, le serpent avait filé dans les herbes – aucun doute, dit-il au médecin des urgences en lui amenant Gum, c'était un cobra, il avait reconnu le capuchon dilaté, la double tache circulaire. Il savait à quoi ils ressemblaient, précisa-t-il, à cause de l'image sur la boîte de plombs de carabine.

« C'est comme les tatous et les abeilles tueuses, suggéra le chauffeur de camion – un petit bonhomme trapu, avec une large figure joviale, le teint rougeaud – tandis que le Dr Breedlove feuilletait le chapitre des serpents venimeux dans son manuel de médecine interne. Il remonte du Texas et redevient sauvage.

— Si ce que vous dites est vrai, répondit le médecin, il est venu de beaucoup plus loin que le Texas. »

Il avait connu Mrs Ratliff à l'époque où il travaillait aux urgences, qu'elle fréquentait régulièrement. L'un des jeunes auxiliaires avait fait d'elle une imitation passable : les mains pressées sur sa poitrine, la voix sifflante, donnant des instructions à ses fils tandis qu'elle se dirigeait, chancelante, vers l'ambulance. L'histoire du camionneur semblait totalement absurde, mais – aussi incroyable que cela parût – les symptômes que présentait la vieille dame correspondaient à la morsure du cobra, et non à celle des serpents de la région. Ses paupières tombaient, sa tension était basse, elle se plaignait de douleurs dans la poitrine et de difficultés à respirer. On ne remarquait aucune enflure spectaculaire autour de la plaie, comme dans le cas d'une morsure de serpent à sonnette. L'animal ne l'avait pas mordue très profondément. L'épaulette de sa veste l'avait empêché de planter ses crochets en plein dans sa chair.

Le Dr Breedlove lava ses grandes mains roses et alla parler au groupe des petits-fils qui attendaient, moroses, devant la salle de réanimation.

« Elle présente des symptômes neurotoxiques, dit-il. Ptosis, insuffisance respiratoire, chute de tension, pas d'œdème localisé. Nous la surveillons de près, car elle peut avoir besoin d'être intubée et placée sous assistance respiratoire. »

Les petits-fils – saisis – le dévisagèrent d'un air soupçonneux, tandis que le garçon retardé agitait les bras avec enthousiasme : « Salut ! » dit-il au Dr Breedlove.

Farish s'avança de façon à signifier clairement qu'il était le chef de famille.

« Où est-elle ? » Il bouscula le médecin. « Je veux lui parler.

— Monsieur, monsieur ! Je crains que ce ne soit impossible. Monsieur ? Je dois vous prier de retourner immédiatement dans le hall.

— Où est-elle ? » répéta Farish, l'air égaré, au milieu des tuyaux, des machines et des bips des appareils.

Le Dr Breedlove se dressa devant lui. « Monsieur, elle se repose tranquillement. » D'un geste habile, avec l'aide de deux garçons de salle, il l'entraîna dans le couloir. « Il ne faut pas la déranger maintenant. Vous ne pouvez rien faire pour elle. Vous voyez, il y a là-bas une salle d'attente où vous pouvez vous asseoir. *Là-bas.* »

Farish se dégagea d'un coup d'épaule. « Vous faites quoi pour elle ? » demanda-t-il, comme si de toute manière, ce n'était pas assez.

D'une voix égale, le médecin recommença son discours sur le moniteur cardio-respiratoire, le ptosis, et l'absence d'œdème local. Il se garda d'ajouter que l'hôpital ne disposait d'aucune antitoxine propre au cobra et d'aucun moyen de s'en procurer. Les dernières minutes passées à consulter le manuel de médecine interne l'avaient largement éclairé sur un sujet que la Faculté avait omis de traiter. Pour les morsures de cobra, seule l'antitoxine spécifique était efficace. Mais seuls les zoos et les centres médicaux les plus importants l'avaient en stock, et il fallait l'administrer dans les quelques heures suivant la morsure, sinon elle restait sans effet. La vieille dame était donc livrée à son destin. La morsure de cobra, disait le manuel, était fatale dans dix à cinquante pour cent des cas. C'était une belle marge – surtout quand les statistiques ne précisaient pas si le pourcentage de survie se fondait sur les cas traités ou sur les autres. Par ailleurs, la patiente était âgée et souffrait de mille autres maux. Son dossier avait plusieurs centimètres d'épaisseur. Et si on le pressait d'émettre un pronostic sur les chances qu'avait la vieille dame de passer la nuit – ou même l'heure suivante –, le Dr Breedlove n'aurait pas la moindre idée de la réponse à proposer.

Harriet raccrocha le téléphone, monta au premier, entra dans la chambre de sa mère – sans frapper – et se présenta au pied de son lit. « Demain je pars en colonie au lac de Selby », annonça-t-elle.

Charlotte leva les yeux de son exemplaire de la revue des anciens étudiants de l'université du Mississippi. Elle s'était à demi assoupie devant le profil d'une ancienne camarade, qui occupait au Capitole un poste compliqué dont elle ne saisissait pas la teneur.

« J'ai appelé Edie. Elle m'emmène.

— Quoi ?

— Le second groupe est déjà là-bas, et ils ont dit à Edie que c'était contraire au règlement, mais qu'ils me prendraient quand même. Ils lui ont même accordé un rabais. »

Elle attendit, impassible. Sa mère se taisait, mais peu importait ce qu'elle avait à dire – à supposer qu'elle eût une opinion –, car l'affaire était désormais entre les mains de sa grand-mère. Et malgré l'horreur que lui inspirait la colonie de Selby, c'était moins pire que la maison de redressement ou la prison.

Car Harriet avait téléphoné à Edie par pure panique. En courant dans Natchez Street elle avait entendu les hurlements des sirènes – de police ou d'ambulance, elle n'en savait rien – avant même d'être rentrée chez elle. Essoufflée, boitant, avec des crampes dans les mollets et les poumons qui la brûlaient, la fillette s'était enfermée à double tour dans la salle de bains d'en bas, déshabillée entièrement, elle avait jeté ses vêtements dans le panier à linge sale, et fait couler un bain. Plusieurs fois – assise très raide dans la baignoire, fixant les fentes de lumière tropicale qui filtraient dans la pénombre, par les stores vénitiens – elle avait cru entendre des bruits de voix sur le porche. Que ferait-elle si c'était la police ?

Pétrifiée, s'attendant qu'on cogne à la porte d'une minute à l'autre, Harriet resta dans son bain jusqu'à ce que l'eau refroidît. Une fois séchée et habillée, elle s'avança sur la pointe des pieds dans le vestibule et glissa un regard furtif derrière les rideaux de dentelle, mais il n'y avait personne dans la rue. Ida était rentrée chez elle, et la maison était d'un calme inquiétant. Elle avait l'impression que des années s'étaient écoulées, mais en réalité, quarante-cinq minutes à peine avaient passé.

Tendue, elle resta debout dans l'entrée, regardant par la fenêtre. Au bout d'un moment, elle en eut assez, mais, ne pouvant se résoudre à monter au premier, marcha de long en large, entre le vestibule et le séjour, jetant de temps à autre un coup d'œil dehors. Puis elle entendit à nouveau des sirènes ; un instant effroyable, elle crut les entendre tourner dans George Street. Elle resta au milieu du séjour, presque trop terrifiée pour bouger, et très vite, ses nerfs eurent raison d'elle, et elle composa le numéro de sa grand-mère – à bout de souffle, tirant le téléphone vers la fenêtre latérale, garnie de dentelle, afin de surveiller la rue pendant qu'elles parlaient.

Edie, tout à son honneur, s'était mise en action avec une rapidité fort agréable, si vite que Harriet éprouva presque un léger regain d'affection pour elle. Elle n'avait posé aucune question quand sa petite-fille avait balbutié qu'elle avait changé d'avis à propos de la colonie, et qu'elle souhaitait partir le plus tôt possible. Edie avait immédiatement téléphoné au lac de Selby ; et – devant la mauvaise grâce dont fit preuve une secrétaire à l'esprit retors – elle exigea d'être mise aussitôt en rapport avec le Dr Vance ; ensuite elle avait réglé les formalités, et lors-qu'elle avait rappelé Harriet, dix minutes plus tard, c'était munie d'une liste d'objets à emporter, d'une autorisation pour le ski nautique, d'une réservation pour une couchette supérieure dans un bungalow du camp, et elle était prête à venir la chercher le lendemain matin à six heures. Elle n'avait pas oublié la colonie (comme le croyait Harriet) ; simplement elle s'était lassée de se disputer à la fois avec sa petite-fille et avec Charlotte, qui ne la soutenait pas dans ce genre de projets. Edie était convaincue que le pro-blème de Harriet venait de ce qu'elle ne se mêlait pas suf-fisamment aux autres enfants, surtout à de gentils petits baptistes comme il faut ; et tandis que la fillette – à grand-peine – gardait le silence, elle lui avait expliqué avec enthousiasme combien elle allait s'amuser, et qu'un peu de discipline et d'esprit sportif produiraient des miracles chez elle.

Dans la chambre de sa mère, le silence était assourdis-sant. « Eh bien, dit Charlotte. Elle reposa sa revue. C'est très soudain. Je croyais que tu t'étais affreusement ennuyée en colonie l'an dernier.

« — Nous partons avant que tu te réveilles. Edie veut se mettre en route très tôt. J'ai pensé qu'il fallait te prévenir.

— Pourquoi ce changement d'humeur ? » demanda sa mère.

Harriet haussa les épaules avec insolence.

« Eh bien... je suis fière de toi », reprit Charlotte, ne trouvant rien d'autre à dire. Sa fille avait beaucoup maigri, remarqua-t-elle, et avait un gros coup de soleil ; à *qui* ressemblait-elle ? Avec ces cheveux noirs et raides, et ce menton en saillie ?

« Je me demande, dit-elle tout haut, ce qui est arrivé à ce livre sur le petit Hiawatha [1] qui était dans la maison ? »

Harriet détourna le regard – vers la fenêtre, comme si elle attendait quelqu'un.

« C'est important... » Charlotte s'efforça, courageusement, de retrouver le fil de ses idées. *C'est à cause de ses bras croisés sur la poitrine,* songea-t-elle, *et de la coupe de cheveux.* « Je veux dire que c'est bon pour toi d'être impliquée dans... dans des choses. »

Allison s'attardait sur le seuil – écoutant aux portes, supposa Harriet. Elle suivit sa sœur dans le couloir et resta à l'entrée de leur chambre tandis que la fillette ouvrait son tiroir de commode et prenait des chaussettes de sport, des dessous, sa chemise verte de la colonie de Selby de l'été précédent.

« Qu'est-ce que tu as fait ? » demanda-t-elle.

Harriet s'interrompit. « Rien, répondit-elle. Pourquoi tu me demandes ça ?

— Tu as l'air d'avoir des ennuis. »

Au bout d'un long moment, Harriet – les joues en feu – se remit à ses bagages.

« Ida sera partie quand tu reviendras, dit Allison.

---

1. Héros d'un poème de Longfellow. (*N.d.T.*)

— Je m'en fous.

— C'est sa dernière semaine. Si tu t'en vas, tu ne la reverras plus.

— Et alors ? » Harriet fourra ses tennis dans son sac à dos. « Elle ne nous aime pas vraiment.

— Je sais.

— Alors pourquoi ça me ferait quelque chose ? répliqua la fillette, d'un ton neutre, bien qu'elle manquât défaillir.

— Parce que nous, nous l'aimons.

— Pas *moi* », s'empressa de dire Harriet. Elle tira la fermeture Eclair de son sac et le jeta sur le lit.

En bas, Harriet prit une feuille de papier à lettres sur la table de l'entrée et, à la lumière déclinante, s'assit pour rédiger le mot suivant :

Cher Hely,

Je pars demain en colonie. J'espère que le reste de ton été se passera bien. Peut-être qu'on se retrouvera dans la même salle de réunion l'an prochain quand tu seras en cinquième.

Ton amie,

Harriet C. Dufresnes.

A peine avait-elle terminé que le téléphone retentit. Harriet décida de ne pas répondre, mais céda au bout de trois ou quatre sonneries et – prudemment – décrocha le combiné.

« Hé, ma vieille, dit Hely, la voix ténue, brouillée par des parasites, dans l'appareil en forme de casque de football. T'as entendu toutes ces sirènes ?

— Je viens de t'écrire une lettre », répondit Harriet.

Bien que ce fût le mois d'août, le vestibule avait un air hivernal. Du porche noyé sous les plantes grimpantes – à travers les voilages des fenêtres latérales, et l'imposte tournante en haut de la porte – filtrait une lumière pâle, cendrée. « Edie me conduit demain au lac de Selby.

— C'est pas vrai ! » Il avait l'air de parler du fond de l'océan. « N'y va pas ! Tu as perdu la tête !

— Je ne reste pas ici.

— Partons tous les deux !

— Je ne peux pas. » Avec son orteil, Harriet dessina une trace noire brillante dans la poussière – intacte comme une prune violette poudrée – qui recouvrait le socle en bois de rose sculpté de la table.

« Et si quelqu'un nous a vus ? Harriet ?

— Je suis là, dit-elle.

— Et mon chariot ?

— Je ne sais pas », répondit Harriet. Elle y avait déjà songé. Il était resté sur la passerelle, avec la caisse vide.

« Il faut que j'aille le chercher ?

— Non. On pourrait te voir. Ton nom n'est pas dessus ?

— Non. Je m'en sers jamais. Ecoute, Harriet, c'était qui cette personne ?

— J'sais pas.

— L'avait l'air vraiment vieille. Cette personne. »

Un silence tendu, adulte, suivit – il ne ressemblait pas à leurs silences habituels, quand ils avaient épuisé leurs sujets de conversation, et attendaient aimablement que l'autre dise quelque chose.

« Il faut que j'y aille, prononça enfin Hely. Ma mère fait des tacos pour le dîner.

— Bon. »

Ils respiraient fort, à chaque bout de la ligne : Harriet, dans le vestibule haut de plafond, à l'odeur de renfermé, Hely dans sa chambre, sur la couchette supérieure.

514

« Il est arrivé quoi à ces mômes dont tu parlais ? demanda Harriet.

— Quoi ?

— Ces mômes aux infos de Memphis. Qui jetaient des pierres du pont autoroutier.

— Oh, ceux-là... on les a attrapés.

— On leur a fait quoi ?

— J'en sais rien. Je suppose qu'ils sont en prison. »

Un autre long silence.

« Je t'enverrai une carte postale. Comme ça, tu auras quelque chose à lire à l'heure de la distribution du courrier, dit Hely. S'il arrive quoi que ce soit, je t'écrirai.

— Non, surtout pas. *N'écris rien.* Pas sur ça.

— Je ne dirai rien !

— Je sais bien que tu ne diras rien, répliqua la fillette, irritée. Simplement, n'en parle pas du tout.

— Euh... pas à n'importe qui.

— A personne, tu m'entends. Ecoute, tu ne peux pas t'amuser à raconter à des gens comme... comme... *Greg DeLoach*. Je suis sérieuse, Hely, poursuivit-elle, couvrant ses protestations. Promets-moi de ne rien lui dire.

— Greg habite très loin, à Hickory Circle. Je ne le vois jamais, sauf à l'école. D'ailleurs, il ne nous dénoncerait pas, j'en suis sûr.

— Eh bien, en tout cas, tu ne lui racontes rien. Parce que si tu le dis à une seule personne...

— J'aimerais bien partir avec toi. J'aimerais bien aller quelque part, déclara piteusement Hely. J'ai peur. Je crois que c'est peut-être sur la grand-mère de Curtis qu'on a jeté ce serpent.

— Ecoute-moi. Je veux que tu promettes. Ne le dis à *personne*. Parce que...

— Si c'est la grand-mère de Curtis, c'est aussi celle des autres. Danny, Farish et le prêcheur. » A la surprise de

515

Harriet, il éclata d'un rire aigu, hystérique. « *Ces types vont m'assassiner.*

— Oui, répondit la fillette, très sérieuse, et c'est pourquoi tu ne dois *jamais* le dire à personne. Si tu te tais, et si je me tais... »

Sentant une présence, elle leva les yeux – et eut la mauvaise surprise de voir Allison debout sur le seuil du séjour, à quelques mètres à peine.

« C'est con que tu t'en ailles. La voix de Hely avait un écho métallique à l'autre bout de la ligne. Je n'arrive pas à croire que tu vas te retrouver dans cette colo baptiste merdique. »

Harriet, se détournant ostensiblement de sa sœur, émit un son ambigu, pour indiquer qu'elle ne pouvait pas parler librement, mais Hely ne saisit pas.

« Je voudrais bien partir quelque part moi aussi. On devait passer des vacances dans les Smoky Mountains cette année, mais papa a dit que ça faisait trop de kilomètres pour la voiture. Dis, tu peux me laisser des pièces pour que je puisse te téléphoner s'il le faut ?

— Je n'ai pas un sou. » C'était typique de la part de Hely : il essayait de lui soutirer de la monnaie alors que lui touchait de l'argent de poche. Allison avait disparu.

« J'espère vraiment que c'est pas sa grand-mère. Pourvu, pourvu que ça soit pas sa grand-mère.

— Il faut que j'y aille. » Pourquoi la lumière était-elle si triste ? Harriet eut l'impression que son cœur allait se briser. Dans le miroir en face d'elle, sur le reflet terni du mur au-dessus de sa tête (le plâtre craquelé, les photographies noircies, les appliques éteintes en bois doré), flottait un nuage piqueté de taches noires.

Elle entendait encore le souffle haletant de Hely dans le combiné. Rien n'était triste dans sa maison à lui – tout était gai et neuf, la télévision marchait constamment –, pourtant même sa respiration lui parvenait altérée, tragique, au travers des fils du téléphone.

« Ma mère a demandé à Miss Erlichson d'être mon professeur principal quand j'entrerai en cinquième à l'automne, dit Hely. Alors je suppose qu'on se verra pas beaucoup à la rentrée. »

Harriet émit un son indifférent, masquant la douleur que cette trahison lui causait. La vieille amie d'Edie, Mrs Clarence Hackney (surnommée « tête de hache »), avait été son professeur en cinquième et le resterait en quatrième. Mais si Hely avait choisi Miss Erlichson (qui était jeune, et blonde, et nouvelle dans le lycée), cela voulait dire que les deux enfants n'auraient ni les mêmes salles d'étude, ni les mêmes horaires de déjeuner, ni les mêmes salles de classe, et plus rien du tout en commun.

« Miss Erlichman est super. Maman a dit qu'il n'était pas question qu'elle impose à un de ses enfants une année de plus avec Mrs Hackney. Elle te laisse faire ton compte rendu sur le livre que tu veux et... Oui, répondit Hely à une voix dans les coulisses. C'est l'heure de dîner. A plus tard. »

Harriet garda le lourd combiné noir dans la main jusqu'au moment où la tonalité revint. Elle le reposa sur son support avec un solide clic. Hely – avec sa petite voix joyeuse, son projet de rejoindre la classe de Miss Erlichman – même Hely semblait ne plus faire partie de sa vie, ou sur le point de disparaître, éphémère comme les lucioles, ou l'été. Dans l'étroite entrée, la lumière avait presque totalement disparu. Et sans la voix de Hely – si métallique et ténue qu'elle fût – pour rompre la mélancolie, son chagrin s'assombrit et gronda comme une cataracte.

Hely ? Il vivait dans un monde exubérant, chaleureux, coloré, où tout était moderne et lumineux : les chips de maïs, le ping-pong, la stéréo et les sodas, sa mère en T-shirt et jean coupé au genou en train de courir pieds nus sur la moquette. Même l'odeur était rafraîchissante, la maison sentait le neuf et le citron – au contraire de sa propre demeure, obscure, chargée de souvenirs malodorants, qui dégageait de tristes effluves de poussière et de vieux vêtements. En quoi le froid et la solitude importaient-ils à Hely – qui mangeait ses tacos pour le dîner, et s'apprêtait, insouciant, à rejoindre la classe de Miss Erlichman à l'automne ? Que savait-il de son monde ?

Plus tard, quand Harriet se rappellerait cette journée, elle lui apparaîtrait comme le point exact, scientifique, cristallin où son existence avait sombré dans le malheur. Elle ne s'était jamais sentie précisément heureuse, ni comblée, mais elle n'était pas du tout préparée aux étranges zones d'ombre qui la guettaient. Elle se souviendrait avec un pincement au cœur qu'elle n'avait pas eu le courage de rester un ultime après-midi – le dernier ! – pour s'asseoir au pied du fauteuil d'Ida, la tête posée sur ses genoux. De quoi auraient-elles pu parler ? Elle ne le saurait jamais. Elle s'en voudrait de s'être enfuie précipitamment avant la fin de la dernière semaine de travail d'Ida ; elle s'en voudrait d'avoir été, en quelque sorte, responsable de tout ce malentendu ; elle s'en voudrait terriblement de n'avoir pas dit au revoir à Ida. Mais, par-dessus tout, elle se reprocherait d'avoir été trop fière pour lui dire qu'elle l'aimait. Dans sa colère, et son orgueil, elle ne s'était pas rendu compte qu'elle ne la reverrait plus jamais. Un autre genre de vie, tout à fait horrible, se construisait autour d'elle à cet instant, dans le vestibule obscur, à côté de la tablette du téléphone ; pour l'instant, seule sa nouveauté lui apparaissait mais, dans les semaines à venir, elle deviendrait atrocement familière.

CHAPITRE VI

L'ENTERREMENT

« En ce temps-là, la courtoisie était la note dominante de la vie », dit Edie. Sa voix, claire, déclamatoire, couvrait sans effort le vent brûlant qui s'engouffrait par les fenêtres de la voiture ; majestueusement, sans prendre la peine de mettre son clignotant, elle passa dans la voie de gauche, faisant une queue-de-poisson à un camion.

L'Oldsmobile était un véhicule luxueux, dont les formes arrondies évoquaient le lamantin. Edie l'avait achetée à Vicksburg, dans les années cinquante, chez Colonel Chipper Dee. Un large espace séparait Edie, au volant, de Harriet, avachie contre la portière du passager. Entre elles – à côté du sac à main en paille, avec ses poignées en bois – se trouvaient une Thermos écossaise de café et une boîte de beignets.

« A Tribulation, des cousins de maman arrivaient à l'improviste et restaient des semaines d'affilée, et personne n'y voyait le moindre inconvénient », disait Edie. La vitesse était limitée à quatre-vingts kilomètres à l'heure, mais elle roulait sans se presser, à sa cadence habituelle : cinquante à l'heure.

Dans le rétroviseur, Harriet voyait le chauffeur du gros camion se frapper le front et agiter impatiemment sa paume ouverte.

« Bien sûr, je ne parle pas des cousins de Memphis, dit

Edie. Je parle des cousins de Baton Rouge. Miss Olie, et Jules, et Mary Willard. Et la petite tante Fluff ! »

Le visage sombre, Harriet regardait par la fenêtre : scieries et landes parsemées de pins, ridiculement roses dans la clarté du petit matin. Le vent chaud, poussiéreux, faisait voler ses cheveux dans sa figure, claquer un morceau de garniture du plafond avec un écho lancinant, et s'entrechoquer l'emballage en cellophane contre la boîte de beignets. Elle avait soif – faim, aussi –, mais il n'y avait rien d'autre à boire que le café, et les gâteaux étaient rassis et s'émiettaient. Edie achetait toujours les beignets de la veille, même si la différence de prix n'était que de quelques cents.

« L'oncle de maman possédait une petite plantation dans les environs de Covington – elle s'appelait Angevine », poursuivit Edie, attrapant une serviette de sa main libre ; tel un roi habitué à manger avec les doigts, elle prit une grosse bouchée de beignet. « Libby nous emmenait toutes les trois là-bas, on prenait le vieux train numéro 4. On y passait des semaines entières ! Miss Ollie avait une petite cabane à l'arrière, avec un poêle à bois, une table et des chaises, et nous adorions y jouer ! »

Les mollets de Harriet étaient collés au siège. Irritée, elle se tortilla, essayant de trouver une position confortable. Elles roulaient depuis trois heures, et le soleil était haut et chaud. De temps à autre, Edie envisageait de faire reprendre l'Oldsmobile – pour acheter un véhicule plus confortable, avec l'air conditionné, ou une radio en état de marche – mais elle changeait toujours d'avis à la dernière minute, surtout pour le secret plaisir de voir Roy Dial se tordre les mains et danser sur place, au supplice. Cela le rendait fou qu'une riche dame baptiste roulât en ville dans une voiture vieille de vingt ans ; parfois, quand les nouveaux modèles sortaient, il passait chez Edie en fin d'après-midi, pour déposer d'autorité un véhicule « à l'essai » – généralement une Cadillac haut de gamme. « Conduisez-la pendant quelques jours, disait-il, les paumes en l'air. Faites-vous une opinion. » Cruellement, Edie le berçait de fausses espérances, feignant d'être enchantée par la voiture qu'il lui proposait, puis – à l'instant où il établissait les papiers – la lui rendait, soudain hostile à la couleur, aux vitres électriques, ou se plaignant d'un défaut microscopique, d'un cliquetis du tableau de bord ou d'un bouton de fermeture encrassé.

« L'inscription "Etat courtois" figure toujours sur la plaque d'immatriculation du Mississippi mais, à mon avis, la vraie courtoisie s'est envolée dans la première moitié de ce siècle. Mon arrière-grand-père était absolument opposé à la construction du vieil hôtel d'Alexandria, bien avant la guerre, dit Edie, élevant la voix pour couvrir l'insistant coup de klaxon du camion derrière elles. Il a dit qu'il serait lui-même ravi d'accueillir les respectables voyageurs qui venaient en ville.

— Edie, cet homme te klaxonne.

— Grand bien lui fasse, répondit sa grand-mère, qui avait atteint sa propre vitesse de croisière.

— Je pense qu'il veut passer.

— Ça ne lui fera pas de mal de ralentir un peu. Son tas de bûches peut attendre, il n'a pas besoin d'aller aussi vite. »

Le paysage – des collines d'argile sablonneuse, des pins à l'infini – était si sauvage et si étrange que Harriet en avait l'estomac noué. Tout ce qu'elle voyait lui rappelait qu'elle était loin de chez elle. Même les gens des voitures voisines semblaient différents : le teint rougi par le soleil, avec de larges figures plates et des vêtements de paysans, ils n'avaient rien de commun avec les habitants de sa ville.

Elles dépassèrent un petit groupe de commerces miteux : Freelon Spraying Co., Tune's AAA Transmission, New Dixie Stone and Gravel. Un vieux Noir bancal en salopette et casquette de chasse orange clopinait le long du bas-côté, avec un sac de provisions marron. Qu'allait penser Ida en la trouvant partie, quand elle arriverait pour travailler ? C'était juste l'heure où elle commençait ; à cette pensée, Harriet se mit à respirer un peu plus vite.

Des fils télégraphiques distendus ; des carrés de choux frisés et de maïs, des maisons délabrées avec des cours en terre battue. Harriet appuya le front contre la vitre chaude. Peut-être qu'Ida comprendrait combien ses sentiments étaient blessés ; peut-être se rendrait-elle compte qu'elle ne pouvait pas simplement menacer de prendre ses affaires et de s'en aller chaque fois que telle ou telle chose la mettait en colère... Un Noir d'un certain âge avec des lunettes, une boîte de margarine Crisco à la main, lançait des graines à des poules rousses ; solennellement, il leva la main pour saluer la voiture, et Harriet lui répondit, avec tant d'énergie qu'elle en fut un peu gênée.

Elle s'inquiétait aussi pour Hely. Il avait paru assez sûr que son nom ne figurait pas sur le chariot, mais elle n'aimait pas l'idée qu'il était resté là-haut, à la merci de n'importe qui. Imaginer ce qui se passerait si on découvrait qu'il appartenait à Hely la rendait malade. *N'y pense pas, n'y pense pas*, se dit-elle.

Elles poursuivirent leur route. Les cabanes disparurent, remplacées par d'autres forêts, avec parfois des champs plats qui sentaient les pesticides. Dans une triste petite clairière, une grosse femme blanche vêtue d'une chemise et d'un short marron, un pied enfermé dans une bottine orthopédique, accrochait des vêtements mouillés sur une corde à linge, à côté de sa caravane ; elle jeta un coup d'œil à la voiture, mais ne la salua pas.

Soudain, Harriet fut arrachée à ses pensées par un hurlement de pneus et un virage qui la projeta contre la portière et renversa la boîte de beignets. Edie avait tourné – en plein milieu de la circulation – pour s'engager sur la petite route de campagne bosselée qui conduisait au camp.

« Désolée, chérie, dit Edie d'un ton jovial, se penchant pour redresser son sac. Je ne sais pas pourquoi leurs panneaux sont écrits si petit qu'on ne peut pas les lire avant d'avoir le nez dessus... »

En silence, elles descendirent la route cahotante. Un tube argenté de rouge à lèvres roula sur le siège. Harriet le rattrapa juste à temps – *Cerises sous la neige*, indiquait l'étiquette collée dessous – et le rangea dans le sac en paille de sa grand-mère.

« Nous sommes certainement dans le comté Jones, à présent ! » s'exclama gaiement Edie. Son profil éclairé par-derrière – qui se détachait contre le soleil – était anguleux et juvénile. Seul le contour de sa gorge et ses mains – ridées et tachetées – sur le volant trahissaient son âge ; vêtue de son chemisier blanc amidonné, d'une jupe écossaise, et chaussée de richelieus bicolores assortis, elle ressemblait à une journaliste enthousiaste des années quarante, courant après le reportage du siècle. « Tu te souviens de Newt Knight, le déserteur, dans ton histoire du Mississippi, Harriet ? Le Robin des Bois de Pins, comme il se faisait appeler ? Lui et ses hommes étaient pauvres et minables, et ils ne voulaient pas combattre dans une guerre de riches, alors ils se sont terrés ici, au fond de la forêt, et ils ont refusé d'avoir le moindre rapport avec la Confédération. La République de Jones, voilà le nom qu'ils s'étaient donné ! La cavalerie a envoyé des limiers à leur poursuite, mais les vieilles paysannes leur ont fait manger du piment rouge et ils se sont étouffés ! Voilà le genre de gentlemen qu'on trouve dans le comté Jones.

— Edie, dit Harriet, fixant le visage de sa grand-mère tout en parlant, tu devrais peut-être faire contrôler ta vue.

— Je lis sans problème. Parfaitement. Il fut un temps, déclara Edie avec majesté, où ces bois étaient pleins de renégats confédérés. Ils étaient trop pauvres pour avoir eux-mêmes des esclaves, et ils en voulaient à ceux qui étaient assez riches pour en avoir. Alors ils se sont séparés des sécessionnistes ! Ils ont bêché leurs misérables petits carrés de maïs dans ces mêmes bois de pins ! Bien sûr, ils ne comprenaient pas que la guerre tournait essentielle-ment autour des droits des Etats. »

A gauche, la forêt s'ouvrait sur un champ. A sa seule vue – les tristes petits gradins, les filets de football, le gazon râpé – Harriet se sentit défaillir. Des filles plus âgées à l'air coriace jouaient au jokari, et leurs coups de raquette entrecoupés de *ouf* résonnaient bruyamment dans le calme matinal. Sur le panneau d'affichage, elle lut ces mots, inscrits à la main :

Aux nouveaux du camp de Selby !
Il n'y a pas de limites !

La gorge de Harriet se contracta. Brusquement, elle se rendit compte qu'elle avait commis une terrible erreur.

« Donc, Nathan Bedford Forrest ne venait pas de la famille la plus riche ni la plus cultivée au monde ; mais le plus grand général de la guerre, c'était lui ! disait Edie. Parfaitement ! "Le plus rapide et le plus fort !" C'était Forrest !

— Edie, interrompit Harriet d'une petite voix précipi-tée, je ne veux pas rester ici. Rentrons à la maison.

— Tu veux rentrer à la maison ? » Edie parut amusée – pas même surprise. « Ridicule ! Tu vas t'amuser comme une folle !

— Non, je t'en supplie. Je déteste cette colonie.

— Alors pourquoi as-tu voulu venir ? »

Harriet ne sut pas quoi répondre. Quand elles prirent le virage familier au pied de la colline, une galerie d'horreurs oubliées s'ouvrit devant elle. Les plaques d'herbe, les pins ternis par la poussière, la couleur ocre du gravier qui évoquait des foies de volaille crus – comment avait-elle pu oublier combien elle haïssait cet endroit, combien elle avait été malheureuse chaque minute de son séjour ? En haut à gauche, le portail d'entrée ; plus loin, la cabane du directeur, plongée dans une ombre menaçante. Au-dessus de la porte était suspendue une bannière en tissu ornée d'une colombe, avec l'inscription, en grosses lettres hippies : RÉJOUISSONS-NOUS !

« Edie, s'il te plaît, dit très vite Harriet, j'ai changé d'avis. Rentrons. »

Sa grand-mère, agrippant le volant, se tourna pour la foudroyer du regard : les yeux clairs et froids de prédateur, des yeux « de chasseur », disait Chester, car ils semblaient faits pour regarder dans le viseur d'une arme. Les yeux de Harriet (« Petit chasseur », l'appelait parfois Chester) étaient tout aussi clairs, et glaçants ; mais Edie n'eut aucun plaisir à voir en face d'elle son propre regard en miniature. Elle ne perçut ni chagrin ni anxiété dans l'expression rigide de sa petite-fille ; mais y lut seulement de l'insolence, teintée d'agressivité par-dessus le marché.

« Ne sois pas stupide, dit-elle durement, jetant un coup d'œil à la route – juste à temps pour éviter de plonger dans le fossé. Tu vas adorer être ici. Dans une semaine, tu pousseras des cris et tu feras la comédie parce que tu ne voudras plus rentrer à la maison. »

Harriet la considéra, stupéfaite.

« Edie, dit-elle, toi non plus tu n'aimerais pas être ici. Tu ne resterais pas avec ces gens pour un million de dollars.

— *"Oh, Edie !"* » Sa grand-mère l'imita cruellement, prenant une voix de fausset. « *"Ramène-moi ! Ramène-moi au camp !"* Voilà ce que tu diras quand viendra le moment de rentrer. »

Harriet était si blessée qu'elle ne pouvait pas articuler. « Ce n'est pas vrai, parvint-elle enfin à dire. Ce n'est pas vrai.

— Bien sûr que si ! » chanta Edie, le menton en l'air, du ton joyeux et suffisant que détestait la fillette ; et elle répéta : « Bien sûr que si ! » – plus fort encore, sans la regarder.

Brusquement, une clarinette retentit, une note tremblante qui tenait à la fois du braiment d'un âne et du salut campagnard : le Dr Vance annonçait leur arrivée en musique. Ce n'était pas un vrai docteur – un médecin, s'entend – mais seulement un genre de chef de fanfare chrétienne auréolé de gloire ; un Américain de la côte Est avec d'épais sourcils broussailleux, et des longues dents de mule. C'était une huile du circuit de la jeunesse baptiste, et Adélaïde avait fait remarquer – à juste titre – que c'était le sosie parfait du célèbre dessin, par Tenniel, du Chapelier fou d'*Alice au pays des merveilles*.

« Bienvenue, mesdames, croassa-t-il, penchant la tête par la vitre baissée d'Edie. Dieu soit loué !

— Oui, oui, répondit Edie, qui n'aimait pas le ton évangélique qui se glissait parfois dans la conversation du Dr Vance. Voici notre petite campeuse. Je propose qu'on s'occupe des formalités, et ensuite je m'en irai. »

Le Dr Vance – rentrant le menton – se pencha pour sourire à Harriet. Sa figure était rougeaude et figée. Froidement, la fillette remarqua les poils dans ses narines et les taches entre ses grandes dents carrées.

Le Dr Vance se recula d'un geste théâtral, comme si l'expression de Harriet l'avait brûlé. « Pouah ! » Il leva un bras, renifla son aisselle, puis regarda Edie. « J'ai pensé que j'avais peut-être oublié de mettre du déodorant ce matin. »

Harriet fixait ses genoux. *Même si je suis obligée d'être ici,* se dit-elle, *je n'ai pas à faire semblant d'être contente.* Le Dr Vance voulait que ses campeurs soient bruyants, tapageurs, ouverts, et il interpellait et taquinait ceux qui ne s'intégraient pas naturellement dans l'esprit du camp, essayant de les dérider de force. *C'est quoi, ton problème, tu comprends pas la plaisanterie ? Tu sais pas te moquer de toi-même ?* Si un enfant était trop silencieux – pour une raison quelconque – le Dr Vance faisait en sorte de l'asperger avec un ballon plein d'eau, de le faire danser comme un poulet devant tout le monde, de l'obliger à pourchasser un cochon enduit de graisse dans une fosse boueuse, ou de porter un drôle de chapeau.

« Harriet ! » dit Edie, après une pause embarrassée. Bien qu'elle jurât le contraire, le Dr Vance la mettait elle aussi mal à l'aise, et sa petite-fille le savait.

Le Dr Vance joua une fausse note sur sa clarinette et – échouant encore à attirer l'attention de Harriet – mit la tête à la fenêtre et lui tira la langue.

Je suis chez l'ennemi, se dit Harriet. Elle devrait tenir bon, et se souvenir des raisons de sa présence ici. Malgré toute l'horreur que lui inspirait le camp de Selby, c'était pour l'instant son refuge le plus sûr.

Le Dr Vance siffla : une note moqueuse, insultante. Harriet, à contrecœur, lui lança un coup d'œil (il ne servait à rien de résister ; il continuerait de s'acharner sur elle) et il baissa les sourcils comme un clown triste, avançant la lèvre inférieure. « Une fête où on s'apitoie sur soi n'est pas vraiment une fête, dit-il. Tu sais pourquoi ? Hein ? *Parce qu'il n'y a de place que pour un !* »

Harriet, le visage en feu, glissa un regard furtif par la

fenêtre, derrière lui. Des pins squelettiques. Une file de filles en maillot de bain passa sur la pointe des pieds, comme sur des œufs, les jambes et les pieds éclaboussés de boue rouge. *Le pouvoir des chefs des montagnes est brisé,* se dit-elle. *J'ai fui mon pays et j'ai pris le maquis.*

« ... des problèmes *à la maison* ? entendit-elle le Dr Vance demander, d'un ton plutôt sentencieux.

— Certainement pas. Elle est juste... Harriet se prend un peu trop pour quelqu'un », dit Edie d'une voix claire et timbrée.

Un vilain souvenir surgit dans l'esprit de la fillette. Le Dr Vance la poussant sur scène en plein concours de Hula Hoop, les hurlements de rire de l'assemblée devant sa consternation.

« Eh bien..., gloussa le Dr Vance, c'est un problème que nous savons certainement résoudre au camp de Selby !

— Tu entends ça, Harriet ? *Harriet.* J'ignore, reprit Edie avec un soupir, j'ignore quelle mouche l'a piquée.

— Oh, une ou deux soirées de farces, une course aux patates chaudes ou deux, et elle se dégèlera. »

Les soirées de farces ! Une clameur de souvenirs confus s'éleva : des sous-vêtements volés, de l'eau versée dans sa couchette (*Regarde, Harriet mouille son lit !*), une voix de fille hurlant : *Ne t'assieds pas là !*

Regardez, voilà Miss Rat de bibliothèque !

« Hé, salut ! » C'était la femme du Dr Vance, avec sa voix haut placée et son accent campagnard, qui s'approchait, la démarche chaloupée, vêtue d'un short et d'une chemise en polyester. Mrs Vance (ou « Miss Patsy », comme elle aimait se faire appeler par les campeurs), chargée de la section des filles, était aussi épouvantable que son mari, mais d'une manière différente : extravertie, indiscrète, posant trop de questions personnelles (sur les

petits amis, les fonctions corporelles et ainsi de suite).
Bien que son surnom officiel fût Miss Patsy, les filles
l'appelaient « la Nounou ».

« Hé, chérrrie ! Par une fenêtre de la voiture, elle pinça
le bras de Harriet. Comment ça va, mon petit ? Elle accen-
tua la pression. T'as bien grandi !

— Bonjour, Mrs Vance, dit Edie, comment allez-
vous ? » D'une façon perverse, elle appréciait ce genre de
personnes, car elles lui donnaient l'occasion de déployer
sa grandeur et sa condescendance.

« Allez tout le monde ! En route pour le bureau ! » Mrs
Vance prononçait chacune de ses paroles avec un entrain
factice, comme les femmes du jury de Miss Mississippi,
ou dans *The Lawrence Welk Show*. « Mince alors, t'es une
vraie jeune fille ! dit-elle à Harriet. Cette fois tu ne vas pas
te bagarrer à coups de poing, hein ? »

A son tour, le Dr Vance lança à la fillette un regard
sévère qui ne lui plut guère.

A l'hôpital, Farish joua et rejoua le scénario de l'accident de leur grand-mère, se perdant en conjectures toute
la nuit, et le lendemain, de telle sorte que ses frères fini-
rent par en avoir par-dessus la tête de ses jérémiades. L'air
morne, les yeux rougis par la fatigue, ils étaient avachis
dans la salle d'attente des soins intensifs, l'écoutant d'une
oreille, tout en regardant un dessin animé sur un chien en
train de résoudre une énigme.

« Si tu bouges, il va te mordre, dit Farish, parlant dans
le vide, presque comme s'il s'adressait à sa grand-mère
absente. T'aurais pas dû bouger. Je m'en fous qu'il soit
sur tes genoux. »

Il s'était levé – passant les mains dans ses cheveux – et
se mit à marcher de long en large, brouillant leur vision de

l'écran. « Farsh, dit Eugene tout haut, recroisant les jambes. Gum était obligée de conduire la voiture, n'est-ce pas ?

— Elle n'avait pas besoin de la jeter dans le fossé », intervint Danny.

Farish abaissa ses sourcils. « Moi, tu m'aurais pas fait *décoller* du siège du chauffeur, s'écria-t-il d'un ton belliqueux. Je serais resté tranquille comme une souris. Si tu bouges – il fendit l'air du plat de la main –, tu le menaces. Il va se défendre.

— Enfin, bordel, Farish, qu'est-ce qu'elle pouvait faire ? Un serpent lui est tombé dessus par le toit de cette putain de bagnole ! »

Brusquement, Curtis frappa dans ses mains et montra la télévision. « Gum ! » s'exclama-t-il.

Farish fit volte-face. Au bout d'un moment, Eugene et Danny éclatèrent d'un rire horrifié. Dans le dessin animé, le chien et un groupe de jeunes gens traversaient un vieux château qui avait l'air hanté. Un squelette ricanant était suspendu au mur, avec une quantité de trompettes et de haches – et, étrangement, il avait une forte ressemblance avec Gum. Tout d'un coup, il s'envola du mur et se rua sur le chien, qui s'enfuit en hurlant.

« Voilà, dit Eugene, articulant péniblement, *voilà* comment elle était quand le serpent l'a attaquée. »

Farish, sans un mot, se tourna pour les regarder, plein de lassitude et de désespoir. Curtis – conscient d'avoir fait une bêtise – cessa immédiatement de rire, fixant son frère avec une expression troublée. Mais à cet instant, le Dr Breedlove apparut sur le seuil, leur intimant le silence.

« Votre grand-mère est consciente, déclara-t-il. On dirait qu'elle va s'en sortir. Nous avons débranché les tuyaux. »

Farish se prit le visage dans les mains.

« Les tuyaux à oxygène en tout cas. Elle a encore les perfusions, parce que son rythme cardiaque n'est pas encore stabilisé. Vous voulez la voir ? »

L'air solennel, ils se faufilèrent un par un derrière lui (sauf Curtis, ravi de pouvoir regarder *Scoubidou*) à travers un labyrinthe de machines et de mystérieux appareils, jusqu'au rideau qui dissimulait le renfoncement où était couchée Gum. Elle se tenait très immobile, ce qui en soi avait quelque chose d'effrayant, mais ne paraissait pas beaucoup plus misérable que d'habitude, n'eût été la paralysie musculaire qui l'empêchait de lever les paupières.

« Bon, je vous laisse seuls un instant, déclara le médecin, se frottant énergiquement les mains. Pas plus d'une minute. Ne la fatiguez pas. »

Farish s'approcha du lit le premier. « C'est moi », dit-il, se penchant tout près.

Elle battit des cils ; lentement, elle souleva une main de la couverture, et il la pressa dans les siennes.

« Qui t'a fait ça ? » demanda-t-il, d'une voix à l'accent sévère, et il posa la tête contre ses lèvres pour écouter.

Au bout d'un moment ou deux, elle murmura : « Je sais pas. » Sa voix était rauque, ténue, et très faible. « Tout ce que j'ai vu, c'est des gosses là-haut. »

Farish – secouant la tête – se releva et frappa sa paume de son poing fermé. Il alla à la fenêtre et regarda le parking.

« Oublie les gosses, dit Eugene. Tu sais à qui j'ai pensé, en apprenant ça ? A *Porton Stiles.* » Il avait encore le bras en écharpe à cause de sa propre morsure de serpent. « Ou Buddy Reebals. On raconte que Buddy avait sa liste de gens à abattre. Qu'il y avait des types à qui il ferait la peau un jour.

— C'était pas eux, intervint Farish, levant les yeux

avec une soudaine illumination. Tout ça a commencé l'autre soir à la mission.

— Me regarde pas comme ça, dit Eugene. C'est pas ma faute.

— Tu crois que c'est Loyal qui l'a fait ? demanda Danny à Farish.

— Comment il aurait pu ? s'exclama Eugene. Il est parti il y a une semaine.

— En tout cas, on est sûr d'une chose. C'est son putain de serpent. Pas de doute là-dessus, dit Farish.

— Mais c'est bien toi qui lui as proposé de venir avec ses serpents, s'écria Eugene avec colère, pas moi. Je suis terrorisé à l'idée de rentrer chez moi maintenant...

— J'ai dit que c'était son serpent, reprit Farish, tapant du pied, très excité. J'ai pas dit que c'était lui qui l'avait jeté.

— Ecoute, Farish, y a tout de même un truc qui me chiffonne, observa Danny. Qui a cassé ce pare-brise ? S'ils cherchaient de la dope... »

Il remarqua qu'Eugene le regardait bizarrement ; il s'interrompit et fourra les mains dans ses poches. Il était inutile de s'étendre sur ce sujet en présence de Gum et d'Eugene.

« Tu crois que c'était Dolphus ? dit-il à Farish. Ou quelqu'un qui travaille pour lui, peut-être ? »

Farish réfléchit. « Non, répondit-il. Tous ces serpents et ce bordel, c'est pas son style. Y se contenterait d'envoyer quelqu'un te trouer la peau.

— Tu sais à quoi je pense sans arrêt ? dit Danny. A cette fille qui s'est pointée sur le palier l'autre soir.

— Moi aussi, je pensais à elle, répondit Farish. Je l'ai pas bien calculée. D'où elle sortait ? Qu'est-ce qu'elle foutait devant la maison ? »

Danny haussa les épaules.

« Tu lui as pas demandé ?

— Ecoute, mec, reprit Danny, s'efforçant de garder un ton posé, il s'est passé un tas de choses ce soir-là.

— Et tu l'as laissée filer ? Tu dis que t'as vu un gosse, continua Farish, s'adressant à Gum. Noir ou blanc ? Garçon ou fille ?

— Dis-nous, Gum, demanda Danny, t'as vu quoi ?

— Euh, répondit faiblement leur grand-mère, en fait je n'ai pas bien vu. Tu sais comment sont mes yeux.

— Y en avait un seul ? Ou plusieurs ?

— J'en ai pas vu tant que ça. Quand j'ai quitté la route, j'ai entendu un gosse qui hurlait et riait en haut de ce pont.

— Cette fille, dit Eugene à Farish, était déjà sur la place à nous regarder prêcher, Loyal et moi. Je me souviens d'elle. Elle avait un vélo.

— Elle avait pas de vélo quand elle est venue à la mission, remarqua Danny. Elle a filé à pied.

— Je te dis juste ce que j'ai vu.

— Je crois bien qu'y avait un vélo, si je réfléchis bien, intervint Gum. J'peux pas le garantir.

— Je veux parler à cette fille, déclara Farish. T'as dit que tu savais pas qui c'était ?

— Elle a donné son nom, mais elle arrivait pas à se décider. D'abord c'était Mary Jones. Ensuite, c'était Mary Johnson.

— Tu la reconnaîtrais si tu la revoyais ?

— Absolument, s'écria Eugene. Je l'ai eue en face de moi pendant dix bonnes minutes. J'l'ai bien regardée, elle était juste sous mon nez.

— Moi aussi je la reconnaîtrais », dit Danny.

Farish pinça les lèvres. « Les flics se mêlent de cette histoire ? demanda-t-il abruptement à sa grand-mère. Ils t'ont posé des questions ?

— J'ai pas ouvert la bouche.

— Parfait. » D'un geste maladroit, Farish tapota l'épaule de sa grand-mère. « Je vais trouver qui t'a fait ça, promit-il. Et quand j'aurai mis la main dessus, j'te jure qu'y vont le regretter. »

Les derniers jours de travail d'Ida ressemblèrent à ceux qui avaient précédé la mort de Weenie : ces heures interminables où elle était restée couchée sur le carrelage de la cuisine, à côté de son carton où subsistait un peu de sa présence, mais d'où l'essentiel – le plus précieux – s'était déjà envolé. *Le Sueur's Peas*, indiquait l'inscription du carton. Les caractères noirs s'étaient gravés dans la mémoire d'Allison avec toute l'intensité du désespoir. Les yeux à quelques centimètres à peine de ces lettres, elle avait essayé de suivre la cadence de ses râles ténus, comme si ses poumons avaient pu le soutenir. La cuisine paraissait si vaste, vue d'en bas, à une heure aussi tardive de la nuit : toutes ces ombres. Même à présent, la mort de Weenie avait l'éclat cireux du lino de la cuisine d'Edie, et restait associée à l'image oppressante des vitrines sur les murs (les assiettes alignées comme des spectateurs au balcon, les yeux ronds, angoissés) ; la vaine gaieté des torchons rouges et des rideaux imprimés à motifs de cerises. Ces objets bornés, bien intentionnés – le carton ; les rideaux à cerises et la vaisselle Fiestaware en vrac s'étaient pressés contre Allison en proie au chagrin, veillant avec elle toute cette horrible nuit. A présent, avec le départ d'Ida, rien, dans la maison, ne partageait ni ne reflétait la peine de la jeune fille, à part les objets : les tapis mélancoliques, les miroirs embrumés ; les fauteuils voûtés, accablés, et même la vieille pendule tragique qui se dressait d'un air très raide et convenable, comme si elle se retenait d'éclater en sanglots. A l'intérieur du dressoir, les joueurs de cornemuse de Vienne et les figurines Doulton à crinolines faisaient des gestes implorants dans tous les sens : les joues empourprées, leurs petits yeux noirs enfoncés, ahuris.

Ida avait des « choses à faire ». Elle nettoya le réfrigérateur, vida entièrement les placards et les essuya ; elle fit un cake à la banane, un ou deux ragoûts, les enveloppa dans du papier d'aluminium et les mit au congélateur. Elle bavarda, fredonna même et parut assez joyeuse, bien qu'elle refusât de croiser le regard d'Allison, au milieu de toute cette agitation. Une fois, la jeune fille crut la surprendre en larmes. Elle hésita sur le seuil. « Tu pleures ? » demanda-t-elle.

Ida Rhew fit un bond – puis elle pressa une main sur sa poitrine, et rit. « Mon Dieu ! s'écria-t-elle.

— Ida, tu es triste ? »

Mais la femme se contenta de secouer la tête et reprit son travail ; Allison monta dans sa chambre et se mit à sangloter. Plus tard, elle regretterait d'avoir gâché l'une de ses dernières heures avec Ida en se réfugiant au premier pour pleurer toute seule. Mais, sur le moment, le spectacle d'Ida en train de nettoyer les placards, le dos tourné, lui avait paru d'une tristesse intolérable, et plus tard le seul fait d'y songer suffirait à lui inspirer un sentiment de panique, une sensation d'étouffement. D'une certaine manière, Ida était déjà partie ; malgré son apparence solide et chaleureuse, elle s'était déjà transformée en un souvenir, un fantôme, à l'instant même où elle se tenait dans la cuisine ensoleillée, dans ses chaussons blancs d'infirmière.

Allison se rendit à l'épicerie, et prit un carton pour les boutures d'Ida, afin qu'elles ne s'abîment pas pendant le voyage. Avec l'argent dont elle disposait – trente-deux dollars, le reste de ses étrennes – elle acheta tout ce dont

Ida pourrait avoir envie ou besoin, selon elle : des boîtes de saumon, qu'elle aimait manger avec des crackers, en guise de déjeuner ; du sirop d'érable ; des mi-bas et un savon anglais raffiné à la lavande ; des biscuits à la figue ; une boîte de chocolats Russell Stover ; un album de timbres ; une jolie brosse à dents rouge et un tube de pâte dentifrice rayée, et même un gros flacon de vitamines One-A-Day.

Allison emporta tout chez elle et, ce soir-là, passa un long moment sur le porche de derrière, à emballer la collection de boutures drageonnées d'Ida, chaque boîte de tabac, chaque tasse en plastique enroulée avec soin dans un tube en journal mouillé. Dans le grenier, il y avait une jolie boîte rouge, remplie d'éclairages de Noël. Allison avait renversé son contenu sur le sol, et emporté le carton dans sa chambre pour empaqueter de nouveau ses cadeaux, lorsque sa mère s'approcha dans le couloir à petits pas rapides (l'air léger, indifférent) et glissa la tête dans l'embrasure de la porte.

« On se sent bien seules ici, sans Harriet, tu ne trouves pas ? demanda-t-elle gaiement. Son visage enduit de cold-cream brillait. Tu veux venir regarder la télévision dans ma chambre ? »

Allison secoua la tête. Elle était perturbée : cela ne ressemblait guère à sa mère de se promener dans la maison après dix heures du soir, en lançant des invitations.

« Qu'est-ce que tu fais ? Je pense que tu devrais venir regarder la télé avec moi, insista sa mère, comme elle ne répondait pas.

— Bien », dit Allison en se levant.

Sa mère l'observait d'une façon bizarre. Allison, horriblement gênée, détourna les yeux. Quelquefois, en particulier quand elles étaient seules toutes les deux, elle sentait à un point aigu combien sa mère était déçue qu'elle ne fût pas Robin. Charlotte ne pouvait pas s'en empêcher – en fait, elle s'efforçait d'une manière touchante de le dissimuler – mais Allison savait que son existence même lui rappelait l'absence de son frère, et par respect pour les sentiments de sa mère, elle s'employait à rester à l'écart, à se faire toute petite, et à passer inaperçue dans la maison. Les quelques semaines à venir seraient difficiles, une fois Ida partie et avant le retour de Harriet.

« Tu n'es pas obligée de venir regarder la télé, dit enfin Charlotte. J'ai juste pensé que tu en avais peut-être envie. »

Allison se sentit rougir. Elle évita le regard de sa mère. Toutes les couleurs de la chambre – y compris la boîte – paraissaient beaucoup trop vives, acides.

Après le départ de sa mère, elle finit son paquet, puis glissa dans une enveloppe l'argent qui restait, avec l'album de timbres, une photographie d'elle et son adresse, inscrite avec soin sur une feuille de beau papier à lettres. Ensuite elle attacha le carton avec un ruban de bolduc vert.

Beaucoup plus tard, au milieu de la nuit, Allison se réveilla en sursaut à cause d'un cauchemar qu'elle avait déjà eu – elle se tenait devant un mur blanc, qui se trouvait à quelques centimètres à peine de son visage. Dans le rêve, elle était incapable de bouger, elle avait l'impression qu'elle devrait fixer ce mur aveugle jusqu'à la fin de sa vie.

Elle resta allongée sans bruit dans le noir, fixant la boîte sur le sol, près de son lit, jusqu'au moment où les réverbères s'éteignirent, et où la lueur bleue de l'aube envahit sa chambre. Finalement, elle sortit de son lit, pieds nus ; avec une épingle trouvée dans la commode, elle s'assit en tailleur et passa une heure laborieuse à graver de minuscules messages secrets dans le carton, puis le soleil se leva, illuminant de nouveau la pièce : le dernier jour d'Ida. I^DA NOUS T'AIMONS, avait-elle écrit. I^DA R. BROWNLEE. REVIENS, IDA. NE M'OUBLIE PAS IDA. TENDRESSE.

Bien qu'il en éprouvât de la culpabilité, Danny se réjouissait du séjour de sa grand-mère à l'hôpital. La vie était plus facile quand elle n'était pas à la maison pour tourmenter Farish sans arrêt. Certes, celui-ci prenait beaucoup de drogue (en l'absence de Gum, rien ne l'empêchait de rester toute la nuit devant la télévision avec un rasoir et une glace) mais il était moins enclin à s'emporter contre ses frères, sans le stress supplémentaire des trois énormes repas frits de Gum, pris en commun dans la cuisine.

Danny aussi se droguait à mort, mais il gardait le contrôle et ne tarderait pas à s'arrêter ; il n'en était pas encore arrivé là. La dope lui donnait assez d'énergie pour nettoyer la caravane de fond en comble. Pieds et torse nus, en sueur, il nettoya fenêtres, murs et sols ; il jeta toute la graisse rance et le gras de bacon que sa grand-mère conservait dans la cuisine, à l'intérieur de boîtes de café malodorantes, il décapa la salle de bains, astiqua le lino jusqu'à ce qu'il brille, et passa à l'eau de Javel tous leurs vieux dessous et T-shirts, jusqu'à ce qu'ils redeviennent blancs. (Leur grand-mère ne s'était jamais habituée à la machine à laver que Farish lui avait achetée ; elle avait la manie de mélanger le blanc et la couleur, et le linge ressortait avec une teinte grisâtre.)

Après ce grand ménage, Danny se sentit en pleine forme : maître des événements. La caravane était impeccable, dans un ordre parfait, comme une coquerie de bateau. Même Farish remarqua combien tout était propre. Danny prit soin de ne toucher à aucun de ses « projets » (les mécanismes en partie remontés, les tondeuses à gazon cassées, les carburateurs et les lampes de chevet) mais il était possible de nettoyer autour, et se débarrasser de tout ce bric-à-brac inutile était d'un grand secours. Deux fois par jour, il transportait les détritus à la décharge. Après avoir fait chauffer un potage au vermicelle ou préparé des œufs au bacon pour Curtis, il lavait la vaisselle et l'essuyait aussitôt, au lieu de laisser traîner les assiettes. Il avait même trouvé le moyen de tout ranger dans le placard pour gagner de la place.

Le soir, il veillait avec Farish. C'était un autre des bons côtés du speed : ça doublait votre journée. On avait du temps pour travailler, du temps pour bavarder, du temps pour penser.

Et les sujets de réflexion ne manquaient pas. Les récentes agressions – contre la mission, contre Gum – avaient canalisé l'attention de Farish. Autrefois – avant sa blessure à la tête – il avait eu l'art de débrouiller certains problèmes pratiques et logistiques, et un vestige de cette agilité mentale, de cet esprit calculateur, apparaissait dans sa façon de pencher la tête tandis qu'il se tenait avec Danny sur la passerelle abandonnée, passant au crible les lieux du crime : la caisse de dynamite décorée du cobra, vide ; un chariot rouge d'enfant ; et une quantité de minuscules empreintes de pas courant de part et d'autre, dans la poussière de ciment.

« Si c'est elle qu'a fait ça, dit Farish, je vais tuer cette petite garce. » Il resta silencieux, les mains sur les hanches, scrutant la poussière.

« Tu penses à quoi ? demanda Danny.

— Je me demande comment une gosse a pu déplacer cette énorme caisse.

— Avec le chariot.

— Pas dans l'escalier de la mission, c'est impossible. » Farish se mordilla la lèvre inférieure. « Et si elle a volé le serpent, pourquoi frapper à la porte et se montrer à visage découvert ? »

Danny haussa les épaules. « Les gosses », dit-il. Il alluma une cigarette, aspirant la fumée par le nez, et referma d'un coup sec son gros Zippo. « Ils sont bêtes.

— Celui qu'a fait ça l'était pas. Pour balancer ce serpent, il fallait des sacrées couilles, et un timing d'enfer.

— Ou de la chance.

— Peu importe », dit Farish. Il avait les bras croisés sur la poitrine – l'allure militaire dans sa combinaison marron – et brusquement il se mit à fixer le profil de Danny d'une manière qui ne lui plaisait guère.

« Tu ferais rien pour blesser Gum, hein ? » dit-il.

Danny cligna. « Non ! » Il était presque trop choqué pour parler. « Mon Dieu non !

— Elle est vieille.

— Je sais ! s'exclama Danny, chassant les longues mèches de sa figure, d'un geste agressif.

— J'essaie juste de voir qui d'autre savait que c'était elle, et pas toi, qui conduisait la Trans Am ce jour-là.

— Pourquoi ? » demanda Danny effaré, après une courte pause. La clarté de la route l'éblouissait et cela augmentait sa confusion. « Quelle différence ça fait ? Elle a seulement dit qu'elle n'aimait pas grimper dans le camion. Demande-le-lui toi-même.

— Ou bien moi.

— Quoi ?

— Ou bien moi », répéta Farish. Il respirait à petits coups rapides, avec un bruit mouillé. « Tu tenterais rien contre moi, hein ?

— Non », s'exclama Danny, après une longue pause tendue, la voix aussi neutre que possible. Il avait envie de répondre *Va te faire foutre,* mais craignait de le dire. Il

542

passait largement autant de temps que Farish dans l'entreprise familiale, en courses ou heures de travail dans le labo – bordel, il devait le conduire partout où il allait – et Farish se gardait bien de lui donner une part égale, en fait il le payait des clopinettes, se contentant de lui jeter de temps en temps un billet de dix ou de vingt dollars. Certes : pendant quelque temps ça avait été génial, bien mieux qu'un boulot normal. Des journées passées à jouer au billard, à conduire Farish en voiture, à écouter de la musique, des nuits blanches à s'amuser, à jouer, et toutes les drogues qu'il voulait. Mais regarder le soleil se lever tous les matins devenait un peu bizarre et répétitif, et ces derniers temps c'était franchement flippant. Il était fatigué de la vie, fatigué d'être défoncé, et Farish comptait-il lui payer ce qu'il lui devait vraiment pour qu'il puisse quitter la ville et aller quelque part où les gens ne le connaissaient pas (à Alexandria, les chances étaient minces quand on s'appelait Ratliff) et trouver un emploi décent pour changer ? Non. Pourquoi Farish paierait-il Danny ? Il faisait une sacrée affaire, avec son esclave gratuit.

Farish dit d'un ton abrupt : « Trouve cette petite. C'est ta priorité numéro un. Je veux que tu lui mettes la main dessus et que tu lui tires les vers du nez. Je me fous que tu lui tordes son putain de cou. »

« Elle a déjà vu la ville coloniale de Williamsburg, elle se moque que je la voie ou non », dit Adélaïde, se retournant avec humeur pour regarder par la fenêtre arrière.

Edie respira profondément, par les narines. Parce qu'elle avait emmené Harriet à son camp, elle était déjà fatiguée de conduire ; à cause de Libby (qui avait dû rebrousser chemin deux fois pour s'assurer qu'elle avait tout éteint) et d'Adélaïde (qui les avait obligées à attendre dans la voiture pendant qu'elle finissait de repasser une robe qu'elle avait décidé d'emporter à la dernière minute) et de Tat (qui, alors qu'elles avaient déjà traversé la moitié de la ville, s'était souvenue d'avoir laissé son bracelet-montre sur l'évier) : à cause d'une désorganisation qui aurait suffi à faire perdre la raison à un saint, elles prenaient la route avec deux heures de retard, et maintenant – avant même qu'elles n'eussent quitté la ville – Adélaïde réclamait un détour par un autre Etat.

« Oh, nous n'allons pas regretter la Virginie, avec tout ce que nous allons voir », s'écria Tat – maquillée, fraîche, qui sentait le savon à la lavande, l'Aqua Net et l'eau de toilette *Souvenez-vous*. Elle fouillait dans son sac à main jaune pour trouver son inhalateur. « Pourtant c'est vraiment dommage... puisque nous serons déjà là-bas... »

Adélaïde commença à s'éventer avec l'exemplaire du *Mississippi Byways* qu'elle avait pris pour le consulter dans la voiture.

« Si vous n'avez pas assez d'air derrière, dit Edie, pourquoi ne pas baisser un peu vos vitres ?

— Je ne veux pas abîmer ma mise en plis. Je sors de chez le coiffeur.

— Eh bien, dit Tat, se penchant vers la fenêtre, si tu l'entrouvres un tout petit peu...

— Non ! Arrête ! C'est la portière !

— Non, Adélaïde, *ça*, c'est la portière. Et *ça*, c'est la fenêtre.

— Je t'en prie, ne prends pas cette peine. Je suis très bien comme ça.

— Si j'étais toi, dit Edie, je ne me ferais pas tant de souci pour mes cheveux, Addie. Tu vas avoir drôlement chaud derrière.

— Oh, avec toutes ces fenêtres ouvertes, répondit Adélaïde, très raide, je vais avoir l'air d'un épouvantail. »

Tat éclata de rire. « En tout cas, je ne ferme pas la mienne.

— Et moi, déclara Adélaïde d'un air pincé, je garde la mienne fermée. »

Libby – sur le siège avant, à côté d'Edie – émit un son endormi, grognon, comme si elle n'arrivait pas à trouver une position confortable. Sa petite eau de Cologne poudrée était inoffensive, mais avec la chaleur, et les effluves orientaux de *Shalimar* et de *Souvenez-vous* qui bouillonnaient à l'arrière du véhicule, les sinus d'Edie étaient déjà bouchés.

Brusquement, Tat poussa un hurlement : « Où est mon sac à main ?

— Quoi ? Quoi ? dirent-elles toutes en même temps.

— Je ne trouve plus mon sac !

— Edith, fais demi-tour ! s'écria Libby. Elle a oublié son sac.

— Je ne l'ai pas *oublié*. Je le tenais à l'instant !

— Je ne peux pas faire demi-tour au milieu de la route, déclara Edie.

— Où est-ce qu'il peut être ? Je l'avais dans les mains ! Je...

— Oh, Tatty ! » Adélaïde se mit à rire gaiement. « Le voilà ! Tu es assise dessus !

— Qu'est-ce qu'elle a dit ? Elle l'a retrouvé ? demanda Libby, regardant autour d'elle, affolée. Tu as ton sac, Tat ?

— Oui, à présent je l'ai.

— Oh, Dieu soit loué. Il ne faut pas perdre ton sac, Tat. Que ferais-tu sans ton sac ? »

Comme si elle faisait une annonce à la radio, Tat proclama : « Ça me rappelle ce week-end insensé du 4 juillet, quand nous sommes descendues à Natchez. Je ne l'oublierai jamais.

— Moi non plus », dit Edie. Cela s'était passé dans les années cinquante, avant qu'Adélaïde arrête de fumer ; occupée à parler, elle avait mis le feu au cendrier pendant qu'Edie conduisait sur la grand-route.

« Mon Dieu, ce qu'on a pu avoir chaud pendant le voyage.

— En effet, dit Edie d'un ton aigre, ma main a eu très chaud. » Une goutte incandescente de plastique fondu – la cellophane du paquet de cigarettes d'Addie – s'était collée au dos de sa main pendant qu'elle tapait sur les flammes en essayant de conduire en même temps (Addie s'était contentée de hurler et de s'agiter sur le siège du passager) ; c'était une vilaine brûlure qui avait laissé une cicatrice, et la douleur et le choc avaient failli entraîner Edie dans le fossé. Elle avait conduit pendant deux cent cinquante kilomètres, dans la chaleur d'août, la main droite coincée dans un gobelet en carton rempli d'eau glacée, les larmes ruisselant sur son visage, à écouter Adélaïde faire son cinéma et se plaindre chaque minute du trajet.

« Et ce mois d'août où nous sommes toutes allées à La Nouvelle-Orléans ? dit Adélaïde, agitant comiquement la main devant sa poitrine. J'ai cru que j'allais *mourir* d'insolation, Edith. J'ai pensé que tu allais jeter un coup d'œil sur le siège du passager et t'apercevoir que *j'étais morte.* »

Toi ! songea Edie. *Avec ta fenêtre fermée !* De qui était-ce la faute ?

« Oui ! s'écria Tat. Quel voyage ! Et c'était...

— Toi, tu n'étais pas avec nous.

— Bien sûr que si !

— *Mais si,* elle était avec nous. Je ne l'oublierai jamais, dit Adélaïde d'un ton impérieux.

— Tu ne te souviens pas, Edith, c'était le voyage où tu

546

es allée au McDonald, à Jackson, et où tu as essayé de passer notre commande à une poubelle du parking ? »

Joyeux éclats de rire. Edie grinça des dents et se concentra sur la route.

« Oh, quelle bande de vieilles folles nous faisons, s'esclaffa Tat. Qu'est-ce que ces gens ont dû penser !

— J'espère seulement n'avoir rien oublié, murmura Libby. Hier soir, j'ai commencé à me dire que j'avais laissé mes bas à la maison, et que j'avais perdu tout mon argent...

— Je parie que tu n'as pas fermé l'œil, n'est-ce pas, chérie ? dit Tat, se penchant en avant pour poser la main sur la frêle épaule de sa sœur.

— Absurde ! Je vais parfaitement bien ! Je...

— Tu sais bien que non ! Elle s'est rongé les sangs toute la nuit ! Ce qu'il te faut, déclara Adélaïde, c'est un petit déjeuner.

— Oh, s'exclama Tatty – battant des mains –, c'est une merveilleuse idée !

— Arrêtons-nous, Edith.

— Ecoutez ! Je voulais démarrer à six heures du matin ! Si on fait une halte maintenant, on ne sera pas sur la route avant midi ! Vous n'avez pas mangé avant de partir ?

— Euh, je ne savais pas comme mon *estomac* se comporterait avant qu'on ait roulé un moment.

— On vient à peine de sortir de la ville !

— Ne t'inquiète pas pour moi, chérie, dit Libby. Je suis trop excitée pour avaler une bouchée.

— Tiens, Tat, reprit Edie, attrapant la Thermos. Verse-lui une petite tasse de café.

— Si elle n'a pas dormi, répondit Tat d'un air pincé, le café va lui donner des palpitations. »

Edie renifla bruyamment. « Qu'est-ce que vous avez

toutes ? Vous avez toujours bu du café chez moi sans vous plaindre d'avoir des palpitations ni quoi que ce soit d'autre. Maintenant vous réagissez comme si c'était du poison. Ça vous *énerve*. »

Tout d'un coup, Adélaïde s'écria : « Mon Dieu ! Fais demi-tour, Edith. »

Tat mit la main devant sa bouche et éclata de rire. « Nous perdons toutes les pédales ce matin, on dirait.

— Qu'y a-t-il maintenant ? demanda Edie.

— Je suis désolée, répondit Adélaïde, tendue. Je dois retourner chez moi.

— Qu'est-ce que tu as oublié ? »

Adélaïde regardait droit devant elle. « Le Sanka.

— Eh bien, tu en achèteras un autre paquet, c'est tout.

— Enfin, murmura Tat, si elle en a déjà un bocal chez elle, c'est dommage d'en payer un deuxième...

— D'ailleurs, dit Libby – les mains sur le visage, roulant des yeux avec un affolement tout à fait sincère –, peut-être qu'elle n'en trouvera pas ! Et si on n'en vend pas là-bas ?

— On trouve du Sanka partout.

— Edith, s'il te plaît, cria Adélaïde. Je refuse d'entendre ça. Si tu ne veux pas me ramener, arrête la voiture et laisse-moi descendre. »

Très brusquement, sans mettre son clignotant, Edie bifurqua dans l'allée de la succursale de la banque et tourna sur le parking.

« On ne nous refera pas ! Je croyais que j'étais la seule à avoir oublié quelque chose, ce matin », s'exclama gaiement Tat qui se cogna contre Adélaïde – se cramponnant à son bras à cause du virage brutal d'Edie ; elle allait annoncer à la cantonade qu'elle ne se sentait plus si coupable d'avoir oublié son bracelet-montre chez elle quand sur le siège avant, Libby poussa un cri étouffé, et BOUM :

l'Oldsmobile – violemment choquée du côté passager – fit un tête-à-queue, et la seconde suivante, le klaxon se mit à claironner, un flot de sang jaillit du nez d'Edie, et elles se retrouvèrent du mauvais côté de la route, voyant les voitures arriver sur elles à travers le pare-brise étoilé.

« Oh, *Harrr-riet !* »

Eclats de rire. A la consternation de Harriet, la marionnette du ventriloque, vêtue de jean, l'avait choisie dans le public. Avec cinquante autres filles d'âges divers, elle était assise sur des bancs en rondins dans une clairière de la forêt que les moniteurs surnommaient la « chapelle ».

Devant, deux filles du bungalow de Harriet (Dawn et Jada) se retournèrent pour la fusiller du regard. Elles s'étaient disputées avec elle dès le matin, dispute qu'avait interrompue la cloche de l'office.

« Hé, du calme, mon vieux Ziggie ! » gloussa le ventriloque. Il était moniteur dans le camp des garçons et s'appelait Zach. Le Dr Vance et son épouse avaient plus d'une fois mentionné que Zig (la marionnette) et Zach avaient partagé une chambre pendant douze ans ; que la marionnette avait accompagné Zach à l'université Bob Jones pour habiter avec lui ; Harriet en avait déjà entendu beaucoup plus qu'elle ne voulait en savoir. La marionnette était habillée comme un voyou new-yorkais des années trente, avec un bermuda et un feutre, et elle avait une grande bouche rouge, effrayante, et des taches de rousseur qui ressemblaient à des papules de rougeole. Imitant Harriet, probablement, elle écarquilla les yeux et fit pivoter sa tête.

« Hé, chef ! Et c'est moi qu'on traite de marionnette ? » hurla-t-elle d'une voix agressive.

Encore des rires – particulièrement bruyants au premier rang, chez Jada et Dawn, qui battirent des mains, enchantées. Harriet, le visage en feu, fixa d'un air hautain le dos ruisselant de sueur de la fille devant elle : une fille plus âgée avec des bourrelets de graisse qui débordaient des bretelles de son soutien-gorge. *J'espère que je ne serai jamais comme ça*, songea-t-elle. *Plutôt mourir de faim.*

Elle était au camp depuis dix jours. Cela semblait une éternité. Edie, soupçonnait-elle, avait eu une petite discussion avec le Dr Vance et sa femme, car les moniteurs avaient l'irritante manie de la désigner à l'attention des autres, mais une partie du problème – elle le savait lucidement, sans pouvoir y remédier – était son incapacité à s'intégrer dans un groupe sans se faire remarquer. Par principe, elle avait omis de signer et de rendre le « pacte du campeur » avec son dossier d'inscription. Il s'agissait d'une série de promesses solennelles que tous les participants étaient contraints de faire : la promesse de ne pas voir de films interdits aux mineurs, de ne pas écouter de rock, ni hard, ni acid ; de ne pas boire d'alcool, de ne pas avoir de rapports sexuels avant le mariage, de ne fumer ni marijuana, ni tabac, et de ne pas invoquer inutilement le nom du Seigneur. Non que Harriet eût l'intention de commettre l'un de ces crimes (sauf – quelquefois, pas très souvent – d'aller au cinéma) ; cependant, elle avait décidé de ne pas signer.

« Hé, chérrrie ! Tu n'as pas oublié quelque chose ? s'écria Nounou Vance d'un ton enjoué, enlaçant Harriet (qui se raidit aussitôt) avec un pincement amical.

— Non.

— Je n'ai pas reçu ton pacte du campeur. »

Harriet se tut.

Nounou l'étreignit encore familièrement. « Tu sais, chérrrie, Dieu ne nous offre que deux possibilités ! Soit c'est bien, soit c'est mal ! Soit tu es la championne du Christ, soit tu ne l'es pas. » Elle sortit un pacte du campeur vierge de sa poche.

« Maintenant, je veux que tu pries là-dessus, Harriet. Et fais ce que le Seigneur te conseille de faire. »

Harriet fixait les tennis blanches boursouflées de la femme.

Mrs Vance s'empara de sa main. « Veux-tu que je prie avec toi, chérrrie ? demanda-t-elle sur un ton de confidence, comme si elle lui offrait un splendide cadeau.

— Non.

— Oh, je sais que le Seigneur te dictera la bonne décision sur cette question, déclara Nursie, avec un enthousiasme pétillant. Oh, j'en suis sûre. »

Les filles du bungalow de Harriet s'étaient déjà groupées par deux avant son arrivée ; le plus souvent elles l'ignoraient et, si une nuit elle s'était réveillée la main dans une cuvette d'eau chaude, avec, au pied de sa couchette, ses compagnes en train de chuchoter et de pouffer dans l'obscurité (c'était une ruse destinée à inciter la dormeuse à faire pipi au lit), elles ne semblaient pas en avoir après elle en particulier ; bien sûr, il y avait eu la fois où elles avaient tendu de la cellophane sur la lunette des cabinets. Dehors, des rires étouffés. « Hé, pourquoi tu mets autant de temps ? » Une douzaine de filles, pliées de rire quand elle était sortie, le visage de marbre, le short mouillé – mais ce mauvais tour n'avait sûrement pas été dirigé spécialement contre elle, c'était juste la malchance ? Pourtant, toutes les autres paraissaient être dans le coup : Beth et Stephanie, Beverley et Michelle, Marcy, Darci, Sara Lynn, Kristle, Jada, Lee Ann, Devon et Dawn. Elles venaient surtout de Tupelo et de Columbus (les filles d'Alexandria, qu'elle n'aimait guère plus, se trouvaient dans les bungalows d'Oriole et de Goldfinch) ;

elles étaient toutes plus grandes que Harriet, et avaient l'air plus mûr ; elles portaient du brillant à lèvres parfumé, des jeans coupés au genou, et s'enduisaient de lait à la noix de coco sur l'embarcadère du ski nautique. Leur conversation (les Bay City Rollers ; les Osmond ; un garçon du nom de Jay Jackson qui allait dans leur école) l'ennuyait et l'exaspérait.

Harriet s'était attendue à tout cela. Aux « pactes » du campeur. A l'ennui mortel d'une vie sans livres de bibliothèque ; aux sports d'équipe (qu'elle avait en horreur) et aux farces nocturnes, aux cours tyranniques de catéchisme ; elle s'était attendue à l'inconfort et à la morosité des après-midi brûlants sans vent sur un canoë, à écouter les conversations stupides des autres, qui se demandaient si Dave était un bon chrétien, si Wayne avait réussi à peloter Lee Ann, ou si Jay Jackson buvait.

Tout cela était déjà épouvantable. Mais Harriet entrerait en quatrième à l'automne ; et elle ne s'était pas attendue à l'affront suprême d'être classée – pour la première fois – dans la catégorie des « ados » : créatures sans cerveau, faites de protubérances et de sécrétions, à en juger par la littérature qu'on lui procurait. Elle ne s'était pas attendue aux projections de diapositives humiliantes, au ton enjoué, remplies d'informations médicales avilissantes ; ni aux « discussions à bâtons rompus » où les filles étaient encouragées non seulement à poser des questions personnelles – parfois franchement pornographiques, selon Harriet – mais aussi à y répondre.

Pendant ces débats, elle bouillait de haine et de honte. Elle se sentait rabaissée par l'attitude de Mrs Vance, convaincue qu'elle – Harriet – n'était en rien différente de ces demeurées de Tupelo, préoccupées par l'odeur de leurs aisselles, le système de reproduction, et les rendez-vous avec les garçons. Les vapeurs de déodorants et de sprays « intimes » dans les vestiaires ; les poils durs des jambes, le brillant à lèvres luisant ; tout cela baignait dans l'huile sirupeuse de la « puberté », de l'obscénité, jusqu'aux hot dogs suintants de graisse. Pis encore : Harriet avait l'impression que l'un des infâmes transparents de « Votre corps se développe » – utérus, trompes et glandes mammaires – avait été projeté sur son pauvre corps innocent ; comme si, en la regardant – tout habillée – les gens ne voyaient que des organes génitaux et des poils à des endroits inconvenants. Savoir que c'était inévitable (« *simplement une étape naturelle de la croissance !* ») n'était pas plus réconfortant que la certitude de mourir un jour. La mort, du moins, était empreinte de dignité : elle mettait un terme au déshonneur et au chagrin.

Certes : plusieurs des filles de son bungalow, Kristle et Marcy en particulier, avaient un solide sens de l'humour. Mais les plus femmes de ses compagnes de chambre (Lee Ann, Darci, Jada, Dawn) étaient vulgaires, effrayantes ; Harriet était révoltée par leur désir d'être identifiées par des termes biologiques, aussi crus que les « nénés » – qui en avait et qui n'en avait pas. Elles parlaient de « pelotage » et de « ragnagnas » ; elles parlaient un mauvais anglais. Et elles avaient l'esprit très mal tourné. *Regarde,* avait dit Harriet, lorsque Lee Ann avait essayé d'attacher son gilet de sauvetage, *tu l'enfiles comme ça, tu vois...*

Toutes les filles – y compris l'ingrate Lee Ann – avaient éclaté de rire. *Tu fais quoi, Harriet ?*

Tu l'enfiles, avait-elle répété, glaciale. *Enfiler est un mot tout à fait correct...*

Ah ouais ? Stupides ricaneuses – répugnantes, toutes autant qu'elles étaient, folles des garçons, avec leurs règles, leurs poils pubiens et leurs problèmes de transpiration, clignant de l'œil et se lançant des coups de pied dans les chevilles. *Répète un peu voir, Harriet ? Elle doit faire quoi ?*

Zach et Zig venaient d'aborder le problème de la consommation de bière. « Dis-moi une chose, Zig. Tu boirais quelque chose si ça avait mauvais goût ? Et si c'était mauvais pour toi, en plus ?

— Pouah ! Sûrement pas !

— Eh bien, tu me croiras si tu veux, il y a un tas d'adultes, et même d'enfants, qui le font ! »

Zig, stupéfait, passa le public en revue. « Ces enfants-là, patron ?

— Peut-être. Parce qu'il y a toujours quelques gosses vraiment bêtes qui pensent que boire de la bière, c'est *cool, man* ! » Zach fit le signe de la paix. Rires nerveux dans la salle.

Harriet – qui avait mal à la tête à force de rester assise en plein soleil – loucha vers une grappe de piqûres de moustique sur son bras. Après cette réunion (qui, Dieu merci, s'achèverait dans une dizaine de minutes), il y aurait trois quarts d'heure de natation, puis un contrôle de catéchisme et le déjeuner.

La natation était la seule activité que Harriet appréciait ou attendait avec impatience. Seule avec ses battements de cœur, elle évoluait dans le lac noir et sans rêve, parmi les rayons de soleil vacillants qui pénétraient l'obscurité. Près de la surface, l'eau était aussi chaude que dans une baignoire ; quand elle descendait plus bas, des jets froids d'eau de source lui fouettaient le visage, et à chaque mouvement qu'elle faisait, des bouquets de brume poudrée jaillissaient de la vase duveteuse, tout au fond, tels des tourbillons de fumée verte.

Les filles n'avaient que deux séances de natation par semaine : le mardi et le jeudi. Aujourd'hui, c'était jeudi, et elle s'en réjouissait particulièrement, car elle ne s'était pas encore remise de la mauvaise surprise qu'elle avait eue ce matin-là, lors de la distribution du courrier. Une lettre de Hely était arrivée. Quand elle l'avait ouverte, elle avait découvert avec un choc un article découpé dans le journal d'Alexandria qui annonçait UN SERPENT EXOTIQUE ATTAQUE UNE FEMME.

Il y avait aussi une lettre, sur du papier bleu ligné. « Oooh, c'est ton petit ami ? » Dawn lui arracha la feuille. « *Salut, Harriet* », lut-elle à voix haute, à la cantonade. « *Comment ça va ?* »

La coupure de journal s'envola par terre. D'une main tremblante, Harriet s'en empara, la roula en boule, et la fourra dans sa poche.

« *Je me suis dit que l'article t'intéresserait. Jettes-y un coup d'œil...* "Jette un coup d'œil à quoi ? disait Dawn. De quoi s'agit-il ?" »

Harriet, la main au fond de sa poche, était en train de déchiqueter le journal.

« C'est dans sa poche, s'écria Jada. Elle y a mis quelque chose.

— Prends-le-lui ! Prends-le-lui ! »

Jubilante, Jada se jeta sur Harriet qui la frappa en plein visage.

La fille hurla. « Oh, mon Dieu ! Elle m'a *griffée* ! Tu m'as griffé la paupière, petite conne !

— Hé, les filles, siffla quelqu'un, Mel va nous entendre. » Il s'agissait de Melanie, leur monitrice.

« Je saigne ! s'égosillait Jada. Elle a essayé de m'arracher l'œil ! Merde ! »

Dawn resta ébahie, sa bouche nacrée grande ouverte. Harriet profita de la confusion pour lui reprendre la lettre de Hely et la fourrer dans sa poche.

« Regardez ! cria Jada, tendant la main. Au bout de ses doigts, et sur sa paupière, il y avait du sang – pas beaucoup, mais du sang tout de même. Regardez ce qu'elle m'a fait !

« — Taisez-vous, les filles, s'écria l'une d'elles d'une voix aiguë, sinon on va avoir un blâme.

— Si on en a un autre, renchérit sa voisine d'un ton affligé, on ne pourra pas faire griller des marshmallows avec les garçons.

— Ouais, elle a *raison*. Silence. »

Jada – le poing brandi en un geste théâtral – s'avança vers Harriet. « Fais gaffe à tes fesses, ma petite, menaça-t-elle, tu as intérêt...

— *Chut !* Voilà Mel ! »

A cet instant avait sonné la cloche de l'office. Zach et sa marionnette avaient donc sauvé Harriet, du moins provisoirement. Si Jada décidait de la dénoncer, elle aurait des problèmes, mais ce n'était pas nouveau ; elle s'était déjà trouvée dans ce genre de situation.

C'était la coupure de presse qui la préoccupait. Hely avait été incroyablement stupide de la lui envoyer. Du moins, personne ne l'avait vue ; c'était l'essentiel. A part le gros titre, elle n'avait fait que l'entrevoir elle-même ; elle l'avait soigneusement mise en pièces, ainsi que la lettre de Hely, et en avait malaxé les morceaux dans sa poche.

Elle se rendit compte que quelque chose avait changé dans la clairière. Zach avait cessé de parler, toutes les filles étaient brusquement devenues très calmes et immobiles. Dans ce silence, un frisson de panique parcourut Harriet. Elle crut que toutes les têtes allaient se tourner vers elle en même temps, mais Zach s'éclaircit la gorge, et elle comprit, comme si elle s'éveillait d'un rêve, que ce silence ne la concernait pas, et que c'était simplement la prière. Aussitôt, elle ferma les yeux et inclina la tête.

Dès que la prière fut terminée, et que les filles s'étirèrent en riant avant de se regrouper pour bavarder (Jada,

Dawn et Darci, les bras croisés, parlaient visiblement d'elle, lui lançant des regards hostiles de l'autre côté de la clairière), Mel (avec une visière de tennis, le nez enduit d'une couche de pommade à l'oxyde de zinc) intercepta Harriet. « Laisse tomber la natation. Les Vance veulent te voir. »

Harriet tenta de dissimuler son désarroi.

« Au bureau », dit Mel, passant la langue sur son appareil dentaire. Elle regardait par-dessus la tête de Harriet – cherchant sans doute le glorieux Zach, de peur qu'il ne s'éclipse dans le camp des garçons sans lui avoir parlé.

Harriet acquiesça, s'efforçant de paraître indifférente. Que pouvaient-ils lui faire ? L'obliger à rester toute seule jusqu'au soir dans le bungalow ?

« Hé, lui cria Mel – elle avait déjà repéré Zach et levait la main tout en se frayant un chemin au milieu des filles –, s'ils en ont fini avec toi avant le cours de catéchisme, va directement au court de tennis et fais des balles avec le groupe de dix heures, d'accord ? »

Les pins étaient sombres – un répit bienvenu après la clarté aveuglante de la « chapelle » – et le sentier dans les bois était humide et moelleux. *Elle a fait vite,* se dit-elle. Jada avait beau être une vraie garce, elle ne l'avait pas imaginée en indic.

Mais qui sait ? Ce n'était peut-être rien. Peut-être que le Dr Vance voulait simplement l'entraîner dans ce qu'il appelait une « séance » (où il répétait une quantité de vers de la Bible sur l'obéissance, puis demandait si elle acceptait Jésus comme son sauveur personnel). Ou peut-être voulait-il la questionner sur la figurine de *La Guerre des étoiles.* (L'avant-veille, il avait convoqué tout le camp, garçons *et* filles, et leur avait hurlé dessus pendant une heure parce que l'un d'eux – prétendait-il – avait volé ce jouet qui appartenait à son fils Brantley, un bébé grognon.)

Ou bien quelqu'un l'avait-il appelée au téléphone ? L'appareil se trouvait dans le bureau du Dr Vance. Mais qui cela pouvait-il être ? Hely ?

Peut-être que c'est la police, songea-t-elle, mal à l'aise, *peut-être qu'ils ont trouvé le chariot.* Elle essaya de chasser cette pensée de son esprit.

Elle émergea de la forêt, très lasse. Devant le bureau, à côté du minibus et du break du Dr Vance, était garée une voiture avec des plaques de concessionnaire – de chez Dial Chevrolet. Avant que Harriet ait pu se demander en quoi cela la concernait, elle entendit le tintement mélodieux du carillon de la porte et le Dr Vance apparut sur le seuil, suivi par Edie.

La fillette se figea, trop choquée pour bouger. Sa grand-mère semblait différente – pâle, abattue – et, un instant, elle se demanda si elle se trompait, mais non, c'était bien Edie : simplement, elle portait une vieille paire de lunettes à laquelle Harriet n'était pas habituée, avec une monture noire masculine trop lourde pour son visage et qui lui donnait un teint blafard.

Le Dr Vance aperçut la fillette et la salua des deux bras, comme s'il lui faisait des signes depuis l'autre bout d'un stade surpeuplé. Elle répugnait à s'approcher. Elle se dit que les ennuis commençaient sans doute, de très gros ennuis – mais Edie la vit alors et lui sourit ; et curieusement (à cause des lunettes, peut-être ?) elle découvrit l'Edie d'autrefois, l'Edie de la préhistoire, l'Edie de la boîte en forme de cœur, qui avait sifflé et lancé des balles de base-ball à Robin sous un ciel hanté de carte postale.

« Hottentot », appela-t-elle.

Le Dr Vance se tint à l'écart avec une bienveillance posée tandis que Harriet – débordant d'amour au son de ce cher vieux surnom, rarement usité – s'élançait vers elle dans la clairière tapissée de gravier ; Edie se pencha (d'un geste vif, militaire) pour déposer un baiser sur sa joue.

« Ah, ma fille ! Tu es bien contente de voir ta grand-maman ! » rayonna le Dr Vance qui se balançait sur les talons en roulant des yeux. Il parlait avec une chaleur exagérée, mais aussi comme s'il avait d'autres choses en tête.

« Harriet, dit Edie, ce sont toutes tes affaires ? » Et la fillette vit, alignés par terre, près de ses pieds, sa valise, son sac à dos et sa raquette de tennis.

Après une pause désorientée – l'apparition de ses bagages sur le sol demeurant un mystère –, elle dit : « Tu as de nouvelles lunettes.

— De vieilles lunettes. Mais la voiture est neuve. » Edie indiqua du menton l'automobile garée à côté du véhicule du Dr Vance. « Si tu as encore quelque chose dans ta chambre, tu ferais mieux de courir le chercher.

— Où est ta voiture ?

— Peu importe. Dépêche-toi. »

Harriet – qui n'était pas du genre à critiquer les cadeaux qu'elle recevait – se hâta d'obéir. Elle s'étonnait d'être sauvée par ce biais inattendu, d'autant plus qu'elle s'était préparée à se jeter aux pieds d'Edie pour la supplier en hurlant de la ramener chez elle.

En dehors de quelques créations artistiques qu'elle ne voulait pas conserver (un gant de cuisine sale, un plumier décoré, pas encore sec), il ne lui restait à prendre que ses sandales de douche et ses deux serviettes. Quelqu'un en avait emporté une pour aller nager, aussi s'empara-t-elle de l'autre avant de repartir au bureau.

Le Dr Vance chargeait le coffre de la nouvelle voiture pour Edie – qui, remarqua Harriet pour la première fois, se déplaçait avec une légère raideur.

Peut-être que c'est Ida, songea-t-elle brusquement.

Peut-être qu'Ida avait décidé de ne pas partir. Ou bien elle voulait me voir une dernière fois avant de s'en aller. Mais Harriet savait qu'aucune de ces hypothèses ne correspondait à la vérité.

Edie l'examinait d'un air soupçonneux. « Je croyais que tu avais deux serviettes.

— Non, grand-mère. » Elle remarqua, à la base des narines d'Edie, un reste de croûte noire : du tabac à priser ? Chester prisait.

Elle s'apprêtait à monter dans la voiture quand le Dr Vance en fit le tour et – s'interposant entre elle et la portière côté passager – se pencha pour lui tendre la main.

« Dieu a Son propre dessein, Harriet. » Il le lui dit comme s'il lui confiait un petit secret. « Cela signifie-t-il que cela nous plaît toujours ? Non. Cela signifie-t-il que nous le comprenons toujours ? Non. Cela signifie-t-il que nous devons gémir et nous en plaindre ? Sûrement pas ! »

Harriet – gênée, rougissante – fixait les yeux gris, sévères, du Dr Vance. Dans le groupe de discussion de Nounou, après la projection de *Votre corps se développe*, on avait longuement parlé du dessein de Dieu pour les filles, et de la manière dont les trompes, les hormones et les sécrétions dégradantes décrites par les images en faisaient partie.

« Et pourquoi en est-il ainsi ? Pourquoi Dieu nous éprouve-t-Il ? Pourquoi éprouve-t-Il notre détermination ? Pourquoi devons-nous méditer ces défis universels ? » Le Dr Vance scruta son visage. « Que nous enseignent-ils sur notre parcours de chrétiens ? »

Silence. Harriet était trop révoltée pour retirer sa main. Très haut dans les arbres, un jais bleu poussa un cri.

« Une partie du défi, Harriet, consiste à accepter le bien-fondé de Son dessein. Et que signifie cette acceptation ? Nous devons nous plier à Sa volonté ! Nous devons nous y plier de gaieté de cœur ! C'est le défi auquel nous devons faire face en tant que chrétiens ! »

Brusquement Harriet – son visage presque collé au sien – se sentit très effrayée. Avec une infinie concentration, elle fixa une minuscule tache de poils rougeâtres dans un pli de son menton, où le rasoir avait glissé.

« Prions, dit soudain le Dr Vance, lui pressant la main. Cher Jésus, s'écria-t-il, appuyant son pouce et son index sur ses yeux hermétiquement fermés. C'est un grand privilège que de se tenir devant Toi aujourd'hui ! Quel bonheur de prier avec Toi ! Soyons joyeux, joyeux, en Ta présence ! »

De quoi parle-t-il ? se demanda Harriet, ahurie. Ses piqûres de moustique la démangeaient, mais elle n'osait pas se gratter. Les yeux mi-clos, elle fixa ses pieds.

« *Oh*, Seigneur. S'il Te plaît, reste auprès de Harriet et de sa famille dans les jours à venir. Veille sur eux. Protège-les, guide-les, accompagne-les. Aide-les à comprendre, Seigneur, dit le Dr Vance – prononçant toutes les consonnes et les syllabes très distinctement –, que ces peines et ces épreuves font partie de leur parcours de chrétiens... »

Où est Edie ? se demanda Harriet, les yeux fermés. *Dans la voiture ?* La main du Dr Vance était moite et désagréable au toucher ; quel embarras ce serait si Marcy et les filles de son bungalow passaient par là et la voyaient debout dans le parking, en train de tenir la main du Dr Vance !

« *Oh*, Seigneur. Aide-les à ne pas Te tourner le dos. Aide-les à se soumettre. Aide-les à cheminer sans se plaindre. Aide-les à ne pas désobéir, à ne pas se rebeller, mais à accepter Tes décisions et à respecter Ton pacte... »

Se soumettre à quoi ? songea Harriet, avec un vilain petit choc.

« ... au nom du Christ Jésus nous le demandons. AMEN », dit le Dr Vance, si fort que la fillette sursauta. Elle regarda autour d'elle. Edie était du côté du chauffeur, la main sur le capot – mais c'était impossible de savoir si elle était restée là tout le temps, ou si elle s'était approchée après le moment de la prière.

Nounou Vance avait surgi de nulle part. Elle fondit sur Harriet et la serra contre sa poitrine, l'étouffant presque.

« Le Seigneur t'aime ! s'écria-t-elle de sa voix pétillante. Surtout ne l'oublie pas ! »

Elle lui tapota les fesses et se tourna, radieuse, vers Edie, comme pour entamer une conversation normale. « Oh, bonjourrr ! » Mais Edie n'était plus de l'humeur sociable et tolérante qu'elle avait montrée en déposant sa petite-fille au camp. Elle adressa un bref hochement de tête à Mrs Vance, et ce fut tout.

Elles montèrent dans la voiture ; Edie – après avoir examiné un moment par-dessus ses lunettes le tableau de bord peu familier – passa une vitesse et démarra. Les Vance s'avancèrent au milieu de la clairière, sur le gravier, et – enlacés – agitèrent la main jusqu'au moment où la voiture disparut derrière le virage.

La nouvelle automobile avait l'air conditionné, ce qui la rendait beaucoup plus silencieuse. Harriet nota tous les détails – la radio neuve ; les vitres électriques – et se cala sur son siège, mal à l'aise. Dans cette fraîcheur étanche, ronronnante, elles descendirent la route de gravier sous l'ombre fluide des feuillages, franchissant souplement les nids-de-poule qui avaient ébranlé l'Oldsmobile jusqu'au tréfonds de son châssis. Quand elles atteignirent l'extrémité du chemin obscur, pour tourner sur la grand-route ensoleillée, Harriet osa enfin lancer un regard furtif à sa grand-mère.

Mais Edie semblait penser à autre chose. Elles continuèrent de rouler. La voie était large et déserte : pas de circulation, un ciel sans nuage, les bords de terre rougeâtre se rejoignant sur l'horizon. Brusquement, Edie se racla la gorge – un bruyant et maladroit HUM.

Harriet – prise de court – cessa de regarder par la fenêtre pour fixer sa grand-mère, qui dit : « Je suis désolée, ma petite fille. »

Harriet retint son souffle quelques secondes. Tout se figea : les ombres, son cœur, les aiguilles rouges de la pendule du tableau de bord. « Qu'est-ce qu'il y a ? » dit-elle.

Mais Edie ne quittait pas la route des yeux. Son visage était de marbre.

La climatisation était réglée à une température trop basse. Harriet étreignit ses bras nus. *Maman est morte,* songea-t-elle. *Ou Allison. Ou papa.* Et dans la même seconde, elle sut au fond de son cœur qu'elle était capable de faire face à n'importe laquelle de ces situations. « Que s'est-il passé ? demanda-t-elle tout haut.

— C'est Libby. »

Dans le tohu-bohu qui avait suivi l'accident, personne n'avait pris le temps d'envisager que l'une des vieilles dames pouvait être sérieusement atteinte. A part quelques bleus ou coupures – et le nez ensanglanté d'Edie, moins inquiétant qu'il n'y paraissait –, il y avait eu plus de peur que de mal. Et l'équipe de secours les avait examinées avec un soin irritant avant de les autoriser à repartir. « Celle-ci n'a pas une égratignure », avait dit l'infirmier arrogant qui avait aidé Libby – avec sa chevelure blanche, son collier de perles et sa robe rose poudré – à sortir de la voiture écrabouillée.

Libby avait paru abasourdie. Le choc le plus violent

s'était produit de son côté ; bien qu'elle n'eût cessé d'appuyer délicatement ses doigts à la base de son cou – comme pour trouver son pouls –, elle avait agité la main et dit : « Oh, ne t'inquiète pas pour *moi* ! » quand Edie, malgré les protestations des secouristes, était ressortie de l'arrière de l'ambulance pour vérifier l'état de ses sœurs.

Elles avaient toutes un torticolis. Edie avait l'impression d'avoir la nuque découpée en lanières comme un fouet. Adélaïde, qui tournait en rond à côté de l'Oldsmobile, passait son temps à se pincer les lobes pour voir si elle n'avait pas perdu ses boucles d'oreilles, et à s'exclamer : « C'est un miracle que nous ne soyons pas mortes ! Edie, c'est un miracle que tu ne nous aies pas toutes tuées ! »

Mais après avoir vérifié qu'aucune n'avait de traumatisme, ni de fracture (pourquoi, songeait Edie, pourquoi n'avait-elle pas exigé que ces imbéciles prennent la tension de Libby ? Elle était une infirmière expérimentée ; elle savait ces choses), les secouristes avaient décidé que seule Edie devait être emmenée à l'hôpital : ce qui était rageant, puisqu'elle n'avait rien – ni fracture, ni blessure interne, et elle le savait. Elle s'était laissé entraîner dans une discussion. Elle s'était cassé quelques côtes contre le volant, c'était tout, et lorsqu'elle était infirmière dans l'armée, elle avait appris que la seule chose à faire était de les bander et de renvoyer le soldat à sa mission.

« Mais vous avez une côte fêlée, madame, avait dit l'autre secouriste – pas le m'as-tu-vu, mais celui qui avait une grosse tête, comme une citrouille.

— Oui, je sais ! avait répondu Edie, lui hurlant à la figure.

— Mais, madame... » Des mains indiscrètes se tendaient vers elle. « Vous feriez mieux de nous laisser vous conduire à l'hôpital, madame...

— Pourquoi ? Ils vont me bander les côtes et me réclamer cent dollars, c'est tout ! Pour cent dollars, je peux faire ça moi-même.

— Une visite aux urgences vous coûtera beaucoup plus cher, intervint monsieur je sais tout, s'appuyant sur le capot de la malheureuse voiture enfoncée d'Edie (la voiture ! la voiture ! elle défaillait chaque fois qu'elle la regardait). La radio seule vous sera facturée soixante-quinze dollars. »

Un petit groupe de gens s'était rassemblé : surtout des curieux venus de la banque, des petites jeunes filles rieuses au rouge à lèvres marron et aux cheveux crêpés qui mâchaient du chewing-gum. Tat – qui en agitant son sac à main jaune avait fait signe à une voiture de police de s'arrêter – grimpa à l'arrière de l'épave de l'Oldsmobile (bien que le klaxon retentît encore) et y resta assise en compagnie de Libby pendant l'essentiel de l'échange entre les policiers et l'autre conducteur, qui n'en finissait plus. C'était un vieux monsieur très vif, prétentieux et exaspérant, qui s'appelait Lyle Pettit Rixey : très mince, avec de longues chaussures pointues, un nez crochu de petit diable, il avait une façon délicate de soulever très haut les genoux en marchant. Il semblait très fier de venir du comté d'Attala ; et de son nom, qu'il se plut à répéter intégralement. Il ne cessait de montrer Edie d'un doigt osseux et querelleur, et de dire « cette *femme*-là ». Il donnait l'impression qu'elle était soûle, ou alcoolique. « Cette *femme* a foncé juste devant moi. Cette *femme* ne devrait pas conduire d'automobile. » Edie s'écarta, hautaine, et lui tourna le dos tandis qu'elle répondait aux questions de l'officier.

L'accident s'était produit par sa faute ; elle avait refusé la priorité ; et ne pouvait qu'accepter le blâme avec dignité. Ses lunettes étaient cassées, et de l'endroit où elle se tenait, dans la chaleur scintillante (« cette *femme* a choisi une journée de canicule pour me couper le passage », se plaignait Mr Rixey aux infirmiers de l'ambulance), Libby et Tat n'étaient que des taches floues, rose et jaune, sur le siège arrière de l'Oldsmobile accidentée. Edie s'épongea le front avec un mouchoir humide. Chaque Noël à Tribulation, des robes de quatre couleurs différentes avaient été déposées sous le sapin – rose pour Libby, bleue pour Edie, jaune pour Tat et lavande pour Adélaïde, la petite dernière. Des buvards, des rubans et du papier à lettres colorés... des poupées de porcelaine blondes identiques, sauf par leurs robes, chacune d'une teinte pastel différente...

« Avez-vous fait ou non un demi-tour ? demanda le policier.

— *Certainement* pas. J'ai tourné ici, dans le parking. » De la route, un rétroviseur envoya son reflet dans l'angle de son champ de vision, la distrayant, et au même instant un souvenir d'enfance inexplicable surgit dans son esprit : la vieille poupée en fer-blanc de Tatty – vêtue de jaune boueux – couchée, les jambes retournées dans la poussière de la cour donnant sur la cuisine de Tribulation, sous les figuiers, là où les poules s'échappaient parfois pour aller gratter. Pour sa part, Edie n'avait jamais joué avec des poupées – et ne s'y était jamais intéressée le moins du monde – mais en cet instant, elle voyait celle de Tat avec une clarté étrange : le tissu brun du corps, le reflet macabre et argenté du nez, là où la peinture était partie. Combien d'années Tatty avait-elle traîné dans la cour cette chose cabossée, avec sa tête de mort métallique ; depuis combien d'années Edie n'avait-elle pas songé à ce drôle de petit visage sans nez ?

Le policier l'interrogea pendant une demi-heure. Il avait une voix traînante, et des lunettes de soleil à verres miroités, et elle avait un peu l'impression d'être interrogée par La Mouche dans le film d'horreur de Vincent Price, qui portait le même nom. S'abritant les yeux de la main, elle essaya de rester concentrée sur les questions, mais son regard se tournait sans cesse vers les voitures qui passaient en trombe sur la route brillante, et elle ne pouvait penser à rien d'autre qu'à la vieille poupée sinistre de Tatty, avec son nez argenté. Comment diable s'appelait-elle ? Edie était totalement incapable de s'en souvenir. Avant d'aller à l'école, Tatty ne savait pas bien parler ; toutes ses poupées avaient eu des noms au son ridicule, des noms qu'elle avait inventés, comme Gryce, Lillium et Artemo...

Les petites jeunes filles de la banque se lassèrent et – inspectant leurs ongles et tortillant leurs cheveux sur leurs doigts – repartirent à l'intérieur. Adélaïde – qu'Edie tenait amèrement pour responsable de l'accident (elle et son Sanka !) –, l'air très contrarié, restait à bonne distance de ce remue-ménage, comme si tout cela ne la concernait pas, et bavardait avec une amie choriste trop curieuse, Mrs Cartrett, qui s'était arrêtée pour voir ce qui se passait. A un moment donné elle avait sauté dans la voiture de cette dame et était partie avec elle sans même la prévenir. « Nous allons chez McDonald's pour manger une saucisse et des gâteaux secs », avait-elle crié à Tat et à la pauvre Libby. McDonald's ! Et – pour couronner le tout – quand le policier à face d'insecte avait enfin donné à Edie la permission de partir, sa malheureuse vieille voiture avait évidemment refusé de démarrer, et elle avait été obligée de redresser les épaules et de retourner dans l'horrible banque glaciale, devant toutes ces petites caissières impertinentes, pour demander si elle pouvait téléphoner. Et pendant tout ce temps, Libby et Tat étaient restées sans se plaindre à l'arrière de l'Oldsmobile, dans cette effroyable chaleur.

Leur taxi n'avait pas tardé à arriver. De l'endroit où elle se tenait, près du bureau du directeur, et pendant qu'elle parlait au téléphone avec le garagiste, Edie les avait regardées s'approcher toutes les deux du taxi, à travers la baie vitrée : bras dessus, bras dessous, choisissant l'endroit où elles posaient leurs souliers du dimanche sur le gravier. Elle avait tapé un petit coup sur le verre ; Tat, sous la lumière éblouissante, s'était tournée à demi pour lever le bras, et tout d'un coup le nom de la vieille poupée était revenu à Edie, si brusquement qu'elle avait ri tout fort. « Pardon ? » avait dit le garagiste ; le directeur – qui louchait derrière ses épaisses lunettes – l'avait regardée comme si elle était folle, mais elle s'en moquait. *Lycobus*. Bien sûr. C'était le nom de la poupée en fer-blanc. Lycobus, qui était méchante et répondait avec insolence à sa mère ; Lycobus, qui invitait les poupées d'Adélaïde à prendre le thé, et ne leur servait que de l'eau et des radis.

Quand la dépanneuse arriva enfin, Edie accepta de se faire raccompagner par le chauffeur. C'était la première fois qu'elle montait dans un camion depuis la Seconde Guerre mondiale ; la cabine était haute, et s'y hisser avec des côtes fêlées n'avait pas été une partie de plaisir ; mais, ainsi que le juge avait particulièrement aimé le rappeler à ses filles, « les mendiants ne peuvent pas faire les difficiles ».

Quand elle était rentrée chez elle, il était près d'une heure de l'après-midi. Elle suspendit ses vêtements (se rappelant seulement au moment de se déshabiller que les valises se trouvaient encore dans le coffre de l'Oldsmobile) et prit un bain froid ; assise sur le bord de son lit, en gaine-culotte et soutien-gorge, elle inspira profondément et se banda les côtes du mieux qu'elle put. Puis elle avala un verre d'eau avec un Empirin à la codéine qui lui restait d'une intervention dentaire, et enfila un kimono avant de s'allonger sur le lit.

Beaucoup plus tard, elle avait été réveillée par un coup de téléphone. Un instant, elle avait cru que la petite voix à l'autre bout de la ligne était la mère des enfants. « Charlotte ? » aboya-t-elle ; puis, quand elle n'avait eu aucune réponse : « Qui est-ce, s'il vous plaît ?

— C'est Allison. Je suis chez Libby. Elle... elle a l'air perturbé.

— Je ne l'en blâme pas », dit Edie, se rasseyant brusquement ; la douleur la prit par surprise et elle retrouva son souffle avec peine. « Ce n'est pas le moment pour elle de recevoir des invités. Tu ne devrais pas l'ennuyer, Allison.

— Elle n'a pas l'air fatigué. Elle... elle dit qu'elle doit mettre des betteraves en conserve.

— Mettre des betteraves en conserve ? » Edie eut un petit rire. « Moi aussi, je serais extrêmement perturbée si je devais faire des conserves de betteraves cet après-midi.

— Mais elle dit...

— Rentre chez toi et laisse Libby se reposer », ordonna Edie. Elle était un peu assommée par son cachet antidouleur ; et, de crainte d'être interrogée à propos de l'accident (le policier avait suggéré que ses yeux lui avaient peut-être joué un tour ; il avait été question d'un contrôle, d'un retrait de permis), elle était désireuse de couper court à la discussion.

Dans le fond, un murmure agité.

« Qu'est-ce qu'elle dit ?

— Elle est préoccupée. Elle m'a demandé de t'appeler, Edie. Je ne sais pas quoi faire, je t'en supplie, viens voir...

— Mais pourquoi donc ? s'écria sa grand-mère. Passe-la-moi.

— Elle est dans la pièce d'à côté. » Un échange de paroles inaudibles ; puis la voix d'Allison revint. « Elle dit qu'elle doit aller en ville, et qu'elle ne sait pas où sont ses bas et ses chaussures.

— Réponds-lui de ne pas s'inquiéter. Les valises sont dans le coffre de la voiture. Elle a fait sa sieste ? »

Les marmonnements reprirent, poussant à bout la patience d'Edie.

« Allô ? dit-elle tout fort.

— Elle affirme qu'elle va bien, Edie, mais...

(C'était ce que Libby disait toujours. Quand elle avait eu la scarlatine, elle avait dit qu'elle allait bien.)

— ... mais elle ne veut pas s'asseoir, poursuivit Allison ; sa voix paraissait lointaine, comme si elle n'avait pas rapproché correctement le combiné de sa bouche. Elle est debout dans le séjour... »

Bien que la jeune fille continuât de parler et qu'Edie l'écoutât avec attention, la phrase s'était achevée et une autre avait commencé quand elle se rendit compte – brusquement – qu'elle n'avait pas saisi un traître mot.

« Je regrette, dit-elle sèchement. Tu dois parler plus fort », et elle s'apprêtait à sermonner Allison pour ses bredouillements quand elle entendit un bruit soudain à la porte d'entrée : *toc toc toc toc toc,* une série de petits coups secs. Edie rajusta son kimono, noua solidement la ceinture, et glissa un coup d'œil dans le vestibule. Elle aperçut Roy Dial, sa face d'opossum illuminée par un sourire qui découvrait ses petites dents grises et pointues. Il lui fit un signe joyeux.

Aussitôt, elle rentra la tête à l'intérieur de la chambre. *Le vautour*, songea-t-elle. *Si seulement je pouvais l'abattre d'un coup de fusil.* Il paraissait rayonnant de joie. Allison disait quelque chose.

« Ecoute, il faut que je te laisse, coupa-t-elle. J'ai du monde sur le porche et je ne suis pas habillée.

— Elle dit qu'elle doit aller chercher une jeune mariée à la gare », articula distinctement Allison.

Edie – qui n'aimait pas reconnaître qu'elle était dure d'oreille et qui avait tendance, quand la conversation n'avait ni queue ni tête, à faire comme si de rien n'était – respira alors profondément (ce qui déclencha une douleur dans ses côtes) et déclara : « Dis à Lib que je lui conseille de s'allonger. Si elle veut, je viendrai prendre sa tension et lui donner un tranquillisant dès que...

Toc toc toc toc toc !

— Dès que je serai débarrassée de lui », termina-t-elle ; puis elle dit au revoir.

Elle jeta un châle sur ses épaules, enfila ses mules et s'aventura dans le vestibule. Derrière la porte en verre à tout petits carreaux, Mr Dial – la bouche ouverte, mimant un ravissement exagéré – présentait un paquet qui ressemblait à une corbeille à fruits, enveloppé dans un emballage de cellophane jaune. Quand il vit qu'elle était en peignoir, il prit une expression consternée (haussant les sourcils en forme de V renversé) en manière d'excuse, et – avec un mouvement grotesque de la bouche, indiqua le panier et articula : *Désolé de vous déranger ! Juste un petit quelque chose ! Je vais le laisser là...*

Après un moment d'hésitation, Edie cria – d'un ton joyeux, changé – « Attendez une minute ! J'arrive ! » Puis – son sourire se figeant une fois qu'elle eut le dos tourné – elle s'empressa de retourner dans sa chambre, ferma la porte et décrocha une robe d'intérieur dans son armoire.

La fermeture Eclair dans le dos ; *pouf pouf*, un peu de rouge sur les deux joues, un coup de houppette sur le nez ; elle passa une brosse dans ses cheveux – tressaillant à cause de la douleur dans son bras levé – et jeta un regard rapide à son image dans la glace avant de rouvrir la porte et de se rendre dans le vestibule pour l'accueillir.

« Ça par exemple, s'exclama-t-elle avec raideur, quand Mr Dial lui offrit le panier.

— J'espère que je ne vous dérange pas, dit-il, tournant la tête discrètement pour la fixer de son autre œil. Dorothy a rencontré par hasard Susie Cartrett à l'épicerie et elle lui a tout raconté sur l'accident... Ça fait des *années* que je répète – il posa la main sur son bras, pour souligner ses paroles – qu'il faut un feu rouge à ce carrefour. Des années ! J'ai téléphoné à l'hôpital mais on m'a répondu que vous n'aviez pas été admise, Dieu merci. » Une main sur la poitrine, il leva les yeux au ciel avec reconnaissance.

« Bonté divine, s'exclama Edie, se laissant amadouer. Je vous remercie.

— Ecoutez, c'est le carrefour le plus dangereux du comté ! Et voilà ce qui va se passer. C'est une honte, mais il va falloir un mort pour que le conseil municipal veuille bien s'en préoccuper. Un mort, vous m'entendez ! »

Ce fut avec surprise qu'Edie se laissa radoucir par l'attitude de Mr Dial – qui était fort agréable, en particulier parce qu'il semblait convaincu qu'elle n'était en rien responsable de l'accident. Et quand il montra du geste la Cadillac neuve garée près du trottoir (« Juste un essai gratuit... j'ai pensé que vous auriez peut-être besoin d'un véhicule de remplacement pour un jour ou deux... ») l'hostilité que lui aurait inspirée pareille audace à peine quelques minutes plus tôt s'était presque envolée, et elle s'approcha complaisamment tandis qu'il faisait l'inventaire du véhicule : sièges en cuir, lecteur de cassettes, direction assistée (« Cette splendeur n'est chez nous que depuis deux jours, mais je dois dire que dès la minute où je l'ai vue, j'ai pensé : *voilà* une voiture parfaite pour Miss Edith !). L'observer faire la démonstration des vitres électriques et des autres accessoires était étrangement réconfortant, si l'on songeait que peu de temps auparavant des gens avaient eu l'impertinence de suggérer qu'Edie ne devrait plus conduire du tout.

Il parlait toujours. L'effet du cachet antidouleur se dissipait. Elle essaya de l'interrompre mais Mr Dial – tirant parti de la situation (car il savait par le chauffeur de la dépanneuse que l'Oldsmobile était bonne pour la casse) – se mit à proposer des remises : un rabais de cinq cents dollars sur le prix du catalogue – et pourquoi ? Il ouvrit les paumes : « Non par bonté de cœur. Non, madame, non, Miss Edith. Je vais vous dire pourquoi. Parce que je suis un bon homme d'affaires, et parce que Dial Chevrolet veut vous compter parmi ses clients. » Sous la glorieuse lumière d'été, tandis qu'il expliquait pour quelle raison il prolongerait aussi la garantie supplémentaire, Edie – le sternum transpercé par une violente douleur – eut une vision fulgurante, cauchemardesque, de l'atroce vieillesse qui la guettait. Les articulations douloureuses, la vue incertaine, l'arrière-goût constant de l'aspirine dans le fond de la gorge. La peinture écaillée, les fuites de la toiture, les robinets qui gouttaient, les chats qui urinaient sur la moquette et les pelouses jamais tondues. Et du temps à revendre : des heures debout dans la cour, à écouter n'importe quel escroc, arnaqueur ou inconnu « secourable » qui passait sur la route. Combien de fois elle était arrivée à Tribulation pour trouver son père, le juge, en train de bavarder dans l'allée avec un représentant ou un entrepreneur sans scrupule, un tailleur d'arbres gitan au large sourire qui prétendrait ensuite que le devis qu'il avait donné se calculait par *branche*, et non par arbre ; sympathiques Judas en chaussures Florsheim qui lui offraient des magazines porno et des petits verres de whisky, avec toutes sortes d'avantages et de parts du bénéfice incluses ; droits miniers, zones réservées, investissements sans risques et La chance de votre vie en assez grand nombre pour soulager le malheureux vieillard de tout ce qu'il possédait, y compris la maison où il était né...

Gagnée par un sentiment de plus en plus noir et désespéré, Edie écoutait. A quoi bon se battre ? Elle était – comme son père – une vieille païenne stoïque ; bien qu'elle allât à l'église par devoir social et civique, elle ne croyait pas un seul mot de ce qui s'y disait. Il y avait partout des odeurs verdâtres de cimetière : herbe coupée, lis et terre retournée ; la douleur lui transperçait les côtes chaque fois qu'elle inspirait et elle ne pouvait s'arrêter de penser à la broche en onyx et en diamant héritée de sa mère : elle l'avait rangée, comme une stupide vieille femme, dans la valise non verrouillée qui se trouvait à présent dans le coffre ouvert d'une voiture accidentée, à l'autre bout de la ville. *Toute ma vie,* songea-t-elle, *j'ai été volée. Tout ce que j'ai jamais aimé m'a été dérobé.*

Et d'une certaine manière la présence sympathique de Mr Dial lui procurait un étrange réconfort : son visage empourpré, le parfum capiteux de son après-rasage et son rire hennissant de marsouin. Son comportement maniéré – qui jurait avec la masse corpulente de son torse sous sa chemise amidonnée – était curieusement rassurant. *J'ai toujours trouvé que c'était un homme agréable,* pensa Edie. Roy Dial avait ses défauts, mais du moins il n'avait pas l'impertinence de suggérer qu'Edie n'était plus capable de tenir un volant... « Je *continuerai* de conduire, avait-elle tonné aux oreilles de l'oculiste demeuré, à peine une semaine plus tôt, Ça m'est égal d'écraser tous les habitants du Mississippi... » Et tandis qu'elle écoutait Mr Dial parler de la voiture, posant son doigt boudiné sur son bras (encore une petite chose à lui indiquer, et encore une autre, puis, alors qu'elle en avait vraiment assez de lui, il demandait : *Que dois-je ajouter pour faire de vous ma cliente ? A cet instant ? Que dois-je dire pour conclure enfin avec vous...*) ; tandis qu'Edie, étrangement incapable cette fois-là de se libérer de lui, écoutait, stoïque, son boniment, Libby, après avoir vomi dans une cuvette, s'allongea sur son lit, un linge frais sur le front, et sombra dans un coma dont elle ne sortirait jamais.

Une attaque. C'était ce qu'elle avait eu. Quand avait-elle eu la première, personne n'en savait rien. N'importe quel autre jour, Odean eût été là – mais elle avait pris sa semaine, à cause du voyage. Quand Libby vint enfin ouvrir la porte – au bout d'un long moment, au point qu'Allison crut qu'elle s'était peut-être endormie –, elle ne portait pas ses lunettes et ses yeux semblaient un peu dans le vague. Elle regarda sa petite-nièce comme si elle avait attendu quelqu'un d'autre.

« Tu te sens bien ? » demanda la jeune fille. Elle avait entendu le récit intégral de l'accident.

« Oh oui », répondit Libby, l'air ailleurs.

Elle la fit entrer, puis retourna d'un pas hésitant au fond de l'appartement, comme si elle cherchait un objet égaré. Elle paraissait indemne, à part la meurtrissure tachetée sur sa pommette – de la couleur de la gelée de raisin finement étalée sur du pain – et ses cheveux qui étaient moins bien arrangés que d'habitude.

« Tu ne trouves pas ton journal ? » demanda Allison, regardant autour d'elle. La maison était propre comme un sou neuf : les sols fraîchement lavés, la poussière essuyée et même les coussins du canapé tapotés et correctement disposés ; d'une certaine façon l'ordre impeccable de la maison avait empêché Allison de comprendre qu'il pouvait y avoir un problème. Chez elle, la maladie était liée au désordre : rideaux noirâtres et draps de lit pleins de sable ; tiroirs laissés ouverts et miettes sur la table.

Au bout d'un instant de recherche, elle dénicha le journal – plié à l'endroit des mots croisés, avec les lunettes par-dessus – sur le sol, près du fauteuil de Libby, et elle les apporta dans la cuisine, où sa grand-tante était assise à la table et lissait la nappe d'une main, en un petit cercle répétitif.

« Voici tes mots croisés », dit Allison. La cuisine était d'une clarté désagréable. Malgré le soleil qui pénétrait à travers les rideaux, le plafonnier était allumé comme par un sombre après-midi d'hiver, et non de plein été. « Tu veux que je t'apporte un crayon ?

— Non, je ne peux pas me concentrer sur cette chose idiote, répondit Libby d'un ton agité, repoussant le journal, les lettres ne cessent de glisser de la page... Ce que je dois faire, c'est me mettre à préparer mes betteraves.

— Tes betteraves ?

— Si je ne commence pas maintenant elles ne seront pas prêtes à temps. La petite mariée arrive en ville par le numéro 4...

— Quelle mariée ? » demanda Allison après une légère pause. Elle n'avait jamais entendu parler du numéro 4, et ignorait ce dont il s'agissait. Tout était éblouissant, irréel. Ida Rhew était partie à peine une heure avant – exactement comme tous les vendredis, sauf qu'elle ne reviendrait pas lundi ni aucun autre jour. Et elle n'avait rien pris en dehors du verre en plastique rouge dans lequel elle buvait : dans le vestibule, en partant, elle avait refusé les boutures soigneusement emballées et la boîte de cadeaux, qui était soi-disant trop lourde à porter. « J'ai pas besoin de tout ça ! » s'était-elle écriée gaiement, se tournant pour fixer Allison droit dans les yeux ; elle avait le ton d'un adulte à qui un enfant en bas âge offre un bouton ou un morceau de bonbon déjà sucé. « Qu'est-ce que je ferais de toutes ces bêtises, d'après toi ? »

Allison – abasourdie – lutta pour ne pas pleurer. « Je t'aime, dit-elle.

— Eh bien, répondit pensivement Ida, moi aussi je t'aime. »

C'était terrible ; c'était trop terrible pour être vrai. Et pourtant elles étaient bien là, toutes les deux, devant la porte d'entrée. Une boule de chagrin douloureuse monta dans la gorge d'Allison quand elle vit avec quel soin méticuleux Ida pliait le chèque vert posé sur la table du vestibule – *vingt dollars zéro cent* –, s'assurant que les deux bords étaient alignés et parfaitement égaux avant de marquer la pliure entre son pouce et son index. Ensuite elle ouvrit le fermoir de son petit sac noir et le déposa à l'intérieur.

« Je ne peux plus vivre avec vingt dollars par semaine », dit-elle. Sa voix était calme et naturelle, et en même temps totalement bizarre. Comment pouvaient-elles se tenir ainsi dans l'entrée, comment ce moment pouvait-il être réel ? « J'vous aime toutes les trois, mais c'est comme ça. Je vieillis. » Elle effleura la joue d'Allison. « Sois une bonne fille. Dis à p'tit Cham que je l'aime. » Cham – pour Chameau – était le nom qu'Ida donnait à Harriet quand elle n'était pas sage. Puis la porte se referma et elle s'en alla.

« Je suppose, dit Libby – et Allison, avec une légère panique, remarqua que son regard errait sur le carrelage de la cuisine, comme si elle avait vu voler une mite près de ses pieds –, qu'elle ne pourra pas en trouver quand elle sera ici.

— Pardon ? dit Allison.

— Des betteraves. Des betteraves marinées. *Oh*, j'aimerais bien que quelqu'un m'aide, s'écria Libby, en levant les yeux au ciel d'un air plaintif, à demi comique.

— Tu veux que je fasse quelque chose pour toi ?

— Où est Edith ? demanda Libby d'un ton étrangement sec et brusque. Elle va faire quelque chose pour moi, elle. »

Allison s'assit à la table, et essaya d'obtenir son attention. « Tu dois vraiment préparer les betteraves aujourd'hui ? dit-elle. Lib ?

— Je ne sais rien d'autre que ce qu'on m'a dit. »

Allison acquiesça et resta un moment assise dans la pièce trop lumineuse, se demandant comment procéder. Quelquefois Libby rentrait des réunions de la Société missionnaire, ou du Cercle de l'église, avec des exigences curieuses et très spécifiques : des timbres verts, ou de vieilles montures de lunettes, ou des étiquettes de soupe Campbell's (que l'Eglise baptiste au Honduras échangeait contre des espèces) ; des bâtonnets d'esquimaux ou des vieilles bouteilles de détergent Lux (pour les objets artisanaux de la vente de charité de l'église).

« Dis-moi qui appeler, proposa-t-elle enfin. Je téléphonerai et j'expliquerai que tu t'es trouvée dans un accident ce matin. Quelqu'un d'autre peut apporter les betteraves. »

Libby répliqua d'un ton abrupt : « *Edith va* faire quelque chose pour moi. » Elle se leva et retourna dans l'autre pièce.

« Tu veux que je l'appelle ? demanda Allison, la suivant d'un œil inquiet. Libby ? » Elle ne l'avait jamais entendue parler d'un ton aussi cassant.

« Edith va tout arranger », déclara sa tante d'une voix faible et grognonne qui ne lui ressemblait pas du tout.

Allison avait donc téléphoné. Mais elle était encore secouée par le départ d'Ida et elle n'avait pas été capable d'expliquer à Edie à quel point Libby semblait changée, désorientée, étrangement abattue dans son comportement. Sa façon gênée de tripoter le côté de sa robe. Allison, tirant sur le fil le plus loin possible, tendit le cou pour voir dans la pièce voisine tandis qu'elle parlait, bégayant de consternation. Les mèches blanches sur les tempes de

Libby avaient paru comme embrasées – ses cheveux si clairsemés qu'elle apercevait ses grandes oreilles.

Edie interrompit Allison avant qu'elle eût terminé de parler. « Rentre chez toi et laisse Libby se reposer, ordonna-t-elle.

— Attends, dit Allison, et elle appela vers l'autre pièce. Libby ? C'est Edie. Tu veux lui parler ?

— Qu'est-ce que tu dis ? disait sa grand-mère. Allô ? »

Le soleil inondait la table de la salle à manger de flaques d'or brillantes, romantiques ; des paillettes fluides de lumière – reflétées par le lustre – scintillaient sur le plafond. Toute la maison avait paru éclatante, illuminée comme une salle de bal. Le contour de la silhouette de Libby rougeoyait tel un charbon ardent ; et l'ombre du soleil de l'après-midi qui ruisselait autour d'elle était empreinte d'une obscurité qui semblait consumée par les flammes.

« Elle... je m'inquiète pour elle, dit Allison, désespérée. Viens *s'il te plaît*. Je ne comprends rien à ce qu'elle raconte.

— Ecoute, il faut que j'y aille, déclara Edie. J'ai du monde à la porte et je ne suis pas habillée. »

Ensuite elle avait raccroché. Allison resta encore un moment près du téléphone, essayant de rassembler ses idées, puis elle se hâta d'aller dans la pièce voisine pour voir où en était Libby, qui se tourna vers elle avec une expression figée, effrayée.

« Nous avions un couple de poneys, dit-elle. Des petits bais.

— Je vais appeler le médecin.

— Il n'en est pas question, répondit Libby – si fermement qu'Allison céda aussitôt à son ton autoritaire d'adulte. Je te l'interdis.

— Tu es malade. » La jeune fille fondit en larmes.

« Non, je vais bien, je vais bien. C'est juste qu'ils devraient déjà être venus me chercher, répondit Libby. Où sont-ils ? L'après-midi est bien avancé. » Et elle glissa sa main dans celle d'Allison – sa petite main sèche, parcheminée – et la regarda comme si elle attendait d'être emmenée quelque part.

L'odeur tenace des lis et des tubéreuses, dans le salon funéraire surchauffé, donnait mal au cœur à Harriet chaque fois que le ventilateur tournait, envoyant une bouffée de parfum dans sa direction. Vêtue de sa plus belle robe du dimanche – la blanche avec des pâquerettes – elle était assise sur un canapé, le regard vague. Les reliefs du dossier sculpté en bois de rose lui rentraient dans le dos, entre les omoplates ; sa robe était trop étroite au niveau du corsage – ce qui accentuait encore le poids sur sa poitrine et la moiteur étouffante de l'air, la sensation de respirer une atmosphère de l'espace intersidéral dénuée d'oxygène, faite d'un gaz stérile. Elle n'avait ni dîné ni pris de petit déjeuner ; elle était restée éveillée la plus grande partie de la nuit, le visage pressé contre l'oreiller, et elle avait pleuré ; et quand – souffrant d'élancements dans la tête – elle avait ouvert les yeux tard le lendemain matin, dans sa propre chambre, elle était restée immobile quelques instants vertigineux, s'émerveillant devant les objets familiers (les rideaux, les reflets des feuillages dans le miroir de la coiffeuse, et même la pile inchangée des livres de bibliothèque en retard sur le sol). Tout était tel qu'elle l'avait laissé le jour où elle était partie en colonie – puis elle se souvint brutalement, comme sous le choc d'une grosse pierre, qu'Ida était partie, que Libby était morte, et que tout était terrible et bouleversé.

Edie – vêtue de noir, avec un rang de perles ; quel air imposant elle avait, près du guéridon où était posé le registre des condoléances ! – se tenait près de la porte. Elle disait exactement la même chose à chaque personne qui entrait dans la pièce. « Le cercueil est dans la salle du fond », déclarait-elle en guise d'accueil, à un homme rougeaud en costume caca d'oie qui lui étreignait la main ; puis – s'adressant, par-dessus son épaule, à Mrs Fawcett qui s'était discrètement écartée pour attendre son tour – « Le cercueil est dans la salle du fond. Le corps n'est pas visible, malheureusement, mais ce n'est pas moi qui ai pris cette décision. »

Un instant, Mrs Fawcett parut désarçonnée ; puis elle prit elle aussi la main d'Edie. Elle paraissait sur le point de fondre en larmes. « J'ai été tellement désolée de l'apprendre, dit-elle. Nous aimions tous Miss Cleve à la bibliothèque. C'était affreusement triste ce matin de trouver en arrivant les livres que j'avais mis de côté pour elle. »

Mrs Fawcett ! songea Harriet, avec un élan d'affection désespéré. Dans la foule de costumes sombres, c'était une petite tache de couleur réconfortante, avec sa robe d'été imprimée et ses espadrilles en toile rouge ; elle semblait être venue directement de son travail.

Edie lui tapota la main. « Eh bien, elle aussi elle vous adorait tous à la bibliothèque », répondit-elle ; et son ton dur, cordial, donna la nausée à Harriet.

Adélaïde et Tat, sur le canapé en face d'elle, bavardaient avec un couple de dames fortes plus âgées qui avaient l'air d'être sœurs. Elles parlaient des fleurs de la chapelle funéraire, qui – par une négligence des employés de l'établissement – s'étaient flétri dans la nuit. A cette nouvelle, les grosses dames se récrièrent, consternées.

« Il me semble que les domestiques ou un employé

auraient pu les arroser ! » s'exclama la plus massive et la plus joviale des deux : les joues rondes comme des pommes, avec des cheveux blancs bouclés de mère Noël.

« Oh, dit froidement Adélaïde, avec un hochement du menton, ils n'auraient pas pris cette peine », et Harriet se sentit traversée par une bouffée de haine insupportable – pour Addie, pour Edie, pour toutes les vieilles dames – devant leur parfaite maîtrise du protocole du chagrin.

Juste à côté d'elle se tenait un autre groupe de dames qui bavardaient allègrement. Harriet ne connaissait aucune d'entre elles, excepté Mrs Wilder Whitfield, l'organiste de l'église. Un instant auparavant elles avaient ri tout fort comme si elles s'étaient trouvées à un tournoi de bridge, mais à présent, rapprochant leurs têtes, elles parlaient à voix basse. « Olivia Vanderpool, murmura une femme terne au visage lisse, eh bien, Olivia a traîné *des années.* A la fin elle pesait trente-cinq kilos et ne supportait aucune nourriture solide.

— Pauvre Olivia. Elle n'a plus jamais été la même après cette seconde chute.

— On dit que le cancer des os, c'est le pire.

— Absolument. Tout ce que je peux dire, c'est que c'est une bénédiction que la petite Miss Cleve soit partie si vite. Puisqu'elle n'avait personne. »

Elle n'avait *personne* ? songea Harriet. *Libby ?* Mrs Whitfield remarqua qu'elle lui lançait un regard rageur et sourit ; mais Harriet détourna le visage et fixa le tapis de ses yeux rouges où pointaient des larmes. Elle avait tellement pleuré depuis le voyage de retour du camp qu'elle se sentait engourdie, nauséeuse : incapable de déglutir. La nuit précédente, quand elle avait enfin réussi à s'endormir, elle avait rêvé d'insectes : un essaim noir furieux qui se déversait d'un four dans la maison de quelqu'un.

« De qui est-ce la fille ? demanda en aparté la femme au visage lisse à Mrs Whitfield.

« — Ah », répondit celle-ci ; et elle baissa la voix. Dans la pénombre, la lumière des lampes-tempête éblouissait Harriet par flashes, à travers ses larmes ; tout s'embrumait à présent, les images se confondaient. Une partie d'elle – froide, furieuse – se tenait en retrait et se moquait de son chagrin tandis que les flammes des cierges se dissolvaient, dessinant des prismes maléfiques.

Le salon funéraire – dans Main Street, près de l'église baptiste – était situé dans une grande maison victorienne, hérissée de tourelles et d'ornements pointus en fer forgé. Combien de fois Harriet avait longé la rue à bicyclette en se demandant ce qui se passait là-haut, derrière les coupoles et les vitres obscures ? A l'occasion – le soir, après un décès – une mystérieuse lueur vacillait dans la plus haute tourelle derrière le vitrail, une lueur qui lui évoquait un article sur les momies qu'elle avait vu dans un vieux numéro de *National Geographic*. Les prêtres embaumeurs *œuvraient tard dans la nuit*, disait la légende sous l'illustration (Karnak après la tombée du jour, la flamme vacillante d'une lampe), *pour préparer leurs pharaons en prévision du long voyage dans le monde des morts*. Chaque fois que brillait la lueur de la tour, Harriet avait un frisson dans le dos, pédalait un peu plus vite en direction de sa maison, ou – les crépuscules précoces d'hiver, au retour de la chorale – serrait son manteau contre elle et se pelotonnait sur le siège arrière de la voiture d'Edie.

Ding dong the castle bell

[Ding dong la cloche du château]

chantaient les filles, sautant à la corde sur la pelouse de l'église après la chorale,

Farewell to my mother
Lay me in the boneyard
Beside my oldest brother...

[Adieu ma mère
Couche-moi dans le cimetière
A côté de mon frère aîné...]

Quels qu'eussent été les rites nocturnes des étages du haut – les êtres chers découpés, vidés, rembourrés –, le rez-de-chaussée baignait dans une atmosphère victorienne soporifique qui donnait la chair de poule. Dans les salons et les salles de réception, les proportions grandioses disparaissaient dans l'ombre ; la moquette épaisse, de couleur rouille ; le mobilier (des chaises cannelées, des causeuses démodées) miteux et compassé. Une cordelette en velours barrait le bas de l'escalier : un tapis rouge se noyait peu à peu dans les ténèbres dignes d'un film d'horreur.

L'entrepreneur de pompes funèbres était un petit homme cordial du nom de Mr Makepeace, avec de longs bras, un long nez fin, délicat, et une jambe qui traînait, séquelle de la polio. Il était joyeux et bavard, et les gens l'appréciaient malgré son métier. A l'autre bout de la salle, il boitait de groupe en groupe, tel un dignitaire difforme, serrant les mains, souriant, toujours bien accueilli : les gens s'écartaient pour lui faire une place, l'introduisant avec courtoisie dans les conversations. Sa silhouette caractéristique, l'angle de sa jambe estropiée et son habitude (périodique) de saisir sa cuisse entre ses paumes pour la propulser en avant chaque fois que son tibia malade se trouvait coincé : cela rappelait à Harriet une image qu'elle avait vue dans l'une des bandes dessinées de Hely, où le domestique bossu du château arrachait sa jambe – avec les deux mains – au démon décharné qui tentait de la tirer vers le sol.

Toute la matinée, Edie avait parlé des « merveilles » accomplies par Mr Makepeace. Elle avait voulu à tout prix garder le cercueil ouvert pour les funérailles, bien que Libby eût répété toute sa vie avec insistance qu'elle ne voulait pas que son corps fût exposé après sa mort. De son vivant, Edie s'était moquée de ces craintes ; après sa mort, elle n'avait pas tenu compte des vœux de sa sœur et choisi le cercueil et les vêtements dans l'intention de les montrer : parce que les parents venus des autres villes s'y attendraient, parce que c'était la coutume, la chose à faire. Mais ce matin, Adélaïde et Tatty avaient eu une telle crise d'hystérie dans l'arrière-salle de l'établissement funéraire qu'Edie avait fini par s'écrier : « Oh, pour l'amour du ciel ! » et prié Mr Makepeace de fermer le couvercle.

Sous le puissant parfum des lis, Harriet perçut une odeur différente. Une odeur chimique comme les boules d'antimite, mais plus écœurante : un bain de natrum ? C'était horrible de penser à ces choses. Il valait mieux ne pas penser du tout. Libby ne lui avait jamais expliqué pourquoi elle était si opposée aux enterrements où on exposait le corps du défunt, mais la fillette avait entendu Tatty dire à quelqu'un qu'à l'époque de leur jeunesse, « parfois ces entrepreneurs de pompes funèbres des campagnes faisaient un beau gâchis. Bien avant la réfrigération électrique. Notre mère est morte en été, vous savez ».

Un moment, la voix d'Edie s'éleva clairement au-dessus des autres, de sa place près du registre des condoléances. « Eh bien, ces gens ne connaissaient pas papa, alors. Il ne s'est jamais préoccupé de ça. »

Gants blancs. Murmures discrets, comme à une réunion des *Filles de la Révolution américaine*[1]. L'air même – renfermé, étouffant – collait aux poumons de Harriet.

1. Equivalent des Filles de la Légion d'honneur. (*N.d.T.*)

Tatty – les bras croisés, secouant la tête – parlait à un minuscule homme chauve que Harriet ne connaissait pas ; et même si elle avait des cernes sous les yeux et ne portait pas de rouge à lèvres, son attitude était étrangement froide, efficace. « Non, disait-elle, non, c'était le vieux Mr Holt le Fevre qui avait donné ce surnom à papa quand ils étaient petits. Mr Holt descendait la rue avec sa nounou quand il s'est échappé pour se jeter sur papa, et papa s'est défendu, bien sûr, et Mr Holt – il avait trois fois la taille de papa – s'est effondré en pleurant. "T'es un vrai lion, toi !"

— J'ai souvent entendu mon père appeler ainsi le juge. Le Lion.

— En fait, c'était un surnom qui ne lui convenait pas vraiment. Ce n'était pas un homme corpulent. Bien qu'il ait pris du poids les dernières années. Avec la phlébite et ses chevilles enflées, il ne pouvait plus se déplacer comme autrefois. »

Harriet se mordit la joue.

« Quand Mr Holt perdait la tête, dit Tat, tout à fait à la fin, Violet m'a raconté que de temps en temps il avait un éclair de lucidité et s'interrogeait : "Je me demande où est ce vieux Lion ? Je ne l'ai pas vu depuis un bon moment." Bien sûr, papa était mort depuis des années. Un après-midi, il a tellement insisté, se tracassant pour papa et voulant savoir pourquoi il n'était pas passé depuis si longtemps, que Violet a fini par lui répondre : "Lion est passé, Holt, et il voulait vraiment te voir. Mais tu dormais."

— Dieu le bénisse », dit l'homme chauve, qui regardait par-dessus l'épaule de Tat un couple qui entrait dans la pièce.

Harriet était très, très immobile. *Libby !* avait-elle envie de hurler, de hurler tout fort comme elle le faisait encore maintenant quelquefois pour l'appeler, quand elle se réveillait d'un cauchemar dans le noir. Libby, dont les yeux se remplissaient de larmes dans le cabinet du médecin. Libby qui avait peur des abeilles !

Elle croisa les yeux d'Allison – rouges, débordant de chagrin. Harriet serra les lèvres très fort, planta ses ongles dans ses paumes et fixa la moquette, retenant son souffle avec une infinie concentration.

Cinq jours – cinq jours avant de mourir – Libby était restée à l'hôpital. Un peu avant la fin, il avait même semblé qu'elle pourrait se réveiller : elle avait murmuré dans son sommeil, tournant les pages d'un livre imaginaire, puis ses paroles étaient devenues trop incohérentes pour être compréhensibles et elle avait sombré dans un brouillard blanc de drogues et de paralysie. *Ses fonctions vitales se dégradent*, avait annoncé l'infirmière qui était venue contrôler son état ce dernier matin, alors qu'Edie dormait auprès d'elle sur un lit de camp. Elle avait juste eu le temps d'appeler Adélaïde et Tat pour leur dire de venir à l'hôpital – et un peu avant huit heures, en présence des trois sœurs réunies à son chevet, la respiration de Libby était devenue de plus en plus lente « et puis, avait dit Tat, avec un petit sourire forcé, elle s'est simplement arrêtée ». Il avait fallu scier ses bagues, ses mains étaient si gonflées... les petites mains de Libby, si parcheminées et délicates ! ces petites mains tachetées, bien-aimées, des mains qui fabriquaient des bateaux en papier et les faisaient voguer sur la bassine à vaisselle ! *gonflées comme des pamplemousses*, telle avait été l'expression, l'horrible expression, qu'Edie avait répétée plus d'une fois au cours des derniers jours. *Gonflées comme des pamplemousses. J'ai dû appeler la bijouterie pour qu'ils viennent scier les bagues sur ses doigts...*

Pourquoi tu ne m'as pas téléphoné ? avait dit Harriet – bouleversée, abasourdie – lorsqu'elle avait enfin pu prononcer un mot. Sa voix – dans la fraîcheur climatisée de la nouvelle voiture d'Edie – avait pris un son aigu, incongru sous l'avalanche noire qui l'avait presque assommée au son des mots *Libby est morte.*

Eh bien, avait répondu Edie avec philosophie, *je me suis dit, pourquoi gâcher tes belles vacances avant que cela ne soit nécessaire ?*

« Pauvres petites filles », prononça une voix familière – celle de Tat – loin au-dessus d'elles.

Allison – le visage dans les mains – se mit à sangloter. Harriet serra les dents. *C'est la seule à être plus triste que moi*, songea-t-elle, *la seule autre personne vraiment triste dans cette pièce.*

« Ne pleure pas. La docte main de Tat s'attarda un instant sur l'épaule d'Allison. Libby ne le voudrait pas. »

Elle semblait perturbée – légèrement perturbée, nota froidement Harriet dans l'infime partie de son être qui se tenait en retrait, implacable, et observait la scène, insensible au chagrin. Mais pas assez perturbée. *Enfin*, songea-t-elle, aveuglée, meurtrie et étourdie à force de pleurer, *pourquoi m'ont-elles laissée dans ce camp pourri alors que Libby agonisait sur son lit d'hôpital ?*

Dans la voiture, Edie s'était excusée – d'une certaine manière. *Nous avons cru qu'elle s'en sortirait,* avait-elle dit au début ; et ensuite *J'ai pensé que tu préférerais te souvenir d'elle comme elle était avant* et enfin *Je n'y ai pas pensé.*

« Les filles ? dit Tat. Vous vous souvenez de nos cousines de Memphis, Delle et Lucinda ? »

Deux silhouettes voûtées de vieilles dames s'avancèrent : l'une grande et bronzée, l'autre ronde et brune, avec un sac en velours noir orné de strass.

« Ça par exemple ! » s'exclama la grande au teint bronzé. Elle se tenait comme un homme, avec ses larges souliers plats et ses mains dans les poches de sa robe chemisier beige.

« Dieu les bénisse », murmura la petite grosse aux cheveux bruns, se tamponnant les yeux (qui étaient bordés de noir, comme ceux d'une vedette du cinéma muet) avec un mouchoir rose.

Harriet les dévisagea et pensa à la piscine du Country Club : la lumière bleue, le monde englouti dans un silence absolu quand elle se glissait sous l'eau après une profonde inspiration. *Tu peux y être en cet instant,* songea-t-elle, *si tu te concentres assez fort.*

« Je peux vous l'enlever une minute ? » Adélaïde – très élégante dans sa robe noire sépulcrale à col blanc – saisit la main de Harriet et l'entraîna.

« Seulement si tu promets de la ramener tout de suite ! » s'écria la petite dame ronde, secouant un doigt chargé de bagues.

Tu peux quitter cet endroit. En pensée. T'en aller, tout simplement. Qu'avait dit exactement Peter Pan à Wendy ? « Ferme les yeux et songe à des choses très agréables. »

« Oh ! » Au centre de la pièce, Adélaïde s'arrêta net, ferma les yeux. Des gens les dépassèrent. Tout près, résonnait pompeusement la musique d'un orgue ("Plus près de toi, mon Dieu" – rien de très bouleversant, mais Harriet ne savait jamais ce qui pouvait émouvoir les vieilles dames).

« Des tubéreuses ! » Adélaïde inspira ; et le profil de son nez ressemblait tant à celui de Libby que le cœur de Harriet se serra désagréablement. « Sens ce parfum ! » Elle s'empara de la main de Harriet et l'entraîna vers une énorme composition florale dans une amphore en porcelaine.

La musique d'orgue était enregistrée. Dans une alcôve

derrière la console, Harriet entrevit un magnétophone à bandes qui cliquetait, dissimulé par une draperie de velours.

« Ma fleur préférée ! » Adélaïde la poussa en avant. « Tu vois, les toutes petites fleurs. Sens-les, chérie ! »

L'estomac de Harriet chavira. Le parfum, dans la pièce surchauffée, était enivrant et d'une douceur mortelle.

« Ne sont-elles pas merveilleuses ? disait Adélaïde. J'ai eu les mêmes dans mon bouquet de mariée... »

Quelque chose dansa devant les yeux de Harriet et tout devint noir sur les bords. La seconde d'après, les lumières tourbillonnaient et des gros doigts – d'homme – lui agrippaient le coude.

« Je ne crois pas que je m'évanouirais, mais dans une pièce fermée, elles me donnent à coup sûr la migraine, disait quelqu'un.

— Faites-lui respirer un peu d'air frais », dit l'inconnu, qui la relevait ; un vieil homme, exceptionnellement grand, avec des cheveux blancs et des sourcils noirs en broussaille. Malgré la chaleur, il portait un gilet avec un col en V par-dessus sa chemise et sa cravate.

Surgie de nulle part, Edie fondit sur elle – tout en noir, comme la Méchante Sorcière – et la dévisagea. Des yeux verts glaçants la jaugèrent froidement une seconde ou deux. Puis elle se redressa (*très très très très haut*) et dit : « Emmenez-la dans la voiture.

— Je m'en charge », dit Adélaïde. Elle prit le bras gauche de Harriet, tandis que le vieil homme (qui était très âgé et devait avoir dans les quatre-vingts ou même peut-être quatre-vingt-dix ans) soutenait le droit et, ensemble, ils entraînèrent la fillette au-dehors, sous le soleil éblouissant : très lentement, à une allure plus proche de la cadence du vieillard que du pas de Harriet, si flageolante qu'elle fût.

« Harriet, s'écria Adélaïde d'un air théâtral, lui pressant la main. Je parie que tu ne sais pas qui c'est ! Voici Mr J. Rhodes Summer qui avait une maison juste en bas de la rue où j'ai grandi !

— Chippokes, dit Mr Summer, se gonflant de fierté.

— Absolument, Chippokes. A deux pas de Tribulation. Je sais que tu nous as entendues parler de Mr Summer, Harriet, qui est allé en Egypte avec le service diplomatique.

— J'ai connu ta tante Addie quand elle était un tout petit bébé. »

Adélaïde rit avec coquetterie. « Pas *si* petit que ça. Harriet, j'ai pensé que ça te ferait plaisir de parler à Mr Summer parce que tu t'intéresses tant au roi Toutankhamon et à l'Egypte.

— Je n'ai pas passé beaucoup de temps au Caire, dit Mr Summer. Seulement pendant la guerre. A ce moment-là tout le monde était au Caire. » Il s'avança d'un pas traînant vers la fenêtre ouverte, côté passager, d'une longue Cadillac noire – la limousine de l'entreprise de pompes funèbres – et se courba légèrement pour parler au chauffeur. « Pouvez-vous prendre soin de cette jeune demoiselle ? Elle va s'allonger quelques minutes sur le siège arrière. »

Le chauffeur – dont le teint était aussi pâle que celui de Harriet, malgré sa gigantesque coiffure afro rousse – eut un sursaut, et éteignit la radio. « Quoi ? dit-il, regardant à droite et à gauche, sans savoir où poser les yeux en premier – sur le vieil homme blanc chancelant qui se penchait à la fenêtre ou sur Harriet, qui grimpait à l'arrière. Elle se sent pas bien ?

— Tu sais quoi ! s'exclama Mr Summer, se penchant pour glisser un coup d'œil à Harriet, dans l'obscurité du véhicule. On dirait qu'il y a un bar dans cette voiture. »

Le chauffeur parut se ressaisir et dresser l'oreille. « Non monsieur, patron, c'est dans mon *autre* voiture ! » dit-il d'un ton jovial, indulgent et faussement amical.

Mr Summer, l'air appréciateur, frappa le toit du véhicule de la main tout en riant avec l'homme. « Très bien ! » dit-il. Ses mains tremblaient ; bien qu'il parût assez vif c'était l'une des personnes les plus frêles et les plus âgées que Harriet eût jamais vues en vie. « Très bien ! Vous vous en sortez pas mal, hein ?

— Je n'ai pas à me plaindre.

— Heureux de l'apprendre. Maintenant, fillette, dit-il à Harriet, de quoi as-tu besoin ? Tu veux un Coca ?

— Oh, John, entendit-elle Adélaïde murmurer. Ce n'est pas nécessaire. »

John ! Harriet regarda droit devant elle.

« Je veux juste que tu saches que j'ai aimé ta tante Libby plus que n'importe quoi au monde », lui disait Mr Summer. Sa vieille voix chevrotait, avec un fort accent du Sud. « J'aurais demandé cette fille en mariage si j'avais pensé qu'elle dirait oui ! »

Harriet sentit les larmes lui monter aux yeux. Elle serra les lèvres et essaya de ne pas pleurer. L'intérieur de la voiture était étouffant.

Mr Summer continua : « Après la mort de ton arrière-grand-père, c'est ce que j'ai fait, j'ai demandé à Libby de m'épouser. A l'âge que nous avions alors. » Il eut un petit rire. « Tu sais ce qu'elle a répondu ? » Comme il ne parvenait pas à croiser le regard de Harriet il tapota la portière. « Hum ? Tu sais ce qu'elle a répondu, lapin ? Qu'elle aurait sans doute accepté ma proposition si elle n'avait pas dû prendre un avion pour me rejoindre. Ha ! ha ! ha ! Juste pour te donner une idée, jeune fille, je travaillais au Venezuela à l'époque. »

Derrière lui, Adélaïde dit quelque chose. Le vieil

homme répondit à mi-voix : « Incroyable, c'est Edith tout craché ! »

Adélaïde rit avec coquetterie – aussitôt les épaules de Harriet se soulevèrent d'un commun accord, et les sanglots explosèrent malgré elle.

« Ah ! » s'écria Mr Summer, avec une sincère détresse ; son ombre – dans la fenêtre de la voiture – se pencha de nouveau sur elle. « Pauvre petit cœur !

— Non, non. *Non*, dit Adélaïde d'un ton ferme, l'entraînant plus loin. Laisse-la tranquille, John. Elle va se calmer. »

La portière était restée ouverte. Dans le silence, les sanglots de Harriet avaient un écho bruyant, répugnant. A l'avant, le chauffeur de la limousine l'observait en silence dans le rétroviseur, par-dessus son livre bon marché (une carte astrologique sur la couverture) intitulé *Vos signes d'amour*. Il demanda alors : « Ta maman est morte ? »

Harriet secoua la tête. Dans la glace, l'homme haussa un sourcil. « Dis-moi, ta maman est morte ?

— Non.

— Bon. » Il pressa l'allume-cigare. « Alors t'as aucune raison de pleurer. »

L'allume-cigare ressortit avec un déclic, et le chauffeur alluma sa cigarette et exhala un long nuage de fumée par la fenêtre ouverte. « Avant ce jour-là, tu sauras pas ce que c'est que d'être triste », dit-il. Puis il ouvrit la boîte à gants et lui tendit quelques mouchoirs en papier par-dessus le siège.

« Qui est mort, alors ? demanda-t-il. Ton papa ?

— Ma tante, réussit à articuler Harriet.

— Ta quoi ?

— *Ma tante.*

— Oh ! Ta tata ! Silence. Tu vis avec elle ? »

Après avoir attendu patiemment quelques instants, le

chauffeur haussa les épaules et se retourna vers l'avant pour fumer tranquillement, le coude appuyé sur le rebord de la fenêtre. De temps en temps il consultait son livre, qu'il maintenait ouvert de la main, à côté de sa cuisse droite.

« T'es née quand ? demanda-t-il à Harriet au bout d'un moment. Quel mois ?

— *Décembre,* répondit-elle, comme il s'apprêtait à répéter sa question.

— Décembre ? » Il lui lança un coup d'œil par-dessus le siège ; son visage était empreint de doute. « T'es Sagittaire ?

— Capricorne.

— Capricorne ! » Son rire était plutôt déplaisant, insinuant. « Alors t'es une petite *chèvre.* Ha ! ha ! ha ! »

De l'autre côté de la rue, midi sonnait au carillon de l'église baptiste ; le son glacé, mécanique des cloches fit resurgir l'un des premiers souvenirs de Harriet : Libby (un après-midi d'automne, le ciel intense, des feuilles rouge et jaune dans le caniveau) penchée à côté d'elle dans son anorak rouge, les mains autour de sa taille. « Ecoute ! » Et ensemble, elles avaient tendu l'oreille dans l'air froid et vif : une note mineure – qui résonnait inchangée une décennie après, triste et glaciale comme une note jouée sur un piano miniature d'enfant –, une note qui, même en été, évoquait des branches d'arbres nues, des ciels d'hiver et des choses perdues.

« Ça t'ennuie si je mets la radio ? » dit le chauffeur. Comme elle ne répondait pas, car elle pleurait, il l'alluma tout de même.

« T'as un petit ami ? » demanda-t-il.

Dans la rue, une voiture klaxonna. « Hé ! », s'écria le chauffeur de la limousine, levant brièvement la main en guise de salut – et Harriet, électrifiée, se figea sur son

594

siège tandis que les yeux de Danny Ratliff croisaient les siens avec un éclair de reconnaissance ; elle vit son propre choc se refléter sur son visage. La seconde suivante il était passé, et elle fixait l'arrière redressé, indécent, de la Trans Am.

« Je te pose une question, répéta le chauffeur – et avec un sursaut, Harriet se rendit compte qu'il l'observait, penché par-dessus son siège. T'as un petit ami ? »

Harriet essayait de suivre la Trans Am du regard, sans le montrer – et elle la vit tourner à gauche, quelques pâtés de maisons plus loin, en direction de la gare et des anciens dépôts de marchandises. De l'autre côté de la rue la cloche de l'église – à la dernière note de son carillon finissant – sonna l'heure avec une soudaine violence : *dong dong dong dong dong...*

« T'es une bêcheuse », dit le chauffeur. Il avait un ton taquin, provocant. « Pas vrai ? »

Brusquement Harriet se dit qu'il allait peut-être faire demi-tour et revenir en arrière. Elle leva les yeux vers le perron de l'entreprise de pompes funèbres. Plusieurs personnes s'y attardaient – un groupe de vieux messieurs qui fumaient des cigarettes ; Adélaïde et Mr Summer, debout à l'écart, l'homme penché sur elle avec sollicitude – lui offrait-il une cigarette ? Addie n'avait pas touché au tabac depuis des années. Mais elle se tenait là, les bras croisés, la tête rejetée en arrière comme une étrangère, exhalant un panache de fumée.

« Les garçons n'aiment pas les bêcheuses », disait le chauffeur.

Harriet sortit de la voiture – la portière était encore ouverte – et gravit rapidement les marches de l'établissement.

Un frisson de désespoir opaque parcourut la nuque de Danny quand il accéléra devant l'entreprise de pompes funèbres. La clarté aérienne de la méthédrine l'enveloppait, rayonnant simultanément dans neuf cents directions. Il avait cherché la fille des heures et des heures, absolument partout, il avait ratissé la ville, roulé dans les rues résidentielles, passant et repassant au ralenti. Et maintenant, alors qu'il venait de prendre la décision d'oublier l'ordre de Farish et d'abandonner sa mission : elle était là.

Avec Catfish, en plus : c'était le plus incroyable. Bien sûr, on ne savait jamais exactement où Catfish allait apparaître, puisque son oncle était l'un des hommes les plus riches de la ville, blancs comme noirs, présidant un empire considérable qui comprenait le creusement des tombes, la taille des arbres, la peinture en bâtiment, le sciage des troncs, la réduction des toits, les paris clandestins, les réparations de voitures et d'appareils ménagers, et une demi-douzaine d'autres entreprises. On ne savait jamais où Catfish allait surgir : dans Nègreville, pour encaisser les loyers de son oncle ; sur une échelle au tribunal, en train de laver les vitres ; au volant d'un taxi ou d'un corbillard.

Mais comment expliquer ça : ce carambolage de vingt véhicules, une vraie hallucination. Parce que l'apparition de la fille (entre tous) assise derrière Catfish dans une limousine funéraire des de Bienville était une coïncidence qui dépassait l'entendement. Catfish savait qu'une énorme cargaison de drogue attendait d'être expédiée, et il se montrait un tout petit peu trop curieux de connaître l'endroit où Danny et Farish l'entreposaient. Oui, il avait été un peu trop indiscret, à sa manière bavarde et désinvolte, il avait trouvé le moyen de « passer » deux fois à la caravane, arrivant à l'improviste à bord de sa Gran Torino, dans l'ombre des vitres teintées. Il était resté enfermé dans la salle de bains un temps anormalement long, se cognant partout et ouvrant tout grands les robinets ; et puis il s'était relevé un peu trop vite quand Danny était sorti et l'avait surpris en train de regarder sous la Trans Am. Un pneu à plat, avait-il dit. J'ai cru que tu avais un pneu à plat, vieux. Mais le pneu était intact et ils le savaient tous les deux.

Non, Catfish et la fille étaient le dernier de ses problèmes – se dit-il, avec un sentiment de fatalité, tandis qu'il descendait la route de gravier cahotante qui menait au château d'eau ; il avait l'impression de bringuebaler sans cesse sur ce chemin, dans son lit, dans ses rêves, heurtant le même nid-de-poule vingt-cinq fois par jour. Non, ce n'était pas seulement la dope, cette impression omniprésente d'être *observé*. A cause du cambriolage chez Eugene, de l'agression de Gum, ils regardaient sans arrêt par-dessus leur épaule, et sursautaient au moindre bruit, mais à présent le souci principal était Farish, qui était surexcité à un point extrême.

Avec Gum à l'hôpital, Farish n'avait plus eu de raison de faire semblant d'aller se coucher. Au lieu de cela il restait éveillé toute la nuit, et obligeait Danny à lui tenir compagnie : il arpentait la pièce de long en large, complotant, les rideaux tirés pour ne pas voir le lever de soleil, il hachait la drogue sur le miroir et se cassait la voix à force de parler. Et maintenant que Gum était de retour (stoïque, indifférente, passant avec lenteur devant le seuil, l'œil ensommeillé, pour se rendre aux toilettes), sa présence dans la maison ne changeait pas le rythme des journées, mais accentuait l'anxiété de Farish à un point presque intolérable. Un .38 chargé surgit sur la petite table, à côté du miroir et des lames de rasoir. Des types – de dangereux personnages – étaient à ses trousses. La sécurité de leur grand-mère était menacée. Oui, Danny pouvait secouer la tête en entendant certaines des théories de Farish, mais qui sait ? Dolphus Reese (*persona non grata* depuis l'incident du cobra) se vantait souvent de ses liens avec la mafia. Et la mafia, qui contrôlait le système de distribution du trafic de drogue, couchait avec la CIA depuis l'assassinat de Kennedy.

« C'est pas pour moi, dit Farish, se pinçant le nez et se renversant en arrière, *waou*, c'est pas pour moi que je suis inquiet, c'est pour la pauvre petite Gum. A quel genre de fils de pute avons-nous affaire ? Je me fous de ce qui peut *m'arriver*. Bordel, j'ai été poursuivi pieds nus dans la jungle, je me suis caché une semaine entière dans une rizière pleine de boue où je devais respirer par une tige de bambou. On ne peut pas me faire subir pire saloperie. Tu entends ? dit Farish, pointant la lame de son couteau pliant vers la mire de l'écran du téléviseur. Tu ne peux rien faire contre moi. »

Danny croisa les jambes pour bloquer le tremblement nerveux de son genou, et se tut. L'évocation de plus en plus fréquente du passé militaire de Farish le perturbait, car son frère avait passé la plus grande partie des années de la guerre du Vietnam dans l'asile psychiatrique de Whitfield. D'ordinaire, il réservait ses récits à la salle de billard. Danny avait pensé que c'était du bluff. Peu de temps auparavant, son frère lui avait cependant révélé que le gouvernement tirait de leur lit certains prisonniers et malades mentaux – des violeurs, des cinglés, des gens à sacrifier – pour les envoyer dans des opérations militaires ultrasecrètes dont ils n'étaient pas censés revenir. Des hélicoptères noirs dans les champs de coton de la prison la nuit, les tours de garde désertes, un vent puissant soufflant sur les tiges desséchées. Des hommes encagoulés qui portaient des AK .47. « Et je vais te dire une chose, ajoutait Farish, regardant par-dessus son épaule avant de cracher dans la boîte de conserve qu'il transportait partout. Ils parlaient pas tous anglais. »

Ce qui avait inquiété Danny, c'était que la meth était encore chez eux (bien que Farish la déplaçât compulsivement, changeant de cachette plusieurs fois par jour). Selon Farish, il devait « la garder un moment au chaud » avant de l'expédier, mais c'était cela le vrai problème (savait Danny), maintenant que Dolphus n'était plus dans le circuit. Catfish avait proposé de les mettre en contact avec quelqu'un, un cousin de Louisiane du Sud, mais c'était avant que Farish eût assisté à l'épisode de furetage-sous-la-voiture, et se fût rué dehors avec son couteau, menaçant de le décapiter.

Et Catfish – avec sagesse – n'était pas revenu depuis dans les parages, n'avait même pas téléphoné, mais malheureusement les soupçons de Farish ne s'étaient pas arrêtés là. Il surveillait aussi Danny, et voulait qu'il le sache. Quelquefois il faisait des insinuations sournoises, ou prenait un ton rusé et confidentiel, feignant de le mettre au courant de secrets inexistants ; en d'autres occasions, il se renversait sur son siège comme s'il venait de comprendre quelque chose et, avec un large sourire, lui disait : « T'es qu'un fils de pute. T'es qu'*un fils de pute.* » Et quelquefois il se levait d'un bond sans prévenir et commençait à crier, accusant Danny de toutes sortes de mensonges et de trahisons imaginaires. Le seul moyen pour lui d'empêcher Farish de dérailler complètement et de lui casser la figure était de rester calme en toutes circonstances, sans tenir compte de ce qu'il faisait ou disait ; patiemment, il endurait les accusations de son frère (qui survenaient de façon imprévisible et explosive, à des intervalles erratiques) : lui répondant lentement, avec soin, et une extrême politesse, pas de fantaisie, pas de mouvements brusques, dans l'état psychologique de la personne qui sort de son véhicule les mains sur la tête.

Puis, un matin avant le lever du soleil, au moment où les oiseaux commençaient à chanter, Farish s'était levé d'un bond. Délirant, marmonnant dans sa barbe, et se mouchant sans arrêt dans un Kleenex ensanglanté, il avait pris un sac à dos et demandé à être conduit en ville. Une fois là-bas, il avait ordonné à Danny de le laisser dans le centre, de rentrer à la maison et d'attendre son coup de téléphone.

Mais Danny (excédé par toutes les injures, les accusations infondées) ne lui avait pas obéi. Au lieu de cela, il avait tourné à l'angle de la rue, garé la voiture dans le parking vide de l'église presbytérienne et – à pied, à une distance prudente – avait suivi Farish qui, l'air en colère, avançait clopin-clopant sur le trottoir avec son sac militaire.

Il avait caché la drogue dans le vieux château d'eau derrière les voies ferrées. Danny en était pratiquement sûr parce que – après l'avoir perdu dans le fouillis de végétation autour des gares de triage – il l'avait aperçu dans le lointain sur l'échelle du réservoir, très haut dans les airs, en train de gravir laborieusement les barreaux, tenant son sac entre les dents, silhouette bedonnante contre le ciel absurdement rose du petit matin.

Il avait aussitôt fait demi-tour, avait regagné son véhicule et était rentré directement à la maison ; calme en apparence, mais le cerveau en ébullition. C'était là qu'il l'avait cachée, dans le château d'eau, et là que se trouvait toujours la méthédrine : il y en avait pour cinq mille dollars, dix mille si on se dépêchait. C'était l'argent de Farish, pas le sien. Il verrait la couleur de quelques centaines de dollars – la somme que Farish déciderait de lui donner – quand la dope serait vendue. Mais quelques centaines de dollars ne suffisaient pas pour déménager à Shreveport, ou Baton Rouge, ce n'était pas assez pour trouver un appartement et une petite amie et s'établir comme routier. La techno à fond sur la route à huit voies, finie la country une fois qu'il aurait quitté cette ville de ploucs, plus jamais. Un énorme camion chromé (des vitres fumées, une cabine climatisée) filant vers l'ouest, sur l'Interstate. Loin de Gum. Loin de Curtis, avec les tristes boutons d'acné juvénile qui commençaient à bourgeonner sur son visage. Loin de sa photographie d'école défraîchie accrochée au-dessus de la télévision dans la caravane de Gum : le visage maigre, le regard furtif, avec une longue frange brune.

Danny gara la voiture, alluma une cigarette et s'assit. La citerne elle-même, haute de treize mètres, était un tonneau en bois avec un couvercle pointu, perché sur des pieds métalliques chétifs. Une échelle de service branlante conduisait au sommet, où une trappe donnait sur le réservoir d'eau.

Nuit et jour, l'image du sac à dos accompagnait Danny, comme un cadeau de Noël placé sur une haute étagère, hors de sa portée et à l'abri de sa curiosité. Chaque fois qu'il montait dans sa voiture, l'image le fascinait, l'attirant comme un aimant. Deux fois déjà il s'était rendu seul au château d'eau, juste pour s'asseoir, lever les yeux, le contempler, et rêvasser. Une fortune. La chance de sa vie.

Si la dope lui avait appartenu, ce qui n'était pas le cas. Et il était fort inquiet à l'idée de monter pour récupérer le sac, de crainte que Farish n'eût scié un échelon ou fixé un piège à fusil sur la trappe, ou équipé le réservoir d'autres dispositifs – Farish, qui lui avait appris à construire une bombe artisanale ; Farish, dont le laboratoire était encerclé de pièges punji fabriqués avec des planches et des clous rouillés, et reliés à des fils de détente dissimulés dans les herbes ; Farish, qui avait récemment commandé, d'après une annonce en dernière page de *Soldier of For-*

tune, un kit pour construire des couteaux balistiques à ressort. « Tu déclenches cet amour et... bing ! » s'était-il écrié, enthousiaste, se levant d'un bond du sol encombré où il travaillait tandis que Danny – terrorisé – lisait au dos du carton une phrase qui expliquait *Met les agresseurs hors d'état de nuire à une distance de plus de dix mètres.*

Qui savait comment il avait piégé le château d'eau ? S'il l'était, c'était (connaissant Farish) dans le but d'estropier et non de tuer, mais Danny ne tenait pas à perdre un œil ou un doigt. Pourtant, un petit murmure insistant ne cessait de lui rappeler que Farish n'avait peut-être rien fait du tout. Vingt minutes plus tôt, tandis qu'il se rendait à la poste pour expédier le chèque de sa grand-mère à la compagnie d'électricité, un élan d'optimisme délirant l'avait gagné, une vision merveilleuse de la vie insouciante qui l'attendait en Louisiane du Sud, et il avait tourné dans Main Street et pris la direction des gares de triage avec l'intention d'escalader directement le château d'eau, de récupérer le sac, de le cacher dans le coffre – à l'intérieur de la roue de secours – et de quitter aussitôt la ville sans se retourner.

Mais à présent qu'il était là, il répugnait à descendre de voiture. Des petits éclairs argentés – comme des fils métalliques – brillaient sous les herbes au pied du château d'eau. D'une main que le speed faisait trembler, il alluma une cigarette et leva les yeux vers le réservoir. Avoir le doigt ou l'orteil emporté par l'explosion serait un plaisir en comparaison de ce que ferait Farish s'il avait la moindre idée de ce que pensait Danny.

Et le fait que Farish avait spécialement choisi une citerne pour cacher la drogue en disait très long sur ses intentions : c'était une claque délibérée à la face de Danny. Il savait à quel point son jeune frère redoutait l'eau – depuis que leur père avait essayé de lui apprendre à nager quand il avait quatre ou cinq ans, en le précipitant dans un lac du haut d'une jetée. Mais au lieu de nager – comme l'avaient fait Farish, Mike et ses autres frères, quand il leur avait joué le même tour – il avait sombré. Il se rappelait très clairement la scène, la terreur de couler, puis la terreur de suffoquer et de recracher l'eau marron sablonneuse tandis que son père (furieux de devoir sauter dans le lac tout habillé) hurlait après lui ; et quand Danny s'était éloigné de cette jetée effondrée cela avait été sans le moindre désir de replonger un jour dans l'eau profonde.

Farish, perversement, n'avait pas plus tenu compte des dangers pratiques de stocker la méthédrine dans un lieu aussi affreusement humide. Danny s'était trouvé avec lui dans le labo un jour pluvieux de mars où la drogue avait refusé de se cristalliser à cause de l'humidité. Ils avaient beau la triturer, elle collait et durcissait sur le miroir sous leurs doigts en une pâte solide et gluante – inutilisable.

Danny – se sentant vaincu – prit une petite dose pour se calmer les nerfs, puis jeta sa cigarette par la fenêtre et démarra. Quand il eut regagné la rue, il oublia la course qu'il était venu faire (le chèque de sa grand-mère à poster) et repassa devant l'entreprise de pompes funèbres. Mais si Catfish se trouvait toujours dans la limousine, la fille avait disparu, et trop de gens se pressaient sur le perron.

Je vais peut-être refaire le tour du pâté de maisons, songea-t-il.

Alexandria : plate et désolée, un circuit de panneaux de signalisation répétitifs, un train électrique géant. Au bout d'un moment on était saisi par une sensation d'irréalité. Les rues étouffantes, les ciels incolores. Les immeubles vides en carton-pâte. *Et si on roule assez longtemps*, songea-t-il, *on finit toujours par se retrouver à son point de départ.*

Grace Fountain, l'air guindé, gravit les marches du perron et s'avança sur le seuil de la maison d'Edie. Elle suivit les voix et le tintement de verre festif dans un couloir rétréci par des bibliothèques vitrées massives, jusqu'au salon encombré. Un ventilateur bourdonnait. La pièce était pleine à craquer : des hommes en manches de chemise, des dames au visage empourpré. Sur la nappe en dentelle trônaient un bol de punch et des assiettes de biscuits à la cuiller et de jambon ; des compotiers en argent, pleins de cacahuètes et d'amandes caramélisées ; une pile de serviettes rouges en papier (*vulgaire*, nota Mrs Fountain) avec, en lettres dorées, le monogramme d'Edie.

Mrs Fountain, cramponnée à son sac à main, resta sur le seuil et attendit qu'on vînt la saluer. Dans la hiérarchie des maisons, celle d'Edie (un bungalow, en réalité) était plus petite que la sienne, mais Mrs Fountain était issue d'un milieu paysan – des « bons chrétiens » ainsi qu'elle aimait à le souligner, qui n'en étaient pas moins des rustres) et elle était intimidée par le bol de punch, par les draperies de soie dorée et l'énorme table de planteur – qui, même sans rallonge, faisait au moins douze couverts – et par le portrait écrasant du père du juge Cleve, qui rapetissait le minuscule manteau de cheminée. Contre les murs, alignées au garde-à-vous – comme dans une école de danse – vingt-quatre chaises en tapisserie au petit point, avec un dossier en forme de lyre ; et si le salon était un peu exigu, et légèrement bas de plafond, pour accueillir un mobilier sombre et massif en si grand nombre, Mrs Fountain ne s'en sentait pas moins impressionnée.

Edith – un tablier blanc sur sa robe noire – l'aperçut, reposa son plateau de biscuits et s'approcha. « Bonjour, Grace. Merci d'être passée. » Elle portait de lourdes lunettes à monture sombre – des lunettes d'homme, comme celles que Porter, feu le mari de Mrs Fountain, avait l'habitude de mettre ; un modèle peu flatteur, songea-t-elle, pour une dame ; en outre, Edie buvait dans un verre de cuisine enveloppé d'une serviette de Noël humide ce qui semblait être un whisky avec des glaçons.

Mrs Fountain – incapable de se contenir – observa : « A voir cette grande réception chez vous après les funérailles, on dirait que vous célébrez l'événement.

— Eh bien, on ne peut pas simplement se coucher et attendre la mort, répliqua sèchement Edie. Allez vous servir en hors-d'œuvre pendant qu'ils sont encore chauds, voulez-vous. »

Mrs Fountain, très confuse, resta immobile, laissant son regard errer sur des objets lointains. Enfin elle répondit d'un ton évasif : « Merci », et se dirigea avec raideur vers la table du buffet.

Edie posa son verre glacé contre sa tempe. La tête lui tournait et, avant ce jour-là, cela ne lui était arrivé qu'une demi-douzaine de fois, tout au plus – avant ses trente ans, et en des circonstances infiniment plus joyeuses.

« Edith, ma chère, puis-je vous aider ? » Une femme de l'église baptiste – petite, le visage rond, des manières agitées et pleines de gentillesse qui rappelaient Winnie l'ourson – et, malgré tous ses efforts, Edith ne parvint pas à se souvenir de son nom.

« Non, merci ! » s'écria-t-elle, tapotant le dos de la dame avant de s'éloigner. La douleur de ses côtes lui coupait le souffle, mais elle en éprouvait une étrange reconnaissance parce que cela l'aidait à se concentrer – sur les invités, le registre des condoléances, et les verres propres ; sur les hors-d'œuvre chauds, le réapprovisionnement du plateau de crackers, et l'ajout régulier de Canada Dry dans le bol de punch ; et à leur tour, ces préoccupations la distrayaient de la mort de Libby, dont elle n'avait pas encore pris conscience. Les derniers jours – un tourbillon chaotique et grotesque de médecins, de fleurs, d'entrepreneurs de pompes funèbres, de papiers à signer et de gens qui arrivaient de l'extérieur de la ville – elle n'avait pas versé une larme ; elle s'était consacrée à la réception après les funérailles (l'argenterie à polir, les piles cliquetantes de tasses à punch à descendre du grenier, et à laver) en partie par égard pour les invités venus de loin, dont certains ne s'étaient pas vus depuis des années. Naturellement, malgré la tristesse de l'événement, tout le monde souhaitait profiter de l'occasion pour rattraper le temps perdu ; et Edie était reconnaissante d'avoir une raison d'aller et venir, de sourire et de remplir à nouveau les compotiers d'amandes caramélisées. La veille, elle avait noué un foulard blanc sur ses cheveux et s'était activée, armée d'une pelle à poussière, d'un balai mécanique et d'encaustique : elle avait tapoté les coussins, astiqué les miroirs, déplacé les meubles, secoué les tapis et frotté les sols jusqu'à minuit passé. Elle avait disposé les bouquets ; remis les assiettes en ordre dans son dressoir. Puis elle était allée dans sa cuisine immaculée, avait rempli l'évier d'eau savonneuse et – les mains tremblantes de fatigue – avait lavé une à une les tasses de punch fragiles et poussiéreuses : une centaine en tout ; et quand, à trois heures du matin, elle s'était enfin mise au lit, elle avait dormi du sommeil des bienheureux.

La petite chatte au nez rose de Libby, Blossom – la plus récente acquisition de la maisonnée –, s'était réfugiée, terrifiée, dans la chambre d'Edie, pour se blottir sous le lit. Sur la bibliothèque et le placard à vaisselle étaient perchés les propres chats d'Edie, au grand complet, Dot et Salambo, Ramsès, Hannibal et Slim : assis séparément, ils agitaient la queue et, de leurs yeux jaunes ensorcelants observaient le déroulement des opérations. En général,

Edie n'appréciait pas plus les invités que les chats, mais aujourd'hui cette foule lui inspirait de la gratitude : cela la distrayait de sa propre famille, dont le comportement était peu satisfaisant, plus irritant que réconfortant. Elle en avait assez d'elles toutes, d'Adie en particulier, qui se pavanait en compagnie de l'horrible vieux Mr Summer – Mr Summer à la voix onctueuse, Mr Summer le joli cœur, Mr Summer que leur père le juge avait traité avec mépris. Et voilà qu'elle lui frôlait la manche en battant des paupières, et sirotait le punch qu'elle n'avait pas aidé à préparer dans des tasses qu'elle n'avait pas aidé à laver ; Addie, qui n'était pas venue voir Libby un seul après-midi pendant qu'elle était à l'hôpital parce qu'elle craignait de sauter sa sieste. Elle était tout aussi lasse de Charlotte, qui n'était pas non plus venue à l'hôpital, parce qu'elle était trop occupée à rester au lit, en proie à des vapeurs imaginaires ; elle était lasse de Tatty – qui était venue très souvent à l'hôpital, mais uniquement pour livrer des scénarios intempestifs sur la manière dont Edie aurait pu éviter l'accident, et réagir au coup de téléphone incohérent d'Allison ; elle était lasse des filles, et de leurs sanglots extravagants au salon funéraire et au cimetière. Elles étaient toujours assises sur le porche de derrière, faisant la même comédie que pour le chat mort : *aucune différence*, songea amèrement Edie, *pas la moindre différence*. Tout aussi répugnantes, les larmes de crocodile de la cousine Delle, qui n'avait pas rendu visite à Libby depuis des années. « C'est comme de perdre Mère une deuxième fois », avait dit Tatty ; mais Libby avait été à la fois une mère et une sœur pour Edie. Plus encore : c'était la seule personne, homme ou femme, morte ou vive, dont l'opinion eût compté un tant soit peu pour elle.

Sur deux de ces chaises à dossier en forme de lyre – de vieilles compagnes de misère, serrées contre les murs de cette petite pièce –, le cercueil de leur mère avait été posé, dans le salon obscur du rez-de-chaussée de Tribulation, plus de soixante ans auparavant. Un prêcheur itinérant – de l'Eglise de Dieu, pas même un baptiste – avait lu un passage de la Bible : un psaume qui avait un rapport avec l'or et l'onyx, sauf qu'il avait lu « ocsin » pour onyx. C'était devenu un sujet de plaisanterie dans la famille : « ocsin ». Pauvre Libby adolescente, pâle et frêle dans une vieille robe noire de leur mère dont l'ourlet et le corsage étaient maintenus par des épingles ; son visage couleur de porcelaine (d'une blancheur naturelle, comme le teint des filles blondes à cette époque, avant le bronzage et le blush) tiré par le manque de sommeil et le chagrin, desséché comme un morceau de craie. Edie se souvenait surtout de sa main moite et chaude dans la paume de Libby ; et des pieds du prêcheur qu'elle avait fixés tout le temps de la cérémonie ; bien qu'il eût cherché à retenir son regard elle avait été trop timide pour le regarder en face et un demi-siècle plus tard elle voyait encore les craquelures du cuir de ses bottines lacées, la balafre rouille du soleil sur le revers de son pantalon noir.

La mort de son père – le juge – avait été une de ces disparitions que tout le monde qualifiait de bénédiction : et ces funérailles curieusement joyeuses, avec une quantité de vieux « compatriotes » au visage rougeaud (c'était ainsi que s'appelaient le juge et ses amis, compagnons de parties de pêche et camarades de l'ordre des Avocats) debout dans le salon du rez-de-chaussée à Tribulation, dos à la cheminée, à boire du whisky et à se raconter des histoires sur la jeunesse et l'enfance du « Vieux Lion. » « Vieux Lion », c'était le surnom qu'ils lui donnaient. Et à peine six mois plus tard, le petit Robin – elle ne supportait pas de penser, même aujourd'hui, à ce minuscule cercueil, d'un mètre cinquante tout au plus ; comment avait-elle réussi à surmonter cette journée ? Une piqûre de Compazine – un chagrin si violent qu'il l'avait rendue malade avec la force d'une nausée, d'un empoisonnement... elle avait vomi du thé noir et de la gélatine...

Elle leva les yeux, s'arrachant au brouillard de ses pensées, et fut fortement troublée de voir une petite silhouette en tennis et bermuda qui ressemblait à Robin se glisser dans son vestibule : le jeune Hull, se rendit-elle compte après une ou deux secondes de stupéfaction, l'ami de Harriet. Qui avait bien pu lui ouvrir ? Edie pénétra sans bruit dans l'entrée et se faufila derrière lui. Quand elle lui saisit l'épaule, il fit un bond et poussa un cri – un petit cri sifflant, terrifié – et se recroquevilla devant elle comme une souris surprise par un hibou.

« Je peux t'aider ?

— Harriet... Je...

— Je ne suis pas Harriet. Harriet est ma petite-fille », dit Edie, qui croisa les bras et le considéra, savourant son embarras, une attitude qui lui avait valu l'antipathie du garçon.

Il essaya encore. « Je... je...

— Vas-y, je t'écoute.

— Est-ce qu'elle est là ?

— Oui elle est là. Maintenant file chez toi. » Elle lui saisit les épaules et le poussa de force vers la porte.

L'enfant se dégagea. « Elle repart en colonie ?

— Ce n'est pas l'heure de jouer », rétorqua Edie. La mère de Hely – une coquette insolente, depuis qu'elle était toute petite – n'avait pas pris la peine de venir à l'enterrement de Libby, n'avait pas envoyé de fleurs, ni même téléphoné. « Va dire à ta mère qu'on ne vient pas importuner les gens après un décès dans la famille. Allez, *ouste* ! » cria-t-elle comme il la fixait bouche bée.

Elle le surveilla depuis le seuil tandis qu'il descendait

les marches et – sans se presser – tournait au coin de la rue et disparaissait. Elle se rendit alors dans la cuisine, récupéra la bouteille de whisky dans le placard sous l'évier, rafraîchit son grog et retourna dans le séjour pour s'occuper de ses invités. Leur nombre diminuait. Charlotte (qui, le teint empourpré, les vêtements fripés, paraissait en nage comme après un effort intense) se tenait à son poste près du bol de punch, souriant d'un air ahuri à Mrs Chaffin, la fleuriste à face de dogue, qui bavardait aimablement avec elle entre deux gorgées. « Voilà ce que je conseille, disait-elle – ou criait-elle, car Mrs Chaffin, comme beaucoup de sourds, tendait à élever la voix au lieu de prier les autres de parler plus fort. Il faut remplir le nid. C'est terrible de perdre un enfant, mais dans mon métier je vois beaucoup de décès, et le mieux c'est de se remettre à l'ouvrage et de faire d'autres bébés. »

Edie remarqua une échelle au dos du bas de sa fille. La responsabilité du bol de punch n'était pas une tâche très difficile – Harriet ou Allison auraient pu s'en charger, et Edie leur eût confié ce travail si elle n'avait pas jugé inconvenant que Charlotte errât au milieu de la réception, le regard tragique, perdu dans le vide. « Mais je ne sais pas ce que je dois faire », avait-elle dit, d'une petite voix aiguë, terrifiée, quand Edie l'avait conduite devant le bol de punch et lui avait mis la louche dans la main.

« Remplis leurs tasses et ressers-les s'ils le désirent. »

Consternée – comme si la louche avait été une clef anglaise et le récipient une pièce de mécanique compliquée –, Charlotte avait lancé un regard à sa mère. Plusieurs dames de la chorale – souriant d'un air hésitant – s'attardaient poliment près de la pile de soucoupes.

D'un geste brusque, Edie reprit la louche à Charlotte, la plongea dans le saladier, remplit une tasse qu'elle posa sur la nappe, puis rendit l'ustensile à sa fille. Au bout de la table, la petite Mrs Teagarten (toute en vert, comme une rainette aux aguets, avec sa large bouche, ses taches de rousseur et ses grands yeux transparents) se tourna d'un air théâtral, la main sur la poitrine. « Bonté divine ! s'écria-t-elle. C'est pour *moi* ?

— Certainement », répliqua Edie de sa voix de scène la plus retentissante tandis que les dames – enchantées – commençaient à migrer dans leur direction.

Charlotte toucha la manche de sa mère, paniquée. « Mais qu'est-ce que je dois leur dire ?

— N'est-ce pas rafraîchissant ? dit Mrs Teagarten d'une voix forte. C'est bien le goût du Canada Dry ?

— Je suppose que tu n'as pas besoin de dire quoi que ce soit, souffla Edie à Charlotte, puis, tout haut, à la cantonade : Oui, c'est juste un petit punch sans alcool, rien de spécial, le même que celui que nous buvons à Noël. Mary Grace ? Katherine ! Ne désirez-vous pas boire quelque chose ?

— Oh, Edith... » Les dames de la chorale se pressaient autour d'elle. « Ça a l'air délicieux... Je ne sais pas comment vous trouvez le temps...

— Edith est une hôtesse si capable, elle met une réception sur pied en deux temps trois mouvements. » C'était la cousine Lucinda, qui venait de s'avancer, les mains dans les poches de sa jupe.

« Oh, c'est facile pour Edith, commenta Adélaïde d'une voix frêle, elle a un congélateur, elle. »

Edie, ignorant l'affront, avait fait les présentations nécessaires et s'était éclipsée, laissant Charlotte à son bol de punch. Tout ce dont sa fille avait besoin, c'était de recevoir des instructions, et elle s'en tirait à merveille, tant qu'elle n'était pas obligée de prendre une initiative ou une décision par elle-même. La mort de Robin avait été une double perte pour Edie, car elle avait aussi perdu

Charlotte – sa fille brillante, active, si tragiquement changée ; détruite, en réalité. Certes, on ne se remettait jamais d'un pareil choc, mais plus de dix ans s'étaient écoulés depuis. Les gens parvenaient à se ressaisir, ils continuaient à vivre. Tristement, Edie songea à la jeunesse de Charlotte, au jour elle lui avait annoncé qu'elle voulait être acheteuse de mode dans un grand magasin.

Mrs Chaffin reposa sa tasse de punch sur la soucoupe, en équilibre dans sa main gauche. « Vous savez, disait-elle à Charlotte, les poinsettias conviennent merveilleusement à un enterrement de Noël. L'église est parfois si sombre à ce moment de l'année. »

Les bras croisés sur la poitrine, Edie les observa. Dès qu'elle trouverait le bon moment, elle comptait avoir une petite conversation avec Mrs Chaffin. Dix n'avait pas pu venir de Nashville pour les funérailles – dans un délai aussi court, avait dit Charlotte –, mais la composition florale de seringas et de roses Fée des neiges qu'il avait envoyée (trop décorative, trop raffinée, trop *féminine*) avait retenu l'attention d'Edie. Elle était certainement plus sophistiquée que les couronnes habituelles de Mrs Chaffin. Plus tard dans la journée, elle était entrée dans une pièce du salon funéraire où Mrs Hatfield Keene donnait un coup de main à la fleuriste, et l'avait surprise en train de dire – avec raideur, comme pour répondre à une confidence intempestive : « Eh bien, c'était peut-être la secrétaire de Dixon. »

Ajustant un brin de glaïeul, Mrs Chaffin renifla et pencha la tête de côté, l'air rusé. « C'est moi qui ai décroché le téléphone et pris la commande, insista-t-elle – reculant pour juger de l'effet de son arrangement – et si vous voulez mon avis, elle n'avait rien d'une secrétaire. »

Hely ne rentra pas chez lui, mais se contenta de tourner à l'angle de la rue et de faire le tour pour rejoindre le portail latéral de la cour d'Edie, où il trouva Harriet assise sur la balancelle, derrière la maison. Sans préambule, il s'avança et dit : « Hé, t'es rentrée quand ? »

Il avait cru que sa présence l'égaierait immédiatement, et fut irrité de voir que ce n'était pas le cas. « Tu as reçu ma lettre ? demanda-t-il.

— Oui », répondit Harriet. Elle s'était gavée d'amandes caramélisées jusqu'à s'en rendre malade, et leur goût lui restait désagréablement dans la bouche. « Tu n'aurais pas dû l'envoyer. »

Hely s'assit sur la balançoire à côté d'elle. « J'ai flippé. Je... »

D'un bref hochement de tête, Harriet indiqua le porche, à six mètres de là, où quatre ou cinq personnes, une tasse de punch à la main, bavardaient derrière la moustiquaire.

Hely respira profondément. D'une voix plus calme, il dit : « J'étais mort de peur. Il quadrille toute la ville. Au pas. On dirait qu'il nous cherche. J'étais en voiture avec ma mère, et il était là, garé sous le pont autoroutier comme s'il le surveillait. »

Assis côte à côte, ils ne quittaient pas des yeux le groupe d'adultes. « Tu n'es pas retourné là-bas pour récupérer le chariot, n'est-ce pas ? demanda Harriet sans le regarder.

— Non ! s'exclama Hely, choqué. Tu me prends pour un cinglé ? Il y était tous les jours. Depuis quelque temps, il descend aux dépôts de marchandises, près des voies ferrées.

— Pourquoi ?

— Comment je le saurais ? Il y a deux jours je m'ennuyais et je suis allé à l'entrepôt pour faire quelques balles de tennis. Et puis j'ai entendu une voiture, et encore une chance que je me sois caché, parce que c'était *lui*. Je n'ai jamais eu aussi peur de ma vie. Il s'est garé et il a attendu un moment. Ensuite il est sorti et il a fait un tour. Peut-être qu'il me suivait, je n'en sais rien. »

Harriet se frotta les yeux et dit : « Je l'ai vu passer par ici tout à l'heure. Aujourd'hui.

— En direction des voies ferrées ?

— Peut-être. Je me suis demandé où il allait.

— Je suis bien content qu'il ne m'ait pas repéré, dit Hely. Quand il est sorti de sa voiture, j'ai failli avoir une attaque. Je me suis caché dans les buissons pendant près d'une heure.

— On devrait lancer une opération éclair pour voir ce qu'il fabrique là-bas. »

Elle avait pensé que la formule l'enchanterait, et fut surprise de la fermeté avec laquelle il s'empressa de répondre : « Compte pas sur moi. Je n'y retourne pas. Tu ne comprends pas... »

Sa voix avait pris un ton aigu. Sur le porche, un adulte tourna vers eux un visage indifférent. Harriet lui lança un coup de coude dans les côtes.

Il la regarda, chagriné. « Mais tu ne saisis pas, reprit-il plus doucement. C'était évident. Il m'aurait tué s'il m'avait surpris, ça se voyait à sa façon de regarder autour de lui. » Il imita l'expression : le visage déformé, les yeux fouillant férocement le sol.

« Il cherchait quoi ?

— Je ne sais pas. Je suis sérieux, je ne joue plus au chat et à la souris avec lui, Harriet, et je te conseille de faire pareil. Si lui ou n'importe lequel de ses frères comprend que c'est nous qui avons balancé ce serpent, on est morts. Tu n'as pas lu dans le journal cet article que je t'ai envoyé ?

— Je n'ai pas eu le temps.

— Eh bien, c'était sa grand-mère, déclara Hely d'un ton austère. Elle a failli mourir. »

La porte du jardin d'Edie s'ouvrit en grinçant. Harriet se leva d'un bond. « Odean », cria-t-elle. Mais la petite dame noire – en chapeau de paille et robe de coton sanglée – lui lança un regard sans tourner la tête et ne répondit pas. Ses lèvres étaient pincées, son visage figé. D'un pas lent, traînant, elle s'avança vers le porche, gravit les marches, et frappa.

« Miss Edith est là ? » demanda-t-elle, jetant un coup d'œil par la moustiquaire, la main sur le front.

Au bout d'un moment d'hésitation Harriet – stupéfaite, les joues en feu devant l'affront – se rassit sur la balançoire. Bien qu'Odean fût vieille et grincheuse, et que sa relation avec elle n'eût jamais été très bonne, elle avait été plus proche de Libby que n'importe qui d'autre ; elles étaient toutes les deux comme un vieux couple marié – non seulement par leurs différends (causés surtout par le chat de Libby, qu'Odean détestait) mais aussi par leur affection réciproque, stoïque, chaleureuse – et le cœur de Harriet s'était enflammé à sa vue.

Elle n'avait pas pensé à Odean depuis l'accident. La domestique était entrée au service de Libby alors qu'elles étaient toutes les deux des jeunes femmes, à Tribulation. Où irait-elle à présent, que ferait-elle ? Odean était une vieille dame flageolante, en mauvaise santé ; et (comme Edie s'en plaignait souvent) elle n'était plus guère utile dans la maison.

Remue-ménage sur le porche. « Là », dit quelqu'un à l'intérieur, s'écartant pour laisser le passage, et Tat s'avança sur le côté. « Odean ! dit-elle. Vous me connaissez, n'est-ce pas ? La sœur d'Edith ?

— Pourquoi personne m'a dit pour Miss Libby ?

— Oh, mon Dieu ! Oh là là, Odean ». Elle jeta un

regard derrière elle, sur le porche : perplexe, honteuse. « Je suis *si* désolée. Entrez donc, voulez-vous ?

— Mae Helen, qui travaille pour Mrs McLemore, elle est venue me le dire. Personne est venu me chercher. Et vous l'avez déjà enterrée.

— Oh, Odean ! Nous avons pensé que vous n'aviez pas le téléphone... »

Dans le silence qui suivit, une mésange siffla : quatre notes limpides, enlevées, conviviales.

« Vous auriez pu venir me chercher. » La voix d'Odean se brisa. Son visage cuivré était immobile. « Chez moi. J'habite dans Pine Hill, vous le savez. Vous auriez pu prendre cette peine...

— Odean... Oh là là, répéta Tat », impuissante. Elle inspira profondément ; elle regarda autour d'elle. « Je vous en prie, entrez vous asseoir une minute.

— Non, répliqua Odean avec raideur. Je vous remercie.

— Odean, je suis vraiment désolée. Nous n'avons pas pensé... »

La femme essuya furtivement une larme. « J'ai travaillé cinquante-cinq ans pour Miss Libby et personne ne m'a seulement dit qu'elle était à l'hôpital. »

Tat ferma les yeux un instant. « Odean. » Il y eut un affreux silence. « Oh, c'est horrible. Comment pourrez-vous nous pardonner ?

— Toute la semaine j'ai cru que vous étiez en voyage en Caroline du Sud et j'étais supposée reprendre le travail lundi. Et voilà qu'elle est sous terre.

— *S'il vous plaît.* » Tat posa une main sur le bras d'Odean. « Attendez ici pendant que je cours chercher Edith. Voulez-vous bien attendre, juste un instant ? »

Elle se précipita à l'intérieur. La conversation – plutôt confuse – reprit sur le porche. Odean, sans expression, se tourna pour regarder un peu plus loin. Quelqu'un – un homme – dit en aparté : « Je crois qu'elle veut un peu d'argent. »

Le sang monta au visage de Harriet. Odean – l'air morne, le regard fixe – resta là où elle était, sans bouger. Au milieu de tous les Blancs de haute taille, en costume du dimanche, elle paraissait très petite et terne : un roitelet solitaire dans un vol d'étourneaux. Hely s'était levé et se tenait derrière la balançoire, observant la scène avec un intérêt non dissimulé.

Harriet ne savait pas quoi faire. Elle était tentée d'aller rejoindre Odean – c'était ce que Libby aurait voulu qu'elle fît – mais la femme ne paraissait pas très amicale ni accueillante ; en fait, son attitude avait quelque chose de menaçant qui effrayait la fillette. Soudain, de façon inopinée, il y eut un branle-bas sur le porche, Allison franchit la porte pour se jeter dans les bras d'Odean, et la vieille dame – affolée par cet assaut brutal – dut se retenir à la balustrade pour ne pas tomber à la renverse.

Allison sanglotait avec une telle intensité que même Harriet en fut effrayée. Odean regardait par-dessus l'épaule de la jeune fille sans lui rendre son étreinte qu'elle ne semblait guère apprécier.

Edie franchit la porte et s'avança sur le perron. « Allison, rentre dans la maison », ordonna-t-elle ; et, lui attrapant l'épaule, elle l'obligea à faire demi-tour : « Tout de suite ! »

Allison – avec un cri aigu – s'arracha à son emprise et traversa la cour en courant : elle passa devant la balancelle, frôla Hely et Harriet, et se rua dans la remise à outils d'Edie. On entendit un fracas métallique, sans doute un râteau qui se décrochait du mur au moment où elle claquait la porte.

Hely dit d'un ton neutre, tout en tournant la tête pour la suivre des yeux : « Ma vieille, ta sœur est cinglée. »

Sur le porche la voix d'Edie – claire, sonore – retentit comme pour une allocution publique : malgré son ton formel, on sentait l'émotion y trembler, et aussi une certaine urgence. « Odean ! Merci d'être venue ! Voulez-vous entrer une minute ?

— Non, je veux déranger personne.

— Ne soyez pas ridicule ! Nous sommes très heureuses de vous voir ! »

Hely donna un coup de pied à la chaussure de Harriet. « Hé, dit-il, indiquant la remise du menton. Qu'est-ce qu'elle a ?

— Bonté divine ! s'écria Edie, tançant Odean – qui ne bougeait toujours pas. Ça suffit ! Entrez immédiatement ! »

Harriet resta sans voix. De la remise à outils délabrée s'éleva un sanglot unique, rocailleux, comme si on étouffait un animal. Le visage de la fillette se contracta : ce n'était pas par dégoût, ni même par embarras, mais sous l'effet d'une émotion inconnue, effrayante, qui poussa Hely à s'écarter d'elle comme si elle avait eu une maladie contagieuse.

« Euh, dit-il cruellement, regardant au loin – les nuages, le sillage d'un avion traversant le ciel –, je crois qu'il faut que j'y aille. »

Il attendit sa réponse mais, comme elle se taisait, il s'éloigna d'un air nonchalant – non du pas précipité qui lui était coutumier, mais avec une démarche empruntée, balançant les bras.

Le portail claqua. Harriet fixait le sol avec fureur. Les voix du porche s'étaient brusquement élevées et, avec une douleur sourde, Harriet comprit qu'elles parlaient du testament de Libby. « Où est-il ? demandait Odean.

— Ne vous inquiétez pas, tout sera réglé en temps voulu, répondit Edie, prenant le bras de la femme comme pour l'entraîner à l'intérieur. Le testament se trouve dans son coffre. Lundi matin, j'irai avec le notaire...

— J'ai pas confiance dans les notaires, répliqua farouchement Odean. Miss Lib m'a fait une promesse. Elle m'a dit, elle a dit, Odean, s'il arrive quelque chose, regarde là, dans ma commode en cèdre. Il y a une enveloppe pour toi. Tu la prends et tu n'auras rien à demander à personne.

— Odean, nous n'avons rien touché chez elle. Lundi...

— Dieu sait ce qui s'est passé, articula Odean avec hauteur. Il le sait, et moi, je le sais. Oui, madame, je sais parfaitement ce que Miss Libby m'a dit.

— Vous connaissez Mr Billy Wentworth, n'est-ce pas ? Edie avait un ton enjoué comme si elle s'adressait à un enfant, mais l'âpreté de sa voix insinuait quelque chose de terrifiant. Ne me dites pas que vous n'avez pas confiance en Mr Billy, Odean ! Vous savez bien, le notaire qui a une étude sur la place, avec son gendre ?

— Tout ce que je veux c'est ce qui me revient. »

La balancelle du jardin était rouillée. Une mousse veloutée poussait entre les briques fissurées. Harriet, avec une sorte d'effort tenace, désespéré, concentra toute son attention sur une conque abîmée au pied d'une amphore.

« Odean, dit Edie, je ne *conteste* pas cela. Vous aurez ce qui vous revient légalement. Dès que...

— Je m'en fiche de ce qu'est légal. Ce que je veux, c'est à quoi j'ai droit. »

La conque était devenue crayeuse avec le temps, sa texture patinée évoquait du plâtre friable ; son apex était brisé ; à l'intérieur de la coquille brillait une lueur nacrée, le subtil ton argenté des roses Cuisse de nymphe d'Edie. Avant la naissance de Harriet, toute la famille était partie en vacances chaque année sur le golfe du Mexique ; après la mort de Robin, ils n'y étaient jamais retournés. Des pots de minuscules bivalves ramassés lors de ces voyages passés s'alignaient sur de hautes étagères dans les placards des tantes, poussiéreux et tristes. « Ils perdent leur magie quand ils sont restés hors de l'eau quelque temps », avait dit Libby : et elle avait rempli d'eau le lavabo de la salle de bains, versé les coquillages dedans, et tiré un escabeau pour Harriet (elle était toute petite, âgée de trois ans environ, et comme le lavabo lui avait paru énorme et blanc !). Et elle avait été si surprise de voir ce gris uniforme se raviver, brillant et magique, teinté d'un millier de nuances cristallines : ici coloré de pourpre, là virant au noir d'une écaille de moule, déployant des stries en éventail ou de délicates volutes polychromes : argent, marbre bleuté, corail, gris et rose nacrés ! L'eau était si froide et claire : ses propres mains, coupées au niveau du poignet, rose pâle et tendre ! « Sens ! avait dit Libby, respirant profondément. C'est ça, l'odeur de l'océan ! » Et Harriet avait rapproché son visage de l'eau et respiré l'odeur âpre et puissante d'un océan qu'elle n'avait jamais vu ; l'odeur salée dont Jim Hawkins parlait dans *L'Île au trésor*. Le fracas des vagues ; le cri des oiseaux étranges et les voiles blanches de l'*Hispaniola* – comme les pages blanches d'un livre – qui se gonflaient contre un ciel brûlant sans nuages.

La mort – disaient-ils tous – était un rivage heureux. Sur les vieilles photographies de bord de mer, ses parents étaient de nouveau jeunes, et Robin se trouvait avec eux : bateaux et mouchoirs blancs, oiseaux marins s'élevant dans la lumière. C'était un rêve où tout le monde était sauvé.

Mais c'était un rêve de la vie passée, et non d'une vie à venir. La vie présente : des feuilles de magnolia rouille, des pots de fleurs incrustés de lichens, le bourdonnement régulier des abeilles dans la chaude après-midi et les murmures sans visage des invités funèbres. La boue et l'herbe visqueuse, sous la brique de jardin fissurée qu'elle avait repoussée d'un coup de pied. Harriet étudia ce vilain carré sur le sol avec une grande attention, comme si c'était la seule chose authentique au monde – ce qu'elle était, d'une certaine manière.

CHAPITRE VII

LE CHÂTEAU D'EAU

Le temps était brisé. La façon dont Harriet avait l'habitude de le mesurer avait disparu. Avant, Ida avait été la planète dont l'orbite indiquait les heures, et sa trajectoire brillante, fiable (la lessive le lundi et le raccommodage le mardi, les sandwiches l'été et la soupe l'hiver) régissait tous les aspects de l'existence de Harriet. Les semaines tournaient autour d'elle en procession, chaque journée était une série d'horizons successifs. Le mardi matin, Ida installait la planche à repasser et repassait près de l'évier, la vapeur s'échappant du fer monolithique ; le jeudi après-midi, hiver comme été, elle secouait les tapis, les battait et les suspendait dehors, de telle sorte que le tapis rouge de Turquie accroché à la balustrade du porche était un drapeau qui annonçait toujours *nous sommes jeudi*. Les interminables jeudis d'été, les froids jeudis d'octobre et les lointains jeudis obscurs des années à la maternelle où Harriet, clouée au lit par une angine, sommeillait fiévreusement sous de chaudes couvertures : le claquement du batteur de tapis, le sifflement et le chuchotis du fer à vapeur étaient les sons vivaces du présent, mais aussi les maillons d'une chaîne qui remontait dans la vie de Harriet pour disparaître dans les ombres abstraites de sa petite enfance. Les journées se terminaient à cinq heures, quand Ida changeait de tablier sur le porche de derrière ; elles commençaient avec le grincement de la porte d'entrée et le pas d'Ida dans le vestibule. Le bourdonnement paisible de l'aspirateur flottait dans les autres pièces ; à l'étage et au rez-de-chaussée, le craquement pesant des chaussures d'Ida à semelle de caoutchouc, et parfois le gloussement aigu de son rire ensorceleur. Ainsi s'écoulaient les jours. Des portes qui s'ouvraient, des portes qui se refermaient, des ombres qui plongeaient et s'élevaient. Le regard rapide d'Ida, quand Harriet courait pieds nus près d'une porte ouverte, était un bonheur intense, délicieux : l'amour. Ida ! Ses friandises préférées (les sucres d'orge ; la mélasse sur du pain de maïs froid) ; ses « émissions ». Ses plaisanteries et ses réprimandes, les cuillerées de sucre pleines à ras bord se déversant comme de la neige au fond du verre de thé glacé. D'étranges vieilles chansons tristes qui montaient de la cuisine *(ta maman ne te manque pas quelquefois, quelquefois ?)* et les cris d'oiseaux dans la cour, tandis que les chemises blanches claquaient sur la corde à linge, les sifflements et les trilles, *kit kit, kit kit*, le doux tintement de l'argenterie polie qui se heurtait dans la bassine, la variété et le bruit de la vie même.

Mais tout cela avait disparu. Sans Ida, le temps se dilatait et sombrait dans un immense vide scintillant. Les heures et les jours, la clarté et l'obscurité glissaient inaperçus ; il n'y avait plus de différence entre le déjeuner et le petit déjeuner, le week-end et la semaine, l'aube et le crépuscule ; c'était comme de vivre au fond d'une grotte éclairée par une lumière artificielle.

Avec Ida s'étaient envolés de multiples conforts. Entre autres, le sommeil. Nuit après nuit, dans la froide humidité de son bungalow au camp du lac de Selby, Harriet était restée éveillée dans des draps pleins de sable, au bord des larmes – car seule Ida savait faire le lit comme elle

626

l'aimait, et (dans les motels, parfois même chez Edie) elle restait les yeux ouverts tard dans la nuit, malade de nostalgie, douloureusement sensible aux textures inconnues, aux odeurs peu familières (le parfum, l'antimite, les détergents dont Ida ne se servait pas), mais plus encore à la touche indéfinissable d'Ida, qui la rassurait toujours lorsqu'elle se réveillait perdue et effrayée, et qui lui paraissait toujours plus merveilleuse quand elle lui manquait.

Mais Harriet était retournée à un monde d'échos et de silence : une maison ensorcelée, encerclée par des buissons d'épines. Du côté de Harriet (celui d'Allison était un fouillis innommable) l'ordre de la chambre était parfait, tel qu'Ida l'avait laissé : le lit impeccable, les volants blancs, la pellicule de poussière se déposant comme le givre.

Et cet ordre demeura. Sous le couvre-lit, les draps étaient encore frais. Ils avaient été lavés et lissés par la main d'Ida ; c'était la dernière trace de son passage dans la maison, et – si forte que fût son envie de se glisser à l'intérieur, d'enfouir son visage dans le délicieux moelleux de l'oreiller et de tirer les couvertures sur sa tête – Harriet ne pouvait se résoudre à troubler l'ultime petit paradis qui lui restait. La nuit, le reflet lumineux et transparent du lit flottait dans les vitres noires, tel un croquembouche blanc décoratif, aussi onctueux qu'une pièce montée. Mais c'était un festin seulement pour les yeux, et qui ne faisait qu'alimenter sa nostalgie car une fois qu'elle y aurait dormi, même l'espoir de trouver le sommeil se serait envolé.

Elle se couchait donc sur les couvertures. Les nuits s'écoulaient, agitées. Des moustiques lui piquaient les jambes et bourdonnaient à ses oreilles. Les petits matins étaient frais, et parfois Harriet se redressait confusément pour tirer une couette imaginaire ; quand ses mains se refermaient dans le vide, elle retombait sur le couvre-lit, avec un *plouf*, et – agitée comme un terrier dans son sommeil – elle rêvait. Elle rêvait d'eau noire marécageuse avec des blocs de glace, de sentier de campagne où elle devait courir encore et encore avec une écharde dans le talon parce qu'elle était pieds nus ; elle nageait à contre-courant dans des lacs obscurs, se cognant la tête contre une chape métallique qui la maintenait sous l'eau, loin de l'air du dehors ; elle se cachait sous le lit dans la maison d'Edie pour fuir une présence perfide – invisible – qui l'appelait à voix basse : « Vous avez laissé quelque chose, mamzelle ? Vous m'avez laissé quelque chose ? » Le matin elle se réveillait tard et épuisée, avec sur la joue la marque rouge de la passementerie du couvre-lit. Et même avant d'ouvrir les yeux, elle redoutait de bouger, et restait clouée sur place, terrassée par la certitude de découvrir un désastre.

Et ce désastre était bien réel. La maison était terriblement sombre et immobile. Quand elle se levait, s'approchait de la fenêtre sur la pointe des pieds et écartait le rideau, c'était avec la sensation d'être l'unique survivante d'une effroyable catastrophe. Lundi : la corde à linge était vide. Ce ne pouvait être lundi si aucune chemise, aucun drap ne claquait sur la corde ? L'ombre du fil nu dansait sur l'herbe desséchée. Elle se glissait au rez-de-chaussée, pénétrait dans le sombre vestibule – car à présent qu'Ida était partie, il n'y avait personne pour ouvrir les stores le matin (ni pour préparer le café, ou crier « Bonjour, chérie ! » ni accomplir aucune des petites choses réconfortantes que faisait Ida) et la maison restait plongée la plus grande partie de la journée dans une obscurité tamisée, aquatique.

Sous-jacente au silence – un silence terrible, un silence

sans âme, comme si la fin du monde était arrivée et que la plupart de ses habitants étaient morts – persistait l'angoissante présence de la maison de Libby, vide et fermée à peine quelques rues plus loin. La pelouse trop haute, les plates-bandes roussies, et envahies de mauvaises herbes hérissées ; à l'intérieur, les miroirs, des mares vides sans reflet, la clarté du soleil et de la lune glissant dans les pièces, indifférente. Harriet connaissait si bien les états d'âme de la maison de Libby à toutes les heures et par tous les temps – son aspect terne en hiver, quand le vestibule était sombre et que le radiateur à gaz chauffait doucement ; ses nuits et ses soirs d'orage (la pluie ruisselant sur les vitres violettes, les ombres dégoulinant sur le mur opposé) et ses après-midi éclatants d'automne, quand elle s'asseyait dans la cuisine, fatiguée et inconsolable après l'école, réconfortée par le bavardage de Libby, enveloppée par la chaleur lumineuse de ses questions pleines de tendresse. Tous les livres que Libby avait lus à voix haute, un chapitre par jour, après la classe : *Oliver Twist, L'Île au trésor, Ivanhoé*. Parfois le soleil d'octobre, qui flamboyait brusquement sur les fenêtres ouest, était glacial, terrifiant de luminosité, et son éclat et sa froideur semblaient annoncer un drame insupportable, comme le rougeoiement inhumain des souvenirs anciens évoqués sur un lit de mort, chargé de rêves et d'adieux tragiques. Mais toujours, même sous l'éclairage le plus figé, le plus désolé (le tic-tac pesant de la pendule, le livre de bibliothèque retourné sur le canapé), Libby rayonnait, pâle et radieuse, tandis qu'elle évoluait dans les pièces obscures, sa tête blanche ébouriffée comme une pivoine. Quelquefois elle chantait à mi-voix, et sa voix ténue tremblotait doucement dans les hautes ombres de la cuisine carrelée, couvrant le murmure sourd du Frigidaire :

The owl and the pussicat went to sea
In a beautiful pea green boat
They took some honey and plenty of money
Wrapped up in a five-pound note...

[La chouette et le chat sont partis en mer
Dans un beau bateau vert pomme
Ils ont pris du miel et beaucoup de monnaie
Enveloppée dans un billet de cinq livres...]

Elle était là, occupée à broder, ses minuscules ciseaux d'argent accrochés au ruban rose suspendu à son cou, à faire ses mots croisés ou à lire une biographie de Mme de Pompadour, à parler à sa petite chatte blanche... *tap tap tap*, Harriet entendait encore ses pas, leur son particulier dans ses souliers taille 36, *tap tap tap* le long du grand couloir pour aller répondre au téléphone. Libby ! Elle paraissait toujours si heureuse quand Harriet appelait – même tard le soir – comme si sa voix était celle qu'elle désirait entendre plus que tout au monde ! « Oh ! C'est ma petite chérie ! s'écriait-elle ; comme c'est gentil d'appeler ta pauvre vieille tante... » ; et la gaieté et la chaleur de sa voix bouleversaient Harriet (même lorsqu'elle était seule, et se tenait près du téléphone mural de la cuisine obscure) au point qu'elle fermait les yeux et laissait retomber sa tête, réconfortée, rayonnante, comme la cloche d'un carillon. Existait-il quelqu'un d'autre qui parût aussi heureux d'entendre Harriet ? Non : personne. Maintenant elle pouvait composer ce numéro, le composer autant qu'elle le souhaitait, le composer à chaque instant jusqu'à la fin des temps et jamais elle n'entendrait Libby s'écrier à l'autre bout de la ligne : « Ma chérie ! mon *petit* ! » Non : la maison était vide à présent, et silencieuse. L'odeur du cèdre et du vétiver dans les pièces fermées. Bientôt le mobilier disparaîtrait, mais pour l'instant tout était exactement tel que Libby l'avait laissé quand elle était partie en voyage : les lits faits, les tasses à thé lavées empilées dans l'égouttoir. Les journées s'écoulant dans les pièces en une discrète procession. Quand le soleil se levait, le presse-papiers en verre soufflé sur le manteau de cheminée de Libby s'illuminerait à nouveau, pour sa courte existence de trois heures, puis replongerait dans l'obscurité et la pesanteur lorsque le triangle de soleil le quitterait à midi. Le tapis à fleurs entrelacées – vaste terrain de jeu de l'enfance de Harriet – s'embrasait ici et là, attisé par les barres jaunes de lumière qui pénétraient par les stores en bois, les fins d'après-midi. Elles glissaient d'un mur à l'autre, tels de longs doigts, étirant leurs interminables filaments sur les photographies encadrées : Libby jeune fille, mince et effrayée, tenant la main d'Edie ; la vieille Tribulation tumultueuse, couleur sépia, l'air tragique et orageux, étouffée par les plantes grimpantes. Cette clarté du soir aussi s'estomperait et disparaîtrait, puis il n'y aurait plus de lumière du tout à part la demi-lueur froide, bleutée des réverbères – tout juste suffisante pour voir dans la rue – qui scintillerait sans faiblir jusqu'à l'aube. Les boîtes à chapeaux ; les gants soigneusement pliés, sommeillant dans les tiroirs. Des vêtements suspendus dans des placards obscurs, que la main de Libby ne toucherait plus jamais. Bientôt ils seraient emballés dans des cartons et envoyés à des missions baptistes en Afrique et en Chine – bientôt, peut-être, une minuscule dame chinoise dans sa maison peinte, sous des arbres dorés et des cieux lointains, prendrait le thé avec des missionnaires, vêtue de l'une des robes roses de catéchisme de Libby. Comment le monde pouvait-il continuer ainsi : les gens plantaient des jardins, jouaient aux cartes, allaient au catéchisme et envoyaient des cartons de vieux habits dans les missions de Chine, tout en se pressant vers un pont effondré qui débouchait sur les ténèbres ?

Harriet ruminait ainsi. Elle s'asseyait seule sur l'escalier, dans le vestibule ou à la table de la cuisine, la tête dans les mains ; elle s'installait sur la banquette de la fenêtre de sa chambre et regardait la rue. De vieux souvenirs la tenaillaient et la tarabustaient : bouderies, ingratitude, paroles qu'elle ne pourrait jamais retirer. Elle songeait inlassablement au jour où elle avait attrapé des blattes dans le jardin pour les planter au sommet d'un gâteau à la noix de coco que Libby avait passé la journée à préparer. Libby avait pleuré, pleuré comme une petite fille, le visage dans les mains. Comme elle avait pleuré, aussi, quand Harriet s'était énervée pour son huitième anniversaire et lui avait déclaré qu'elle détestait son cadeau : une breloque en forme de cœur à fixer à son bracelet. « Un jouet ! Je voulais un *jouet* ! » Plus tard, sa mère l'avait prise à part et lui avait dit que le bijou coûtait cher, et dépassait les moyens de sa tante. Pire : la dernière fois qu'elle avait vu Libby, la dernière fois pour toujours, Harriet avait dégagé sa main de son étreinte et s'était enfuie dans la rue sans se retourner. Parfois, au cours de la journée indolente (vautrée des heures sur le canapé, hébétée, à feuilleter sans entrain l'*Encyclopaedia Britannica*), ces images frappaient son esprit avec une force si vivace qu'elle rampait dans la penderie, s'y enfermait et pleurait, pleurait le visage enfoui dans les frous-frous en taffetas des vieilles robes de réception poussiéreuses de sa mère, malade de savoir que le désespoir qu'elle ressentait ne pourrait que s'aggraver.

L'école reprenait dans deux semaines. Hely s'était inscrit dans une fanfare du nom de Band Clinic, ce qui l'obligeait à aller tous les jours sur le terrain de football et à marcher de long en large sous la chaleur étouffante. Quand l'équipe venait s'exercer, ils retournaient tous en file indienne dans la baraque à toit de tôle d'un gymnase et s'asseyaient en rond sur des chaises pliantes pour répéter. Après, le chef d'orchestre allumait un feu de joie et faisait cuire des hot dogs, ou organisait une partie de base-ball ou une jam session avec les enfants les plus grands. Certains soirs, Hely rentrait tôt ; mais ces soirs-là, disait-il, il devait travailler son trombone après le dîner.

D'un certain côté, Harriet était heureuse de son absence. Elle était embarrassée par son propre chagrin, si vaste qu'elle ne pouvait le cacher, et par l'état désastreux de la maison. Sa mère était devenue plus active après le départ d'Ida, d'une manière qui rappelait certains animaux nocturnes du zoo de Memphis : de délicats petits marsupiaux aux yeux en forme de soucoupes qui – trompés par les lampes à ultraviolets qui illuminaient leur cage de verre – mangeaient, faisaient leur toilette et vaquaient avec grâce à leurs occupations sous les feuillages, dans l'illusion qu'ils étaient à l'abri, protégés par l'obscurité. Des chemins secrets apparaissaient dans la nuit, traversaient et quadrillaient la maison, des chemins balisés par des mouchoirs, des inhalateurs, des flacons de comprimés, de lotion pour les mains et de vernis à ongles, des verres de glace fondue qui laissaient une chaîne d'auréoles blanches sur les dessus de table. Un chevalet portatif surgit dans un coin particulièrement sale et encombré de la cuisine et – peu à peu, jour après jour – s'y dessina une nature morte représentant un bouquet de pensées violettes délavées (mais elle n'acheva jamais le vase, se contentant de l'esquisse au crayon). Même ses cheveux prirent une riche teinte brune toute neuve (« Baiser au chocolat », indiquait la bouteille – maculée de gouttes noires gluantes – que Harriet découvrit dans la poubelle en osier de la salle de bains d'en bas). Indifférente aux tapis non aspirés, aux sols poisseux, aux serviettes malodorantes dans la salle de bains, elle déployait un soin absolument ahurissant à des futilités. Un après-midi, Harriet la trouva en train de repousser à droite et à gauche des tas de détritus pour pouvoir se mettre à genoux et astiquer les boutons de porte en cuivre avec une crème et un chiffon achetés spécialement ; un autre après-midi – sans se soucier des miettes, des taches de graisse, du sucre renversé sur le plan de travail de la cuisine, de la nappe sale et de la pile de vaisselle en équilibre précaire au-dessus de l'eau grisâtre et froide de l'évier, sans se préoccuper le moins du monde de certaines émanations douceâtres de matières en décomposition qui provenaient de nulle part et de partout à la fois – elle passa une heure entière à polir frénétiquement un vieux grille-pain en chrome jusqu'à ce qu'il brillât comme un pare-chocs de limousine, puis, prenant du recul, resta là encore dix minutes pour admirer son œuvre. « On se débrouille bien, n'est-ce pas ? » dit-elle, et : « Ida ne nettoyait jamais les choses à fond, hein, pas comme ça ? » (contemplant le grille-pain) et « C'est *amusant,* non ? D'être juste toutes les trois. »

Ce n'était pas amusant. Pourtant, Charlotte faisait des efforts. Un jour, vers la fin d'août, elle se leva, prit un bain moussant, s'habilla, mit du rouge à lèvres, s'installa sur un escabeau et feuilleta *La Cuisine de James Beard* où elle finit par trouver une recette intitulée Steak Diane, puis elle partit à l'épicerie où elle acheta tous les ingrédients. De retour à la maison, elle mit un tablier blanc à volants (un cadeau de Noël, jamais utilisé) par-dessus sa robe ; elle alluma une cigarette, se prépara un Coca avec des glaçons et une goutte de bourbon, qu'elle but tout en suivant les indications de la recette. Puis elle souleva le plateau garni très haut au-dessus de sa tête et toutes les trois se glissèrent une à une jusqu'à la salle à manger. Harriet dégagea un espace sur la table ; Allison alluma deux bougies qui projetèrent de longues ombres vacillantes sur le plafond. Il y avait très longtemps que Harriet n'avait pas dégusté pareil dîner – mais trois jours plus tard, les assiettes étaient toujours empilées dans l'évier.

.La présence d'Ida avait été tout aussi précieuse sur un autre plan, mais Harriet s'en rendait compte seulement aujourd'hui – trop tard : Ida avait restreint de manière appréciable le champ des activités de sa mère. Combien de fois avait-elle aspiré à la compagnie de Charlotte, et souhaité la voir quitter sa chambre et se promener dans la maison ? Maintenant – d'un seul coup – son vœu était exaucé ; et si Harriet avait souffert de la solitude et avait été découragée par la porte toujours close, maintenant elle ne savait jamais quand sa mère allait apparaître sur le seuil et venir se pencher sur sa chaise d'un air rêveur, comme si elle attendait de sa fille qu'elle prononçât le mot qui briserait le silence et rendrait tout facile et agréable entre elles. Harriet eût volontiers aidé sa mère si elle avait eu la moindre idée de ce qu'elle était censée dire – Allison savait rassurer leur mère sans prononcer un mot, juste par le calme de sa présence –, mais avec Harriet, c'était différent, il semblait qu'elle était supposée dire ou faire quelque chose, bien qu'elle ne sût pas quoi, et la pression de ce regard plein d'espoir la laissait simplement sans voix, honteuse, et parfois – si l'attente était trop désespérée, ou trop insistante – frustrée et furieuse. Alors, délibérément, elle fixait ses mains, le sol, le mur devant elle, n'importe quoi pour ignorer les yeux suppliants de sa mère.

Charlotte ne parlait pas souvent de Libby – elle pouvait

à peine prononcer son nom sans éclater en sanglots –, mais le flot de ses pensées se tournait presque constamment vers elle, de manière aussi visible que si elle les avait exprimées à voix haute. Libby était partout. Les conversations portaient sur elle, bien que son nom ne fût pas mentionné. Les oranges ? Tout le monde se souvenait des tranches d'orange que Libby aimait faire flotter dans le punch de Noël, le gâteau à l'orange (un triste dessert, trouvé dans un livre de cuisine de la Seconde Guerre mondiale, à base de rations) que Libby préparait quelquefois. Les poires ? Les poires aussi étaient riches en associations : les conserves de poires au gingembre de Libby ; la chanson qu'elle chantait sur le petit poirier ; la nature morte, représentant des poires, que Libby avait peinte à l'université d'Etat pour femmes au début du siècle. Et d'une certaine manière – en se cantonnant uniquement aux objets – il était possible de parler de Libby pendant des heures sans mentionner son nom. Une référence informulée à Libby hantait toutes les conversations ; chaque pays, couleur, légume ou arbre, chaque cuillère, bouton de porte, bonbonnière était imprégné et badigeonné de son souvenir – et bien que Harriet ne remît pas en question le bien-fondé de cette vénération, elle en éprouvait parfois de la gêne, comme si la personne de Libby avait été transformée en une sorte de gaz malsain, omniprésent, qui s'infiltrait par les trous de serrure et les fentes des portes.

Cela créait un très étrange schéma de conversation, d'autant plus étrange que leur mère avait fait clairement entendre à ses filles, de cent façons muettes, qu'elles ne devaient en aucun cas mentionner Ida. Même quand elles se référaient indirectement à Ida, son déplaisir était évident. Et elle s'était figée, le verre au bord des lèvres, quand Harriet (sans réfléchir) avait mentionné Ida et Libby d'un même souffle empreint de tristesse.

« Comment oses-tu ! » avait-elle crié, comme si sa fille avait prononcé une parole déloyale envers Libby – une parole vile, impardonnable – puis : « Ne me *regarde* pas comme ça. » Elle s'était emparée de la main d'Allison, qui sursauta ; puis elle l'avait lâchée et s'était enfuie de la pièce.

Mais bien que Harriet n'eût pas le droit de confier sa propre peine, le chagrin de sa mère était un reproche constant, et elle s'en sentait vaguement responsable. Quelquefois – la nuit en particulier – il devenait palpable, se déployant comme une brume pour imprégner la maison tout entière ; il déposait une épaisse nuée sur la tête courbée de sa mère, sur ses épaules voûtées, aussi pesant que l'odeur de whisky qui flottait autour de son père quand il avait bu. Harriet se glissait jusqu'au seuil et observait en silence sa mère assise à la table de la cuisine sous la clarté jaune de la lampe, la tête dans les mains, une cigarette se consumant entre ses doigts.

Pourtant, quand Charlotte se tournait et ébauchait un sourire, ou bavardait de choses futiles, Harriet s'éclipsait. Elle détestait la façon timide et juvénile qu'avait à présent sa mère de se promener dans la maison sur la pointe des pieds, de lancer des coups d'œil furtifs dans les pièces et de regarder dans les placards, comme si Ida avait été un tyran dont elle se réjouissait d'être débarrassée. Chaque fois qu'elle se rapprochait, avec ce sourire gauche et tremblant si particulier qui signifiait qu'elle souhaitait « parler », Harriet se sentait devenir de glace. Immobile comme une pierre, elle se raidissait lorsque sa mère s'asseyait près d'elle sur le canapé, quand elle tendait maladroitement le bras pour lui tapoter la main.

« Tu as toute la vie devant toi. » Sa voix était trop forte ; on aurait dit une actrice.

Harriet se taisait, fixant d'un air maussade l'*Encyclo-*

paedia Britannica, ouverte sur ses genoux, à un article sur les cobayes. C'était une famille de rongeurs sud-améri-cains qui comprenait le cochon d'Inde.

« En fait... » Sa mère rit, d'un petit rire étranglé, théâ-tral. « J'espère que tu n'auras jamais à traverser le même genre d'épreuves que moi. »

Harriet scruta une photographie en noir et blanc du cabiai, le membre le plus grand de la famille des cobayes. C'était le plus gros rongeur vivant.

« Tu es jeune, ma chérie. J'ai fait de mon mieux pour te protéger. Je ne veux pas que tu commettes les mêmes erreurs que moi, c'est tout. »

Elle attendit. Elle était assise beaucoup trop près. Bien que Harriet se sentît mal à l'aise, elle resta immobile et refusa de lever les yeux. Elle était déterminée à ne pas fournir la moindre ouverture à sa mère. Tout ce que Char-lotte voulait, c'était qu'elle lui manifestât de l'intérêt (non un intérêt authentique, mais seulement un semblant d'in-térêt) et Harriet savait très bien ce qui lui ferait plaisir : poser ostensiblement l'encyclopédie à côté d'elle, croiser les mains sur ses genoux et prendre une expression sou-cieuse et compatissante tandis que sa mère parlait. *Pauvre maman.* C'était suffisant ; cela ferait l'affaire.

Et ce n'était pas grand-chose. Mais l'injustice de la situation faisait frémir Harriet. Sa mère l'écoutait-elle quand *elle* voulait parler ? Et dans ce silence, les yeux rivés sur l'encyclopédie (qu'il était difficile de tenir bon, de ne pas répondre !), elle se revit entrer chancelante dans la chambre de sa mère, aveuglée par les larmes à cause du départ d'Ida, et se souvint du geste princier et nonchalant de Charlotte levant le bout du doigt, *le bout d'un seul doigt*, tout simplement...

Brusquement Harriet se rendit compte que sa mère s'était levée, et la regardait. Son sourire était fin et crochu comme un hameçon. « Excuse-moi de venir t'ennuyer pendant que tu lis », dit-elle.

Immédiatement Harriet fut prise de regret. « Maman, qu'est-ce qu'il y a ? » Elle posa l'encyclopédie.

« Peu importe. » Sa mère détourna les yeux, resserra la ceinture de son peignoir.

« Maman ? appela Harriet tandis qu'elle s'éloignait dans le couloir et que la porte de sa chambre se refermait avec un déclic – un peu trop dignement. Maman, je suis désolée... »

Pourquoi était-elle si pleine de haine ? Pourquoi ne pouvait-elle faire ce que les autres attendaient d'elle ? Harriet se rassit sur le canapé, furieuse contre elle-même ; et ces pensées amères, désagréables, continuèrent d'agiter son esprit longtemps après qu'elle se fut levée pour aller se coucher à contrecœur. Son anxiété et sa culpabilité ne se limitaient pas à sa mère – ni même à la situation immédiate –, mais s'étendaient beaucoup plus loin, et Ida était au cœur de son plus gros tourment. Et si elle avait une attaque ? Ou était heurtée par une voiture ? Cela arrivait, et Harriet ne le savait maintenant que trop bien : les gens mouraient en un clin d'œil, ils tombaient raides sur le sol. La fille d'Ida les préviendrait-elle ? Ou – ce qui était plus probable – supposerait-elle que personne ne s'en souciait dans la famille de Harriet ?

Un châle rêche jeté sur elle, Harriet s'agitait et retombait sur son lit, criant des accusations et des ordres dans son sommeil. De temps en temps, le zigzag bleu des éclairs de chaleur traversait la chambre. Elle n'oublierait jamais comment sa mère avait traité Ida : elle ne l'oublierait ni ne le pardonnerait jamais. Pourtant, malgré sa colère, elle ne pouvait endurcir son cœur – pas complètement – contre le chagrin qui rongeait sa mère.

Et c'était plus déchirant encore quand Charlotte

essayait de prétendre que ce chagrin n'existait pas. Elle descendait au rez-de-chaussée à grandes enjambées maladroites, se laissait tomber sur le canapé devant ses filles silencieuses à la manière d'une baby-sitter toquée, suggérait des activités « amusantes » comme si elles avaient été une bande de copines réunies pour passer du bon temps. Elle avait le visage en feu, les yeux brillants ; mais sa gaieté dissimulait une frénésie, une tension pitoyables qui donnaient envie de pleurer à Harriet. Elle voulait jouer aux cartes. Elle voulait faire des bonbons au caramel – des bonbons au caramel ! Elle voulait regarder la télévision. Elle voulait qu'elles aillent manger un steak au Country Club – ce qui était impossible, la salle à manger du Country Club n'était même pas ouverte le lundi, où avait-elle la tête ? Et elle posait une quantité de questions horribles. « Tu veux un soutien-gorge ? » demanda-t-elle à Harriet ; et « Tu n'as pas envie d'inviter une amie ? » et « Tu veux qu'on prenne la voiture pour rendre visite à ton père à Nashville ? »

« Je pense que tu devrais organiser une fête, dit-elle à Harriet.

— Une fête ? demanda prudemment la fillette.

— Oh, tu sais, une petite fête avec du Coca ou de la glace pour les filles de ta classe. »

Harriet était trop horrifiée pour répondre.

« Tu as besoin de... voir des gens. Invite-les. Des filles de ton âge.

— Pourquoi ? »

La mère de Harriet fit un geste dédaigneux de la main. « Tu vas bientôt entrer au lycée, dit-elle. Dans pas longtemps, ce sera pour toi le moment de songer aux rallyes. Et tu sais, au club de pom-pom girls et à l'équipe de mannequins. »

L'équipe de mannequins ! songea Harriet stupéfiée.

« Les plus beaux jours de ta vie sont encore devant toi. Je pense que le lycée va être un moment formidable pour toi, Harriet. »

Elle ne sut pas quoi répondre.

« C'est tes vêtements, n'est-ce pas, chérie ? » Sa mère la regarda d'un air suppliant. « C'est pour cette raison que tu ne veux pas recevoir tes petites copines ?

— Non !

— Nous t'emmènerons chez Youngland à Memphis. Nous t'achèterons de jolis habits. Ton père n'a qu'à payer. »

Les hauts et bas de leur mère lassaient même Allison, ou du moins c'était l'impression qu'elle donnait, car elle avait commencé sans autre explication à passer des après-midi et des soirées hors de la maison. Le téléphone se mit à sonner plus souvent. Deux fois dans la même semaine, Harriet avait répondu à une fille qui s'était présentée sous le nom de Trudy et avait demandé sa sœur. Qui était « Trudy », Harriet n'en savait rien, et s'en moquait, mais elle regarda par la fenêtre lorsque la fille (une forme au volant d'une Chrysler marron) s'arrêta devant la maison pour prendre Allison qui attendait pieds nus sur le trottoir.

En d'autres occasions, Pemberton venait la chercher dans sa Cadillac bleu pâle, et ils repartaient sans dire bonjour à Harriet, et sans l'inviter à se joindre à eux. Elle restait assise sur la banquette de la fenêtre de sa chambre obscure après les avoir vus descendre bruyamment la rue, et contemplait le ciel opaque au-dessus des voies ferrées. Dans le lointain, elle voyait les lumières du terrain de base-ball et du drive-in Jumbo. Où Pemberton et Allison allaient-ils, quand ils s'éloignaient dans la nuit, qu'avaient-ils à se dire ? La chaussée était encore luisante après l'orage de l'après-midi ; au-dessus, la lune brillait par une trouée irrégulière au milieu des cumulus, et leurs bords houleux étaient baignés d'une clarté blanche, splendide. Au-delà – à travers la déchirure du ciel – tout était limpide : les étoiles glacées, l'infini. Harriet avait l'impression de regarder une mare transparente, superficielle en apparence, de quelques centimètres à peine, mais si on y jetait une pièce de monnaie elle s'en finirait plus de tomber, tournant en spirale sans jamais toucher le fond.

« C'est quoi, l'adresse d'Ida ? demanda un matin Harriet à Allison. Je veux lui écrire pour lui apprendre la mort de Libby. »

La maison était chaude et silencieuse ; de gros baluchons de linge grisâtre s'empilaient sur la machine à laver. Allison leva des yeux sans expression de son bol de corn flakes.

« Non », s'exclama Harriet, après un long moment d'incrédulité.

Allison détourna le regard. Elle avait commencé à se mettre du noir aux yeux, et cela lui donnait un air évasif, peu communicatif.

« Ne me dis pas que tu ne l'as pas prise ! Où as-tu la tête ?

— Elle ne me l'a pas donnée.

— Tu ne la lui as pas *demandée* ? »

Silence.

« Enfin, tu ne l'as pas fait ? Comment as-tu pu oublier ?

— Elle sait où nous habitons, répondit Allison. Si elle veut nous écrire.

— Chérie ? » La voix de leur mère, dans la pièce voisine : serviable, exaspérante. « Tu cherches quelque chose ? »

Après une longue pause, Allison – les yeux baissés – se

remit à manger. Le crissement de ses corn flakes était si fort qu'il en était écœurant, comme le craquement amplifié d'une feuille que grignote un insecte dans une émission naturaliste. Harriet recula sur sa chaise, promenant son regard dans la pièce, saisie d'une panique inutile : quelle ville avait citée Ida, quelle ville exactement, quel était le nom de femme mariée de sa fille ? Et cela changerait-il quoi que ce fût si Harriet le savait ? A Alexandria, Ida n'avait pas eu le téléphone. Chaque fois qu'elles avaient eu besoin de la contacter, Edie avait dû prendre la voiture pour se rendre chez elle – elle n'habitait pas même une maison, mais seulement une cabane marron de guingois dans une cour en terre battue, sans herbe ni dallage, juste de la boue. De la fumée sortait d'un tuyau de poêle rouillé, sur le toit, quand Edie s'était arrêtée un soir d'hiver avec Harriet dans la voiture, apportant du cake et des mandarines pour le Noël d'Ida. Au souvenir d'Ida apparaissant sur le seuil – surprise, à la lumière des phares, s'essuyant les mains sur un tablier sale – un chagrin aigu, soudain, étreignit Harriet. Ida ne les avait pas laissées entrer, mais le coup d'œil qu'elle avait lancé par la porte ouverte avait rempli la fillette de confusion et de tristesse : de vieilles boîtes de café, une table recouverte d'une toile cirée, le vieux chandail en loques qui sentait la fumée – un chandail d'homme – qu'Ida portait en hiver, suspendu à un cintre.

Harriet déplia les doigts de sa main gauche et consulta en secret la coupure qu'elle avait faite dans la chair de sa paume avec un couteau suisse le lendemain de l'enterrement de Libby. Dans la misère suffocante de la maison silencieuse, la blessure lui avait arraché un glapissement de surprise. Le couteau était tombé bruyamment sur le carrelage de la salle de bains. Des larmes chaudes avaient jailli de ses yeux, déjà brûlants et douloureux à cause de ses pleurs. Harriet avait serré sa main et pincé les lèvres tandis que les gouttes noires de sang dégoulinaient sur la faïence obscure ; elle avait regardé tout autour, scrutant les angles du plafond comme si elle avait espéré une aide venue d'en haut. La douleur lui avait procuré un étrange soulagement – glacé et tonifiant, et par son âpreté, elle l'avait calmée et lui avait permis de concentrer sa pensée. *Quand la plaie ne me fera plus mal*, avait-elle songé, *quand elle sera cicatrisée, je me sentirai moins triste à cause de Libby.*

Et la plaie était en voie de guérison. Elle n'en souffrait plus guère, sauf quand elle fermait la main d'une certaine manière. Une zébrure violacée de tissu cicatriciel avait comblé le petit trou laissé par la lame ; c'était intéressant à observer, comme une petite goutte de colle rose, et cela lui rappelait agréablement Lawrence d'Arabie, se brûlant avec des allumettes. Manifestement ce genre d'expérience vous trempait le caractère. « La ruse, avait-il dit dans le film, c'est de ne pas tenir compte de la douleur. » Dans le vaste et ingénieux schéma de la souffrance, ainsi que Harriet commençait à le comprendre, c'était une ruse utile à retenir.

Août passa. A l'enterrement de Libby, le prêcheur avait lu un passage des Psaumes. « Je guette et je suis seul comme un oiseau sur le toit. » Le temps guérissait toutes les plaies, avait-il dit. Mais quand ?

Harriet songeait à Hely, en train de jouer du trombone sur le terrain de football sous un soleil accablant, et cela aussi lui évoqua les Psaumes. « Ils louent son nom à la danse, au tambour, à la lyre [1]. » Les sentiments de Hely

1. Traduction d'André Chouraqui. (*N.d.T.*)

étaient superficiels ; il vivait dans des hauts-fonds enso-leillés où il faisait toujours chaud et clair. Il avait vu défi-ler des douzaines de domestiques. Il ne comprenait pas non plus son chagrin pour la mort de Libby. Hely n'aimait pas les vieilles personnes, il en avait peur ; il n'aimait pas même ses propres grands-parents, qui habitaient une autre ville.

Mais sa grand-mère et ses grands-tantes manquaient à Harriet, et elles étaient trop occupées pour lui prêter beau-coup d'attention. Tat emballait les affaires de Libby : elle pliait son linge, polissait son argenterie, roulait les tapis et montait sur un escabeau pour décrocher les rideaux, et essayait de trouver ce qu'on pouvait faire du contenu des placards, des commodes en cèdre et des penderies de Libby. « Chérie, tu es un amour de le proposer », avait dit Tat lorsque Harriet lui avait téléphoné pour offrir son aide. Mais bien qu'elle se fût aventurée jusque-là, elle n'avait pas réussi à se forcer à remonter l'allée de devant, tant elle avait été choquée par l'apparence radicalement changée de la maison de Libby : la plate-bande envahie de mauvaises herbes, la pelouse hirsute, la note tragique d'abandon. Les voilages avaient disparu des fenêtres de devant, et leur absence était un choc ; à l'intérieur, au-des-sus du manteau de cheminée, à l'emplacement du miroir, il ne restait qu'une grande tache aveugle.

Harriet s'était figée sur le trottoir, horrifiée ; elle avait fait demi-tour et s'était enfuie chez elle. Ce soir-là – toute honteuse – elle avait téléphoné à Tat pour s'excuser.

« Eh bien, avait dit sa tante, d'une voix un peu moins amicale que Harriet ne l'avait espéré. Je me suis demandé ce qui t'était arrivé.

— Je... je...

— Chérie, je suis fatiguée, avait dit Tat – et elle parais-sait épuisée. Je peux faire quelque chose pour toi ?

645

— La maison a l'air différente.

— Oui, c'est vrai. C'est difficile d'être là-bas. Hier je me suis assise à sa pauvre petite table dans cette cuisine pleine de cartons et j'ai pleuré et pleuré.

— Tatty, je... » Harriet pleurait elle-même.

« Ecoute, chérie. Tu es mignonne de penser à Tatty, mais ça ira plus vite si je suis toute seule. Mon pauvre petit ange. » Maintenant elle était en larmes elle aussi. « Nous ferons quelque chose d'agréable quand j'aurai terminé, d'accord ? »

Même Edie – aussi sereine et constante que le profil gravé sur une pièce de monnaie – avait changé. Elle avait maigri depuis la mort de Libby ; ses joues étaient creuses et elle semblait avoir rapetissé. Harriet l'avait à peine vue depuis l'enterrement. Presque tous les jours elle se rendait sur la place dans sa nouvelle voiture pour rencontrer les banquiers, les avocats ou les comptables. La succession de Libby était un beau gâchis, surtout à cause de la faillite du juge Cleve et de ses tentatives brouillonnes, à la fin, pour diviser et cacher ce qui restait de ses biens. Cette confusion se reflétait pour une bonne partie dans le minuscule héritage incessible qu'il avait transmis à Libby. Pour empirer les choses : Mr Rixey, le vieux monsieur dont Edie avait heurté le véhicule, avait porté plainte contre elle, prétextant un état « d'angoisse et de détresse mentale ». Il ne voulait pas d'un arrangement à l'amiable ; cela signifiait à coup sûr une comparution au tribunal. Bien qu'Edie ne desserrât pas les lèvres et se montrât stoïque à ce sujet, elle était manifestement perturbée.

« Eh bien, c'était ta faute, chérie », lui dit Adélaïde.

Depuis l'accident, elle se plaignait de maux de tête ; elle n'était pas en état de « manipuler des cartons » chez Libby ; elle n'était pas dans son assiette. L'après-midi, après sa sieste (« Sa sieste ! » s'exclamait Tat, qui n'eût pas dédaigné en faire une elle aussi), elle se rendait dans la maison de Libby, aspirait les tapis et la tapisserie (inutilement) et réorganisait le contenu des cartons que Tatty avait déjà emballés, mais elle s'inquiétait surtout, à voix haute, de la succession de son aînée ; et provoquait ses deux sœurs en déclarant d'un ton cordial mais sans ambiguïté qu'elle soupçonnait Edie et les avocats de lui escroquer à elle, Adélaïde, ce qu'elle appelait « sa part ». Tous les soirs elle téléphonait à Edie pour la questionner avec une exaspérante minutie sur ce qui s'était passé dans la journée chez le notaire (les hommes de loi coûtaient trop cher, se plaignait-elle, elle craignait que « sa part » fût « engloutie » par leurs honoraires) ; et aussi pour transmettre l'avis de Mr Summer concernant les questions financières.

« Adélaïde, s'exclama Edie pour la cinquième ou la sixième fois, je préférerais que tu ne parles pas de nos affaires à ce vieil homme !

— Et pourquoi pas *?* C'est un ami de la famille.

— Ce n'est certainement pas le mien !

— J'aime sentir que quelqu'un prend mes intérêts à cœur, répliqua Adélaïde, avec une gaieté implacable.

— Et tu penses que ce n'est pas mon cas ?

— Je n'ai pas dit cela.

— Si. »

Ce n'était pas nouveau. Adélaïde et Edie ne s'étaient jamais entendues – même petites filles –, mais la situation n'avait jamais atteint un tel paroxysme de rancœur. Si Libby avait été en vie, elle eût rétabli la paix bien avant que les relations eussent atteint ce degré de crise ; elle eût supplié Adélaïde de faire preuve de patience et de discrétion, et – avec tous les arguments habituels – eût prié Edie de se montrer tolérante. (« C'est le bébé de la famille... elle n'a jamais eu de mère... Papa a tellement gâté Addie... »)

Mais Libby était morte. Et – sans personne pour servir d'intermédiaire – la discorde entre les deux sœurs devenait chaque jour plus vive et plus profonde, au point que Harriet (qui était, après tout, la petite-fille d'Edie) avait commencé à se sentir très mal à l'aise en compagnie de sa tante. Elle était d'autant plus sensible à l'injustice de cet état de fait que par le passé, chaque fois que les deux femmes se querellaient, elle avait eu tendance à prendre le parti d'Addie. Edie pouvait être un monstre : Harriet ne le savait que trop bien. Maintenant, pour la première fois, elle commençait à comprendre la position d'Edie dans la dispute, et saisissait exactement ce que sa grand-mère entendait par le mot « mesquin ».

Mr Summer était rentré chez lui à présent – en Caroline du Sud, ou dans les environs – mais il avait entamé avec Adélaïde une correspondance assidue qui la remplissait d'orgueil. « *Camellia Street,* dit-elle en montrant à Harriet l'une des lettres qu'il lui avait adressées. N'est-ce pas un joli nom ? Les rues d'ici n'ont pas ce genre de nom. Comme j'aimerais vivre dans une rue au nom si élégant. »

Elle tint l'enveloppe à bout de bras et – les lunettes posées au bout du nez – l'examina tendrement. « Il a une jolie écriture pour un homme, n'est-ce pas ? demanda-t-elle à Harriet. Elle est distinguée. C'est le terme qui convient, n'est-ce pas ? Oh, papa pensait le plus grand bien de Mr Summer. »

Harriet se tut. D'après Edie, le juge avait estimé que Mr Summer était « de moralité douteuse », une appréciation obscure. Et Tatty – l'opinion décisive ici – ne faisait aucun commentaire sur Mr Summer ; mais son attitude suggérait qu'elle n'avait rien d'aimable à en dire.

« Je suis sûre que toi et Mr Summer auriez des quantités de choses à vous raconter », poursuivait Adélaïde. Elle avait sorti la carte de l'enveloppe et l'examinait au recto et au verso. « Il est très cosmopolite. Il a vécu en Égypte, tu le savais ? »

Tout en parlant elle contemplait l'image – un paysage du vieux Charleston ; au verso, Harriet déchiffra, écrites avec la calligraphie éloquente et démodée de Mr Summer, les expressions *quelque chose de plus pour moi* et *chère dame.*

« Je croyais que ça t'intéressait, Harriet, dit Adélaïde, tenant la carte à bout de bras pour l'étudier la tête penchée de côté. Toutes ces vieilles momies, les chats et le reste.

— Tu vas te fiancer avec Mr Summer ? » lâcha étourdiment Harriet.

Adélaïde – l'air distrait – effleura sa boucle d'oreille. « C'est ta grand-mère qui t'a chargée de me poser cette question ? »

Elle me prend pour une attardée ? « Non, ma tante.

— J'espère, dit Adélaïde avec un rire lointain, j'espère que je ne te parais pas *si* vieille que ça... » et, comme elle se levait pour accompagner Harriet à la porte, elle jeta un coup d'œil à son reflet dans la vitre d'une manière qui glaça le cœur de Harriet.

Les journées étaient très bruyantes. De lourdes machines – bulldozers, tronçonneuses – rugissaient au loin, à trois rues de là. Les baptistes abattaient les arbres et pavaient le terrain autour de l'église parce qu'ils avaient besoin d'un parking plus grand, disaient-ils ; le vacarme était effroyable, on aurait cru entendre des chars, une armée en marche, se pressant dans les rues paisibles.

La bibliothèque était fermée ; des peintres travaillaient dans la salle des enfants. Ils la repeignaient en jaune vif, un jaune émaillé lisse et brillant qui rappelait le jaune des taxis. C'était horrible. Harriet avait adoré les doctes boiseries, qu'elle se souvenait d'avoir toujours vues dans la pièce : comment pouvaient-ils peindre ce magnifique vieux bois foncé ? Et le concours de lecture de l'été était terminé ; elle ne l'avait pas gagné.

Elle n'avait personne à qui parler, rien à faire, et aucun endroit où aller, en dehors de la piscine. Tous les jours à une heure elle prenait sa serviette sous son bras et s'y rendait. Août tirait à sa fin ; l'entraînement des joueurs de football et des pom-pom girls avait commencé, et même le jardin d'enfants avait ouvert ses portes, et – à l'exception des retraités sur le terrain de golf, et de quelques femmes au foyer qui se rôtissaient sur des chaises longues – le Country Club était désert. L'air, la plupart du temps, était aussi chaud et immobile que le verre. Quelquefois le soleil passait sous un nuage et une rafale de vent brûlant s'engouffrait, ridait la surface de la piscine et faisait cliqueter l'auvent de la buvette. Sous l'eau, Harriet éprouvait du plaisir à être confrontée à un élément qu'elle devait combattre à coups de pied, et à voir bondir contre les parois de la piscine les arcs électriques blanchâtres dignes de Frankenstein – comme s'ils jaillissaient d'un grand générateur. Ainsi suspendue à trois mètres au-dessus de la courbe renflée du grand bassin – dans le miroitement des chaînes et des paillettes – elle s'oubliait parfois des minutes entières, perdue parmi les échos et le silence, les échelles de lumière bleue.

Pendant de longs moments de rêverie, elle se laissait flotter les bras tendus en avant, fixant son ombre. Par ses ruses, Houdini avait pu s'échapper assez rapidement et pendant que les policiers consultaient leur montre et tiraient sur leur col, que son assistant réclamait une hache et que sa femme hurlait et feignait de s'évanouir, il se libérait de ses entraves et – invisible – flottait calmement sous la surface de l'eau.

Sur ce plan, du moins, Harriet avait progressé durant l'été. Elle pouvait retenir sans peine sa respiration pendant plus d'une minute et – si elle restait très immobile – prolongeait son apnée d'une minute encore (plus difficilement) en grinçant des dents. Parfois elle comptait les secondes mais le plus souvent elle n'y pensait pas : ce qui la grisait, c'était le processus, l'état de transe. Trois mètres plus bas, son ombre obscure oscillait sur le fond du grand bassin, aussi longue que celle d'un homme de haute taille. *Le bateau a coulé*, se disait-elle – s'imaginant victime d'un naufrage, dérivant dans des immensités chaudes comme le sang. Etrangement, c'était une pensée réconfortante. *Personne ne viendra me sauver.*

Elle flottait depuis une éternité – bougeant à peine, sauf pour respirer – quand, très faiblement, elle entendit quelqu'un appeler son nom. D'une brasse et d'un battement de pieds elle refit surface : dans la chaleur, la lumière aveuglante, le bourdonnement bruyant du climatiseur du pavillon. Les yeux embrumés, elle vit Pemberton (qui n'était pas de service lorsqu'elle était arrivée) lui faire signe du haut de son siège de surveillant de baignade, puis sauter dans l'eau.

Harriet plongea pour éviter les éclaboussures, puis – saisie de panique sans raison – culbuta sous l'eau et nagea en direction du petit bain, mais il fut plus rapide et lui barra la route.

Quand elle refit surface, il secoua la tête, faisant gicler des gouttelettes dans les airs. « Hé ! Tu as fait des progrès pendant que tu étais en colonie ! Combien de temps tu peux retenir ton souffle ? Je suis sérieux, insista-t-il, comme elle ne répondait pas. On va mesurer ton temps. J'ai un chronomètre. »

Harriet se sentit rougir.

« Allez. Pourquoi tu ne veux pas ? »

Elle n'en savait rien. Tout en bas, sur le fond bleu, ses pieds – barrés par de pâles rayures tigrées qui tremblotaient – paraissaient très blancs et deux fois plus gros que d'habitude.

« Comme tu voudras. » Pem se redressa une seconde pour repousser ses cheveux, puis fit la planche, de telle sorte que leurs têtes étaient au même niveau. « Tu ne t'ennuies pas à force de rester immobile dans l'eau ? Chris en a un peu marre.

— Chris ? » dit Harriet saisie, après une pause. Le son de sa propre voix la surprit plus encore : elle était toute sèche et rocailleuse, comme si elle n'avait pas parlé depuis des jours.

« Quand je suis venu le relayer il m'a dit un truc du genre : "Regarde cette môme, couchée comme une bûche." Les mamans n'arrêtent pas de lui casser les pieds à cause de toi, à croire qu'il laisse exprès un enfant mort flotter dans la piscine tout l'après-midi. » Il rit, puis comme Harriet refusait de croiser son regard, il nagea vers l'autre côté.

« Tu veux un Coca ? » demanda-t-il ; et elle entendit dans sa voix une intonation joyeuse qui lui rappela Hely. « Je te l'offre. Chris m'a laissé la clé de la glacière.

— Non, merci.

— Hé, pourquoi tu ne m'as pas dit qu'Allison était à la maison quand j'ai téléphoné l'autre jour ? »

Harriet lui lança un regard sans expression qui le laissa interdit – puis elle s'avança en sautillant dans le bassin et s'éloigna à la nage. C'était vrai : elle lui avait dit qu'Allison était absente avant de raccrocher, bien que sa sœur se trouvât dans la pièce voisine. D'ailleurs, elle ignorait pourquoi elle lui avait fait cette réponse et ne pouvait pas même inventer une raison.

Il sautilla à sa suite ; elle l'entendait barboter. *Pourquoi est-ce qu'il ne me laisse pas tranquille ?* songea-t-elle désespérée.

« Hé, lui cria-t-il. J'ai appris qu'Ida Rhew était partie. » La seconde d'après, elle le sentit glisser devant elle.

« Oh, s'exclama-t-il – l'examinant plus attentivement. Tu pleures ? »

Harriet plongea d'un battement de pieds – l'éclaboussant d'une gerbe d'écume en pleine figure – et s'élança sous l'eau : *zoum*. Le petit bain était chaud, comme l'eau d'une baignoire.

« Harriet ! » l'appela-t-il quand elle resurgit près de l'échelle. Prise de panique, elle l'escalada et – tête baissée – se précipita vers le vestiaire, laissant derrière elle un sillage d'empreintes noires en zigzag.

« Hé ! cria-t-il. Ne réagis pas comme ça. Tu peux faire la morte tant que tu veux. Harriet ? » hurla-t-il encore tandis qu'elle courait derrière la barrière en béton et se ruait du côté dames, les oreilles en feu.

Penser à Danny Ratliff était la seule chose qui donnait un but à Harriet. Cette idée l'obsédait. Continuellement – de façon perverse, comme lorsqu'on appuie sur une dent malade – elle se testait en songeant à lui ; et chaque fois l'indignation explosait de manière prévisible, malsaine, tel un feu d'artifice jailli d'un nerf à vif.

Dans sa chambre, à la lumière déclinante, elle s'allongeait sur la moquette, les yeux fixés sur la fragile photographie en noir et blanc qu'elle avait découpée dans l'annuaire. Le cliché mal centré, pris à la sauvette l'avait choquée au début – mais cette image s'était effacée depuis longtemps et à présent quand elle regardait le portrait elle ne voyait ni un garçon ni même une personne, mais la simple incarnation du mal. Son visage était devenu si diabolique à ses yeux qu'elle ne touchait même plus l'instantané, sauf pour le saisir par les bords. Le désespoir qui régnait dans sa demeure était son œuvre. Il méritait la mort.

Jeter le serpent sur sa grand-mère ne lui avait apporté aucun soulagement. C'était lui qu'elle voulait. Elle avait entrevu sa figure devant l'entreprise de pompes funèbres, et elle était maintenant certaine d'une chose : *il l'avait reconnue*. Leurs regards s'étaient croisés et défiés – et à sa vue les yeux injectés de sang de Danny avaient brillé d'une lueur si farouche et si étrange que le souvenir de cet instant lui donnait des palpitations. Bizarrement, il y avait eu entre eux comme un éclair de reconnaissance, et bien que Harriet ne fût pas sûre d'en saisir le sens, elle avait la curieuse impression qu'elle troublait les pensées de Danny Ratliff autant qu'il troublait les siennes.

Avec dégoût, elle songea combien la vie avait éprouvé les adultes qu'elle connaissait, tous sans exception. Quand ils vieillissaient, ils étaient pris à la gorge par quelque chose qui les faisait douter d'eux-mêmes – la paresse ? L'habitude ? Leur volonté se relâchait : ils cessaient de se battre et se résignaient à ce qui arrivait. « C'est la vie. » Voilà ce qu'ils disaient tous. « C'est la vie, Harriet, c'est comme ça, tu verras. »

Eh bien, Harriet n'était pas d'accord. Elle était encore jeune, et les chaînes ne s'étaient pas encore resserrées sur ses chevilles. Pendant des années, elle avait vécu dans la terreur d'atteindre l'âge de neuf ans – l'âge de Robin quand il était mort – mais son neuvième anniversaire était passé et maintenant elle n'avait plus peur de rien. Ce qu'il fallait accomplir, elle l'accomplirait. Elle frapperait à présent – pendant qu'elle le pouvait encore, avant que son courage n'eût faibli, et que son esprit n'eût molli – sans rien pour la soutenir, hors son infinie solitude.

Elle tourna son attention vers le problème immédiat. Pourquoi Danny Ratliff se rendait-il dans les entrepôts de marchandises ? Il n'y avait pas grand-chose à voler. La plupart des dépôts étaient barricadés avec des planches et Harriet s'était hissée sur les fenêtres de ceux qui ne l'étaient pas pour regarder à l'intérieur : il ne restait presque rien à part des balles de coton en loques et des machines noircies par le temps, des réservoirs de pesticides poussiéreux hors service renversés et échoués dans les coins. Les scénarios les plus fous tournoyèrent dans son esprit : des prisonniers enfermés hermétiquement dans un wagon de marchandises. Des corps ensevelis ; des sacs de jute pleins de billets volés. Des squelettes, des armes meurtrières, des réunions secrètes.

La seule manière de découvrir exactement ce qu'il faisait, décida-t-elle, était de se rendre aux dépôts de marchandises.

Elle n'avait pas parlé à Hely depuis une éternité. Comme il était le seul élève de cinquième du Band Clinic, il se croyait désormais trop bien pour s'associer à Harriet. Peu importait qu'il eût été invité uniquement parce que les cuivres manquaient de trombones. Lors de leur dernière conversation – par téléphone, et c'était elle qui l'avait appelé – il n'avait parlé que de l'orchestre, rapportant des potins sur les grands comme s'il les connaissait vraiment, et citant par leurs prénoms la majorette et les solistes talentueux avec qui il jouait. D'un ton bavard mais distant – comme si elle avait été un professeur, ou une amie de ses parents – il l'informa des innombrables détails du morceau en demi-ton qu'ils travaillaient : un pot-pourri des Beatles, que l'orchestre conclurait par « Yellow Submarine », formant sur le terrain de football un gigantesque sous-marin (dont l'hélice serait représentée par le tournoiement d'une canne). Harriet écouta en silence. Elle ne dit rien non plus quand Hely s'exclama d'un ton vague mais enthousiaste que les garçons de l'orchestre du lycée étaient vraiment « dingues ». « Les joueurs de foot n'ont pas de loisirs du tout. Ils sont obligés de se lever à l'aube et de faire des tours de piste quand il fait encore nuit, l'entraîneur Cogwell leur hurle dessus tout le temps, c'est comme la garde nationale ou un truc dans ce genre. Mais Chuck, et Frank, et Rusty, et les étudiants en seconde année de la fanfare des trompettes... ils sont *encore* plus délirants que tous les types de l'équipe de foot.

— Hum.

— Ils répondent au chef et ils font des blagues idiotes et ils portent leurs lunettes de soleil toute la journée. Mr Wooburn est sympa, il s'en fiche. Comme hier – attends, attends, dit-il à Harriet, puis, à une voix grognonne dans le fond : Quoi ? »

Il parlait avec quelqu'un. Harriet patienta. Au bout d'une minute ou deux Hely reprit l'appareil.

« Désolé, il faut que je répète, dit-il d'un ton vertueux. Papa dit que je dois travailler tous les jours parce que mon nouveau trombone a coûté une fortune. »

Harriet raccrocha et, dans la clarté immobile, lugubre du vestibule, posa les coudes sur la table du téléphone et réfléchit. Avait-il oublié Danny Ratliff ? Ou bien s'en moquait-il simplement ? Son détachement face à l'attitude distante de Hely la prit au dépourvu, mais elle fut néanmoins enchantée que cette indifférence lui inspirât si peu de chagrin.

La veille, il avait plu ; et bien que le sol fût mouillé, Harriet ne pouvait dire si une voiture avait récemment

traversé la large bande de gravier (une zone de chargement pour les wagons de coton, pas vraiment une route)
qui reliait les gares de triage aux dépôts de marchandises,
et les dépôts de marchandises au fleuve. Avec son sac à
dos et son cahier orange sous le bras, au cas où elle trouverait des indices qu'il serait utile de noter, elle s'arrêta à la
lisière de la vaste plaine industrielle, et contempla les
croisements, les boucles, les départs et les arrêts de voies,
les croix blanches d'avertissement et les lanternes d'aiguillage cassées, les wagons de marchandises rouillés
dans le lointain et derrière, le château d'eau qui se dressait sur ses pieds chétifs : un énorme réservoir rond avec
un toit pointu comme le chapeau du Bûcheron dans
Le Magicien d'Oz. Au cours de sa petite enfance, elle
avait nourri un attachement obscur pour le château
d'eau, peut-être à cause de cette ressemblance ; il lui
apparaissait comme une sorte de gardien muet et amical ;
et quand elle s'endormait, elle l'imaginait souvent, solitaire et incompris quelque part dans la nuit. Puis, lorsqu'elle avait six ans, des garnements avaient escaladé
l'échelle à Halloween et peint une citrouille à l'expression effrayante sur la citerne, avec des yeux fendus et des
crocs pointus – et de nombreuses nuits après cela, Harriet
était restée éveillée et agitée, incapable de trouver le sommeil à l'idée de son fidèle compagnon (désormais hostile,
l'air hargneux) contemplant d'un œil mauvais les toits
silencieux.

La face de citrouille s'était estompée depuis longtemps. Par-dessus, quelqu'un d'autre avait peint à la
bombe, en lettres dorées, *Classe 1970*, et aujourd'hui
cette inscription s'était elle aussi effacée, blanchie par le
soleil et délavée par des années et des années de pluie. De
mélancoliques gouttelettes noires de décrépitude striaient
verticalement la façade du réservoir – mais bien qu'elle

eût presque disparu, le visage du démon hantait encore l'esprit de Harriet, comme la lueur d'une lampe qu'on vient d'éteindre, et qui continue de briller dans l'obscurité.

Le ciel était blanc et vide. *Avec Hely*, songea-t-elle, *du moins j'aurais quelqu'un à qui parler*. Robin était-il venu jusqu'ici pour jouer, s'était-il tenu à califourchon sur sa bicyclette pour contempler les voies ferrées ? Elle essaya d'imaginer le paysage à travers ses yeux. Les choses n'avaient guère dû changer : peut-être les fils télégraphiques ployaient-ils un peu plus, peut-être la vigne vierge et les belles-de-jour retombant sur les arbres étaient-elles un peu plus fournies. Dans un siècle, quand elle serait morte, à quoi ressemblerait cet endroit ?

Elle coupa à travers les cours de marchandises – sautant par-dessus les rails, fredonnant tout bas – en direction des bois. Sa voix résonnait très fort dans le silence ; elle ne s'était jamais aventurée seule aussi loin dans cette zone à l'abandon. *Et s'il y avait une épidémie à Alexandria,* se dit-elle, *et si tout le monde était mort sauf moi ?*

J'irais habiter dans la bibliothèque, songea-t-elle. L'idée était réjouissante. Elle se vit lisant à la bougie, les ombres dansant sur le plafond au-dessus du labyrinthe des rayonnages. Elle pourrait prendre une valise chez elle – du beurre de cacahuètes et des crackers, une couverture, des vêtements de rechange – et réunir deux des gros fauteuils de la salle de lecture pour y dormir...

Quand elle arriva sur le sentier et s'enfonça dans les bois ombrageux (une végétation luxuriante, jaillie des ruines de sa ville pétrifiée par la mort, recouvrait les trottoirs, s'infiltrait à l'intérieur des maisons) le passage de la chaleur à la fraîcheur lui donna l'impression de pénétrer dans un tourbillon d'eau de source au milieu d'un lac. Sous ses pas, de légers nuages de moucherons s'envolaient soudain en tournoyant comme des têtards dans l'eau verte d'un étang. A la lumière du jour, le sentier était plus étroit et plus envahi par les herbes qu'elle ne l'avait imaginé dans l'obscurité ; des panicules de vulpin et de chiendent formaient des touffes hérissées, et les ornières dans l'argile étaient tapissées d'algues vertes mousseuses.

Au-dessus de sa tête, un cri rauque la fit sursauter : seulement une corneille. De part et d'autre du chemin se dressaient des arbres chargés de grandes chaînes et de festons de vigne kudzu, tels des monstres marins en décomposition. Elle marchait lentement – les yeux levés vers la voûte de feuillage sombre – et elle ne remarqua pas le fort bourdonnement de mouches qui s'amplifiait de plus en plus avant de sentir une odeur fétide. A ses pieds reposait un serpent mort d'un vert scintillant – il n'était pas venimeux, car sa tête n'était pas pointue, mais ne ressemblait à aucun serpent de sa connaissance. D'un mètre de long environ, il avait le milieu du corps écrasé et ses entrailles formaient une flaque de gouttelettes d'un beau noir, mais sa couleur était tout à fait extraordinaire : un vert moiré, avec des écailles irisées, comme sur l'illustration en couleurs du Roi des Serpents d'un vieux livre de contes de fées que Harriet possédait depuis sa petite enfance. « *Très bien, avait dit le Roi des Serpents à l'honnête berger, je cracherai trois fois dans ta bouche, et ensuite tu connaîtras le langage des bêtes sauvages. Mais prends soin de ne pas laisser d'autres hommes apprendre ton secret, sinon ils se mettront en colère et te tueront.* »

Au bord du sentier, Harriet vit, nettement dessinée dans la boue, l'empreinte striée d'une botte – une grosse botte ; et à l'instant où elle goûtait au fond de sa gorge l'odeur fétide du serpent mort elle se mit à courir, le cœur battant, sans savoir pourquoi, comme si le diable en personne la poursuivait. Les pages du cahier claquaient bruyamment dans le silence. Des gouttes d'eau, se détachant des lianes, dégoulinaient autour d'elle ; un fouillis d'ailantes chétifs (de hauteur variée, comme des stalagmites dur le sol d'une grotte) s'élevaient pâles et vacillants de l'enchevêtrement de broussailles, leurs troncs fendillés comme une peau de lézard brillant dans la pénombre.

Elle ressortit au soleil – et, brusquement, sentit qu'elle n'était pas seule et s'arrêta. Les stridulations des sauterelles résonnaient dans le sumac avec un son aigu, frénétique ; elle s'abrita les yeux avec son cahier, scruta le terrain desséché, écrasé de lumière...

Très haut dans l'angle de son champ de vision étincela un éclair argenté – surgi du ciel, semblait-il – et Harriet vit avec un sursaut une forme noire qui se hissait péniblement en haut de l'échelle du château d'eau, à environ dix mètres au-dessus du sol, et à vingt mètres d'elle. Il y eut un autre éclair : un bracelet-montre en métal, qui scintillait comme un signal lumineux.

Le cœur battant la chamade, elle recula dans les bois et loucha à travers la cascade de feuillages entrelacés. C'était lui. Des cheveux noirs. Très mince. Un T-shirt moulant, avec au dos une inscription qu'elle ne parvenait pas à lire. Une partie d'elle vibrait d'excitation mais une autre, plus lucide, restait en retrait et s'émerveillait de l'insignifiance et de la banalité de l'instant. *Le voilà*, se dit-elle (se pénétrant de cette idée, cherchant à induire l'excitation appropriée), *c'est lui, c'est lui*.

Elle avait une branche dans la figure ; elle se baissa pour mieux le regarder. Maintenant il gravissait les derniers échelons. Quand il se fut hissé au sommet il s'arrêta sur l'étroite passerelle, la tête courbée, les mains sur les hanches, immobile contre le ciel implacable, sans nuages. Puis – jetant un coup d'œil rapide derrière lui – il se pencha, posa la main sur la rambarde en métal (elle était très basse ; il dut s'appuyer un peu contre le bord) et la longea vers la gauche en boitant d'un pas rapide et inégal avant de disparaître.

Elle attendit. Au bout de quelques instants, il reparut de l'autre côté. A ce moment précis une sauterelle lui sauta au visage et elle recula avec un léger bruissement. Une branche craqua sous son pied. Danny Ratliff (car c'était lui : elle distinguait nettement son profil, même dans sa posture accroupie d'animal) tourna brusquement la tête dans sa direction. Il n'avait pas pu remarquer un bruit si léger et si éloigné, pourtant de façon incroyable, il *avait* entendu car son regard s'attarda, étrange et brillant, immobile...

Harriet ne bougeait pas. Une vrille de liane pendait sur son visage et frémissait doucement au rythme de sa respiration. Les yeux de l'homme – glissant froidement sur elle, tandis qu'il scrutait le sol – luisaient bizarrement tel du marbre, comme sur d'anciennes photographies de soldats confédérés : des garçons bronzés avec des yeux transfigurés, le regard fixe, perdu dans un vide sans fond.

Puis il détourna la tête. Horrifiée, elle vit qu'il commençait à descendre l'échelle : très vite, en surveillant les environs par-dessus son épaule.

Il était largement à mi-chemin du sol quand Harriet reprit ses esprits, tourna les talons et s'enfuit à toutes jambes dans le sentier humide bourdonnant d'insectes. Elle lâcha son cahier, revint précipitamment en arrière pour le ramasser. Devant elle, le serpent transpercé par un hameçon scintillait dans l'ombre. Elle l'enjamba d'un bond – battant des mains pour écraser les mouches qui s'élevaient en tourbillons autour de son visage – et poursuivit sa course.

Elle traversa en trombe la clairière où se trouvait l'entrepôt de coton : le toit de tôle, les fenêtres barricadées par des planches, l'air abandonné. Loin derrière, elle entendit le craquement des broussailles ; paniquée, elle se figea un instant, désespérée par son indécision. A l'intérieur de l'entrepôt, savait-elle, il y avait une quantité de bonnes cachettes – les balles empilées, les wagons vides – mais s'il parvenait à l'attraper, elle ne ressortirait jamais de là.

Elle l'entendit crier au loin. Respirant péniblement, se tenant le flanc à l'endroit de son point de côté, Harriet s'élança derrière l'entrepôt (des panneaux en fer-blanc à peine lisibles : Céréales Checkerboard, General Mills) et descendit une route de gravier : beaucoup plus large, assez pour laisser le passage à une voiture, avec de larges plaques nues marbrées de motifs en sable noir et blanc jaillis de l'argile rouge, et mouchetées de taches d'ombre sous les hauts sycomores. Son cœur faisait des bonds, ses pensées bringuebalaient et se cognaient à l'intérieur de son crâne comme les pièces d'une tirelire qu'on agite et ses jambes étaient lourdes, elle avait l'impression de courir dans de la boue ou de la mélasse au milieu d'un cauchemar et elle ne pouvait pas les faire avancer plus vite, elle ne pouvait pas déterminer si le fracas et le craquement des brindilles (anormalement sonore, on aurait dit des coups de feu) étaient simplement le bruit de ses propres pas, ou l'écho des pas de son poursuivant.

La route descendait en pente raide. Elle courait de plus en plus vite, redoutant de tomber mais aussi de ralentir, ses pieds frôlant le sol comme s'ils ne faisaient plus partie d'elle, réduits à un mécanisme grossier qui la propulsait en avant, jusqu'au moment où la route plongea et remonta de nouveau – abruptement – vers de hauts talus de terre : la digue.

La digue, la digue ! Sa cadence diminua, de plus en plus lente, et l'entraîna jusqu'au milieu de la pente escarpée où elle se laissa tomber sur l'herbe – haletant d'épuisement – et se mit à ramper à quatre pattes jusqu'au sommet.

Elle entendit l'eau avant de la voir... et quand elle se releva enfin, les genoux flageolants, la brise rafraîchit son visage en sueur et elle vit le flot jaune tourbillonner dans le lit du fleuve. Et d'amont en aval – des gens. Des Noirs et des Blancs, des jeunes et des vieux, des gens qui bavardaient et mangeaient des sandwiches et pêchaient. Dans le lointain, des hors-bord vrombissaient. « Eh bien, j'vais te dire celui qui me plaisait, prononça une voix forte à l'accent campagnard – une voix d'homme distincte –, celui qui a un nom espagnol, j'ai trouvé qu'il avait prêché un bon sermon.

— Dr Mardi ? Mardi, c'est pas un nom espagnol.

— Enfin, peu importe. C'était le meilleur, si tu veux mon avis. »

L'air était frais et sentait la boue. Etourdie et tremblante, Harriet fourra le cahier dans son sac à dos et se fraya un chemin en bas de la digue, jusqu'au quatuor de pêcheurs juste au-dessous d'elle (qui parlaient à présent de Mardi gras, se demandant si cette fête était d'origine espagnole ou française) et – les jambes molles – descendit la rive, dépassant un couple de vieux pêcheurs verruqueux (des frères, à en croire leur apparence, vêtus de bermudas à ceintures remontés au-dessus de leurs grosses tailles de Humpty Dumpty), et une dame qui prenait un bain de soleil sur une chaise longue, on aurait dit une tortue de mer pomponnée avec son rouge à lèvres rose vif et son foulard assorti ; elle vit une famille avec un transistor et une glacière pleine de poissons et toutes sortes d'enfants crasseux avec des jambes griffées, qui se bousculaient, culbutaient et couraient dans tous les sens, se défiant de mettre la main dans le seau d'appâts, hurlant avant de s'enfuir de nouveau...

Elle poursuivit sa marche. Les gens semblaient tous se taire à son approche, remarqua-t-elle – peut-être était-ce un effet de son imagination. Il ne pourrait sûrement pas lui faire de mal ici – trop de monde – mais à cet instant sa nuque se hérissa comme si quelqu'un l'avait observée. Elle regarda nerveusement derrière elle – et se figea en voyant un jeune homme négligé en jean avec de longs cheveux noirs, à quelques mètres d'elle à peine. Mais ce n'était pas Danny Ratliff, seulement un garçon qui lui ressemblait.

La journée même – les gens, les glacières, les cris des enfants – s'était imprégnée d'une menace très particulière. Harriet accéléra un peu le pas. Le soleil se refléta sur les lunettes à verres miroités d'un homme bien rembourré (la lèvre gonflée de chique, répugnante) de l'autre côté de l'eau. Son visage était parfaitement dénué d'expression. Harriet détourna aussitôt les yeux, presque comme s'il lui avait fait une grimace.

Le danger : partout à présent. Et s'il l'attendait quelque part dans la rue ? Voilà comment il allait procéder, s'il était malin : il reviendrait sur ses pas, ferait le tour et la guetterait, caché derrière un arbre ou une voiture garée, et lui sauterait dessus. Elle devait rentrer chez elle, n'est-ce pas ? Elle devrait bien ouvrir les yeux, rester dans les rues principales et ne pas prendre de raccourcis par des endroits déserts. Dommage : les endroits déserts ne manquaient pas dans la vieille ville. Et une fois qu'elle aurait atteint Natchez Street, avec le bruit infernal des bulldozers qui travaillaient devant l'église baptiste, qui l'entendrait si elle criait ? Si elle criait au mauvais moment : personne. Qui avait entendu Robin ? Alors qu'il était auprès de ses sœurs dans son propre jardin.

La rive du fleuve était devenue étroite et rocheuse, et moins fréquentée. Perdue dans ses pensées, elle gravit les marches de pierre (fissurées, hérissées de petites pelotes d'herbe) qui serpentaient jusqu'à la rue, tourna sur le palier et manqua trébucher sur un petit garçon crasseux avec un bébé plus sale encore sur les genoux. Agenouillée à côté d'eux sur une vieille chemise d'homme, étalée sous elle comme une couverture de pique-nique, Lasharon Odum était occupée à disposer les carrés d'une barre de chocolat brisée en morceaux sur une grosse feuille crêpelée. A côté d'elle il y avait trois tasses en plastique d'une eau jaunâtre qui semblait venir du fleuve. Les trois enfants étaient criblés de croûtes et de piqûres de moustiques, mais Harriet remarqua surtout les gants rouges – *ses* gants, les gants qu'Ida lui avait donnés, maintenant souillés, perdus – sur les mains de Lasharon. Avant que la petite, clignant des yeux, eût ouvert la bouche, Harriet envoya promener la feuille et voler les carrés de chocolat dans les airs, puis se jeta sur elle et la renversa sur le sol. Les gants étaient larges, flottant au bout des doigts ; Harriet arracha le gauche sans guère de peine mais, dès que Lasharon comprit ce qu'elle voulait, elle commença à se défendre.

« Donne-moi ça ! C'est à moi ! » rugit Harriet, et – quand Lasharon ferma les yeux et secoua la tête – elle attrapa une poignée de ses cheveux. La fillette hurla ; ses mains se portèrent à ses tempes et immédiatement Harriet retira le gant et le mit dans sa poche.

« C'est à *moi*, siffla-t-elle. Voleuse.

— Non ! C'est à moi ! hurla Lasharon, d'une voix vibrante d'indignation. Elle me les a donnés ! »

Donnés ? Harriet fut prise de court. Elle commença à demander qui lui avait donné les gants (Allison ? Sa mère ?) puis se ravisa. Le petit garçon et le bébé la fixaient avec des yeux ronds effrayés.

« Elle me les a DONNÉS...

665

— La ferme ! » hurla Harriet. Elle était un peu embarrassée maintenant de s'être mise dans une colère pareille. « Ne reviens plus jamais mendier chez moi ! »

Dans le bref instant de confusion qui suivit, elle se détourna – le cœur battant la chamade – et s'élança en haut des marches. L'incident l'avait à tel point perturbée qu'elle avait un moment oublié Danny Ratliff. *Au moins*, se dit-elle –, reculant vivement sur le trottoir pour éviter un break qui passait en trombe dans la rue ; elle devait faire attention à ce qu'elle faisait –, *au moins j'ai récupéré les gants. Mes gants*. C'était tout ce qui lui restait d'Ida.

Pourtant elle n'était pas fière de son geste, mais pleine d'audace et un peu déstabilisée. Le soleil l'éblouissait désagréablement. Et comme elle s'apprêtait une fois encore à mettre le pied sur la chaussée sans regarder, elle se retint, et se protégea les yeux de la lumière pour s'assurer que la voie était libre avant de traverser en courant.

« *Oh, que donnerais-tu en échange de ton âme* », chanta Farish, tandis qu'il tapait avec un tournevis sur la base de l'ouvre-boîtes électrique de Gum. Il était de bonne humeur. Ce n'était pas le cas de Danny, qui avait les nerfs à vif, et était tourmenté par des prémonitions et des visions d'horreur. Il était assis sur les marches en aluminium de sa caravane et tripotait une petite peau ensanglantée sous un ongle tandis que Farish – au milieu d'un fouillis scintillant de cylindres, de colliers et de joints éparpillés sur la terre battue – fredonnait tout en s'activant. Tel un plombier dément dans sa combinaison marron, il fouillait méthodiquement la caravane de leur grand-mère, le parking, les hangars, ouvrant les boîtes de fusibles et arrachant des morceaux de plancher et démontant (avec des soupirs et des ouf de triomphe) les divers petits appareils qui retenaient son attention, dans une recherche implacable de fils sectionnés, de pièces placées au mauvais endroit, de tubes de transistor cachés et de toute preuve subtile de sabotage dans l'équipement électronique de la maison. « Directement, aboya-t-il, lançant le bras derrière lui toutes les fois que Gum apparaissait comme pour faire une observation, j'ai dit *directement*. Je vais arriver *au bout*, d'accord ? » Mais il n'en était pas là, et la cour de devant était jonchée d'une telle quantité de verrous et de tuyaux et de prises et de fils électriques et d'interrupteurs et de plaques et de débris métalliques de toutes sortes qu'on aurait dit qu'une bombe avait explosé et projeté des éclats dans un rayon de dix mètres.

Sur le sol poussiéreux, deux chiffres d'un radio-réveil – un double zéro, blanc sur fond noir – fixaient Danny, comme une paire d'yeux en boule de loto de bande dessinée. Farish bataillait avec l'ouvre-boîtes, bricolant au milieu des détritus comme s'il n'avait aucune idée derrière la tête, et bien qu'il ne regardât pas vraiment Danny, il avait un sourire très étrange sur les lèvres. Il valait mieux ignorer Farish, avec toutes ses allusions sournoises, ses jeux retors sous l'effet du speed – mais malgré cela, il avait manifestement quelque chose en tête et Danny était irrité de ne pas savoir exactement quoi. Car il se doutait que l'activité élaborée de contre-espionnage de Farish n'était qu'une mise en scène conçue à son intention.

Il regarda le profil de son frère. *Je n'ai rien fait,* se dit-il. *Je suis juste monté pour regarder la dope. J'ai rien pris.*

Mais il sait que je voulais la prendre. Et ce n'était pas tout. Quelqu'un l'avait observé. Dans l'enchevêtrement de sumac et de vigne kudzu derrière le château d'eau, il avait surpris un mouvement. Un éclair blanc qui ressemblait à un visage. Un *petit* visage. Sur l'argile mousseuse dans l'ombre du chemin, les empreintes étaient celles d'un enfant, profondes et partant dans tous les sens, et c'était déjà assez inquiétant, mais plus loin – près d'un serpent mort sur le sentier – il avait trouvé une petite photographie de lui en noir et blanc. *De lui !* Une minuscule photographie d'école, datant du collège, découpée dans un annuaire. Il l'avait ramassée et examinée, n'en croyant pas ses yeux. Et toutes sortes d'anciens souvenirs et frayeurs de cette époque lointaine avaient resurgi pour se mêler aux ombres marbrées, à l'argile rouge boueuse et à la puanteur du serpent mort... il avait manqué s'évanouir de saisissement devant l'apparition insolite, indescriptible, de son image d'adolescent vêtu d'une chemise neuve qui lui souriait sur le sol, comme les photographies pleines d'espoir qu'on voyait sur les tombes fraîches en terre des cimetières de campagne.

Et c'était la réalité, il ne l'avait pas imaginé, parce que la photo était maintenant dans son portefeuille et qu'il l'avait sortie pour la regarder peut-être vingt ou trente fois, frappé d'incrédulité. Farish pouvait-il l'avoir déposée là ? A titre d'avertissement ? Ou pour lui faire une mauvaise farce, pour le terroriser à l'instant où il marchait sur le détonateur ou se heurtait au hameçon invisible suspendu au niveau de ses yeux ?

L'étrangeté de l'incident le hantait. Son esprit patinait en vain (comme le loquet de sa chambre, qui tournait à vide, sans réussir à ouvrir la porte) et la seule présence de Farish l'empêchait de prendre à nouveau la photographie d'école dans son portefeuille pour l'examiner une fois encore.

Le regard de Danny se perdit dans l'espace et (ce qui se produisait souvent, depuis qu'il avait renoncé au sommeil) un rêve éveillé le paralysa : le vent soufflant sur une surface qui pouvait être de la neige ou du sable, une silhouette floue dans le lointain. Il avait cru que c'était elle, et s'était approché tout près, pour se rendre compte finalement qu'il se trompait, en fait il n'y avait rien devant lui, rien du tout. Qui *était* cette fichue gamine ? La veille à peine, un paquet de céréales pour enfants était apparu sur la table de la cuisine de Gum – une sorte de flocons d'avoine qui plaisait à Curtis, dans une boîte aux couleurs vives – et Danny s'était figé sur place alors qu'il se rendait aux toilettes, les yeux écarquillés, parce que *son visage était sur la boîte*. C'était elle ! Le visage pâle, les cheveux noirs coupés au bol, penchée sur un bol de céréales qui projetait un éclat magique sur son visage baissé. Et tout autour de sa tête, des fées et des étincelles. Il s'était précipité, avait attrapé le paquet – et avait été troublé de découvrir que l'image ne la représentait pas (plus maintenant) mais était celle d'un autre enfant qu'il reconnaissait pour l'avoir vu à la télévision.

Dans le coin de son œil se produisirent de minuscules explosions, des ampoules de flash lançant des éclairs de toutes parts. Et brusquement il se rendit compte – réintégrant brutalement son corps, assis de nouveau sur les marches de sa caravane, pris de sueurs froides – que lorsqu'elle quittait sa dimension d'origine pour se glisser dans ses pensées, la fille était précédée dans son esprit par une image qui ressemblait fortement à une porte ouverte et à un tourbillon brillant qui s'y engouffrait. Des points lumineux, des particules de poussière scintillante comme des bestioles sous la lame d'un microscope – des mouches dues à la méthédrine, ce devait être l'explication scientifique, parce que chaque démangeaison, chaque follicule pileux hérissé, chaque parcelle ou saleté microscopique qui flottait devant ses globes oculaires épuisés ressemblait à un insecte vivant. Connaître la base scientifique ne rendait pas le phénomène moins réel. A la fin, les bestioles rampaient sur toutes les surfaces imaginables, traçant de longs chemins tortueux qui serpentaient sur le grain du plancher. Des insectes sur la peau qu'il était impossible de chasser, même en vous frottant la chair jusqu'au sang. Des insectes dans la nourriture. Des insectes dans ses poumons, dans ses yeux, dans son propre cœur qui palpitait. Récemment Farish avait commencé à poser une serviette en papier (percée par une paille) sur son verre de thé glacé pour tenir à l'écart les essaims invisibles qu'il chassait perpétuellement de son visage et de son crâne.

Et Danny était lui aussi environné de bestioles – mais Dieu merci ce n'étaient pas des insectes qui rampaient ou creusaient des galeries, asticots et termites de l'âme, mais des lucioles. Même en ce moment, en plein jour, elles flottaient dans l'angle de son champ de vision. Des grains de poussière qui lui faisaient l'effet d'étincelles électroniques : ils scintillaient tout autour de lui. Les agents chimiques de la drogue s'étaient emparés de lui, ils avaient la haute main sur sa personne ; c'étaient les produits chimiques – purs, métalliques, précis – qui s'échappaient de son cerveau et se chargeaient désormais de penser, de parler et même de voir.

C'est pourquoi je pense comme un chimiste, songeait-il, ébloui par la limpidité de cette simple proposition.

Il se reposait sous l'averse d'étincelles neigeuses qui retombait autour de lui au moment de cette révélation lorsqu'il se rendit compte avec un sursaut que Farish lui parlait – depuis un bon moment, en fait.

« Quoi ? demanda-t-il avec un frisson coupable.

— J'ai dit, tu sais bien ce que signifie le D de Radar », articula Farish. Bien qu'il sourît, son visage était rouge et congestionné.

Danny – affolé par cet étrange défi, par l'horreur qui s'était infiltrée si profondément dans le contact, si inoffensif fût-il, avec sa propre espèce – se rassit et se tortilla convulsivement, fouillant sa poche à la recherche d'une cigarette qui, savait-il, ne s'y trouvait pas.

« *Détection.* » Farish dévissa une partie creuse de l'ouvre-boîtes, et la tint à la lumière pour regarder au travers avant de la jeter. « C'est l'un des outils de surveillance les plus sophistiqués qui existent – l'équipement standard de tous les véhicules des services chargés de faire respecter la loi – et celui qui prétend que la police l'utilise pour surprendre les automobilistes coupables d'excès de vitesse dit des conneries. »

Détection ? songea Danny. *Où voulait-il en venir ?*

« Le radar était un système top secret, conçu en temps de guerre à des fins militaires – et maintenant chaque putain de commissariat de ce pays s'en sert pour contrôler les mouvements de la population américaine en temps de paix. *Toute* cette dépense ? *Tout* cet entraînement ? Tu vas me faire croire que c'est juste pour savoir qui roule à dix kilomètres au-dessus de la limite de vitesse ? » Farish renifla. « Mon cul. »

Etait-ce l'effet de son imagination, ou Farish le regardait-il avec une extrême insistance ? *Il cherche à m'éprouver*, songea Danny. *Il veut voir ce que je répondrai.* Le plus terrible, c'était ça : il voulait parler de la fille à son frère, mais il ne pouvait pas reconnaître qu'il était allé au château d'eau. Quelle raison avait-il de s'y trouver ? Il était tenté de mentionner la petite de toute manière, bien qu'il sût que ce serait une erreur ; quelles que fussent ses précautions, cela éveillerait les soupçons de Farish.

Non : il devait tenir sa langue. Peut-être Farish savait-il qu'il avait l'intention de voler la drogue. Et peut-être –

Danny ne parvenait pas vraiment à savoir comment, mais c'était une éventualité – Farish avait-il quelque chose à voir avec la présence de la fille dans les environs du château d'eau.

« Ces petites ondes courtes se répercutent... » Farish ouvrit les doigts en éventail. « Puis elles reviennent au point de départ pour rapporter ta position exacte. Il s'agit de *fournir des renseignements.* »

Un test, pensa Danny, pris d'une fièvre muette. C'était ainsi que procédait Farish. Ces derniers jours, il avait laissé traîner d'énormes piles de dope et d'argent liquide dans le labo auxquelles Danny n'avait bien entendu pas touché. Mais peut-être ces récents événements faisaient-ils partie d'une mise à l'épreuve plus compliquée. Etait-ce juste une coïncidence que la fille fût venue à la porte de la mission le soir même où Farish avait voulu s'y rendre à tout prix, le soir où les serpents avaient été mis en liberté ? Il y avait eu depuis le départ quelque chose de louche dans cette histoire, quand elle était apparue sur le seuil. Mais Farish ne lui avait guère prêté attention, n'est-ce pas ?

« De mon point de vue, dit Farish, inspirant fortement par les narines tandis que les pièces de l'ouvre-boîtes se déversaient en cascade sur le sol avec un tintement métallique, s'ils nous envoient toutes ces ondes, *il doit y avoir quelqu'un à l'autre bout.* D'accord ? » Au sommet de sa moustache – qui était mouillée – s'accrochait un fragment d'amphétamine de la taille d'un petit pois. « Toute cette information n'a aucune valeur s'il n'y a pas quelqu'un qui la reçoit, quelqu'un dont c'est la fonction, quelqu'un de *formé* pour ça. Hein ? J'ai pas raison ?

— Oui », répondit Danny, après une courte pause, s'efforçant de trouver le ton juste, sans l'atteindre tout à fait. Où Farish voulait-il en venir, avec tous ses discours obsessionnels sur la surveillance et l'espionnage, s'il n'avait pas en tête de s'en servir pour dissimuler ses vrais soupçons ?

Sauf qu'il ne sait rien du tout, se dit Danny pris d'une soudaine panique. *Il ne peut pas savoir*. Farish ne conduisait jamais.

Farish fit craquer son cou et dit sournoisement : « Hé, t'es bien placé pour le savoir.

— Quoi ? » répondit Danny, regardant autour de lui ; un instant, il crut qu'il avait parlé tout haut sans le vouloir. Mais sans lui laisser le temps de bondir en protestant de son innocence, Farish se mit à tourner en rond à petits pas, les yeux fixés sur le sol.

« En général, le *peuple* américain ignore l'application militaire de ces ondes, dit-il. Et je vais te dire quoi. Même le putain de Pentagone ne sait pas ce que *sont* vraiment ces ondes. Oh, ils sont capables de les *générer*, et de les *capter*... – il rit, un rire bref, aigu – ... mais ils ne savent pas de quoi elles sont *faites*. »

Il faut que je me sorte de cette merde. Tout ce qu'il me reste à faire, se dit Danny – horriblement conscient du bourdonnement répétitif d'une mouche à son oreille, comme une bande en continu dans un cauchemar qui n'en finit pas –, *tout* ce que je dois faire c'est saisir ma chance, me laver, dormir un jour ou deux. Je peux aller chercher la méth et quitter la ville pendant qu'il est assis là à jacasser sur les ondes de radio et à démonter des grille-pains avec un tournevis...

« Les électrons endommagent le cerveau », dit Farish. En prononçant ces mots, il regarda attentivement Danny, comme s'il se doutait qu'il était en désaccord avec lui sur un point quelconque.

Danny se sentait faible. L'heure de sa dose était passée. S'il ne la prenait pas, il allait bientôt s'effondrer – son cœur surmené n'y résisterait pas, sa tension chuterait, réduite à un fil – à demi fou de terreur que son pouls s'arrêtât pour de bon parce que le sommeil cessait d'être le sommeil quand on ne dormait jamais ; longtemps contenu, il finissait par vous engloutir sans merci, vous projetant dans l'inconscience, sous un haut mur noir qui ressemblait à la mort.

« Et que sont les ondes radio ? » dit Farish.

Il avait déjà eu cette discussion avec Danny. « Des électrons.

— Exactement, petit couillon ! » Farish, avec dans les yeux un éclair de folie digne de Charles Manson, se pencha en avant et se frappa le crâne avec une violence surprenante. « Des électrons ! Des électrons ! »

Le tournevis scintilla : *bing*, Danny le vit, sur un écran de cinéma géant, comme un vent glacial surgi des profondeurs de son avenir... il se vit sur son petit lit trempé de sueur, assommé et sans défense et trop faible pour bouger. Le tic-tac du réveil, le mouvement des rideaux. Puis la porte capitonnée de la caravane *grinça* très lentement, Farish s'approchait de son chevet à pas de loup, un couteau de boucher au poing...

« *Non !* » cria-t-il, et il ouvrit les paupières pour voir l'œil valide de Farish le transpercer comme une perceuse électrique.

Un long moment bizarre, ils se dévisagèrent. Puis Farish jeta : « Regarde ta main. Qu'est-ce que tu t'es fait ? »

Troublé, Danny leva ses deux mains au niveau de ses yeux, tout tremblant, et s'aperçut que son pouce était couvert de sang à l'endroit où il avait arraché la petite peau.

« Tu ferais bien de te surveiller, vieux », dit Farish.

Le lendemain matin, Edie – habillée sobrement en bleu marine – vint chercher Charlotte pour l'emmener prendre le petit déjeuner en ville avant son rendez-vous de dix heures avec le comptable. Elle avait appelé trois jours plus tôt pour organiser la rencontre, et Harriet, après avoir répondu et prié sa mère de décrocher, avait écouté la première partie de leur conversation avant de reposer le combiné. Edie avait dit qu'elles devaient discuter d'une question person-nelle, que c'était important, et qu'elle ne voulait pas en parler au téléphone. Dans le vestibule, elle refusa de s'asseoir, ne cessant de consulter sa montre et de jeter des coups d'œil en haut de l'escalier.

« Ils auront terminé le service du petit déjeuner quand nous arriverons », dit-elle, et elle recroisa les bras avec un petit gloussement impatient : *tch tch tch*. Une poudre pâle recouvrait ses joues, et sa bouche (en forme d'arc de Cupidon, soulignée par un trait du rouge à lèvres écarlate qu'Edie réservait habituellement à l'église) était moins féminine que la fine moue du vieux Sieur d'Iberville du livre d'histoire du Mississippi de Harriet. Son tailleur – cintré, avec des manches trois-quarts – était très austère, élégant aussi par son style démodé ; il la faisait ressembler (avait dit Libby) à Mrs Wallace Simpson, l'épouse du roi d'Angleterre.

Harriet, qui était vautrée sur la dernière marche et fixait la moquette d'un air furieux, releva la tête et s'écria : « Mais POURQUOI est-ce que je ne peux pas venir ?

— D'abord, répliqua Edie – sans la regarder, les yeux fixés au-dessus de sa tête –, ta mère et moi devons discuter de quelque chose.

— Je serai sage !

— En privé. Ensuite, poursuivit Edie d'un air féroce, tournant son regard vif, glacial vers Harriet, tu n'es pas du tout habillée pour aller où que ce soit. Tu ferais mieux de monter au premier et de plonger dans la baignoire.

— Si j'obéis, tu me rapporteras des beignets ?

— Oh, mère, dit Charlotte, descendant l'escalier en hâte dans une robe non repassée, les cheveux encore humides. Je suis tellement désolée. Je...

— C'est sans importance ! » répondit Edie, mais sa voix laissait entendre tout le contraire.

Elles sortirent. Harriet – occupée à bouder – les regarda s'éloigner dans la voiture, derrière les rideaux d'organdi poussiéreux.

Allison, au premier étage, dormait encore. Elle était rentrée tard la veille. A part le bruit de quelques appareils – le tic-tac d'une pendule, le ronronnement du ventilateur et le murmure du chauffe-eau – la maison était aussi silencieuse qu'un sous-marin.

Sur le plan de travail de la cuisine se trouvait une boîte de petits biscuits salés qui avait été achetée avant le départ de la domestique et la mort de Libby. Harriet en mangea quelques-uns, pelotonnée dans le fauteuil d'Ida. Le siège lui rappelait encore son odeur, si elle fermait les yeux et inspirait profondément, mais c'était un parfum fugace qui disparaissait si elle mettait trop d'ardeur à le capter. C'était le premier matin où elle ne s'était pas réveillée en larmes – ou avec l'envie de pleurer – depuis le jour où elle était partie pour le camp de Selby, mais bien qu'elle eût les yeux secs et la tête claire elle se sentait agitée ; toute la maison était immobile, comme dans l'attente d'un événement.

Elle finit les biscuits, épousseta ses mains, puis – grimpant sur une chaise – se dressa sur la pointe des pieds pour examiner l'étagère supérieure de la vitrine. Parmi les revolvers exotiques de joueur de casino (les Derringer à crosse nacrée, la collection de pistolets de duel à l'air cavalier) elle choisit le plus gros et le plus laid – le Colt à double action qui ressemblait le plus aux armes des policiers à la télévision.

Elle sauta à terre, ferma la vitrine et – déposant soigneusement le revolver sur le sol, avec ses deux mains (il était plus lourd qu'il n'y paraissait) – courut à la bibliothèque de la salle à manger pour y prendre l'*Encyclopaedia Britannica*.

Revolvers. Voir : **Armes à feu**.

Elle transporta le volume A dans le séjour et se servit du revolver pour le maintenir ouvert tandis qu'elle s'asseyait en tailleur sur la moquette, essayant de comprendre le schéma et le texte. Le vocabulaire technique la déconcerta ; au bout d'une demi-heure elle repartit chercher le dictionnaire dans les rayonnages mais il ne lui fut pas d'un grand secours non plus.

Encore et encore, elle réexamina le schéma, penchée au-dessus à quatre pattes. *Pontet. Barillet...* mais de quel côté s'ouvrait-il ? Le revolver de l'image ne correspondait pas à celui qu'elle avait devant elle : *chien, boîte de culasse, tige de l'éjecteur...*

Soudain il y eut un déclic ; le barillet pivota : vide. Les premières cartouches qu'elle essaya n'entraient pas dans les trous, et les deuxièmes non plus, mais mélangées dans la même boîte il y en avait d'autres qui semblèrent s'y introduire sans difficulté.

Elle venait à peine de commencer à charger le revolver quand elle entendit s'ouvrir la porte, et sa mère entrer. Aussitôt, d'un large mouvement, elle poussa le tout sous le fauteuil d'Ida – revolver, balles, encyclopédie et le reste – et se releva.

« Tu m'as rapporté des beignets ? » cria-t-elle.

Pas de réponse. Elle attendit, tendue, fixant la moquette (pour un petit déjeuner, sa mère avait vraiment fait vite) et écouta les pas légers gravir les marches de l'escalier –

surprise par le son d'un hoquet, comme si Charlotte pleurait ou étranglait un sanglot.

Harriet – le front plissé, les mains sur les hanches – s'immobilisa, guettant les bruits. Quand elle n'entendit plus rien, elle s'approcha prudemment et jeta un coup d'œil dans le vestibule, à l'instant précis où la porte de la chambre s'ouvrait, puis se refermait.

Une éternité sembla s'écouler. Harriet aperçut le coin de l'encyclopédie dont le bord dépassait très légèrement sous le volant du fauteuil d'Ida. Au bout d'un moment – tandis que résonnait le tic-tac de la pendule de l'entrée, et comme rien ne bougeait – elle se pencha pour tirer le volume de sa cachette et – à plat ventre, le menton appuyé dans les mains – relut l'article sur les « Armes à feu » du début à la fin.

Une à une, les minutes passèrent. Harriet s'allongea sur le sol et souleva le volant en tweed pour examiner la forme sombre du revolver, la boîte de cartouches tranquillement posée à côté – et, enhardie par le silence, tendit la main pour les ramener vers elle. Elle était si absorbée qu'elle n'entendit pas sa mère descendre l'escalier et sursauta quand elle l'appela soudain du vestibule : « Chérie ? »

Quelques balles avaient roulé hors de la boîte. Harriet les ramassa – en tâtonnant – et en fourra une poignée dans ses poches.

« Où es-tu ? »

Harriet avait à peine eu le temps de tout repousser sous le fauteuil quand sa mère apparut sur le seuil. Sa poudre était partie ; elle avait le nez rouge, les yeux humides ; un peu surprise, Harriet vit qu'elle tenait le petit costume de merle de Robin – qu'il paraissait noir, et *petit*, suspendu à son cintre capitonné en satin, aussi avachi et pitoyable que l'ombre de Peter Pan quand il avait essayé de le coller avec du savon.

Sa mère parut sur le point de dire quelque chose ; mais elle s'était interrompue, et regardait Harriet avec curiosité. « Qu'est-ce que tu fais ? » demanda-t-elle.

Pleine d'appréhension, Harriet fixa le minuscule costume. « Pourquoi... », dit-elle, et, incapable d'achever, elle l'indiqua du menton.

Sa mère jeta un coup d'œil au vêtement, surprise comme si elle avait oublié qu'elle l'avait dans les mains. « Oh, répondit-elle, tapotant le coin de son œil avec un mouchoir. Tom French a demandé à Edie si son fils pouvait l'emprunter. Le premier match de base-ball se joue contre une équipe qui s'appelle les Corbeaux ou quelque chose dans ce genre et la femme de Tom a pensé que ce serait mignon si l'un des enfants se déguisait en oiseau pour entrer sur le stade avec les pom-pom girls.

— Si tu ne veux pas le leur prêter, tu devrais leur dire non. »

La mère de Harriet eut l'air un peu surpris. Elles se regardèrent un long moment d'un air étrange.

Charlotte s'éclaircit la voix. « Quel jour veux-tu aller à Memphis pour acheter tes tenues de classe ? demanda-t-elle.

— Qui va les retoucher ?

— Pardon ?

— C'était toujours Ida qui faisait mes ourlets. »

Sa mère commença une phrase, puis secoua la tête, comme pour chasser une pensée désagréable. « Quand vas-tu surmonter ça ? »

Harriet fixa le tapis d'un œil furieux. *Jamais*, pensa-t-elle.

« Chérie... Je sais que tu aimais Ida et... peut-être que je ne savais pas *à quel point...* »

Silence.

« Mais..., ma puce, Ida voulait s'en aller.

— Elle serait restée si tu le lui avais demandé. »

La mère de Harriet se racla la gorge. « Chérie, cela me rend aussi malheureuse que toi, mais Ida ne voulait plus rester. Ton père se plaignait d'elle constamment, du peu de travail qu'elle fournissait. Nous nous querellions tout le temps au téléphone à ce sujet, tu le savais ? » Elle leva les yeux au plafond. « Il trouvait qu'elle n'en faisait pas assez, et pour ce que nous la payions...

— Vous ne la payiez rien du tout !

— Harriet, je pense que cela faisait un... un bon moment qu'Ida n'était plus heureuse ici. Elle aura un meilleur salaire ailleurs... Je n'ai plus vraiment besoin d'elle, pas comme quand vous étiez petites, Allison et toi... »

Harriet l'écoutait, glaciale.

« Ida est restée tant d'années chez nous que je me suis sans doute convaincue que je ne pouvais pas me passer d'elle, mais... on s'en sort très bien, non ? »

Harriet mordit sa lèvre supérieure et fixa obstinément le coin de la pièce – du désordre partout, la table d'angle encombrée de stylos, d'enveloppes, de dessous de verre, de vieux mouchoirs, un cendrier plein à ras bord posé sur une pile de magazines.

« N'est-ce pas ? On s'en sort ? Ida... » Sa mère regarda autour d'elle, impuissante... « Ida me *tyrannisait*, tu ne le voyais pas ? »

Il y eut un long silence pendant lequel – du coin de l'œil – Harriet aperçut sous la table une balle qu'elle avait oubliée.

« Comprends-moi bien. Quand vous étiez petites toutes les deux, je n'aurais pas pu me débrouiller sans Ida. Elle m'a *énormément* aidée. Surtout avec... » Charlotte soupira. « Mais ces dernières années, rien de ce qui se passait ici ne lui plaisait. Je suppose qu'elle était gentille avec toi et ta sœur mais, avec moi, elle était si pleine de ressentiment, elle se tenait là les bras croisés et elle me *jugeait...* »

Harriet regardait fixement la balle sur la moquette. Un peu lassée à présent, écoutant la voix de sa mère sans vraiment y prêter attention, elle garda les yeux rivés sur le sol et ne tarda pas à se laisser emporter par sa rêverie favorite. La machine à remonter le temps s'en allait ; elle apportait des vivres de réserve à l'expédition de Scott sur le pôle ; tout dépendait d'elle. Des listes de provisions, des listes de provisions, et rien de ce qu'il avait pris ne correspondait à leurs besoins. *Nous devons nous battre jusqu'au dernier biscuit....* Elle les sauverait tous, avec des produits importés du futur : du cacao instantané et des comprimés de vitamine C, des boîtes de conserve autochauffantes, du beurre de cacahuète, de l'essence pour les traîneaux et des légumes frais du jardin et des torches à pile...

Brusquement, le son de la voix de sa mère changea, attirant son attention. Harriet leva les yeux. Elle la vit debout sur le seuil.

« Alors tout ce que je fais, c'est mal, c'est bien ça ? » dit Charlotte.

Elle se tourna et quitta la pièce. Il n'était pas dix heures. Le séjour était encore frais et ombreux ; au-delà, les profondeurs déprimantes du vestibule. Une légère trace fruitée de son parfum planait dans l'air poussiéreux.

Les cintres cliquetèrent bruyamment dans la penderie. Harriet resta immobile puis, au bout de plusieurs minutes, quand elle entendit sa mère continuer son remue-ménage, elle se rapprocha de la balle perdue et la poussa du pied sous le canapé. Elle s'assit sur le bord du fauteuil d'Ida et attendit. Finalement, après un long moment, elle s'aventura dans le vestibule et trouva sa mère debout devant un placard ouvert, en train de replier – pas très bien – du linge qu'elle avait pris sur l'étagère du haut.

Comme s'il ne s'était rien passé, Charlotte sourit. Avec un petit soupir comique, elle recula face au fouillis et dit : « Mon Dieu. Quelquefois je pense que nous devrions simplement charger la voiture et emménager avec votre père. »

Elle lança un regard oblique à Harriet. « Hein ? dit-elle d'un ton vif, l'air persuadé d'avoir fait une proposition alléchante. Qu'en penses-tu ? »

Elle fera ce qu'elle veut, songea Harriet, désespérée. *Peu importe ce que j'en dis.*

« Je ne sais pas ce que tu en penses, poursuivit sa mère, retournant à son linge, mais je crois qu'il est temps pour nous de commencer à nous comporter comme une vraie famille.

— Pourquoi ? » demanda Harriet, après un moment de confusion. Les mots choisis par sa mère étaient inquiétants. Souvent, lorsque son père était sur le point de donner un ordre absurde, il déclarait d'abord : *Il est temps pour nous de commencer à nous comporter comme une vraie famille.*

« C'est trop pour moi, prononça rêveusement sa mère, d'élever deux filles toute seule. »

Harriet monta au premier et s'assit sur sa banquette, regardant par la fenêtre de sa chambre. Les rues étaient chaudes et vides. Toute la journée, les nuages passaient dans le ciel. A quatre heures de l'après-midi, elle partit à pied jusqu'à la maison d'Edie et s'assit sur les marches du perron, le menton dans les mains, jusqu'à ce que la Cadillac de sa grand-mère tournât à l'angle, à cinq heures.

Harriet courut à sa rencontre. Edie cogna à la vitre et sourit. Son tailleur marine était un peu moins net à présent, fripé par la chaleur, et quand elle descendit de voiture ses mouvements étaient lents et raides. Harriet galopa à ses côtés le long de l'allée, gravissant les marches jusqu'au porche, expliquant tout essoufflée que sa mère avait proposé d'emménager à Nashville – et fut choquée lorsque Edie se contenta d'inspirer profondément et secoua la tête.

« Eh bien, dit-elle, ce n'est peut-être pas une si mauvaise idée. »

Harriet attendit.

« Si ta mère tient à son ménage, elle va devoir faire un petit effort, je le crains. » Edie resta immobile un moment, soupira – puis tourna la clé dans la serrure. « Les choses ne peuvent pas continuer ainsi.

— Mais *pourquoi ?* » gémit Harriet.

Edie s'arrêta, ferma les yeux, comme si sa tête la faisait souffrir. « C'est ton père, Harriet.

— Mais je ne l'aime *pas*.

— Moi non plus, répliqua Edie d'un ton brusque. Mais s'ils doivent rester mariés je suppose qu'ils devraient vivre dans le même Etat, tu ne crois pas ?

— Papa s'en moque, dit Harriet, après une petite pause affolée. Pour lui, les choses sont très bien comme elles sont. »

Edie renifla. « Oui, je suppose que tu as raison.

— Je te manquerai ? Si nous déménageons ?

— Quelquefois la vie ne prend pas le tour que nous voudrions, dit Edie, comme si elle se référait à un fait réjouissant mais peu connu. A la rentrée des classes... »

Où ? songea Harriet. *Ici, ou dans le Tennessee ?*

« ... tu devrais te plonger dans tes études. Ça te fera oublier les soucis. »

Bientôt elle sera morte, songea Harriet, fixant les mains d'Edie, qui étaient gonflées au niveau des articulations et parsemées de taches brun chocolat comme un œuf d'oiseau. Les mains de Libby – quoique de forme simi-laire – avaient été plus blanches et plus frêles, avec au dos les veines bleues qui ressortaient.

Elle leva les yeux de sa rêverie, et fut un peu choquée de voir les yeux froids et interrogateurs d'Edie qui l'ob-servaient attentivement.

« Tu n'aurais pas dû arrêter tes leçons de piano, dit-elle.

— C'était Allison ! » Harriet était toujours horrible-ment décontenancée quand Edie commettait ce genre d'erreurs. « Moi, je n'ai jamais fait de piano.

— Eh bien, tu devrais commencer. Tu es beaucoup trop désœuvrée, c'est ça ton problème, Harriet. Quand j'avais ton âge, dit Edie, je montais à cheval, je jouais du violon et je cousais tous mes vêtements. Si tu apprenais à coudre, peut-être que tu te mettrais à attacher un peu plus d'importance à ton apparence.

— Veux-tu m'emmener voir Tribulation ? » demanda Harriet à brûle-pourpoint.

Edie parut surprise. « Il n'y a rien à voir.

— Mais tu m'y emmèneras ? S'il te plaît ? Là où se trouvait la maison ? »

Edie ne répondit pas. Elle regardait par-dessus l'épaule de Harriet, une expression absente sur le visage. Au rugis-sement d'une voiture qui accélérait dans la rue, Harriet jeta un coup d'œil derrière elle juste à temps pour entre-voir un éclair métallique qui disparaissait à l'angle.

« Mauvaise adresse, dit Edie qui éternua : a-*tchoum*. Dieu merci. Non, reprit-elle avec un clignement de pau-pières, cherchant un mouchoir dans son sac à main, il n'y a plus grand-chose à voir à Tribulation. Le type à qui appartient le terrain aujourd'hui est un éleveur de poules, et peut-être qu'il ne voudra même pas nous laisser appro-cher de l'endroit où était la maison.

— Pourquoi pas ?

— Parce que c'est un sale vieux goujat. Tout ce qui restait là-bas a disparu. » Elle tapota distraitement le dos de Harriet. « Maintenant rentre vite chez toi et laisse Edie quitter ces hauts talons.

— S'ils emménagent à Nashville, je peux venir habiter avec toi ?

— Mais enfin, Harriet ! s'écria Edie, choquée, après une petite pause. Tu ne veux pas vivre avec ta mère et Allison ?

— *Non*, grand-mère », ajouta la fillette, observant attentivement Edie.

Mais celle-ci haussa simplement les sourcils, l'air amusé. De son ton enjoué, exaspérant, elle répondit : « Oh, je suppose que tu auras changé d'avis à ce sujet d'ici une semaine ou deux ! »

Les larmes montèrent aux yeux de Harriet. « Non ! cria-t-elle après une pause maussade, frustrante. Pourquoi est-ce que tu dis *toujours* ça ? Je *sais* ce que je veux, je ne change *jamais* de...

— Nous résoudrons ce problème quand il se présentera, d'accord ? répliqua Edie. L'autre jour je lisais une lettre que Thomas Jefferson a écrite à John Adams quand il était vieux, et où il disait que la plupart des choses qu'il avait redoutées dans sa vie ne s'étaient jamais produites. "Combien nous avons souffert pour des maux qui ne se sont jamais concrétisés." Ou une formule dans ce genre. » Elle consulta sa montre. « Si ça peut te consoler, je pense qu'il faudrait un ouragan pour faire sortir ta mère de cette maison, mais c'est juste *mon* opinion. Maintenant va-t'en », dit-elle à Harriet, qui la fixait d'un air farouche, les yeux rougis.

Dès qu'il eut tourné à l'angle de la rue, Danny se gara devant l'église presbytérienne. « Putain de merde », dit Farish. Il respirait fort, par les narines. « C'était bien elle ? »

Danny – trop défoncé et accablé pour parler – acquiesça. Il entendait toutes sortes de petits bruits effrayants : des arbres qui respiraient, des fils électriques qui chantaient, l'herbe qui crépitait en poussant.

Farish se retourna sur son siège pour regarder la fenêtre arrière. « Bordel, je t'ai demandé de chercher cette gosse. Tu veux me faire croire que c'est la première fois que tu la vois ?

— Oui », répliqua vivement Danny. Il était ébranlé par l'apparition soudaine de la fille à la limite extrême, inconfortable de son champ de vision, exactement comme au château d'eau (mais il ne pouvait pas évoquer l'incident avec Farish ; il n'était pas censé s'être trouvé là-bas). Et maintenant, sur ce circuit détourné, sans but précis *(varie ton itinéraire,* disait Farish, *varie les heures où tu circules, contrôle sans cesse tes rétroviseurs),* il avait pris un virage et découvert debout sur un porche – qui d'autre que la fille ?

Toutes sortes d'échos. Respiraient brillaient vibraient. Un millier de miroirs scintillaient en haut des arbres. Qui était la vieille dame ? Quand la voiture avait ralenti, elle avait croisé le regard de Danny, elle l'avait croisé sans le voir l'éclair d'un instant étrange et confus, et ses yeux étaient exactement les mêmes que ceux de la fille... Une fraction de seconde, tout s'était brouillé.

« Vas-y », avait dit Farish, tapant sur le tableau de bord ; ensuite, quand ils avaient tourné à l'angle, Danny avait dû se garer sur le côté parce qu'il se sentait beaucoup trop défoncé, parce qu'il se passait quelque chose de bizarre, une gigantesque télépathie à de multiples niveaux, due au speed (des escalators qui montaient à l'infini, des miroirs à facettes tournoyant sur chaque palier) ; ils le percevaient tous les deux, ils n'avaient pas besoin de prononcer un seul mot et Danny pouvait à peine regarder Farish parce qu'il savait qu'ils se souvenaient tous les deux de la même putain de coïncidence qui s'était produite vers six heures du matin ce jour-là : Farish (après avoir veillé toute la nuit) était entré en caleçon dans le séjour, un berlingot de lait à la main, et au même instant un personnage barbu de dessin animé avait traversé l'écran de télévision en caleçon, un berlingot de lait à la main. Farish s'était immobilisé ; le personnage s'était immobilisé.

« Tu vois ce que je vois ? avait demandé Farish.

— Oui », avait dit Danny. Il transpirait. L'espace d'un instant, ses yeux avaient croisé ceux de son frère. Quand ils avaient regardé à nouveau l'écran, l'image avait changé.

Ils restèrent tous les deux assis dans la voiture, les battements de leur cœur presque audibles.

« Tu as remarqué, demanda soudain Farish, que chacun des camions que nous avons vus en venant ici était noir ?

— Quoi ?

— Ils transportent quelque chose. Je sais pas quoi. »

Danny se tut. Une partie de lui savait que le discours paranoïaque de Farish était un tissu de conneries, mais en son for intérieur, il savait aussi qu'il avait une certaine signification. A trois reprises la nuit précédente, à une heure d'écart exactement, le téléphone avait sonné ; et quelqu'un avait raccroché sans rien dire. Puis il y avait eu la cartouche de fusil utilisée que Farish avait trouvée sur le rebord de la fenêtre du laboratoire. De quoi s'agissait-il ?

Et maintenant ceci : la fille de nouveau, la fille. La pelouse luxuriante, arrosée, de l'église presbytérienne avait un éclat bleu-vert dans l'ombre des épicéas ornementaux : des allées courbes en brique, des buis taillés, l'ensemble aussi étincelant et précis qu'un train électrique.

« Ce que je n'arrive pas à savoir, c'est qui elle peut bien être, dit Farish, fourrageant dans sa poche pour trouver la poudre. Tu n'aurais pas dû la laisser s'échapper.

— C'est Eugene qui l'a laissée partir, pas moi. » Danny mordilla l'intérieur de sa bouche. Non, ce n'était pas un effet de son imagination : les semaines qui avaient suivi l'accident de Gum, la fille avait disparu de la surface de la terre alors qu'il la cherchait dans toute la ville. Mais à présent : il suffisait de penser à elle, de mentionner son existence et elle apparaissait, rayonnant au loin avec sa chevelure noire coupée à la chinoise et ses yeux dédaigneux.

Ils prirent chacun une dose, ce qui les calma un peu.

« Quelqu'un, dit Danny en aspirant la drogue, quelqu'un a envoyé cette gosse pour nous espionner. » Bien qu'il fût raide défoncé, il regretta ses paroles dès l'instant où il les eut prononcées.

Le front de Farish s'assombrit. « Tu sais quoi ? Si quelqu'un, grogna-t-il, frottant ses narines humides du dos de la main, si quelqu'un m'a collé cette petite limande pour me filer le train, je vais l'écorcher vive.

— Elle sait quelque chose », dit Danny. Pourquoi ? *Parce qu'elle l'avait regardé de la fenêtre d'un corbillard. Parce qu'elle avait envahi ses rêves. Parce qu'elle le hantait, le poursuivait et semait la pagaille dans son cerveau.*

« Eh bien, j'aimerais certainement savoir ce qu'elle fichait chez Eugene. Si cette petite garce a fracassé mes feux arrière... »

Son comportement mélodramatique éveilla les soupçons de Danny. « Si c'est elle qui a cassé les feux arrière, dit-il, évitant avec soin l'œil de Farish, alors à ton avis, pourquoi elle est venue frapper à la porte pour nous en parler ? »

Farish haussa les épaules. Il grattait une tache croûteuse sur la jambe de son pantalon, qui absorbait soudain toute son attention, et Danny – brusquement – fut convaincu qu'il en savait plus sur la fille (et sur cette affaire) qu'il ne voulait bien le dire.

Non, c'était absurde, mais il y avait sûrement du vrai dans cette idée. Des chiens aboyèrent au loin.

« Quelqu'un, dit tout d'un coup Farish – déplaçant son poids –, quelqu'un a grimpé là-haut et libéré ces serpents chez Eugene. Les fenêtres étaient bloquées à cause de la peinture, sauf celle de la salle de bains. Personne n'a pu y passer *sauf* un gosse.

— Je vais lui dire deux mots », déclara Danny. *Lui demander un tas de choses. Par exemple je ne t'ai jamais vue de ma vie, et maintenant je te vois partout ? Comme pourquoi est-ce que tu volettes et cognes contre mes vitres la nuit comme un phalène à tête de mort ?*

Il était resté si longtemps sans dormir que quand il fermait les yeux, il se trouvait dans un endroit avec des herbes et des lacs sombres, des skifs naufragés affleurant dans l'eau écumeuse. Elle était là, avec sa face blanche de papillon de nuit et ses cheveux noir corbeau, elle chuchotait quelque chose dans l'obscurité humide pleine de chants de cigale, quelque chose qu'il comprenait presque mais ne pouvait pas tout à fait...

« Je ne t'entends pas, dit-il.

— Tu n'entends pas quoi ? »

Bing : le tableau de bord noir, les épicéas bleus presbytériens, Farish qui le regardait, assis à la place du passager. « Tu n'entends pas quoi ? » répéta-t-il.

Danny cligna, s'épongea le front. « Laisse tomber », dit-il. Il transpirait.

« Au Vietnam, ces petites soldates étaient des dures à cuire, dit gaiement Farish. Elles couraient avec des grenades dégoupillées, c'était un jeu pour elles. On peut obtenir d'un gosse des trucs dingues que personne ne se risquerait à faire à moins d'être cinglé.

— Exact », répondit Danny. C'était l'une des théories chères à Farish. Pendant l'enfance de Danny, il l'avait utilisée pour justifier le fait qu'il obligeait Danny, Mike et Ricky Lee à faire toute la sale besogne à sa place pendant que lui, Farish, restait dans la voiture à manger des beignets et à se défoncer.

« Un gosse se fait prendre ? Et alors ? C'est le tribunal pour enfants ? Bordel... » Farish rit... « Quand vous étiez gosses, je vous ai *dressés* pour ça. Ricky est passé par les fenêtres dès qu'il a pu monter sur mes épaules. Et si un flic se pointait...

— Bon Dieu », s'exclama Danny, d'un ton posé, se rasseyant ; car dans le rétroviseur il venait de voir la fille – seule – tourner au coin de la rue.

Harriet – la tête baissée, le visage assombri par ses pensées – longeait le trottoir en direction de l'église presbytérienne (et de sa demeure désolée, à trois rues de là) quand la portière d'une voiture garée à cinq mètres devant elle s'ouvrit brusquement avec un déclic.

C'était la Trans Am. Prenant à peine le temps de réfléchir, elle fit demi-tour et fonça dans la cour humide et moussue de l'église presbytérienne, puis continua de courir.

La cour latérale de l'église donnait dans le jardin de Mrs Claiborne (buissons d'hortensias, minuscule serre) et directement sur la pelouse d'Edie – isolée par une palissade de deux mètres de haut. Harriet franchit le passage obscur (la clôture d'Edie d'un côté ; en bordure de la cour voisine, une rangée de thuyas épineuse, impénétrable) et se cogna le nez contre une autre barrière : la clôture à mailles losangées de Mrs Davenport. Prise de panique, elle l'escalada ; un barbelé accrocha son short au sommet et avec une torsion de tout le corps elle se dégagea et atterrit sur le sol, haletante.

Derrière, dans le passage feuillu, un craquement de pas soudain. Il n'y avait guère d'endroits où s'abriter dans la cour de Mrs Davenport, et elle regarda désespérément autour d'elle avant de la traverser en courant, d'ouvrir le portail et de s'élancer dans l'allée. Elle avait eu l'intention de faire un crochet par la cour d'Edie, mais quand elle arriva sur le trottoir quelque chose l'arrêta (d'où venaient ces pas ?) et après avoir délibéré une fraction de seconde, elle courut droit devant elle, en direction de la maison des O'Bryant. Alors qu'elle se trouvait au milieu de la chaussée, elle eut le choc de voir la Trans Am tourner au coin de la rue.

Ils s'étaient donc séparés. C'était habile. Harriet courut – sous les hauts pins, sur le tapis d'aiguilles qui recouvrait la cour très ombragée des O'Bryant – directement jusqu'à la petite maison à l'arrière où Mr O'Bryant avait sa table de billard. Elle saisit la poignée, la secoua : c'était fermé. A bout de souffle, elle regarda à l'intérieur les murs lambrissés de pin jaune – les rayonnages vides à l'exception de quelques vieux annuaires du collège d'Alexandria ; la lampe de verre avec l'inscription Coca-Cola qui pendait au bout d'une chaîne sur la table foncée –, puis s'élança vers la droite.

Mauvaise idée : encore une clôture. Dans la cour voisine le chien aboyait. Si elle évitait la rue, le type dans la

Trans Am ne pourrait sûrement pas l'attraper, mais elle devait prendre garde à l'autre, à pied, qui risquait de lui bloquer le passage, ou de la forcer à sortir à découvert.

Le cœur battant la chamade, les poumons douloureux, elle obliqua à gauche. Derrière, elle entendait une respiration bruyante, le fracas de pas lourds. Elle zigzaguait à travers des labyrinthes de buissons, traversait et retraversait et virait à angle droit quand elle arrivait dans un cul-de-sac ; à travers des jardins inconnus, par-dessus des barrières et dans une complexité de pelouses quadrillées de patios et de dallages, dépassant des balançoires, des perches pour corde à linge et des grilles de barbecue, un bébé aux yeux ronds qui la regarda l'air effrayé et se rassit brusquement dans son parc. Plus loin – un vieil homme affreux avec une face de bouledogue se hissa à demi hors de son fauteuil de jardin et hurla « Fiche-moi le camp ! » quand Harriet, soulagée (car c'était le premier adulte qu'elle voyait), ralentit pour reprendre son souffle.

Ses mots lui firent l'effet d'une gifle ; si terrifiée qu'elle fût, le choc de l'insulte l'immobilisa une fraction de seconde et elle cligna stupéfaite face aux yeux enflammés qui la foudroyaient du regard, au poing tacheté et gonflé du vieillard, levé comme pour la frapper. « Oui, c'est à *toi* que je parle ! cria-t-il. Fiche le camp d'ici ! »

Harriet s'enfuit. Bien qu'elle eût entendu les noms de certaines des familles de cette rue (les Wright, les Motley, Mr et Mrs Price), elle ne les connaissait que de vue, pas assez bien pour courir tout essoufflée jusqu'à leur porte et frapper chez eux : pourquoi s'était-elle laissé poursuivre jusqu'ici, en territoire étranger ? *Réfléchis, réfléchis,* se dit-elle. Quelques maisons en arrière – juste avant que le vieil homme l'eût menacée du poing – elle était passée devant une camionnette El Camino avec des pots de peinture et des bâches en plastique sur la plate-forme ; la cachette idéale...

Elle se baissa derrière une citerne de propane et, pliée en deux, les mains sur les genoux, essaya de retrouver son souffle. Les avait-elle semés ? Non : un nouveau concert d'aboiements du terrier enfermé qui s'était jeté contre la clôture sur son passage, au bout du pâté de maisons.

Elle se tourna aveuglément et plongea. Elle s'enfonça dans la brèche d'une haie de troènes – et faillit s'étaler sur un Chester stupéfait, qui, à genoux, maniait un tuyau d'arrosage dans une plate-bande lourdement paillée.

Il leva les bras en l'air comme devant une explosion. « Attention ! » Chester faisait de menus travaux pour toutes sortes de gens, mais elle ne savait pas qu'il travaillait là. « Que diable...

— ... Je peux me cacher où ?

— *Te cacher ?* C'est pas un terrain de jeux. » Il avala sa salive, la menaça d'une main boueuse. « *Allez*. Ouste. »

Harriet, prise de panique, regarda autour d'elle : une mangeoire en verre pour colibris, une véranda, une table de pique-nique virginale. Un massif de houx bouchait le côté opposé de la cour ; au fond, une rangée de rosiers l'empêchait de se replier.

« *Ouste*, j'ai dit. Regarde le trou que tu as fait dans la haie. »

Un chemin dallé bordé de soucis conduisait à la remise à outils, une maison de poupée alambiquée assortie à la maison : moulures tarabiscotées, porte verte entrebâillée. Désespérée, Harriet s'élança au bout du chemin et s'engouffra à l'intérieur (« Hé ! » cria Chester) et se laissa tomber entre un tas de bois de cheminée et un gros rouleau d'isolant en fibre de verre.

L'air était dense et poussiéreux. Harriet se pinça le nez. Dans la pénombre – sa poitrine se soulevant, son cuir chevelu hérissé – elle regarda un vieux volant de badminton effiloché sur le sol près des bûches empilées, et un groupe de bidons métalliques de couleur qui indiquaient Essence et Huile de moteur et Antigel.

Des voix d'hommes. Harriet se raidit. Un long moment s'écoula, pendant lequel il sembla que les bidons portant l'inscription Essence, Huile de moteur et Antigel étaient les trois derniers artefacts de l'univers. *Que peuvent-ils me faire ?* songea-t-elle follement. *Devant Chester ?* Bien qu'elle essayât d'écouter, le bruit rauque de sa respiration l'assourdissait. *Contente-toi de crier*, se dit-elle, *s'ils t'attrapent, crie et dégage-toi, crie et prends la fuite...* Pour quelque raison, la voiture était ce qu'elle redoutait le plus. Bizarrement, elle avait l'intuition que s'ils la faisaient monter dans leur véhicule, ce serait la fin.

Elle ne croyait pas que Chester les laisserait l'attraper. Mais ils étaient deux contre un. Et la parole de Chester ne ferait sans doute guère le poids face à deux hommes blancs.

Les minutes s'écoulaient. Que disaient-ils, pourquoi cela durait-il aussi longtemps ? Harriet fixa intensément un rayon de miel desséché sous l'établi. Puis, brusquement, elle sentit qu'une forme s'approchait.

La porte s'ouvrit en grinçant. Un triangle de lumière délavée s'allongea sur le sol en terre battue. La tête de Harriet se vida de tout son sang, et elle crut un moment qu'elle allait s'évanouir, mais c'était seulement Chester, seulement Chester qui disait : « Sors de là maintenant. »

C'était comme si une barrière de verre avait volé en éclats. Les bruits revinrent en cascade : le gazouillis des oiseaux, la stridulation aiguë d'un grillon sur le sol, derrière un bidon d'huile.

« T'es là ? »

Harriet avala sa salive ; sa voix, quand elle se mit à parler, était faible et éraillée. « Ils sont partis ?

— Qu'est-ce que t'as fait à ces types ? » Il était à contre-jour : elle ne distinguait pas son visage mais c'était bien Chester : sa voix râpeuse comme du papier de verre, sa silhouette désarticulée. « Ils sont énervés comme si tu leur avais fait les poches.

— Ils sont partis ?

— *Oui*, ils sont partis, répondit impatiemment Chester. Sors de là maintenant. »

Harriet se redressa derrière le rouleau d'isolant et se frotta le front avec le dos de son bras. Elle était couverte de poussière des pieds à la tête et des toiles d'araignée lui collaient à la joue.

« T'as rien renversé là-dedans, hein ? » dit Chester, glissant un coup d'œil dans les recoins de la remise puis, se tournant vers elle : « Ah, t'es belle à présent. » Il lui ouvrit la porte. « Qu'est-ce qu'ils te veulent ? »

Harriet – encore essoufflée – secoua la tête.

« C'est pas normal que des types comme ça en aient après une gamine, dit Chester, jetant un coup d'œil par-dessus son épaule tandis qu'il prenait une cigarette dans sa poche de poitrine. Qu'est-ce que t'as fait ? T'as jeté une pierre sur leur voiture ? »

Harriet tendit le cou pour voir derrière lui. A travers les épais buissons (de troènes et de houx) elle n'avait aucune vue sur la rue.

« Je vais te dire quoi. » Chester souffla la fumée par les narines. « T'as de la chance que j'travaille ici aujourd'hui. Mrs Malverhill, si elle était pas à la chorale, elle enverrait la police à tes trousses parce que t'as démoli sa clôture. La semaine dernière, elle m'a obligé à ouvrir le tuyau d'arrosage pour chasser un pauvre vieux chien qu'était égaré dans le jardin. »

Il fuma sa cigarette. Harriet sentait encore son cœur battre dans ses oreilles.

« En tout cas, qu'est-ce qui t'a pris, dit Chester, de saccager les haies des gens ? Je devrais en parler à ta grand-mère.

— Ils t'ont dit quoi ?

— *Dit ?* Ils ont rien dit. Un des deux s'est garé dans la rue là devant. L'autre a passé la tête dans les buissons et a regardé dedans, on aurait cru un électricien en train de chercher un compteur. » Chester écarta les branches invisibles et mima le geste, l'accompagnant d'un roulement d'yeux bizarre. « Il avait une combinaison de la compagnie d'électricité du Mississippi, un truc dans ce genre. »

Au-dessus, une branche craqua ; ce n'était qu'un écureuil, mais Harriet sursauta violemment.

« Tu veux pas me dire pourquoi tu fuyais ces types ?

— Je... j'étais...

— Quoi ?

— Je jouais, dit faiblement Harriet.

— Tu devrais pas t'énerver autant. » A travers un rideau de fumée, Chester l'observa d'un œil perspicace. « De quoi t'as tellement peur, de toute manière ? Tu veux que je t'accompagne chez toi ?

— Non », répondit Harriet, mais quand elle prononça ce mot Chester éclata de rire et elle se rendit compte qu'elle disait oui de la tête.

Il posa une main sur son épaule. « Tu es tout embrouillée », dit-il ; mais malgré son ton joyeux il avait une expression soucieuse. « Ecoute. Je passe devant chez toi en rentrant. Donne-moi une minute, je me lave sous la prise d'eau et je viens avec toi. »

« Des camions noirs », dit abruptement Farish quand ils tournèrent sur la grand-route en direction de la maison. Il suffoquait, respirant par à-coups avec un bruit sifflant, rocailleux. « J'ai jamais vu autant de camions noirs de ma vie. »

Danny émit un son ambigu et passa la main sur son visage. Ses muscles tremblaient et il était encore secoué. Qu'auraient-ils fait à la fille s'ils l'avaient attrapée ?

« Enfin, bordel, dit-il, quelqu'un aurait pu envoyer les flics après nous. » Il avait – comme si souvent ces temps-ci – l'impression de reprendre ses esprits en plein rêve, au milieu d'un absurde exploit sur la corde raide. Avaient-ils perdu la tête ? Pourchasser une gamine comme celle-là, dans un quartier résidentiel, en plein jour ? Le kidnapping était un crime passible de la peine de mort dans le Mississippi.

« C'est dingue », dit-il tout haut.

Mais Farish, tout excité, montrait quelque chose par la fenêtre, ses lourdes bagues (celle qu'il portait au petit doigt avait une forme de dé) brillant étrangement au soleil de l'après-midi. « Là, dit-il, et là.

— Quoi, répondit Danny, quoi ? » Partout des voitures ; la lumière inondait les champs de coton, intense, comme la réverbération de l'eau.

« *Des camions noirs.*

— Où ça ? » La vitesse lui donnait l'impression d'avoir oublié quelque chose ou laissé un objet important.

« Là, là, là.

— Ce camion est *vert*.

— Non, c'est pas... *Là !* cria triomphalement Farish. Regarde, en voilà encore un ! »

Danny – le cœur battant, la pression augmentant dans sa tête – eut envie de répondre *et alors bordel...* mais – de peur de faire exploser Farish – se retint. Escalader des clôtures en pleine ville, traverser à toute allure des jardins bien entretenus avec des barbecues : ridicule. La folie de leur course lui coupait les jambes. C'était le moment du récit où on était censé reprendre ses esprits et se ressaisir ; s'arrêter net, faire demi-tour, changer sa vie pour toujours, le moment auquel Danny ne croyait jamais tout à fait.

« Regarde là. » Farish tapa sur le tableau de bord avec une telle violence que Danny manqua se cogner la tête au plafond. « Je *sais* que t'as vu celui-là. Ces camions se mobilisent. Ils se préparent à partir. »

De la lumière partout, trop de lumière. Des taches solaires, des molécules. La voiture était devenue un corps étranger. « Il faut que je me gare, dit Danny.

— Quoi ? répondit Farish.

— Je peux plus conduire. » Il sentait sa voix monter, aiguë, hystérique ; des voitures passaient en trombe, des éclairs d'énergie colorés, des rêves surpeuplés.

Dans le parking du White Kitchen, il posa son front sur le volant et respira profondément tandis que Farish expliquait, martelant sa paume du poing, que ce n'était pas la méth qui vous épuisait, mais le fait de ne pas manger. C'était comme ça que lui – Farish – palliait l'effet de la drogue. Il prenait des repas réguliers, qu'il en eût envie ou non. « Mais toi, tu es exactement comme Gum, dit-il, enfonçant l'index dans le biceps de Danny. Tu oublies de manger. C'est pour ça que t'as que la peau sur les os. »

Danny fixait le tableau de bord. Les vapeurs de monoxyde et la nausée. Penser qu'il ressemblait à Gum d'une quelconque manière n'était pas agréable, et pourtant avec sa peau brûlée, ses joues creuses et sa carrure anguleuse, frêle, décharnée, il était le seul de ses petits-fils à tenir vraiment d'elle. Cette idée ne lui était jamais venue à l'esprit auparavant.

« Tiens, dit Farish, soulevant la hanche, cherchant activement son portefeuille : heureux de se rendre utile, de donner des conseils. Je sais ce qu'il te faut. Un verre de

Coca pression et un sandwich chaud au jambon. Ça te remettra d'aplomb. »

Laborieusement, il ouvrit la portière pour se hisser au-dehors (résolument, les jambes raides, vacillant comme un vieux capitaine de navire) et il partit chercher le Coca et le sandwich à l'intérieur du restaurant.

Danny resta assis en silence. La forte odeur de rance de Farish stagnait dans la voiture étouffante. Un sandwich chaud au jambon était la dernière chose dont il eût envie ; cependant il serait forcé de l'ingurgiter.

L'image laissée par la fille filait dans son esprit tel le sillage d'un avion à réaction : une tache floue à la tête noire, une cible mouvante. Mais c'était le visage de la vieille dame sur le porche qui le poursuivait. Quand il était passé devant cette maison (la sienne ?) avec l'impression de voir la scène au ralenti, les yeux de la femme (des yeux puissants, pleins de lumière) avaient glissé sur lui sans le voir et, choqué, il avait eu comme un éblouissement devant leur éclat familier. Car il la connaissait – intimement, mais de manière lointaine, comme le personnage d'un rêve ancien.

Derrière la baie vitrée, il vit Farish se pencher sur le comptoir, parlant avec exubérance à une petite serveuse maigre qu'il aimait bien. Peut-être avaient-elles peur de lui, ou besoin de sa clientèle, ou étaient-elles simplement gentilles, mais les serveuses du White Kitchen écoutaient toujours respectueusement les histoires insensées de Farish, et ne semblaient pas même irritées par son manque d'hygiène, son œil aveugle ou son attitude autoritaire de Monsieur je sais tout. S'il élevait la voix, s'il commençait à s'agiter et à secouer les bras dans tous les sens ou renversait son café, elles restaient calmes et polies. Farish à son tour se retenait de dire des grossièretés en leur présence, même quand il était hors de ses gonds, et le jour de la Saint-Valentin, il leur avait même apporté un bouquet de fleurs.

Surveillant son frère du coin de l'œil, Danny sortit de la voiture et se dirigea vers la cabine téléphonique sur le côté du restaurant, après une rangée d'arbustes desséchés. La moitié des pages de l'annuaire avait été arrachée, il restait la deuxième, par chance, et il glissa un doigt tremblant sur la liste des *C*. Cleve, c'était le nom qu'il avait lu sur la boîte aux lettres. Pas de doute, il était écrit là en noir et blanc : E. Cleve, dans Margin Street.

Et – curieusement – le déclic se produisit. Danny resta dans la cabine étouffante, retrouvant le fil de ses souvenirs. Des années auparavant, dans une autre vie semblait-il, il avait rencontré la vieille dame. Elle était connue dans le comté – pas tant pour elle-même que pour son père, qui avait été une grosse légume en politique, et à cause de l'ancienne demeure de la famille, qui s'appelait Tribulation. Mais la maison – célèbre en son temps – avait disparu depuis longtemps, et seul son nom avait survécu aujourd'hui. En bordure de l'Interstate, non loin de son emplacement, il y avait eu une gargote (à l'enseigne ornée d'un manoir aux colonnes blanches) qui s'appelait la Tribulation Steak House. Le panneau était toujours là, mais aujourd'hui même le restaurant était condamné, l'air hanté, avec des écriteaux couverts de graffiti portant l'inscription Défense d'entrer et des mauvaises herbes qui poussaient dans les jardinières, comme si la substance même de la terre avait absorbé toute la modernité du bâtiment pour lui donner une apparence décatie.

Quand il était enfant (quelle classe, il ne s'en souvenait pas, l'école lui apparaissait comme une époque floue, effroyable), il était allé à Tribulation pour un anniversaire. Le souvenir s'était gravé dans sa mémoire : d'énormes pièces sombres, historiques, qui vous donnaient le frisson, avec une tapisserie rouille et des lustres. La vieille dame à qui la maison appartenait était la grand-mère de Robin, un de ses camarades de classe qui habitait en ville. Une fin d'après-midi ventée d'automne, Danny – qui traînait souvent dans les rues, pendant que Farish était à la salle de billard – l'avait aperçu en train de jouer seul devant chez lui. Ils s'étaient regardés un moment – de part et d'autre de la haie – comme des petits animaux méfiants. Puis Robin avait dit : « J'aime bien Batman.

— Moi aussi j'aime bien Batman », avait répondu Danny. Puis ils avaient fait la course sur le trottoir et joué jusqu'à la nuit.

Puisque Robin avait invité tous les élèves de sa classe à sa fête (levant la main pour demander la permission, il avait fait le tour des rangées et tendu une enveloppe à chaque enfant), Danny n'avait pas eu de peine à trouver quelqu'un pour l'emmener à l'insu de son père et de Gum. Les enfants comme lui ne fêtaient pas leur anniversaire, et son père lui interdisait d'assister à ceux des autres même s'il était invité (ce qui n'était habituellement pas le cas) car il n'était pas question qu'un de ses garçons achetât une chose aussi inutile qu'un cadeau, et pour un gosse de riches par-dessus le marché. Jimmy George Ratliff ne finançait pas ce genre de sottise. Leur grand-mère raisonnait différemment. Si Danny allait à une fête, il serait l'obligé de son hôte : « Redevable. » Pourquoi accepter les invitations des gens de la ville qui (sans aucun doute) n'avaient invité Danny que pour se moquer de lui : de ses vêtements d'emprunt, de ses manières de paysan ? La famille de Danny vivait dans la pauvreté ; c'étaient des « gens simples ». Ils n'avaient pas les moyens de s'offrir cette débauche de gâteaux et de tenues de fête. Gum le rappelait constamment à ses petits-fils, et ils ne risquaient pas de se livrer à l'exubérance et de l'oublier.

Danny avait cru que la fête aurait lieu dans la maison de Robin (qui était déjà très agréable) mais il avait été stupéfait quand le break piloté par la mère d'une fille qu'il ne connaissait pas avait franchi les limites de la ville, dépassé les champs de coton, longé une grande allée d'arbres, et s'était approché de la villa à colonnes. Il n'était pas à sa place dans une demeure comme celle-là. Pis encore, il n'avait pas de cadeau. A l'école, il avait essayé d'emballer dans une feuille de cahier une voiture Matchbox qu'il avait trouvée, mais il n'avait pas de Scotch et ça ne ressemblait pas du tout à un cadeau, seulement à un vieux devoir froissé.

Personne n'avait paru remarquer qu'il était venu les mains vides ; du moins il n'avait rien entendu. Et vue de près, la maison n'était pas aussi grandiose qu'elle l'avait paru au loin – en fait, elle était en très mauvais état, avec des tapis mangés par les mites, des plâtres effrités et des fissures dans le plafond. La vieille dame – la grand-mère de Robin – avait présidé la fête, et elle aussi était impressionnante, solennelle et effrayante ; quand elle avait ouvert la porte d'entrée, elle lui avait fait une peur bleue, le dominant de sa haute stature, avec ses vêtements noirs luxueux et ses sourcils furieux. Sa voix était brusque, et ses pas aussi, cliquetant rapidement dans les pièces qui résonnaient, si vifs et inquiétants que les enfants cessaient de parler quand elle passait parmi eux. Mais elle lui avait tendu une belle part de génoise sur une assiette en verre : une tranche avec une grosse rose en sucre, et en plus le gros *H* rose de *HAPPY*. Elle avait regardé par-dessus les têtes des autres enfants qui se pressaient autour d'elle à la splendide table ; et elle avait tendu le bras pour offrir à Danny (qui se tenait en retrait) le morceau orné de la rose, comme si elle le lui destinait spécialement.

C'était donc elle, la vieille dame. *E. Cleve*. Il ne l'avait

702

pas revue, et n'avait pas pensé à elle depuis des années. Quand Tribulation avait pris feu – un incendie qui avait illuminé le ciel nocturne à des kilomètres à la ronde – le père et la grand-mère de Danny avaient secoué la tête avec une gravité sournoise, amusée, comme s'ils avaient su depuis toujours que cette maison devait brûler. Ils n'avaient pu s'empêcher de savourer le spectacle des « puissants » rabaissés d'un cran ou deux, et Gum en voulait spécialement à Tribulation, parce que dans sa jeunesse elle avait ramassé le coton dans ses champs. Il existait une certaine classe de Blancs qui se donnaient des grands airs – des traîtres à leur race, disait le père de Danny –, qui considérait les Blancs miséreux comme ne valant pas mieux que le nègre des campagnes.

Oui : la vieille dame avait déchu, et choir dans le monde comme elle l'avait fait était une expérience inconnue, triste et mystérieuse. La propre famille de Danny ne pouvait pas tomber de très haut. Et Robin (un enfant généreux, amical) était mort – mort depuis de nombreuses années aujourd'hui – assassiné par un pervers qui passait par là, ou un vieux vagabond répugnant qui était remonté des voies ferrées – personne n'en savait rien. A l'école ce lundi matin-là, l'institutrice, Mrs Marter (une méchante dondon avec un chignon bouffant sur le haut du crâne, qui avait obligé Danny à porter une perruque jaune de femme en classe pendant une semaine entière, une punition pour un motif quelconque, il avait oublié quoi), chuchotait dans le couloir avec sa collègue, et ses yeux étaient rouges comme si elle avait pleuré. Après la sonnerie, elle s'était assise à son bureau et avait dit : « Mes enfants, j'ai une nouvelle très triste à vous annoncer. »

La plupart des enfants de la ville étaient déjà au courant – mais pas Danny. D'abord, il avait cru que Mrs Marter les faisait marcher, mais quand elle leur avait demandé de sortir leurs crayons de couleur et leur papier à découpage pour fabriquer des cartes à l'intention de la famille de Robin, il avait compris qu'elle disait la vérité. Sur la sienne, il avait dessiné avec soin Batman, Spider Man et l'Incroyable Hulk, debout devant la maison de Robin, rangés en file. Il avait voulu les représenter en action – courant au secours de Robin, pulvérisant les méchants – mais il n'était pas assez doué pour ça, il s'était contenté de les montrer alignés en rang d'oignons, regardant droit devant eux. Après coup, il avait aussi esquissé sa propre silhouette, sur le côté. Il sentait qu'il avait lâché Robin. D'habitude la bonne était en congé le dimanche, mais ce jour-là, elle travaillait. S'il ne lui avait pas permis de le chasser plus tôt dans l'après-midi, Robin serait peut-être encore en vie.

En fait, Danny se disait qu'il l'avait échappé de justesse. Son père les laissait souvent errer seuls dans les rues, Curtis et lui – souvent le soir –, et si un pervers les pourchassait ce n'était pas comme s'ils avaient eu une maison à eux où se réfugier, des voisins bienveillants pour les accueillir. Bien que Curtis acceptât d'assez bonne grâce de se cacher, il ne comprenait pas pourquoi il ne devait pas parler, et il fallait constamment le faire taire – mais Danny était malgré tout heureux de sa compagnie, même lorsque son frère prenait peur et avait des quintes de toux. Les pires soirs étaient ceux où Danny était seul. Silencieux comme une souris, il se cachait dans des remises à outils et derrière les haies, respirant vite, à petites bouffées, dans l'obscurité, jusqu'à la fermeture de la salle de billard à minuit. Il se glissait hors de sa cachette ; il se hâtait dans les rues sombres, jusqu'à la salle de billard éclairée, regardant par-dessus son épaule au moindre bruit. Et le fait qu'il ne voyait jamais personne de particulièrement inquiétant pendant ses vagabondages nocturnes l'effrayait plus encore, comme si le meurtrier de Robin avait été invisible ou doué de pouvoirs secrets. Il avait commencé à faire des cauchemars sur Batman, où Batman surgissait dans un lieu désert et marchait vers lui, d'un pas rapide, les yeux luisants de méchanceté.

Danny n'était pas un pleurnicheur – son père n'autorisait pas ce genre de comédie, même de la part de Curtis – mais un jour, devant toute sa famille, il s'était brusquement effondré en sanglots, à la surprise générale. Il ne pouvait plus s'arrêter, son père l'avait attrapé par le bras et avait proposé de lui fournir une bonne raison de pleurer. Après la volée de coups de ceinture, Ricky Lee l'avait acculé dans l'étroit couloir de la caravane. « J'suppose que c'était ton petit copain.

— J'suppose que t'aurais préféré que ce soit *toi* », avait dit sa grand-mère, avec gentillesse.

Le lendemain même, Danny était arrivé à l'école en se vantant de ce qu'il n'avait pas commis. D'une étrange manière, il avait seulement essayé de sauver la face – *il* n'avait peur de rien, pas lui – mais pourtant il se sentait mal à l'aise quand il y repensait, car la tristesse s'était transformée en mensonges et fanfaronnades, et il y avait même une part de jalousie, comme si la vie de Robin n'avait été que fêtes, cadeaux et douceurs. Parce qu'une chose était sûre : la vie de Danny n'avait pas été facile, mais du moins il n'était pas mort.

Au-dessus de la porte, la sonnerie tinta et Farish s'avança à grands pas sur le parking avec un sac en papier graisseux. Il s'arrêta net en voyant la voiture vide.

Danny sortit doucement de la cabine téléphonique : pas de mouvements brusques. Les derniers jours, le comportement de Farish avait été si changeant qu'il avait l'impression d'être un otage.

Farish se tourna pour le regarder, les yeux vitreux. « Qu'est-ce que tu fabriques ? demanda-t-il.

— Euh, rien, je jetais un coup d'œil à l'annuaire »,
répondit Danny qui s'approcha rapidement de la voiture,
prenant soin de garder une expression neutre, agréable.
Ces temps-ci, le moindre petit détail inhabituel pouvait
provoquer Farish ; le soir précédent, perturbé par quelque
chose qu'il avait vu à la télévision, il avait posé si violemment son verre de lait sur la table qu'il s'était brisé dans
sa main.

Farish le considérait d'un air agressif, ne le quittant pas
des yeux. « Tu n'es pas mon frère. »

Danny s'immobilisa, une main sur la portière.
« Quoi ? »

Sans autre avertissement, Farish se rua sur lui et d'un
coup de poing, l'envoya à terre.

Quand Harriet rentra chez elle, sa mère était au premier, en train de parler avec son père au téléphone. Elle
ignorait ce que cela signifiait, mais c'était mauvais signe.
Le menton dans les mains, elle s'assit dans l'escalier pour
attendre. Après un long moment – une demi-heure environ – sa mère n'apparaissait toujours pas, et elle recula
d'une marche, puis d'une autre, remontant ainsi jusqu'au
palier, pour se percher sur le plus haut degré, le dos à la
fente de lumière qui brillait sous la porte de la chambre.
Elle écouta attentivement, mais bien que le ton de la voix
de sa mère fût distinct (rauque, chuchotant), les mots ne
l'étaient pas.

Enfin elle renonça et descendit à la cuisine. Elle respirait encore avec difficulté, et de temps en temps, un
muscle se contractait douloureusement dans sa cage thoracique. Par la fenêtre au-dessus de l'évier, le coucher de
soleil dardait ses rayons rouges et violets à l'intérieur de
la cuisine, grandiose comme toujours en cette fin de sai-

son, à l'approche de la période des ouragans. *Dieu merci, je ne suis pas retournée chez Edie,* songea-t-elle, clignant rapidement. Dans sa panique, elle avait bien failli les conduire directement devant la porte d'entrée de sa grand-mère. Edie était solide : mais c'était malgré tout une vieille dame, avec des côtes cassées.

Les serrures de la maison étaient toutes vieilles : des serrures à pêne, faciles à briser. En haut des deux portes d'entrée il y avait des serrures à cylindre démodées qui ne servaient à rien. Harriet elle-même s'était fait gronder pour avoir cassé celle de la porte de derrière. Du dehors, elle avait cru qu'elle était bloquée, et s'était lancée de tout son poids contre le battant ; aujourd'hui, des mois plus tard, la pièce métallique pendait encore au chambranle pourri, au bout d'un unique clou.

Par la fenêtre pénétrait une petite brise frissonnante qui caressait la joue de Harriet. Au premier et au rez-de-chaussée : partout des fenêtres ouvertes, maintenues par des ventilateurs, des fenêtres ouvertes dans pratiquement toutes les pièces. Y penser lui donnait la sensation cauchemardesque d'être menacée, exposée. Qu'est-ce qui l'empêcherait de pénétrer directement dans la maison ? Et pourquoi prendrait-il la peine de passer par la fenêtre, quand il lui suffisait de tourner n'importe quelle poignée ?

Allison entra en courant dans la cuisine et décrocha le téléphone comme si elle voulait appeler quelqu'un – et écouta quelques secondes, avec une drôle d'expression sur le visage, avant d'appuyer sur le bouton du combiné et de raccrocher avec précaution.

« A qui elle parle ? demanda Harriet.

— A papa.

— *Encore ?* »

Allison haussa les épaules – mais elle paraissait troublée, et se hâta de quitter la pièce, la tête baissée. Harriet resta un instant dans la cuisine, fronçant les sourcils, puis s'approcha du téléphone et souleva le récepteur.

Dans le fond, elle entendait le bruit d'une télévision. « ... je ne te le reprocherais pas, disait sa mère d'un ton querelleur.

— Ne sois pas stupide. » L'ennui et l'impatience de son père perçaient dans sa manière de respirer. « Tu n'as qu'à venir ici si tu ne me crois pas !

— Je ne veux pas que tu dises quelque chose que tu ne penses pas. »

Silencieusement, Harriet appuya sur le bouton et reposa l'appareil. Elle avait craint que la conversation ne portât sur elle, mais c'était pire. Les choses se passaient plutôt mal quand son père leur rendait visite, le bruit et la violence ébranlaient les murs, et l'atmosphère était chargée de sa présence, mais il se souciait du qu'en-dira-t-on, et se tenait mieux en compagnie d'Edie et des tantes. Savoir qu'elles se trouvaient seulement à quelques rues de là donnait à Harriet le sentiment d'être plus en sécurité. Et la maison était assez grande pour qu'elle puisse se promener sur la pointe des pieds et l'éviter la plupart du temps. Mais son appartement de Nashville était petit – seulement cinq pièces. Elle ne pourrait pas lui échapper.

Comme en écho à ces pensées, un énorme fracas retentit derrière elle, *patatras*, et elle bondit, la main sur la gorge. La fenêtre s'était refermée brutalement, et une confusion d'objets (revues, un géranium rouge dans un pot de terre) dégringola sur le sol de la cuisine. Un instant étrange, hermétique (les rideaux immobiles, la brise disparue), elle regarda le pot brisé, les parcelles de terre éparpillées sur le lino et ensuite, pleine d'appréhension, elle leva les yeux vers les quatre coins obscurs de la pièce. Sur le plafond rougeoyait l'éclat sinistre du couchant.

« Hé ? », chuchota-t-elle enfin, à l'esprit (amical ou non) qui s'était engouffré dans la pièce. Car elle avait l'impression qu'on l'observait. Mais le silence régnait ; et au bout de quelques minutes, Harriet se détourna et s'enfuit hors de la cuisine comme si le diable en personne l'avait poursuivie.

Eugene, des lunettes de lecture bon marché sur le nez, était tranquillement assis à la table de la cuisine de Gum. A la lumière du crépuscule d'été, il lisait une vieille brochure tachée du bureau du génie rural du comté, intitulée : *Jardins privatifs : fruits et plantes ornementales.* Sa main mordue par le serpent, quoique depuis longtemps libérée de son pansement, paraissait encore handicapée, les doigts raides maintenant le livre ouvert comme un presse-papiers.

Eugene était revenu changé de l'hôpital. Il avait eu une illumination, alors que couché tout éveillé, il écoutait le rire stupide de la télévision flotter dans le couloir – les carreaux cirés en damier, les lignes droites convergeant sur des doubles portes blanches qui s'ouvraient à l'intérieur, vers l'Infini. La nuit il priait jusqu'à l'aube, les yeux levés vers l'inquiétante harpe de lumière sur le plafond, tremblant dans l'air aseptisé de la mort : le bourdonnement des rayons X, le bip répétitif des moniteurs cardiaques, les pas ouatés, silencieux des infirmières et les râles du malade à l'agonie dans le lit voisin.

L'illumination d'Eugene avait été triple. Un : parce qu'il n'était pas préparé spirituellement à manipuler les serpents, et n'avait pas reçu l'onction du Seigneur, Dieu dans Sa miséricorde s'était déchaîné et l'avait justement châtié. Deux : sur terre, tout le monde – chaque chrétien, chaque fidèle – n'était pas destiné à prêcher la parole de

Dieu ; Eugene avait commis l'erreur de croire que la prêtrise (pour laquelle il n'était pas qualifié, à presque tous les égards) était la seule voie par laquelle les vertueux pouvaient accéder au ciel. Le Seigneur, semblait-il, avait d'autres plans pour lui, et cela depuis toujours – car Eugene n'était pas un orateur, il n'avait pas d'éducation, ni de don pour les langues, et ne communiquait pas facilement avec son prochain ; même la marque sur son visage faisait de lui un messager improbable, car les gens reculaient et s'écartaient devant des signes aussi visibles de la vengeance du Dieu vivant.

Mais si Gene était inapte à la prophétie et au prêche des Evangiles : que lui restait-il ? *Un signe*, avait-il prié, allongé tout éveillé sur son lit d'hôpital, dans l'ombre grise et fraîche... et, tandis qu'il priait, ses yeux se tournaient sans cesse vers un vase enrubanné d'œillets rouges près du lit de son voisin – un vieil homme très ample, très brun, au visage très ridé, dont la bouche s'ouvrait et se fermait comme un poisson pris à l'hameçon ; dont les mains desséchées couleur de pain d'épices – garnies de poils noirs – s'accrochaient au couvre-lit terne avec un désespoir qui était terrible à voir.

Les fleurs étaient la seule note de couleur dans la pièce. Quand Gum avait été hospitalisée, Eugene était revenu pour jeter un coup d'œil par la porte à son malheureux voisin, avec lequel il n'avait jamais échangé un mot. Le lit était vide mais les fleurs étaient encore là et flamboyaient, écarlates sur la table de chevet, comme par sympathie avec la douleur sourde, profonde, qui palpitait dans son bras mordu, et brusquement le voile s'était levé, et Eugene avait eu la révélation que ces fleurs étaient le signe qu'il avait appelé de ses prières : de petites choses vivantes créées par Dieu et aussi vivantes que son propre cœur : de tendres et frêles mignonnes qui avaient des veines, et des vaisseaux, qui buvaient l'eau de leur vase à caboche, et distillaient leur joli parfum de clous de girofle même dans la vallée de l'Ombre de la Mort. Et tandis qu'il pensait à ces choses, le Seigneur Lui-même avait parlé à Eugene dans le calme de l'après-midi, disant : *Plante mes jardins.*

C'était la troisième illumination. Plus tard le même jour, Eugene avait fouillé les paquets de graines sur le porche et planté une rangée de choux frisés et de navets dans un carré de terre noire humide où – encore très récemment – une pile de vieux pneus de tracteur avait été posée sur une bâche en plastique noire. Il avait aussi acheté deux rosiers en solde au magasin de nourriture pour animaux et les avait plantés dans l'herbe rabougrie devant la caravane de sa grand-mère. Gum, typiquement, s'était montrée soupçonneuse, l'air convaincu que les roses étaient une farce sournoise à ses dépens ; plusieurs fois, Eugene l'avait surprise debout dans la cour de devant, fixant les malheureux petits arbustes comme s'il s'agissait de dangereux intrus, de pique-assiette et de parasites, venus les dépouiller jusqu'à l'os. « Ce que moi, je veux savoir, avait-elle dit, boitillant derrière Eugene tandis qu'il vaporisait les roses avec un produit pesticide, c'est qui va prendre soin de ces choses ? Qui va payer tous ces sprays et ces engrais qui coûtent les yeux de la tête ? Qui va être obligé de les arroser, et de les épousseter, et de les soigner, et de s'en occuper tout le temps ? » Et elle avait jeté un regard ombrageux et martyrisé à Eugene, comme pour dire que le fardeau de leur entretien ne ferait qu'accabler tristement ses vieilles épaules.

La porte de la caravane s'ouvrit en grinçant – si fort qu'Eugene fit un bond – et Danny entra en traînant les pieds : sale, non rasé, l'œil cave et l'air déshydraté, il semblait avoir erré des jours et des jours dans le désert. Il était si mince que son jean tombait sur ses hanches.

711

« T'as une mine de chien », dit Eugene.

Danny lui lança un regard aigu, puis s'effondra sur la table, la tête dans les mains.

« C'est ta faute. Tu devrais arrêter de prendre ce truc. »

Danny releva la tête. Son regard vide était effrayant. Brusquement il dit : « Tu te souviens de cette petite fille aux cheveux noirs qui est venue à la porte de derrière de la mission le soir où tu t'es fait mordre ?

— Eh bien, oui, répondit Eugene, refermant la brochure sur son doigt. Oui, je m'en souviens. Farsh peut passer son temps à raconter n'importe quoi, et personne ne peut remettre en question...

— Alors tu te souviens d'elle.

— Oui. Et c'est drôle que tu en parles. » Eugene réfléchit, se demandant par où commencer. « Cette fille m'a filé entre les doigts, dit-il, avant même que le serpent soit passé par la fenêtre. Elle avait l'air nerveux, là, sur le trottoir, et dès la seconde où ce hurlement a retenti là-haut elle a fichu le camp. Eugene écarta la brochure. Et je peux t'affirmer une chose, j'avais bien fermé cette porte à clé. Je me fous de ce que raconte Farsh. Elle était ouverte quand on est revenu, et... »

Il recula la tête et cligna devant la minuscule photographie que Danny lui mettait brusquement sous le nez.

« Mais c'est toi, s'exclama-t-il.

— Je... » Danny frissonna et tourna vers le plafond ses yeux rougis.

« D'où ça sort ?

— Elle l'a laissée.

— Laissée où ? » dit Eugene, et il ajouta : « C'est quoi, ce bruit ? Dehors, quelqu'un gémissait bruyamment. C'est Curtis ? demanda-t-il en se levant.

— Non... » Danny inspira profondément, par à-coups... « C'est Farish.

— Farish ? »

Danny repoussa sa chaise qui grinça sur le sol ; il lança un coup d'œil dans la pièce, le regard fou. Les sanglots entrecoupés au son guttural étaient aussi désespérés que des sanglots d'enfant mais plus violents, comme si Farish recrachait son propre cœur en s'étouffant.

« Mon Dieu, s'exclama Eugene, épouvanté. Ecoute ça.

— Je viens de passer un sale moment avec lui dans le parking du White Kitchen », dit Danny. Il leva ses mains, qui étaient sales et écorchées.

« Qu'est-ce qui s'est passé ? » demanda Eugene. Il alla à la fenêtre et glissa un coup d'œil au-dehors. « Où est Curtis ? » Curtis, qui avait des problèmes bronchiques et respiratoires, était souvent pris de quintes de toux irrépressibles quand il était perturbé – ou lorsque quelqu'un d'autre l'était, ce qui le perturbait plus encore.

Danny secoua la tête. « Je ne sais pas, répondit-il, la voix rauque et tendue, comme s'il avait trop parlé. J'en ai assez d'avoir peur tout le temps. » A la surprise d'Eugene il tira de sa botte une serpette à la lame agressive et – le regard défoncé mais plein de sous-entendus – la posa bruyamment sur la table.

« C'est ma protection, dit-il. Contre *lui*. » Et ses yeux se révulsèrent d'une manière particulière qui faisait penser à un calmar – une imitation de Farish, supposa Eugene.

Les horribles pleurs avaient cessé. Eugene quitta la fenêtre et s'assit près de Danny. « Tu es en train de te tuer, dit-il. Tu as besoin de sommeil.

— De sommeil », répéta Danny. Il se leva, comme pour faire un discours, puis se rassit.

« Quand j'étais petite, commença Gum qui approchait avec son déambulateur, progressant centimètre par centimètre, *clic clic clic clic*, mon papa disait que si un homme

713

s'asseyait sur une chaise pour lire un livre, c'était qu'il avait un problème. »

Elle prononça ces mots avec une sorte de tendresse paisible, comme si la simple sagesse de la remarque faisait honneur à son père. La brochure était posée sur la table. De sa vieille main tremblante, elle la ramassa. La tenant à bout de bras, elle regarda la couverture, puis la retourna et en examina le dos. « Bonté divine, Gene. »

Eugene la fixa par-dessus ses lunettes. « Pardon ?

— Oh, dit Gum au bout d'un moment, l'air tolérant. Euh, je n'aime pas te voir caresser de faux espoirs, c'est tout. Le monde ne fait pas de cadeau aux gens comme nous. Ça me fait vraiment de la peine de penser que devant toi, il y a tous ces jeunes professeurs de collège qui font la queue pour décrocher un boulot.

— Petite Gum ? Je peux même pas jeter un coup d'œil à ce foutu bouquin ? » Sa grand-mère ne pensait sûrement pas à mal ; ce n'était qu'une pauvre vieille dame diminuée qui avait travaillé dur toute sa vie, et n'avait jamais rien eu, pas la moindre chance, et ne savait même pas ce que c'était que la chance. Mais Eugene ne saisissait pas pourquoi cela impliquait que ses petits-fils n'avaient aucun espoir de s'en sortir, eux non plus.

« C'est juste une brochure que j'ai prise au bureau du génie rural, petite mère, dit-il. Gratuitement. Tu devrais aller y faire un tour. Ils ont des trucs qui expliquent comment faire pousser presque tous les légumes, les céréales et les arbres qui existent. »

Danny – qui était resté tranquille tout ce temps, le regard perdu dans le vide – se leva, un peu trop brusquement. Il avait les yeux vitreux, et vacillait sur ses jambes. Eugene et Gum le regardèrent. Il recula d'un pas.

« Ces lunettes te vont bien, dit-il à Eugene.

— Merci, répondit celui-ci, levant la main d'un geste gauche pour les rajuster.

— Très bien », répéta Danny. Une lueur bizarre éclairait son regard fixe. « Tu devrais les porter tout le temps. »

Il se tourna ; et à cet instant, ses genoux se dérobèrent sous lui et il tomba sur le sol.

D'un seul coup tous les rêves que Danny avait refoulés les deux dernières semaines s'abattirent sur lui, comme la cataracte d'un barrage qui explose, emportant pêle-mêle dans son flot les épaves et les rebuts des différentes étapes de sa vie – il avait de nouveau treize ans, et était allongé sur un lit de camp, sa première nuit dans la maison de redressement (un bloc en parpaings marron, un ventilateur industriel oscillant d'avant en arrière sur le sol de béton comme s'il était sur le point de décoller et de s'envoler), mais aussi cinq ans – en CP – et neuf ans, sa mère était à l'hôpital et lui manquait terriblement, il avait eu si peur qu'elle meure, si peur de son père ivre dans la pièce voisine, que couché tout éveillé, fou de terreur, il avait gravé dans sa mémoire chaque nom d'épice inscrit sur les rideaux imprimés accrochés dans sa chambre. De vieux rideaux de cuisine : Danny ne savait toujours pas ce qu'était la Coriandre, ou le Macis, mais il revoyait les lettres marron qui dansaient sur le coton jaune moutarde *(macis, muscade, coriandre, clou de girofle)* et les noms mêmes étaient un poème qui appelait à son chevet un Cauchemar grimaçant en haut-de-forme.

S'agitant dans son lit, Danny avait tous ces âges à la fois et était pourtant lui-même, à vingt ans – avec un casier, une dépendance, et la dope de son frère, cette fortune virtuelle, qui l'appelait d'une mystérieuse voix de crécelle du haut de son perchoir –, dans son esprit le château d'eau se confondait avec un arbre qu'il avait escaladé et d'où il avait jeté un chiot, quand il était gosse, par simple curiosité (l'animal était mort), et ses désirs coupables de dépouiller Farish furent étouffés, ébranlés par les honteux mensonges qu'il faisait enfant, prétendant conduire des voitures de course et avoir battu et tué des gens ; par des souvenirs de classe, du tribunal, et de la prison, et de la guitare que son père l'avait obligé à abandonner, en jouer exigeait trop de travail, disait-il (où *était* cette guitare ? Il devait la trouver, des gens l'attendaient dehors dans une voiture, s'il ne se dépêchait pas ils partiraient sans lui). Tiraillé entre les lieux et les époques contradictoires, Danny tournait et se retournait sur l'oreiller, étourdi par ce tohu-bohu. Il voyait sa mère – sa mère ! – qui le regardait depuis la fenêtre, et l'inquiétude de son visage gonflé et généreux lui donnait envie de pleurer ; à la vue d'autres visages il reculait de terreur. Comment faire la différence entre les vivants et les morts ? Certains étaient aimables ; d'autres pas. Et tous lui parlaient et se parlaient entre eux, alors qu'ils ne s'étaient jamais connus dans la vie, entrant et sortant par larges groupes, l'air déterminé, et il était difficile de savoir d'où venait chacun et ce qu'ils faisaient tous ensemble dans cette pièce, où n'était pas leur place, leurs voix se confondant avec le bruit de l'averse qui frappait le toit de tôle de la caravane, eux-mêmes gris et informes, semblables à la pluie.

Eugene – portant les étranges lunettes bon marché qui lui donnaient l'air d'un érudit – était à son chevet. Illuminés par de fugaces éclairs de chaleur, lui et sa chaise étaient les seuls objets fixes au milieu d'un tourbillon de gens ahurissant, sans cesse renouvelé. De temps en temps la chambre semblait se vider, et Danny se redressait brutalement, de peur d'être en train de mourir, de peur que son pouls ne se fût arrêté et que son sang ne refroidît et que même ses fantômes se fussent dissipés...

716

« Calme-toi, *allons* », dit Eugene. Eugene : complètement dingue, mais – à part Curtis – le plus gentil des
frères. Farish avait une bonne dose de la méchanceté de
leur père – moins depuis qu'il s'était tiré une balle dans la
tête. Ça lui avait ôté une partie de son énergie. Cette tendance à la cruauté était sans doute la plus forte chez Ricky
Lee. Ça lui était utile à la prison d'Angola.

Eugene ne tenait guère de papa, avec ses dents tachées
de tabac et ses yeux de bouc, mais plutôt de leur pauvre
ivrogne de mère qui était morte en délirant à propos d'un
ange de Dieu, debout pieds nus sur la cheminée. Elle avait
un physique ordinaire, Dieu la bénisse, et Eugene – qui
était ordinaire lui aussi, avec ses yeux rapprochés et son
honnête nez bosselé – lui ressemblait beaucoup de visage.
Les lunettes avaient quelque chose qui adoucissait la lai-
deur de sa cicatrice. Hop : un éclair pénétra par la fenêtre,
l'illuminant d'une lumière bleue à contre-jour : la brûlure
qui éclaboussait sa pommette gauche était comme une
étoile rouge. « Le problème, disait-il, les mains croisées
entre les genoux, c'est que je n'ai pas compris qu'on ne
pouvait pas séparer ce serpent de la création tout entière.
Si tu le fais, ah, malheureux, il va sûrement te mordre. »
Danny le regarda stupéfait. Les lunettes lui donnaient une
allure curieuse de savant, d'instituteur apparu en rêve. En
prison, Eugene avait pris l'habitude de déclamer de longs
paragraphes décousus – comme un homme qui parle
enfermé entre quatre murs, sans personne pour l'écouter
– et cela aussi rappelait leur mère, qui se roulait sur le lit,
s'adressait à des visiteurs absents et invoquait Eleanor
Roosevelt, Isaïe et Jésus.

« Tu vois, disait Eugene, ce serpent est un serviteur du
Seigneur, il est aussi Sa créature. Noé l'a pris dans son
arche avec tous les autres. Tu ne peux pas simplement
dire : "Oh, le serpent à sonnette est mauvais", parce que

c'est Dieu qui a tout fait. Tout est bien. Sa main a façonné le serpent, exactement comme elle a façonné le petit agneau. » Il tourna les yeux vers un coin de la chambre où la lumière brillait à peine, tandis que Danny – horrifié – étouffait du poing un hurlement face à la créature noire essoufflée et frissonnante de son vieux cauchemar, qui se débattait frénétiquement sur le sol aux pieds d'Eugene.... et bien qu'il ne fût pas utile de le raconter de nouveau ni de l'évoquer, car c'était plus pitoyable qu'horrible, le relent ignoble, persistant du souvenir qui voltigeait représentait pour Danny une horreur sans nom, au-delà de l'effusion de sang et de toute description, un oiseau noir, des hommes, des femmes et des enfants noirs se bousculant pour se réfugier sur la berge de la rivière, terreur et explosions, un infect goût huileux dans la bouche et un tremblement de tout son corps, qui semblait partir en morceaux : muscles parcourus de spasmes, tendons qui claquent, réduits à une poignée d'ossements blanchis et de plumes noires.

Harriet aussi – tôt le même matin, à l'instant où pointait l'aube – se leva d'un bond, paniquée. Quelle image l'avait effrayée, quel rêve, elle n'en savait rien. Il faisait à peine jour. La pluie avait cessé, et la chambre était immobile et sombre. Sur le lit d'Allison : des ours en peluche emmêlés, un kangourou qui louchait la regardaient fixement par-dessus un amoncellement de couvertures, et elle ne voyait de sa sœur qu'une longue mèche déployée sur l'oreiller, telle la chevelure d'une noyée flottant à la surface de l'eau.

Il n'y avait pas de linge propre dans la commode. Sans faire de bruit, elle ouvrit le tiroir d'Allison – et fut enchantée de trouver, au milieu du fouillis de vêtements sales, une chemise repassée et pliée avec soin : une vieille chemise des éclaireuses. Elle l'approcha de son visage et la huma longuement, l'air rêveur : elle sentait encore très légèrement l'odeur de la lessive d'Ida.

Harriet enfila ses chaussures et descendit au rez-de-chaussée sur la pointe des pieds. Tout était silencieux, sauf le tic-tac de la pendule ; le désordre et l'encombrement paraissaient moins sordides à la lumière du matin qui ravivait la teinte de la rampe et de la table poussiéreuse en acajou. Dans la cage d'escalier souriait le somptueux portrait de collégienne de la mère de Harriet : les lèvres roses, les dents blanches, les yeux gigantesques, étincelants avec des étoiles blanches qui brillaient, *ding*, dans les pupilles dilatées. Harriet le dépassa tout doucement – pliée en deux comme un cambrioleur devant un détecteur de mouvement – et pénétra dans le séjour, où elle se baissa pour récupérer le revolver sous le fauteuil d'Ida.

Dans le placard de l'entrée, elle chercha quelque chose pour le transporter, et trouva un solide sac à cordons. Mais la forme de l'objet, remarqua-t-elle, était visible à travers le plastique. Elle ressortit donc l'arme, l'enveloppa dans plusieurs épaisseurs de journal, et accrocha le sac à son épaule comme le Dick Whittington du livre de contes, parti tenter fortune.

Dès qu'elle fut dehors un oiseau se mit à chanter, tout près de son oreille : une phrase mélodique douce et limpide qui jaillissait, retombait et fusait à nouveau. Bien qu'août ne fût pas encore fini, une fraîcheur poussiéreuse qui sentait l'automne vibrait dans l'air matinal ; les zinnias dans la cour de Mrs Fountain – rouge pétard, orange brûlant et or – commençaient à piquer du nez, leurs têtes déchiquetées, tachetées et fanées.

A part les oiseaux – au chant fort et aigu, plein d'un

optimisme délirant où perçait l'urgence – la rue était solitaire et paisible. Un tourniquet d'arrosage bourdonnait sur une pelouse vide ; les réverbères et les porches éclairés rougeoyaient, traçant de longues perspectives désertes, et même le son insignifiant de ses pas sur la chaussée semblait avoir un écho et se répercuter au loin.

L'herbe couverte de rosée, les rues mouillées qui se déployaient larges et noires comme si elles continuaient à l'infini. Quand elle approcha des gares de triage, les pelouses devinrent plus petites, les maisons plus délabrées et plus rapprochées. Plusieurs rues plus loin – vers le quartier italien – une voiture isolée passa en vrombissant. L'entraînement des pom-pom girls devait commencer bientôt, à quelques pâtés de maisons de là, sur les terrains ombragés de l'Old Hospital. Ces derniers jours Harriet les avait entendues crier et hurler de ce côté-là.

Après Natchez Street, les trottoirs étaient déformés, fissurés et très étroits, à peine larges de trente centimètres. Harriet dépassa des bâtiments murés aux porches affaissés, des cours avec des citernes de propane rouillées, où l'herbe n'avait pas été coupée depuis des semaines. Un chow-chow roux au pelage emmêlé se jeta contre la clôture à mailles losangées avec un cliquetis métallique, ses crocs étincelant dans sa gueule bleue : *grrr ! grrr !* Si méchant qu'il fût, Harriet avait pitié de lui. Il avait l'air de n'avoir jamais été baigné et en hiver ses maîtres le laissaient dehors avec seulement un moule à tarte en aluminium plein d'eau gelée.

Elle dépassa le bureau de l'aide sociale ; elle dépassa l'épicerie incendiée (frappée par la foudre, jamais reconstruite), tourna sur la route de gravier qui conduisait aux gares de triage et au château d'eau des chemins de fer. Elle n'avait pas une idée très claire de ce qu'elle allait faire, ni de ce qui l'attendait – et il valait mieux ne pas trop

720

y penser. Elle garda les yeux soigneusement fixés sur le gravier mouillé, jonché de bâtons noirs et de branches feuillues emportées par l'orage de la nuit précédente.

Longtemps auparavant, le château d'eau avait alimenté les locomotives à vapeur, mais elle ignorait s'il avait aujourd'hui un quelconque usage. Avec un garçon du nom de Dick Pillow elle avait grimpé là-haut pour découvrir jusqu'où s'étendait la vue – très loin en fait, presque jusqu'à l'Interstate. Le spectacle l'avait captivée : le linge flottant sur les cordes, les toits pointus comme un champ d'arcs en origami, des toits rouges verts noirs et argent, des toits de bardeaux et de cuivre, de goudron et de tôle, déployés dans le lointain vaporeux d'un rêve. C'était comme de découvrir un autre pays. Le côté miniature et fantaisiste de la vue lui rappelait des images de l'Orient qu'elle avait regardées – de la Chine, du Japon. Au-delà serpentait le fleuve à la surface jaune ridée et scintillante, et les distances semblaient tellement immenses qu'il était facile de s'imaginer qu'une Asie étincelante comme le mécanisme d'une pendule s'activait en fredonnant et faisait tinter ses millions de cloches minuscules juste derrière l'horizon, après les sinuosités boueuses du fleuve-dragon.

La vue la captivait si totalement qu'elle n'avait guère prêté attention à la citerne. Elle avait beau essayer, elle ne parvenait pas à se remémorer exactement de ce qu'il y avait en haut, ni la manière dont c'était construit, sinon que c'était en bois, et qu'une porte était intégrée dans le toit. D'après ses souvenirs, il s'agissait d'un espace de deux mètres carrés avec des gonds et une poignée de placard de cuisine. Bien que son imagination fût si vivace qu'elle ne pouvait jamais se fier complètement à sa mémoire, et que sa fantaisie eût rempli les vides avec de la couleur, plus elle pensait à Danny Ratliff, accroupi en haut du château d'eau (sa posture tendue, son air inquiet quand il regardait par-dessus son épaule), plus il lui semblait qu'il dissimulait quelque chose ou essayait de se cacher lui-même. Mais ce qui lui revenait encore et encore à l'esprit, c'était cette agitation extrême, désordonnée quand son regard avait effleuré le sien, et s'était embrasé, comme un miroir qui capte un rayon de soleil : il avait l'air de lui renvoyer un code, un signal de détresse, un signe de reconnaissance. *Il savait qu'elle était là* ; elle se trouvait dans son champ de conscience ; d'une étrange manière (Harriet en eut des frissons quand elle y pensa) Danny Ratliff était la seule personne à l'avoir vraiment regardée depuis longtemps.

Les rails éclairés par le soleil étincelaient comme du mercure sombre, artères d'argent se déployant à partir des postes d'aiguillage ; les vieux poteaux télégraphiques étaient tapissés de kudzu et de vigne vierge et au-dessus, se dressait le château d'eau, sa surface inondée de soleil. Prudemment, Harriet s'en approcha dans la clairière herbue. Elle entreprit d'en faire le tour à une distance de trois mètres environ, évitant les pieds métalliques rouillés.

Puis, jetant un regard nerveux derrière elle (pas de voitures, pas de bruits de moteurs, seulement des cris d'oiseaux), elle s'avança pour examiner l'échelle. Le premier barreau était plus haut que dans son souvenir. Un homme très grand n'aurait pas besoin de sauter pour l'atteindre, mais n'importe qui d'autre y serait obligé. Deux ans auparavant, quand elle était venue avec Dick, elle était montée sur ses épaules et ensuite – en équilibre précaire – il s'était hissé sur la selle allongée de son vélo pour la rejoindre.

Pissenlits, touffes d'herbe morte poussant dans le gravier, grillons au chant frénétique ; ils semblaient savoir que c'était la fin de l'été, qu'ils ne tarderaient pas à mourir, et l'urgence de leur cri imprégnait l'air matinal d'un sentiment fiévreux, instable, chatoyant. Harriet examina les pieds de la citerne : des poutrelles en H, perforées tous les cinquante centimètres environ par des trous oblongs, très légèrement inclinées vers la citerne. Plus haut, l'infrastructure était soutenue par des poutres métalliques qui se croisaient en diagonale, formant un X géant. Si elle se hissait assez haut sur l'un des pieds de devant (l'écart était grand ; Harriet n'était pas douée pour évaluer les distances), elle pourrait peut-être atteindre l'échelle, centimètre par centimètre, au niveau d'un des barreaux du bas.

Elle se lança avec précaution. Bien que la plaie fût cicatrisée, sa paume gauche était encore sensible, la forçant à se servir plutôt de la main droite. Les étroites ouvertures lui permettaient tout juste d'accrocher ses doigts et la pointe de ses tennis.

Elle poursuivit son ascension, respirant fort. La progression était lente. La poutrelle était saupoudrée d'une rouille épaisse qui laissait des traces rouge brique sur ses mains. Bien qu'elle ne craignît pas le vertige – l'altitude la grisait, elle adorait l'escalade –, il n'y avait pas beaucoup de prise et chaque centimètre exigeait un effort.

Même si je tombe, se dit-elle, *ça ne me tuera pas.* Harriet était tombée (et avait sauté) d'endroits très élevés – le toit de la remise à outils, la grande branche du pacanier dans la cour d'Edie, l'échafaudage en face de l'église presbytérienne – et ne s'était jamais rien cassé. Néanmoins, à cette hauteur, elle se sentait exposée aux regards curieux, et chaque son venant d'en bas, chaque craquement ou cri d'oiseau lui donnait envie de détourner les yeux de la poutre rouillée à huit centimètres de son nez. De près, cette poutre était un monde à elle seule, la surface désertique d'une planète rougeâtre...

Ses mains s'engourdissaient. Quelquefois, dans la cour de récréation – quand elle tirait la corde avec son équipe, se suspendait aux agrès ou au barreau supérieur d'une cage aux écureuils –, Harriet était submergée par l'étrange désir de lâcher prise et de se laisser choir, et c'était cette impulsion qu'elle combattait en ce moment. Elle se hissait, grinçant des dents, concentrant toute son énergie dans le bout de ses doigts douloureux, et la rime mélodieuse d'un vieux livre de contes pour enfants voltigea dans son esprit :

Old Mr Chang, I've oft heard it said,
You wear a basket upon your head,
You've two pairs of scissors to cut your meat,
And two pairs of chopsticks with which you eat...

[Vieux Mr Chang, on me l'a souvent répété,
Sur la tête vous portez un panier,
Vous avez deux paires de ciseaux pour couper votre viande,
Et pour manger deux paires de baguettes....]

Avec un ultime élan de volonté, elle agrippa la poutre la plus basse et se hissa dessus. Vieux Mr Chang ! Son portrait l'avait terrorisée quand elle était petite : le chapeau chinois pointu, la moustache effilée et les longs yeux rusés de mandarin – mais ce qui l'effrayait le plus chez lui, c'était la paire de ciseaux qu'il tenait, avec une infinie délicatesse, et son mince sourire moqueur...

Harriet s'interrompit et évalua sa position. Ensuite – c'était la partie délicate – elle devrait faire une enjambée dans l'espace, pour atteindre la traverse. Elle inspira profondément et se hissa dans le vide.

Une vue latérale du sol se souleva obliquement vers elle, et une fraction de seconde, Harriet fut certaine qu'elle tombait. L'instant d'après elle se retrouva à califourchon sur la barre, l'empoignant comme un paresseux. Elle se trouvait très haut à présent, assez pour se rompre le cou, et elle ferma les yeux pour se reposer un moment, la joue contre le fer rugueux.

Vieux Mr Chang, on me l'a souvent répété,
Sur la tête vous portez un panier,
Vous avez deux paires de ciseaux pour couper votre
viande...

Prudemment, Harriet ouvrit les yeux et – s'arc-boutant sur la poutrelle – s'assit. Que le sol était loin au-dessous d'elle ! Elle s'était trouvée dans cette même position – à cheval sur une branche, la culotte boueuse et les fourmis lui piquant les jambes – la fois où elle avait escaladé l'arbre et ne pouvait plus redescendre. C'était l'été après le CP. Elle s'était égarée – en sortant du cours de caté-chisme de vacances, c'était bien ça ? Elle avait grimpé jusqu'en haut, sans crainte, « comme un écureuil ! », s'était exclamé le vieil homme qui par hasard avait entendu la petite voix neutre, embarrassée de Harriet qui appelait à l'aide du sommet de l'arbre.

Lentement, elle se mit debout, agrippant la poutrelle, les genoux flageolants. Elle changea de point d'appui, s'accrocha à la barre transversale au-dessus d'elle et – une main sur l'autre – se propulsa vers le bas. Elle revoyait encore le vieil homme avec son dos bossu et sa face plate injectée de sang tournée vers elle à travers l'enchevêtre-ment de branches. « D'où tu viens ? », lui avait-il crié d'une voix rauque. Il habitait dans une maison de stuc gris près de l'église baptiste, où il vivait seul. Maintenant il était mort ; et dans la cour devant la maison, il ne restait qu'une souche à la place du pacanier. Comme il avait sursauté en entendant ses cris dénués d'émotion (« Au secours... au secours... ») surgis de nulle part – regardant en haut, en bas, tout autour de lui, comme si un fantôme lui avait tapoté l'épaule !

L'angle du X était trop mince pour s'y tenir debout. Harriet se rassit, chevauchant les barres, et les agrippa par-dessous. La position était difficile ; ses mains ne sentaient plus grand-chose et son cœur chavira violemment quand elle se lança dans l'espace – les bras tremblant d'épuisement – pour rejoindre l'autre côté...

Enfin en sécurité. Elle se laissa glisser vers le bas, le long de la barre gauche la plus basse du X, comme si elle descendait la rampe de son propre escalier. Ce vieil homme avait eu une fin horrible, et Harriet supportait à peine d'y songer. Des cambrioleurs s'étaient introduits dans sa maison, l'avaient forcé à se coucher sur le sol près du lit et l'avaient assommé avec une batte de base-ball ; quand ses voisins avaient commencé à s'inquiéter et étaient venus prendre de ses nouvelles, ils l'avaient trouvé allongé dans une mare de sang, mort.

Elle se reposait contre la poutrelle opposée ; l'échelle était à portée de main. Ce n'était pas un saut très risqué, mais elle était fatiguée et devenait imprudente – et à l'instant où elle se retrouva agrippée au barreau un frisson de terreur parcourut son corps, car son pied avait glissé, et elle ne s'était rattrapée qu'à la dernière seconde. Maintenant c'était fini, le danger était passé avant même qu'elle n'en eût pris conscience.

Elle ferma les yeux, tenant bon jusqu'à ce que sa respiration redevînt normale. Quand elle les rouvrit à nouveau, elle eut l'impression d'être suspendue à l'échelle de corde d'un ballon d'air chaud. La terre tout entière semblait se déployer devant elle en une vision panoramique, comme la vue du château de son vieux livre de contes *De la fenêtre de la tour* :

La splendeur s'abat sur les murs du château
Et les sommets enneigés des temps anciens,
La longue lumière tremble sur les lacs
Et la cataracte déchaînée bondit dans la gloire...

Mais ce n'était pas le moment de rêvasser. Le rugissement d'un pulvérisateur d'insecticide – qu'elle confondit brièvement avec une voiture – la fit sursauter ; elle se tourna et grimpa jusqu'en haut le plus rapidement possible.

Danny était calmement allongé sur le dos, fixant le plafond. La lumière était vive et âpre ; il se sentait faible, comme s'il se remettait d'une fièvre, et se rendit brusquement compte qu'il fixait le même rayon de soleil depuis un bon moment. Dehors, il entendit Curtis chanter encore et encore un mot qui ressemblait à « boule de gomme » ; couché là, il perçut peu à peu un bruit sourd, étrange sur le sol près de lui, comme si un chien se grattait.

Danny se hissa sur les coudes – et eut un violent mouvement de recul à la vue de Farish qui (les bras croisés, tapant du pied) était installé sur le siège abandonné par Eugene, et le fixait d'un œil pesant, méditatif. Son genou était parcouru de tremblements nerveux ; sa barbe dégoulinait autour de sa bouche, comme s'il venait de renverser quelque chose sur lui, ou de baver et de se mordiller les lèvres.

Un oiseau – sans doute un oiseau bleu, un doux petit cui-cui comme à la télévision – gazouilla devant la fenêtre. Danny bougea et s'apprêtait à s'asseoir quand Farish fit un mouvement brusque en avant et lui bloqua la poitrine.

« *Oh*, non, pas question. » Son haleine chaude, puante, chargée d'amphétamine prit Danny à la gorge. « Je t'ai *à l'œil*.

— Allez, répondit son frère d'un ton las, détournant le visage. Laisse-moi me lever. »

Farish se renversa sur sa chaise ; un instant, leur père mort – les bras croisés – surgit tout droit de l'enfer, et fixa Danny d'un air méprisant, par les yeux de son fils aîné.

« Ferme ta gueule, siffla-t-il, et il le repoussa sur l'oreiller, et pas un mot, maintenant écoute-*moi*. C'est à *moi* que tu dois des comptes. »

Danny, troublé, resta très immobile.

« J'ai vu des interrogatoires, dit Farish, et j'ai vu des gens défoncés. *La négligence*. Ça nous tuera tous. Les ondes du sommeil sont magnétiques, ajouta-t-il, se tapotant le front avec deux doigts, tu piges ? Tu piges ? Elles peuvent effacer entièrement ton mental. Tu t'ouvres à la capacité électromagnétique qui foutra en l'air et détruira tout ton système de loyauté en *un clin d'œil.* »

Il débloque complètement, songea Danny. Farish, respirant fort par les narines, passa la main dans ses cheveux – puis tressaillit, et la secoua loin de lui, les doigts écartés comme s'il avait touché quelque chose de visqueux, ou de répugnant.

« Ne fais pas le malin avec moi ! » rugit-il, quand il surprit le regard que posait son frère sur lui.

Danny baissa les yeux – et aperçut Curtis, le menton au niveau du seuil, qui glissait un coup d'œil à l'intérieur de la caravane. Il avait une marque orangée autour de la bouche, comme s'il avait joué avec le rouge à lèvres de leur grand-mère, et une expression secrète, amusée sur le visage.

Heureux de la diversion, Danny lui sourit. « Hé, Alligator », dit-il, mais avant qu'il ait pu lui demander d'où venait la trace sur sa figure, Farish pivota et brandit le bras – comme un chef d'orchestre, un Russe barbu hystérique – et hurla : « Fous le camp Fous le camp *Fous le camp !* »

En une seconde, Curtis avait disparu : *boum boum boum* dans l'escalier métallique de la caravane. Danny se releva imperceptiblement pour se glisser hors du lit, mais Farish fit volte-face et lui planta le doigt dans la poitrine.

« Je t'ai dit de te lever ? Hein ? » Son visage était presque cramoisi. « Je vais t'expliquer quelque chose. »

Danny s'assit docilement.

« Nous sommes à un niveau de veillée militaire. Compris ? *Compris ?*

— Compris, dit Danny, dès qu'il eut saisi que c'était la réponse qu'il était censé fournir.

— Bien. Voici tes quatre niveaux... » Farish les compta sur ses doigts.... « A l'intérieur du système. Code *vert*. Code *jaune*. Code *orange*. Code *rouge*. Bien. » Farish leva un index tremblant. « Tu peux deviner ce qu'est le code vert grâce à ton expérience de conducteur d'un véhicule à moteur.

— Feu vert ? dit Danny, après une longue pause étrange, endormie.

— *Affirmatif. Affirmatif.* Feu vert à tous les systèmes. Dans le code vert tu es détendu et inattentif et l'environnement ne présente aucune menace. Maintenant écoute bien, continua Farish entre ses dents. *Il n'y a pas de code vert. Le code vert n'existe pas.* »

Danny fixa un enchevêtrement de rallonges orange et noires sur le sol.

« Le code vert n'est pas une option et voilà pourquoi. Je vais te l'expliquer tout de suite. » Il marchait de long en large – ce n'était jamais bon signe chez lui. « Si tu es attaqué au niveau du code vert, tu l'as dans le cul jusqu'à l'os. »

Du coin de l'œil, Danny vit la petite main potelée de Curtis déposer un paquet de bonbons acidulés sur le rebord de la fenêtre ouverte, près de son lit. En silence, il s'empressa de récupérer ce cadeau. Les doigts joyeux de Curtis s'agitèrent en signe d'encouragement, puis disparurent furtivement.

« Nous opérons actuellement au niveau du *code orange*, dit Farish. Dans le code orange le danger est clair et présent et ton attention s'y concentre *tout le temps*. Répète : *tout le temps.* »

Danny glissa le paquet de bonbons sous l'oreiller. « Du calme, vieux, dit-il, tu es en train de te surmener. » Il avait eu l'intention de prendre un ton... tranquille, mais n'y parvint pas, et Farish fit volte-face. Son visage était marbré et frémissant de rage, ses traits congestionnés, cramoisis.

« Je vais te dire, s'écria-t-il de façon inattendue. Toi et moi on va faire un petit tour. *Je lis dans tes pensées, connard !* hurla-t-il, se frappant la tempe tandis que Danny le regardait atterré. Crois pas que tu peux me baiser ! »

Danny ferma les yeux un moment, puis les rouvrit. Il avait une prodigieuse envie de pisser. « Ecoute, vieux, dit-il d'un ton suppliant, tandis que Farish se mordait la lèvre et fixait le sol furieusement, calme-toi une seconde. Doucement », ajouta-t-il, les paumes en l'air, quand Farish leva les yeux – un peu trop vite à son goût, les yeux un peu trop paniqués et dans le vague.

Avant qu'il eût compris ce qui lui arrivait, Farish l'avait attrapé par le col et frappé en pleine bouche. « Voyez-moi ça, siffla-t-il, le redressant par le devant de sa chemise. Je te connais comme ma poche. Fils de pute.

— Farish... » Etourdi de douleur, Danny palpa sa mâchoire, la fit bouger vers l'avant et vers l'arrière. C'était la limite à ne pas franchir. Farish faisait au moins cinquante kilos de plus que lui.

Son frère le projeta à nouveau sur le lit. « Mets tes chaussures. Tu conduis.

— Bien, dit Danny, se tâtant les maxillaires, on va où ? et si sa réponse semblait désinvolte (elle l'était) c'était en partie parce qu'il conduisait toujours, quelle que fût leur destination.

— Ne joue pas au plus fin avec moi. » Une claque sonore du dos de la main en pleine figure. « S'il manque un gramme de dope – non, assieds-toi, je t'ai demandé de te lever ? »

Danny s'exécuta, sans un mot, et enfila ses bottes de moto sur ses pieds nus, collants de sueur.

« C'est bien. Continue à regarder devant toi, c'est tout. »

La moustiquaire de la caravane de Gum s'ouvrit en gémissant, et un instant plus tard Danny l'entendit traîner ses pantoufles sur le gravier.

« Farish ? appela-t-elle de sa voix sèche, ténue. Ça va ? Farish ? » C'était typique de sa part, songea Danny, vraiment typique de se soucier autant de son frère.

« Debout », ordonna Farish. Il attrapa Danny par le coude, le fit marcher vers la porte et le poussa dehors.

Danny – précipité tête la première en bas de l'escalier – atterrit face contre terre. Quand il se releva et s'épousseta, Gum resta impavide : un sac d'os, la peau parcheminée, tel un lézard dans son mince peignoir. Lentement, lentement, elle tourna la tête. Elle demanda à Farish : « Qu'est-ce qui lui prend ? »

A cette question, Farish recula sur le seuil. « Oh, il mijote quelque chose, ça fait aucun doute ! hurla-t-il. *Elle* le voit aussi ! Oh, tu crois que tu peux me tromper, moi... » Il rit, un rire aigu, forcé... « Mais tu n'es même pas capable de tromper ta propre grand-mère ! »

Gum regarda longuement Farish, puis Danny, les paupières mi-closes et l'air toujours endormi, à cause du venin du cobra. Puis elle tendit la main et attrapa la chair du bras de Danny qu'elle tordit entre le pouce et l'index – violemment, mais d'une manière douce, sournoise, le visage impassible et ses petits yeux brillants respirant le calme.

« Oh, Farish, dit-elle, tu ne devrais pas être *aussi* dur avec lui », mais sa voix laissait entendre que Farish avait de bonnes raisons de se montrer dur avec son frère, vraiment dur.

« Ha ! cria Farish. Ils l'ont fait, dit-il, comme à des caméras cachées à la lisière des arbres. Ils s'en sont pris à lui. Mon propre frère.

— De quoi tu parles ? » demanda Danny, dans le silence intense et vibrant qui suivit, et il fut choqué d'entendre l'écho faible, malhonnête de sa voix.

Dans sa confusion, il recula tandis que lentement, très lentement, Gum gravissait les marches de sa caravane, pour rejoindre Farish qui lançait des regards meurtriers et respirait vite par le nez : des petites bouffées brûlantes, fétides. Danny dut détourner la tête, il ne pouvait pas même la regarder parce qu'il ne voyait que trop combien sa lenteur exaspérait Farish, le rendait fou, dingo, les yeux lui sortaient des orbites tandis qu'il se tenait là, tapant du pied comme un dératé, comment *diable* pouvait-elle être si atrocement lente ? Tout le monde voyait (tout le monde sauf Farish) que le seul fait d'être dans la même pièce qu'elle (*cric-crac... cric-crac...*) le faisait frémir d'impatience, le rendait cinglé, maboul, violent – mais bien sûr Farish ne s'énervait jamais contre Gum, il reportait sa frustration sur quelqu'un d'autre.

Quand elle parvint enfin sur la marche du haut, Farish avait la figure écarlate et tremblait des pieds à la tête comme une machine sur le point d'exploser. Très doucement, elle s'approcha d'un air humble et lui tapota la manche.

« C'est vraiment très important ? demanda-t-elle, d'un ton aimable qui laissait entendre que c'était le cas, absolument.

— Oui ! rugit Farish. Il n'est pas question qu'on m'espionne ! Qu'on me vole ! Qu'on me mente... non, non, dit-il, secouant la tête en réponse à la légère pression de sa petite main parcheminée sur son bras.

— Oh, mon Dieu, Gum est si désolée que ses garçons ne s'entendent pas. » Mais c'était Danny qu'elle regardait en prononçant ces paroles.

« Pas besoin de me plaindre ! » hurla Farish. Théâtral, il s'avança devant Gum, comme si Danny allait se jeter sur eux et les tuer tous les deux. « C'est *lui* que tu dois plaindre !

— Je ne vous plains ni l'un ni l'autre. » Elle avait contourné Farish et, par la porte ouverte, se glissait à l'intérieur de la caravane de Danny.

« Gum, s'il te plaît, dit Danny, désespéré, s'avançant aussi loin qu'il l'osait, le cou tendu pour voir le rose de son peignoir défraîchi disparaître dans l'obscurité. Gum, n'entre pas, s'il te plaît.

— Bonne nuit, l'entendit-il déclarer faiblement. Je vais faire ce lit...

— Ne t'occupe pas de ça ! », cria Farish, foudroyant son frère du regard comme si c'était entièrement sa faute.

Danny le dépassa en trombe et fonça dans la caravane. « Gum, non, s'écria-t-il angoissé, *s'il te plaît.* » Rien de tel pour mettre Farish en furie que la détermination de Gum à « faire le ménage » après Danny ou Gene, ce qu'aucun d'eux ne souhaitait de toute manière. Un jour, des années auparavant (et Danny ne l'oublierait jamais, jamais), il l'avait trouvée en train de vaporiser méthodiquement son oreiller et sa literie avec de l'insecticide Raid...

« Seigneur, ces rideaux sont crasseux », dit Gum, pénétrant d'un pas traînant dans la chambre de Danny.

Une ombre immense se pencha sur le seuil. « C'est moi qui te parle, prononça Farish d'une voix sourde, effrayante. Bouge ton cul de là et écoute bien. » Il attrapa brusquement Danny par le dos de sa chemise et le précipita à nouveau en bas de l'escalier, sur la terre battue et dans les détritus de la cour (chaises longues cassées, canettes vides de bière, de soda, de dégrippant et de tout un champ de bataille de vis, de transistors, de rouages et d'appareils démontés), et – avant que Danny ait pu se relever – il descendit d'un bond et lui lança un méchant coup de pied dans les côtes.

« Alors tu vas où quand tu prends la voiture seul ? hurla-t-il. Hein ? Hein ? »

Le cœur de Danny chavira. Avait-il parlé dans son sommeil ?

« Tu as dit que tu allais poster les factures de Gum. Mais tu les as pas mises à la poste. Elles sont restées deux jours sur le siège de la voiture depuis que t'es revenu de je ne sais où, les pneus pleins de boue jusqu'au moyeu, c'est pas en roulant dans Main Street que tu les as mis dans cet état, hein ? »

Il lança encore un coup de pied à Danny qui roula en boule sur le côté, agrippant ses genoux.

« Catfish est dans ce coup-là avec toi ? »

Danny secoua la tête. Il sentait le goût du sang dans sa bouche.

« Parce que je vais le faire. Je vais tuer ce nègre. Je vais vous tuer tous les deux. » Farish ouvrit la portière côté passager de la Trans Am et, l'attrapant par la peau du cou, le jeta à l'intérieur.

« Conduis », hurla-t-il.

Danny – qui se demandait comment il était censé le faire du mauvais côté du véhicule – tâta son nez ensanglanté. *Dieu merci, je n'ai rien pris,* songea-t-il, essuyant le dos de sa main sur sa bouche meurtrie ; *Dieu merci je n'ai rien pris sinon je pèterais les plombs...*

« On y va ? » dit Curtis gaiement, sautillant jusqu'à la fenêtre ouverte ; avec ses lèvres barbouillées d'orange, il imita le bruit du moteur, *vroum vroum.* Puis, saisi, il remarqua le sang sur le visage de son frère.

« Non, lapin, lui dit Danny, tu ne vas nulle part », mais tout d'un coup le visage de Curtis se défit et – suffoquant – il fit demi-tour et s'enfuit à l'instant où Farish ouvrait la portière du chauffeur : *clic.* Un sifflement. « En route », dit-il, et avant que Danny n'eût réalisé ce qui se passait les deux bergers allemands bondirent sur le siège arrière. Celui qui s'appelait Van Zant haletait bruyamment à son oreille ; son haleine était brûlante, et sentait la viande pourrie.

L'estomac de Danny se contracta. C'était mauvais signe. Les chiens étaient dressés à l'attaque. Une fois, la femelle avait creusé un trou sous la barrière de son enclos et mordu Curtis à la jambe à travers son jean, si férocement qu'il avait fallu le recoudre à l'hôpital.

« Farish, *s'il te plaît,* dit-il, quand son frère remit le siège en place et s'assit au volant.

— Ta gueule. » Farish regardait droit devant lui, les yeux étrangement morts. « Les chiens viennent avec nous. »

Danny fouilla ostensiblement dans sa poche. « Si je dois conduire, il me faut mon portefeuille. » En réalité, c'était une arme qu'il voulait, même si ce n'était qu'un simple couteau.

Il faisait une chaleur torride à l'intérieur de la voiture.

Danny avala sa salive. « Farish ? dit-il. Si je dois conduire, j'ai besoin de mon permis. Je vais retourner le chercher maintenant. »

Farish se renversa sur le siège, ferma les yeux et resta un moment dans cette position – très immobile, les paupières frémissantes, comme s'il essayait de combattre une crise cardiaque imminente. Puis, brusquement, il sursauta et rugit, à pleine gorge : « *Eugene !*

— Hé, protesta Danny, couvrant les aboiements perçants sur le siège arrière, c'est pas la peine de l'appeler, j'y vais moi-même, d'accord ? »

Il voulut saisir la poignée de la portière. « Ho, j't'ai vu ! cria son frère.

— Farish...

— J'ai vu ça aussi ! » La main de Farish s'abattit sur le haut de sa botte. *Il y a planqué un couteau ?* se demanda Danny. *Super*.

A demi oppressé par la chaleur, des douleurs aiguës dans tout le corps, il réfléchit un instant, immobile. Quelle était la meilleure façon de procéder, pour éviter que Farish ne se jette à nouveau sur lui ?

« Je ne peux pas conduire de ce côté, dit-il enfin. Je vais chercher mon portefeuille, et ensuite on échangera nos places. »

Il étudia attentivement son frère. Mais Farish pensait à autre chose pour le moment. Il s'était tourné face au siège arrière et laissait les bergers allemands lui lécher la figure.

« Ces chiens, dit-il d'un ton menaçant, levant le menton par-dessus leurs langues frénétiques, ces chiens comptent plus pour moi que n'importe quel être humain *au monde*. Je tiens plus à ces deux chiens-là qu'à n'importe quelle vie humaine qui ait *jamais été vécue*. »

Danny attendit. Farish embrassa et caressa les animaux, leur murmurant des petits mots indistincts. Au bout d'une minute ou deux (les combinaisons UPS étaient plutôt laides, mais d'après Danny elles présentaient au moins un avantage : y dissimuler une arme était un casse-tête, sinon une tâche impossible), il ouvrit la portière, s'extirpa de la Trans Am et s'avança dans la cour.

La porte de la caravane de Gum grinça avec un son caoutchouteux de réfrigérateur. Eugene glissa la tête audehors. « Dis-lui qu'on ne me parle pas sur ce ton. »

Dans la voiture retentit le klaxon, provoquant un nouveau concert d'aboiements. Eugene abaissa ses lunettes sur son nez et jeta un coup d'œil par-dessus l'épaule de Danny. « Si j'étais toi je ne roulerais pas avec ces chiens dans la voiture », dit-il.

Farish renversa la tête et hurla : « Reviens *immédiatement* ! »

Eugene inspira profondément, se frictionna la nuque de la main. Remuant à peine les lèvres, il dit : « S'il ne finit pas cette fois encore à Whitfield, il va tuer quelqu'un. Il est venu ce matin et il a essayé de me cramer.

— Quoi ?

— Tu dormais, dit Eugene, lançant un regard plein d'appréhension à la Trans Am » ; ce qui se passait avec Farish et la voiture le rendait excessivement nerveux. « Il a sorti son briquet et a menacé de brûler le reste de ma figure. Ne pars pas avec lui. Pas avec les chiens. On sait pas de quoi il est capable. »

De sa place, Farish cria : « Ne m'oblige pas à venir te chercher ! »

— Ecoute, dit Danny, jetant un coup d'œil nerveux à la Trans Am, tu peux t'occuper de Curtis ? Tu me le promets ?

— Pourquoi ? Où tu vas ? » répondit Eugene, le dévisageant brusquement. Puis il détourna la tête.

« Non, reprit-il en clignant les paupières, non, ne me dis rien, ne prononce pas un mot de plus...

— Je vais compter jusqu'à trois, hurla Farish.

— Tu promets ?

— Je promets et jure devant Dieu.

— *Un*.

— N'écoute pas Gum, continua Danny, couvrant un autre coup de klaxon. Tout ce qu'elle fera c'est te décourager.

— *Deux !* »

Danny posa la main sur l'épaule d'Eugene. Après un regard rapide en direction de la Trans Am (le seul mouvement visible était la queue des chiens qui fouettait la vitre), il dit : « Rends-moi service. Reste là une minute et empêche-le d'entrer. » Il se glissa rapidement à l'intérieur de la caravane et attrapa le petit pistolet .22 de Gum rangé sur l'étagère derrière la télévision, releva sa jambe de pantalon et enfonça le canon de l'arme dans le haut de sa botte. Gum aimait le garder chargé, et il pria pour qu'il le fût encore ; il n'avait pas le temps de chercher des balles.

Dehors, de lourds pas rapides. Il entendit Eugene dire, d'une voix aiguë, effrayée : « Je t'interdis de lever la main sur moi. »

Danny tira sur son pantalon, ouvrit la porte. Il s'apprêtait à bafouiller une excuse (« mon portefeuille ») quand Farish l'attrapa par le col. « N'essaie pas de m'échapper, fils. »

Il traîna Danny en bas des marches. A mi-chemin de la voiture Curtis se précipita et essaya d'entourer la taille de Danny avec ses bras. Il pleurait – ou plutôt, il toussait et suffoquait, comme chaque fois qu'il était perturbé. Danny, trébuchant à la suite de Farish, réussit à tendre la main pour lui tapoter la tête.

« Rentre, petit », cria-t-il à Curtis. « Sois sage... » Eugene surveillait la scène d'un air inquiet, de la porte de la caravane ; le pauvre Curtis pleurait maintenant, il sanglotait à fendre l'âme. Danny remarqua que son poignet était barbouillé de rouge à lèvres orangé, là où Curtis avait appliqué sa bouche.

La couleur était criarde, choquante ; une fraction de seconde, Danny la fixa, pétrifié. *Je suis trop fatigué pour faire ça,* songea-t-il, *trop fatigué.* La seconde d'après, Farish ouvrait la portière de la Trans Am, côté chauffeur, et le précipitait sur le siège. « Conduis », ordonna-t-il.

Le sommet de la citerne était plus délabré que dans le souvenir de Harriet : des planches grises vermoulues, avec des clous branlants par endroits, et ailleurs, des fentes noires où le bois avait rétréci et éclaté. La fiente blanche des oiseaux les saupoudrait de hameçons et tortillons charnus.

De l'échelle, Harriet examina les lieux à hauteur d'œil. Puis elle s'avança prudemment et se mit à grimper vers le milieu – elle sentit un déchirement dans sa poitrine quand une planche couina et céda brutalement sous son pied, comme une touche de piano sous la pression d'un doigt.

Avec force précautions, elle fit un énorme pas en arrière. La latte rebondit avec un grincement. D'un mouvement raide, le cœur battant, elle se rapprocha du bord de la citerne et de la rambarde, où le sol était plus stable – pourquoi l'air était-il si léger et étrange, à cette altitude ? *Le mal des hauteurs*, les pilotes et les alpinistes en souffraient, et quel que fût le sens véritable de ces mots, ils décrivaient ce qu'elle éprouvait, une sensation de nausée et des étincelles au coin des yeux. Des toits de tôle scintillaient au loin dans la brume. De l'autre côté s'étendait la forêt verte et dense où Hely et elle avaient joué si souvent, se livrant bataille du matin au soir, se bombardant de mottes de boue rouge : une jungle luxuriante et pleine de chants, un petit Vietnam glorieux où descendre en parachute.

Elle fit deux fois le tour de la citerne. La porte demeurait invisible. Elle commençait à penser qu'il n'y en avait aucune quand elle la remarqua enfin : dégradée par les intempéries, presque parfaitement camouflée sur la surface uniforme à l'exception d'une ou deux traces de peinture chromée qui restaient encore accrochées à la poignée.

Elle se laissa tomber sur les genoux. D'un large mouvement d'essuie-glace, elle la souleva d'un bras (les gonds grincèrent comme dans un film d'horreur) et la laissa retomber sur le côté avec un choc qui fit vibrer les planches sous elle.

Dedans : l'obscurité, l'odeur fétide. Le bourdonnement sourd, intime des moustiques qui planaient dans l'air stagnant. Par les trous du toit filtrait une pluie de minuscules rayons de soleil – aussi fins que des crayons – qui s'entrecroisaient sur les poutres poussiéreuses, poudrées et chargées de pollen telles des gerbes d'or dans le noir. Au-dessous, l'eau était épaisse, noire comme l'encre, de la couleur de l'huile de moteur. A l'extrémité opposée, elle distingua la forme floue d'un animal boursouflé qui flottait sur le flanc.

Une échelle en métal corrodé – branlante, rouillée à mi-hauteur – descendait deux mètres plus bas, s'arrêtant juste au niveau de l'eau. Tandis que les yeux de Harriet s'habituaient à l'obscurité, elle vit avec un frisson qu'un objet brillant était fixé au barreau supérieur : une sorte de paquet, enveloppé dans un sac poubelle en plastique noir.

Harriet le tâta de la pointe de sa chaussure. Puis, après un moment d'hésitation, elle se mit à plat ventre, introduisit sa main à l'intérieur et le palpa. Une matière molle mais solide se trouvait à l'intérieur – ce n'était pas de l'argent, ni une pile de choses, ni un objet dur, défini, mais une matière qui cédait sous les doigts, comme du sable.

Le paquet était enveloppé d'épaisses bandes de ruban adhésif. Harriet s'y accrocha et tira dessus avec les deux mains, essayant de glisser ses ongles sous les bords du ruban. Elle renonça enfin et déchira plusieurs couches de plastique pour atteindre le cœur du paquet.

A l'intérieur : une chose froide et glissante, inerte sous les doigts. Harriet s'écarta aussitôt. De la poussière s'échappa du colis, pour se déposer sur l'eau en une pellicule nacrée. Elle regarda attentivement le tourbillon chatoyant (du poison ? des explosifs ?) qui recouvrait la surface d'un vernis poudré. Elle savait tout sur les narcotiques (par la télévision, par les illustrations en couleurs de son manuel d'hygiène) mais ceux qu'elle avait vus se reconnaissaient au premier coup d'œil, on ne pouvait pas s'y tromper : cigarettes roulées à la main, seringues hypodermiques, pilules de couleur. Peut-être ce sachet était-il un leurre, comme dans *Dragnet*[1] ; peut-être le vrai paquet était-il caché ailleurs, et celui-ci n'était-il qu'un sac bien emballé de... quoi ?

Dans le plastique déchiré brillait une matière luisante et pâle. Avec précaution, Harriet écarta les bords, et découvrit un mystérieux nid de sachets blancs soyeux, comme une grappe d'œufs d'insectes géants. L'un d'eux tomba dans l'eau avec un plouf – Harriet retira vivement sa main – et se mit à flotter, à demi immergé, comme une méduse.

Un horrible instant, elle avait cru que les sacs étaient vivants. Dans le miroitement de l'eau, dansant à l'intérieur de la citerne, ils avaient paru palpiter imperceptiblement. Maintenant elle voyait qu'il s'agissait simplement d'une série de sachets en plastique transparent, remplis d'une poudre blanche.

1. Emission policière des années cinquante. (*N.d.T.*)

Prudemment, elle tendit le bras et toucha l'un des minuscules objets (la petite ligne bleue de la fermeture à glissière était nettement visible en haut), puis le prit dans sa paume et le soupesa. La poudre semblait blanche – comme du sucre ou du sel – mais la texture était différente, plus croustillante et plus cristalline, et son poids étonnamment léger. Elle l'ouvrit et l'approcha de son nez. Pas d'odeur, excepté l'arôme imperceptible qui lui rappelait la poudre de Comet qu'Ida utilisait pour nettoyer la salle de bains.

En tout cas, peu importait : c'était à lui. D'un geste sournois, elle jeta le petit sac dans l'eau. Il se mit à flotter. Harriet le considéra puis, sans vraiment réfléchir à ce qu'elle faisait, ni à la raison de son acte, elle plongea la main dans la cachette en plastique noir (encore des sachets blancs, agglutinés comme des graines dans une cosse) qu'elle vida de son contenu, lâchant dans l'eau noire des poignées distraites de trois ou quatre paquets.

Maintenant qu'ils étaient dans la voiture, Farish avait oublié ce qui le minait, du moins en apparence. Tandis que Danny roulait à travers les champs de coton embrumés par la chaleur du matin et les pesticides, il ne cessait de lancer des coups d'œil nerveux à son frère qui, calé sur son siège, fredonnait avec la radio. A peine avaient-ils quitté le chemin de gravier et pris la voie goudronnée que l'humeur violente et tendue de Farish avait changé, inexplicablement, et pris un ton plus joyeux. Il avait fermé les yeux et poussé un profond soupir de satisfaction en sentant le souffle froid de la climatisation, et maintenant qu'ils filaient sur la grand-route en direction de la ville, écoutant *The Morning Show* avec Betty Brownell et Casey McMasters sur WNAT (« le tam-tam de la ville » d'après Farish). WNAT était une station Top 40, qu'il détestait. Mais en ce moment il l'appréciait, hochant la tête, battant la mesure sur son genou, sur l'accoudoir, sur le tableau de bord.

Sauf qu'il tambourinait un peu trop fort. Cela rendait Danny nerveux. Plus Farish vieillissait, et plus il se comportait comme leur père : sa façon particulière de sourire avant de dire une méchanceté, l'excitation artificielle – l'excès de paroles et de gentillesses – qui précédait un éclat violent.

Rebel*lieux* ! Rebel*lieux* ! Une fois Danny avait prononcé ce mot en classe, *rebellieux*, le mot préféré de son père, et le professeur lui avait dit que ce n'était même pas un mot. Mais Danny entendait encore cette fêlure aiguë, hystérique dans la voix de son père, rebel*lieux* ! la ceinture s'abattant sur le *bel* tandis qu'il fixait ses mains : tachetées, poreuses, sillonnées de cicatrices, les articulations blanches à force d'agripper la table de la cuisine. Danny connaissait très bien ses mains, vraiment très bien ; chaque fois qu'il traversait un moment difficile dans sa vie, il les étudiait comme un livre. C'était sa carte du passé : il y retrouvait les raclées, les lits d'agonie, les enterrements, l'échec ; l'humiliation en cour de récréation et les condamnations dans la salle du tribunal ; les souvenirs plus réels que ce volant, cette rue.

Ils arrivaient maintenant dans la banlieue de la ville. Ils longèrent les terrains ombragés de l'Old Hospital, où des pom-pom girls du lycée – disposées en V – sautaient toutes ensemble dans l'air : *hey !* Elles ne portaient pas d'uniforme, ni même de chemises assorties, et malgré leurs mouvements vifs, coordonnés, elles avaient un air déguenillé. Les bras tendus en sémaphore, les poings frappant l'air.

Un autre jour – n'importe quel autre jour – Danny se

serait peut-être garé derrière la vieille pharmacie pour les observer en cachette. Maintenant, tandis qu'il roulait lentement dans l'ombre pommelée des feuillages, les queues-de-cheval et les membres bronzés tourbillonnant en arrière-fond, il fut glacé par l'apparition soudaine, au premier plan, d'une créature bossue plus petite, toute en noir, qui – un mégaphone à la main – interrompit sa marche pesante, empêtrée, pour l'observer depuis le trottoir. C'était une sorte de farfadet – un mètre de haut à peine, avec un bec et de larges pieds orange, l'air curieusement trempé. Quand la voiture passa, il se retourna d'un mouvement fluide, mécanique et ouvrit ses ailes noires comme une chauve-souris... et Danny eut la bizarre sensation d'avoir déjà rencontré cet être, à demi-merle, à demi-nain, et à demi-enfant diabolique ; de l'avoir déjà vu quelque part (bien que ce fût impossible). Plus étrange encore : ce *personnage* se souvenait de *lui*. Quand il regarda dans le rétroviseur il vit encore la petite forme aux ailes noires qui suivait sa voiture des yeux tel un messager importun venu de l'autre monde.

Les limites s'amenuisent. Le cuir chevelu de Danny le picotait. Encadrée par l'ombre verte fiévreuse, la route luxuriante avait pris l'aspect d'un convoyeur dans un cauchemar.

Il regarda dans le miroir. La créature avait disparu.

Ce n'était pas la drogue, il l'avait éliminée dans son sommeil : non, le fleuve avait inondé ses rives et toutes sortes de détritus et d'ordures monstrueuses étaient remontées au grand jour, un film catastrophe, des rêves et des souvenirs et des peurs inavouables se déversant sur la voie publique. Et (ce n'était pas la première fois) Danny avait la sensation d'avoir déjà rêvé cette journée, de descendre Natchez Street vers un événement qui avait déjà eu lieu.

Il se frotta la bouche. Il avait besoin de pisser. Bien qu'il eût très mal à la tête et aux côtes à cause des coups de Farish, il n'était capable de penser pratiquement à rien d'autre. Et l'arrêt de la drogue lui avait laissé un arrière-goût chimique écœurant dans la bouche.

Il glissa un regard furtif vers Farish. Il était encore absorbé par la musique : il hochait la tête, chantonnait à mi-voix, tambourinait sur l'accoudoir avec son poing. Mais la chienne policière sur le siège arrière fixait Danny comme si elle savait exactement ce qu'il avait en tête.

Il essaya de se préparer mentalement. Eugene – malgré tous ses prêches délirants – veillerait sur Curtis. Et puis il y avait Gum. Son seul nom déclenchait une avalanche de pensées coupables, mais bien que Danny s'employât de toutes ses forces à éprouver de l'affection pour sa grand-mère, il ne sentait rien. Quelquefois, en particulier lors-qu'il entendait Gum tousser dans sa chambre au milieu de la nuit, il avait la gorge nouée et songeait avec émotion aux épreuves qu'elle avait subies – la pauvreté, l'excès de travail, les cancers et les ulcères et l'arthrite et le reste – mais l'amour était un sentiment qu'il n'éprouvait pour elle qu'en sa présence et seulement de façon occasion-nelle : jamais loin d'elle.

Et cela avait-il la moindre importance ? Danny avait une telle envie d'uriner que ses globes oculaires étaient sur le point d'exploser ; il ferma les yeux très fort, les rou-vrit. *J'enverrai de l'argent à la maison. Dès que je serai sorti de cette merde et que je me serai installé...*

Existait-il un autre moyen ? Non. Il n'y avait pas d'autre issue – que celle qui s'offrait à lui – pour atteindre la maison au bord de l'eau dans un autre Etat. Il devait concentrer son esprit sur cet avenir, le voir réellement, se diriger vers lui d'un mouvement fluide, continu.

Ils passèrent devant le vieil hôtel Alexandria, avec son

porche affaissé et ses volets pourris – un lieu hanté, racontait-on, et ça n'avait rien d'étonnant, avec tous les gens qui y avaient perdu la vie ; l'endroit irradiait de cette mort ancienne, historique, cela se sentait. Et Danny voulait hurler contre l'univers qui l'avait abandonné ici : dans cette ville sordide, dans ce comté en ruines qui n'avait pas connu la prospérité depuis la guerre de Sécession. Sa première condamnation criminelle n'avait même pas été de son fait : c'était la faute de son père, qui l'avait envoyé voler une tronçonneuse Stihl ridiculement chère dans l'atelier d'un riche et vieux fermier allemand qui gardait sa propriété armé d'un fusil. C'était pathétique aujourd'hui, de songer à l'impatience avec laquelle il avait attendu sa libération, comptant les jours qui le séparaient de son retour à la maison, parce qu'il n'avait pas compris alors (et il valait mieux l'ignorer) qu'une fois qu'on était en prison, on n'en sortait plus jamais. Les gens vous traitaient comme quelqu'un de différent ; vous tendiez à récidiver, de la même façon que les personnes touchées par la malaria ou l'alcoolisme tendaient à rechuter. La seule façon de s'en sortir était de partir dans un endroit où personne ne vous connaissait ni vous, ni votre famille, et d'essayer de repartir de zéro.

Les panneaux des rues se répétaient, et les mots. *Natchez, Natchez, Natchez.* La Chambre de commerce : à ALEXANDRIA LA VIE VOUS SOURIT ! *Non,* songea amèrement Danny, *la vie ne vous sourit pas : la vie vous dit merde.*

Il tourna brutalement en direction des gares de triage. Farish se retint au tableau de bord et le regarda avec une sorte de stupéfaction. « Tu fais quoi ?

— C'est là que tu m'as dit d'aller, répondit Danny, essayant de garder un ton aussi neutre que possible.

— Ah bon ? »

Danny sentit qu'il devait ajouter quelque chose, mais

il ne savait pas quoi. Farish *avait*-il mentionné le château d'eau ? Il n'en était plus aussi sûr tout d'un coup.

« Tu as dit que tu voulais me surveiller », articula-t-il à tout hasard – lançant ces quelques mots, juste pour juger de l'effet produit.

Farish haussa les épaules et – à la surprise de Danny – se cala à nouveau sur son siège et regarda par la fenêtre. Circuler le mettait généralement de bonne humeur. Danny l'entendait encore siffler tout bas, la première fois où il avait démarré la Trans Am. Il adorait rouler, monter dans la voiture et en route ! Les premiers mois ils avaient fait une virée dans l'Indiana, juste tous les deux, une autre fois ils étaient allés jusque dans l'ouest du Texas – sans raison, il n'y avait rien à voir là-bas, juste le ciel limpide et les panneaux routiers qui filaient au-dessus de leurs têtes, tandis qu'ils pianotaient sur la bande FM pour trouver une chanson.

« Je vais te dire quoi. Allons prendre un petit déjeuner », dit Farish.

Les intentions de Danny faiblirent. Il *avait* faim. Puis il se souvint de son plan. Il était établi, il était arrêté, il n'y avait pas d'autre issue. A l'angle de la rue, des ailes noires lui faisaient signe de s'élancer vers un avenir qu'il ne voyait pas.

Il ne fit pas demi-tour ; il continua de rouler. Les arbres se pressaient autour de la voiture. A cette distance de la route goudronnée ce n'était même plus un chemin, seulement des nids-de-poule dans du gravier défoncé.

« J'essaie juste de trouver un endroit où tourner », dit-il, se rendant compte à l'instant même où il la prononçait combien sa phrase semblait stupide.

Puis il coupa le moteur. Il fallait encore marcher un bon moment pour atteindre le château d'eau (la route était mauvaise et les herbes hautes, il ne tenait pas à s'aventurer plus loin et risquer de s'embourber). Les chiens se mirent à aboyer comme des fous, sautant partout et essayant de se jeter à l'avant. Danny se tourna comme pour sortir de la voiture. « Voilà », prononça-t-il absurdement. D'un geste rapide, il tira le petit pistolet de sa botte et le pointa sur son frère.

Mais Farish ne le vit pas. Il avait pivoté sur son siège, propulsant vers la portière son énorme ventre. « *Descends* de là, disait-il à la chienne qui s'appelait Van Zant, descends, j'ai dit *descends*. » Il leva la main. L'animal recula.

« Essaie un peu, voir ? Fais la rebellieuse avec *moi*, sale bête ! »

Il n'avait pas jeté un seul coup d'œil à Danny ni à l'arme. Pour attirer son attention, Danny dut se racler la gorge.

Farish leva une main rouge crasseuse. « Une seconde, dit-il sans le regarder, attends un peu, il faut que j'apprenne la discipline à ce chien. J'en ai *assez* de toi (une tape sur la tête), sale bête, je t'*interdis* de faire cette putain de comédie avec moi. » Ils se défiaient du regard. Les oreilles de l'animal étaient plaquées sur son crâne, ses yeux jaunes brillaient, immobiles.

« Allez. Vas-y. Je fais te filer une de ces raclées – non, attends, dit-il, levant le bras et se tournant à demi vers Danny, son œil aveugle vers lui. Il faut que je donne une leçon à cette chienne. » Son œil était aussi bleu et glacé qu'une huître. « Vas-y, dit-il à l'animal. *Essaie* un peu. Ça sera la dernière fois que tu... »

Danny arma le revolver et tira une balle dans la tempe de Farish. C'était aussi simple que ça, aussi rapide : *crac*. La tête de son frère tomba en avant et sa bouche s'ouvrit. D'un geste qui était étrangement naturel, il tendit la main vers le tableau de bord pour se retenir – puis se tourna vers Danny, son œil valide à demi fermé, mais l'autre grand ouvert. Un filet de bave sanguinolente sortit de sa bouche avec un gargouillis ; on aurait dit un poisson, un poisson-chat pris à l'hameçon, glouglou.

Danny tira encore, cette fois dans la nuque, et – dans le silence retentissant qui se pulvérisa autour de lui en cercles métalliques – il sortit de la voiture et claqua la portière. C'était fait à présent ; pas de retour en arrière. Le sang avait éclaboussé le devant de sa chemise ; il toucha sa joue, et regarda la trace rougeâtre sur ses doigts. Farish s'était effondré, les bras sur le tableau de bord ; sa nuque était dans un triste état mais sa bouche, pleine de sang, remuait encore. Sable, le plus petit des deux chiens, s'agrippait au dossier du siège du passager et – pédalant avec ses pattes arrière – s'efforçait de l'escalader pour atterrir sur le crâne de son maître. L'autre – la chieuse qui s'appelait Van Zant – s'était hissée à l'avant. Le nez sur le plancher, elle fit deux tours, changea de direction, puis posa son arrière-train sur le siège du conducteur, les oreilles dressées comme les cornes d'un démon. Un instant, elle fixa Danny de ses yeux de louve, et se mit à aboyer : des jappements brefs, aigus, distincts, qui portaient.

L'alerte était aussi claire que si elle avait crié « Au feu ! Au feu ! » Danny recula. Une multitude d'oiseaux s'étaient envolés, comme des éclats d'obus, au léger crépitement du pistolet. Maintenant ils se reposaient sur les arbres, par terre. Dans la voiture, il y avait du sang partout : sur le pare-brise, sur le tableau de bord, sur la fenêtre du passager.

J'aurais dû prendre un petit déjeuner, songea-t-il, hystérique. *De quand date mon dernier repas ?*

A cette pensée, il se rendit compte qu'il avait une envie désespérée d'uriner et que depuis l'instant où il s'était réveillé ce matin ce besoin ne l'avait pas quitté.

Un merveilleux soulagement l'envahit, et pénétra dans ses veines. *Tout va bien,* pensa-t-il, tout en remontant la fermeture Eclair de son pantalon, puis...

Sa belle voiture ; sa voiture. Quelques instants plus tôt c'était une fine fleur, un joyau, et maintenant, une scène de crime digne de *True Detective.* A l'intérieur, les chiens allaient et venaient frénétiquement. Farish était affalé sur le tableau de bord, le visage baissé. Sa posture était étrangement détendue et naturelle ; on aurait pu croire qu'il se penchait pour chercher des clés par terre, n'eût été le flot de sang qui jaillissait de sa tête et dégoulinait sur le sol. Le sang avait giclé sur tout le pare-brise – de grosses gouttes sombres, brillantes, une grappe de baies de houx de fleuriste accrochée à la vitre. Sur le siège arrière, Sable tournait comme un ours en cage, frappant les fenêtres de sa queue. Van Zant – assise à côté de son maître – ébauchait des feintes rapides, répétées pour l'approcher : elle posait la truffe sur sa joue, s'écartait, bondissait vers l'avant pour recommencer son manège, et elle aboyait sans arrêt, des jappements brefs, perçants – c'était un chien, bon Dieu, et pourtant l'urgence aiguë de ces cris ne pouvait pas tromper, aussi poignante qu'une voix appelant à l'aide.

Danny se frotta le menton et regarda autour de lui comme un fou. L'impulsion qui l'avait conduit à appuyer sur la détente s'était envolée à présent, et ses ennuis s'étaient multipliés au point de noircir le soleil. Pourquoi diable avait-il abattu Farish *dans* la voiture ? Si seulement il s'était retenu quelques secondes. Mais non : il mourait d'envie d'en finir, il s'était précipité comme un imbécile pour lui tirer dessus au lieu d'attendre le bon moment.

Il s'accroupit, posa les mains sur ses genoux. Il avait la nausée et se sentait moite ; son cœur battait la chamade et il n'avait pas pris de vrai repas depuis des semaines, rien que des cochonneries, de la glace, des sandwiches et des Seven-Up ; la décharge d'adrénaline s'était dissipée, et avec elle le peu de force qui lui restait, tout ce qu'il désirait c'était s'allonger sur la terre chaude et verdoyante et fermer les yeux.

Il fixa la terre, comme hypnotisé, puis se secoua et se redressa. Une petite dose le remettrait d'aplomb – une dose, *bon Dieu,* l'idée le faisait larmoyer – mais il était parti sans rien sur lui et il n'avait pas la moindre envie d'ouvrir la portière et de fouiller le cadavre de Farish, de manipuler les fermetures Eclair des poches de cette combinaison UPS de merde.

Il contourna l'avant de la voiture en boitant. Van Zant se jeta vers lui et son museau se cogna au pare-brise avec un craquement sourd qui le fit reculer en chancelant.

Au milieu du soudain concert d'aboiements, il resta un moment immobile, les yeux fermés, respirant superficiellement, tandis qu'il essayait de se ressaisir. Il n'avait aucune envie d'être là, mais il y était bel et bien. Et le moment était venu de réfléchir posément, petit à petit.

Ce fut la clameur assourdissante – l'envol des oiseaux – qui fit sursauter Harriet. Brusquement ils explosèrent autour d'elle et elle tressaillit, se protégeant les yeux du bras. Quatre ou cinq corneilles se posèrent près d'elle, les griffes accrochées à la rambarde de la citerne. Elles tournèrent la tête pour la regarder et la plus proche ouvrit les ailes et prit son essor. En bas, au loin, elle entendait un bruit qui ressemblait à des aboiements de chiens hystériques. Mais avant cela, elle crut déceler un son différent, un léger crépitement noyé dans le vent, sous la blancheur du soleil.

Harriet resta immobile – les pieds sur l'échelle, les

jambes à l'intérieur de la citerne. Son regard qui errait, troublé, se posa sur l'une des corneilles ; elle inclinait la tête avec une expression mauvaise, désinvolte, comme l'oiseau d'une bande dessinée, et semblait presque sur le point de lui dire quelque chose, mais une autre explosion retentit en bas, et elle se redressa et s'envola.

Harriet écouta. Le corps à demi plongé dans la citerne, elle se tenait d'une main, et tressaillit quand l'échelle grinça sous son poids. Elle se hâta de remonter, puis rampa sur les planches jusqu'au bord et tendit le cou le plus loin possible.

A l'autre bout du champ, vers les bois, trop loin pour bien voir – elle distingua la Trans Am. Les oiseaux commençaient à redescendre dans la clairière, un à un, se posant sur les branches, dans les buissons, sur le sol. Près de la voiture, tout là-bas, elle reconnut Danny Ratliff. Il lui tournait le dos et plaquait ses mains sur ses oreilles comme si quelqu'un lui hurlait dessus.

Harriet se baissa – effrayée par sa posture tendue et pleine de violence – mais la seconde d'après elle se rendit compte de ce qu'elle avait vu et, lentement, releva la tête.

Oui : tout ce rouge. Des gouttes écarlates éclaboussaient le pare-brise, une couleur si lumineuse et choquante qu'elle attirait l'œil même à cette distance. Au-delà – dans la voiture, à travers le canevas semi-transparent de gouttelettes – elle eut l'impression de distinguer un horrible mouvement : quelque chose qui s'agitait, se cognait, et se débattait. Et cette confusion incompréhensible semblait terrifier aussi Danny Ratliff. Il reculait à pas lents, automatiques, comme un cow-boy qui vient de recevoir une balle mortelle dans un western.

Harriet fut tout d'un coup submergée par une étrange langueur, une sensation de vide. Du haut de son perchoir, dans les airs, tout cela semblait anodin, insignifiant, accidentel en quelque sorte. Le soleil blanc tapait, implacable, et dans sa tête vibrait une étrange légèreté, celle même qui – pendant son ascension – lui avait donné envie de lâcher prise et de se laisser partir.

Je suis dans le pétrin, se dit-elle, *je suis dans un sale pétrin,* mais bien que ce fût la vérité elle avait de la peine à s'en convaincre.

Dans le lointain ensoleillé, Danny Ratliff se pencha pour ramasser un objet brillant dans l'herbe, et le cœur de Harriet vacilla quand elle comprit à la manière dont il le tenait, plus qu'à tout autre détail, que c'était une arme. Dans le terrible silence, elle imagina un instant qu'elle entendait l'écho ténu d'une trompette – l'orchestre de Hely, très loin à l'est – et lorsque, troublée, elle jeta un regard dans cette direction, il lui sembla entrevoir dans la brume, un bref instant, l'imperceptible scintillement doré du soleil sur le cuivre.

Des oiseaux – des oiseaux partout, de grandes explosions noires croassantes, comme des retombées radioactives, des éclats d'obus. C'était mauvais signe : les mots les rêves les lois les chiffres, tempêtes d'informations impossibles à décrypter dans sa tête, et tournoyant dans les airs. Danny plaqua ses mains sur ses oreilles ; il voyait son propre reflet incliné sur le pare-brise éclaboussé de sang, une galaxie rouge tourbillonnante figée sur le verre, et derrière sa tête, l'image en filigrane des nuages qui se déplaçaient. Il était malade et épuisé ; il avait besoin d'une douche et d'un bon repas ; il avait besoin d'être chez lui, dans son lit. Il ne voulait pas de ce merdier. *J'ai abattu mon frère* et pourquoi ? *Parce que j'avais tellement envie de pisser que je n'avais plus les idées claires.* Farish aurait poussé un grand éclat de rire en entendant ça.

Les histoires tordues que racontait le journal le rendaient malade de rire : l'ivrogne qui, en pissant au bord d'un pont autoroutier, avait glissé et fait une chute mortelle sur la chaussée ; l'imbécile fini qui, réveillé par la sonnerie du téléphone près de son lit, avait saisi son pistolet et s'était tiré une balle dans la tête.

L'arme était dans les herbes, aux pieds de Danny, là où il l'avait jetée. D'un geste raide, il se baissa pour la ramasser. Sable reniflait la joue et le cou de Farish, fouillant dans la chair avec des coups de tête, un mouvement qui lui donnait la nausée, et Van Zant surveillait le moindre de ses gestes de ses yeux jaune soufre. Quand il s'avança vers la voiture, elle se cabra et aboya en redoublant d'énergie. Essaie un peu d'ouvrir cette portière, semblait-elle lui dire. Ouvre donc cette putain de portière. Danny songea aux séances de dressage dans la cour, où Farish enveloppait ses bras de doublure d'édredon et de sacs de jute et hurlait *Attaque ! Attaque !* Des petits flocons de coton voletant partout.

Ses genoux tremblaient. Il se frotta la bouche, essaya de se calmer. Puis il tendit le bras et visa l'œil jaune de Van Zant, et appuya sur la détente. Un trou de la taille d'une pièce d'un dollar explosa dans la vitre. Grinçant des dents à cause des hurlements, des pleurs et des sauts désordonnés dans la voiture, Danny se pencha, l'œil fixé sur le verre, introduisit le canon dans le trou et tira encore sur elle, puis inclina son arme et la dirigea vers l'autre chien, un coup de feu clair et net, parfaitement centré. Puis il recula son bras et jeta le pistolet le plus loin possible.

Dans la clarté aveuglante du matin, il haletait comme s'il avait couru deux kilomètres. Les hurlements dans la voiture étaient le bruit le plus horrible qu'il eût jamais entendu : aigu, sinistre, comme un mécanisme enrayé, une note métallique, déchirante, continue, inlassable, un son qui déclenchait une douleur physique, Danny avait l'impression que s'il ne cessait pas, il devrait s'enfoncer un bâton dans l'oreille...

Mais le bruit continuait ; et après avoir attendu debout, le dos à demi tourné, un temps qui lui parut ridiculement long, Danny s'approcha d'un pas raide de l'endroit où il avait jeté son pistolet, les hurlements des chiens résonnant encore dans ses oreilles. Avec humeur, il s'agenouilla pour fouiller dans les herbes clairsemées qu'il écarta de ses mains, le dos crispé à cause des cris stridents, vigoureux.

Mais l'arme était vide : plus de balles. Danny l'essuya avec sa chemise et la lança plus profondément dans la forêt. Il était sur le point de se forcer à rebrousser chemin pour regarder dans la voiture, quand le silence se déploya sur lui par vagues successives – chacune avec sa crête et sa chute, comme les cris qui les avaient précédées.

Si j'étais allé jusqu'au White Kitchen, songea-t-il, se frottant la bouche, *si je n'avais pas pris cette route, elle s'approcherait avec nos cafés.* La serveuse qui s'appelait Tracey, la fille très maigre avec des boucles d'oreilles dansantes et des petites fesses plates, les apportait toujours sans qu'on le lui demande. Il imagina Farish calé sur son siège, précédé de son ventre majestueux, faisant son discours habituel sur ses œufs (il n'aimait pas les *boire,* va dire à la cuisinière qu'elle veille à ce qu'ils soient bien durs) et Danny en face de lui, fixant son horrible tête échevelée comme une touffe d'algues noires et se disant : *je ne sais pas ce qui me retient.*

Tout cela s'évanouit, et il se retrouva en train de fixer une bouteille cassée dans les herbes. Il ouvrit et referma une main, puis l'autre. Ses paumes étaient gluantes et froides. *Il faut que je me tire d'ici,* songea-t-il, avec un sursaut de panique.

Pourtant il restait figé. C'était comme s'il avait fait sauter le fusible reliant son cerveau à son corps. Maintenant que la vitre de la voiture était brisée et que les chiens avaient cessé de gémir et de pleurer, il distinguait un imperceptible filet de musique qui s'échappait de la radio. Les gens qui chantaient cette chanson (une connerie sur la poussière d'étoiles dans vos cheveux) songeaient-ils une seule seconde que quelqu'un l'écouterait sur une route de terre, près d'une voie ferrée désaffectée, avec un cadavre devant lui ? Non : ces gens virevoltaient dans Los Angeles et Hollywood vêtus de leurs costumes blancs à paillettes, avec leurs lunettes à verres dégradés, buvant du champagne et sniffant de la coke sur des plateaux d'argent. L'idée ne leur venait jamais – tandis qu'ils se pavanaient dans les studios près de leurs pianos à queue avec leurs écharpes chatoyantes et leurs cocktails à la mode – l'idée ne leur venait jamais qu'un malheureux type planté sur un chemin au milieu du Mississippi essaierait de résoudre des problèmes majeurs pendant que la radio passait *on the day you were born the angels got together...* [le jour de ta naissance, les anges se sont rassemblés...].

Ces gens-là n'avaient jamais besoin de prendre une décision difficile, se dit-il sombrement, les yeux fixés sur son véhicule maculé de sang. Ils n'avaient jamais besoin de se salir les mains. Tout leur était donné, comme le jeu de clés d'une voiture neuve.

Il fit un pas vers le véhicule, un seul. Ses genoux tremblaient ; le crissement de ses chaussures sur le gravier le terrifiait. *Faut bouger !* se dit-il avec une hystérie aiguë, vigoureuse, regardant follement autour de lui (à gauche, à droite, vers le ciel), une main tendue pour amortir le choc en cas de chute. *Faut se mettre en route !* Ce qu'il devait faire était assez clair ; la question était de savoir comment il allait s'y prendre, car en réalité, s'il y réfléchissait bien, il préférait se scier le bras à la tronçonneuse que de poser un doigt sur le cadavre de son frère.

Sur le tableau de bord – dans une posture très naturelle – reposait la main rougeaude et sale de Farish, les doigts tachés par le tabac, la grosse bague en or en forme de dé qu'il portait au petit doigt. Tout en la fixant, Danny essaya de se remettre dans le contexte. Ce qu'il lui fallait, c'était une dose, pour concentrer son esprit et redonner du tonus à son cœur. Là-haut, dans le château d'eau, il y avait une belle provision de dope, de la dope à gogo ; et plus il s'attardait ici, plus la Trans Am resterait en plan dans les herbes avec un homme et deux chiens policiers morts inondant les sièges de leur sang.

Harriet, agrippant la rambarde de ses deux poings, était couchée à plat ventre, trop terrifiée pour respirer. Parce que ses pieds étaient plus hauts que sa tête, tout son sang était descendu dans son visage et elle sentait son cœur palpiter dans ses tempes. Les hurlements avaient cessé dans la voiture, ces plaintes aiguës d'animaux qui semblaient ne jamais devoir s'arrêter, mais même le silence paraissait tendu et déformé par ces cris funestes.

En bas, sur le sol, Danny Ratliff n'avait pas bougé, infiniment petit dans ce décor neutre et placide. Tout était immobile, comme dans un tableau. Le moindre brin d'herbe, la moindre feuille de chaque arbre semblait lissé, peigné et verni, inaltérable.

Les coudes de Harriet étaient douloureux. Elle bougea légèrement, dans son inconfortable position. Elle n'était pas sûre d'avoir bien vu – elle était trop loin – mais elle avait nettement entendu les coups de feu et les cris, et l'écho des hurlements résonnait encore dans ses oreilles : perçant, dévastateur, intolérable. Plus rien ne bougeait dans la voiture ; les victimes (des formes sombres, il semblait y en avoir plusieurs) étaient immobiles.

Soudain il se tourna ; et le cœur de Harriet se serra atrocement. *Mon Dieu,* pria-t-elle, *mon Dieu, faites qu'il ne vienne pas ici...*

Mais il marchait en direction des bois. D'un mouvement vif – après avoir jeté un regard derrière lui – il se pencha dans la clairière. Une bande blanchâtre – qui contrastait avec le brun foncé de ses bras – apparut entre son T-shirt et la ceinture de son jean. Il regarda dans le chargeur ; il se redressa et le nettoya avec son maillot. Puis il le jeta dans la forêt, et l'ombre de l'arme vola sur l'herbe.

Harriet – observant la scène par-dessus son avant-bras – combattit une forte envie de regarder ailleurs. Bien qu'elle souhaitât désespérément savoir ce qu'il faisait – garder les yeux fixés aussi intensément sur le même point brillant au loin exigeait un effort singulier : et elle devait secouer la tête pour chasser une sorte de brouillard qui ne cessait d'obscurcir sa vision, comme l'ombre qui glissait sur les chiffres inscrits sur le tableau noir quand elle les regardait avec une trop grande attention.

Au bout d'un moment, il sortit des arbres et revint vers la voiture. Il resta là, son dos musclé, ruisselant de sueur, tourné vers elle, la tête légèrement baissée, les bras raides le long de ses flancs. Son ombre s'allongeait devant lui sur le gravier, telle une planche noire indiquant deux heures de l'après-midi. Sous l'aveuglante clarté c'était un réconfort de l'observer, un repos rafraîchissant pour les yeux. Puis l'ombre glissa et disparut quand il fit demi-tour et se mit à marcher en direction du château d'eau.

L'estomac de Harriet se contracta. La seconde d'après elle reprit ses esprits, chercha son revolver à tâtons, et commença à le déballer maladroitement. Brusquement, ce vieux revolver qu'elle ne savait pas manier (et n'était même pas sûre d'avoir chargé correctement) semblait être une bien mince protection contre Danny Ratliff, en particulier dans un endroit aussi précaire.

Son regard papillonna. Où se placer ? Ici ? Ou de l'autre côté, un peu plus bas, peut-être ? Elle entendit alors un choc sur l'échelle en métal.

Frénétiquement, elle jeta un coup d'œil autour d'elle. Elle n'avait jamais tiré un coup de feu de sa vie. Même si elle le touchait, elle ne l'abattrait pas sur-le-champ et le toit branlant de la citerne n'offrait aucun refuge.

Ding... ding... ding...

Harriet – éprouvant physiquement, l'espace d'un instant, la terreur d'être attrapée et jetée par-dessus bord – se mit debout tant bien que mal, mais à l'instant où elle s'apprêtait à se jeter par la trappe, armée de son revolver, et à se plonger dans l'eau, quelque chose l'arrêta. Battant des bras – elle se renversa vers l'arrière et retrouva son équilibre. La citerne était un piège. C'était déjà très risqué de le rencontrer face à face, en plein soleil, mais là-dessous elle n'aurait aucune chance de s'en sortir.

Ding... ding...

Le revolver était lourd et froid. L'empoignant d'un geste gauche, Harriet rampa sur le côté vers le bord du toit, puis se mit à plat ventre en le tenant des deux mains, et s'avança sur les coudes le plus loin possible sans passer la tête au-dessus du rebord de la citerne. Sa vision s'était rétrécie et assombrie, réduite à une fente aussi étroite que la visière d'un casque de chevalier, et elle se mit à fixer cet espace avec un étrange détachement, tout lui paraissant distant et irréel, hormis le désir intense, désespéré de faire claquer sa vie comme un pétard à la figure de Danny Ratliff, en une explosion unique.

Ding... ding...

Harriet s'avança, le revolver tremblant dans sa main, juste assez pour voir. Elle se pencha encore un peu, et aperçut le sommet de son crâne, environ cinq mètres plus bas.

Ne regarde pas en l'air, songea Harriet, frénétique. Elle se plaça en équilibre sur ses coudes, leva l'arme et la colla à l'arête de son nez et – l'œil fixé sur le canon, visant du mieux possible – elle ferma les yeux et appuya sur la détente.

Boum. Le revolver la frappa en plein sur le nez avec un craquement bruyant, elle cria et roula sur le dos, se tenant le visage des deux mains. Une pluie d'étincelles orangées jaillit sous ses paupières. Quelque part, tout au fond de son cerveau, elle entendit l'arme cliqueter jusqu'au sol, puis heurter les barreaux de l'échelle avec une série de sons creux, comme lorsqu'on fait glisser un bâton sur une grille métallique du zoo, mais la douleur dans son nez était si aiguë et si atroce que plus rien d'autre ne comptait. Le sang ruisselait entre ses doigts, chaud et gluant : ses mains en étaient pleines, elle en sentait le goût dans sa bouche et l'espace d'un instant, quand elle fixa ses ongles rougeâtres, elle ne put se rappeler exactement où elle était, ni pourquoi elle était là.

L'explosion fit sursauter Danny si violemment qu'il faillit lâcher prise. Un gros choc retentit sur le barreau au-dessus de lui et une seconde après un objet lui heurta le sommet du crâne avec force.

Un moment il crut qu'il tombait et ne sut où se retenir, puis avec un haut-le-corps il se rendit compte, comme en rêve, qu'il se cramponnait toujours à l'échelle avec les deux mains. La douleur irradia de sa tête par larges ondes plates telle une pendule qui sonne, des ondes qui restaient suspendues dans l'air et mettaient du temps à se dissiper.

Il avait senti un objet passer devant lui ; il lui semblait qu'il l'avait entendu tomber sur le gravier. Il toucha son cuir chevelu – une bosse se formait, il la devinait sous ses doigts – et ensuite il se retourna aussi loin qu'il l'osait pour regarder en bas et essayer de voir ce que c'était. Il avait le soleil dans les yeux et ne put distinguer que l'ombre allongée de la citerne et la sienne, tel un épouvantail s'étirant sur l'échelle.

Dans la clairière, les fenêtres de la Trans Am étaient comme des miroirs aveugles sous le ciel éblouissant. Farish avait-il piégé le château d'eau ? Danny avait pensé que non – mais maintenant il se rendit compte qu'en réalité il n'en savait rien.

Il était là pourtant. Il gravit un échelon, et s'arrêta. Il songea à redescendre, pour essayer de retrouver l'objet qui l'avait heurté, puis se rendit compte que ce serait seulement une perte de temps. Ce qu'il avait accompli là-bas était terminé : à présent il lui fallait continuer de grimper, se concentrer sur le but à atteindre. Il n'avait aucune envie de sauter sur une mine, *mais si ça arrive,* songea-t-il désespérément, regardant la voiture ensanglantée tout en bas, *je m'en fous.*

Il n'y avait rien d'autre à faire que de continuer à grimper. Il frotta son crâne endolori, inspira profondément et reprit son ascension.

Il y eut un déclic, et Harriet se retrouva dans son corps, allongée sur le flanc ; elle eut l'impression de revenir près d'une fenêtre dont elle se serait éloignée, mais derrière un autre carreau. Elle avait la main en sang. Un instant, elle la fixa sans vraiment comprendre ce que c'était.

Puis la mémoire lui revint, et elle se rassit avec un sursaut. Il arrivait, pas une seconde à perdre. Elle se mit debout, chancelante. Brusquement une main surgit derrière elle et lui saisit la cheville, elle cria et lança des coups de pied et – de façon inattendue – se dégagea. Elle se rua sur la trappe à l'instant même où Danny Ratliff, le visage meurtri et le T-shirt ensanglanté, se hissait derrière elle sur l'échelle, tel un nageur sortant de la piscine.

Il était terrifiant, énorme, et sentait mauvais. Harriet – qui hoquetait, pleurant presque de terreur – descendit bruyamment vers l'eau. Son ombre s'abattit en travers de la trappe ouverte, bloquant la lumière du soleil. *Ding* : de vilaines bottes de motard se posèrent sur le premier barreau. Il descendit après elle, *ding ding ding ding*.

Harriet se tourna et sauta de l'échelle. Ses pieds touchèrent l'eau en premier. Elle plongea dans l'obscurité et le froid, jusqu'au moment où elle atteignit le fond. Crachant et suffoquant à cause du goût répugnant, elle ramena les bras en arrière et, d'une brasse puissante, remonta à la surface.

Mais à l'instant où elle émergeait, une main se referma solidement sur son poignet et la hissa à l'air libre. Il était plongé dans l'eau jusqu'à mi-poitrine, se cramponnant à l'échelle et se penchant sur le côté pour la maintenir par le bras, et ses yeux argentés – lumineux et intenses par contraste avec son teint bronzé – la transperçaient comme une lame.

Se débattant et se tordant dans tous les sens, Harriet résista de toutes ses forces, avec une énergie qu'elle ne se connaissait pas, et lutta pour se dégager, mais bien qu'elle fît jaillir une quantité d'eau impressionnante, ce fut en vain. Il la tirait vers le haut – ses vêtements détrempés étaient lourds ; elle sentait les muscles de Danny trembler sous l'effort – tandis qu'en battant des pieds elle lui aspergeait le visage de gerbes d'eau sale successives.

« T'es qui ? hurla-t-il. Sa lèvre était fendue, ses joues grasses et non rasées. Qu'est-ce que tu me veux ? »

Harriet laissa échapper un cri étranglé. La douleur de son épaule lui coupait le souffle. Sur le biceps se tortillait un tatouage bleu : une forme obscure de pieuvre, une inscription floue en vieil anglais, illisible.

« Qu'est-ce que tu fiches ici ? Parle ! » Il secoua Harriet par le bras jusqu'à ce qu'un hurlement s'échappât malgré elle de sa gorge et qu'elle agitât désespérément les pieds dans l'eau pour trouver un appui. En un éclair il lui coinça la jambe avec son genou et – avec un gloussement aigu, féminin – l'attrapa par les cheveux. Il lui enfonça aussitôt le visage dans l'eau, puis la ressortit, dégoulinante. Il tremblait des pieds à la tête.

« Maintenant réponds-moi, petite garce ! » hurla-t-il.

En réalité, Danny tremblait autant à cause du choc que de la colère. Il avait agi si vite qu'il n'avait pas eu le temps de réfléchir ; et bien que la petite fût entre ses mains, il arrivait à peine à y croire.

Elle avait le nez en sang ; son visage – déformé par le reflet de l'eau – était zébré de rouille et de saleté. Elle le fixait d'un air menaçant, les joues gonflées comme un petit chat-huant.

« Tu ferais mieux de parler, cria-t-il, et *tout de suite.* » Sa voix retentissait et ricochait bizarrement à l'intérieur de la citerne. Les rayons tremblotants du soleil filtraient à travers le toit délabré, vacillaient sur les parois étouffantes, une clarté lointaine et malsaine de puits de mine ou de grotte effondrée.

Dans la pénombre, le visage de la fille flottait sur l'eau comme une lune blanche. Il perçut le petit bruit rapide de sa respiration.

« *Réponds-moi,* hurla-t-il, qu'est-ce que tu fous ici ? », et il la secoua encore, le plus fort possible, penché au-dessus de l'eau et agrippé à l'échelle de son autre main, il la secoua par la nuque jusqu'à ce qu'un cri explosât dans sa gorge ; et malgré sa fatigue et sa frayeur extrêmes, une bouffée de colère tournoya en lui et il couvrit ses cris d'un rugissement si féroce que le visage de Harriet se figea et que ses plaintes expirèrent sur ses lèvres.

Sa tête était douloureuse. *Réfléchis,* se dit-il, *réfléchis.* Il la tenait, certes – mais qu'allait-il en faire ? Il se trouvait dans une position délicate. Danny s'était toujours dit qu'il pouvait à la rigueur nager comme un petit chien, mais à présent (dans l'eau jusqu'à la poitrine, suspendu à la fragile échelle) il n'en était plus aussi sûr. Etait-il si difficile de nager ? Les vaches y arrivaient, les chats aussi – pourquoi pas lui ?

Il se rendit compte que la fillette tentait habilement de se libérer de son étreinte. Il la rattrapa vivement, enfonçant les doigts dans la chair de son cou, et lui arracha un glapissement.

« Ecoute bien, petite fouineuse, dit-il. Tu vas te dépêcher de parler et de dire qui tu es et peut-être que je te noierai pas. »

C'était un mensonge, et cela se sentait. En voyant son visage couleur de cendre, il sut qu'elle ne s'y trompait pas non plus. Il eut mauvaise conscience parce que ce n'était qu'une enfant mais il n'y avait pas d'autre issue.

« Je te laisserai partir », ajouta-t-il d'un ton qu'il crut convaincant.

Avec déplaisir, il constata que la petite gonflait les joues et se renfermait plus encore en elle-même. Il la projeta dans la lumière pour mieux la voir et un rayon de soleil dessina une strie moite sur son front livide. Malgré la chaleur, elle semblait glacée jusqu'aux os ; il entendait presque ses dents claquer.

Il la secoua encore, si fort que son épaule lui fit mal –

les larmes ruisselaient sur les joues de la fillette, mais ses lèvres restaient hermétiquement closes et elle n'émit pas un son. Puis, brusquement, du coin de l'œil, Danny aperçut une chose pâle qui flottait dans l'eau ; deux ou trois petites taches blanches à demi immergées surnageaient près de lui.

Il eut un geste de recul – des œufs de grenouille ? – et la seconde d'après poussa un hurlement : un cri jaillit du fond de son être, le prenant par surprise, et déchira ses entrailles.

« Putain de merde ! » Il fixa les sachets, tétanisé, puis leva les yeux vers le haut de l'échelle et les lambeaux de plastique noir qui pendillaient, accrochés au barreau supérieur. C'était un cauchemar, ce n'était pas réel : la drogue gâchée, sa fortune envolée. Farish mort, pour rien. Meurtre au premier degré si on l'attrapait. Putain.

« T'as fait ça ? *Toi ?* »

Les lèvres de la petite remuèrent.

Danny repéra une bulle de plastique noir gonflé qui flottait sur l'eau, et un hurlement éclata dans sa gorge comme s'il avait plongé la main dans les flammes. « C'est quoi ça ? C'est quoi ça ? » rugit-il, lui enfonçant la figure dans l'eau.

Une réponse étranglée, les premiers mots qu'elle articulait : « Un sac-poubelle.

— T'en as fait quoi ? Hein ? Hein ? » La main se resserra sur la nuque de Harriet. Aussitôt – il lui plongea la tête sous l'eau.

Harriet eut juste le temps d'inspirer (horrifiée, les yeux écarquillés devant l'eau noire) avant qu'il la poussât au fond. Des bulles blanches se pressaient devant son visage. Elle lutta sans bruit, au milieu de la phosphorescence, des coups de feu et des échos. Dans son esprit, elle suivait une valise verrouillée qui bringuebalait dans le lit d'une rivière, *boum boum, boum boum,* emportée par le courant, roulant cul par-dessus tête sur des pierres lisses, boueuses, et le cœur de Harriet était une touche de piano, la même note profonde martelée d'un doigt vif, impatient, tandis qu'une vision étincelante comme le soufre d'une allumette qui s'embrase illuminait ses paupières closes, le sillage de feu de Lucifer bondissant dans le noir...

La douleur transperça le crâne de Harriet quand il la souleva par les racines des cheveux, *floc.* Elle était assourdie par sa toux ; le vacarme et l'écho la submergeaient ; il criait des mots qu'elle ne comprenait pas et sa figure était empourprée, gonflée par la rage et terrifiante à voir. Parcourue de soubresauts, suffoquant, elle battait l'eau avec ses bras et lançait des coups de pied pour chercher un appui, et lorsque son orteil heurta la paroi de la citerne elle aspira une longue bouffée d'air réconfortante. Le soulagement était merveilleux, indescriptible (un accord magique, l'harmonie des sphères) ; elle inspira encore et encore, jusqu'au moment où il poussa un cri et appuya sur sa tête, et le fracas de l'eau retentit à nouveau dans ses oreilles.

Danny grinça des dents et tint bon. De puissants cordons de douleur se tordaient dans ses épaules, et il transpirait abondamment, ballotté par l'échelle qui grinçait. Sa tête dansait contre sa main, légère et instable, tel un ballon qui pouvait lui échapper à tout instant, et le tourbillon de son corps et de ses battements de pied lui donnait le mal de mer. Il avait beau essayer de s'arc-bouter et de se maintenir en équilibre, il ne parvenait pas à trouver une position confortable ; suspendu à l'échelle sans rien de stable sous lui, il ne cessait d'agiter les jambes dans l'eau et d'essayer d'accrocher ses pieds à une prise inexistante. Combien de temps cela prenait-il de noyer quelqu'un ? C'était un sale boulot, et doublement pénible si on n'avait qu'un bras à sa disposition.

Un moustique bourdonna furieusement contre son oreille. Il tournait la tête de part et d'autre, essayant de l'éviter, mais ce salopard semblait deviner qu'il n'avait pas les mains libres et ne pouvait pas l'écraser.

Des moustiques partout : *partout*. Ils avaient fini par le trouver, et ils comprenaient qu'il ne pouvait pas bouger. Les aiguillons se plantaient voluptueusement dans son menton, dans son cou, dans la chair tremblante de ses bras, à une cadence infernale.

Allez, allez, finissons-en, se dit-il. Il la maintenait de la main droite – la plus forte – mais gardait les yeux fixés sur celle qui s'agrippait à l'échelle. Il ne la sentait presque plus, et la seule manière qu'il avait de s'assurer qu'il tenait toujours bon était de fixer ses doigts enroulés sur le barreau. D'ailleurs, l'eau l'effrayait, et s'il la regardait, il craignait de s'évanouir. Un gosse qui se noyait pouvait entraîner un adulte – un nageur entraîné, un maître-nageur. Il avait entendu raconter ce genre d'histoire...

Brusquement il se rendit compte qu'elle avait cessé de se débattre. Il resta silencieux un moment, et attendit. Sa tête était molle sous sa paume. Il souleva légèrement la main. Puis, se tournant pour regarder, parce qu'il le fallait (mais il n'en avait pas vraiment envie), il fut soulagé de voir sa forme flotter mollement dans l'eau verte.

Il relâcha prudemment la pression. Elle ne bougea pas. Des fourmis picotaient ses bras ankylosés et il pivota sur l'échelle, pour changer de prise et chasser les moustiques de sa figure. Il la regarda encore un instant : indirecte-ment, du coin de l'œil, comme pour voir un accident sur la route.

Tout d'un coup, ses bras se mirent à trembler si fort qu'il eut de la peine à se retenir à l'échelle. De l'avant-bras, il épongea la sueur de son visage, cracha une gorgée au goût âcre. Puis, frissonnant des pieds à la tête, il agrippa le barreau du dessus, redressa les deux coudes et se hissa vers le haut, le fer rouillé grinçant bruyamment sous lui. Malgré son intense épuisement, malgré son violent désir de s'éloigner de l'eau, il se força à se retourner et à lancer au corps un dernier regard prolongé. Puis il la poussa du pied et la regarda tournoyer, aussi inerte qu'un tronc mort, et disparaître dans l'ombre.

Harriet avait cessé d'avoir peur. Une sensation étrange l'avait envahie. Les chaînes s'étaient cassées net, les verrous avaient cédé, la gravité s'échappait ; elle flottait de plus en plus haut, suspendue dans une nuit sans air : les bras tendus, tel un astronaute dans l'apesanteur. L'obscurité frémissait dans son sillage, ses anneaux entrelacés se déployant comme les cercles que les gouttes de pluie dessinent sur l'eau.

Grandeur et étrangeté. Ses oreilles bourdonnaient ; elle pouvait presque sentir le soleil, brûlant dans son dos, tandis qu'elle s'élançait au-dessus de plaines couleur de cendre, de vastes étendues désolées. *Je sais ce qu'on ressent quand on meurt.* Si elle ouvrait les yeux, ce serait pour voir sa propre ombre (les bras écartés, tel un ange de Noël) scintiller, toute bleue au fond de la piscine.

L'eau clapotait sous le corps de Harriet, et le roulis se rapprochait, apaisant, de la cadence d'une respiration. C'était comme si l'élément liquide – hors de son corps – respirait à sa place. Le souffle même était une chanson oubliée : un chant que chantaient les anges. Inspiration : un accord. Expiration : exultation, triomphe, les chœurs perdus du paradis. Elle retenait son souffle depuis longtemps ; elle pouvait continuer encore un tout petit peu.

Un tout petit peu. Un tout petit peu. Brusquement un pied poussa son épaule et elle se mit à tourner sur elle-même vers le côté obscur de la citerne. Une douce pluie d'étincelles. Elle naviguait dans le froid. Poudre de diamant : étoiles filantes, tout en bas les lumières, les villes scintillantes dans l'atmosphère obscure. Une douleur insupportable lui brûlait les poumons, plus forte de seconde en seconde mais *encore un peu,* se dit-elle, *juste un tout petit peu, je dois résister jusqu'à la dernière...*

Sa tête heurta la paroi opposée de la citerne. La force du choc la fit basculer vers l'arrière ; et du même mouvement, dans le remous qui l'entraînait à la renverse, sa tête rebondit un quart de seconde, juste le temps d'aspirer une infime bouffée d'air avant de retomber la face dans l'eau.

De nouveau les ténèbres. Des ténèbres *plus noires* encore, si c'était possible, qui absorbèrent la dernière lueur de ses yeux. Harriet resta suspendue dans l'eau et attendit, ses vêtements flottant doucement autour d'elle.

Elle était du côté sans soleil de la citerne, près de la paroi. Les ombres, espérait-elle, et le mouvement de l'eau avaient camouflé son inspiration (si infime fût-elle, et limitée au sommet de ses poumons) ; cela n'avait pas suffi à soulager la terrible douleur dans sa poitrine mais c'était assez pour lui permettre de tenir encore un petit moment.

Encore un petit moment. Quelque part résonnait le tic-tac d'un chronomètre. Car c'était seulement un jeu, et elle était bonne à ce jeu-là. *Les oiseaux savent chanter et les poissons nager et moi je sais faire ça.* Des pointes d'aiguilles étincelantes, comme des gouttes de pluie glacées, lui picotaient le cuir chevelu et le dos des bras. *Le béton brûlant et les odeurs de chlore, les ballons de plage rayés et les bouées d'enfants, je vais faire la queue pour acheter un Snickers glacé ou peut-être un esquimau...*

Encore un peu. Encore un peu. Elle s'enfonça plus loin, là où l'air manquait, les poumons explosant de douleur. Elle était une petite lune blanche qui flottait très haut au-dessus des déserts sans pistes.

Danny se cramponna à l'échelle, respirant fort. L'épreuve de la noyade de l'enfant lui avait fait oublier momentanément la drogue, mais à présent la réalité de la situation l'accabla à nouveau, et il voulut se griffer le visage, gémir tout fort. Comment allait-il faire pour quitter la ville à bord d'un véhicule plein de sang et sans argent ? Il avait compté sur les cristaux, sur leur vente, dans les bars ou au coin des rues s'il le fallait. Il avait peut-être quarante dollars sur lui (il y avait pensé pendant le trajet ; il pouvait difficilement payer le type du Texaco avec de la méthédrine) et il y avait aussi le Meilleur Ami de Farish, ce portefeuille bourré de billets de banque que son frère gardait toujours dans sa poche revolver. Farish aimait le sortir quelquefois, et le faire miroiter à la table de poker ou dans la salle de billard, mais Danny ignorait quelle somme il contenait réellement. S'il avait de la chance – vraiment de la chance –, peut-être mille dollars.

Il y avait donc les bijoux de Farish (la croix de fer ne valait rien, mais les bagues, si) et le portefeuille. Danny passa une main sur son visage. L'argent lui permettrait de tenir un mois ou deux. Mais ensuite...

Peut-être pourrait-il obtenir de faux papiers. Ou peut-être trouver un travail dont il n'aurait que faire, un emploi saisonnier, la cueillette des oranges ou du tabac. Mais la paye était misérable, et l'avenir peu reluisant, en comparaison du gros lot qu'il avait escompté.

Et quand ils découvriraient le cadavre, ils le rechercheraient. L'arme était cachée dans les herbes, bien essuyée.

Dans le style de la mafia. Il serait plus intelligent de la jeter dans le fleuve, mais à présent que la drogue avait disparu, le pistolet était l'un de ses derniers atouts. Plus il pensait aux choix possibles, plus ils semblaient limités et merdiques.

Il regarda la forme qui clapotait dans l'eau. Pourquoi avait-elle détruit sa drogue ? *Pourquoi ?* Il était superstitieux au sujet de la fillette ; c'était une ombre et un porte-malheur mais à présent qu'elle était morte il craignait qu'elle n'eût été aussi sa mascotte. A sa connaissance il avait commis une énorme erreur – l'erreur de sa vie – en la tuant, mais *aide-moi alors*, dit-il à sa forme dans l'eau, et il ne put achever sa phrase. Depuis ce premier instant devant la salle de billard il avait été pris avec elle dans une histoire qu'il ne comprenait pas ; et ce mystère non élucidé pesait encore sur lui. S'il l'avait eue en face de lui sur la terre ferme, il lui aurait arraché la vérité, mais maintenant c'était trop tard.

Il repêcha l'un des paquets de speed dans l'eau répugnante. La dope était collante et liquéfiée, mais peut-être – si on la faisait chauffer – injectable. Il réussit à recueillir encore une demi-douzaine environ de sachets gorgés d'eau. Il ne s'était jamais shooté, mais pourquoi ne pas commencer.

Un ultime coup d'œil, et il commença à gravir l'échelle. Il la sentait bouger, elle oscillait beaucoup trop à son goût ; les barreaux – presque entièrement rongés par la rouille – grinçaient et ployaient sous son poids, et il fut reconnaissant d'émerger enfin de cette puanteur oppressante, et de retrouver la clarté et la chaleur. Les jambes flageolantes, il se remit debout. Il se sentait moulu, tous ses muscles étaient endoloris, comme s'il avait été battu – ce qui était effectivement le cas. Un orage s'approchait sur le fleuve. A l'est, le ciel était bleu et ensoleillé ; à l'ouest, vert-de-gris, avec des nuages noirs qui s'amassaient et déferlaient au-dessus de l'eau. Des taches d'ombre filaient sur les toits bas de la ville.

Danny s'étira et se frictionna les reins. Il était trempé, dégoulinant ; de longues traînées de vase verte s'accrochaient à ses bras, mais en dépit de tout cela son moral avait absurdement remonté maintenant qu'il était sorti de cette atmosphère sombre et moite. L'air était humide, mais une petite brise soufflait, et il pouvait respirer de nouveau. Il traversa le toit jusqu'au bord de la citerne – les jambes molles de soulagement quand il vit au loin la voiture intacte et l'unique trace de roues qui serpentait derrière, dans les hautes herbes.

Joyeusement, sans réfléchir, il se dirigea vers l'échelle – mais il perdit un peu l'équilibre et avant qu'il eût compris ce qui se passait, *crac*, son pied traversa une planche pourrie. Brusquement le monde bascula : il vit une bande de planches grises en diagonale, le ciel bleu. Affolé – battant l'air avec les bras –, il lutta un instant pour se redresser, mais un autre *crac* lui répondit et il s'enfonça dans le plancher jusqu'à la taille.

Harriet – le visage dans l'eau – fut saisie par de violents frissons. Elle avait essayé de soulever la tête à la dérobée afin d'aspirer encore une petite bouffée d'oxygène par le nez, mais sans succès. Ses poumons n'en pouvaient plus ; parcourus de spasmes, ils se soulevaient en quête d'air, ou d'eau, à défaut, et à l'instant où sa bouche s'ouvrait de son plein gré, elle refit surface avec un frémissement et inspira profondément.

Elle ressentit un apaisement si grand qu'elle faillit couler. D'une main maladroite, elle se retint à la paroi visqueuse et, haletante, avala l'air par grosses goulées : l'air délicieux, l'air pur et profond se déversait dans son corps comme un chant. Elle ne savait pas où était Danny Ratliff ; elle ignorait s'il regardait et peu lui importait ; respirer, cela seul comptait désormais, et si c'était son dernier souffle, elle s'en moquait.

Au-dessus d'elle retentit un violent craquement. Harriet pensa d'abord au pistolet, pourtant elle ne chercha pas à fuir. *Qu'il m'abatte*, songea-t-elle en suffoquant, les yeux humides de reconnaissance ; tout valait mieux que la noyade.

Un rai de soleil fendit l'eau noire d'une balafre vert vif, veloutée, et elle leva les yeux juste à temps pour voir une paire de jambes s'agiter à travers un trou du toit.

La planche cassa d'un coup sec.

Quand il vit l'eau approcher de lui, Danny fut saisi par une terreur vertigineuse. En un éclair confus lui revint l'ancienne recommandation de son père, de retenir sa respiration et de garder la bouche fermée. Puis le grondement de l'eau retentit dans ses oreilles et il poussa un cri étouffé, fixant avec horreur l'obscurité verdâtre.

Il plongea. Puis – miraculeusement – ses pieds touchèrent le fond. Il fit un bond – s'agrippant avec force crachotements pour se hisser hors de l'eau – et reparut à la surface telle une torpille. Au sommet de son élan, il eut juste le temps d'aspirer une bouffée d'air avant de glisser à nouveau.

L'obscurité et le silence. Il n'y avait, semblait-il, que trente centimètres d'eau au-dessus de sa tête. La surface brillait d'un vert intense, et il bondit à nouveau – les strates d'un vert de plus en plus pâle à mesure qu'il s'élevait – et resurgit bruyamment à la lumière. Cela paraissait plus facile s'il gardait les bras plaqués contre ses flancs au lieu de brasser l'eau comme les nageurs étaient censés le faire.

Entre les sauts et les inspirations, il réussit à s'orienter. La citerne baignait dans le soleil. Un flot de lumière se déversait par la section effondrée du toit ; les parois gluantes étaient hideuses, effrayantes. Après deux ou trois bonds il repéra l'échelle à sa gauche.

Parviendrait-il jusque-là ? se demanda-t-il, comme l'eau se refermait sur sa tête. Pourquoi pas, s'il s'en approchait peu à peu, par à-coups ? Il devait essayer ; il n'avait pas d'autre choix.

Il remonta à la surface. Et – avec un choc affreux, si violent qu'il inspira à contretemps – il vit la petite. Elle se cramponnait des deux mains au barreau inférieur de l'échelle.

Avait-il des visions ? se demanda-t-il pendant la descente, au milieu d'une quinte de toux, les bulles tourbillonnant devant ses yeux. Car le visage lui avait laissé une curieuse impression ; l'espace d'un instant, étrangement, il n'avait pas vu du tout la fillette, mais la vieille dame : *E. Cleve.*

Suffoquant, haletant, il remonta encore à la surface. Non, cela ne faisait aucun doute, c'était la fille, et elle était encore vivante : à demi noyée et les traits tirés, les yeux hagards et le teint crayeux. L'image s'imprima en arrondi sous les paupières de Danny quand il replongea dans l'eau noire.

Il sauta en l'air, un bond explosif. La petite se débattait à présent, elle s'accrochait, remontait un genou, se hissait sur l'échelle. Faisant jaillir une gerbe d'écume blanche, il essaya de lui attraper la cheville, mais n'y parvint pas, et l'eau se referma sur sa main.

Sur un nouvel élan, il saisit le barreau inférieur, qui était rouillé et glissant, et lui échappa. Il sauta encore, s'y agrippant des deux mains, et cette fois il tint bon. Elle grimpait au-dessus de lui, agile comme un singe. L'eau ruisselait sur elle et dégoulinait sur son visage levé. Avec une énergie inspirée par la rage, Danny se propulsa vers le haut, le métal rouillé hurlant sous la pression telle une créature vivante. Directement au-dessus de lui, un barreau ploya sous la tennis de la petite ; il la vit vaciller, s'accrocher à la rambarde latérale tandis que son pied partait dans le vide. *L'échelle ne résiste pas à son poids,* songea-t-il épouvanté, la regardant se rattraper, se redresser, et balancer une jambe sur le sommet de la citerne, *si elle ne résiste pas à son poids elle ne résistera pas au...*

Le barreau céda sous ses poings. D'un mouvement rapide, incisif – comme la main qui arrache les tiges cassantes d'une branche – il chuta le long de l'échelle et des barreaux rongés par la rouille, et retomba dans la citerne.

Les mains rougies par la rouille, Harriet parvint tout en haut et se laissa tomber sur les planches chaudes, à bout de souffle. Le tonnerre grondait au loin, dans le ciel d'un bleu profond. Le soleil était caché par un nuage, et la brise fébrile qui agitait les sommets des arbres la faisait frissonner. Entre elle et l'échelle, le toit était en partie affaissé, les lattes fendues s'inclinant autour d'un énorme trou ; sa respiration avait un son perçant, angoissé, impossible à maîtriser, qui lui était insupportable, et quand elle se mit à quatre pattes, une douleur aiguë lui transperça le flanc.

A l'intérieur de la citerne, retentit alors une succession d'éclaboussements désordonnés. Elle se mit à plat ventre ; respirant par à-coups, elle commença à ramper autour de la section effondrée du toit – et son cœur se contracta quand les bardeaux fléchirent sous son poids, ployant dangereusement vers l'eau.

Elle rebroussa chemin à quatre pattes, haletante – juste à temps, car un bout de planche cassée dégringolait dans la citerne. Puis – par le trou, très haut dans les airs – jaillit une gerbe d'eau sidérante, des gouttelettes frappant son visage et ses bras.

Un hurlement étranglé – mouillé et gargouillant – retentit au-dessous d'elle avec violence. Très raide à présent, livide de terreur, Harriet s'avança sur les mains et les genoux ; regarder en bas lui donnait le vertige, mais elle ne put s'en empêcher. La lumière du jour pénétrait à flots par le toit démoli ; l'intérieur de la citerne brillait d'un splendide vert émeraude : le vert des marais et de la jungle, des cités abandonnées de Mowgli. La couche d'algues vert tendre avait éclaté comme une banquise, des veines noires lézardaient la surface opaque de l'eau.

Floc : Danny Ratliff refit surface, haletant, la face blanchâtre, ses cheveux noirs plaqués sur le front. Sa main s'agitait, cherchant l'échelle à tâtons – mais il n'y avait plus d'échelle, vit Harriet en clignant les yeux. Elle s'était rompue à environ un mètre cinquante au-dessus de l'eau verte, hors de sa portée.

Sous ses yeux horrifiés, la main s'enfonça dans le bassin, la dernière partie de son corps à être engloutie : les ongles cassés agrippaient l'air. Puis sa tête remonta – pas assez haut, les paupières battant faiblement, un vilain gargouillis au fond de la gorge.

Il la voyait tout en haut ; il essayait de dire quelque chose. Comme un oiseau sans ailes, il coulait et se débattait, et sa lutte inspirait à Harriet un sentiment qu'elle ne pouvait pas nommer. Les mots franchirent les lèvres de l'homme en un murmure indistinct tandis qu'il sombrait en gesticulant et disparaissait, une touffe de cheveux hirsute encore visible, des bulles d'écume blanche sur la mousse gluante.

Le silence, le bouillonnement. Il réapparut une fois encore : le visage décomposé, un trou noir à la place de la bouche. Il se cramponnait aux planches qui flottaient mais son poids les déséquilibrait et quand il retomba ses yeux écarquillés croisèrent son regard – accusateurs, impuissants, les yeux d'une tête guillotinée exposée à la foule. Sa bouche remuait ; il essaya de parler, d'articuler un mot hoquetant, incompréhensible qui fut emporté quand il sombra.

Un vent puissant soufflait, la peau nue des bras de Harriet se hérissa et les feuilles de tous les arbres se mirent à frissonner ; et brusquement, en l'espace d'une seconde, le ciel vira au gris ardoise. Puis, en une longue bourrasque circulaire, les gouttes de pluie s'abattirent sur le toit comme une averse de cailloux.

C'était une pluie chaude, pénétrante, tropicale : une rafale rappelant celles qui balayaient le golfe du Mexique pendant la saison des ouragans. Elle résonna bruyamment sur le toit effondré – mais pas au point de couvrir les gargouillements et l'agitation au fond de la citerne. Les gouttes rebondissaient à la surface de l'eau tels de minuscules poissons d'argent.

Harriet fut prise d'une quinte de toux. Le liquide s'était infiltré dans sa bouche et dans son nez, et le goût de pourriture l'imprégnait jusqu'à la moelle ; la pluie lui fouettait le visage, elle cracha sur les bardeaux et se tourna sur le dos, roulant la tête de part et d'autre, au bord du délire, au son de l'horrible écho qui remontait de la citerne – ce n'était sans doute guère différent, songea-t-elle, des râles de Robin quand il était mort étranglé. Elle avait imaginé une mort propre et rapide, sans mouvements désordonnés ni hoquets mouillés, répugnants, seulement un battement de mains et un peu de fumée. Et la douceur de cette pensée la saisit : qu'il serait agréable de disparaître maintenant de la face du monde, quel rêve délicieux ce serait de s'échapper de son corps en cet instant : *hop*, comme un esprit. Par terre, le cliquetis des chaînes désormais inutiles.

La vapeur s'élevait du sol chaud, verdoyant. Tout en bas, dans les herbes, la Trans Am était blottie dans une immobilité troublante, secrète, les gouttes de pluie scintillant sur le capot en une fine brume nacrée ; un couple en train de s'embrasser aurait pu se trouver à l'intérieur. Souvent, au cours des années à venir, elle la verrait ainsi – aveugle, intime, opaque – à la fragile périphérie muette de ses rêves.

Il était deux heures de l'après-midi quand Harriet – après s'être arrêtée pour guetter les bruits (la voie était libre) entra par la porte de derrière. A part Mr Godfrey (qui n'avait pas semblé la reconnaître), et Mrs Fountain, qui lui avait lancé un regard extrêmement bizarre depuis le porche (dans l'état de saleté où elle se trouvait, couverte de filaments de vase noirâtre qui lui collaient à la peau et avaient séché avec la chaleur), elle n'avait rencontré personne. Prudemment, après avoir regardé des deux côtés, elle se précipita dans la salle de bains, au bout du couloir, et verrouilla la porte derrière elle. L'insupportable goût de pourriture stagnait dans sa bouche, et la brûlait. Elle se débarrassa de ses vêtements (l'odeur était atroce ; elle eut un haut-le-cœur quand le T-shirt des éclaireuses passa au-dessus de sa tête) et les jeta dans la baignoire, ouvrant aussitôt les robinets en grand.

Edie racontait souvent la fois où elle avait failli mourir empoisonnée par une huître lors d'un mariage à La Nouvelle-Orléans. « Jamais je n'ai été aussi malade. » Dès la première bouchée, elle avait su que l'huître était mauvaise, et l'avait aussitôt recrachée dans sa serviette, mais au bout de quelques heures, elle avait été prise de malaise et dû être transportée à l'hôpital baptiste. D'une manière très similaire, dès l'instant où elle avait senti le goût de l'eau de la citerne, Harriet avait su qu'elle ne s'en remettrait pas. La pourriture avait imprégné sa chair. Impossible de s'en débarrasser. Elle se rinça les mains et la bouche ; elle se gargarisa avec du Listerine et le recracha, mit les mains en coupe sous le robinet et but avidement, mais la puanteur s'insinuait partout, même dans l'eau pure. Elle montait des habits souillés dans la baignoire ; elle s'élevait, chaude et fertile, des pores de sa peau. Harriet versa une demi-boîte de Mr Bubble dans la baignoire et fit couler l'eau chaude jusqu'à ce que déborde la mousse, à gros bouillons. Mais malgré le bain de bouche qui lui engourdissait la muqueuse, le goût lui collait à la langue comme une tache, et évoquait d'une façon saisissante de précision la créature boursouflée à demi noyée qui dansait contre la paroi obscure de la citerne.

On frappa à la porte. « Harriet, appela sa mère, c'est toi ? » Harriet ne se servait jamais de la salle de bains du bas.

« Oui, maman, répondit-elle au bout d'un instant, couvrant le bruit de l'eau qui coulait.

— Tu fais du désordre là-dedans ?

— Non, maman, cria Harriet, considérant le fouillis d'un air morne.

— Tu sais que je n'aime pas que tu utilises cette salle de bains. »

Harriet ne fut pas en mesure de répondre. Une vague de crampes s'était emparée d'elle. Assise sur le bord de la baignoire, les yeux fixés sur la porte verrouillée, elle plaqua ses deux mains sur sa bouche et se balança d'avant en arrière.

« Tu as intérêt à tout laisser en ordre », insista sa mère.

L'eau que Harriet avait bue au robinet lui remontait à la gorge. Surveillant la porte d'un œil, elle sortit de la baignoire et – pliée en deux à cause de la douleur dans son abdomen – se dirigea vers la cuvette des toilettes sur la pointe des pieds, le plus silencieusement possible. Dès qu'elle retira ses mains de sa bouche, *zoum,* jaillit un flot prodigieux de liquide putride transparent qui avait exactement la même odeur que l'eau stagnante où Danny Ratliff s'était noyé.

Dans le bain, Harriet but encore au robinet, nettoya ses habits et se lava. Elle vida la baignoire ; elle la frotta avec du Comet, nettoya la vase et la saleté et y rentra de nouveau pour se rincer. Mais l'odeur noirâtre de pourriture l'avait entièrement imprégnée, de telle sorte que même après s'être frictionnée au savon et douchée abondamment elle avait encore l'impression de macérer dans l'eau croupie, d'être imbibée, décolorée, misérable, incapable de relever la tête comme le pingouin noir de mazout qu'elle avait vu dans un numéro de *National Geographic* chez Edie, l'air pitoyable dans sa bassine, écartant ses petites nageoires huileuses afin qu'elles ne touchent pas son corps souillé.

Harriet vida de nouveau la baignoire, et la frotta ; elle essora ses vêtements dégoulinants et les mit à sécher. Elle vaporisa du Lysol ; elle s'aspergea de l'eau de Cologne verte d'un flacon poussiéreux avec une danseuse de flamenco sur l'étiquette. Elle était maintenant propre et rose, étourdie par la chaleur, mais sous les effluves de parfum, l'humidité de la salle de bains embuée était encore chargée d'un relent de pourriture, la même odeur puissante qui subsistait sur sa langue.

Encore un bain de bouche, se dit-elle, et sans crier gare,

une autre giclée bruyante de vomi transparent jaillit, se déversant en un flot ridicule.

Quand ce fut terminé, Harriet s'allongea sur le sol froid, la joue contre la faïence vert glauque. Dès qu'elle fut en état de se lever elle se traîna jusqu'au lavabo et se nettoya avec un gant de toilette. Puis elle s'enveloppa dans une serviette et monta dans sa chambre à pas de loup.

Elle se sentait si malade, si étourdie et si lasse que – avant même de s'en rendre compte – elle avait tiré les couvertures et s'était couchée dans son lit, où elle n'avait pas dormi depuis des semaines. Mais c'était si merveilleux que peu lui importait ; et – malgré les douleurs qui tenaillaient son ventre – elle sombra dans un profond sommeil.

Sa mère la réveilla. C'était le crépuscule. Harriet avait mal au ventre, et ses yeux la démangeaient comme lorsqu'elle avait eu une conjonctivite aiguë.

« Quoi ? dit-elle, se soulevant pesamment sur les coudes.

— Je t'ai demandé si tu étais malade ?

— Je ne sais pas. »

Charlotte se courba pour lui tâter le front, puis plissa les sourcils et se recula. « Qu'est-ce que c'est que cette odeur ? » Comme sa fille ne répondait pas, elle se pencha et renifla son cou d'un air soupçonneux.

« Tu as mis cette eau de Cologne verte ? demanda-t-elle.

— Non, maman. » Mentir était devenu une habitude : dans le doute, il valait toujours mieux dire *non*.

« Cette eau de toilette ne vaut rien. » Le père de Harriet avait offert à sa femme, pour Noël, le parfum vert-jaune avec la danseuse de flamenco ; Harriet se souvenait de l'avoir toujours vu posé là, sur l'étagère, intact. Si tu veux du parfum, je t'achèterai un petit flacon de Chanel n° 5 au drugstore. Ou Norell – c'est ce que Mère porte. Moi je ne l'aime pas, il est un peu fort... »

Harriet ferma les yeux. S'asseoir lui avait redonné mal au ventre. A peine avait-elle posé la tête sur l'oreiller que sa mère était de retour, cette fois avec un verre d'eau et une aspirine.

« Peut-être qu'un bol de bouillon te ferait plus de bien, dit-elle. Je vais appeler Mère et lui demander s'il lui en reste une boîte. »

Pendant son absence, Harriet se glissa hors de son lit et – s'enveloppant du châle rêche en crochet – se traîna jusqu'à la salle de bains, au bout du couloir. Le sol était froid, et le siège des toilettes aussi. Vomir (un peu) déclencha une (énorme) diarrhée. En se lavant ensuite dans le lavabo, elle fut choquée de voir, dans la glace de l'armoire à pharmacie, combien ses yeux étaient rouges.

Frissonnante, elle retourna dans son lit. Les couvertures pesaient sur ses membres, mais ne la réchauffaient guère.

Sa mère agitait le thermomètre. « Tiens, dit-elle, ouvre la bouche », et elle le plaça sur sa langue.

Harriet fixait le plafond. Son ventre bouillonnait ; le goût marécageux de l'eau persistait. Elle sombra dans un rêve où une garde-malade qui ressemblait à Mrs Dorrier, l'infirmière, lui expliquait qu'elle avait été piquée par une araignée venimeuse, et qu'une transfusion sanguine lui sauverait la vie.

C'était moi, disait Harriet. Je l'ai tué.

Mrs Dorrier et d'autres personnes installaient le matériel de transfusion. Quelqu'un déclarait : Elle est prête maintenant.

Je n'en veux pas, protestait Harriet. Laissez-moi tranquille.

Très bien, disait Mrs Dorrier, et elle s'en allait. Harriet était mal à l'aise. Quelques dames s'attardaient autour d'elle, lui souriant et chuchotant, mais aucune ne lui offrait son aide ni ne questionnait Harriet sur sa décision de mourir, comme elle l'avait un peu espéré.

« Harriet ? » dit sa mère – et elle se rassit avec un sursaut. La chambre était sombre ; le thermomètre n'était plus dans sa bouche.

« Tiens », poursuivit Charlotte. La vapeur à l'odeur de viande qui montait du récipient était grasse, écœurante.

Harriet se passa la main sur le visage : « Je n'en veux pas.

— S'il te plaît, chérie ! » Fébrilement, sa mère poussa la tasse à punch vers elle. Une tasse en verre rubis que sa fille adorait ; un après-midi, de façon tout à fait imprévue, Libby l'avait prise dans son dressoir, enveloppée dans du papier journal, et la lui avait donnée pour qu'elle l'emporte chez elle, car elle savait combien elle l'aimait. Dans la pièce sans lumière, l'objet brillait d'un éclat noir avec, au milieu, une lueur rouge.

« Non, protesta Harriet, détournant la tête de la tasse qui se pressait contre son visage, non, non.

— *Harriet !* » C'était le ton cassant de la débutante de jadis, mince et grincheuse, l'accent autoritaire qui n'admettait aucune discussion.

La tasse revint sous son nez. Harriet n'avait d'autre choix que de se rasseoir et de le boire. Elle avala le liquide à l'odeur de viande qui lui donnait la nausée, essayant de retenir ses haut-le-cœur. Quand elle eut terminé, elle s'essuya la bouche avec la serviette en papier que sa mère lui tendait et aussitôt, sans prévenir, *gloup,* le bouillon rejaillit, sur le dessus-de-lit, les brins de persil et le reste.

La mère de Harriet poussa un petit cri. Sa mauvaise humeur lui donnait l'air étrangement jeune, comme une baby-sitter boudeuse un soir difficile.

« Je suis désolée », dit misérablement Harriet. Le vomi sentait un mélange d'eau marécageuse et de bouillon de poule.

« Oh, chérie, quel gâchis. Non, non... », s'écria Charlotte, avec un accent paniqué dans la voix quand Harriet – gagnée par l'épuisement – essaya de se rallonger dans la vomissure.

Ensuite se produisit une chose très étrange et très soudaine. Elle fut aveuglée par une violente lumière qui brillait au-dessus de sa tête. C'était le plafonnier en cristal taillé du couloir. Avec stupéfaction, Harriet se rendit compte qu'elle n'était plus dans son lit, ni même dans sa chambre, mais était couchée par terre au milieu de l'étroit passage entre les piles de journaux. Plus étrange encore, Edie était agenouillée près d'elle, le visage pâle, sans rouge à lèvres, et l'air sombre.

Harriet – totalement désorientée – leva une main et roula la tête de droite à gauche, et à ce moment, sa mère fondit sur elle en sanglotant tout haut. Edie tendit le bras pour l'en empêcher. « Laisse-la respirer ! »

Harriet, allongée sur le plancher en bois de feuillu, s'émerveilla. Mis à part la surprise de se retrouver dans un endroit différent, la première pensée qui lui vint était que sa tête et son cou lui faisaient mal : *vraiment* mal. La deuxième était qu'Edie n'était pas censée monter au premier étage. Harriet ne parvenait même pas à se souvenir de la dernière fois où sa grand-mère avait pénétré dans la maison au-delà de l'entrée (qui restait relativement propre, à l'intention des visiteurs).

Comment suis-je arrivée là ? demanda-t-elle à Edie, mais les mots ne sortirent pas de sa bouche comme ils l'auraient dû (ses pensées étaient tout embrouillées et comprimées) et elle avala sa salive et essaya de nouveau.

Edie la fit taire. Elle l'aida à s'asseoir – et Harriet,

regardant ses bras et ses jambes, remarqua avec un étrange frisson qu'elle portait des vêtements différents.

Pourquoi mes habits sont-ils différents ? voulut-elle demander – mais cette phrase demeura elle aussi inintelligible. Elle s'efforça courageusement de la tourner et la retourner dans sa bouche.

« Chut », dit Edie, posant un doigt sur ses lèvres. A la mère de Harriet (qui pleurait dans le fond, Allison debout derrière elle, l'air traqué, en train de se mordiller les doigts), elle demanda : « Ça a duré combien de temps ?

— Je ne sais pas, répondit sa fille, se pressant les tempes.

— Charlotte, c'est *important,* elle a eu une *crise.* »

La salle d'attente de l'hôpital était mouvante et scintillante comme un torrent. Tout était trop lumineux – étincelant de propreté, en apparence – mais les sièges étaient usés et crasseux si on y regardait de trop près. Allison lisait une revue pour enfants en lambeaux et deux dames avec des badges qui semblaient travailler là essayaient de parler à un vieil homme au visage affaissé, de l'autre côté de l'allée. Il était avachi sur sa chaise comme s'il avait bu, les yeux fixés à terre, les mains entre les genoux, son chapeau désinvolte de style tyrolien incliné sur un œil. « On ne peut rien lui dire, disait-il en secouant la tête, elle ne veut pas ralentir pour tout l'or du monde. »

Les dames échangèrent un regard. L'une d'elles s'assit à côté de lui.

Ensuite la nuit était tombée et Harriet marchait seule, dans une ville inconnue avec de hauts immeubles. Elle devait rapporter des livres à la bibliothèque avant la fermeture, mais les rues étaient de plus en plus étroites et à la fin elles n'avaient plus que trente centimètres de large et elle se retrouvait en face d'un gros tas de pierres. *Il faut que je déniche un téléphone,* se dit-elle.

« Harriet ? »

C'était Edie. Elle était debout à présent. Une infirmière avait surgi d'une porte battante dans le fond, poussant devant elle un fauteuil roulant vide.

C'était une jeune femme potelée et jolie avec du rimmel sur les cils, les yeux démesurément agrandis par un trait d'eye-liner, et de la pommette à la tempe, un demi-cercle rosé de blush qui soulignait l'orbite avec extravagance – ce qui la faisait ressembler (songea Harriet) aux photographies des chanteurs fardés de l'opéra de Pékin. Les après-midi pluvieux chez Tatty, allongée sur le sol avec *Le Théâtre kabuki du Japon* et *Marco Polo illustré de 1880.* Kubilai Khan sur un palanquin peint, ah, les masques et les dragons, les pages dorées et le papier de soie, le Japon et la Chine contenus tout entiers dans l'étroit rayonnage de la mission au pied de l'escalier !

Ils flottaient le long du couloir lumineux. Le château d'eau, le cadavre dans la citerne s'étaient déjà estompés dans une sorte de rêve lointain, il n'en restait rien, que la douleur abdominale (violente, avec des coups de poignard qui la transperçaient, puis diminuaient) et les terribles élancements dans sa tête. C'était l'eau qui l'avait rendue malade et elle savait ce qu'elle devait leur dire, pour l'aider à guérir il fallait qu'ils le sachent, mais *je ne dois rien révéler,* songea-t-elle, *je ne peux pas.*

Cette certitude la submergea d'une sensation rêveuse, paisible. Tandis que l'infirmière la poussait dans le couloir brillant de vaisseau spatial elle se pencha pour lui tapoter la joue et Harriet – rendue plus malléable que d'habitude par la maladie – la laissa faire sans se plaindre. C'était une main douce et fraîche avec des bagues en or.

« Tout va bien ? » demanda la femme tout en roulant le

fauteuil (Edie suivait d'un pas rapide, le cliquetis de ses chaussures résonnant sur le carrelage) jusqu'à un renfoncement semi-privé, dont elle ouvrit le rideau.

Harriet lui permit de lui enfiler une chemise, puis s'allongea sur le papier qui craquait et l'infirmière contrôla sa température

bonté divine !

oui, elle est bien malade

et lui fit une prise de sang. Puis elle se rassit et avala docilement un minuscule gobelet de médicament au goût de craie destiné à calmer son mal de ventre. Edie s'installa sur un tabouret en face d'elle, près d'une vitrine de pharmacie et d'une balance romaine. Elles se retrouvèrent seules après que l'infirmière eut tiré le rideau et se fut éloignée, et Edie posa une question à laquelle Harriet ne répondit qu'à moitié car elle était en partie dans la chambre avec ce goût crayeux dans la bouche, mais aussi en train de nager dans une rivière froide qui avait l'éclat argenté, maléfique, du pétrole sous le clair de lune, et un courant sous-jacent lui saisit les jambes et l'emporta, un horrible vieil homme avec un chapeau de fourrure mouillé courait sur la rive et criait des mots qu'elle n'entendait pas...

« Bien. Assieds-toi, s'il te plaît. »

Harriet découvrit devant elle le visage d'un inconnu en blouse blanche. Ce n'était pas un Américain, mais un Indien d'Inde, avec des cheveux bleu-noir et des yeux tombants, mélancoliques. Il lui demanda si elle savait son nom et où elle était, dirigea une lampe pointue sur sa figure, examina ses yeux, son nez et ses oreilles ; il lui palpa le ventre et les aisselles et elle se tortilla au contact de ses mains glacées.

« ... sa première crise ? » Encore ce mot.

« Oui.

— Tu as respiré ou mangé quelque chose de bizarre ? » demanda le docteur à Harriet.

Ses yeux noirs, insistants, la mirent mal à l'aise. Elle secoua la tête.

Délicatement, le médecin souleva son menton du bout de l'index. Harriet vit ses narines se dilater.

« Tu as mal à la gorge ? » demanda-t-il d'une voix mielleuse.

De très loin, elle entendit Edie s'exclamer : « Mon Dieu, qu'est-ce qu'elle a sur le cou ?

— Des traces de décoloration, répondit le médecin qui glissa les doigts sur sa peau, puis appuya fort avec le pouce. Ça fait mal ? »

Harriet émit un bruit indistinct. Ce n'était pas sa gorge qui était douloureuse, mais plutôt son cou. Et son nez – heurté par le recul du revolver – était extrêmement sensible au toucher, et bien qu'il fût très enflé, personne ne semblait l'avoir remarqué.

Le praticien écouta le cœur de Harriet et lui fit tirer la langue. D'un regard fixe, intense, il examina sa gorge avec une lampe. La mâchoire endolorie par cette position inconfortable, Harriet tourna les yeux vers le distributeur de coton et le flacon de désinfectant sur la table voisine.

« Bon », dit l'homme avec un soupir, retirant la languette.

Harriet se rallongea. Elle sentit son ventre se tordre violemment et se contracter. Le reflet orange de la lampe palpitait sous ses paupières.

Edie et le médecin parlaient. « Le neurologue vient tous les quinze jours, disait-il. Peut-être qu'il pourra venir de Jackson demain ou après-demain... »

Il continua de discourir d'une voix monocorde. Un autre coup de poignard dans le ventre de Harriet – une douleur horrible qui la fit se recroqueviller sur le flanc et agripper son abdomen. Puis cela s'arrêta. *Ouf*, songea-t-elle, affaiblie et soulagée, reconnaissante, *c'est fini maintenant, c'est fini...*

« Harriet », prononça Edie d'une voix claire – si fort que la fillette se rendit compte qu'elle avait dû s'endormir, ou presque – « regarde-moi. »

Docilement, Harriet ouvrit les paupières, aveuglée par la lumière.

« Voyez ses yeux. Comme ils sont rouges ? Ils ont l'air *infectés.*

— Les symptômes sont discutables. Nous devrons attendre les résultats des examens. »

Le ventre de Harriet se tordit de nouveau, avec violence ; elle roula sur le ventre, loin de la lumière. Elle savait pourquoi elle avait les yeux rouges ; l'eau les avait brûlés.

« Et cette diarrhée ? Et la fièvre ? Et, Seigneur, ces marques noires sur son cou ? On dirait que quelqu'un a essayé de l'étrangler. Si vous me demandez...

— Il y a peut-être une infection, mais les attaques ne sont pas fébriles. Fébrile...

— Je sais ce que cela veut dire. J'étais infirmière, docteur, répliqua sèchement Edie.

— Eh bien, dans ce cas, vous devriez savoir qu'un dysfonctionnement du système nerveux est la priorité numéro un, répondit le médecin du même ton.

— Et les autres symptômes...

— Sont discutables. Comme je l'ai dit. Nous allons d'abord lui administrer un antibiotique et la mettre sous perfusion. Nous devrions recevoir demain matin les résultats de son ionogramme et de sa numération globulaire. »

Harriet suivait attentivement la conversation, attendant son tour de parler. Enfin, elle ne put plus y tenir, et bafouilla : « Il faut que j'y aille. »

Edie et le médecin se tournèrent vers elle et la regardèrent. « Eh bien vas-y, *vas-y* », dit le docteur avec un geste de la main qui parut royal et exotique à la fillette, levant le menton tel un maharajah. Quand elle sauta de la table, elle l'entendit appeler une infirmière.

Mais il n'y en avait aucune derrière le rideau, et personne ne vint ; et Harriet, désespérée, s'élança dans le couloir. Une autre infirmière – aux yeux aussi petits et brillants que ceux d'un éléphant – surgit pesamment de derrière un bureau. « Tu cherches quelque chose ? » dit-elle. Avec difficulté, elle tendit pesamment le bras pour saisir la main de la fillette.

Harriet, paniquée par sa lenteur, secoua la tête et poursuivit sa course. Tandis qu'elle filait dans le couloir sans fenêtres, prise de vertige, son attention tout entière fixée sur la porte du bout et l'inscription Dames, elle dépassa une alcôve avec quelques chaises et crut entendre une voix appeler « Hat ! », mais ne prit pas le temps de se retourner.

Brusquement Curtis surgit devant elle. Derrière lui, une main posée sur l'épaule du garçon, la cicatrice rouge sang se détachant sur son visage comme l'œil d'un taureau, se dressait le prêcheur *(orages, serpents à sonnette)*, tout de noir vêtu.

Harriet se figea. Puis elle fit demi-tour et s'enfuit le long du couloir éblouissant, aseptisé. Le sol était glissant ; ses pieds se dérobèrent sous elle et elle tomba la tête en avant, puis roula sur le dos, une main levée pour se protéger les yeux.

Des pas rapides – des semelles de crêpe crissant sur le carrelage – et la seconde d'après, sa première infirmière (la jeune, avec des bagues et un maquillage bariolé) s'agenouillait à côté d'elle. *Bonnie Fenton,* indiquait son badge. « Debout, ma chérie ! s'écria-t-elle gaiement. Tu t'es fait mal ? »

Harriet se cramponna à son bras, et fixa le visage très fardé de la fille avec une extrême concentration. *Bonnie Fenton,* se répéta-t-elle, comme si le nom était une formule magique destinée à la protéger. *Bonnie Fenton, Bonnie Fenton, Bonnie Fenton I.D...*

« Voilà pourquoi on n'est pas censé courir dans ces couloirs ! », déclara l'infirmière. Elle ne s'adressait pas à Harriet, mais, théâtrale, à un tiers, et – tout au bout – la fillette vit Edie et le médecin émerger du renfoncement caché par un rideau. Sentant les yeux du prêcheur lui brûler le dos, Harriet se releva et courut vers Edie qu'elle attrapa par la taille.

« Edie, hurla-t-elle, ramène-moi à la maison, ramène-moi à la maison !

— Harriet ! Qu'est-ce qui te prend ?

— Si tu rentres chez toi, intervint le docteur, comment pourrons-nous découvrir ce que tu as ? » Il essayait d'être amical, mais son visage tombant se figeait comme un masque de cire au-dessous des orbites, et Harriet lui trouva brusquement un air très effrayant. Elle fondit en larmes.

On lui tapota le dos distraitement : c'était typique d'Edie, ce geste vif, décidé, et Harriet n'en pleura que de plus belle.

« Elle a perdu la tête.

— D'habitude les gens sont endormis après une crise. Mais si elle est agitée on peut lui donner un petit quelque chose pour l'aider à se détendre. »

Craintivement, Harriet jeta un coup d'œil par-dessus son épaule. Mais le couloir était désert. Elle se baissa pour toucher son genou, endolori par sa glissade sur le sol. Elle avait fui quelqu'un ; elle était tombée et s'était fait mal ; cette partie était vraie, elle ne l'avait pas rêvé.

L'infirmière Bonnie dégageait Edie de l'étreinte de sa

petite-fille. L'infirmière Bonnie reconduisait Harriet dans le renfoncement... L'infirmière Bonnie ouvrait un placard, remplissait une seringue avec le contenu d'un petit flacon en verre...

« *Edie* ! hurla Harriet.

— Oui ? » Sa grand-mère glissa la tête à travers le rideau. « Ne sois pas stupide. Ce n'est qu'une piqûre. »

Sa voix provoqua une nouvelle crise de sanglots. « Edie, supplia-t-elle, Edie, ramène-moi à la maison. J'ai peur. J'ai peur. Je ne peux pas rester ici. Ces gens sont à mes trousses. Je... »

Elle tourna la tête ; elle tressaillit quand l'infirmière planta l'aiguille dans son bras. Déjà elle glissait en bas de la table mais la fille la retint par le poignet. « Ce n'est pas encore fini, chérie.

— Edie ? Je... Non, je ne veux pas de *ça* », dit-elle, reculant pour échapper à Bonnie, qui avait fait le tour et s'approchait avec une nouvelle seringue.

Poliment, mais guère amusée, l'infirmière rit de sa frayeur, lançant un regard à Edie pour implorer son aide.

« Je ne veux pas dormir. *Je ne veux pas dormir*, hurla Harriet, immédiatement encerclée, repoussant Edie d'un côté et de l'autre, l'étreinte ferme et douce de la main baguée d'or de Bonnie. J'ai peur ! Je suis...

— Pas de cette aiguille, mon petit. » La voix – apaisante au début – s'était refroidie, et avait un petit ton inquiétant. « Ne sois pas stupide. Un léger pincement et...

— Bon, je vais faire un saut chez moi, dit Edie.

— EDIE !

— Parle plus doucement, lapin, la pria Bonnie, tandis qu'elle plantait l'aiguille dans le bras de Harriet et poussait le piston à fond.

— Edie ! Non ! Ils sont là ! Ne me laisse pas ! Ne...

— Je *reviens*... Ecoute-moi, dit Edie, levant le menton,

couvrant les divagations absurdes de sa petite-fille de sa voix tranchante, efficace. Je vais raccompagner Allison chez elle et ensuite je passerai chez moi pour prendre quelques affaires. » Elle se tourna vers l'infirmière. « Pourrez-vous installer un lit pliant dans sa chambre ?

— Certainement, madame. »

Harriet frotta l'endroit de la piqûre sur son bras. *Lit pliant.* Le mot avait un son réconfortant qui évoquait la maternelle, comme *petit chou,* ou *nounou*, ou encore le surnom de Harriet quand elle était bébé : *Hottentot.* Elle pouvait presque le goûter sur sa langue, ce mot rond et doux, lisse et ferme, foncé comme un bonbon au lait malté.

Elle sourit aux visages penchés autour de la table.

« Voici une petite fille qui a *sommeil* », entendit-elle dire l'infirmière Bonnie.

Où était Edie ? Harriet lutta énergiquement pour garder les yeux ouverts. Des ciels immenses pesaient sur elle, des nuages se pressaient dans une obscurité fabuleuse. Elle ferma les paupières, vit des branches d'arbre tomber et s'endormit aussitôt.

Eugene arpenta les couloirs glacés, les mains derrière le dos. Lorsqu'un aide-soignant arriva enfin, et roula la fillette hors de la salle d'examen, il le suivit à bonne distance, d'un pas nonchalant, pour voir où on l'emmenait.

L'employé s'arrêta près de l'ascenseur et appuya sur le bouton. Eugene se tourna et repartit en direction des marches. En sortant de la cage d'escalier sonore, au premier étage, il entendit tinter la sonnerie et vit, au bout du couloir, le pied du lit émerger entre les portes en acier inoxydable, le garçon manœuvrant de l'autre côté.

Ils glissèrent le long du corridor. Eugene referma la

porte coupe-feu métallique le plus doucement possible et – faisant cliqueter ses souliers – les suivit en prenant soin de ne pas se faire remarquer. Sans s'approcher trop, il nota dans quelle chambre ils tournaient. Puis il s'éloigna, en direction de l'ascenseur, et examina longuement une exposition de dessins d'enfants épinglés sur le panneau d'affichage, ainsi que les bonbons illuminés du distributeur automatique qui bourdonnait.

Il avait toujours entendu dire que les chiens hurlaient avant un tremblement de terre. Eh bien, ces derniers temps, chaque fois que s'était produit un événement malheureux, ou juste avant, cette fillette aux cheveux noirs s'était trouvée dans les parages. Et c'était elle : pas de doute. Il l'avait bien regardée devant la mission, le soir où il s'était fait mordre.

Elle était là de nouveau. Négligemment, il passa devant sa porte ouverte et glissa un bref coup d'œil à l'intérieur. Une faible lumière brillait dans un recoin du plafond, peu à peu envahi par l'ombre. On ne voyait pas grand-chose dans le lit, en dehors d'un petit tas de couvertures. Au-dessus – près de la lampe, telle une méduse suspendue dans l'eau immobile – flottait une poche de perfusion translucide remplie d'un liquide transparent avec un tentacule qui partait vers le bas.

Eugene alla à la fontaine, but un peu d'eau, s'attarda un moment pendant qu'il examinait un affichage de la March of Dimes. De sa place, il vit une infirmière qui entrait et repartait. Mais quand il s'approcha à nouveau de la chambre, l'œil fureteur, et glissa la tête par la porte ouverte, il découvrit que la fillette n'était pas seule. Un aide-soignant noir était occupé à installer un lit de camp, et ne réagit pas du tout à ses questions.

Eugene s'attarda, s'efforçant de passer inaperçu (ce qui était difficile, bien sûr, dans ce couloir désert) et lorsqu'il vit enfin l'infirmière revenir les bras chargés de draps, il la retint à la porte.

« Qui est cette petite ? demanda-t-il de sa voix la plus aimable.

— Elle s'appelle Harriet. Ses parents sont les Dufresnes.

— Ah. » Le nom lui rappelait quelque chose ; il ne savait pas très bien quoi. Il regarda dans la chambre, derrière l'infirmière. « Elle a personne avec elle ?

— Je n'ai pas vu les parents, seulement la grand-mère. » La fille se détourna d'un air décidé.

« Pauvre petite, reprit Eugene, désireux de continuer la conversation, glissant la tête derrière la porte. Qu'est-ce qu'elle a ? »

Avant qu'elle ait prononcé un mot, il sut à l'expression de son visage qu'il était allé trop loin. « Je regrette. Je ne suis pas autorisée à fournir cette information. »

Eugene sourit d'un air engageant, espérait-il. « Vous savez, dit-il, je sais que cette balafre sur ma figure n'est pas très jolie. Mais elle ne fait pas de moi une mauvaise personne. »

Les femmes avaient tendance à s'attendrir un peu quand Eugene faisait référence à son infirmité, mais l'infirmière se contenta de le regarder comme s'il avait prononcé une phrase en espagnol.

« Je posais juste la question, poursuivit Eugene, levant la main. Désolé de vous avoir dérangée, m'dame », dit-il, entrant derrière elle. La fille était absorbée par la préparation du lit. Il songea à proposer son aide, mais la position de son dos lui indiqua qu'il valait mieux ne pas insister.

Eugene retourna vers le distributeur de bonbons. *Dufresnes.* Pourquoi connaissait-il ce nom ? Farish était la personne à qui poser ce genre de question. Farish savait qui était qui en ville ; il se souvenait des adresses, des liens de famille, des scandales, de tout. Mais Farish était en bas, dans le coma, et ne passerait sans doute pas la nuit.

En face de l'ascenseur, Eugene s'arrêta au bureau de l'infirmière : il n'y avait personne. Il se pencha un moment sur le comptoir et – feignant d'inspecter un collage de photos, un chlorophyte dans un panier cadeau – il attendit. *Dufresnes.* Même avant son échange avec l'infirmière, l'épisode dans le vestibule (et en particulier la vieille dame, dont la vivacité empestait l'argent et laissait pressentir une position respectable dans l'église baptiste) l'avait convaincu que ce n'était pas une petite Odum – et c'était bien dommage, car dans le cas contraire, cela eût parfaitement confirmé certains de ses soupçons. Odum avait de bonnes raisons de s'en prendre *à* Farish et *à* Danny.

L'infirmière ressortit alors de la chambre de l'enfant – et lui lança un regard. C'était une jolie fille, mais toute peinturlurée avec du rouge à lèvres et du maquillage, une vraie demeurée. Eugene se tourna – avec naturel, lui adressant un petit salut – puis s'éloigna d'un pas nonchalant dans le couloir, descendit l'escalier, dépassa l'infirmière de nuit (au visage éclairé par le reflet fantomatique de la lampe de bureau), et regagna la salle d'attente sans fenêtre des soins intensifs, où la lumière sourde, indirecte des néons brillait vingt-quatre heures sur vingt-quatre, et où Gum et Curtis dormaient sur le canapé. Il n'avait aucune raison de s'attarder à l'étage supérieur et de se faire remarquer. Il remonterait une fois que la pute outrageusement fardée aurait terminé son service.

Couchée sur le côté, dans son lit, Allison regardait la lune par la fenêtre. Elle avait à peine conscience de la présence du lit vide de Harriet – le matelas nu, les draps

796

souillés de vomissure en tas sur le plancher. Dans sa tête, elle chantait toute seule – pas une chanson mais une suite improvisée de notes basses qui se répétaient, avec des variantes, montant et descendant en un rythme monotone, telle la roulade mélancolique d'un oiseau de nuit inconnu. Que sa sœur fût là ou non ne changeait pas grand-chose ; mais encouragée par le calme de l'autre partie de la pièce, elle se mit à fredonner tout haut, des airs et des phrases musicales décousus qui tournoyaient dans l'obscurité.

Elle avait de la peine à s'endormir, bien qu'elle ne sût pas pourquoi. Le sommeil était le refuge d'Allison ; il lui ouvrait les bras dès l'instant où elle s'allongeait. Mais en ce moment, elle était couchée sur le flanc, les yeux ouverts et sereins, chantonnant dans le noir, et cette ombre oublieuse tourbillonnait au loin comme la fumée dans les greniers abandonnés, résonnant tel l'écho de la mer dans un coquillage nacré.

Edie, couchée sur son lit de camp à côté de Harriet, fut réveillée par la lumière. Il était tard : huit heures et quart, d'après sa montre, et elle avait rendez-vous avec le comptable à neuf heures. Elle se leva pour aller dans la salle de bains, un instant arrêtée par son reflet blême, épuisé dans le miroir : c'était surtout l'éclairage au néon, mais quand même.

Elle se brossa les dents et entreprit courageusement de se maquiller : un trait au crayon sur les sourcils, une pointe de rouge pour souligner les lèvres. Edie ne faisait pas confiance aux médecins. D'après son expérience ils n'écoutaient pas, préférant se donner des airs importants et prétendre qu'ils détenaient toutes les réponses. Ils tiraient des conclusions trop hâtives ; ils ne tenaient pas compte de ce qui ne cadrait pas avec leurs théories. Et ce médecin était un étranger, par-dessus le marché. Dès l'instant où ce Dr Dagoo, peu importait son nom, avait entendu le mot *crise,* les autres symptômes de l'enfant avaient sombré dans l'insignifiance : ils étaient « discutables ». *Discutables*, songea Edie, sortant de la salle de bains pour examiner sa petite-fille endormie (avec une intense curiosité, comme si Harriet avait été un arbuste rachitique, ou une plante verte atteinte d'un mal mystérieux), *parce que l'épilepsie n'est pas le vrai problème.*

Avec un intérêt clinique, elle regarda Harriet encore quelques instants, puis retourna dans la salle de bains pour s'habiller. Harriet était une enfant robuste et Edie n'était pas terriblement inquiète à son sujet, sinon d'une manière assez générale. Ce qui la préoccupait – et qui l'avait empêchée de dormir une bonne partie de la nuit, sur son lit pliant –, c'était le désordre innommable qui régnait chez sa fille. Maintenant qu'Edie y réfléchissait, la dernière fois qu'elle était montée au premier étage, Harriet n'avait que quelques mois. Charlotte était un vrai hamster, et sa tendance à accumuler les choses s'était aggravée (savait Edie) depuis la mort de Robin, mais l'état de la maison l'avait profondément choquée. Sordide : il n'y avait pas d'autre mot. Pas étonnant que la petite fût malade, avec les ordures et les détritus qui envahissaient tout ; c'était un miracle qu'elles ne fussent pas toutes les trois à l'hôpital. Edie – tirant la fermeture Eclair du dos de sa robe – se mordit l'intérieur de la joue. De la vaisselle sale, des piles, des *tours* entières de journaux, un nid de vermine, sans aucun doute. Pire encore : l'odeur. Toutes sortes de scénarios déplaisants s'étaient déroulés dans l'esprit d'Edie tandis que tout éveillée, elle tournait et se retournait sur le matelas bosselé. La petite avait pu s'empoisonner, ou contracter une hépatite ; elle avait peut-être été mordue par un rat dans son sommeil. Edie avait été trop sidérée et honteuse pour confier l'un de ces soupçons à un médecin inconnu – et ce sentiment la hantait encore maintenant, dans la froide lumière du matin. Qu'était-elle censée dire ? *Oh, docteur, vous savez, ma fille vit dans la crasse ?*

Il devait y avoir des cafards, et bien pis. Il fallait intervenir avant que Grace Fountain ou un autre voisin indiscret n'alertât le service d'hygiène. En affrontant Charlotte elle n'obtiendrait que des excuses et des larmes. Faire appel à Dix, le mari adultère, était risqué parce que, s'il venait à divorcer (une éventualité), l'entretien déplorable de la maison lui fournirait un argument au tribunal. Pourquoi diable Charlotte avait-elle laissé partir la femme de couleur ?

Edie épingla ses cheveux sur sa nuque, avala deux aspirines avec un verre d'eau (ses côtes la faisaient horriblement souffrir après la nuit sur le lit de camp) et rentra à nouveau dans la chambre. *Toutes les routes conduisent à l'hôpital*, songea-t-elle. Depuis la mort de Libby, elle y était retournée chaque nuit dans ses rêves – errant dans les couloirs, prenant l'ascenseur dans les deux sens, à la recherche d'étages et de numéros de chambre qui n'existaient pas – et elle se trouvait de nouveau là, en plein jour, dans une chambre très semblable à celle où sa sœur était morte.

Harriet était encore assoupie – une bonne chose. Le médecin avait dit qu'elle dormirait presque toute la journée. Après le comptable, et une autre matinée passée à étudier les registres du juge Cleve (qui semblaient rédigés en langage codé), elle devait rencontrer l'avocat. Il la pressait de trouver un accord avec cet horrible Mr Rixey – ce qui était bien joli, sinon que le « compromis raisonnable » qu'il proposait la laisserait dans le dénuement le plus complet. Perdue dans ses pensées (Mr Rixey n'avait pas même accepté cette solution « raisonnable » ; elle saurait aujourd'hui où ils en étaient) Edie jeta un dernier coup d'œil à son image dans la glace, prit son sac, et sortit de la chambre sans remarquer le prêcheur qui rôdait au bout du couloir.

Les draps étaient frais, un délice. Harriet reposait dans la lumière du matin, les yeux fermés. Elle avait rêvé de marches de pierre dans un champ d'herbe lumineux, des marches qui ne conduisaient nulle part, si usées par le temps qu'il aurait pu s'agir de blocs qui avaient roulé dans le pâturage bourdonnant pour s'y incruster. Au creux de son bras le tintement argenté et glacé de l'aiguille lui écorchait les oreilles et un appareil volumineux s'en échappait pour traverser le plafond en tourbillonnant et disparaître dans les ciels blancs du rêve.

Pendant quelques minutes elle flotta entre le sommeil et l'éveil. Des pas foulaient le sol (les couloirs froids résonnaient comme des palais) et elle resta très immobile, espérant qu'un aimable personnage officiel entrerait et la remarquerait : la petite Harriet, pâle et malade.

Les pas s'approchèrent du lit, et s'arrêtèrent. Elle sentit une présence au-dessus d'elle. Elle resta tranquille, battant des paupières, se laissant examiner. Puis elle ouvrit les yeux et eut un sursaut d'horreur en voyant le prêcheur, dont le visage se trouvait à quelques centimètres du sien. Sa cicatrice rouge vif comme une caroncule de dindon lui barrait la joue ; sous la chair molle de son arcade sourcilière, l'œil brillait d'un éclat humide et farouche.

« Tiens-toi tranquille », dit-il en inclinant la tête à la façon d'un perroquet. Sa voix était aiguë et chantante, avec une intonation étrange. « Pas la peine de crier, hein ? »

Harriet eût bien aimé crier – à pleins poumons. Pétrifiée de peur et gagnée par la confusion, elle le regarda.

« Je sais qui tu es. » Sa bouche remuait très peu quand il parlait. « Tu étais à la mission l'autre soir. »

Harriet tourna les yeux vers le seuil désert. La douleur sillonnait ses tempes comme une décharge électrique.

Le prêcheur plissa le front en se rapprochant encore. « Tu t'amusais avec les serpents. C'est toi qui les as mis en liberté, pas vrai ? », dit-il de sa curieuse voix de tête. Sa gomina sentait le lilas. « Et tu suivais mon frère Danny, pas vrai ? »

Harriet le regarda. Etait-il au courant pour le château d'eau ?

« Comment ça se fait que tu te sois enfuie quand tu m'as vu dans le couloir ? »

Il ne savait rien. Harriet prit soin de rester très immobile. A l'école, personne ne pouvait la battre au jeu qui consistait à faire baisser les yeux à son partenaire. Des cloches indistinctes tintaient dans sa tête. Elle n'était pas bien ; elle avait envie de se frotter les yeux, de recommencer la matinée depuis le début. Il y avait quelque chose d'absurde dans la position de son propre visage, face à celui du prêcheur ; comme si ce visage avait été un reflet qu'elle aurait dû voir sous un angle différent.

Le prêcheur loucha vers elle. « Tu es une petite effrontée, dit-il. Tu es vraiment culottée. »

Harriet se sentait faible, la tête lui tournait. *Il ne sait rien*, se répéta-t-elle farouchement, *il ne sait rien...* Il y avait près de son lit une sonnette pour appeler l'infirmière, et elle était très tentée de tourner la tête pour la regarder, mais elle se força à rester immobile.

Il l'examinait attentivement. Derrière lui, la blancheur de la pièce se perdait dans un lointain vaporeux, un vide aussi nauséabond à sa manière que l'obscurité étouffante de la citerne.

« Ecoute bien, dit-il, se penchant plus près encore. De quoi t'as si peur ? Personne a levé la main sur toi. »

Très raide, Harriet fixa son visage, sans bouger un muscle.

« T'as peut-être fait quelque chose pour avoir aussi peur, alors ? Je veux savoir ce que tu fichais, à fouiller chez moi. Et si tu me le dis pas, je vais le découvrir. »

Brusquement une voix joyeuse s'écria sur le seuil : « *Toc toc !* »

Le prêcheur se redressa aussitôt et se retourna. Debout dans l'embrasure de la porte, Roy Dial les saluait de la main, des brochures de catéchisme et une boîte de bonbons sous le bras.

« J'espère que je ne vous interromps pas », s'écria-t-il, pénétrant à grands pas sans la moindre crainte. Il portait une tenue négligée au lieu du costume-cravate qu'il mettait au cours de catéchisme ; très sportif avec ses mocassins et son pantalon beige, parfumé d'un soupçon de Floride et de monde marin. « Tiens tiens, *Eugene*. Qu'est-ce que vous faites ici ?

— Mr Dial ! » Le prêcheur se précipita pour lui tendre la main.

Son ton avait changé – chargé d'une énergie différente – et malgré sa maladie et sa peur, Harriet le remarqua. *Il est effrayé*, songea-t-elle.

« Ah... oui. » Mr Dial considéra Eugene. « Un membre de la famille Ratliff n'a-t-il pas été admis hier ? Dans le journal...

— Oui, monsieur ! Mon frère Farish. Il... » Eugene fit un effort sensible pour ralentir son débit. « Euh, on lui a tiré dessus, monsieur. »

Tiré dessus ? pensa Harriet, stupéfaite.

« Une balle dans la nuque, monsieur. On l'a trouvé hier soir. Il...

— Eh bien, ma parole ! s'écria gaiement Mr Dial, reculant avec une drôlerie qui indiquait à quel point l'intéressaient les nouvelles de la famille d'Eugene. Bonté divine ! Je suis vraiment désolé ! Je me ferai un plaisir de passer lui rendre visite dès qu'il ira un peu mieux ! Je... »

Sans laisser à Eugene le temps d'expliquer que Farish n'avait aucune chance de se remettre, Mr Dial leva les mains comme pour dire *que faire ?* et posa la boîte de sucreries sur la table de chevet. « Je crains que ces bonbons ne te soient pas destinés, Harriet, dit-il, présentant son profil de dauphin avant de se pencher confortablement pour la fixer de l'œil gauche. Je passais juste en vitesse pour voir cette chère Agnes Upchurch avant d'aller au travail (Miss Upchurch était une vieille invalide baptiste en mauvaise santé, une veuve de banquier, bien placée sur la liste des projets de Mr Dial pour le Fonds de l'Eglise) et voilà que je tombe sur ta grand-mère au rez-de-chaussée ! Bonté divine, je lui ai dit. Miss Edith ! Je... »

Le prêcheur, remarqua Harriet, se glissait vers la porte. Mr Dial vit qu'elle le regardait, et se retourna.

« Et comment connaissez-vous cette charmante demoiselle ? »

Eugene – interrompu dans sa retraite – répondit de son mieux. « Ah, monsieur, s'écria-t-il, se frottant la nuque d'une main et revenant vers Mr Dial comme s'il avait eu l'intention de le faire depuis le début, eh bien, j'étais là quand on l'a amenée hier soir. Trop faible pour marcher. Elle était bien mal en point, voilà la vérité. » Il prononça ces mots d'un ton définitif qui entendait mettre fin à la discussion.

« Alors vous rendiez juste... » Mr Dial se résolut à grand-peine à le dire... « *une visite !* A notre petite Harriet ? »

Eugene s'éclaircit la gorge et détourna les yeux. « Il y a mon frère, monsieur, dit-il, et pendant que je suis là, je m'efforce de passer dans les autres chambres et d'apporter du réconfort aux malades. C'est une joie de se trouver parmi les petits enfants et de leur offrir cette précieuse semence. »

Mr Dial regarda Harriet, comme pour demander : *ce type t'embête ?*

« Il suffit d'avoir deux genoux et une Bible. Vous savez, continua Eugene en indiquant du menton le poste de télévision, dans une maison il n'y a pas pire préjudice au salut d'un enfant. La boîte à péché, c'est comme ça que je l'appelle.

— Mr Dial, demanda brusquement Harriet – et sa voix semblait ténue et lointaine –, où est ma grand-mère ?

— En bas, je suppose, répondit Mr Dial, la fixant de son œil glacial de marsouin. Au téléphone. Qu'y a-t-il ?

— Je ne me sens pas bien », dit-elle avec sincérité.

Le prêcheur, vit-elle, se glissait hors de la chambre. Quand il s'aperçut qu'elle l'observait, il lui jeta un regard, avant de s'éclipser.

« Qu'y a-t-il ? répéta Mr Dial, se penchant sur elle, l'inondant du parfum fruité de son after-shave. Tu veux de l'eau ? Un petit déjeuner ? Tu as mal au cœur ?

— Je... je... » Harriet essaya de se redresser. Elle ne pouvait pas demander ce qu'elle voulait, il lui aurait fallu trop de mots pour cela. Elle craignait de rester seule, mais elle ne savait pas exactement comment le dire à Mr Dial sans lui expliquer de quoi elle avait peur, et pourquoi.

A cet instant, le téléphone sonna à son chevet.

« Voilà, ne bouge pas, dit Mr Dial, s'emparant du combiné pour le lui passer.

— Maman ? dit faiblement Harriet.

— Félicitations ! Un coup brillant ! »

C'était Hely. Sa voix – quoique exubérante – était ténue et lointaine. Au sifflement de la ligne, elle devina qu'il appelait de l'appareil en forme de casque, dans sa chambre.

« Harriet ? Ha ! Tu l'as détruit, ma vieille ! Tu l'as *crucifié* !

— Je... » Le cerveau de Harriet fonctionnait au ralenti et elle ne trouvait pas de repartie. Malgré la connexion, ses hurlements et ses exclamations étaient si bruyants à l'autre bout de la ligne qu'elle craignait que Mr Dial les entendît.

« Génial ! » Dans son excitation il lâcha l'appareil, avec un énorme vacarme ; sa voix lui revint, voilée, assourdissante. « C'était dans le journal...

— Quoi ?

— Je *savais* que c'était toi. Qu'est-ce que tu fabriques à l'hôpital ? Que s'est-il passé ? Tu es blessée ? On t'a tiré dessus ? »

Harriet se racla la gorge selon le code qu'ils avaient établi, pour lui faire comprendre qu'elle n'était pas libre de parler.

« Bon, d'accord, commenta Hely d'un ton maussade, au bout d'un moment. Désolé. »

Mr Dial, reprenant sa boîte de bonbons, articula sans bruit : *Je dois filer.*

« Non, surtout pas », s'écria-t-elle, prise de panique, mais il continua à reculer vers la porte.

A plus tard ! dit-il silencieusement, avec force gesticulations. *Il faut que j'aille vendre quelques voitures !*

« Réponds juste par oui ou par non, alors, disait Hely. Tu as des ennuis ? »

Craintivement, Harriet regarda le seuil désert. Mr Dial était loin d'être le plus gentil et le plus compréhensif des adultes, mais du moins il était compétent : droit et sourcilleux, un modèle d'indignation morale. Personne n'oserait lui faire de mal s'il était près d'elle.

« On va t'arrêter ? Un policier monte la garde ?

— Hely, tu peux faire quelque chose pour moi ? dit-elle.

— Bien sûr », répliqua-t-il, brusquement sérieux, aussi vif qu'un terrier.

Harriet – un œil sur la porte – reprit : « Promets. » Bien qu'elle chuchotât presque, sa voix portait plus qu'elle ne le souhaitait dans le silence glacé des meubles en Formica et des parois étincelantes.

« Quoi ? Je ne t'entends pas.

— Promets d'abord.

— Harriet, vas-y, accouche !

— Au château d'eau. » Elle inspira profondément ; il n'y avait aucun moyen de le dire sans aller droit au but. « Il y a un revolver par terre. Il faut que tu ailles...

— Un *revolver* ?

— ... le ramasser et que tu le jettes », acheva-t-elle désespérée. Pourquoi prendre seulement la peine de parler bas ? Comment savoir qui écoutait chez lui ou même ici ? Elle venait de voir une infirmière passer dans le couloir ; puis une autre, qui avait jeté un coup d'œil curieux à l'intérieur.

« Mince alors, Harriet !

— Hely, moi, je ne peux pas y aller. » Elle était au bord des larmes.

« Mais j'ai ma répétition. Et nous devons rester tard aujourd'hui. »

Sa répétition. Harriet sentit son cœur défaillir. Comment faire alors ?

« Ou bien, disait Hely, ou bien je pourrais y aller tout de suite. Si je me dépêche. Maman me dépose dans une demi-heure. »

Harriet sourit faiblement à l'infirmière qui glissait la tête derrière la porte. Cela changerait quoi de toute manière ? Laisser le revolver de son père là-bas, à la merci de la police, ou envoyer Hely le récupérer ? Dès midi tout l'orchestre serait au courant.

« Qu'est-ce que je suis censé en faire ? demandait son ami. Le cacher dans ta cour ?

— Non, s'écria Harriet, si vivement que l'infirmière haussa les sourcils. Jette-le... » Bon Dieu, songea-t-elle, fermant les yeux, *vas-y, dis-le*... « Jette-le dans le...

— Dans le fleuve ? suggéra Hely, secourable.

— Oui, répondit Harriet, se soulevant comme l'infirmière (une grande femme carrée, avec des cheveux gris raides et de grosses mains) se penchait pour tapoter son oreiller.

— Et s'il ne coule pas ? »

Elle mit un moment avant de saisir. Hely répéta la question tandis que la femme décrochait sa feuille de température du pied du lit et repartait d'un pas ondulant, oblique.

« C'est du... métal », dit Harriet.

Hely, se rendit-elle compte avec un choc, parlait à quelqu'un à l'autre bout de la ligne.

Il revint aussitôt à l'appareil. « Parfait ! Il faut que j'y aille ! »

Clic. Tout étourdie, Harriet garda le téléphone muet contre son oreille jusqu'au retour de la tonalité et, peureusement (car elle n'avait pas quitté le seuil des yeux une seule seconde), raccrocha le combiné et se cala contre les oreillers, regardant autour d'elle avec appréhension.

Les heures s'étiraient, interminables, blanches sur fond blanc. Harriet n'avait rien à lire, et bien que sa tête la fît terriblement souffrir elle avait trop peur pour céder au sommeil. Mr Dial avait laissé une brochure de catéchisme, intitulée « L'instruction religieuse chez les tout-petits », avec sur la couverture l'image d'un bébé aux joues roses, coiffé d'un chapeau de soleil démodé, qui poussait un chariot de fleurs, et enfin, de désespoir, elle s'y plongea. C'était un petit livre destiné aux mères de jeunes enfants, et quelques minutes suffirent à l'en dégoûter.

Si écœurée qu'elle fût, elle lut néanmoins le mince volume du début à la fin, puis attendit. Et attendit. Il n'y avait pas de pendule dans la chambre, pas de tableaux à regarder et rien pour empêcher ses pensées et ses craintes de tourbillonner misérablement, rien sauf la douleur qui – de temps en temps – transperçait son ventre par vagues. Quand elle s'apaisait, Harriet retombait épuisée, haletante, l'esprit un instant libéré, mais bientôt ses soucis recommençaient à la ronger de plus belle. En réalité Hely n'avait rien promis. Comment savoir s'il irait vraiment chercher le revolver ? Et même s'il le faisait : aurait-il le bon sens de le jeter ? Hely dans la salle de l'orchestre, exhibant le revolver de son père. « Hé, Dave, regarde ça ! » Elle tressaillit et pressa la tête contre l'oreiller. Le revolver de son père. Avec ses empreintes dessus. Et Hely, la pire commère au monde. Mais à qui d'autre aurait-elle pu demander ce service ? A personne. Personne.

Au bout d'un long moment l'infirmière revint de son pas pesant (ses souliers à épaisses semelles très usées sur le bord extérieur) pour administrer une piqûre à Harriet. La fillette, qui roulait la tête et se parlait à elle-même, essaya de s'arracher à ses soucis. Avec un effort, elle tourna son attention vers la femme. Elle avait un visage buriné à l'expression joviale, les joues ridées, les chevilles lourdes et une démarche chaloupée, bancale. N'eût été son uniforme d'infirmière, elle aurait pu être un capitaine de grand voilier, en train d'arpenter les ponts. D'après son badge, elle s'appelait Gladys Coots.

« Bien, nous allons en finir le plus vite possible », disait-elle.

Harriet – trop faible et trop préoccupée pour opposer son habituelle résistance – roula sur le ventre et fit une grimace quand l'aiguille s'enfonça dans sa hanche. Elle détestait les piqûres, et – plus jeune – avait hurlé et pleuré et tenté de s'enfuir, au point qu'Edie (qui savait les faire) avait plusieurs fois retroussé ses manches avec impatience dans le cabinet du docteur et pris elle-même la seringue pour achever la tâche.

« Où est ma grand-mère ? demanda-t-elle en se remettant sur le dos, frottant l'endroit de sa fesse qui avait été piqué.

— Miséricorde ! Personne ne te l'a dit ?

— Quoi ? s'écria Harriet, se recroquevillant sur le lit comme un crabe. Que s'est-il passé ? Où est-elle ?

— Chut. Calme-toi ! » D'une main énergique, l'infirmière se mit à tapoter les oreillers. « Elle a dû aller en ville un moment, c'est tout. C'est *tout,* répéta-t-elle quand Harriet la regarda d'un air de doute. Maintenant rallonge-toi et installe-toi confortablement. »

De sa vie, jamais, jamais Harriet ne connaîtrait une journée aussi longue. La douleur palpitait et irradiait dans ses tempes, impitoyable ; un parallélogramme de soleil scintillait sur le mur, immobile. L'infirmière Coots, qui entrait et ressortait avec le bassin, de son pas chaloupé, était une rareté : un éléphant blanc, très célébré, qui revenait tous les siècles environ. Au cours de l'interminable matinée elle lui fit des prises de sang, lui mit des gouttes dans les yeux, lui apporta de l'eau glacée, du Canada Dry, une assiette de gélatine verte que Harriet goûta et repoussa, les couverts dansant bruyamment sur son plateau en plastique coloré.

Apeurée, elle s'assit très droite dans son lit et écouta. Le corridor était un tissu d'échos assourdis : les conversations dans le bureau, les rires occasionnels, le cliquetis des cannes et le crissement des déambulateurs quand les convalescents grisonnants en rééducation se promenaient dans le couloir. De temps en temps, une voix de femme retentissait dans l'interphone, énonçant des séries de chiffres, des ordres obscurs, *Carla, avancez dans le hall, on demande une aide-soignante dans la deux, une aide-soignante dans la deux.*

Comme si elle comptait une somme d'argent, Harriet énumérait ce qu'elle savait sur ses doigts, marmonnant tout bas, sans se soucier d'avoir l'air d'une folle. Le prêcheur ne savait rien sur le château d'eau. Si elle se fiait à ce qu'il avait dit, il ignorait que Danny se trouvait là-haut (ou était mort). Mais tout cela pouvait changer si le médecin découvrait quelle eau contaminée l'avait rendue malade. La Trans Am était garée assez loin du château d'eau pour que personne n'ait songé à s'y rendre – et s'ils ne l'avaient pas déjà fait, qui sait, peut-être n'iraient-ils pas chercher de ce côté.

Mais peut-être que si. Et il y avait le revolver de son père. Pourquoi ne l'avait-elle pas ramassé, comment avait-elle pu oublier ? Bien sûr, elle n'avait abattu personne ; mais le revolver avait servi, ils s'en apercevraient, et sa présence en bas du château d'eau suffirait certainement à donner à quelqu'un l'idée d'y monter pour *regarder* à l'intérieur.

Et Hely. Toutes ses questions joyeuses : avait-elle été arrêtée, y avait-il un policier devant sa porte. Si elle *était* arrêtée, ce serait extrêmement amusant pour lui : une pensée peu réconfortante.

Puis une horrible idée lui vint à l'esprit. Et si des policiers surveillaient la Trans Am ? La voiture n'était-elle pas le lieu du crime, comme à la télévision ? Des flics et des photographes ne seraient-ils pas postés tout autour, montant la garde ? Certes, le véhicule était garé assez loin du château d'eau – mais s'il voyait un groupe de gens, Hely aurait-il le bon sens de l'éviter ? Bien sûr, il y avait les entrepôts, qui étaient plus proches de l'endroit où se trouvait la Trans Am, et sans doute les fouilleraient-ils en premier. Mais ils finiraient par se déployer en direction du château d'eau, n'est-ce pas ? Elle se maudit de ne pas lui avoir recommandé la prudence. S'il y avait beaucoup de monde il serait obligé de faire demi-tour et de rentrer chez lui.

Vers le milieu de la matinée, le docteur interrompit sa méditation. C'était le médecin habituel de Harriet, qui la soignait quand elle avait une angine ou une amygdalite, mais elle ne l'aimait pas beaucoup. Il était jeune, avec un visage lourd et terne, et des mâchoires prématurément bouffies ; ses traits étaient rigides et son attitude glaciale et sarcastique. Il s'appelait Breedlove mais – en partie à cause des honoraires élevés qu'il réclamait – Edie lui avait donné le surnom (devenu populaire localement) de « Dr Radin ». Sa froideur, disait-on, l'avait empêché d'obtenir un meilleur poste dans une ville plus intéressante – mais il était si sec que Harriet ne se sentait pas tenue de présenter la façade aimable et souriante qu'elle réservait à la plupart des adultes, et pour cette raison elle le respectait malgré tout, à contrecœur.

Quand le Dr Radin fit le tour de son lit, ils évitèrent de se regarder en face, comme deux chats hostiles. Il la toisa d'un œil glacial. Il regarda sa feuille de température. Puis il demanda : « Tu manges beaucoup de laitue ?

— Oui, répondit Harriet, bien que ce fût un mensonge.

— Tu la fais tremper dans de l'eau salée ?

— Non », répliqua-t-elle, dès qu'elle eut compris que la réponse qu'on attendait d'elle était *non*.

Il marmonna une phrase sur la dysenterie, et la laitue non lavée du Mexique, et – au bout d'un moment – raccrocha bruyamment la feuille au pied de son lit, l'air soucieux, tourna les talons et s'en alla.

Brusquement le téléphone retentit. Harriet – sans se préoccuper de la perfusion dans son bras – décrocha avant la fin de la première sonnerie.

« Hé ! » C'était Hely. Dans le fond, l'écho d'un gymnase. L'orchestre du lycée répétait sur des chaises pliantes sur le terrain de base-ball. Harriet entendait une ménagerie d'instruments qu'on accordait : cris d'oies et gazouillis, glapissements de clarinettes et bêlements de trompettes.

« Attends, dit-elle quand il se lança dans un discours ininterrompu, non, *arrête* une seconde. » Le téléphone à pièces du gymnase de l'école était situé dans une zone très passante, ce n'était pas un endroit où avoir une conversation privée. « Réponds juste par oui ou par non. Tu l'as retrouvé ?

— Oui, monsieur. » Il parlait d'une voix qui ne ressemblait pas du tout à James Bond, mais que Harriet identifia comme telle. « J'ai récupéré l'arme.

— Tu l'as jetée là où je t'ai dit ? »

Hely croassa : « Est-ce que je t'ai jamais laissée tomber ? »

Pendant la petite pause teintée d'amertume qui suivit, Harriet perçut un bruit de fond, une bousculade et des chuchotements.

« Hely, reprit-elle, se redressant un peu, qui est avec toi ?

— Personne », répondit-il, un peu trop vite. Mais elle

entendit le sursaut de sa voix quand il prononça ce mot, comme s'il lançait un coup de coude à quelqu'un.

Des murmures. Il y eut un rire : une *fille*. Un éclair de colère traversa Harriet comme une décharge électrique.

« Hely, déclara-t-elle, il vaudrait mieux qu'il n'y ait personne autour de toi, non, dit-elle, couvrant ses protestations, écoute-moi. Parce que...

— Hé ! » Il *riait* ? « Qu'est-ce que t'as ?

— Parce que, articula Harriet, élevant la voix aussi haut qu'elle l'osait, *tes empreintes sont sur le revolver.* »

En dehors de l'orchestre, des bousculades et des chuchotements des enfants dans le fond, elle n'entendait plus voler une mouche.

« Hely ? »

Quand il parla enfin, sa voix était fêlée et lointaine. « Je... *Fiche le camp* », cria-t-il avec mauvaise humeur, à un ricaneur anonyme. Un léger bruit de bataille. Le combiné heurta le mur. Hely revint au bout d'une seconde ou deux.

« Ne quitte pas, tu veux bien ? » dit-il.

Encore un choc dans l'appareil. Harriet écouta. Des chuchotements agités.

« Non, *tu...* », dit quelqu'un.

Encore une bagarre. Harriet attendit. Des pas qui s'enfuyaient, des cris indistincts. Quand Hely revint, il était hors d'haleine.

« *Mince alors*, dit-il dans un murmure chagriné, tu m'as bien eu. »

Harriet – respirant fort – resta muette. Ses propres empreintes étaient aussi sur le revolver, mais elle ne jugea pas nécessaire de le lui rappeler.

« A qui en as-tu parlé ? demanda-t-elle, après un silence glacial.

— A personne. Euh – seulement à Greg et Anton. Et Jessica. »

Jessica ? songea Harriet. *Jessica Dees ?*

« Allez, Harriet. » Il se mettait à pleurnicher à présent. « Ne sois pas si méchante. J'ai fait ce que tu m'as dit.

— Je ne t'ai pas demandé de le raconter à *Jessica Dees*. »

Hely émit un son exaspéré.

« C'est *ta* faute, reprit-elle. Tu n'aurais dû en parler à personne. Maintenant tu es mouillé et je ne peux pas t'aider.

— Mais... » Hely cherchait ses mots. « C'est pas juste ! s'écria-t-il enfin. J'ai dit à personne que c'était toi !

— Moi qui quoi ?

— Je sais pas... ce que t'as fait, quoi.

— Qu'est-ce qui te dit que j'ai fait quelque chose ?

— Ouais, t'as raison.

— Qui est allé au château d'eau avec toi ?

— Personne. Je veux dire... », poursuivit Hely d'un ton malheureux, se rendant compte trop tard de son erreur.

« Personne. »

Silence.

« Dans ce cas, déclara Harriet (*Jessica Dees !* il était tombé sur la tête ?), c'est ton revolver. Tu ne peux même pas prouver que je t'ai demandé d'aller le chercher.

— Si !

— Ah ouais ? Comment ?

— Si, je *peux,* répéta-t-il d'un ton maussade, mais sans conviction. Je peux aussi. Parce que... »

Harriet attendit.

« Parce que...

— Tu ne peux rien prouver du tout, dit-elle. Et tes empreintes sont sur le *tu-sais-quoi.* Alors tu ferais mieux d'imaginer immédiatement une histoire à raconter à Jessica, Greg et Anton à moins que tu aies envie d'aller en prison et de mourir sur la chaise électrique. »

Par cette menace, Harriet crut avoir ébranlé la crédulité même de Hely mais – à en juger par le silence abasourdi à l'autre bout de la ligne – ce n'était apparemment pas le cas.

« Ecoute, Heal, dit-elle, le prenant en pitié. Ce n'est pas moi qui vais te dénoncer.

— C'est vrai ? demanda-t-il faiblement.

— Mais non ! C'est entre toi et moi. Personne ne le saura si tu ne dis rien.

— T'es sûre ?

— Ecoute, tu vas juste expliquer à Greg et aux autres que tu les faisais marcher », poursuivit Harriet – saluant de la main l'infirmière Coots qui passait la tête dans l'embrasure de la porte pour lui dire au revoir à la fin de son service. « Je ne sais pas ce que tu leur as raconté, mais explique que tu as inventé toute cette histoire.

— Et si quelqu'un le découvre, s'écria Hely, désespéré, qu'est-ce qu'on fait ?

— Quand tu es allé au château d'eau, tu as vu quelqu'un ?

— Non.

— Tu as vu la voiture ?

— Non, répondit Hely d'un ton perplexe, au bout d'un moment. Quelle voiture ? »

Parfait, songea Harriet. Il avait dû se tenir à l'écart de la route, et faire le tour par-derrière.

« Quelle voiture, Harriet ? De quoi tu parles ?

— C'est rien. Tu l'as jeté là où le fleuve est profond ?

— Oui. Du pont de la voie ferrée.

— Bien. » Hely avait pris un risque en montant là-haut, mais il n'aurait pas pu trouver endroit plus solitaire. « Et personne ne t'a vu ? Tu es sûr ?

— Oui. Mais ils peuvent draguer le fleuve. » Silence. « Tu comprends, insista-t-il. Mes *empreintes*.

Harriet ne le reprit pas. « Ecoute », dit-elle. Avec Hely il fallait simplement répéter la même chose encore et encore jusqu'à ce qu'il saisisse le message. « Si Jessica et les autres la ferment, personne n'aura jamais l'idée de chercher... quoi que ce soit. »

Silence.

« Alors qu'est-ce que tu leur as raconté exactement ?

— Je n'ai pas raconté *toute* l'histoire. »

Evidemment, pensa Harriet. Il ne connaissait pas toute l'histoire.

« Quoi, alors ?

— J'ai surtout parlé – je veux dire, je me suis limité à ce qu'il y avait dans le journal ce matin. Sur Farish Ratliff qui s'est fait tirer dessus. Ils donnaient pas beaucoup de détails, seulement que l'employé de la fourrière l'avait trouvé hier soir pendant qu'il poursuivait un chien sauvage qui s'était enfui vers l'ancienne égreneuse de coton. Mais j'ai laissé de côté l'histoire du chien. J'ai ajouté, tu sais... »

Harriet attendit.

« ... plus d'espionnage.

— Eh bien, va donc en rajouter une couche, suggéra Harriet. Dis-leur...

— Je sais ! » Il était de nouveau très excité. « C'est une idée géniale ! Je peux faire un remake de *Bons baisers de Russie*. Tu sais, avec l'attaché-case...

— ... qui projette des balles et du gaz lacrymogène.

— *Qui projette des balles et du gaz lacrymogène !* Et les chaussures ! Les chaussures ! » Il parlait des souliers de l'agent Klebb dont les semelles contenaient des couteaux à cran d'arrêt.

« Ouais, c'est super. Hely...

— Et les articulations en cuivre, tu sais, sur le terrain d'entraînement, où elle balance un coup de poing dans l'estomac du grand type blond ?

— Hely ! A ta place je n'en dirais pas trop.

— Non. Pas trop. Comme pour une vraie histoire, quand même, suggéra joyeusement Hely.

— Oui, répliqua Harriet. Comme pour une vraie histoire. »

« Lawrence Eugene Ratliff ? »

L'inconnu retint Eugene avant qu'il n'eût atteint la cage d'escalier. C'était un homme imposant à l'air cordial, avec une moustache blonde hérissée et des yeux gris globuleux, sévères.

« Où allez-vous ?

— Ah... » Eugene fixa ses mains. Il avait eu l'intention de se rendre à nouveau dans la chambre de la petite, pour voir s'il pouvait en tirer encore quelque chose, mais bien sûr, il ne pouvait pas donner cette réponse.

« Je vous accompagne ?

— Pas de problème ! » répliqua Eugene, de cette voix aimable qui ne lui avait pas encore été d'un grand secours aujourd'hui.

Ils dépassèrent la cage d'escalier et longèrent le couloir glacial où résonnaient bruyamment leurs pas, jusqu'à la porte qui indiquait « Sortie ».

L'homme l'ouvrit en disant : « Je regrette de vous ennuyer, surtout en un pareil moment, mais j'aimerais vous parler quelques minutes, si vous n'y voyez pas d'inconvénient. »

Ils quittèrent la pénombre aseptisée pour plonger dans la chaleur étouffante. « Que puis-je pour vous ? » demanda Eugene, repoussant ses cheveux d'une main. Il se sentait épuisé et ankylosé après la nuit passée sur une chaise, et bien qu'il eût trop fréquenté l'hôpital ces derniers temps, il aurait donné n'importe quoi pour ne pas se trouver sous le soleil écrasant de l'après-midi.

L'inconnu s'assit sur un banc de béton et lui fit signe de l'imiter. « Je suis à la recherche de votre frère Danny. »

Eugene s'installa à côté de lui et se tut. Il avait suffisamment eu affaire à la police pour savoir que la meilleure stratégie – en toute circonstance – était d'en dire le moins possible.

Le flic frappa dans ses mains. « Bon Dieu, il fait drôlement chaud ici, hein ? », dit-il. Il sortit un paquet de cigarettes de sa poche et prit son temps pour en allumer une. « Votre frère Danny a pour ami un individu du nom d'Alphonse de Bienville, reprit-il, exhalant la fumée par le coin de sa bouche. Vous le connaissez ?

— Je sais qui c'est. » Alphonse était le prénom de baptême de Catfish.

« C'est un type qui a l'air drôlement occupé. » Puis, sur un ton de confidence : « Il est mêlé à tout ce qui se passe en ville, pas vrai ?

— Je n'en sais rien. » Eugene se tenait le plus possible à l'écart de Catfish. Son comportement cavalier, désinvolte et irrévérencieux le mettait extrêmement mal à l'aise ; en sa présence, il n'osait pas prononcer un mot et se sentait embarrassé, ne sachant jamais quoi répondre, et il devinait que Catfish se moquait de lui dans son dos.

« Quel est son rôle dans votre petite entreprise familiale ? »

Eugene, se raidissant intérieurement, essaya de se donner une contenance, tandis que ses mains dansaient entre ses genoux.

Le flic étouffa un bâillement, puis allongea le bras sur le dossier du banc. Il avait la manie de se tapoter nerveusement le ventre, comme un homme qui vient de perdre du poids et veut s'assurer qu'il n'a pas regrossi.

« Ecoutez, Eugene, nous savons tout sur votre petit business, reprit-il. Une demi-douzaine de nos hommes se trouvent en ce moment chez votre grand-mère. Alors faites un effort pour me dire la vérité et nous gagnerons du temps tous les deux.

— J'vais être honnête avec vous, répondit Eugene, se tournant pour le regarder bien en face. J'ai rien à voir avec tout ce qu'il y a dans le hangar.

— Vous êtes donc au courant pour le labo. Dites-moi où est la dope.

— Monsieur, vous en savez plus que moi là-dessus, et je vous mens pas.

— Bon, il y a encore un petit quelque chose qui vous intéressera. Un de nos officiers s'est blessé sur un de ces... pièges punji dont vous avez truffé le terrain. Par chance pour nous, il est tombé en hurlant avant que quelqu'un ait marché sur un de ces fils de détente et fait tout sauter.

— Farish a des problèmes psychiatriques, dit Eugene après un petit silence embarrassé. » Il avait le soleil dans les yeux et se sentait très mal à l'aise. « Il a été hospitalisé.

— Oui, et condamné pour vol à main armée, aussi. »

Le policier ne le quittait pas des yeux. « Ecoutez, dit Eugene, croisant nerveusement les jambes. Je sais ce que vous pensez. J'ai eu des problèmes, je le reconnais, mais c'est du passé. J'ai demandé à Dieu de me pardonner et j'ai acquitté ma dette envers l'Etat. Désormais ma vie appartient à Jésus-Christ.

— Hum, hum. » Le flic se tut un moment. « Alors dites-moi. Quel rôle joue votre frère Danny dans tout ça ?

— Hier matin ils ont pris la voiture et sont partis. C'est tout ce que je sais et rien d'autre.

— Votre grand-mère prétend qu'ils se sont disputés.

— Je ne parlerais pas exactement de dispute », observa Eugene, après un instant de réflexion. Il n'avait aucune raison d'aggraver encore le cas de Danny. S'il n'avait pas tiré sur Farish – il aurait sans doute une explication à fournir. Et s'il avait voulu l'abattre – comme le redoutait Eugene – eh bien, il ne pourrait plus rien pour lui.

« Votre grand-mère affirme qu'ils ont failli en venir aux mains. Danny a fait à Farish quelque chose qui l'a poussé à bout.

— Je n'ai rien vu de tel. » Ça ressemblait bien à Gum, de raconter des choses pareilles. Farish ne la laissait jamais s'approcher des policiers. Elle était si partiale dans ses relations avec ses petits-fils qu'elle était capable de se plaindre de Danny ou d'Eugene et de dire des méchancetés sur leur compte alors même qu'elle tressait des lauriers à Farish.

« Très bien. » Le flic écrasa sa cigarette. « Je veux juste que les choses soient claires, hein ? C'est une entrevue, Eugene, pas un interrogatoire. Je n'ai aucune raison de vous emmener au commissariat et de vous lire vos droits si je n'y suis pas obligé, on est bien d'accord ?

— Oui monsieur, répondit Eugene – croisant son regard, et détournant aussitôt les yeux. Je vous en suis reconnaissant, monsieur.

— Bien. Juste entre nous, où se trouve Danny, d'après vous ?

— Je ne sais pas.

— D'après ce que j'ai entendu, vous étiez très proches, poursuivit le flic sur le même ton de confidence. Je ne peux pas croire qu'il serait parti sans vous prévenir. Il avait peut-être des amis ? Des contacts en dehors de l'Etat ? Il ne peut pas être allé bien loin tout seul, à pied, pas si on ne l'a pas aidé.

— Qu'est-ce qui vous fait croire qu'il est parti ? Comment savez-vous qu'il n'est pas mort ou blessé quelque part comme Farish ? »

Le flic assena une claque sur son genou. « C'est intéressant que vous posiez cette question. Parce que ce matin nous avons mis Alphonse de Bienville en garde à vue pour lui demander exactement la même chose. »

Eugene médita cette nouvelle information. « Vous croyez que c'est Catfish qui l'a fait ?

— Fait quoi ? demanda négligemment le policier.

— Tiré sur mon frère.

— Euh. » L'homme garda un moment les yeux dans le vague. « Catfish est un businessman entreprenant. Il a certainement jugé qu'il y avait de l'argent à gagner rapidement s'il prenait une partie de votre affaire, et il semble que telle était son intention. Mais il y a un hic, Eugene. On ne retrouve ni Danny, ni la dope. Et rien n'indique non plus que Catfish sache où ils sont. Alors on repart de zéro. C'est pourquoi j'espérais que vous pourriez peut-être m'aider.

— Je suis désolé, monsieur. » Eugene se frottait la bouche. « Je ne sais vraiment pas ce que je peux faire pour vous.

— Bon, vous feriez mieux d'y réfléchir encore un peu. Puisqu'il s'agit d'un meurtre après tout.

— Un meurtre ? » Eugene se redressa, stupéfié. « Farish est *mort* ? » Pendant un moment, il ne réussit pas à reprendre sa respiration, avec la chaleur. Il n'était pas remonté aux soins intensifs depuis plus d'une heure ; il avait laissé Gum et Curtis y retourner seuls de la cafétéria, après leur soupe de légumes et leur dessert à la banane, pendant qu'il prenait son café.

Le flic parut surpris – un étonnement sincère, ou simulé, Eugene ne put le dire.

« Vous ne saviez pas ? Je vous ai vu venir dans cette direction et j'ai cru...

— Ecoutez, répondit Eugene, qui s'était déjà levé, et s'éloignait, écoutez. Je dois rentrer pour rejoindre ma grand-mère. Je...

— Allez-y, allez-y, dit le policier, les yeux encore ailleurs, agitant la main, allez donc faire ce que vous devez. »

Eugene entra par la porte latérale et resta un moment étourdi. Une infirmière qui passait l'aperçut, lui adressa un regard plein de gravité et un petit mouvement de tête, et tout à coup il se mit à courir jusqu'au service de réanimation, ses chaussures claquant bruyamment sur le sol, dépassant des filles de salle éberluées. Il entendit Gum avant de la voir – un gémissement ténu, désolé, qui emplit son cœur d'une douleur aiguë. Curtis suffoquait, l'air effrayé, assis sur une chaise dans le couloir, et étreignait un énorme animal en peluche qu'on avait dû lui donner. Une dame des services sociaux – qui avait été gentille quand ils étaient arrivés à l'hôpital, les conduisant aussitôt aux soins intensifs sans se perdre en discours inutiles – lui tenait la main et lui parlait calmement. Elle se redressa en voyant Eugene. « Le voilà, murmura-t-elle à Curtis, il est de retour, mon lapin, ne t'inquiète pas. » Puis elle lança un coup d'œil à la porte de la chambre voisine. Elle dit à Eugene : « Votre grand-mère... »

Les bras ouverts, il s'approcha d'elle. Elle le repoussa et s'avança dans le couloir, chancelante, criant le nom de Farish d'une voix étrange au timbre aigu.

L'assistante sociale retint par la manche le Dr Breedlove qui passait. « Docteur, dit-elle, indiquant du menton Curtis qui s'étouffait, le visage presque bleu, cet enfant a du mal à respirer. »

Il s'interrompit une demi-seconde, et regarda Curtis. Puis il aboya : « Epinephrine. » Une infirmière s'éloigna en hâte. A une autre, il dit d'un ton sec : « Pourquoi n'a-t-on pas encore administré de sédatif à Mrs Ratliff ? »

Et au milieu de cette agitation – les aides-soignants, une piqûre dans le bras de Curtis (« Voilà, mon petit, tu vas tout de suite te sentir mieux ») et deux infirmières qui encadraient sa grand-mère – le policier resurgit.

« Ecoutez, disait-il, les paumes en l'air, faites ce que vous avez à faire.

— Quoi ? demanda Eugene, regardant autour de lui.

— Je vous attends dehors. » Il hocha la tête. « Je pense que les choses iront plus vite si vous m'accompagnez au commissariat. On y va dès que vous êtes prêt. »

Eugene regarda autour de lui. Il n'avait pas encore pris conscience de la situation ; il avait l'impression de voir à travers un brouillard. Sa grand-mère s'était tue et deux infirmières l'entraînaient dans le couloir gris et froid. Curtis se frictionnait le bras – mais, miraculeusement, sa respiration sifflante et ses suffocations s'étaient apaisées. Il montra à Eugene son animal en peluche – ça ressemblait à un lapin.

« A moi ! » dit-il, frottant ses yeux gonflés avec le poing.

Le flic regardait encore Eugene comme s'il s'attendait à une réponse.

« Mon petit frère, articula-t-il, se passant une main sur la figure. Il est attardé. Je ne peux pas le laisser là tout seul.

— Eh bien, amenez-le, répondit l'homme. Je parie qu'on lui trouvera un carambar...

— Lapin ? » dit Eugene – qui faillit tomber à la renverse comme Curtis se ruait sur lui. Il l'entoura de ses bras et écrasa son visage mouillé de larmes sur sa chemise.

« Amour, murmura-t-il d'une voix étouffée.

— Allez allez, Curtis, dit Eugene, lui tapotant maladroitement le dos, allez, arrête maintenant, moi aussi je t'aime.

— Ils sont gentils comme tout, hein ? dit le policier avec indulgence. Ma sœur a eu un de ces trisomiques. Il n'a vécu que quinze ans, mais Dieu, comme nous l'aimions. Je n'ai jamais vu un enterrement plus triste. »

Eugene émit un bruit indistinct. Curtis souffrait de multiples maux, dont certains étaient graves, et c'était la dernière chose à laquelle il voulait penser maintenant. Il se rendit compte qu'il devait avant tout demander à être conduit auprès du corps de Farish, passer quelques minutes seul avec lui, prononcer une petite prière. Son frère n'avait jamais paru très préoccupé par son destin après la mort (ni à sa destinée sur terre, non plus) mais cela ne signifiait pas qu'il n'avait pas été touché par la grâce à la fin. Car Dieu lui avait déjà souri, de façon inattendue. Quand il s'était tiré une balle dans la tête, après l'incident du bulldozer, les spécialistes avaient affirmé que seuls les appareils le maintenaient en vie, mais il les avait tous surpris en se relevant tel Lazare. Combien d'hommes s'étaient réveillés parmi les morts, au sens propre du mot, pour s'asseoir brusquement au milieu de l'équipement médical, et réclamer de la purée de pommes de terre ? Dieu arracherait-il une âme à la tombe de façon aussi saisissante pour la condamner ensuite à la damnation ? Si Eugene pouvait se pencher sur le corps – le regarder de ses propres yeux – il saurait sûrement dans quel état Farish était passé de vie à trépas.

« Je veux voir mon frère avant qu'ils l'emmènent, dit-il. Je vais trouver le docteur. »

Le flic acquiesça. Eugene se tourna pour partir, mais Curtis – pris d'une panique soudaine – lui agrippa le poignet.

« Vous pouvez le laisser avec moi, si vous voulez, proposa le policier. Je m'en occuperai.

— Non, répondit Eugene, non, ça ne fait rien, il peut venir aussi. »

L'homme regarda Curtis ; il secoua la tête. « Quand ce

genre de chose arrive, c'est une bénédiction pour eux, observa-t-il. De ne pas comprendre, je veux dire.

— Nous non plus, on comprend pas », répliqua Eugene.

Le médicament qu'ils donnaient à Harriet la faisait dormir. Elle entendit frapper à sa porte : c'était Tatty. « Chérie ! s'écria-t-elle, entrant comme une tornade. Comment va ma petite fille ? »

Harriet – enchantée – se redressa dans son lit et lui tendit les bras. Mais brusquement elle eut l'impression qu'elle rêvait, et que la chambre était vide. La sensation fut si étrange qu'elle se frotta les yeux et essaya de cacher sa confusion.

Pourtant c'était bien Tatty. Elle embrassa Harriet sur la joue. « Mais elle a bonne mine, Edith, dit-elle en pleurant. Elle a l'air éveillé.

— En effet, son état s'est beaucoup amélioré », répliqua sèchement Edie. Elle posa un livre sur la table de chevet de Harriet. « Tiens, j'ai pensé que tu serais contente de l'avoir comme compagnie. »

Harriet se renversa sur l'oreiller et les écouta parler toutes les deux, leurs voix familières se fondant dans un non-sens harmonieux et diffus. Puis elle se trouva ailleurs, dans une galerie bleu foncé avec des meubles recouverts de draps. Il pleuvait à verse.

« Tatty ! » appela-t-elle, se rasseyant dans la chambre pleine de lumière. Il était plus tard dans la journée. Sur le mur opposé, les rayons du soleil s'étaient allongés, glissant jusqu'au sol pour s'y déverser en une mare brillante.

Elles étaient parties. Harriet se sentait étourdie, comme si elle était ressortie d'une salle de cinéma obscure pour plonger dans la clarté de l'après-midi. Un gros livre d'apparence familière était posé sur sa table de chevet : *Le Capitaine Scott*. A sa vue, son cœur se réjouit ; juste pour s'assurer que ce n'était pas un effet de son imagination, elle tendit le bras pour le toucher, puis – malgré son mal de tête et son état de faiblesse – elle s'assit péniblement dans son lit et essaya de lire un moment. Mais pendant qu'elle lisait, le silence de la chambre d'hôpital sombra peu à peu dans une immobilité glaciale, irréelle, et elle ne tarda pas à avoir la désagréable impression que le livre lui parlait à elle – Harriet – d'une manière directe et très troublante. Régulièrement, une phrase se détachait, chargée d'un sens particulier, et elle avait l'impression que le capitaine Scott s'adressait à elle et avait codé à son intention une série de messages personnels dans ses « Journaux du Pôle ». Toutes les deux ou trois lignes, elle découvrait une signification nouvelle à ce qu'elle lisait. Elle essayait de se raisonner, mais en vain, et bientôt elle se sentit si effrayée qu'elle fut contrainte de poser le livre.

Le Dr Breedlove passa devant sa porte ouverte et s'arrêta net en la voyant assise très droite dans son lit, l'air agité et terrorisé.

« Pourquoi es-tu réveillée ? » demanda-t-il. Il entra et examina sa feuille de température, son visage jovial dénué d'expression, et ressortit bruyamment. Cinq minutes après, une infirmière se rua dans la chambre avec une énième seringue hypodermique.

« Allez, tourne-toi », dit-elle avec mauvaise humeur. Pour quelque raison, elle paraissait en colère contre Harriet.

Après son départ, la fillette garda le visage enfoui dans l'oreiller. Les couvertures étaient moelleuses. Les bruits s'étiraient et glissaient doucement sur sa tête. Puis elle se sentit happée par un vide gigantesque qui lui donnait le tournis, dans l'apesanteur coutumière des premiers cauchemars.

« Mais je ne voulais pas de thé », dit une voix nerveuse, familière.

La chambre était maintenant obscure. Deux personnes s'y trouvaient. Une faible lumière en couronne brillait derrière leurs têtes. Puis, à sa consternation, Harriet reconnut une voix qu'elle n'avait pas entendue depuis longtemps : celle de son père.

« Ils n'avaient rien d'autre. » Il parlait avec une politesse exagérée qui frôlait le sarcasme. « A part du café et du jus de fruits.

— Je t'avais bien dit de ne pas aller jusqu'à la cafétéria. Il y a un distributeur de Coca dans le couloir.

— Ne le bois pas si tu n'en veux pas. »

Harriet resta immobile, les yeux mi-clos. Chaque fois que ses deux parents se trouvaient dans la même pièce, l'atmosphère devenait glaciale et inconfortable, même s'ils se montraient très courtois l'un avec l'autre. *Pourquoi sont-ils ici ?* songea-t-elle tout ensommeillée. *Je préférerais que ce soient Tatty et Edie.*

Avec un choc, elle se rendit alors compte qu'elle avait entendu son père prononcer le nom de Danny Ratliff.

« C'est bien triste, disait-il. On ne parlait que de ça à la cafétéria.

— Quoi ?

— De Danny Ratliff. Le petit copain de Robin, tu te rappelles ? Il venait quelquefois dans la cour pour jouer avec lui. »

Copain ? pensa Harriet.

Tout à fait réveillée, le cœur battant si follement qu'elle devait se forcer à ne pas trembler, elle resta les yeux fermés, et écouta. Son père but une gorgée de café. Puis il poursuivit : « Il est passé à la maison. Après. Un petit garçon en loques, tu ne t'en souviens pas ? Il a frappé à la porte et il a dit qu'il était désolé de n'être pas venu à l'enterrement, il n'avait personne pour l'emmener. »

Mais ce n'est pas vrai, songea Harriet, saisie de panique. *Ils se détestaient. Ida me l'a raconté.*

« Ah oui ! » La voix de sa mère s'anima, pleine d'un accent douloureux. « Pauvre petit. Je le revois maintenant. Oh, c'est affreux.

— C'est étrange. » Le père de Harriet poussa un profond soupir. « J'ai l'impression que c'était hier qu'il jouait avec Robin dans la cour. »

Harriet était pétrifiée d'horreur.

« J'ai eu tant de peine, disait sa mère, j'ai eu énormément de peine quand j'ai appris il y a quelque temps qu'il avait mal tourné.

— Ça devait arriver, avec une famille comme la sienne.

— Oh, ils ne sont pas si méchants. J'ai vu Roy Dial dans l'entrée et il m'a dit qu'un des autres frères était venu voir comment allait Harriet.

— Ah oui ? » Son père avala encore une longue gorgée de café. « Tu crois qu'il savait qui elle était ?

— Ça ne me surprendrait pas du tout. C'est sans doute pour cette raison qu'il a pris de ses nouvelles. »

Leur conversation dériva sur d'autres sujets tandis que Harriet – gagnée par la peur – restait très immobile, le visage pressé contre l'oreiller. Il ne lui était jamais venu à l'idée qu'elle pouvait faire fausse route en soupçonnant Danny Ratliff – qu'elle pouvait se tromper tout simplement. Et s'il n'avait pas tué Robin ?

Elle ne s'était pas attendue à la vision de cauchemar qui s'abattit sur elle à cette idée, comme si une trappe s'était refermée derrière elle, et immédiatement elle essaya de la chasser de son esprit. Danny Ratliff était coupable, elle en était sûre, c'était un fait indiscutable ; la seule explication qui eût un sens. Elle était sûre qu'il avait commis ce crime, même si personne ne le savait.

Néanmoins le doute l'avait envahie brusquement, avec une force colossale, avec la peur d'avoir, dans son aveuglement, mis le doigt dans un terrible engrenage. Elle tenta de se calmer. Danny Ratliff avait tué Robin ; c'était la vérité, il le fallait. Pourtant, quand elle essaya de se souvenir précisément comment elle l'avait su, les raisons n'étaient plus aussi claires qu'avant dans son esprit, et malgré ses efforts, elle ne parvint pas à les reconstituer.

Elle se mordit la joue. Pourquoi avait-elle été aussi sûre que c'était lui le meurtrier ? A une époque, elle en avait eu la certitude ; l'idée lui avait paru tout à fait justifiée, et c'était cela qui comptait. Mais – comme le mauvais goût dans sa bouche – une peur insidieuse la tourmentait, et ne la lâchait plus. Pourquoi avait-elle été si persuadée de sa culpabilité ? Oui, Ida lui avait raconté un tas de choses – mais brusquement, ces récits (les querelles, la bicyclette volée) ne paraissaient plus aussi convaincants. Ida ne détestait-elle pas Hely, sans la moindre raison ? Et quand Hely venait jouer, Ida ne prenait-elle pas systématiquement le parti de Harriet sans se donner la peine de découvrir qui avait provoqué la querelle ?

Peut-être qu'elle avait raison. Peut-être qu'il avait effectivement commis ce crime. Mais maintenant, comment le saurait-elle ? Avec une sensation de nausée, elle revit la main recroquevillée qui sortait de l'eau verte.

Pourquoi ne lui ai-je pas posé la question ? songea-t-elle. *Il était devant moi.* Mais non, elle avait été trop effrayée, elle n'avait pensé qu'à lui échapper.

« Oh, regarde ! s'exclama soudain la mère de Harriet, se levant. Elle est réveillée !

— Tu as vu qui est là, Harriet ? »

Son père se mit debout, avança vers le lit. Malgré l'obscurité, la fillette remarqua qu'il avait pris un peu de poids depuis sa dernière visite.

« Ça fait un bout de temps que tu n'as pas vu ton vieux papa, hein ? » dit-il. Quand il était d'humeur joviale, il aimait à se présenter ainsi : « Ton vieux papa. » « Comment va ma petite fille ? »

Harriet se laissa embrasser sur le front et tapoter la joue – d'une main vigoureuse, à demi repliée. C'était la marque d'affection habituelle de son père, qui lui était particulièrement désagréable, surtout quand la main qui la caressait était celle qui la giflait parfois sous le coup de la colère.

« Comment ça va ? » demanda-t-il. Il avait fumé un cigare, elle le devinait à son odeur. « Tu as joué un beau tour à ces docteurs, ma fille ! » Il semblait la féliciter comme si elle avait réussi un exploit scolaire ou sportif.

Sa mère se pencha avec inquiétude. « Elle n'a peut-être pas envie de parler, Dix.

— Eh bien, elle n'a pas besoin de parler si elle n'en a pas envie », répondit son père sans se retourner.

Examinant le visage rouge et épais au-dessus d'elle, Harriet fut fortement tentée d'interroger son père sur Danny Ratliff. Mais elle avait peur.

« Quoi ? demanda-t-il.

— Je n'ai rien dit. » Harriet fut surprise d'entendre sa propre voix, si faible, éraillée.

« Non, mais tu étais sur le point de le faire. » Il l'examina d'un œil cordial. « Qu'y a-t-il ?

— Laisse-la tranquille, Dix », murmura tout bas sa mère.

Il tourna la tête – rapidement, sans prononcer un mot – d'une manière que Harriet ne connaissait que trop.

« Mais elle est fatiguée !

830

« — Je le sais qu'elle est fatiguée. Moi aussi je suis fatigué, déclara son père, de sa voix glacée, excessivement polie. J'ai roulé pendant huit heures pour arriver ici. Et maintenant je suis censé ne pas lui parler ? »

Quand ils partirent enfin – les visites se terminaient à neuf heures – Harriet était beaucoup trop effrayée pour dormir, et elle resta assise dans son lit, les yeux fixés sur la porte, de crainte que le prêcheur ne revînt. Une visite impromptue de son père était en soi une cause d'angoisse – surtout au regard de la menace récente d'un déménagement à Nashville – mais à présent c'était le moindre de ses soucis ; qui sait ce que le prêcheur pourrait faire, maintenant que Danny Ratliff était mort ?

Ensuite elle pensa à la vitrine d'armes, et sentit son cœur défaillir. Son père n'en vérifiait pas le contenu à chacune de ses visites – sauf au moment de la saison de la chasse, en principe – mais si l'envie lui en prenait, elle jouerait de malchance. Peut-être jeter le revolver dans le fleuve avait-il été une erreur. Si Hely l'avait caché dans le jardin, elle l'aurait remis à sa place, mais à présent c'était trop tard.

Elle n'avait jamais imaginé non plus qu'il reviendrait si vite à la maison. Certes, elle n'avait abattu personne – bizarrement, elle ne cessait de l'oublier – et si Hely disait vrai, le Colt se trouvait au fond de l'eau à l'heure qu'il était. Si son père regardait dans la vitrine, et remarquait son absence, il n'aurait aucune raison de lui en faire grief.

Et puis il y avait Hely. Elle ne lui avait presque rien dit sur ce qui s'était vraiment passé – une bonne chose – mais elle espérait qu'il ne réfléchirait pas trop aux empreintes. Finirait-il par comprendre que rien ne l'empêchait de la dénoncer ? Quand il aurait saisi que c'était sa parole contre la sienne – à ce moment-là, peut-être que l'eau aurait déjà coulé sous les ponts.

Les gens ne faisaient pas attention. Ils s'en moquaient ; ils oublieraient. Bientôt la piste qu'elle avait laissée aurait disparu. Cela s'était passé ainsi avec Robin, n'est-ce pas ? La piste avait disparu. Et dans l'esprit de Harriet germa l'horrible pensée que l'assassin de Robin avait dû à un moment donné faire un raisonnement similaire.

Mais je n'ai tué personne, se dit-elle, fixant le dessus-de-lit. *Il s'est noyé, je n'ai rien pu faire.*

« Comment, mon petit ? demanda l'infirmière qui venait d'entrer pour vérifier sa perfusion. Tu as besoin de quelque chose ? »

Harriet resta très immobile, les poings contre la bouche, les yeux fixés sur le tissu blanc jusqu'au départ de la femme.

Non : elle n'avait tué personne. Mais c'était sa faute s'il était mort. Et peut-être n'avait-il jamais fait de mal à Robin.

De telles pensées lui donnaient la nausée, et elle essaya – de toutes ses forces – de penser à autre chose. Elle avait accompli son devoir ; à ce stade il était stupide de commencer à douter d'elle-même et de ses méthodes. Elle pensa au pirate Israel Hands, flottant dans les eaux chaudes comme le sang autour de l'*Hispaniola*, et il y avait quelque chose de cauchemardesque et de splendide dans ces bas-fonds héroïques : l'horreur, les faux ciels, le délire gigantesque. Le navire était perdu ; elle avait tenté de le reprendre par ses propres moyens. Elle avait failli devenir un héros. Mais maintenant, elle craignait fort de n'être pas un héros, mais tout le contraire.

A la fin – vraiment à la fin, tandis que les parois de la tente gonflaient et claquaient dans le vent, et que la flamme solitaire d'une bougie vacillait sur un continent erdu – le capitaine Scott, d'une main engourdie, avait écrit son échec dans un petit carnet. Oui, il s'était courageusement lancé dans une entreprise impossible, atteignant un centre du monde encore vierge – mais pour rien. Tous ses rêves avaient échoué. Et elle se rendit compte combien il avait dû être triste là-bas, sur la banquise, dans la nuit antarctique, alors qu'Evans et Titus Oates étaient déjà ensevelis sous l'immensité neigeuse, que Birdie et le Dr Wilson étaient immobiles et silencieux dans leurs sacs de couchage, et que lui-même se sentait partir, rêvant à de vertes prairies.

Harriet contempla avec mélancolie la chambre obscure, aseptisée. Un poids pesait sur elle, une ombre l'enveloppait. Elle avait appris des choses qu'elle avait toujours ignorées, des choses qu'elle savait à son insu, et pourtant d'une étrange manière, tel était le message secret du capitaine Scott : parfois la victoire se confondait avec l'échec.

Harriet se réveilla tard, après une nuit agitée, devant un plateau de petit déjeuner déprimant : de la gélatine de fruit, du jus de pomme et – mystérieusement – une petite assiette de riz blanc à l'eau. Toute la nuit, elle avait eu des rêves où son père se dressait près de son lit, l'air accusateur, et marchait de long en large en lui reprochant d'avoir cassé quelque chose, un objet qui lui appartenait.

Puis elle se souvint qu'elle était à l'hôpital, et son ventre se contracta de frayeur. Troublée, elle se frotta les yeux, s'assit pour prendre le plateau – et vit Edie dans le fauteuil, à côté d'elle. Elle buvait un café – pas celui de la cafétéria, mais le sien, qu'elle avait apporté de chez elle dans la Thermos écossaise – et lisait le journal du matin.

« Oh, bien, tu es réveillée, dit-elle. Ta mère arrive bientôt. »

Elle parlait avec vivacité et semblait parfaitement nor
male. Harriet essaya de chasser son malaise de son esprit
Rien n'avait changé dans la nuit, n'est-ce pas ?

« Il faut que tu prennes ton petit déjeuner, dit Edie
Aujourd'hui est un grand jour pour toi, Harriet. Une fois
que tu auras vu le neurologue, on va peut-être te laisse
rentrer chez toi cet après-midi. »

Harriet fit un effort pour se donner une contenance
Elle devait essayer de prétendre que tout était normal
tenter de convaincre le neurologue – même si cela l'obligeait à mentir – qu'elle allait parfaitement bien. Il étai
vital pour elle de rentrer à la maison ; elle devait employe
toute son énergie à s'échapper de l'hôpital avant que le
prêcheur ne revienne dans sa chambre ou que quelqu'un
ne comprenne ce qui se passait. Le Dr Breedlove avai
parlé de laitue non lavée. Elle devait s'en tenir à cette version, la fixer dans son esprit, la proposer si on l'interrogeait : et les empêcher coûte que coûte d'établir un
rapport entre sa maladie et le château d'eau.

Avec un effort de volonté surhumain, elle détourna son
attention de ces pensées, et se concentra sur son plateau.
Elle mangerait le riz, il suffisait d'imaginer qu'elle prenait un petit déjeuner en Chine. Voilà, se dit-elle, je suis
Marco Polo, je suis attablée avec Kubilai Khan. Je ne sais
pas manger avec des baguettes, aussi j'utilise ces couverts
à la place.

Edie s'était replongée dans son journal. Harriet jeta un
coup d'œil à la première page – et s'immobilisa la fourchette en l'air, LE SUSPECT A ÉTÉ RETROUVÉ, disait le gros
titre. Sur la photo, deux hommes soulevaient par les aisselles un corps inerte, avachi. Le visage était livide, avec
de longs cheveux plaqués sur les côtés, et si déformé qu'il
ressemblait plus à une figure de cire qu'à un visage
humain : un trou noir tordu à la place de la bouche et

d'énormes orbites sombres de squelette. Mais – si méconnaissable qu'il fût– c'était bien Danny Ratliff.

Harriet s'assit très droite dans son lit et pencha la tête sur le côté, essayant de lire l'article de sa place. Edie tourna la page et – remarquant le regard de sa petite-fille et l'angle bizarre de son cou – posa son journal et dit vivement : « Tu es malade ? Tu veux que je t'apporte la cuvette ?

— Je peux voir le journal ?

— Certainement. » Edie chercha la section des bandes dessinées, la lui tendit et, tranquillement, reprit sa lecture. « On augmente encore les impôts locaux, dit-elle. Je ne sais pas ce qu'ils font avec tout l'argent qu'ils réclament. Ils vont encore construire des routes qu'ils ne finiront jamais, voilà ce qu'ils vont en faire. »

Furieuse, Harriet fixa la feuille sans la voir. LE SUSPECT A ÉTÉ RETROUVÉ. Si Danny Ratliff était un suspect – si c'était bien le mot qu'ils avaient utilisé –, ça signifiait qu'il était vivant, n'est-ce pas ?

Elle jeta encore un coup d'œil au journal. Edie l'avait plié en deux, cachant la première page, et elle avait commencé les mots croisés.

« J'ai appris que Dixon t'avait rendu visite hier soir, dit-elle, du ton glacial qui se glissait dans sa voix chaque fois qu'elle mentionnait le père de Harriet. C'était comment ?

— Très bien. » Harriet – oubliant son petit déjeuner – était assise dans son lit, cherchant à dissimuler son agitation, mais elle sentit que si elle ne voyait pas la première page et ne découvrait pas ce qui s'était passé, elle mourrait sur place.

Il ne sait même pas mon nom, se dit-elle. Du moins elle ne le croyait pas. Si son nom était cité dans le journal, Edie ne serait pas assise aussi calmement devant elle en ce moment, à faire ses mots croisés.

Il a essayé de me noyer, songea-t-elle. Il pouvait difficilement s'en vanter auprès des gens.

Enfin, elle rassembla son courage et demanda : « Edie, qui est cet homme en première page ? »

Sa grand-mère resta sans expression ; elle regarda au dos du journal. « Oh, ça, dit-elle. Il a tué quelqu'un. Il se cachait de la police dans le vieux château d'eau et il s'est trouvé coincé là-haut, il a failli se noyer. Je suppose qu'il a été très content quand quelqu'un est arrivé pour le tirer de là. » Elle fixa un moment son journal. « Il y a une bande de gens du nom de Ratliff qui habitent de l'autre côté du fleuve, poursuivit-elle. Je crois me souvenir d'un vieux type qui a travaillé quelque temps à Tribulation. Tatty et moi on était terrorisées parce qu'il n'avait pas de dents de devant.

— Qu'est-ce qu'ils en ont fait ? demanda Harriet.

— De qui ?

— De cet homme.

— Il a avoué qu'il avait tué son frère, répondit Edie, retournant à ses mots croisés, et ils le recherchaient pour trafic de drogue. Alors je suppose qu'ils l'ont conduit en prison.

— En prison ? » Harriet se tut. « C'est ce que dit le journal ?

— Oh, il sera assez vite dehors, ne t'inquiète pas pour ça, répliqua sèchement Edie. Ils sont toujours pressés de relâcher ces types. Tu ne manges pas ? » demanda-t-elle, remarquant le plateau intact de Harriet.

La fillette se remit à manger son riz avec ostentation. *S'il n'est pas mort,* songea-t-elle, *alors je ne suis pas une meurtrière. Je n'ai rien fait. Ou bien si ?*

« Bon. C'est mieux. Tu as besoin d'avaler quelque chose avant de subir ces examens, déclara Edie. Si on te fait une prise de sang, tu risques de tourner de l'œil. »

Harriet avala consciencieusement son riz, les yeux baissés, mais son esprit tournait en rond comme un animal en cage, et soudain surgit dans son esprit une pensée si horrible qu'elle s'exclama tout haut : « Il est malade ?

— Qui ? Ce garçon, tu veux dire ? » demanda Edie avec humeur, sans lever les yeux de ses mots croisés. « Je ne suis pas d'accord avec toute cette comédie sur la *maladie* des criminels. »

A ce moment, quelqu'un frappa fort à la porte ouverte de la chambre et Harriet, affolée, sursauta si brusquement de son lit qu'elle faillit renverser son plateau.

« Bonjour, je suis le Dr Baxter », dit l'homme, tendant la main à Edie. Bien qu'il eût l'air jeune – plus que le Dr Breedlove –, il avait un début de calvitie ; il tenait une mallette noire démodée qui paraissait très lourde. « Je suis le neurologue.

— Ah ! » Edie examina ses chaussures d'un œil soupçonneux – des baskets avec d'épaisses semelles et une garniture en suède bleue, comme ceux que portait l'équipe de cross du lycée.

« Je suis surpris qu'il ne pleuve pas ici, poursuivit le médecin, ouvrant sa serviette pour y prendre différents objets. Je suis venu de Jackson tôt ce matin...

— Eh bien, répliqua Edie d'un ton sec, vous êtes le premier qui ne nous ait pas fait attendre toute la journée. » Elle avait toujours les yeux fixés sur ses chaussures.

« Quand je suis parti à six heures du matin, reprit le docteur, on annonçait un gros orage sur le centre du Mississippi. » Il déroula un rectangle de flanelle grise sur la table de chevet ; il y aligna avec soin une lampe, un marteau en argent, et un instrument noir avec des cadrans.

« J'ai traversé une affreuse tempête pour venir jusqu'ici, dit-il. J'ai craint un moment de devoir rebrousser chemin.

— Ça par exemple, observa poliment Edie.

— J'ai eu de la chance d'arriver sans encombre, poursuivit le médecin. Autour de Vaiden, les routes étaient vraiment en mauvais... »

Il se retourna et, à ce moment, découvrit l'expression de Harriet.

« Bonté divine ! Pourquoi est-ce que tu me regardes comme ça ? Je ne vais pas te faire de mal. » Il l'examina quelques secondes, puis referma sa mallette.

« Bien, déclara-t-il. Je vais commencer simplement par te poser quelques questions. » Il décrocha sa feuille de température du pied du lit et l'étudia attentivement, tandis que sa respiration résonnait dans le silence.

« Qu'en penses-tu ? dit-il, levant les yeux vers Harriet. Tu n'as pas peur de répondre à quelques questions, hein ?

— Non.

— Non, *docteur*, la reprit Edie, posant son journal.

— Bon, on commence par des questions vraiment faciles, annonça le médecin, s'asseyant au bord du lit. Tu vas regretter que toutes les questions de tes contrôles en classe ne soient pas aussi simples. Comment t'appelles-tu ?

— Harriet Cleve Dufresnes.

— Bien. Quel âge as-tu, Harriet ?

— Douze ans et demi.

— Tu es née quel jour ? »

Il la pria de compter de dix à zéro ; il lui demanda de sourire, de froncer les sourcils, de tirer la langue ; de garder la tête immobile et de suivre son doigt du regard. Harriet s'exécuta – haussant les épaules, touchant son doigt avec son nez, pliant les genoux pour les tendre ensuite –, l'expression posée, la respiration paisible.

« Voici un ophtalmoscope », lui dit le médecin. Il dégageait une puissante odeur d'alcool – alcool à 90°, spirituex ou après-rasage fortement alcoolisé, elle ne put le déterminer. « Pas de quoi t'inquiéter, je vais seulement projeter sur ton nerf optique une lumière violente pour voir si quelque chose appuie sur ton cerveau... »

Harriet regarda fixement devant elle. Une pensée désagréable venait de lui passer par la tête : si Danny Ratliff n'était pas mort, comment pourrait-elle empêcher Hely de parler de ce qui s'était passé ? Quand il découvrirait que Danny était en vie, il se moquerait d'avoir laissé ses empreintes sur le revolver ; il se sentirait libre de dire ce qu'il voulait, sans redouter la chaise électrique. Et il voudrait discuter de ces événements ; Harriet en était absolument certaine. Elle devrait imaginer une façon de le faire taire...

Le docteur ne tint pas parole, et à mesure que le temps passait les examens devinrent de plus en plus désagréables – un bâtonnet au fond de la gorge, pour la faire vomir ; des brins de coton sur son globe oculaire, pour la faire cligner ; des petits coups de marteau sur son coude et une tige pointue plantée à différents endroits de son corps, pour voir si elle la sentait. Edie – les bras croisés – se tenait à l'écart, observant attentivement le praticien.

« Vous avez l'air bien jeune pour être médecin », dit-elle.

Il ne répondit pas. Il était encore occupé avec son épingle. « Tu sens quelque chose ici ? » demanda-t-il à Harriet.

Les yeux fermés, elle tressaillit nerveusement tandis qu'il lui piquait le front, puis la joue. Du moins le revolver avait disparu. Hely ne pouvait en rien prouver qu'il était allé le récupérer à sa demande. Elle devait se le répéter. Au pire, c'était toujours sa parole contre la sienne.

Mais il la questionnerait sans relâche. Il voudrait tout savoir – sur ce qui s'était passé au château d'eau – et que pourrait-elle répondre maintenant ? Que Danny Ratliff lui avait échappé, qu'elle n'avait pas atteint le but qu'elle s'était fixé ? Plus grave encore : qu'elle s'était peut-être trompée depuis le début ; qu'elle ne savait peut-être pas qui avait réellement assassiné Robin, et ne le découvrirait jamais ?

Non, songea-t-elle prise d'une soudaine panique, *ça ne suffit pas. Il faut que je trouve autre chose.*

« Quoi ? demanda le docteur. Je t'ai fait mal ?

— Un peu.

— C'est bon signe, commenta Edie. Si ça fait mal. »

Peut-être, pensa Harriet – regardant le plafond, pinçant les lèvres tandis que le médecin lui labourait la plante du pied avec un instrument pointu –, peut-être que Danny Ratliff avait vraiment tué Robin. Ce serait plus facile s'il l'avait fait. Ce serait certainement la chose la moins difficile à dire à Hely : que Danny Ratliff lui avait avoué son crime à la fin (peut-être était-ce un accident, peut-être n'avait-il pas eu l'intention de le tuer ?), et avait même imploré son pardon. Un riche éventail d'histoires possibles commença à se déployer autour d'elle comme un parterre de fleurs empoisonnées. Elle pouvait dire que, dressée au-dessus de Danny Ratliff, elle l'avait épargné en un geste grandiose de miséricorde ; et que pour finir elle l'avait pris en pitié, et laissé dans le château d'eau pour y être sauvé.

« Ce n'était pas si terrible, hein ? dit le docteur en se relevant.

— Je peux rentrer chez moi maintenant ? » demanda aussitôt Harriet.

Le médecin éclata de rire. « Ho ! s'écria-t-il. Pas si vite. Je vais aller dans le couloir pour parler quelques minutes avec ta grand-mère, tu es d'accord ? »

Edie se leva. Harriet l'entendit chuchoter, alors qu'ils

sortaient tous les deux de la chambre : « Ce n'est pas une méningite, n'est-ce pas ?

— Non, madame.

— Ils vous ont parlé des vomissements et de la diarrhée ? Et de la fièvre ? »

Harriet s'assit sans bruit dans son lit. Elle entendait le docteur parler dans le couloir, mais malgré son désir de savoir ce qu'il racontait à son sujet, le murmure de sa voix était lointain, mystérieux, et beaucoup trop sourd pour être intelligible. Elle fixa ses mains sur le dessus-de-lit blanc. Danny Ratliff était vivant, et une demi-heure plus tôt, elle ne l'eût pas même imaginé, mais elle s'en réjouissait. Cela signifiait qu'elle avait échoué, et pourtant elle s'en réjouissait. Et si le but qu'elle s'était fixé avait été depuis le début impossible à atteindre, elle éprouvait malgré tout une consolation solitaire à l'idée qu'elle l'avait toujours su mais avait quand même exécuté son plan jusqu'au bout.

« Ça alors, s'exclama Pem, se reculant de la table où il était en train de manger une part de génoise à la crème et au chocolat en guise de petit déjeuner. Il a passé deux jours là-haut. Le malheureux. Même s'il a tué son frère. »

Hely leva les yeux de son bol de céréales et – avec un effort presque surhumain – réussit à tenir sa langue.

Pem secoua la tête. Il avait encore les cheveux humides après la douche. « Il ne savait même pas nager. Tu imagines. Il a passé deux journées entières à sauter en l'air pour essayer de garder la tête hors de l'eau. C'est comme cette histoire que j'ai lue, je crois que c'était au moment de la Seconde Guerre mondiale, quand cet avion est tombé dans le Pacifique. Ces types sont restés dans la mer pendant des jours, et il y avait des tonnes de requins. Ils ne pouvaient pas dormir, ils devaient nager en rond et ne jamais relâcher leur surveillance, sinon les requins risquaient de leur arracher la jambe. » Pem examina attentivement la photo et frissonna. « Pauvre type. Coincé pendant quarante-huit heures dans cette eau répugnante, comme un rat au fond d'un seau. C'est stupide de choisir ça comme cachette, si on ne sait pas nager. »

Hely, incapable de résister, lâcha : « Ça s'est pas passé comme ça.

— Bien sûr, commenta Pem d'un ton blasé. Tu y étais. »

Hely – agité, balançant les jambes – attendit que son frère lève les yeux de son journal pour continuer.

« C'était Harriet, dit-il enfin. Elle l'a fait.

— Hein ?

— C'était elle. C'est elle qui l'a poussé dans l'eau. »

Pem le regarda. « Poussé qui ? demanda-t-il. Danny Ratliff, tu veux dire ?

— Oui. Parce qu'il a tué son frère. »

Pem pouffa. « Danny Ratliff n'a pas tué Robin, et moi non plus, déclara-t-il, tournant la page du journal. On était tous dans la même classe.

— Il l'a fait, s'écria Hely avec vivacité. Harriet en a la preuve.

— Ah ouais ? Quoi par exemple ?

— Je ne sais pas... un tas de trucs. Mais elle peut le prouver.

— Je n'en doute pas.

— En tout cas, continua Hely, incapable de se retenir, elle les a suivis là-bas, elle les a pourchassés avec un revolver, elle a abattu Farish Ratliff, et ensuite elle a forcé Danny Ratliff à monter dans le château d'eau et à sauter dans la citerne. »

Pemberton retourna à la dernière page de son journal, et se mit à lire la bande dessinée. « Je pense que maman t'a laissé abuser du Coca, dit-il.

— C'est la vérité ! Je le jure ! s'écria Hely très excité. Parce que... » Il se rappela alors qu'il n'était pas censé révéler ses sources, et il baissa les yeux.

« Si elle avait un revolver, reprit Pemberton, pourquoi ne pas les avoir abattus tous les deux pour en finir ? » Il repoussa son assiette et regarda Hely comme s'il était demeuré. « Tu peux m'expliquer comment Harriet aurait pu obliger Danny Ratliff à monter là-haut ? Danny Ratliff est un type drôlement coriace. Même si elle avait un revolver, il aurait pu le lui arracher en deux secondes. Enfin bordel, il pourrait m'arracher un revolver à moi en deux secondes. Si tu dois inventer des histoires, Hely, il va falloir que tu fasses des progrès.

— Je ne sais pas comment elle l'a fait, s'obstina son frère, fixant son bol de céréales, mais elle l'a fait. Je le sais.

— Lis donc l'article, intervint Pem, poussant le journal vers lui, tu vas bien voir que tu dis des bêtises. Ils avaient caché de la drogue dans le château d'eau. Ils se battaient pour ça. Il y avait de la dope qui flottait dans la citerne. C'est pour ça qu'ils sont allés là-bas. »

Hely – avec un effort gigantesque – garda le silence. Très mal à l'aise, il se rendit brusquement compte qu'il en avait dit beaucoup plus qu'il n'aurait dû.

« D'ailleurs, ajouta Pemberton, Harriet est à l'hôpital. Tu le sais, andouille.

— Et si elle était allée au château d'eau avec un revolver ? s'exclama Hely avec colère. Et si elle avait laissé le revolver au château d'eau, et demandé à quelqu'un d'aller le...

— Mais non. Harriet est à l'hôpital parce qu'elle est

épileptique. *Epileptique,* répéta Pemberton en se tapotant le front du doigt. Crétin !

— Oh, Pem ! » protesta leur mère depuis le seuil. Elle venait de se faire un brushing ; elle portait une petite robe de tennis qui soulignait son bronzage. « Il ne fallait pas le lui dire !

— Je ne savais pas que j'étais censé garder le secret, répliqua Pem d'un ton maussade.

— Je te l'ai demandé !

— Désolé, j'ai oublié. »

Hely, troublé, ne les regardait ni l'un ni l'autre.

« C'est un tel handicap pour un enfant à l'école, dit leur mère, s'asseyant avec eux à la table. Ce serait terrible pour elle si ça se savait. Pourtant, continua-t-elle, prenant la fourchette de Pem pour piquer une grosse bouchée de son reste de gâteau, je n'ai pas été surprise quand je l'ai appris, et votre père non plus. Ça explique un tas de choses.

— C'est quoi, l'épilepsie ? demanda Hely, mal à l'aise. Ça veut dire qu'on est cinglé ?

— Non, mon petit loup, se hâta de répondre sa mère, reposant la fourchette, non, non, non, ce n'est pas ça. Ne t'amuse pas à le raconter partout. Ça veut seulement dire qu'elle a quelquefois des absences. Des crises. Comme...

— Comme ça, s'écria Pemberton qui joignit le geste à la parole, la langue pendante, les yeux révulsés, s'agitant sur sa chaise.

— Pem ! Arrête !

— Allison a tout vu, expliqua Pemberton. Elle dit que ça a duré dix bonnes minutes. »

La mère de Hely – voyant son étrange expression – se pencha pour lui tapoter la main. « Ne t'inquiète pas, chéri, dit-elle. L'épilepsie, ce n'est pas dangereux.

— Sauf si on conduit une voiture, commenta Pem. Ou si on pilote un avion. »

Sa mère lui lança un regard sévère – qui, comme toujours, manquait de conviction.

« Je vais au club, annonça-t-elle en se levant. Papa a dit qu'il te déposerait à ta répétition ce matin, Hely. Et surtout ne va pas raconter cette histoire à toute l'école. Ne t'inquiète pas pour Harriet. Elle va guérir. Promis. »

Une fois qu'elle fut partie, et que sa voiture eut démarré dans l'allée, Pemberton alla ouvrir le réfrigérateur et se mit à fourrager dans le compartiment du haut. Il finit par trouver ce qu'il cherchait – une canette de Sprite.

« Tu es vraiment débile, dit-il, appuyé contre la porte, repoussant les cheveux de ses yeux. C'est un miracle qu'on ne t'ait pas mis dans une classe pour handicapés. »

Hely – malgré son envie impérieuse de raconter à son frère qu'il était allé récupérer le revolver au château d'eau – garda le silence, fixant la table d'un œil furibond. Il téléphonerait à Harriet en rentrant de sa répétition. Elle ne pourrait sans doute pas parler. Mais il lui poserait des questions, et elle répondrait par oui ou par non.

Pemberton tira la languette de son soda et dit : « Tu sais, c'est embarrassant, cette manie que tu as de raconter partout des mensonges. Tu crois que c'est rigolo, mais ça te donne l'air vraiment bête. »

Hely se tut. Il l'appellerait à la première occasion. S'il pouvait s'échapper du groupe, il pourrait même le faire de la cabine publique de l'école. Et dès qu'elle rentrerait chez elle, une fois qu'ils seraient tous les deux, dans la remise, elle lui expliquerait l'histoire du revolver, et comment elle avait tout organisé – pour abattre Farish Ratliff, et piéger Danny dans le château d'eau – et ce serait génial. La mission était accomplie, la bataille gagnée ; elle avait réussi – de façon incroyable – à faire exactement ce qu'elle avait dit, et à s'en tirer à bon compte.

Il leva les yeux vers Pemberton.

« Tu peux raconter ce que tu veux, je m'en moque Mais Harriet, c'est un génie. »

Pem éclata de rire. « Ça c'est sûr, répondit-il en se diri geant vers la porte. Comparée à toi. »

REMERCIEMENTS

Je remercie Ben Robinson et Alan Slaight pour leur approche de Houdini et de sa vie, Dr Stacey Suecoff et Dr Dwayne Breining pour leurs précieuses (et considérables) recherches médicales, Chip Kidd pour son regard remarquable, et Matthew Johnson pour avoir répondu à mes questions sur les serpents venimeux et les coupés du Mississippi. Je souhaite aussi remercier Binky, Gill, Sonny, Bogie, Sheila, Gary, Alexandra, Katie, Holly, Christina, Jenna, Amber, Peter A., Matthew G., Greta, Cheryl, Mark, Bill, Edna, Richard, Jane, Alfred, Marcia, Maeshall et Elizabeth, les McGloin, Mère et Rebecca, Nannie, Wooster, Alice et Liam, Peter et Stephanie, George et May, Harry et Bruce, Baron et Pongo et Cecil et – par-dessus tout – Neal : sans toi je n'aurais pas réussi.

TABLE DES MATIÈRES

RESTEZ PLONGÉ
DANS L'UNIVERS DE
DONNA TARTT...

DONNA TARTT

LE MAÎTRE DES ILLUSIONS

ROMAN

« LES CHOSES TERRIBLES ET SANGLANTES
SONT PARFOIS LES PLUS BELLES... »

« *Magistral et d'une effarante perversité.* »

Françoise Giroud

Donna TARTT
LE MAÎTRE
DES ILLUSIONS

Introduit dans le cercle privilégié d'une université du Vermont, Richard Papen découvre un monde de luxe et d'arrogance intellectuelle, fait d'alcool, de drogue et d'étranges pratiques rituelles. Un monde d'autant plus inquiétant que ses camarades semblent lui cacher un secret terrible et inavouable.

Composé par Nord Compo
à Villeneuve-d'Ascq (Nord)

Imprimé en France par

à La Flèche (Sarthe)
en février 2014

POCKET – 12, avenue d'Italie – 75627 Paris Cedex 13

N° d'impression : 3004594
Dépôt légal : janvier 2014
Suite du premier tirage : février 2014
S24990/04